«Guido Dieckmann: ein Garant für spannende historische Unterhaltung.» (Iny Lorentz)

Guido Dieckmann, geboren 1969 in Heidelberg, arbeitete nach dem Studium der Geschichte und Anglistik als Übersetzer und Wirtschaftshistoriker. Heute ist er als freier Schriftsteller erfolgreich und zählt mit seinen historischen Romanen, u.a. den Bestsellern «Luther» und «Albert Schweitzer. Ein Leben für Afrika», zu den bekanntesten Autoren dieses Genres in Deutschland. Guido Dieckmann lebt mit seiner Familie in Haßloch in der Pfalz.

Die Heilerinnen von Aragón

Emirat Granada 1359 *Seite 9*
Königreich Aragón Santa Coloma de Queralt 1363 *Seite 99*
Königreich Aragón Zaragoza 1364–1367 *Seite 179*

Emirat Granada
1359

Kapitel 1
Alhambra, Juli 1359

In jener Nacht, als sich der Mond wie ein Feuerball in den prächtigen Wasserbecken der Palastgärten spiegelte, überwand eine Anzahl vermummter Gestalten lautlos die Mauern der Alhambra. Katzenhaft suchten ihre Augen die Umgebung ab, bereit, sich auf jeden zu stürzen, der ihnen begegnete. Dann schwärmten sie aus. Einige schlugen den Weg zum Gannat al-Arif ein, dem Garten der Architekten, andere wählten den Pfad, der die Festung mit dem Sommerpalast der Nasriden verband. Von Zeit zu Zeit blieben sie stehen und lauschten, bevor sie weiterschlichen.

Im Innern des Palastes blieb alles still. Kein Laut war zu hören. Nicht einmal von den schlaftrunkenen Wächtern der Alcazaba, auf die sich die Eindringlinge nun stürzten. Blitzschnell zogen sie den Männern ihre Dolche durch die Kehlen und eilten weiter.

Die Vermummten waren Diener der Stille und vermieden jedes Geräusch. Sie sprachen nicht, weil kaum einer von ihnen noch über seine Zunge verfügte. Ihr Auftrag lautete, den Palast einzunehmen und diejenigen zu töten, die den Rivalen um den Thron von Granada zu mächtig geworden waren. Ein einziges Mal schallte ihr Kampfschrei durch die Nacht: der Ruf eines Pfaus, der von den rötlichen, mit Koranversen verzierten Mauern widerhallte und durch die offenen Fenster des Palastes drang.

Erschrocken richtete sich die junge Floreta auf und ließ die Decke, die ihr eine Sklavin über die Beine gelegt hatte, geräuschlos zu

Boden gleiten. Die Nacht war viel zu heiß, um sich zuzudecken. Seit Tagen schon brütete ganz Granada unter einem Teppich aus flimmernder, glühender Luft. Floreta, die ihren Großvater hin und wieder zur Kasbah begleitete, hatte sich gefreut, dass der Schlafplatz, den man ihr und der Tochter ihres Onkels gegeben hatte, im Sommerpalast lag, denn die Springbrunnen in dem großen, von blühenden Blumenanlagen gesäumten Bassin versprachen wenigstens einen Hauch von Kühlung.

Noch einmal schrie der Pfau schrill auf. Floreta vermutete, dass er durch den angrenzenden Garten der Sultanin streifte, schlaflos wie sie und auf der Suche nach Bewunderern. Der Emir liebte diese Tiere für die Anmut ihrer hoheitsvollen Bewegungen und bestand darauf, seinen aus Zedernholz geschnitzten Stuhl mit ihren Federn zu schmücken. Von seinen Lieblingsvögeln um den Schlaf gebracht zu werden, hasste er jedoch, weshalb die Tiere für gewöhnlich in den Gärten seines Wesirs umherspazierten, die ein wenig abgelegen waren.

Floreta richtete ihren Blick auf den Hügel im Osten. Im Schein der Wachfeuer sahen die niedrigen, weiß gestrichenen Häuser darauf aus wie die Punkte auf einem Fliegenpilz. Das Mädchen spürte ganz deutlich, dass in dieser Nacht etwas anders war als sonst. Aber was? Sie suchte nach dem von Zypressen und Mauern umgebenen Gebäude mit dem bunten Sonnensegel auf dem Dach, unter dem sie und ihre Cousine so gern schliefen, wenn sie es in der stickigen Kammer nicht mehr aushielten. Das Haus überragte alle anderen auf dem Hügel, doch es sah leblos aus, fast so als wäre es von seinen Besitzern schon vor langer Zeit aufgegeben worden. Doch dieser Gedanke war absurd. Hatte sie dort nicht erst vor wenigen Stunden geeisten Honig genascht und der alten Salome bei der Arbeit am Webstuhl zugesehen? Die Frau, die seit ihrer Kindheit ein Kämmerchen im Haus bewohnte, schuf die prachtvollsten Teppiche, die Floreta sich vorstellen konnte, und war in ganz Granada für ihre Kunstfertigkeit geachtet. Floretas Großvater verschenkte ihre Teppiche an Freunde in ganz Spanien. Er war stolz darauf, dass einige davon sogar in den Gemächern des Emirs lagen.

Der Arzt Samu liebte die prachtvollen Paläste der Alhambra und betrachtete es als Ehre, in der Nähe seines Gebieters luxuriöse Räume bewohnen zu dürfen. Floreta dagegen war es stets ein wenig peinlich, in der Kasbah zu übernachten. Auf Befehl des Emirs lasen die Sklavinnen der Alhambra ihr jeden Wunsch von den Augen ab. Sie badeten sie in Lavendelwasser, salbten ihren Körper mit wohlriechenden Pasten und servierten ihr die köstlichsten Speisen. Und das allein, weil ihr Großvater bereits dem Vater des jungen Emirs Muhammad als Leibarzt gedient hatte. Der Alte galt als einer der besten Ärzte Andalusiens und wurde darüber hinaus auch als persönlicher Vertrauter der Herrscherfamilie geschätzt.

Floreta beugte sich über die Brüstung und starrte hinunter in den Garten. Es war windstill, nicht die leiseste Brise erfrischte die Nacht. Ein süßlicher Blütenduft, schwer und klebrig wie Honig, stieg ihr in die Nase. Auf einer Bastmatte hinter ihr rief eine ältere, dunkelhäutige Sklavin im Schlaf nach einer gewissen Yasemin, möglicherweise ihre Tochter oder Schwester.

Plötzlich fiel Floretas Blick auf einige schattenhafte Umrisse, die sich entlang der Mauer des gegenüberliegenden Gebäudes bewegten. Erschrocken registrierte sie ein dumpfes Krachen aus der Richtung, in der sich das südliche Tor befand. Ein letztes Mal erklang der Pfauenruf. Floreta stürzte zu dem Gong, der neben der Tür stand, doch noch ehe sie den Klöppel fand, um Alarm zu schlagen, wälzte sich ein Strom von Männern durch das äußere Tor und stürmte geradewegs auf den Palast zu. Alle waren mit Säbeln und Dolchen bewaffnet. Endlich kamen die Wachen des Emirs herbeigelaufen. Todesmutig warfen sie sich auf die Eindringlinge, doch gegen die Übermacht der Diener der Stille hatten sie keine Chance. Einer nach dem anderen fielen sie unter den tödlichen Hieben der Angreifer.

Diese kannten keine Gnade. Wie gelähmt vor Entsetzen beobachtete Floreta, wie der junge Gardehauptmann Mustafa, mit dem sie als Kind manchmal gespielt hatte, mit einigen wenigen Verteidigern in den Hof des Wasserkanals gedrängt wurde. Mustafa wehrte sich tapfer und verbissen. Obwohl er schon aus mehreren Schnittwunden blutete, parierte er die meisten Säbelhiebe mit dem Mut der Verzweiflung. Floreta sah, wie ihr Jugendfreund einem der Vermummten seine Klinge durch die Kehle zog, doch ihm blieb keine Zeit, Atem zu holen, denn im Nu löste sich aus dem Schwarm der Angreifer ein anderer, der wie das Spiegelbild des Gefallenen aussah. Lautlos wie eine Katze stürzte dieser sich auf Mustafa und drängte ihn mit seinem Säbel zurück zu den Wasserbecken.

Die Männer des Hauptmanns blickten sich nach einem Ausweg um, fanden aber keinen. Schreie hallten durch die Gärten. Es gab kein Entkommen. Das Wasser des großen Beckens spritzte auf, als die ersten Gardesoldaten des Emirs hineingestoßen wurden. Im Nu färbte es sich rot.

Mustafa focht nunmehr ganz allein am Rand des Wasserbeckens um sein Leben. Er war zu Tode erschöpft. Mit letzter Kraft parierte er einige Hiebe, die nun von allen Seiten auf ihn einprasselten. Dennoch schien er Floreta mit den Augen eine Warnung zu schicken: Der Palast ist verloren und mit ihm der Emir. Flieh! Sieh zu, dass du am Leben bleibst!

Für ihn selbst gab es indes keine Rettung, das schien er zu ahnen. Floreta schrie von Grauen erfasst auf, als ein heftiger Säbelhieb Mustafas Schulter spaltete. Blut schoss aus der Wunde. Mustafa ließ seinen Säbel fallen und riss den Arm über den Kopf, reflexartig, als hinge er an den Schnüren eines Puppenspielers.

Dann erhielt er einen Stoß und fiel rücklings in das Wasserbecken, in dem er leblos unterging.

Der Mann, der auf ihn eingeschlagen hatte, wischte sich den Schweiß von der Stirn, bevor er sich langsam umdrehte und Floreta entdeckte. Einen Atemzug lang begegneten sich ihre Blicke.

Plötzlich wurde Floretas Tür aufgestoßen, doch es war keiner der Eindringlinge, sondern ihr Großvater, der kreidebleich über die Schwelle stolperte. Der alte Mann hatte sich einen knöchellangen Kaftan übergeworfen, den er raffen musste, um nicht über den Saum zu stolpern. Sein sonst so gepflegtes weißes Haar stand ihm wirr vom Kopf ab. Floretas Blick fiel auf den Dolch in seiner Hand. Nie zuvor hatte sie ihn bewaffnet gesehen, und die Art, wie er die Waffe hielt, weckte in ihr Zweifel, dass er sich oder sie damit verteidigen konnte.

«Rasch, Kind, wir müssen fliehen!» Samu blickte sich in dem halbdunklen Raum um, als befürchtete er, die Mauern könnten jeden Augenblick einstürzen. «Wo ist Ceti?»

Floreta zuckte ratlos mit den Schultern. Ceti war die Tochter ihres Onkels, der vor einigen Jahren an der Pest gestorben war, und wurde seitdem im Haus ihres Großvaters erzogen. Anders als Floreta hatte ihre Verwandte jedoch nie Interesse für die Arbeit des Alten gezeigt. Erst seit diesem Sommer bettelte sie häufig darum, ihn und Floreta zur Kasbah begleiten zu dürfen. Während Floreta Samu dabei half, Kranke zu behandeln, trieb sie sich im Palast oder in den Gärten herum. Samu gefiel das nicht. Er und Ceti hatten sich deswegen schon einige Male gestritten. Dass sie aber ausgerechnet in dieser Nacht das Schlafgemach verlassen hatte, erschütterte Samu.

Die alte Dienerin, die wie angenagelt auf ihrer Bastmatte verharrte, begann zu jammern, zu beten und sich die ergrauten Haare zu raufen. «Wir werden alle totgeschlagen», stöhnte sie gequält auf.

Samu beachtete sie nicht. Stattdessen packte er Floreta am Handgelenk und zerrte sie hinter sich her. Auf dem Weg durch den Korridor des Gästehauses befahl er ihr, die Augen zu schließen, denn sie mussten über die Leichen zweier Diener steigen, die in einer Blutlache lagen. Die Eindringlinge waren demnach bereits hier gewesen, wovon auch die Todesschreie und das Stöhnen der Sterbenden zeugten, welches durch diesen Teil der Palastanlage hallte. Floreta war wie gelähmt, dennoch widerstand sie nur mühsam dem Drang, sich loszureißen und hinüber zum Wasserbecken zu laufen, um nach Mustafa Ausschau zu halten. Vielleicht lebte er noch. Ja, es war doch möglich, dass ihm noch zu helfen war.

Doch ihr Großvater schüttelte nur den Kopf. Ohne auch nur einen Blick zurück auf den Palast zu werfen, eilte er durch den Garten der Sultanin und zog Floreta hinter sich her. Gerade noch rechtzeitig gelang es ihnen, hinter einem wuchtigen Steinkübel in Deckung zu gehen, als eine Schar Flüchtlinge das Gartentor aufstieß. Es waren Bedienstete und Beamte des Emirs, ihre Frauen nur notdürftig gekleidet und verschleiert, die Männer mit Messern und Knüppeln bewaffnet. Auch die Alte, die in Floretas Kammer geschlafen hatte, war bei ihnen. Erleichtert wollte Floreta aufstehen, um sie zu rufen, doch Samu hielt ihr den Mund zu und zwang sie mit eisernem Griff, in ihrem Versteck zu bleiben.

«Wir dürfen nicht zu ihnen gehen», raunte er ihr heiser zu. «Sie könnten uns verraten.»

Floreta sah, wie die Gruppe der Fliehenden auf den überdachten Fußweg zuhielt, der über die Schlucht zum alten Sommerpalast führte.

«Sie erhoffen sich Schutz von Muhammad», flüsterte Samu bitter. «Aber der Emir wird ihnen nicht helfen. Wie auch? Wenn er nicht gewarnt wurde, ist er vermutlich selbst schon tot.»

Der Emir tot? Floreta dachte an die weichen, jungenhaften

Züge des Mannes, der seit kaum einem Jahr die Geschicke Granadas lenkte. In den Gassen und Basaren der Stadt hatte sie noch kein böses Wort über ihn fallen hören. Natürlich hatte auch über seinen Vater, den alten Jussuf, niemand schlecht gesprochen, dem seine Zunge lieb war, aber von Muhammad war bekannt, dass er seinem von Aufruhr und Krieg gegen die christlichen Nachbarn gebeutelten Reich eine Atempause gönnen wollte. Er beabsichtigte, Granada durch Handel sowie die Förderung der Wissenschaften und Künste aufblühen zu lassen. Niemals hätte Floreta vermutet, dass sich der junge Emir gerade dadurch Feinde gemacht hatte.

Die Fliehenden befanden sich schon weit über der Schlucht, als der Ruf des Pfaus ertönte und die Vermummten auftauchten. Einige von ihnen folgten den Männern und Frauen über die Schlucht, während andere sie am Ende des Wegs mit gezückten Waffen erwarteten.

Floreta begann zu weinen. «Wir müssen doch etwas tun, um ihnen zu helfen», schluchzte sie leise.

Samu legte seinen Arm um die Schultern des Mädchens, aber er war offenbar selbst zu verängstigt, um seine Enkeltochter zu trösten. Eine Weile wartete er, ob noch weitere Angreifer durchs Tor kamen, dann aber wagte er es, das Versteck hinter dem Kübel zu verlassen. Floreta folgte ihm so leise sie konnte. Sie war inzwischen überzeugt, dass diese Menschen mit dem Bösen paktierten und so auch das kleinste Geräusch hören konnten. Als sie einen letzten Blick zur Schlucht warf, stockte ihr der Atem.

Die Vermummten hatten die kleine Schar eingeholt, der nun auch noch der Rückzugsweg versperrt war. Kaltblütig stießen die Männer ihre Säbel in Leiber oder schlugen Köpfe ab. Ein entsetzliches Massaker, das erst ein Ende nahm, als auch der letzte Körper blutig und zerschmettert in der Schlucht lag. Floreta wurde übel, die Schreie der Gejagten brannten sich in ihr Gehör. Und immer wieder sah sie vor sich, wie Mustafa im schäumenden Wasser des Bassins versank.

Zu Tode erschöpft, schleppten sie und Samu sich weiter, zuerst hinaus aus dem Garten der Sultanin, dann durch den Hof des Wasserkanals, in dem sich Angreifer und Verteidiger noch immer ein erbittertes Gefecht lieferten. Der Sommerpalast war gefallen, er bot keinem mehr Zuflucht. Aus einigen Fenstern des Palastes wurden Teppiche, geschnitzte Truhen, Schatullen mit Schmuck und Kannen aus Kupfer und Silber ins Freie geworfen. Samu konnte gerade noch rechtzeitig ausweichen, um nicht von einem länglichen Kasten am Kopf getroffen zu werden. Er blieb stehen und stöhnte, als er den Behälter erkannte. Er gehörte ihm. Darin bewahrte er ärztliches Besteck auf: silberne Skalpelle und Sonden aller Art, Seidenfäden, um Wunden zu nähen, ein goldenes Hämmerchen und verschiedene Medikamente und Kräuter. Ohne zu zögern, hob er den Kasten auf und warf ihn sich über die Schulter. Floreta kannte den alten Mann gut genug, um zu wissen, dass er ihn keinem Plünderer überlassen würde, solange noch ein Funken Leben in ihm war.

Gemeinsam eilten sie auf den Turm zu, der sich am Rand der Befestigungsanlage über der Alhambra erhob. Auf den Zinnen flatterte die Flagge des Emirs, woraus Samu schloss, dass dieser Teil der Alhambra noch in den Händen des Herrscherhauses war. Er wollte gerade um Einlass bitten, als sich ihm plötzlich wie aus dem Nichts zwei Gestalten in den Weg stellten. Offensichtlich hatten die beiden den Turm beobachtet. Nun schnellten sie auf Floreta zu. An ein Entkommen war nicht mehr zu denken. Nur noch wenige Schritte, dann würden sie sie erreicht haben. Floreta stöhnte auf, als sie in einem der Krieger Mustafas Mörder wiedererkannte. Der Mann hatte im Palastgarten zu ihr hinaufgesehen und sich an ihrem Entsetzen berauscht. Er würde sie töten.

Der gellende Schrei des Pfaus drang an Floretas Ohr. Es klang so nah, als würde das Tier direkt an ihr vorbeispazieren. Zitternd wich sie zurück und schlug in heller Verzweiflung gegen das Tor. Irgendjemand dort drinnen musste sie doch hören. Man durfte sie doch nicht einfach hier draußen sterben lassen!

Der Diener der Stille sagte keinen Ton, er kam einfach nur näher. Wenn die Männer im Turm ihr jetzt nicht öffneten, war sie verloren. Aber weder im Innern noch oben auf den Zinnen regte sich etwas. Vermutlich hatte die Palastgarde den Befehl, sich zu verschanzen und den prunkvollen Thronsaal des Emirs um jeden Preis zu halten.

Doch keiner der Verteidiger hatte mit der Tücke des Pfaus gerechnet. Er würde sich seine Federn zurückholen.

Kapitel 2

Eine Hand griff nach Floreta und zerrte sie so grob vom Tor fort, dass sie ihre Sandalen verlor. Sie schlug um sich, wollte sich losreißen, aber ein kräftiger Stoß beförderte sie zu Boden. Ihr Schleier verrutschte, Staub drang ihr in Augen und Nase. Nur verschwommen nahm sie wahr, wie einer der Männer ihrem Großvater den Arm auf den Rücken drehte und dann auf ihn einschlug, bis er blutend in die Knie ging. Floreta spürte, wie sich spitze Steine in ihren Rücken bohrten. Der Mann, der sich nun breitbeinig über sie beugte, riss ihr mit einer einzigen Bewegung seines Säbels den seidenen Schleier ganz vom Kopf. Floreta besaß dichtes, zimtfarbenes Haar, auf das sie sehr stolz war, doch der maurischen Sitte folgend, hatte sie es sich zur Gewohnheit gemacht, es zu bedecken, sobald sie das Haus verließ. Samu hatte ihr und Ceti beigebracht, dass es sich für sie als Angehörige einer Minderheit in Granada gehörte, den Glauben der Herrschenden und des einfachen Volkes zu respektieren. Nun, als der Fremde mit seiner Klinge durch ihr Haar strich, wäre sie vor Scham am liebsten gleich gestorben.

«Wer bist du?», würgte sie unter Tränen hervor. «Was wollt ihr? Warum tut ihr das?»

Anstelle einer Antwort befreite sich der Mann von dem Tuch vor seinem Mund, hinter dem ein bärtiges, sonnenverbranntes Gesicht zum Vorschein kam. Er öffnete den Mund und offenbarte Floreta mit sichtlichem Genuss die Ursache für sein Schweigen.

Samu wehrte sich mit einer Verbissenheit, die Floreta ihrem Großvater nie zugetraut hätte. Seinen Angreifer schien das zu amüsieren, denn er begann mit dem alten Arzt zu spielen wie eine Katze mit der Maus. Immer wieder gestattete er ihm aufzustehen, nur um ihn gleich darauf mit Tritten wieder zu Boden zu schicken. Irgendwann wurde er des Spiels überdrüssig und zog den Säbel aus seiner Schärpe. Floreta stieß einen gequälten Schrei aus, als der Krieger ausholte. Doch Samu bewies eine erstaunliche Geistesgegenwart. Er hob seinen Arzneikasten auf, der neben ihm zu Boden gefallen war, und stemmte ihn vor sich. Das Holz des Deckels fing den Säbelhieb auf, was den vermummten Krieger einen Herzschlag lang aus dem Gleichgewicht brachte. Samu nutzte seinen Vorteil, ohne zu zögern. Blitzschnell zog er seinen eigenen Dolch aus dem Kaftan, rammte ihn dem überraschten Mann in den Leib und zog ihn wieder heraus. Sein Kamerad ließ daraufhin von Floreta ab und wandte sich Samu zu. Ein heiseres Grollen entwich seiner Kehle. Der Alte stand neben dem Toten, wie vom Blitz getroffen. Verwirrt starrte er auf die Klinge in seiner Hand, von der Blut herabtroff. Er wich nicht einmal zurück, als der zweite Mann sich wie ein Raubtier an ihn heranpirschte.

Doch ehe er Samu töten konnte, erstarrten auch seine Bewegungen. Sein auflodernder Zorn hatte ihn zum Leichtsinn verführt, und in der Annahme, mit dem Alten und dem Mädchen leichtes Spiel zu haben, hatte er die beiden Torflügel des Turms aus den Augen verloren. Sie wurden nun mit einem knarrenden Laut aufgestoßen, und ein Mann stürmte, mit einem Schwert bewaffnet, auf den Vorplatz hinaus. Gleichzeitig prasselte ein Hagel von Pfeilen auf den Vermummten herab. Getroffen sank er zu Boden, noch bevor der Mann mit dem Schwert ihn erreichte. Dieser zählte etwa vierzig Sommer, war von gedrungener Gestalt und fast kahl. Sein energisches Kinn schmückte ein rötlicher Bart, der seinem bäuerlich breiten Gesicht einen Hauch von Verschlagenheit verlieh. Floreta erkannte in ihm Ruben Perez, einen Mann, der seit ihrer frühesten Kindheit in ihrem Viertel lebte und sich mit Botengängen durchschlug, die ihn nicht nur zur Alhambra, sondern auch oft ins Haus ihres Großvaters führten. Nun half er Floreta beim Aufstehen und trieb dann sie und Samu durchs Tor in den Turm hinein.

Im Saal der Botschafter empfing Floreta ein brausendes Stimmengewirr. Die Menschen, die vor dem Thron des Emirs Zuflucht suchten, redeten alle durcheinander. Wie Floreta und ihr Großvater waren sie im Schlaf überrascht worden und hatten nichts als ihr nacktes Leben gerettet. Nun saßen sie auf Matten, Teppichen oder dem blanken Fußboden. Während Wasserträger durch die Reihen zogen, kontrollierten Soldaten die winzigen vergitterten Fenster. Floreta hatte einmal gehört, der Turm mit dem Thron des Emirs sei uneinnehmbar, doch hatte man sich das nicht auch von der gesamten Alhambra erzählt? Und doch hatten die Eindringlinge es fast mühelos geschafft, die Mauern zu überwinden und Muhammads Garde zu überwältigen.

Floreta war fast krank vor Sorge um Ceti. Wo mochte sie stecken? Warum hatte sie sich zu nachtschlafender Zeit aus ihrem Quartier geschlichen? Hatte sie etwas von dem Überfall geahnt und sich daher klammheimlich aus dem Staub gemacht? Nein, niemals hätte sie es über sich gebracht, ihren alten Großvater und ihre beste Freundin ahnungslos zurückzulassen. Womöglich war es ihr gelungen, sich zu verstecken, und nun suchte sie nach ihren Verwandten.

Voller Unruhe durchschritt Floreta den prächtigen Saal, wobei sie zur Kuppel hinaufstarrte, die einem Sternenhimmel nachempfunden war. Winzige Lichtpunkte glitzerten im Schein der Lampen, als sei die Kuppe mit Silber, Perlmutt und Elfenbein verziert. Unter normalen Bedingungen hätte dieser Anblick Floreta den Atem geraubt, doch in ihrer Sorge um Ceti und ihre eigene Zukunft fand sie keine Zeit, die verschwenderische Pracht des Thronsaals zu bewundern.

Samu erspähte nach schier endlosem Umherirren einen Bekannten, den er zuweilen zur Ader ließ. Es war Raschid, der Wesir des Emirs und einer der einflussreichsten Würdenträger Granadas. Von seiner üblichen Gelassenheit war indes nicht viel geblieben. Er schwankte, sein Gewand war zerrissen, und aus einer Wunde am rechten Arm quoll Blut. Dennoch gab er sein Bestes, um den Verschanzten Mut zuzusprechen. Als er Samu erblickte, befahl er seinem Leibdiener, ihn durchzulassen.

«Platz für den Hakim», brüllte dieser eine Gruppe von Frauen an, die sich auf dem Fußboden niedergelassen hatten. «Das ist der Leibarzt und Berater unseres geliebten Gebieters.»

Floreta folgte ihrem Großvater durch das Gedränge, und auch Ruben, der noch immer sein Schwert fest umklammert hielt, schloss sich seinen Nachbarn an.

«Gelobt sei Allah, dass du hier bist, Hakim!» Der Wesir deutete auf seinen Arm. «Rasch, du musst mich verbinden. Dann kannst du dich um die anderen kümmern. Wie du siehst, bin ich nicht der Einzige, der eine Stichverletzung abbekommen hat.»

Samu nickte, froh darüber, gebraucht zu werden. Mit dem Schwert in der Hand konnte er in seinem Alter nichts mehr ausrichten, dafür wusste er mit ärztlichem Besteck umzugehen. Sogleich schickte er Floreta zu den Wasserträgern, um sich eine Schale füllen zu lassen, dann entnahm er seinem Kasten saubere Leinenstreifen sowie eine scharfriechende Tinktur und begann damit, die blutende Wunde des Wesirs zu reinigen.

«Wo ist der Emir?», platzte es aus Floreta heraus, nachdem sie und Ruben die Dinge, um die Samu sie gebeten hatte, um ihn herum aufgebaut hatten. «Ist er noch im Palast?»

Der Wesir hob mürrisch den Blick und fixierte sie mit leicht glasigen Augen. Samu hatte ihm ein wenig Opiumpulver gegen die Schmerzen angeboten, doch Raschid wollte bei vollem Bewusstsein bleiben, denn ihm war klar, dass die Mauern des Turms den Menschen nur vorübergehend Schutz boten. Die Wachsoldaten des Emirs waren völlig aufgerieben, die meisten bereits tot. Nur eine kleine Schar leistete noch Widerstand, doch zweifellos würde auch diese in den nächsten Stunden zusammenbrechen.

«Wer ist dieses Mädchen, das es wagt, einen Würdenträger des erhabenen Muhammad von Granada ungefragt anzusprechen?» Der Wesir biss die Zähne zusammen, aber er klang eher hilflos als verärgert.

«Meine Enkeltochter meint es nicht so, ehrwürdiger Herr», beschwichtigte ihn Samu, während er eine heilende Paste aus Ringelblumen und anderen Kräutern auf den Arm des Wesirs auftrug. «Im Hof der Sultanin musste sie Schreckliches mitansehen, und vor dem Turm entging sie nur mit knapper Not einem der Stummen, möge der Fremde in den tiefsten Höllen verbrennen.»

«Der Fremde?» Raschid lachte bitter auf, verzog aber im nächsten Moment das Gesicht. «Diese Mörder wurden vermutlich an der nordafrikanischen Küste angeworben und haben sich heimlich in kleinen Gruppen in die Stadt geschlichen. Vielleicht als Händler verkleidet, so erregten sie an den Stadttoren keinen Argwohn. Aber der Mann, der sie anlockte wie ein Honigtopf die Wespen, lebt hier im Palast. Machen wir uns nichts vor, ihr kennt ihn alle. Es ist …», er dämpfte die Stimme, «… Ismail.»

Floreta blickte sich voller Unbehagen um, ob jemand dem Wesir zugehört hatte, denn eine solche Beschuldigung laut auszusprechen, konnte einen leicht den Kopf kosten. Prinz Ismail war ein Halbbruder des Emirs und im Volk weder beliebt noch besonders beachtet. Er bewohnte den Sommerpalast, seit Muhammad über Granada herrschte, doch womit er sich dort die Zeit vertrieb, wusste niemand so genau. In die Regierung des Emirs mischte er sich nicht ein, ja, Politik schien ihn gar nicht zu interessieren. Daher kam Floreta die Anschuldigung des Wesirs, ausgerechnet Ismail könnte die blutige Revolte dieser Nacht angezettelt haben, mehr als absurd vor. Samu schien ihre Zweifel zu teilen, denn Floreta sah, wie seine Lippen ein spöttisches Lächeln umspielte.

«Ismail ist doch nichts als ein dummer Junge. Er lebt von den Zuwendungen seines Bruders und besitzt kaum genug Geld, um sich auf dem Basar ein paar Pantoffeln zu kaufen.»

Raschid wandte sich verächtlich schnaubend ab, wobei er aufpasste, seinen mittlerweile dick bandagierten Arm zu schonen. «Glaub, was du willst, Hakim Samu. Aber ich weiß genau, dass Prinz Ismail der Drahtzieher hinter diesen Schandtaten ist. Mehr als einmal habe ich versucht, den Emir davon zu überzeugen, ihn und seine intrigante Mutter aus Granada zu verbannen. Doch dafür ist es jetzt zu spät. Muhammad hat sämtliche Warnungen in den Wind geschlagen, dafür muss er nun die Verantwortung tragen.»

«Ist er geflohen?»

Der Wesir nickte düster. «Durch die Schlucht, soviel ich weiß. In Frauenkleidern, möge Allah ihm vergeben. Ich selbst leuchtete ihm und seiner Begleiterin ein Stück weit, aber dann lief ich rasch zur Kasbah zurück, um seine Spur zu verwischen. Prinz Ismail darf seiner unter keinen Umständen habhaft werden, sonst ist alles verloren!»

Floreta schwirrte der Kopf, gleichzeitig bekam sie Angst. Wenn der Wesir die Wahrheit sagte und Prinz Ismail nach der Macht griff, würde dieser sich für die ihm zugefügten Demütigungen rächen. Gnadenlos würde Ismail jeden beseitigen, der im Ruf stand, dem Emir treu und ergeben gewesen zu sein. Dazu gehörte aber nicht nur Raschid, sondern auch ihr Großvater. Samu war Arzt, Philosoph und Gelehrter. Nach dem Tod des alten Emirs Jussuf war ihm die Ehre zuteilgeworden, dessen Erben in den Wissenschaften zu unterrichten. Im Gegenzug dazu war Samu von Emir

Muhammad zu dessen Vertrautem erklärt und in viele seiner Pläne eingeweiht worden. Muhammad wollte aus Granada einen Ort der Gelehrsamkeit und der Künste machen. Er plante eine Schule, keine Koranschule oder Madrasa, wie es sie vielerorts in der Stadt gab, sondern eine Einrichtung, an der man sich weltliches Wissen aneignen konnte. Gemeinsam mit Samu träumte er auch von einem Hospital. Zu viel über die Mächtigen des Landes und die politischen Ziele des Herrschers zu wissen, war jedoch riskant. Samu war klug genug gewesen, sich rechtzeitig zurückzuziehen und die Politik Männern wie Raschid zu überlassen. Ob Ismail ihn deshalb aber ungeschoren lassen würde, war fraglich.

Floreta merkte, wie ihr Großvater ihre Hand ertastete und sie einen kurzen Moment lang so heftig drückte, als wollte er sie nie wieder loslassen. Sie konnte seine Angst spüren.

Und dann kam ihr etwas in den Sinn. «Dieses Mädchen, das Muhammad durch die Schlucht begleitet hat ...»

«Eine seiner Gespielinnen», unterbrach der Wesir sie schroff. «Wir müssen ihr dankbar sein, denn sie hat den Emir rechtzeitig gewarnt und ihn überredet, ihre Kleider anzuziehen.» Er runzelte die Stirn und reckte das fleischige Kinn. «Wenn ich mich richtig erinnere, habe ich das Mädchen schon einmal bei dir gesehen, Samu. Hast du nicht noch eine zweite Enkelin, eine besonders hübsche?»

Floreta errötete beschämt, gleichzeitig schimpfte sie sich in Gedanken, weil sie so blind gewesen war. Ceti. Natürlich, nur sie konnte gemeint sein. Floreta hatte sich gefragt, was ihre Cousine neuerdings so oft zur Alhambra zog, obwohl sie der Arbeit ihres Großvaters kaum Beachtung schenkte. Doch wie hätte sie annehmen können, dass ausgerechnet Ceti dem Emir aufgefallen war?

Floreta hörte ihren Großvater nach Luft schnappen. Nun wurde ihr klar, warum ihre Freundin mitten in der Nacht ihr gemeinsames Schlafquartier verlassen hatte. Sie hatte sich in die

Gemächer des Emirs geschlichen wie in zahllosen Nächten zuvor. Heute allerdings war ihr verschwiegenes Stelldichein gestört worden.

Samu schien auch zu dämmern, welche Heimlichkeiten seine verschwundene Enkeltochter umtrieben. Doch noch bevor er sich dazu äußern konnte, dröhnten dumpfe Schläge gegen das Tor.

Ein verschwitzter Wachsoldat stürmte in den Saal der Botschafter und hielt sogleich auf den Wesir zu. «Draußen steht Seine Hoheit, Fürst Abu Said», rief der Mann atemlos. «Er verlangt, auf der Stelle eingelassen zu werden. Er sagt, er habe eine Botschaft unseres Herrschers für dich.»

Die Männer blickten sich an. Abu Said zählte zu den einflussreichsten Beamten am Hofe des Emirs und gehörte über ein paar Umwege zur königlichen Familie. Sein Wort hatte Gewicht in Granada. Er galt als kühler, scharfsinniger Beobachter, während Ismail, dessen Schwester Abu Said im vergangenen Jahr geheiratet hatte, von eher schlichtem Gemüt war. Da das Verhältnis zwischen Ismail und seinem älteren Halbbruder als gespannt galt, war Abu Said wiederholt die Rolle des Vermittlers zugefallen. Wenn es jemandem gelang, begütigend auf den jungen Prinzen einzuwirken, dann sicher Abu Said.

«Ist das klug?», wandte Samu ein. «Sollten wir nicht abwarten, bis sich die Lage draußen ein wenig entspannt hat?»

«Und den Fürsten verärgern?» Raschid schüttelte den Kopf. «Das wäre Selbstmord. Ich kann hier allein nichts mehr ausrichten, nicht mit einer Handvoll Wachsoldaten. Die Verantwortung lastet zu schwer auf meinen Schultern. Falls Ismail seinen Söldnern den Befehl zum Sturm auf die königlichen Säle erteilt, wird es zu einem furchtbaren Blutbad kommen. Abu Said wird uns helfen, er hat doch schon mehrmals Streitigkeiten zwischen den beiden Brüdern geschlichtet.»

«Mag sein, aber nun ist nur noch einer von beiden übrig», sagte Samu erschöpft. «Ismail ist unberechenbar. Was, wenn er den Fürsten in seine Gewalt gebracht hat und dieser von ihm gezwungen wird, uns zur Kapitulation aufzurufen?»

«Unsinn, Hakim!» Raschid schüttelte den Kopf. «Das verstehst du nicht, weil du nicht zu den Rechtgläubigen gehörst. Abu Said ist ein Ehrenmann. Außerdem sichten meine Späher in der Nähe des Turms keinen von Ismails Männern. Wir können Abu Said getrost einlassen und uns anhören, welche Botschaft er vom Emir bringt. Vielleicht ist es Muhammad ja schon gelungen, die Aufständischen niederzuwerfen. Schließlich gibt es in der Stadt noch genügend Männer, die zu den Waffen greifen würden, um Ismail zu verjagen.»

Floreta wagte es nicht, sich in den Disput der Männer einzumischen, doch insgeheim teilte sie die Befürchtungen ihres Großvaters. Was, wenn der Fürst nur auf diese Revolte gewartet hatte, um die Gunst der Stunde für sich selbst zu nutzen?

Raschid hatte dem Arzt und Lehrer seines Gebieters stets respektvoll zugehört, doch aus irgendeinem Grund weigerte er sich nun, auch nur einen Gedanken an dessen Warnung zu verschwenden. Energisch forderte er, dem Fürsten das Tor zu öffnen.

Als Abu Said schließlich hocherhobenen Hauptes über den glänzenden Marmorfußboden schritt, verneigten sich die Anwesenden ehrerbietig vor ihm. In der Tat bot der hochgewachsene, bärtige Mann ein wahrhaft imposantes Bild, was nicht nur an der glänzenden Rüstung lag, die seine Brust vor Pfeilen schützte. Zielsicher durchquerte er den Saal. Aus der Menge ertönten die ersten Hochrufe auf den stolzen Fürsten, in die alsbald die meisten Anwesenden einstimmten. Lautstark priesen die Menschen Gott, der sie durch das Eingreifen Abu Saids zu retten versprach.

Auf den Lippen des Fürsten zeigte sich ein dünnes Lächeln; der Jubel schien ihm zu gefallen. Einen Herzschlag lang blieb er inmitten des Saals stehen, schüttelte einige Hände und klopfte auf Schultern. Doch noch während er sich feiern ließ, befahl er seinem Gefolge, die Ausgänge zu besetzen. Man ließ ihn gewähren.

Raschid verbeugte sich, beide Hände vor der Brust gefaltet. Er schien erleichtert. Weder er noch die übrigen Anhänger des Emirs im Turm störten sich an den persönlichen Leibwächtern des Fürsten, zwei finster dreinblickenden Hünen, deren kriegerische Erscheinung durch die Blutspritzer auf ihrem Brustpanzer noch unterstrichen wurde. Erst als die Männer Fußtritte und grobe Stöße austeilten, wichen die Hofbediensteten ernüchtert zurück. Ihr Protest wurde durch Drohgebärden zum Verstummen gebracht. Als Nächstes zerrte einer von Abu Saids Männern einen schmutzigen, zerlumpten Burschen von höchstens achtzehn Jahren in den Thronsaal, der kaum aufzublicken wagte. Mit dem Schwertknauf wurde er vorwärtsgetrieben.

Floreta kniff die Augen zusammen. Nun sah sie, dass der Gefangene kein Knabe, sondern ein Mädchen war. Es war Ceti.

Floretas Cousine sah arg mitgenommen aus. Ihr Gesicht war geschwollen und trug deutliche Anzeichen von Misshandlung. Offensichtlich hatte sie gegen ihre Peiniger gekämpft wie eine Wildkatze, aber dennoch eine gehörige Tracht Prügel einstecken müssen. Trotzdem entdeckte Floreta in ihren Zügen weniger Angst als Trotz und Ärger darüber, geschnappt worden zu sein. In den weiten, türkisfarbenen Beinkleidern und dem aus Leinen geschneiderten Hemd, das ihr bis über die Knie fiel, hätte man sie in der Tat leicht mit einem jungen Burschen verwechseln können. Dünn genug war sie. Ihr ehemals hüftlanges rabenschwarzes Haar reichte ihr nur noch bis zu den Schultern. Offenbar war es in aller Eile abgeschnitten worden. Um die Täuschung perfekt zu machen, hatte Ceti sich Lampenruß ins Gesicht geschmiert und ihre zierlichen Füße in viel zu große Männerstiefel gesteckt.

Floreta hob die Hand, um auf sich aufmerksam zu machen, doch Ceti vermied jeden Blickkontakt. Wie betäubt starrte sie in Richtung Thron, als hätte sie Angst, Abu Said, der sich dem Stuhl des Emirs näherte, aus den Augen zu verlieren. Erst als Floreta sie beim Namen rief, zögerte sie. Das jedoch bekam ihr schlecht. Sogleich versetzte einer der Wächter ihr ohne Vorwarnung eine schallende Ohrfeige.

«Was soll das?», raunte Floreta ihrem Großvater zu, der neben ihr stand. «Was wollen die Männer von Ceti?»

«Ich habe keine Ahnung, aber ich werde es herausfinden!» Der alte Arzt versuchte, sich durch das Gedränge zu schieben. Es gelang ihm, einen Zipfel von Raschids Gewand zu ergreifen, doch der Wesir schüttelte ihn ab wie eine lästige Fliege.

Durcheinander wie er war, hätte nicht viel gefehlt und er hätte Samu einen Tritt verpasst. «Jetzt nicht, Hakim!»

«Aber da vorn ist meine Enkelin», protestierte der Alte, wobei er unvorsichtigerweise die Stimme erhob. «Sie ist die Retterin unseres geliebten Emirs, das hast du mir selbst gesagt. Und nun wird sie wie eine Gefangene in den Saal geschleppt! Da stimmt doch etwas nicht.»

Noch bevor Samu zu Ende gesprochen hatte, begriff er, dass er einen Fehler gemacht hatte, der sich nicht wiedergutmachen ließ. Er hätte abstreiten müssen, Ceti zu kennen. Stattdessen zog er nun die Aufmerksamkeit Abu Saids auch auf sich und Floreta. Im Saal wurde es still. Sämtlicher Jubel war verebbt.

«So, dieser kleine Dämon in Männerkleidung gehört also zur Sippe des Arztes», verkündete der Fürst triumphierend. Er verschränkte die Arme hinter dem Rücken und stieg alsdann die drei Stufen zum Thron des Emirs hinauf. Dabei schien er jeden einzelnen Schritt zu genießen. Auf dem Podest fuhr er mit der Hand über die Schnitzereien des Herrscherthrones, vor dem er sich so oft schon, mit der Stirn zum Fußboden gewandt, verneigt hatte.

Heute jedoch stand ihm der Sinn nicht danach, irgendjemandem seine Ehrerbietung zu erweisen. Im Gegenteil, er forderte sie ein.

Fürst Abu Said richtete sich zu seiner vollständigen Größe auf. Er war ein gutaussehender Mann, der vor der Vollendung seines dreißigsten Sommers stand. Regelmäßige Gefechte mit dem Säbel, aber auch das Ringen mit bloßen Armen hatten seine Schultern breit und seine Gliedmaßen muskulös werden lassen. In seinen Gesichtszügen dagegen vereinigte sich die Melancholie eines Poeten mit dem wachen Blick des Strategen. Diesen Eindruck unterstrichen seine durchdringenden Blicke und das verächtliche Lächeln, mit dem er den Menschen im Saal nun erklärte: «Die Alhambra befindet sich in der Hand des Prinzen Ismail, der in naher Zukunft die Nachfolge des davongelaufenen Emirs antreten wird. Muhammad V. ist ein Verräter, der es nicht verdient, auch nur einen Tag länger über Granada zu herrschen. Alle, die in seinem Schatten groß wurden wie Maden unter einem kalten Stein, werden auf Befehl unseres gnädigen neuen Emirs Ismail ohne Erbarmen hingerichtet.»

Befriedigt sah der Fürst zu, wie sich unter den Anwesenden Entsetzen breitmachte. Die Männer, die Abu Said noch vor wenigen Augenblicken zugejubelt hatten, sanken nun verstört auf die Knie, während andere in Panik zu den Ausgängen drängten. Doch die Pforten wurden von den Männern des Fürsten bewacht, die jeden mit Schlägen und Stichen zurückschoben, der es wagte, ihnen zu nahe zu kommen. Es gab kein Entrinnen mehr.

Raschid hatte dem Tod Einlass gewährt.

Floreta schlug die Hand vor den Mund. Sie zitterte am ganzen Leib, als sie sah, wie die zwei Leibwächter des Fürsten auf sie zukamen. Doch noch war sie nicht an der Reihe, die beiden Männer ergriffen Raschid. Fassungslos versuchte der Wesir zu erklären, dass sie einen Fehler machten, indem sie ihn anrührten, den Oberbefehlshaber des Palastes in Abwesenheit des Emirs. Aber die

Schergen des Fürsten schleppten ihn zum Thron und bedeuteten ihm niederzuknien. Schlotternd vor Angst, gehorchte der Wesir.

Samu legte Floreta seinen Arm um die Schulter. Auch in den Augen des alten Mannes stand Todesangst, dennoch flüsterte er ihr beruhigend zu: «Hab keine Angst, mein Kind. Ich werde nicht zulassen, dass man dir und Ceti etwas antut.»

«Und wie willst du das verhindern? Wir sitzen hier in der Falle wie Mäuse!»

Samu holte tief Luft, bevor er erklärte: «Es gibt da etwas, das Ismail nur zu gern in die Finger bekäme. Aber nur ich kann ihm dazu verhelfen.»

Er wollte noch etwas hinzufügen, doch da wurde ihm bewusst, dass Ruben ganz in der Nähe stand und die Ohren spitzte. Als der Mann Samus hochgezogene Augenbrauen bemerkte, wandte er sogleich den Blick ab. Bemerkenswerterweise war Ruben der Einzige im Saal, der tatsächlich Ruhe bewahrte. Doch warum auch nicht? Ruben würde gewiss mit heiler Haut aus dem Turm herauskommen. Er war ein besserer Laufbursche, der mal dem einen, mal dem anderen Herrn diente. Was scherte es ihn, dass sich Abu Said von Muhammad abgewandt und offen auf Ismails Seite geschlagen hatte? Dann bemerkte Floreta das Schwert in der Hand ihres Nachbarn. Die alte Garde des Emirs war von Abu Saids und Ismails Männern entwaffnet worden, doch im allgemeinen Aufruhr hatte wohl keiner daran gedacht, den unscheinbaren Ruben zu durchsuchen.

«Du hast deinen Herrn und Gebieter verraten», wimmerte Raschid, der nach wie vor in gebückter Haltung vor Abu Said verharrte. «Und mich hast du auch getäuscht, sonst hätte ich den Turm lieber angezündet, als ihn dir zu übergeben. Eines Tages wird der Emir zurückkehren und Rache üben. Du und der schwachsinnige Prinz Ismail, ihr werdet auf Eisenspänen geröstet werden.»

Abu Said lachte, als hätte er einen Scherz vernommen. «Eine glänzende Idee, mein guter Raschid. Doch ich fürchte, du wirst dich an diesem Anblick nicht mehr erfreuen.» Er zog seinen Säbel aus der Schärpe, ein kostbares Stück, dessen Knauf mit Juwelen und Perlen besetzt war. Dann holte er aus, hielt aber plötzlich inne, als sein Blick auf die sich immer noch sträubende Ceti fiel. Das Mädchen war von seinen Bewachern vor die Stufen des Throns gezerrt worden.

«Du unwürdige Hure hast dem Verräter Muhammad zur Flucht verholfen», donnerte Abu Said mit tiefer Stimme durch den Saal. «Wie ist dein Name?»

Ceti presste die Lippen aufeinander.

«Dein Gebieter hat dir eine Frage gestellt», zischte ihr Abu Saids Leibwächter ins Ohr. «Wirst du dem Fürsten deinen Namen nennen, oder willst du die Peitsche spüren?»

«Ceti.»

«Du bist eine Ungläubige, nicht wahr? Aus der Familie des Hakims. Und dennoch hat dich Muhammad in sein Bett geholt.» Abu Said trat an Raschid vorbei und kam auf Ceti zu. «Du bist schön, sogar in den Lumpen eines schmutzigen Taschendiebs. Na los, sieh mich an!»

Einen Moment lang begegnete sie dem Blick des hochgewachsenen Mannes, dann wandte sie sich ab. Floreta zerriss es fast das Herz, als sie bemerkte, wie sich die Augen ihrer Cousine mit Tränen füllten. Sicher dachte sie an den Emir, dessen weiteres Schicksal ebenso in Gottes Händen lag wie ihr eigenes.

«Auf dein Vergehen steht der Tod, und mit dir sollte auch deine Familie sterben, die dem neuen Emir ohnehin niemals die Treue halten würde. Ihr seid Fremde in Granada, niemand wird euch vermissen.» Abu Said schwieg, er schien sich etwas zu überlegen. «Aber ich bin bei bester Laune und werde daher ausnahmsweise Gnade walten lassen», entschied er dann. «Du musst mir nur einen kleinen Gefallen tun.» Entschlossen drückte er Ceti seinen Säbel in die Hand und zeigte dann auf den knienden Raschid. «Na los, Mädchen, zeig, was in dir steckt!», befahl er ihr. «Töte den Wesir!» Seine Stimme klang, als würde er sich einen Teller Zuckerkuchen bestellen. «Gehorchst du, lasse ich dich am Leben.»

Unnachgiebig schob er Ceti die Stufen des Podests hinauf.

Kapitel 3

Floreta und Samu sollten der Hinrichtung des Wesirs nicht beiwohnen. Auf Befehl Abu Saids wurden sie zusammen mit einigen anderen ehemaligen Vertrauten des Emirs in eine stickige, spärlich möblierte Kammer gepfercht, in der sie kaum genug Luft zum Atmen hatten. Dort sollten sie warten, bis Abu Said Zeit fand, sich der Gefangenen anzunehmen.

Floreta rüttelte an der Tür, gab es jedoch bald auf, denn sie war verschlossen und von außen verriegelt. Auch das einzige Fenster bot kein Entkommen. Um das Gitter zu entfernen, hätten sie Werkzeug gebraucht, davon abgesehen wurde der Turm bewacht. Floreta erinnerte sich an die vielen Treppenstufen, die sie hatten hinaufsteigen müssen, und mutmaßte daher, dass sie gegenüber der großen Dachterrasse eingesperrt worden waren. Von dort aus hatte der Emir in klaren Nächten die Sterne beobachtet.

Voller düsterer Gefühle starrte Floreta durch das Gitter, hinunter auf die Palastanlage mit ihren Gärten und rötlich leuchtenden Gebäuden. Ismail, der Kopf des Aufstands, hatte sich noch nicht gezeigt. Dafür waren die Innenhöfe vollgestopft mit den Anhängern Abu Saids. Teilnahmslos wuchteten dunkelhäutige Sklaven aus Nordafrika die Leichen der erschlagenen Palastdiener auf eilig herbeigeschaffte Karren und Bahren. Blieben die Toten länger in der heißen Sonne liegen, drohten Seuchen. Eingeschüchterte Berberinnen lagen auf den Knien und entfernten Blutlachen mit Wasser, das sie in Eimern aus den Becken und

Goldfischteichen des Palastgartens holten. Einige schaufelten im Schweiße ihres Angesichts Sand darüber. Dabei schlugen sie nach Schwärmen von Fliegen, welche die Überreste der Toten umkreisten.

Die Nacht des Schreckens war vorbei, der Aufstand der Verschwörer erfolgreich abgelaufen. Nun begann das große Aufräumen. Und der Tag des Strafgerichts.

Langsam ließ sich Floreta am Gitter hinuntergleiten.

«Pass auf, du wirst dich verletzen», mahnte ihr Großvater, aber es klang fast, als spräche er nicht mit ihr, sondern mit einem anderen Menschen. Unablässig fächelte er sich mit einem Zipfel seines Kaftans Luft zu. Der Gestank von Schweiß, Blut und Angst, der über dem Raum hing, machte ihm schwer zu schaffen, obwohl er als Heilkundiger daran gewöhnt sein musste. Zu Hause hätte sich Samu um diese Zeit seine Lederriemen um Hand, Arm und Stirn gebunden und seine Gebete gesprochen. In dieser Hinsicht war er sehr gewissenhaft, hier oben jedoch schien er jegliches Gefühl für Zeit verloren zu haben.

«Glaubst du, dass sie es getan hat?», fragte Floreta leise. «Wird Gott ihr vergeben, wenn sie Raschid erschlägt?» Widerwillig überließ sie ihren Platz am Fenster einer älteren Frau und lehnte sich neben Samu an die Wand. Am Morgen war es dort auszuhalten gewesen, doch als es Mittag wurde, war der letzte Schatten aus der engen Kammer entschwunden; unbarmherzig wurde sie von der grellen Sonne erhitzt. Die Gefangenen stöhnten und bettelten um Wasser, aber niemand ließ sich blicken.

Samu zog mühsam sein dunkles Übergewand aus, knüllte es zusammen und schob es sich in den Nacken. «Die Tochter deines Onkels war schon immer ein eigenwilliges Geschöpf», gab er zu bedenken. «Es ist grausam von Abu Said, sie zu benutzen und den Wesir zu demütigen, aber vergiss nicht, dass Raschid selbst es war, der dem Unheil die Tore öffnen ließ.» Er seufzte. «Wäre Muhammad da gewesen, hätte er Abu Said seinen Thron niemals ausgeliefert.»

«Der Emir ist in Weiberkleidern davongerannt», empörte sich ein dicker Mann, den Floreta schon häufig im Palast gesehen hatte. Der rote Stoffstreifen an seinem Turban wies ihn als Mozaraber aus, einen arabischsprechenden Christen, der sich in Sitten und Gebräuchen längst an die maurische Bevölkerung angepasst hatte. Als Schutzbefohlene des Emirats hatten diese Leute besondere Abgaben zu entrichten, durften dafür aber in ihren Vierteln der Kasbah den eigenen Geschäften nachgehen. Einigen Mozarabern war es sogar gelungen, in der Gunst des Emirs aufzusteigen. Dazu zählte offenbar auch dieser Gefangene, dem nun aber angesichts seines zu erwartenden Urteils der Angstschweiß von der Stirn perlte. Er hatte guten Grund zur Sorge. Abu Said hatte nie einen Hehl daraus gemacht, dass er Juden wie Christen misstraute.

«Von Muhammad haben wir nichts mehr zu erwarten», sagte der Mozaraber nun bitter. «Er wird sich nach Marokko durchschlagen und uns vergessen.» Er beugte sich vor, packte Floreta grob am Arm und schüttelte sie. «Wenn deine Verwandte klug ist, tut sie, was Abu Said ihr befohlen hat. Sie muss Raschid töten, sonst sterben wir alle.»

Floreta riss sich los; der Griff des Mannes tat ihr weh. «Glaubst du wirklich, dass der Fürst uns dann gehen lässt?»

«Das hat er uns versprochen», mischte sich nun seine Frau ein. Sie sprach ausgezeichnet Arabisch, untermalte ihre Worte aber mit hektischen Gesten. Offenbar waren ihre Nerven zum Zerreißen gespannt. «Mein Mann ist ein guter Verwalter. Er hat die Aufsicht über alle Karawansereien Granadas. Prinz Ismail braucht fähige Männer wie ihn. Hört ihr? Ihr müsst ihm nur die Treue schwören und erklären, dass der frühere Emir ein Verräter war, der Granada den Christen ausliefern wollte.» Voller Abscheu spie sie auf den Fußboden und wurde dafür sogleich von einigen

Männern beschimpft, die die Absicht hatten, ihr Gebet zu sprechen. Von fern war der Gesang eines Muezzins zu hören.

«Wie kannst du deinem Gebieter so in den Rücken fallen?» Samus Stimme zitterte vor Empörung. «Du bist Christin und bezichtigst deinen Herrn, mit dem König von Kastilien zu paktieren? Schämst du dich eigentlich nicht? Unter Muhammads Herrschaft ist es euch doch nicht schlecht ergangen. Dein Mann darf sogar voller Stolz den Turban tragen, obwohl es den meisten Christen und Juden im Land verboten ist.»

«Uns erging es längst nicht so gut wie deinen Leuten, alter Mann», gab das Weib schnippisch zurück. «Aber wen wundert das? Vermutlich hat der Emir dich als Juden nur deshalb in seiner Nähe geduldet, weil er ein Auge auf deine Enkelin, diese Ceti, geworfen hatte.» Sie lachte schrill auf. «Duldet eine Hure unter seinem Dach und will mir etwas von Schande erzählen.»

Ihr Mann zuckte mit den Achseln. «Auf jeden Fall habe ich Geld auf die Seite geschafft, viel Geld. Wäre gelacht, wenn ein Mann wie Fürst Abu Said nicht mit sich handeln ließe.»

Floreta sah, wie ihrem Großvater die Tränen in die Augen schossen. In gewisser Weise war Samu nicht weniger gutgläubig gewesen als der Wesir. Auch er hatte sich auf seinen guten Ruf verlassen, auf alle seine Privilegien. Niemals wäre er auf die Idee gekommen, es könnte eines Tages im Emirat Granada keinen Platz mehr für seinesgleichen geben.

Verlass mich nicht, Großvater, dachte sie. Ich habe doch nur noch dich. Lass uns zusammen fortziehen. Granada ist nicht länger unsere Heimat. Nicht wenn Ismail Emir wird und Abu Said für ihn das Land ausplündert.

Der Tag neigte sich seinem Ende zu, als der Riegel plötzlich zurückgeschoben wurde und ein Mann suchend in die Stube spähte. Er trug ein Schwert bei sich und bedeutete Floreta und Samu mit einem Handzeichen, aufzustehen und ihm zu folgen.

«Ruben?», keuchte Floreta, als sie ihn erkannte. Hoffnung keimte in ihr auf. «Bringst du uns hier hinaus?»

«Der ehrenwerte Fürst Abu Said will euch beide sehen.»

«Uns doch wohl vor den Juden», krächzte der Mozaraber empört. «Ich muss mit dem Fürsten reden, auf der Stelle. Ich flehe dich an. Unsere Gefangenschaft ist ein Irrtum. Ich gebe dir Geld, wenn du mich rauslässt.»

Aber Ruben ließ sich nicht bestechen. Barsch befahl er dem Mann, sich nicht von der Stelle zu rühren. Als der Mozaraber dennoch auf die Tür zuhastete, packte er ihn am Kragen und beförderte ihn mit einem Stoß zurück in die Kammer. «Du bleibst!»

Samu beugte sich zur Seite und griff nach seinem hölzernen Arzneikasten, als riefe man ihn zu einem ärztlichen Notfall. Doch er war zu schwach, um ihn allein zu tragen.

«Lass den Kram hier», befahl Ruben.

Doch davon wollte Samu nichts hören. «Ich habe den Kasten von meinem Vater erhalten, und der hatte ihn von seinem Vater. Eigentlich hätte mein ältester Sohn ihn einmal bekommen sollen, aber der lief mir davon.» Er verschluckte sich und hustete so stark, dass Floreta, die ihm beim Aufstehen half, Mühe hatte, ihn zu stützen.

«Ich hätte euch mehr beibringen sollen, dir und deiner Cousine. Vor allem ihr. Hörst du? Denk an meine Worte: Wer ein Leben retten kann, kann auch sich selbst retten.»

«Gnade, Herr», schluchzte die Frau des Mozarabers. Rasch nahm sie den Schleier ab, unter dem ein attraktives Gesicht mit blasser Haut zum Vorschein kam. Doch ihre Schönheit verschaffte ihr an diesem Ort keinen Vorteil.

«Beeilt euch doch!» Ruben warf misstrauische Blicke über die Schulter zurück, gleichzeitig hielt er Samus und Floretas unglückliche Mitgefangene, die auf die Tür zuwankten, in Schach.

«Wo ist Ceti?» Floreta war Rubens plötzliches Auftauchen

nicht ganz geheuer. Sie traute ihm nicht über den Weg. Warum sollte der Fürst ausgerechnet ihn schicken, um sie zum Verhör zu holen? Dafür hatte er doch seine Leibwächter. Und warum ließ sich Prinz Ismail immer noch nicht im Turm blicken?

«Ihr werdet sie gleich sehen», versprach Ruben, während er Floreta und ihren Großvater über Treppen und Flure begleitete, bis sie schließlich in einem großzügig geschnittenen und mit erlesenem Geschmack ausgestatteten Raum standen. Dieser besaß zwei Balkone aus weißem Stein, die weit hinaus ins Freie führten und eine herrliche Aussicht auf die Dächer und Minarette der umliegenden Hügel gestatteten. Inmitten des Gemachs, dessen Steinfußboden mit flauschigen Teppichen bedeckt war, erhob sich ein Wasserbecken aus ebenso hellem Stein wie die Balkone, auf das Floreta sogleich zueilte. Bevor sie sich selbst erfrischte, blickte sie sich nach einem Becher oder einem Glas für Samu um.

Sie war noch dabei, Wasser zu schöpfen, als Abu Said in Begleitung seines grimmig dreinblickenden Leibwächters den Raum betrat. Ceti war bei ihm. Sie trug Handfesseln und wirkte bedrückt.

Gott sei gedankt, dachte Floreta. Ohne Abu Said eines Blickes zu würdigen, fiel sie ihrer Cousine um den Hals.

Mit keinem Wort erwähnte Ceti, was unten vor dem Thron des Emirs vorgefallen war, und weder Floreta noch Samu wagten es, sie in Abu Saids Gegenwart darauf anzusprechen. Der Umstand, dass Ceti lebendig und unverletzt vor ihnen stand, ließ indes den Schluss zu, dass sie sich dem Befehl des Fürsten gebeugt und Raschid getötet hatte.

«Was geschieht mit den Gefangenen im Turm?», brach Samu schließlich das Schweigen. «Sie haben kein Wasser und könnten ersticken, wenn man sie noch länger dort festhält!»

Floreta hielt den Atem an. Was Samu wagte, war tollkühn, doch das schien ihren Großvater nicht zu kümmern.

«Du bist in der Tat ein fürsorglicher Arzt», knurrte Abu Said.

«Dein heißgeliebter Schüler Muhammad konnte sich glücklich schätzen, dass deine Familie ihm zu Diensten war. In jeder Hinsicht.» Er warf Ceti einen anzüglichen Blick zu, bevor er seine Hände tief in das Wasserbecken tauchte. «Dank deiner Enkeltochter stehen wir nun glücklicherweise auf derselben Seite.»

Samu runzelte die Stirn. Er war so schwach, dass er kaum mehr stehen konnte. Doch obwohl er nie ein Held gewesen war, schien er fest entschlossen, sich von Abu Said nicht den letzten Rest Würde nehmen zu lassen, der ihm geblieben war.

«Wir beide stehen keineswegs auf derselben Seite», begann er langsam. «Wenn du vorhast, mich zu töten wie Raschid, empfehle ich dir, es rasch hinter dich zu bringen, damit ich von deiner Gegenwart befreit werde.»

«Für diese Frechheit sollte ich dir eigentlich die Zunge aus deinem Schandmaul reißen lassen. Aber damit würde ich mir wohl ins eigene Fleisch schneiden, nicht wahr?»

«Ich weiß nicht, wovon du redest!»

«Oh, ich glaube, das weißt du ganz genau.» Abu Said zwang Samu mit einer Geste auf die Knie. Dann begann er, ihn zu umrunden. «Du bist lange genug in den privaten Räumen des Emirs ein und aus gegangen. Muhammad hat dir mehr vertraut als Raschid. Ich weiß genau, dass er dir von den Edelsteinen erzählt hat, die sein Vater ihm hinterließ. Wie nannte er sie doch gleich? Die kalten Tränen der Fatima?»

«Er hat nicht nur mir davon erzählt», protestierte Samu. «Auch Prinz Ismail und seine Mutter wissen über die Steine Bescheid.»

Abu Said lachte spöttisch. «Sie haben sie aber nicht!»

«Dann hat der Emir sie eben mitgenommen», wandte Samu mit schwacher Stimme ein. Doch er klang nicht überzeugend genug. Schweiß trat auf seine Stirn.

Floreta wollte zu ihm eilen, wurde aber von Ruben zurückgehalten.

«Du lügst, alter Mann!» Abu Said stieß Samu mit der Stiefelspitze in die Seite. «Muhammad hatte keine Zeit, die Tränen der Fatima zu holen. Er floh mit leeren Händen. Nein, du hältst die Steine versteckt, und ich will sie haben.» Er zog seinen Säbel und zerschnitt damit die stickige Luft. «Vielleicht sollte ich deine Enkeltöchter meinen Soldaten überlassen. Sobald du ihre Schreie hörst, fällt dir vielleicht wieder ein, wo meine Edelsteine sind.»

«*Deine* Edelsteine?»

Abu Said wandte sich erstaunt zur Tür um und ließ sogleich den Säbel sinken, als sein Blick auf den Mann fiel, der von ihm unbemerkt den Raum betreten hatte. Dieser war jung, beinahe noch ein Knabe, aber dafür fast so groß und athletisch wie der Fürst. Er trug ein mit Goldfäden durchwirktes Gewand, darüber einen leichten, mit Stickereien verzierten Mantel und auf dem Kopf einen Turban aus nachtblauer Seide.

«Prinz Ismail», rief Abu Said mit augenscheinlich geheuchelter Begeisterung aus. «Ich kann dir mit Freude und Genugtuung berichten, dass die Alhambra in deiner Hand ist.»

Der junge Mann grinste hochmütig, während er das Wasserbecken umrundete und vor dem in eine Nische eingelassenen Mosaik mit dem Wahlspruch seines Geschlechts stehen blieb. «*Wa-la ghaliba illah llah*», zitierte er stockend. Obgleich er von denselben Lehrern erzogen worden war wie sein Halbbruder, schien Lesen nicht seine Stärke zu sein. «Es gibt keinen Sieger außer Allah!» Er drehte sich um. Sein Blick verfinsterte sich. «Ich habe nicht weniger von dir erwartet. Aber was hat dieses verfluchte Pack noch hier zu suchen? Das ist doch Muhammads Arzt, nicht wahr? Und wenn ich erfahre, dass du mich betrügst und dir Kostbarkeiten aneignen willst, die eigentlich mir zustehen ...»

«Wo denkst du hin, Schwager?», unterbrach ihn Abu Said milde, als müsste er ein trotziges Kind beruhigen. «Noch bevor der heilige Fastenmonat Ramadan beginnt, werden diejenigen vor dir im Staub liegen, die dich belächelt oder erniedrigt haben. Dann bist du unser aller Gebieter.»

«Vergiss das bloß nicht», entgegnete Ismail. «Was ist nun mit den Steinen? Ich habe den Befehl gegeben, den Palast abzusuchen, aber bislang waren meine Leute erfolglos.» Er riss die Augen auf, und ein Anflug von Unsicherheit verdrängte den Hochmut aus seinem Blick. «Wenn Muhammad die Edelsteine meines Vaters hat, kann er damit in Fez ein Heer aufstellen und mit Hilfe der Berber zurückkehren, um mich wieder vom Thron zu stoßen, nicht wahr?» Noch ehe Abu Said darauf eine Antwort einfiel, zog Prinz Ismail schreiend und tobend seinen Dolch und schnitt damit die Kissen und Teppiche seines Bruders in Fetzen. Dabei rief er voller Zorn: «Wer es wagt, mich aufzuhalten, wird zum Tode verurteilt, hast du mich verstanden, Abu Said? Also, heraus mit der Sprache! Was ist nun mit den Steinen?»

Abu Said deutete auf Samu, dessen Stirn noch immer den Boden berührte. «Der Alte weiß etwas, davon bin ich überzeugt. Ich war gerade dabei, ihn zu befragen. Aber er schweigt.»

«So, du willst also nicht reden, du verfluchter Hund?», rief Ismail.

«Nur wenn du meine Enkeltöchter gehen lässt!» Samus Stimme war nur noch schwach zu vernehmen, sie klang, als bündelte er seine letzten Kräfte. «Erlaube ihnen, die Stadt zu verlassen, dann werde ich …»

Ismail hörte ihm nicht weiter zu. «Glaubst du, ein Emir feilscht mit einem Ungläubigen wie auf dem Viehmarkt?», brüllte er. Noch bevor Abu Said eingreifen konnte, stürzte er sich mit seinem Dolch auf den alten Mann, der zu erschöpft war, um ihm auszuweichen.

Floreta schrie vor Entsetzen auf, als sich Ismails Klinge in die Brust ihres Großvaters bohrte. Ruben wollte ihr seine Hand vor die Augen legen, doch sie stieß ihn zurück. Hilflos sah sie zu, wie Samu den Mund öffnete und ein Röcheln seiner Kehle entstieg.

«Die Träne der Isis», keuchte er erstickt. «Die Träne der Isis!»

«Du willst mich zum Narren halten, Verräter!» Der Prinz zog den Dolch aus der klaffenden Wunde, ließ aber nicht von Samu ab. Wie von Sinnen stach er immer wieder zu, bis Samu blutüberströmt zusammenbrach. Erst als sich der Arzt nicht mehr bewegte, erwachte Ismail aus seinem Blutrausch. Während die Frauen schluchzten, raffte er sich auf und wankte zu dem Wasserbecken. Dort beugte er sich über sein Spiegelbild und zuckte bei seinem eigenen Anblick zusammen. Die blutige Waffe schleuderte er in eine Ecke, als hätte er sich an ihrem Griff die Finger verbrannt.

«Er ist tot», sagte Abu Said, der den Leichnam untersuchte. Er gab seinen Männern den Befehl, Samu in einen Teppich einzurollen und hinauszuschaffen. Dann funkelte er den Prinzen mit unverhohlener Verachtung an. Dafür, dass Ismail so töricht gewesen war, den alten Arzt zu töten, bevor dieser ihm das Versteck von Muhammads Edelsteinen verraten hatte, hätte er ihn am liebsten geohrfeigt. Doch natürlich wagte er das nicht. Nicht er, sondern Ismail war der künftige Emir. Mochte der auch betrunken sein und sich benehmen wie ein trotziges Kind.

«Der Alte hatte den Tod verdient», wehrte Ismail vorsorglich alle Anschuldigungen ab. «Er war ein Berater meines Bruders und hatte keine Bedingungen zu stellen. *Ich* bin der Emir von Granada. Außerdem möchte ich wetten, dass Samu uns belogen hat. Er wusste nichts von den Steinen, sondern wollte nur Zeit schinden, um seine Haut und die seiner Brut zu retten.»

Abu Said schüttelte langsam den Kopf. «Ohne mich, werter Schwager, bist du ein Niemand. Und ohne die Steine deines Bruders wird es dir schwerfallen, deine Soldaten zu bezahlen. Hüte dich künftig davor, auch nur ein Auge zuzumachen, wenn du nachts allein in deinen Gemächern liegst.»

«Willst du mir drohen?» Ismail schnappte empört nach Luft. Er hob die Hand, wagte aber nicht, den Fürsten zu ohrfeigen.

«Nein, ich will dich nur warnen!»

«Vielleicht weiß ja eines der Mädchen etwas über die Steine?» Ismail ging zu Floreta, fasste sie mit Daumen und Zeigefinger am Kinn und drehte ihren Kopf so, dass ihr keine andere Wahl blieb, als ihn anzusehen.

In ihren Augenwinkeln hingen Tränen, doch ihr Verstand warnte sie davor, jetzt um Samu zu trauern. Im Gegenteil, er hatte sie retten, ihr und Ceti einen Ausweg verschaffen wollen. Sollte sein Opfer nicht umsonst gewesen sein, musste sie sich zusammennehmen. Ismail durfte nicht merken, wie sehr sie sich vor seinem Jähzorn fürchtete. Ein falsches Wort und er würde sie ebenso brutal töten wie Samu. Sie biss die Zähne zusammen und versuchte, die eisigen Finger zu ignorieren, die auf ihrem Kinn einen Abdruck hinterließen. Fieberhaft suchte sie nach einem Gebet, doch keines der Worte, die Samu ihr einst beigebracht hatte, kam ihr in den Sinn. Es war, als hätte Ismails Dolch die Erinnerung an ihre unbeschwerte Kindheit unwiederbringlich aus ihrem Gedächtnis geschnitten.

«Dein Großvater hat dir doch bestimmt sein Geheimnis verraten, hm?»

«Nein, das hat er nicht, Erhabener. Ich schwöre es beim Grab meiner Mutter.»

«So.» Er ließ von ihr ab und musterte Ceti. Deren Hass auf den Prinzen und auf Abu Said, der mit verschränkten Armen hinter ihm stand, schien fast greifbar.

«Was meinte euer Großvater, als er von der ‹Träne der Isis› sprach?», fragte Abu Said. Anders als Ismail hatte er Samus letzte Worte nicht vergessen.

Ceti runzelte die Stirn. «Das Gestammel eines Sterbenden. Die Worte sagen mir überhaupt nichts.»

«Und was weißt du?» Abu Said zeigte auf Floreta, deren Herz heftig zu klopfen begann. «Sag es mir, und ich erlöse dich von meiner Gegenwart.»

Floreta zwang sich, nicht zu der roten Lache zu sehen, von der eine hässliche Schleifspur bis zur Pforte führte. Als Samus Schülerin kannte sie die Bedeutung der ‹Träne der Isis› genau. Es handelte sich um den volkstümlichen Namen einer Heilpflanze, die schon im alten Ägypten geschätzt worden war. Manche sprachen ihr sogar magische Eigenschaften zu und verehrten sie als Wundermittel. Floreta erinnerte sich, dass Samu aus den getrockneten Blättern des Krauts einen Sud aufgebrüht oder sie zu Öl oder Salben verarbeitet hatte.

«Mit ein wenig Wein vermengt, soll das Eisenkraut, wie der eigentliche Name der Heilpflanze lautet, selbst tödliche Wunden heilen», erklärte Floreta leise. Dass Samu daran nicht geglaubt hatte, verschwieg sie. Mochte der Fürst ruhig denken, Samu hätte im Todeskampf nach einem Wundermittel gerufen. Für sie ergab das keinen Sinn, aber Abu Said stellte ihre Antwort zufrieden.

«Zu dumm, dass der Alte starb, bevor er eine Kostprobe seiner sagenhaften Arznei nehmen konnte», meinte der Fürst trocken. «Ich wäre gern Zeuge eines Wunders gewesen. Euer Volk hat doch schon so manches erlebt, nicht wahr? Schritt trockenen Fußes durchs Rote Meer und wurde in der Wüste mit Nahrung versorgt, ohne einen Finger zu krümmen.» Er schnaubte. «Ich fürchte nur, damit ist es nun endgültig vorbei.»

«Du hast geschworen, mich freizulassen», zischte Ceti. «Hast du das etwa vergessen?»

«Nicht ganz, meine Schöne. Ich habe versprochen, dich am Leben zu lassen. Deiner Freundin versprach ich, sie von meiner Gegenwart zu befreien.»

Entsetzt blickten sich die beiden jungen Frauen an, während Abu Said sacht Prinz Ismails Schulter berührte. Der junge Mann hatte sich wieder beruhigt, wenngleich er keine Spur von Reue erkennen ließ.

«Ich fürchte, der Alte hat sein Geheimnis mit ins Grab genommen», sagte Abu Said. «Den beiden Weibern hat er es jedenfalls nicht verraten. Die sind viel zu dumm.»

Prinz Ismails düstere Miene drückte Zustimmung aus. Er schien sich damit abzufinden, die wertvollen Edelsteine nicht in die Finger zu bekommen. Das minderte jedoch nicht seine Wut auf Samus Familie.

«Wir sollten sie wieder zu den anderen Gefangenen stecken», schlug er vor. «Sobald die Dämmerung hereinbricht, lasse ich ein, zwei Dutzend auf dem Platz vor Muhammads Thronsaal öffentlich enthaupten. Das wird den Übrigen eine Warnung sein, sich nicht gegen mich aufzulehnen.»

Abu Said lächelte milde. «Du wirst bald ein großer Herrscher sein, erhabener Emir. Allerdings hielte ich es für klüger, die Mädchen zu schonen.»

«Was? Nicht einmal die Bastonade sollen sie für ihre Verstocktheit zu spüren bekommen?» Enttäuscht verzog Ismail den Mund. Dann bemerkte er, dass noch immer Blut an seinen Fingern klebte. Wie von einer giftigen Schlange gebissen, sprang er zurück zum Wasserbecken, um sich zu reinigen.

Mit Genugtuung beobachtete Floreta, wie der Prinz sich abmühte, die Spuren seiner Tat abzuwaschen. Es würde ihm nicht gelingen, davon war sie überzeugt. Eines Tages würde er für den feigen Mord an Samu und all den anderen, denen noch Schreckliches bevorstand, bezahlen müssen. Sie würde vermutlich nicht dabei sein, um es zu bezeugen, denn trotz Abu Saids unerwarteter Fürsprache zweifelte sie keinen Moment daran, dass man sie und Ceti aus dem Weg räumen würde. Aber Ismail, der die Entscheidungen nicht seinem Verstand, sondern seinem Dolch überließ, würde sich nicht lange auf dem Thron der Alhambra halten können.

«Wenn du die beiden nicht beseitigen willst, was hast du dann mit ihnen vor?», erkundigte sich Ismail. «Du willst sie doch nicht etwa in deinen Harem stecken? Auch wenn der Prophet dir vier Weiber erlaubt, würde das deiner Frau, meiner geliebten Schwester, nicht sonderlich gefallen.»

«Nur keine Sorge, mein Freund!» Abu Said wischte die Bedenken seines Schwagers mit einer knappen Handbewegung beiseite. «Diese Jüdinnen werden dir nie wieder unter die Augen treten. He, du da!» Er winkte Ruben zu sich und wartete, bis dieser sich ehrerbietig vor Ismail und ihm verneigt hatte. «Bring die beiden Mädchen unverzüglich zum Haus des Selim!»

Ruben hob erstaunt den Blick, vermied es aber, dem Fürsten in die Augen zu sehen. «Du meinst den Sklavenhändler, Herr?»

Abu Said nickte langsam. «Ich habe ihnen das Leben geschenkt, nicht die Freiheit. Samus Güter werden eingezogen, auch wenn der Erlös seines Hauses nicht einmal annähernd den Verlust der Edelsteine decken wird. Und dieses Ding da ...» Er trat nach Samus Arzneikasten, der noch an derselben Stelle stand, wo der Arzt ihn abgestellt hatte. «Das kannst du gleich mitnehmen. Vom heutigen Tag an soll nie wieder ein ungläubiger Heiler durch die Pforten dieses Palastes treten.»

Kapitel 4

Das Haus des Sklavenhändlers lag am Ende einer schäbigen Gasse, die von den Bewohnern des Viertels – hauptsächlich Berbern – ‹Straße der tausend Augen› genannt wurde. Warum, wurde Floreta klar, als sie die winzigen Fensterschlitze, die Gucklöcher in den Türen und die Risse im Mauerwerk der Gebäude sah. Hier beobachtete jeder jeden, immer auf der Hut vor einem Dieb oder Eindringling. Nie zuvor hatte Floreta auch nur einen Fuß in dieses Viertel gesetzt, obwohl es nur wenige Schritte vom größten Handelsplatz der Stadt entfernt lag. Wohin sie auch sah, fand sie nun misstrauische Blicke auf sich gerichtet. Frauen, die mit gefüllten Krügen vom Brunnen kamen oder auf der Erde saßen und sich mit Henna bemalten, steckten die Köpfe zusammen und tuschelten. Sogar von den flachen Dächern herab schien man die beiden jungen Frauen zu beobachten, die mit Stockhieben und Tritten Selims Hof entgegengetrieben wurden.

Auf Abu Saids Befehl hatte man beiden die Hände mit Stricken auf den Rücken gebunden. Ruben war bei ihnen, außerdem ließen sie noch zwei Soldaten des Fürsten keinen Moment aus den Augen. Unwirsch stießen sie einen Straßenverkäufer mit Honigkuchen und zwei Wasserträger zur Seite, die nicht rasch genug aus dem Weg gingen. Die meisten Menschen im Viertel zogen es vor, sich in ihren Häusern zu verschanzen. Die Kunde vom Überfall auf den Palast und der Flucht des Emirs war noch vor Tagesanbruch durch die ganze Stadt getragen worden. Dem ersten Schreck darüber folgte ein Heer von Ausrufern aus der Alhambra, die von Basar zu Basar zogen und Ismail als den neuen Herrscher priesen. Die Bewaffneten, die ihnen das Geleit gaben, passten auf, dass sich nirgendwo Widerstand regte. Sie durchsuchten Koranschulen, drangen in Bäder und Läden ein, um nach Anhängern des entflohenen Muhammad zu fahnden. Wer auch nur einen leisen Verdacht erregte, lief Gefahr, in Ketten aus der Stadt geschleift zu werden.

«Hier, durch den Torbogen in den Innenhof», befahl einer von Abu Saids Männern. Er grinste Ceti an und ließ seine Hand ungeniert über ihren Oberschenkel wandern. «Zu schade, dass ich nicht genug Geld habe, um mitzubieten. Ich habe einige Erfahrung mit Pferden, und es würde mir gefallen, eine wilde Stute wie dich zu zähmen. Wie ich hörte, hast du es dir von diesem weibischen Feigling von Muhammad tüchtig besorgen lassen, nicht wahr?» Er lachte. «Oder warst du es, die ihn bezwang?» Er zupfte an Cetis weiter Hose. «Aber so gefällst du mir nicht. Siehst aus wie ein Kerl. Was würde ich wohl unter diesen Beinkleidern finden, wenn ich mir einen Blick erlaubte?»

Ceti funkelte den Mann zornig an. Mochte sie auch in Kürze eine Sklavin sein, so besaß sie doch noch genug Stolz, um ihm eine Antwort nicht schuldig zu bleiben. «Dasselbe, was du im Dampfbad siehst, wenn du zwischen deine eigenen Beine spähst. Gar nichts.»

«He, du freches Aas ...»

«Lass sie in Ruhe», fauchte Ruben den Soldaten an, der schon die Faust erhoben hatte, um Ceti ins Gesicht zu schlagen. «Fürst Abu Said hat genaue Vorstellungen davon, wie viel Silber diese Sklavinnen ihm einbringen sollen. Verletzt du ihr Gesicht, wird der alte Selim den Preis drücken, und das wird weder dem Fürsten noch Prinz Ismail gefallen. Wenn du also der Peitsche entgehen willst, lauf hinein und rufe Selim, damit er die neue Ware in Augenschein nehmen kann.»

Ware? Bezeichnete Ruben sie etwa als Ware? Floreta war zu erschöpft, um sich darüber zu empören. Stumm ließ sie sich an Ort und Stelle auf den staubigen Boden sinken. Durst und Hitze brachten sie fast um den Verstand, zudem brannten ihre Augen, und der Kopf tat ihr weh. Obwohl sie am liebsten gleich die Augen zugemacht hätte, zwang Ruben sie wieder auf die Beine und scheuchte sie ein Stück weiter unter ein gespanntes Zeltdach im hinteren Winkel des Sklavenhofes, welches wenigstens etwas Schatten spendete.

Dort warteten schon andere Gefangene. Wer noch stehen konnte und nicht apathisch ins Leere starrte, reihte sich in die Warteschlange vor einem Krug ein, aus dem ein hünenhafter Berber Wasser für die halbverdursteten Männer und Frauen ausschenkte. Ruben gestattete Floreta und Ceti, sich unter dem Dach auf eine der Bastmatten zu legen, dann ging er zu dem Berber hinüber und kehrte nur einen Augenblick später mit zwei bis zum Rand gefüllten Bechern zurück. Ceti nahm ihre Ration wortlos entgegen, während Floreta sich zu einem dankbaren Nicken zwang. Sie trank in gierigen Zügen. Das Wasser war kühl und ließ sie einen Moment lang Kummer und Schmerz vergessen.

«Wenn ihr noch durstig seid, könnt ihr mehr haben», bot Ruben an. «Der Berber kennt mich.»

«Nein!», fauchte Ceti. «In welcher Welt werden Sklaven bedient? Wir sollten uns besser schon mal daran gewöhnen, dass wir bald diejenigen sein werden, die die Wünsche anderer erfüllen müssen. Wenn ich noch etwas trinken will, stelle ich mich ans Ende der Schlange und warte, bis ich an die Reihe komme, wie alle anderen.»

«Du kennst uns seit unserer Kindheit», sagte Floreta leise. «Großvater Samu war immer gut zu dir. Kannst du uns nicht helfen, von diesem schrecklichen Ort zu fliehen?»

Ruben biss sich auf die rauen Lippen. Er schien mit sich zu

kämpfen und gab damit zum ersten Mal zu erkennen, dass ihn ihr Schicksal nicht ganz kaltließ. Doch der Augenblick der Schwäche verging wie der Duft einer verblühten Rose. Energisch schüttelte er den Kopf. «Nein, das ist unmöglich. Es grenzt an ein Wunder, dass Abu Said euch mir anvertraut hat. Solltet ihr auch nur den Versuch wagen, davonzulaufen, wird er mich ohne Gnade steinigen lassen. Davon abgesehen solltest du vielleicht einmal einen Blick auf die Mauern werfen, die den Sklavenhof umgeben.» Er streckte die Hand aus. «Siehst du die Ringe und Ketten, die in den Stein eingelassen sind? Die Gefangenen müssen die Nacht draußen in Eisen verbringen, nur eine Handvoll Weiber, denen Selim einen besonderen Wert beimisst, werden im Stall oder in einer Kammer des Hauses eingeschlossen.»

Floreta gab es ungern zu, doch sie hatte selbst schon schaurige Dinge über den berüchtigten Sklavenhof gehört. Über die Mauer hinweg würden sie es nicht schaffen, auch die Tore waren zu schwer bewacht. «Aber vielleicht kannst du Ceti und mich freikaufen, wenn Selim uns morgen auf dem Basar anbietet», fiel ihr plötzlich ein. Ein Funke Hoffnung blitzte in ihren Augen auf. «O bitte, Ruben, du musst es versuchen. Abu Said kann dich nicht zur Verantwortung ziehen, weil du zwei Sklavinnen ersteigerst.»

Ruben hob die Brauen, sah aber alles andere als überzeugt aus.

Ceti verdrehte die Augen. «Nun hör schon auf, dich vor diesem Kerl zu erniedrigen. Hast du keinen Stolz mehr im Leib? Außerdem wird Abu Said sich nicht mit ein paar lumpigen Dinaren zufriedengeben, die ein Habenichts wie Ruben vielleicht zusammenkratzen kann. Er will mehr, viel mehr. Aber womit, wenn ich fragen darf, sollte ein armer Schlucker einen raffgierigen Sklavenhändler wie diesen Selim ausbezahlen?»

Als hätte er nur darauf gewartet, seinen Namen zu hören, hetzte ein hagerer, ältlicher Mann über den Hof. Es war Selim, der Herr des Sklavenhauses. Ungepflegt und ärmlich gekleidet, erweckte er den Eindruck eines Bettlers, der im Basar die Hand aufhielt.

Doch dass dieses Bild täuschte, wurde Floreta klar, als alle Gespräche in ihrer Umgebung mit einem Schlag verstummten. Unter den zusammengepferchten Gefangenen wagte keiner, auch nur den Kopf zu heben. Aus den Augenwinkeln spähten die verängstigten Männer und Frauen auf den Stock in Selims Hand, mit der er sich einen Schwarm von Fliegen vom Leibe hielt. Vor Floreta blieb der Mann schließlich stehen. Er bedeutete ihr mit einer Geste, zu ihm zu kommen. Damit er sie von allen Seiten anschauen konnte, ließ er von einem Diener ihre Hand- und Fußfesseln lösen.

«Und nun du!» Die Aufforderung galt Ceti, die sich widerwillig von ihrer Matte erhob. Auch sie musste sich zähneknirschend gefallen lassen, von dem Händler in Augenschein genommen und angefasst zu werden wie ein Stück Vieh.

«Zu schade, um von der Sonne verdorrt zu werden», fällte Selim schließlich sein Urteil. «Ich habe bereits von euch gehört. Der Palastwächter des Abu Said hat mich informiert, dass die Enkeltöchter des Arztes einen guten Preis erzielen sollen.» Er klatschte in die Hände, worauf der Berber seine Schöpfkelle zu Boden warf und unverzüglich zu seinem Herrn kam. «Bring die beiden Mädchen ins Haus und sag der Mutter deiner Herrin, dass sie sich um die beiden kümmern soll. Sie brauchen ein Bad und Kleider, die ihre Figur betonen. Und die da ...» Er kniff Ceti derb in die Wange. «Ein Jammer um die hübschen Haare. Sie werden zwar nachwachsen, aber so etwas dauert. Deine Herrin soll sich etwas überlegen.»

Der stämmige Diener verbeugte sich, ohne Selim auch nur einmal in die Augen zu sehen. Wie es schien, war das hier streng verboten. Ruben ergriff Samus Arzneikasten und wollte den Frauen und dem Berber hinüber zu dem schäbigen Gemäuer folgen, wurde aber von Selim zurückgehalten.

Der Alte klopfte ihm mit seinem Stab auf den Arm. «Du hast deine Schuldigkeit getan und die Sklavinnen zu mir gebracht, Bursche. Am besten, du verschwindest jetzt.»

«Aber ich ...»

«Bis zur Versteigerung stehen sie unter meinem Schutz», sagte Selim eine Spur schärfer. Sein Blick fiel auf den hölzernen Kasten. «Und das Ding gehört zur Ware. Ich nehme nicht an, dass du Abu Said darum betrügen möchtest?»

Ruben runzelte die Stirn, sah aber wohl ein, dass er kein Recht hatte, sich länger auf dem Hof der Sklaven aufzuhalten. Unwirsch warf er dem Sklavenhändler Samus Kasten vor die Füße und machte sich auf den Weg zum Tor, durch das soeben eine Schar Esel getrieben wurde.

«Lass uns nicht allein, Ruben!» Floreta versuchte, dem Mann nachzueilen, doch der Berber war schneller und hielt sie fest. Floreta schrie auf, als er ihr eine schallende Ohrfeige verpasste. Sie fiel zu Boden. «Lauf noch einmal davon, dann wird Selim dich töten», brummte der Mann mit rauer Stimme.

Mochte das Haus des Sklavenhändlers von außen einen verwahrlosten Eindruck machen, so ähnelte es im Innern den Prunkräumen eines Wesirs. Die Räume, die von einer kleinen schattigen Eingangshalle ausgehend wie in einem Labyrinth ineinander übergingen, besaßen keine Türen, sondern geschnitzte Raumteiler aus kostbaren Edelhölzern. Die Teppiche waren so weich, dass die Füße darin versanken, und wohin Floreta auch blickte, sah sie silberne Tabletts mit Kannen und Schüsseln, aus denen es verführerisch nach Zimt, Kardamom und Muskatnuss duftete.

«Ruben wird nicht zulassen, dass Ceti und ich verkauft werden», sagte Floreta bestimmt. «Er wird das Geld für unsere Freilassung schon auftreiben. Falls das Erbe unseres Großvaters nicht ausreichen sollte, wird er sich an die Ältesten unseres Viertels wenden. Der Nasi kennt uns und wird uns gewiss auslösen.»

«Der Nasi?», fragte Selim verdutzt. «Wer ist das?»

«So nennen wir den Vorsteher unserer Gemeinde. Er war oft zu Gast in unserem Haus.»

Selim starrte Floreta an, als wäre diese vom Mond vor seine Füße gefallen. Dann legte er den Kopf in den Nacken und brach in schallendes Gelächter aus. «Du glaubst also, dieser Kerl würde mit den Taschen voller Dinare hierher zurückkommen, um dich und deine Freundin zu kaufen? Ich möchte dir deinen Traum nicht zerstören, aber ich halte ihn für ziemlich töricht. Auf Befehl des künftigen Emirs von Granada wird Samus sämtlicher Besitz beschlagnahmt. Es würde mich wundern, wenn sein Haus nicht schon längst versiegelt und bewacht wäre. Und was die Glaubensbrüder deines Großvaters angeht, so würde ich mir keine übertriebenen Hoffnungen machen. Ich wette beim Schwert des Propheten, dass keiner von denen es wagen wird, sich morgen im Basar blicken zu lassen. Abu Said ist euren Leuten nicht gerade freundlich gesinnt. Man könnte sogar sagen, dass er sie hasst, weil Muhammad sich mit ihnen umgeben hat.» Der Mann schüttelte triumphierend den Kopf. «Nein, mein Kind. Die werden zu Hause bleiben und die Türen verriegeln. Wenn du Glück hast, ersteigert dich ein wohlhabender Kaufmann, der dich in seinem Haus arbeiten lässt. Ansonsten ...» Er ließ seinen Satz unbeendet, doch die Drohung darin war nicht zu überhören. Sollte sie einem grausamen Gebieter in die Hände fallen, war es aus mit ihr.

Wenigstens erwies sich Floretas Befürchtung, Selim könnte dableiben und zusehen, wie sie und Ceti badeten, als unbegründet. Die Versteigerung sollte schon nach dem Morgengebet auf dem großen Platz gegenüber der Hauptmoschee beginnen, und bis dahin gab es noch eine Menge vorzubereiten. Aber daran wollte Floreta nun nicht denken. Einigermaßen entspannt lehnte sie sich im warmen Wasser zurück und ließ es nach einigem Zögern sogar zu, dass eine Frau einen Schwamm mit duftendem Öl tränkte und ihr damit Nacken und Rücken wusch.

Ihre Cousine beobachtete sie dabei ohne jedes Verständnis. «Ich verlasse mich nicht mehr auf andere, sondern glaube an mich selbst», sagte Ceti.

«Warum hast du mir nichts von dir und dem Emir erzählt?»

In Cetis dunklen Augen schimmerten plötzlich Tränen. Sie wandte sich ab, konnte aber nicht verhindern, dass ihre zierlichen Schultern zitterten.

«Hast du ihn wirklich geliebt?»

«Er hat mich zum Lachen gebracht», erwiderte Ceti ausweichend. «Und er hat mich wie eine Prinzessin behandelt, obwohl ich nur eine Ungläubige bin. Er war so zärtlich, gleichzeitig aber voller Leidenschaft. Seine Komplimente waren wie Balsamtropfen auf meiner Haut. Ich habe nie daran gezweifelt, dass er es ernst meinte. Eine Frau merkt so etwas, das wirst du auch noch feststellen, wenn du dich nicht mehr wie ein Kind verhältst. Eines Tages hätte er mich ganz offiziell zu sich genommen, das weiß ich genau. Aber er muss schon seit Wochen geahnt haben, dass etwas passieren würde. Deshalb bat er mich auch, Samu nichts von uns zu erzählen. Muhammad hatte eine hohe Meinung von ihm, weil er sein erster Lehrer war. Umso mehr, nachdem der alte Emir Jussuf gestorben war und ihn nicht mehr beraten konnte. Letzte Nacht sollte ich in seine Gemächer kommen. Er war einsam und machte sich Sorgen. Zu Recht, wie wir nun wissen. Wenn mir nicht auf meinem Weg zu seinen Räumen Signalfeuer am Tor aufgefallen wären, hätte ich ihn nicht warnen können. So aber bleibt mir die Genugtuung, ihm zur Flucht verholfen zu haben.» Ihre Augen blitzten. «Muhammad wird sich diese Demütigung nicht gefallen lassen. Du wirst sehen, er wird in Nordafrika Truppen um sich scharen und zurückkehren, um diese Verräter zu stürzen.

Und dann wird er nach mir suchen. Deshalb muss ich verhindern, dass mich ein Fremder kauft und von hier fortschafft, verstehst du? Ich will miterleben, wie dieser verfluchte Abu Said zum Richtblock getrieben wird.»

Floreta ging nicht in den Kopf, warum Ceti sie wegen ihrer Hoffnung auf Ruben verspottete, selbst aber ein Luftschloss nach dem anderen baute, sobald es um Muhammad ging. Selbst wenn dem Emir die Flucht nach Marokko gelang, würde es nicht ein paar lumpige Wochen, sondern Monate, vielleicht sogar Jahre dauern, bis er an der Spitze eines Heeres nach al-Andalus zurückkehrte.

«Warum fragst du mich eigentlich nicht, ob ich Raschid getötet habe?» Ceti strich sich mit ihrem Schwamm eine Haarsträhne aus dem Gesicht. «Interessiert es dich nicht, oder bist du nur zu höflich, mich darauf anzusprechen?»

Floreta errötete. «Ich ... wollte dich nicht in Verlegenheit bringen», gab sie zu. «Außerdem war bislang noch keine Zeit, dich danach zu fragen. Erst Großvaters Tod, dann ...»

«Wie rücksichtsvoll von dir, Cousine. Kein Wunder, dass Samu große Stücke auf dich hielt. Weißt du eigentlich, dass er deinetwegen mit den Ältesten der Gemeinde gesprochen hat? Er wollte ihre Genehmigung, dich in den medizinischen Fächern zu prüfen. Die Zustimmung des Nasi hatte er bereits.»

Floreta riss die Augen auf. Was Celiana da behauptete, war ihr neu. Gewiss galt ihr Interesse seit frühester Kindheit der Heilkunst, das war kein Geheimnis. Schon als kleines Mädchen hatte sie sich oft in Samus Zimmer geschlichen, um sich all die wunderlichen Dinge anzusehen, die er dort aufbewahrte. Sie war nicht müde geworden, in seinen Schriften über Heilpflanzen zu blättern und sich in die Schilderung von Schlaf- und Wundmitteln, Umschlägen, Pflastern und Salben gegen allerlei Verletzungen und Krankheiten zu vertiefen. Doch nie war ihr in den Sinn gekommen, dass ihr Großvater in ihr mehr als nur seine Gehilfin sah.

Eine Ärztin, grübelte sie und merkte nicht einmal, dass das Badewasser immer kälter wurde. Sie, eine Ärztin? Eine Hakima? Ihr Großvater schien also daran geglaubt zu haben. Er hatte ihr einmal von der Schule von Salerno in Italien erzählt, an der sogar einigen Frauen das Studium der Heilkunde erlaubt war. Hatte er möglicherweise sogar vorgehabt, sie eines Tages dorthin zu schicken?

Floretas Herzklopfen legte sich, als sie die Augen wieder öffnete. Sie war nicht in Italien, und sie würde auch keine Ärztin werden, sondern Sklavin. Sobald morgen die Sonne unterging, würde ein glühendes Brandeisen sie für alle Ewigkeiten an ihren zukünftigen Herrn binden, der mit ihr tun durfte, was immer ihm einfiel.

Eine Dienerin zerrte sie aus der Wanne. Sorgfältig trocknete sie zunächst ihr Haar, dann wurde sie mit einer scharfen Klinge am ganzen Körper rasiert. Als Selim kurz vor Sonnenuntergang hereinschaute, waren sie und Ceti erfrischt und angezogen. Auf einem runden Tischchen aus Zedernholz wartete ein Tablett mit Honig, Ziegenkäse und Brotfladen, doch obwohl Floreta vor Hunger der Magen knurrte, rührte sie nichts davon an.

«Ist das der Dank dafür, dass ich euch hier wie meine eigenen Töchter behandle?», maulte der Sklavenhändler beleidigt.

«Töchter verhökert man nicht», sagte Ceti spitz.

«Wäre es euch lieber, die Nacht mit den anderen Gefangenen bei Wasser und Brot im Verschlag zu verbringen? Oder im Halseisen draußen auf dem Hof? Zwei Ketten wären noch frei.» Er begutachtete Floretas Wange und schürzte verärgert die Lippen. «Dafür gehört der verfluchte Berber an den Pfahl gebunden und ausgepeitscht. Wer hat ihm erlaubt, dir ins Gesicht zu schlagen? Ein paar Stockhiebe auf den Rücken hätten völlig genügt.» Er ließ sich von einer der verschleierten Frauen Samus Arzneikasten aus der Halle bringen. «Das ist die Mutter meiner Frau», erklärte er fast stolz und nickte wohlwollend dem schweigsamen Weib zu, das Floreta für eine Dienerin gehalten hatte. «Seit sie hier lebt, hat sie mein bescheidenes Heim in ein wahres Paradies verwandelt.»

Während er sich in weiteren Lobreden auf seine Schwiegermutter erging, gestattete er Floreta, Samus Kasten nach einer abschwellenden Salbe zu durchsuchen. «Nimm etwas, das die Rötung verdeckt. Meine Kunden sind sehr anspruchsvoll und achten bei Frauen stets auf den Zustand der Haut.»

Floreta warf dem hageren Mann einen vernichtenden Blick zu. Am liebsten hätte sie sich Pusteln und Warzen auf die Nase gezaubert, nur um ihn zu ärgern, doch sie ahnte, dass ein derartiger Akt des Widerstands nicht nur sie, sondern auch Ceti teuer zu stehen kommen würde. Also wählte sie ein Salbengemisch aus Kamillenblüten und Aloe aus, welches sie unter Samus Anleitung hergestellt hatte, und betupfte damit die geschwollene Wange.

«Du scheinst dich mit Kräutern auszukennen», sagte Selim hocherfreut. «Hat dir wohl dein Großvater beigebracht, he?»

«Für Samu waren auch Gefangene Menschen», sagte Floreta. «Er behandelte jeden, weil es ein Gebot seines Glaubens war, anderen zu helfen und sie nicht zu verachten.»

«Mir kommen die Tränen», erwiderte Selim. «Und wohin hat ihn sein Mitgefühl gebracht?» Er grinste boshaft. «Hätte bestimmt nicht erwartet, dass seine eigenen Enkelinnen eines Tages auf dem Hof des alten Selim landen. Köstlich, nicht wahr?»

Ceti presste wütend die Lippen aufeinander.

«Schlaft jetzt! Ihr werdet vor Tagesanbruch geweckt und auf den Basar gebracht. Lasst euch bloß nicht einfallen zu fliehen. Der Berber wird Wache halten, und solltet ihr eine Dummheit begehen ...» Selim hob drohend die Hand. «Dann werdet ihr euch wünschen, niemals geboren worden zu sein.»

Kapitel 5

Floreta und Ceti wurden keine Fesseln mehr angelegt, vermutlich weil Selim ihre Handgelenke schonen wollte. Dafür gab er seiner Schwiegermutter den Befehl, die beiden nicht aus den Augen zu lassen und um Hilfe zu rufen, falls eine von beiden einen Ausbruchsversuch wagen sollte. Doch an ein Entkommen war ohnehin nicht zu denken. Die Kammer, in der die Frauen die Nacht verbringen sollten, besaß außer dem schmalen Luftschacht kein Fenster. Vor der Tür lauerte der hünenhafte Berber, der aus Furcht vor seinem Herrn nicht zögern würde, die Gefangenen mit Gewalt aufzuhalten. Auch im Hof, wo nach Einbruch der Dunkelheit mehrere Wachfeuer entzündet wurden, wimmelte es von Selims Helfern. Sie hockten im Kreis, kauten Nüsse und ließen einen gefüllten Schlauch umgehen. Ihr Gelächter drang durch die Wände und hätte Floreta den Schlaf geraubt, wenn es ihr möglich gewesen wäre, auch nur ein Auge zuzumachen. In ihrem ganzen Leben hatte sie sich noch nie vor etwas so gefürchtet wie vor den ersten Sonnenstrahlen. Die Vorstellung, vor einer lärmenden Menschenmenge zur Schau gestellt und von irgendeinem Grobian gefesselt und davongeschleppt zu werden, erfüllte sie mit Grauen. Vielleicht brachte man sie fort aus Granada. Dann würde sie Ceti nie wiedersehen.

Ceti vergrub sich in die Kissen und drehte Floreta den Rücken zu. Nach einer Weile verriet ihr gleichmäßiger Atem, dass sie eingeschlafen war.

Soll sie sich ausruhen, dachte Floreta erschöpft. Ihrer Cousine stand kein leichteres Los bevor als ihr. Sobald sich ihr Liebesverhältnis mit dem früheren Emir herumgesprochen hatte, würde sie auf Nimmerwiedersehen in einem Hurenhaus oder einem Harem verschwinden. Ob sie Muhammads Rückeroberungsfeldzug noch miterleben würde, war sehr zu bezweifeln.

Floreta erschrak bis in die Knochen, als sie eine sachte Berührung an der Schulter spürte. Sofort richtete sie sich auf und wich bis zur Wand zurück. Selims Schwiegermutter beugte sich über sie. Die Frau legte einen Finger auf die Lippen und bedeutete Floreta, aufzustehen und sich in den Schein der Lampe zu stellen.

«Was willst du von mir?»

Ohne auch nur ein Wort zu sagen, entledigte sich die Frau ihres nachtblauen Schleiertuchs, das einen schlanken, fast zierlichen Körper umhüllte. Üppiges Haar von der Farbe reifer Pfirsiche fiel über ihre Schultern. Ihr Gesicht war bis auf ein Netz winziger Lachfältchen glatt.

Floreta war verwirrt. Sie hatte angenommen, Selims Schwiegermutter sei ein altes Weib, tatsächlich schien sie wesentlich jünger zu sein als er selbst.

«Wie heißt du?», flüsterte sie, da sie die schlafende Ceti nicht aufwecken wollte.

Die Frau ließ sich Zeit mit einer Antwort. «Banu», antwortete sie nach einer halben Ewigkeit. «Aber das gefällt Selim nicht. Wenn niemand in der Nähe ist, nennt er mich Alika.» Beschämt schlug sie den Blick nieder und legte sich die Hand über den Mund, als könnte sie so ihre Worte zurücknehmen.

Alika. Geliebte. Floreta begriff sofort. Nach der Hochzeit mit Banus offenbar noch sehr jungen Tochter hatte Selim sich zudem deren hübsche Mutter ins Haus geholt. Die Blicke, die er dieser zugeworfen hatte, waren Floreta nicht entgangen.

Nun schüttelte Banu den Ärmel ihres weiten, fast durchsichtigen Gewandes zurück und hielt ihren Arm ins Licht der Lampe. Floreta biss sich auf die Lippen, um keinen Laut des Abscheus auszustoßen. Banus Arm war vom Handgelenk bis zur Elle von hässlichen Geschwüren bedeckt. Zwischen den betroffenen Stellen sah ihre Haut blass und schuppig aus. Tiefe Schrunden wiesen darauf hin, dass Banu sich das Fleisch in ihrer Verzweiflung zusätzlich blutig gekratzt hatte.

«Ich habe gehört, dass du dich mit Arzneien auskennst», erklärte die Frau zaghaft. Sie hob die Lampe, um Floretas Gesicht zu beleuchten, das kaum noch Spuren vom Schlag des Berbers aufwies. «Deine Wundsalbe muss Allah selbst gemischt haben», sagte Banu hoffnungsvoll. «Ich habe Todesangst, dass ich aussätzig bin und von meinem Schwiegersohn aus dem Haus geworfen werde. Noch hat er meinen Arm nicht gesehen. Er rührt mich diese Woche nicht an, weil ich ihm erzählt habe, ich hätte meine unreinen Tage. Aber lange werde ich mich ihm nicht mehr verweigern können.»

«Aber was ist mit deiner Tochter? Hegt sie keinen Verdacht?»

«Sie ist nur meine Stieftochter», winkte Banu ab. «Selim besitzt noch ein Haus außerhalb der Stadtmauern. Dort hält sie sich im Sommer auf, weil ihr die Hitze hier in den Gassen zusetzt. Ich wollte sie besuchen, aber Selim lässt mich nicht gehen. Vor einer Versteigerung braucht er mich. Dann muss ich mich um die Frauen und Mädchen kümmern, für die er die stattlichsten Preise zu erzielen hofft.» Sie zuckte mit den Achseln. «Ich habe viele Koransuren gebetet und den Namen des Propheten an alle Wände meines Schlafgemachs geschrieben, aber das hat nichts genützt.» Banu spähte ängstlich zur Tür, vor der der Berber gerade geräuschvoll gähnte. «Kannst du mir helfen, Mädchen? Ich traue mich nicht, einen Hakim aufzusuchen, weil Selim davon erfahren würde. Wir leben schließlich in der Straße der tausend Augen. Irgendjemand würde mich verraten. Im Arzneikasten deines Großvaters gibt es doch bestimmt ein Heilmittel, das die Geschwüre verschwinden lässt. Ich verspreche dir, wenn du mich heilst, werde ich tun, was in meiner Macht steht, um dein Los zu erleichtern. Vielleicht kann ich sogar verhindern, dass du in die Sklaverei verkauft wirst.»

Floretas Herz schlug plötzlich schneller. «Du ... du kennst einen Weg hier heraus?»

Banu schüttelte bedauernd den Kopf. «Nein, so nicht. Bis du am großen Tor angelangt wärst, hätten dich schon die Hunde zerfleischt. Aber ich könnte versuchen, einen vertrauensvollen Mann zum Basar zu schicken und für mich bieten zu lassen. Ich habe ein wenig Schmuck, den ich gern opfern will, wenn ich nur wieder gesund werde.»

«Das heißt, du willst jemanden beauftragen, auf dem Basar für mich zu bieten?»

Banu nickte eifrig. «Natürlich lasse ich dich dann aus der Stadt bringen, ohne dass Selim oder die hohen Herren aus der Alhambra davon Wind bekommen.»

Floreta dachte nach. So viel Tatkraft traute sie der eingeschüchterten Frau gar nicht zu. Aber es wäre nicht das erste Mal, dass sie sich in einem Menschen geirrt hätte, und außerdem war es die pure Verzweiflung, die Selims Schwiegermutter antrieb. Wollte sie nicht in Gefangenschaft enden, musste sie rasch handeln, ohne den Argwohn des Sklavenhändlers zu erregen. Fragend deutete sie auf Cetis Lager. «Und was wird aus meiner Cousine?»

«Ich weiß nicht, ob der Wert meiner Schmuckstücke ausreicht, um auch sie freizukaufen», gab die Frau zu. «Vielleicht habt ihr ja Glück?»

«Dann sollten wir keine Zeit vergeuden!» Floreta kniete sich vor Samus Kasten und atmete den vertrauten Duft der Arzneien ein, der sie umfing, als sie den Deckel öffnete. Gleichzeitig wünschte sie, Samu wäre jetzt hier, um ihr zur Seite zu stehen. Er hätte sofort gewusst, womit er die Rötungen und Blasen auf Banus Haut behandeln musste. Sie dagegen konnte bestenfalls raten, woran die Frau litt. Lepra schien es jedenfalls nicht zu sein, denn trotz des schrecklichen Anblicks, den ihr Arm bot, waren doch keine weiteren Körperteile von den Abszessen befallen. Während Floreta vorsichtig die mit arabischen, persischen und griechischen Buchstaben beschrifteten Dosen und Fläschchen aus dem Kasten um sich herum verteilte, fielen ihr die letzten Worte ihres Großvaters ein.

Die Träne der Isis. Eisenkraut. Verflixt, wo war die Flasche geblieben, in der Samu das Öl aufbewahrte? Sosehr sie auch suchte, sie fand sie nicht. Die Träne der Isis war nicht im Kasten. Seltsam. Samu hatte immer etwas davon bei sich gehabt. Nun aber war das Öl verschwunden.

«Willst du nicht zuerst einen Blick auf meinen Arm werfen?» Banu stellte die Lampe auf ein silbernes Tablett und kniete sich daneben, sodass genügend Licht auf die entzündeten Stellen fiel.

«Ja, gewiss!» Obwohl Floreta vor Aufregung bebte, ließ sie ihre Blicke aufmerksam über die erkrankten Stellen auf Banus Haut wandern. Sie musste sich konzentrieren und durfte doch nicht vergessen, was für sie auf dem Spiel stand. Nicht mehr lange, dann war die Nacht vorüber, und Selims Handlanger standen vor der Tür. Draußen wurde noch immer gelacht und geplaudert, während aus dem Verschlag das Schluchzen und Jammern der Gefangenen zu hören war. Beißender Rauch quoll durch die Fenster. Floreta unterdrückte den Hustenreiz. Eine vollständige Heilung war in der kurzen Zeit natürlich nicht zu erwarten – dazu hätte es schon eines Wunders bedurft. Doch wenn es ihr bis zum Morgen gelang, Selims Schwiegermutter Linderung zu verschaffen, hielt diese vielleicht ihr Wort. Floreta wagte kaum, darauf zu hoffen.

«Hast du einen Garten?», fragte sie die Frau, die während der Untersuchung nicht mit der Wimper zuckte. «Sammelst du vielleicht Kräuter?»

Banu nickte und erzählte davon, wie sie sich und ihre Stieftochter nach dem Tod ihres Gemahls ernährt hatte, indem sie mit einem Eselkarren auf den Gemüsemarkt gezogen war, um Kohl, Gurken und Zitronen zu verkaufen.

Floreta runzelte die Stirn. Sie hatte ihren Großvater einmal sagen hören, dass es eine Reihe von Gewächsen gab, die manche Menschen besser nicht berührten. Zu ihrer Überraschung hatte er damals sogar Zitronen erwähnt.

«Versuch dich zu erinnern, wann die Beschwerden zum ersten Mal auftraten und ob du kurz zuvor mit irgendwelchen Pflanzen im Garten in Berührung gekommen bist», forderte sie Banu auf.

Die dachte sogleich angestrengt nach. «Wenn ich mich nicht irre, fing der Arm zu brennen an, nachdem meine Stieftochter von einem Besuch hier in der Stadt in ihr Landhaus zurückgekehrt ist. Seitdem ist die Sonne dreimal untergegangen.»

«Weißt du, ob ihre Haut ebenfalls erkrankt ist?»

Banu schüttelte energisch den Kopf. Es verstand sich von selbst, dass sie sich nicht danach erkundigt hatte, um Selim nicht argwöhnisch zu machen, dennoch hakte Floreta weiter nach. «Ist deine Stieftochter gut zu dir?»

Banu schaute sie überrascht an; mit dieser Frage hatte sie offenbar nicht gerechnet. Es vergingen endlose Augenblicke, während derer Banu in die Kerzenflamme starrte. Dann hob sie den Kopf und begegnete Floretas Blick. «Ich wollte ihr den Mann nicht nehmen», flüsterte sie. «Aber wie hätte ich mich Selims Drängen widersetzen sollen? Du hast ihn doch erlebt. Ich bin ebenso seine Sklavin wie all die anderen, die in seinem Haus leben. Hier gilt allein Selims Wort.» Sie atmete aus, bevor sie hinzufügte: «Ich mache meiner Stieftochter keinen Vorwurf dafür, dass sie mich hasst. Sie wurde mit einem Mann verheiratet, den ihr Vater ausgesucht hat, und nun will der nicht einmal etwas von ihr wissen, weil er eine andere begehrenswerter findet.»

Floreta nickte. Genau das war der Punkt. Vielleicht hatte die verstoßene Stieftochter nach einem Mittel gesucht, Banu in den Augen Selims etwas weniger begehrenswert erscheinen zu lassen. «Hat sie dir zum Abschied irgendetwas gegeben? Wart ihr vielleicht gemeinsam im Garten?» Floreta hätte sich diesen Garten zu gern einmal angesehen, doch daran war nicht zu denken.

Banu machte schon wieder Anstalten, sich die Haut aufzukratzen, doch Floreta packte ihre Hand, um sie daran zu hindern. «Das Jucken und Brennen bringt mich um den Verstand», beklagte sich die Frau. «Du solltest dich beeilen und mir helfen, wenn du nicht als Sklavin enden willst.»

«Also?»

«Also was?»

«Deine Stieftochter. Hast du etwas von ihr angenommen?»

Banu blickte sich furchtsam um, dann zog sie eine Kette unter dem Kleid hervor, an der eine tropfenförmige goldene Kapsel hing. Sie war mit Blättern und gelben Blüten gefüllt, die Floreta bekannt vorkamen.

«Das ist Weinraute», sagte sie.

«Ja, ihr Geruch soll streunende Katzen vertreiben, von denen es auf dem Sklavenhof nur so wimmelt. Aber das ist längst nicht alles.»

«So? Jetzt bin ich gespannt!»

Banu beugte sich vor und wisperte Floreta ins Ohr: «Das Kraut wehrt böse Geister und Teufel ab, die nachts in die Schlafkammer von Frauen schleichen. Das Mädchen hat mir eine Stelle hinter dem Haus gezeigt, wo die Weinraute in Büschen wächst. Wir haben sie zusammen gepflückt, als die Sonne senkrecht über uns stand, und Blätter und Blüten dann zu meinem Schutz in die Kapsel gesteckt. Ich hatte gehofft, es würde den alten Selim von mir fernhalten.»

Was willst du, es hat doch offensichtlich geklappt, dachte Floreta und verdrehte die Augen. Banus Stieftochter hatte die Weinraute nicht ohne Hintergedanken verschenkt, so viel stand fest. Sie musste von ihrer Wirkung erfahren haben.

Halbwegs erleichtert wandte sich Floreta wieder Samus Arzneikasten zu. Sie wusste nun, welches Kraut die Flecken und Blasen auf Banus Haut verursachte, doch was hätte ihr Großvater unternommen, um sie zu heilen? Keinesfalls durfte sie jetzt einen Fehler machen und die Beschwerden der Frau verschlimmern. Banu war zuzutrauen, dass sie in ihrer Qual aufschrie, und dann würde der Berber ins Zimmer stürmen, Selim vermutlich gleich hinterher.

Konzentriert studierte sie die lange Liste der Heilmittel und Drogen, die ihr Großvater so sorgfältig geführt hatte. Sie enthielt nicht nur eine Aufzählung verschiedener Pflanzen und Mineralien, Samu hatte auch niedergeschrieben, welche Beobachtungen er bei jeder ihrer Anwendungen gemacht hatte. Es war fast, als spräche er durch das Pergament zu ihr.

«Uns läuft die Zeit davon», mahnte Banu.

«Hetz mich nicht! Es ist nicht leicht, den richtigen Weg zu finden.»

«Sagte die Maus und verschwand im Maul der Katze.»

Zu ihrer Überraschung verspürte Floreta plötzlich ein flaues Gefühl im Magen, das sie daran erinnerte, wie lange sie nichts mehr gegessen hatte. Unter Banus kritischem Blick riss sie sich ein Stück Fladenbrot ab und stopfte es sich in den Mund. Vielleicht meine letzte anständige Mahlzeit, dachte sie kauend und spülte den Bissen mit einem Schluck Ziegenmilch hinunter. «Hast du noch mehr Honig im Haus?», erkundigte sie sich dann. «Und ein wenig Olivenöl?»

Banu verschwand, ohne vor der Tür von dem Berber aufgehalten zu werden, und kehrte nur wenig später mit den gewünschten Dingen zurück.

Floretas Hände zitterten, als sie den goldgelben Honig in eine Schale sickern ließ und ihn mit einigen Tropfen Öl vermengte. Sie hatte eine Entscheidung getroffen, doch ob die Salbe der Frau wirklich half, vermochte sie nicht abzuschätzen.

Samu, wo bist du, betete sie stumm und ohne die Lippen zu bewegen.

Zuerst tupfte sie die erkrankten Hautstellen mit einer Tinktur aus Hamamelis ab. Banu zuckte dabei leicht zusammen, ließ die Prozedur aber tapfer über sich ergehen. Floreta wartete eine Weile, dann zerstieß sie einige Maulbeerblätter und rührte sie flink in die Honigmischung. Hinzu kamen eine Handvoll Kamillenblüten, geraspelte Eichenrinde, Schafgarbe und Ringelblumen. Als sie die Mischung auf ein sauberes Stück Leintuch strich und dieses vorsichtig um Banus Arm wickelte, standen ihr Schweißperlen auf der Stirn.

«Es kühlt», bemerkte die Frau erleichtert. «Schwörst du mir, dass deine Salbe mich heilt?»

Floreta stieß scharf die Luft aus. Sie hatte ihr Bestes gegeben, doch was nun geschah, stand nicht in ihrer Macht. Samu hatte sich niemals dazu hinreißen lassen, Prophet zu spielen, denn jede Erkrankung folgte ihren eigenen Gesetzen.

«Du hast gesehen, dass die Salbe meines Großvaters meine Wange abschwellen ließ», sagte sie schließlich. «Wenn Gott will, wird das Jucken bald nachlassen, und auch der Ausschlag sollte verschwinden. Du musst deinen Arm aber die nächsten Tage weiterbehandeln. Es kann sein, dass die Haut sich nach ein paar Wochen etwas verfärbt, aber deshalb besteht kein Grund zur Besorgnis. Ich lasse dir noch etwas Kardenpaste und Salbe von der Ringelblume da, welche die Heilung begünstigen wird. Wie du dir

Selim vom Leibe hältst, bleibt allerdings dir überlassen. Vielleicht schaffst du es ja, ein wenig länger die weibliche Unpässlichkeit vorzutäuschen.»

Banu hob stumm die Hände über den Kopf. Sie war eine gläubige Frau, der nun ein großer Stein vom Herzen fiel. Ohne jedes weitere Wort klopfte sie dreimal leise an die Tür und wurde sofort von dem Berber hinausgelassen.

Floreta ließ sich auf den Teppich sinken. In ihrem Kopf brummte es, als beherbergte sie darin ein Wespennest.

Wie angekündigt kamen sie, noch ehe der Morgen graute: drei Männer, darunter auch der Berber, die Ceti von der Matratze rissen. Floreta öffnete erschrocken die Augen, als jemand dicht neben ihrem Ohr in die Hände klatschte. Hatte sie geschlafen? Unmöglich, sie hatte sich doch bemüht, wach zu bleiben. Stundenlang hatte sie auf die Tür gestarrt, durch die Banu verschwunden war, aber die Frau hatte sich nicht mehr blicken lassen. Floretas Mut sank, als der Berber mit Stricken kam und ihr und Ceti die Hände auf den Rücken band. Nun war es also so weit.

«Was hast du die halbe Nacht getrieben?», fragte Ceti gähnend. «Du hast immerzu vor dich hin gemurmelt. ‹Glaubst wohl immer noch, Ruben würde uns freikaufen, was?»

Nein, nicht Ruben, dachte Floreta traurig. Gleichzeitig stieg die Wut in ihr auf. Banu hatte ihr Hoffnung gemacht, um Hilfe zu bekommen, aber vermutlich hatte sie nur gelogen, damit Floreta ihr half. Sie überlegte, ob sie Selim die Wahrheit sagen sollte. Doch als sie die Frau wenig später wie eine scheue Maus zum Brunnen eilen sah, verwarf sie den Gedanken an Rache. Sie würde niemals eine Ärztin sein, wie ihr Großvater es sich für sie gewünscht hatte, doch eine einzige Nacht lang hatte sie erfahren, wie es sich anfühlte, einem Menschen in Not mit ärztlichem Wissen beizustehen. Daran würde sie sich erinnern, wenn sie in Zukunft auf den

Feldern eines Bauern arbeitete oder ihm nachts im Bett zu Willen sein musste.

Auf dem Hof warteten bereits die Gefangenen von gestern, bewacht von Selims Männern, die ihre Peitschen schwangen, und von kläffenden Hunden. Ceti und Floreta wurden in eine Gruppe von Frauen gestoßen, dann wurde mehrmals durchgezählt. Es war bereits hell, als Selim sich auf den Platz begab. Wie am Vortag trug er auch jetzt einen schäbigen Kapuzenmantel aus sandroter Wolle, der wie die Decke eines Lastesels aussah. Er ging zu jedem einzelnen Gefangenen, stellte ihnen Fragen und notierte sich Angaben auf ein Stück Pergament.

«Hätte nicht gedacht, dass es so langweilig ist, in die Sklaverei verkauft zu werden», sagte Ceti bissig. Unauffällig zerrte sie an ihren Fesseln, gab es aber bald darauf auf.

Selim drehte sich zu ihr um. «Keine Sorge, Kindchen. Du wirst deine Meinung ändern, wenn wir erst beim Basar angekommen sind.» Er gab dem Berber ein Zeichen, das Tor zu öffnen. Die Männer knallten mit ihren Peitschen, und der Zug der Unglücklichen setzte sich in Bewegung.

Floreta zitterte – nicht nur wegen der kühlen Morgenluft, die das dünne Kleid durchdrang, sondern vor Angst. Unbarmherzig wurde sie weitergetrieben, wobei sie Ceti aus den Augen verlor. Dafür kreuzte ihr Blick den von Banu. Selims Schwiegermutter trug ein schwarzes Gewand, das nur einen Streifen für die Augen freiließ. Als Floreta die Straße der tausend Augen erreichte, tat die Frau so, als würde sie den linken Torflügel weiter öffnen, und pirschte sich auf diesem Weg nah an Floreta heran.

«Ein Mann mit einem roten Turban wird für dich bieten», zischte sie ihr zu. «Sein Name ist Ibrahim, und er ist mir noch einen Gefallen schuldig. Bevor es dunkel wird, bist du frei!»

Mit diesen Worten machte Banu kehrt und eilte mit wehendem Gewand zum Haus zurück.

Kapitel 6

Ruben Perez hob gereizt den Kopf, als Eli sich ungefragt an seinen Tisch setzte. Obwohl er den Wirt der schmierigen kleinen Spelunke seit frühester Jugend kannte, hielt sich sein Bedürfnis nach Gesellschaft in Grenzen.

«Ärger wegen einer Frau?», rief der Wirt, während Ruben trank. «Oder trauerst du dem Emir nach? Letzteres brauchst du mir gar nicht weiszumachen. Wie die Dinge liegen, zählten wir beide nicht gerade zu Muhammads Lieblingen.»

Ruben wäre Eli gern losgeworden, doch hatte er keine Ahnung, wie er das anstellen sollte, ohne den Wirt zu beleidigen. Im Grunde musste er ihm dankbar sein, denn jeder andere hätte ihn einfach davongejagt. Eli war anders. Er behandelte Ruben wie einen Vetter, weil er um ein paar Ecken mit ihm verwandt war – wie genau, hatte keiner der beiden Männer je herausgefunden. Doch aus alter Verbundenheit hatte Eli ihm am Vorabend erlaubt, sich in einer Ecke der Taverne in seinen Mantel zu rollen und seinen Rausch auszuschlafen. Jetzt starrte Ruben an ihm vorbei auf die zerbröckelnde Wand, aus der Lehm und Stroh herausschauten.

«Es gibt da tatsächlich eine Frau», sagte er schließlich. «Ich kenne sie, seit sie ein kleines Mädchen war, aber ich habe nie gewagt, ihr zu zeigen ...» Er schüttelte den Kopf, gleichzeitig fegte er in einem Anfall von Jähzorn den Krug mit Honigwein vom Tisch, sodass er auf dem Fußboden zersprang.

«He, he, immer langsam mit den jungen Pferden!» Eli drohte

Ruben mit dem Finger. «Wenn du anfängst, mir die Bude auseinanderzunehmen, muss ich dich vor die Tür setzen.»

«Tut mir leid», sagte Ruben. «Ich weiß nicht, was mit mir los ist. Seit dem Palastaufstand bin ich nicht mehr derselbe Mann wie früher.»

«Ach was, wir haben in jüngeren Jahren so manchen Krug zerschlagen.» Eli klopfte seinem Gegenüber kräftig auf die Schulter. «Aber rede doch weiter, mein Freund. Was bei Moses Stab soll an diesem Mädchen so Besonderes sein? Ich kann mich erinnern, dass du dir früher jede genommen hast, die du in deinem Bett haben wolltest.»

Ruben schüttelte den Kopf. Wie um alles in der Welt sollte er einem groben Klotz wie Eli auseinandersetzen, welche Stürme in ihm tobten? Er begriff es ja selbst kaum. Warum zum Teufel ließ die Erinnerung an die stolze Ceti ihn nicht mehr los? Er war sein ganzes Leben lang ein Einzelgänger gewesen, einer, der von der Hand in den Mund lebte und die Nähe anderer Menschen nur zum eigenen Vorteil suchte. Der Tod des alten Samu ging ihm nicht näher als der seiner Eltern, die er verloren hatte, als er noch ein kleiner Knabe gewesen war. Aber mit Ceti war es etwas anderes. Sie begehrte er mit einer Leidenschaft, die ihm Angst machte, und das war eine Tatsache, die nur ein Narr abgestritten hätte. Ruben war kein Poet und hatte nur wenig Ahnung davon, wie man das Herz einer Frau gewann, nun aber ertappte er sich bei dem Gedanken, dass er für ein Lächeln von Ceti zum Mörder werden könnte.

Zwecklos, beschimpfte er sich stumm. Ich habe sie verloren. Ich bin schuld, dass sie und ihre Verwandte den Rest ihres Lebens in der Sklaverei verbringen werden. Ruben ballte die Fäuste, bis die Fingerknöchel weiß hervortraten.

«Du bist ein merkwürdiger Kerl», wunderte sich Eli, nachdem es ihm gelungen war, seinen Gast mit einem weiteren Becher

Wein gesprächiger zu machen. «Wegen der Enkeltochter des alten Arztes sitzt du hier und säufst. Wobei ich natürlich nichts dagegen habe, solange du die Zeche nicht prellst.» Er warf einen Blick aus dem halbrunden Bogenfenster, welches den Blick in einen düsteren Hinterhof voll Abfall gestattete. Ein paar Katzen balgten sich dort fauchend um stinkende Fischgräten. «Warum versuchst du nicht, deine kleine Blume freizukaufen?»

Ruben runzelte die Stirn. «Glaubst du, ich hätte nicht alles versucht? Das Haus des Alten war bereits geplündert, als ich kam. Seine Freunde verkriechen sich aus Angst, Abu Said könnte sie ebenfalls verdächtigen, zu Muhammad zu halten. Der Fürst sucht in der ganzen Stadt nach den Edelsteinen des Emirs, den kalten Tränen der Fatima. Er will sie in die Finger kriegen, koste es, was es wolle.»

Eli nickte nachdenklich. «Ja, ich habe den Ausrufer gehört, als er gestern durch die Gassen des Viertels zog. Derjenige, bei dem die Steine gefunden werden, soll zuerst gefoltert und dann mit dem Schwert hingerichtet werden. Vergiss das Mädchen lieber. Du kannst eh nichts mehr für sie tun. Selim ist abergläubisch, er verkauft seine Sklaven immer kurz nach Tagesanbruch. Glaubt, dass ihm das Glück bringt. Und jetzt ist es schon so hell, dass ich die Schaben über den Tisch laufen sehe. Vermutlich ist die Kleine bereits verkauft worden.»

Ruben bezweifelte das. «Der alte Geizkragen wird sie und Floreta bestimmt zuletzt anbieten. Er will einen möglichst hohen Preis erzielen, um sich bei Abu Said beliebt zu machen. Für zwei Mädchen aus der Sippe eines Gelehrten kann er verlangen, was er will.»

«Gebe Gott, dass sie niemandem in die Hände fallen, der mit ihrer Familie verfeindet ist», sagte Eli schulterzuckend.

Ruben erwiderte nichts darauf. Einen Moment lang saß er wie erstarrt da und grübelte. Dann sprang er unvermittelt auf, warf ein paar Münzen auf die Tafel und holte sein Schwert unter der Bank hervor.

«Du hast doch keine Dummheiten vor?», keuchte Eli. «Der Basar ist gut bewacht, es wäre dein Tod, mit der Waffe in der Hand auf den Sklavenmarkt zu stürmen.»

«Ich will wenigstens in ihrer Nähe sein», rief Ruben ungestüm. «Herausfinden, wer sie kauft.» Er blickte dem Wirt herausfordernd in die Augen. «Könnte sein, dass ich deine Hilfe brauche.»

Eli seufzte.

***

Vor dem Tor, das zum größten Basar Granadas führte, wartete der Marktaufseher schon ungeduldig auf den Sklavenhändler.

«Warum so aufgeregt?», wollte Selim wissen. Er ließ seinen Blick über das Gewimmel der Menschen streifen, die sich wie an jedem Tag durch die Gassen drängten und mit den Händlern des Viertels um Seidenstoffe, afrikanisches Elfenbein und Leder, aber auch um Gewürze, Teppiche und Waffen feilschten. Obwohl es noch früh war, pulsierte hier bereits das Leben. Mit lauter Stimme machten die Verkäufer auf ihre Waren aufmerksam, dazwischen schoben sich Knaben durch das Gedränge, die gewürzte Ölteigfladen, gehacktes Lammfleisch und fettiges Gänseschmalzgebäck verkauften. Schreiber hockten mit durchgedrücktem Rücken auf bunten Teppichen und boten den Vorüberschreitenden wortreich ihre Dienste an, wobei sie die Konkurrenz zur Rechten und Linken der mangelnden Sorgfalt beschuldigten, die eigene Kunst aber in den höchsten Tönen lobten. Die benachbarten Verkaufsstände für Olivenöl, herbe Kräuter und reife Früchte reihten sich aneinander wie Perlen an einer Schnur. Wer es sich leisten konnte, zog den Schatten vor, den die Zeltdächer spendeten, oder besaß sogar einen zur Straße hin offenen Ladenraum in einem der kleinen

Häuser, die den Hof neben der Moschee weiträumig umgaben. Sklaven durften nicht im Schatten der Moschee feilgeboten werden, sondern mussten jenseits des Platzes in einen ummauerten Hof getrieben werden. So verlangten es Gesetz und Brauchtum in Granada seit Urzeiten.

Der Marktaufseher, ein noch junger Mann, der seine Autorität mit Hilfe einiger bewaffneter Hilfskräfte verteidigte, winkte Selim ungnädig weiter. «Im Hof treten sich die Männer inzwischen auf die Zehen», brummte er. «Die Leute haben mich schon mehrere Male gefragt, wann die Versteigerung endlich beginnt. Ich kann sie nicht länger vertrösten. Es sind Kaufleute aus Kairo und Tunis darunter, die bereits seit dem Morgengebet warten.»

Selim strahlte. Für ihn waren diese Worte Musik in den Ohren, denn sie zeigten ihm, dass er mit wesentlich mehr Kaufinteressierten rechnen durfte, als er angenommen hatte.

«Es scheint in der Stadt durchgesickert zu sein, dass Fürst Abu Said sich einiger ehemaliger Anhänger des Emirs entledigen will», sagte der Marktaufseher, während er an Selims Seite den Weg zur weißen Moschee einschlug. Die Gefangenen wurden ihm hinterhergetrieben. Interessiert versuchte der Aufseher, einen Blick auf die Gesichter der Frauen zu erhaschen, doch da Selim angewiesen hatte, diese zu verschleiern, trat er verstimmt nach einem Bettler, der um einen schimpfenden Feigenverkäufer herumscharwenzelte.

***

Gefesselt und inmitten einer Menge von jammernden und betenden Menschen musste Floreta höllisch aufpassen, nicht bei jedem zweiten Schritt über ein Hindernis zu stolpern und der Länge nach hinzufallen. Eine ältere Gefangene vor ihr hielt sich dagegen nur noch mühsam aufrecht und wurde, sooft sie verschnaufte, von ihren Bewachern mit Knüppelschlägen und Schimpfworten zur Eile angetrieben.

«Hat euch niemand beigebracht, Selims Ware nicht zu beschädigen?», fauchte Floreta den fetten Gehilfen des Marktaufsehers an, als dieser die Alte grob in die Seite stieß.

Der Kerl verzog höhnisch den Mund. «Für diese Vettel müsste mir der alte Selim noch Geld bezahlen, bevor ich sie zu mir nähme. Die ist doch zu nichts mehr zu gebrauchen.»

Floreta schäumte vor Wut. Am liebsten hätte sie ihren Arm um die alte Frau gelegt, um sie zu trösten, doch mit gefesselten Händen war dies nicht möglich. Sie blickte sich nach Ceti um, der bestimmt eine geeignete Antwort für den unverschämten Marktgehilfen eingefallen wäre, doch ihre Cousine befand sich an der Spitze des Zuges und tat so, als hätte sie nichts von dem Wortwechsel mitbekommen.

Kurz darauf wurde Floreta mit einigen anderen Frauen in einen weiteren Hof getrieben, wo sie hinter einem Vorhang aus straffgespannten Tüchern warten sollte, bis sie an der Reihe war. Derweil zwangen die Aufseher die gefangenen Männer unter lautem Grölen auf ein hölzernes Podest; augenscheinlich sollten sie als Erste angeboten werden.

Floreta spürte, wie ihr Herz schneller schlug. Ohnmächtig ergab sie sich dem unbeschreiblichen Stimmengewirr – sie hörte nicht nur arabische Laute, sondern auch eine Anzahl Sprachen, die ihr noch nie zuvor zu Ohren gekommen waren. Es wurde gemurrt, gelacht und gepfiffen. Kamele blökten, Esel schrien. Erst als der Marktaufseher, gefolgt von Selim, über eine Treppe auf die Umfassungsmauer stieg und um Ruhe bittend die Arme hob, kehrte allmählich Stille im Hof ein, und die Versteigerung begann.

Die wenigen Männer, in der Hauptsache muskulöse Burschen, die hart zupacken konnten, fanden rasch ihre Käufer, ohne dass es zu temperamentvollen Ausbrüchen unter den Anwesenden kam. Wer verkauft wurde, fügte sich in sein Schicksal und wurde fortgeführt. Den wenigen, die auf Selims Sklavenhof zurückkehrten, wurden neue Hand- und Fußfesseln angelegt.

Die Sonne stand bereits hoch am Himmel, als der Sklavenhändler der ersten Gefangenen den Schleier abnahm und sie vor den Vorhang zerrte. Kreischend versuchte die Frau Selims Hände abzuschütteln, was ihr jedoch nicht gelang. Floreta kannte sie. Es war die Mozaraberin, die mit ihr im Turm der Alhambra eingesperrt gewesen war. Dass sie allein hier stand, konnte nur bedeuten, dass ihr Mann Abu Saids Strafgericht nicht überlebt hatte.

Nur wenige Augenblicke später musste die Mozaraberin einem herrisch aussehenden Mann folgen, der ihr den Strick eines Maulesels in die Hand drückte.

Floreta sank zu Boden und umfasste ihre Knie mit beiden Armen. Gab es in der lärmenden Menge einen Mann mit rotem Turban, den Banu zu ihrer Rettung geschickt hatte? Doch selbst wenn er kam: Besaß er genügend Geld, um sie und Ceti freizukaufen? Stumm sah sie zu, wie eine ihrer Mitgefangenen nach der anderen hinter dem Vorhang hervorgeholt und auf das Podest geführt wurde. Bald waren nur noch wenige der Frauen übrig.

«Es wird Zeit!» Selim stand plötzlich neben ihr und bedeutete ihr aufzustehen. Er hatte Samus Medizinkasten bei sich.

Floreta blinzelte verwirrt ins Sonnenlicht. Was um alles in der Welt hatte der Händler sich nun wieder einfallen lassen?

«Wie ich sehe, habt ihr Gefallen an meiner Ware gefunden», wandte sich Selim an die bereits kleiner gewordene Schar der Käufer. «Doch bevor ihr eurer Wege geht, lade ich euch ein, noch einen Blick auf zwei Perlen zu werfen, die ich bis zuletzt zurückbehalten habe.» Er gab Ceti einen Schubs und zog an ihrem Gesichtsschleier.

Ceti dachte indes nicht daran, sich kampflos entblößen zu lassen, und klammerte sich, wie vor ihr schon die Mozaraberin, hartnäckig an dem Tuch fest.

«Lass den verfluchten Fetzen los, du gerupftes Huhn, bevor ich meine Peitsche hole!»

«Von mir aus, hol sie doch, du Hund», keuchte Ceti mit blitzenden Augen, konnte es aber nicht verhindern, dass zwei von Selims Männern sie von hinten packten und überwältigten. Sie rissen ihr den Schleier herunter, und mit ihm fiel auch die Perücke, die Banu ihr auf Selims Befehl übergestülpt hatte. Tosendes Gelächter erschallte, und Floreta, die ebenfalls auf das Podest gestoßen wurde, wäre vor Scham über die Demütigung ihrer Verwandten beinahe im Erdboden versunken.

Da entdeckte sie einen Mann in der Menge, der an einem Pfeiler lehnte und einen roten Turban trug. Ihr Herz begann zu klopfen. War er das? Ibrahim?

«Seht euch meine zarten Blumen an», versuchte Selim das Geschrei der Männer auf dem Platz zu übertönen.

«Blumen?» Einer der vorne Stehenden schüttelte verächtlich lachend den Kopf. «Wenn ich mir diese Kratzbürste ansehe, fühle ich mich viel mehr an einen Kaktus erinnert. Nein, nein, mit solchen Weibsbildern handelt man sich nur Ärger ein.» Er kehrte Selim demonstrativ den Rücken zu.

«Aber bleibt doch hier», rief Selim, wobei er Ceti einen bitterbösen Blick zuwarf. Er war mit hohen Erwartungen zum Basar gezogen und fühlte sich nun sicher um ein gutes Geschäft geprellt. «Die beiden Frauen sind nicht nur anmutig und temperamentvoll, sondern auch von einem großen Gelehrten erzogen worden.»

«Du machst es nur noch schlimmer», spottete ein bemerkenswert hellhäutiger Mann mit Kinnbart, der in seinem staubigen Kaftan und den ausgetretenen Sandalen keineswegs den Eindruck machte, als besäße er eine gefüllte Börse. «Man sieht ja, was dabei herauskommt, wenn man den Weibern erlaubt, Bücher zu lesen. Sie werden faul und aufsässig.» Verschmitzt vollführte er eine obszöne Geste und erntete eine Lachsalve dafür.

«Halt du dich da raus, du krächzende Krähe», zischte Selim, schwer bemüht, sich seine wertvolle Ware nicht kampflos schlechtreden zu lassen. Er begann, aus allen Poren zu schwitzen. «Kämst du aus Granada, wüsstest du mit dem Namen Samu etwas anzufangen. Er zählte zu den besten Ärzten, die je gelebt haben. Und seine Enkelinnen haben seine überragenden Heilkünste gelernt, ganz besonders diese da.» Er zeigte auf Floreta und zog damit alle Blicke auf sie.

Das Hohngelächter, das noch eben durch den Hof gedrungen war, verwandelte sich in verhaltenes Gemurmel, aus dem Neugier sprach. Einige glotzten sie an, als erwarteten sie ein Zauberkunststück. Dennoch blieben die Käufer zurückhaltend. Sie warteten ab.

Floreta spähte zu dem Mann mit dem roten Turban hinüber, der so tat, als beobachte er den Sklavenmarkt nur zum Zeitvertreib. Biete doch, dachte sie verzweifelt. Warum bietest du nicht endlich? Du siehst doch, dass kein anderer ein Gebot abgibt.

«Also schön», gab Selim zähneknirschend nach, als nach endlosen Augenblicken noch immer niemand die Hand erhob. «Ich biete beide Mädchen zum Preis für eines an, auch wenn mich das ruiniert. Dazu erhält der Käufer den Arznei- und Kräuterkasten des Arztes Samu, dessen Inhalt schon viele Menschenleben gerettet hat. Aber das ist mein letztes Angebot.» Er wedelte hektisch mit den Armen. «Nun, was ist los mit euch? Habt ihr Dreck in den Augen, dass euch die Schönheit dieser Frauen nicht blendet? Die Sklavin Floreta mag noch keine Hakima sein, aber sie behandelt eure Wunden und Gebrechen, sodass ihr wieder arbeiten könnt. Die andere ist kräftig genug, um richtig zuzupacken. Egal ob auf euren Feldern oder … im Schlafgemach. Ein besseres Geschäft werdet ihr heute nicht mehr machen.» Er zerraufte sich das dünne Haar. «Mich dagegen macht ihr damit zum armen Mann, der dem gnädigen Fürsten Abu Said erklären muss, warum die Perlen, die er in meine Obhut gab, ihm nicht die Schatulle mit Gold gefüllt haben. Aber eines sage ich euch, ihr undankbaren Söhne der Habgier ...»

«Zwanzig Dinare!»

Das Gebot kam von dem Mann mit dem roten Turban. Endlich. Floreta schloss die Augen und atmete erleichtert auf. Gottlob, nun war der Spuk bald vorbei. Dank Cetis Widerborstigkeit und Selims Geplapper musste Banus Vertrauter vermutlich nicht einmal die Hälfte seines Geldes aufwenden. Floretas Handflächen wurden feucht vor Schweiß. Kein weiteres Gebot, flehte sie in Gedanken. Sie schaute zu Ceti hinüber, die fast unbeteiligt auf ihre nackten Füße starrte. Wie so oft hatte sie sich auch jetzt wieder ganz in sich selbst zurückgezogen. Wie gern hätte Floreta ihr zugeflüstert, dass sie sich keine Sorgen mehr zu machen brauchte, dass sie schon am Abend den Schmutz und die Angst der vergangenen Stunden abwaschen könnte. Aber dazu musste Selim endlich die erlösenden Worte sprechen, und das tat er nicht.

«Fünfzig Dinare», erfolgte zu Floretas Entsetzen ein zweites Gebot. «Ich biete fünfzig Dinare für die beiden Mädchen und den Kasten.»

Selim hob überrascht die Augenbrauen. «Ein großzügiges Angebot», rief er dem rotblonden Mann in der ersten Reihe zu. «Ich gehe davon aus, dass du kein Sprücheklopfer bist, sondern auch so viel Geld besitzt?»

«Weil ich so gut gekleidet bin, meinst du?» Der junge Mann grinste verschmitzt. «Ich dachte, das trägt man auf dem Sklavenmarkt von Granada. Schau dich selbst an, werter Selim, dann verstehst du, was ich meine.»

Die Menge lachte.

«Solltest du meine Zeit vergeuden, werde ich dich vom Marktaufseher aus dem Hof peitschen lassen», fauchte Selim.

Auch der Mann mit dem roten Turban schien nervös zu werden, denn er zögerte. Doch dann hob er die Hand und rief: «Sechzig Dinare!»

«Siebzig!»

Schwer atmend wischte sich der Überbotene mit der Hand den Schweiß von der Stirn. Dann stürmte er vorwärts und blieb vor dem Marktaufseher stehen. «Achtzig Dinare, *Almotacén*!», sagte er keuchend. «Komm schon, gib mir die Mädchen!»

«Einhundert Dinare!»

Floreta blieb fast das Herz stehen. Die beiden Wörter brannten sich in ihre Ohren wie zwei glühende Feuerhaken. Einhundert Dinare. Ein Vermögen. Benommen schnappte sie nach Luft und sah gleichzeitig, wie der Marktaufseher bedauernd mit den Schultern zuckte und Selim ein Zeichen gab. Offenkundig besaß der Fremde Geld, und er hatte die Absicht, es für sie auszugeben.

«Wer ist der Kerl?», zischte Ceti ihr zu. Seit ihrem temperamentvollen Ausbruch war dies die erste Regung, die von ihr kam. «Was will er von uns? Warum bietet er für uns so viel Geld?»

Floreta wusste es nicht, doch sie zitterte bei dem Gedanken daran, was ihr und ihrer Verwandten nun bevorsteht. Und dies, wo sie beide der Freiheit doch schon so nah gewesen waren. Sie hätte heulen können vor Wut und Verzweiflung.

«Kein Gebot mehr von euch, ihr Herren?», rief Selim, der in Gedanken schon die Silbermünzen klimpern hörte. «Nein? Wie schade. So darf ich mit Erlaubnis unseres Marktaufsehers die Versteigerung für beendet erklären.» Er fasste den rotblonden Fremden scharf ins Auge. «Und dich, mein Freund, möchte ich nun bitten...»

«Keine Angst, Selim», schnitt der Mann ihm das Wort ab. Er lächelte nicht mehr. «Ich will diese beiden Mädchen haben und werde den Preis für sie bezahlen.»

Floretas Arme und Beine fühlten sich taub an, als sie von dem hölzernen Podest stieg. Sie gehorchten ihr nur widerwillig. Der Berber schnitt ihr die Fesseln durch, weil ihr neuer Besitzer es verlangte. Dieser zog sich kurz mit Selim hinter den Vorhang zurück, um das Geschäftliche zu regeln. Den Moment nutzte der Mann mit dem roten Turban, um sich dicht an Floreta heranzupirschen. Er wirkte niedergeschlagen.

«Allah ist mein Zeuge, ich hätte dir und deiner Freundin gern die Sklaverei erspart. Aber der Pfandleiher hat sich geweigert, mir für Banus Schmuck mehr als sechzig Dinare zu geben. Zwanzig hätte ich aus eigener Tasche noch beisteuern können, aber mehr nicht.»

Er zuckte mit den Achseln, dann tauchte er in der Menge unter, bevor Floreta etwas erwidern konnte. Wie betäubt sah sie ihm nach.

«Nichts wiegt schwerer als eine enttäuschte Hoffnung», sagte Ceti leise. Sie rieb sich die Handgelenke und schien dabei ihre Chancen abzuwägen, sich unbemerkt davonzuschleichen, solange noch so viele Menschen kreuz und quer über den Innenhof liefen oder unter dem Torbogen hindurch dem Basar entgegenstrebten.

Die Gassen um die Moschee herum waren eng, düster und unübersichtlich. Ein wahres Labyrinth für jeden, der sich nicht gut auskannte. Vielleicht gelang es ihnen ja, dort unterzutauchen, überlegte nun auch Floreta. Ihr neuer Besitzer war fremd in der Stadt, vielleicht kam er nicht einmal aus al-Andalus. Dafür sprach, dass sich sein Arabisch anhörte, als habe er es auf seinen Reisen aufgeschnappt. Ein Blick auf den Berber und Selims Handlanger genügte, um festzustellen, dass sie sich nicht länger für sie verantwortlich fühlten. Sie kehrten ihnen den Rücken zu, plauderten und achteten nicht weiter auf die Sklaven an der Mauer.

Ceti nickte Floreta verschwörerisch zu, doch als sie sich gerade unauffällig in Richtung Torbogen davonstehlen wollten, hob ein hochzufriedener Selim den Vorhang an und ließ den Rotblonden an sich vorüberschreiten.

«Oh, wie ich sehe, seid ihr zum Aufbruch bereit», rief der Fremde Floreta zu. Er lächelte, doch es versetzte ihr einen Stich, dass er Samus Kasten dabei schwang, als handelte es sich um einen Korb mit überreifen Feigen und nicht um kostbares Ärztegeschirr.

«Rühr den Kasten nicht an, er gehört mir», rief Floreta entrüstet.

Selim verzog entnervt den Mund. «Da hast du es, ehrenwerter Raik. Was habe ich gesagt? Sie sind beide aufsässig. Aber ein Kerl wie du wird sie schon zähmen.»

Der junge Mann ging auf die Bemerkung nicht ein. Sorgfältig befestigte er den Arzneikasten am Sattel seines Pferdes, bevor er den Frauen ein Zeichen gab. «Dann kommt, wir haben eine weite Reise vor uns.»

«Wohin?» Ceti warf den Kopf zurück und verschränkte die Arme.

«Hast du Fragen zu stellen?», regte sich Selim auf. «Furchtbar, diese Manieren.»

«Lass sie», beschwichtigte ihn der Fremde nachsichtig. «Das Mädchen soll wissen, dass sie ihre Heimat nicht wiedersehen wird. Wir reiten noch in dieser Stunde hinunter nach Málaga. Dort liegt ein Schiff vor Anker, das uns durch die Meerenge von Gibraltar bringen wird.»

«Aber ... wir haben die Felsen an die Christen verloren!» Floreta schüttelte verwirrt den Kopf. «Das Gebiet wird von Kastilien kontrolliert.»

«Das weiß ich», sagte der Fremde lachend, machte sich aber nicht die Mühe, Floreta darüber aufzuklären, was ihn in den Westen des Landes trieb.

Floreta war es einerlei. Warum sollte sie sich darüber den Kopf zerbrechen? Der Mann sah keineswegs krank oder leidend aus, ganz im Gegenteil. Er schien vor Gesundheit zu strotzen, war athletisch gebaut und breitschultrig. Dennoch hatte er soeben ein Vermögen für eine als Heilerin angepriesene Frau, ihre zänkische Verwandte und einen wurmstichigen Holzkasten bezahlt. Sollten die Christen doch sein verfluchtes Schiff bei Gibraltar aufhalten. Vielleicht ergab sich dann ja eine Gelegenheit, den spanischen Soldaten zu erklären, wer sie war und wie sie und Ceti in diese missliche Lage geraten waren. Selim klopfte nun dem Berber gut gelaunt auf den Rücken. «Der edle Herr hat dich und deine Muskeln für ein paar Stunden von mir gemietet. Du wirst ihn zur Küste bringen und aufpassen, dass die beiden Täubchen nicht davonflattern. Ich hoffe, ich kann mich auf dich verlassen?»

Der Berber verneigte sich stumm.

Wie betäubt durchquerte Floreta auf ihrem Maulesel die lichtgetränkten Höfe des quirligen Basars. Dabei bemühte sie sich verzweifelt, weder nach rechts noch nach links zu sehen, denn sie befürchtete, ihr Herz könnte brechen beim Anblick der verwinkelten Gassen und Plätze, der hellen Türme, Mauern und prächtigen Gebäude. In einigen davon war sie an Samus Seite aus und ein gegangen. Dort hatte man ihr als Kind freundlich über den Kopf gestrichen und ihr Zuckerkuchen oder in Honig eingelegtes Obst zu naschen gegeben, während ihr Großvater einen Patienten behandelte. Doch die Wärme und Vertrautheit ihrer Kindertage gehörten nun der Vergangenheit an. Sie waren verflogen wie ein Duft, den man vielleicht noch eine Weile mit sich trug, der jedoch mehr und mehr verblasste und bald nur noch in der Erinnerung weiterlebte.

Und dann lag plötzlich die Stadtmauer hinter ihr, und sie befand sich in der sengenden Hitze einer feindlich anmutenden Landschaft, die nur aus Sand, Staub und dürren Grasbüscheln zu bestehen schien. Hier draußen gab es keine schützenden Zeltdächer mehr, keine Diener, die Erfrischungen servierten, und auch keine kühlenden Springbrunnen in kunstvoll angelegten Palastgärten. Während die Hufe ihres Maultiers den weichen Boden aufwühlten, begriff Floreta, dass Granada nicht länger ihre Heimat war. Vergeblich mühte sie sich, ihre Tränen zurückzuhalten. «Leb wohl, Großvater Samu», flüsterte sie in den warmen Wind, der ihr Haar wie mit unsichtbarer Hand zerwühlte.

Floretas neuer Gebieter bemerkte, dass sie vor Erschöpfung zurückfiel. Er zügelte sein Pferd, galoppierte zurück und ließ das Tier ein-, zweimal um Floretas Maulesel herumtänzeln. «Was ist los? Bist du schon müde?» Er zog einen Lederschlauch aus seinem Gürtelband und bot Floreta Wasser an, doch sie schüttelte mit zusammengebissenen Lippen den Kopf.

Bislang hatte sie keinen Grund gehabt, sich über das Verhalten des Mannes zu beklagen. Er hatte ihr ihre Würde gelassen, war weder ihr noch Ceti gegenüber grob oder gar zudringlich geworden. Dafür trieb er sie unermüdlich zur Eile an und gönnte ihnen keine Rast. Offensichtlich war ihm daran gelegen, die Küste so rasch wie möglich zu erreichen. Floreta fragte sich, ob er sich vor Räubern fürchtete oder davor, sein Schiff könnte ohne ihn ablegen. Wenn sie es recht besah, gefiel ihr der Gedanke, die Nacht unter freiem Himmel verbringen zu müssen, auch nicht besonders. Doch da Ceti offensichtlich vorhatte, den Ritt nach Málaga zu verzögern, bewegte auch sie ihr Tier so langsam es ging, ohne den Zorn des Berbers zu entfachen.

«Warum?», fragte sie den Fremden leise, als sie seinen forschenden Blick im Nacken spürte.

«Warum was?», gab er erstaunt zurück.

«Du kämst viel schneller voran, wenn du ohne uns unterwegs wärst. Wir sind für dich eine Last. Du weißt hoffentlich, dass Ceti dir ein Messer in die Brust jagen würde, wenn sie nur könnte, und was mich betrifft ...» Sie schnaubte, um anzudeuten, dass sie darüber keineswegs traurig wäre. «Warum hast du Banus Vertrauten überboten und uns gekauft?»

Er kniff die Augen zusammen, um sich vor dem Sand zu schützen. «Wovon bei allen Heiligen sprichst du?»

Bei allen Heiligen? Was war das? So redete doch niemals ein Anhänger des Propheten. Aber dann ...

«Ich spreche von dem Mann mit dem roten Turban auf dem Basar», sagte sie verwirrt. «Er hatte den Auftrag, uns freizukaufen. Das wäre ihm auch geglückt, wenn du ihn nicht aus purer Boshaftigkeit überboten hättest. Also frage ich dich noch einmal: warum ausgerechnet wir?»

Ceti drehte sich zu ihr um. Der zunehmende Abendwind peitschte ihr das schulterlange Haar ins Gesicht, und ihre Augen funkelten unheilverkündend. «Das fragst du noch? Wann trittst du endlich aus deinem Elfenbeinpalast heraus und stellst dich der Wirklichkeit? Ich bin nur das lästige Anhängsel, das im Preis inbegriffen war. Aber dich, meine Liebe, verschlingt unser ... Gebieter mit seinen Blicken, seit er dich gesehen und erfahren hat, dass du in Großvater Samus Fußstapfen getreten bist.»

«Aber das bin ich doch gar nicht», erwiderte Floreta. «Ich bin noch weit davon entfernt, eine Hakima zu sein. Und als Sklavin werde ich es auch nie werden.»

Der junge Mann sah sie beinahe mitleidig an, was Floreta in ihrem Verdacht bestärkte, dass er heute zum ersten Mal in seinem Leben Sklaven gekauft hatte. Ein anderer Herr hätte ihr nicht seinen Wasserschlauch angeboten, sondern ihr mit der Peitsche die Haut wund geschlagen. Er aber schien trotz seiner forschen Art nicht recht zu wissen, wie er mit ihr und Ceti umgehen sollte.

Der Berber wendete nun ebenfalls sein Pferd, das Selim ihm großzügig zur Verfügung gestellt hatte. Mit mürrischem Gesichtsausdruck gab er zu bedenken, dass noch ein weiter Weg vor ihnen lag.

Kurz ließ der Rotblonde seinen Blick über die Landschaft schweifen, dann deutete er auf eine Reihe von kargen Felsen am Horizont, die steil in der Landschaft aufragten, und trug dem Berber auf, vorauszureiten und im Schutz des Hügels ein Nachtlager aufzuschlagen.

Floreta verdrehte die Augen. Dank Cetis Verzögerungstaktik würden sie die Nacht im Freien verbringen, und das war gefährlich. Auf der einsamen Landstraße, die sich die Hügel hinab bis zur Küste schlängelte, war zu dieser Stunde keine Menschenseele mehr unterwegs. Kaufleute zogen es vor, sich rechtzeitig vor Einbruch der Dunkelheit einer Karawanserei zu bedienen, doch dafür war es jetzt zu spät. Bis zur nächsten Herberge oder einem Dorf würden sie noch mindestens zwei Stunden brauchen.

Der junge Raik ließ sich elegant aus dem Sattel gleiten und ging neben seinem Pferd kurz in die Hocke. Konzentriert suchte er den Boden nach Spuren ab.

«Was ist nun schon wieder los?», wollte Ceti wissen, doch der Mann winkte ab. Irgendetwas beunruhigte ihn, das spürte Floreta.

Nach einer Weile stieg er wieder auf und befahl den beiden Frauen, ihm zu folgen.

Floreta warf einen Blick über die Schulter, als laure dort in der Dämmerung etwas auf sie, das sich nicht zeigen wollte. War die heiße Luft bis vor wenigen Augenblicken noch voller Bewegung und Geräusche gewesen, erschien Floreta die gesamte Umgebung nun plötzlich, als hielte sie gespannt den Atem an. Auch Ceti blickte sich um und runzelte die Stirn. Da. War da nicht eben ein Schrei gewesen? Ein kurzes, schrilles Aufheulen?

«Ein räudiger Hund oder ein Kojote, der hier irgendwo eine

Höhle hat», beruhigte sie Raik, doch seiner nachdenklichen Miene nach zu urteilen, schien er davon selbst nicht ganz überzeugt. Er ritt langsam ein Stück voraus, dann blieb er wieder stehen und lauschte in die Stille hinein.

«Du hast uns noch nicht gesagt, wie wir dich nennen sollen», sagte Floreta, als sie zu ihm aufschloss.

«Wie?»

«Nun, deinen Namen. Selim nannte dich Raik. Ist das dein Name? Oder legst du Wert darauf, dass wir dich ‹Gebieter› nennen?»

«Wie wäre es mit ‹Held der Wüste›?», spottete Ceti, doch das Wort blieb ihr im Hals stecken, als erneut ein schrilles Kreischen die Luft erbeben ließ.

Inzwischen waren sie am Fuße der Felsformation angekommen, doch anstatt eines Feuers erwartete sie Dunkelheit. Von dem Berber war nichts zu sehen, nur sein Pferd rupfte ein Stück weiter ein paar dürre Grashalme aus dem sandigen Erdboden.

Ceti stieg von ihrem Maultier ab und ging auf die Felsen zu, ohne dass ihr Herr sie daran hinderte. Plötzlich blieb sie stehen, stieß einen Schrei aus und bedeckte ihr Gesicht mit den Händen. Floreta und der Rotblonde stürzten ihr nach.

«Allmächtiger», würgte Floreta erstickt hervor, als sie wenige Schritte weiter erkannte, was ihre Cousine erschreckt hatte. «Das ist Selims Berber! Ist er ...»

«Tot?» Ceti nickte. «Ich denke, davon kannst du getrost ausgehen.» Vorsichtig beugte sie sich über den Körper. Die Augen des Berbers waren weit geöffnet und starrten ins Leere. Er schien seinen Angreifer nicht einmal gehört zu haben. Der Strick um seinen Hals wies darauf hin, dass er hinterrücks erdrosselt worden war.

Raik zog sein Schwert und trat einen Schritt zurück. Dann befahl er den jungen Frauen, sich von den Felsen fernzuhalten. Irgendetwas lauerte dort.

Er hatte kaum zu Ende gesprochen, als sich ein riesenhafter Schatten aus dem Dunkel löste. Ein schwerer Gegenstand sauste durch die Luft und traf Raik so hart am Kopf, dass er lautlos zusammenbrach.

Floreta schrie erschrocken auf, als zwei Männer auf sie und Ceti zukamen, die sich zum Schutz vor dem Wind in dunkle Mäntel mit Kapuzen gehüllt hatten. Räuber, ging es Floreta durch den Kopf, während sie beobachtete, wie einer von beiden sich über den Bewusstlosen beugte. «Er atmet!»

Der andere, größere Mann nahm seine Kapuze ab und wandte sich den Frauen zu.

«Ruben?», rief Ceti ungläubig. «Du?»

Ihr Nachbar nickte, ohne mit der Wimper zu zucken. «Ich habe mich auf dem Basar umgehört und in Erfahrung gebracht, dass dieser Kerl euch zur Küste bringen wollte. Glücklicherweise kamt ihr langsamer voran als wir zu Pferde. So konnten Eli und ich unseren Vorsprung nutzen und diesen Männern hier einen angemessenen Empfang bereiten.»

«Eli?» Fragend spähte Floreta zu Rubens Gefährten, der sich das Schwert des Bewusstlosen angeeignet hatte und es anerkennend betrachtete. Es sah nicht so aus wie die Säbel, die in Granada oder Córdoba gebräuchlich waren. Vermutlich stammte es aus der Schmiede eines Christen.

«Friede mit euch», sagte Rubens Freund, als er mitbekam, dass von ihm gesprochen wurde. Vorsichtig lächelte er Floreta an. Einen Herzschlag lang glaubte sie, eine gewisse Ähnlichkeit mit Ruben wahrzunehmen, doch das konnte sie sich auch einbilden. Stumm erwiderte sie seinen höflichen Gruß.

«Eli ist ein alter Freund von mir, der sich überreden ließ, mir ein Pferd zu leihen, um euch zu folgen», erklärte Ruben.

«Und um sicherzugehen, dass ich meinen Gaul auch wiedersehe, bin ich gleich mitgekommen.»

Floreta zeigte auf den toten Berber. «War das nötig?»

«Warum fragst du?» Cetis Mitgefühl hielt sich in Grenzen. «Hast du vergessen, was er uns angetan hat? Er hat dich geschlagen und mich wie Dreck behandelt. Auf Selims Befehl hätte er dich in der Luft zerrissen. Niemals hätte er uns gehen lassen.»

Ruben pflichtete ihr bei. Ohne auf Einzelheiten einzugehen, schilderte er den kurzen Kampf, den er sich mit dem Berber geliefert hatte, bevor dieser erstickt war.

«Ihr müsst fort», befand Eli. «Aber nicht zurück nach Granada, dort würde man euch finden und zum Tode verurteilen. Geht nach ...»

Eli sah die Gefahr ebenso wenig kommen, wie der Rotblonde den Stein hatte fliegen sehen. Doch plötzlich stand der vermeintlich Bewusstlose vor ihm. Eli schnappte keuchend nach Luft, als ihm ein Wurf Sand in Mund und Augen drang. Ein gegen das Brustbein ausgeführter Faustschlag ließ ihn taumeln, ein weiterer Schlag auf den Ellenbogen entwaffnete ihn, noch bevor er den Arm zum Schutz heben konnte.

Raik sah aus wie ein verwundeter Stier, der in seiner Wut zu allem bereit war. Er blutete aus einer Schramme an der Stirn, doch sonst schien ihm nichts zu fehlen. Er wartete, bis Eli seinen Langdolch aus dem Gürtel gezogen hatte, dann wirbelte er herum und stürzte sich auf sein am Boden liegendes Schwert, wobei er sich überschlug, jedoch im nächsten Moment wieder auf beiden Beinen stand. Kräftig austeilend, hieb er auf Eli ein, der sich verteidigte, so gut er eben konnte.

«Lauft», rief Ruben Ceti und Floreta zu, die wie gelähmt dastanden. «Lasst die verdammten Maulesel stehen und nehmt euch die Pferde!»

Da kreischte Eli auf und ging zu Boden. Blutspritzer färbten den hellen Sand.

Sein Angreifer hatte einen tödlichen Streich gelandet. Nun wandte er sich mit erhobenem Schwert und Mordlust in den Augen Ruben zu. Seinem Aussehen zum Trotz schien der junge Mann ein geübter Kämpfer zu sein, was Ruben, der über keine besondere Waffenausbildung verfügte, in schwere Bedrängnis brachte. Obwohl er sich im Laufe vieler harter Jahre auf den Gassen von Granada sehnige Arme und einen muskulösen Oberkörper erarbeitet hatte, fehlte es ihm an Leichtigkeit und Gewandtheit im Umgang mit dem Schwert – ein Vorteil, den sein Gegner sich nun zunutze machte. Er trieb Ruben mit kräftigen Hieben vor sich her, schlug Finten und schaffte es fast mühelos, den Älteren mit dem Rücken gegen die Felsen zu drängen. Ruben zuckte zusammen, als die Klinge sein Wams unterhalb des Schlüsselbeins zerfetzte. Gerade noch rechtzeitig wich er einem Hieb aus, der ihm um ein Haar die Kehle durchschnitten hätte, wobei es ihm gelang, seinem Angreifer mit einer blitzschnellen Bewegung den Knauf seines Schwertes ins Gesicht zu rammen, sodass dieser rücklings auf den Boden schlug. Ruben nutzte die unverhoffte Chance, um mit der Waffe vorwärtszupreschen und auszuholen. Doch der Rotblonde drehte sich rasch zur Seite, sodass Rubens Schlag ins Leere ging. Bevor Ruben ein weiteres Mal ausholen konnte, erhielt er einen Tritt in die Kniekehle, der ihn zu Boden schickte. Erbittert drang sein Gegner nun auf ihn ein, nur noch mühsam parierte Ruben die Hiebe. Das Geräusch der aufeinandertreffenden Klingen zerriss die Stille der Nacht.

Floreta schlug verzweifelt die Hand vor den Mund. Verloren, dachte sie benommen. Aus. Rubens Keuchen bestätigte ihre Befürchtung, dass der Mann am Ende seiner Kräfte war. Doch als Raik ihm den Todesstoß versetzen wollte, jagte Ceti mit dem Pferd des Fremden geradewegs auf die Kämpfenden zu. Einen Atemzug lang hielt Raik inne, und dieser eine Moment genügte Ruben, um ihm sein Schwert in die Seite zu stoßen.

Der junge Mann zuckte zusammen und starrte auf das Blut, das aus seiner Wunde schoss, als könnte er nicht glauben, was er sah. Dann taumelte er rückwärts, sein Schwert fiel ihm aus der Hand. Er selbst sank in den Sand.

Ceti schwang sich aus dem Sattel und lief rasch zu Ruben, der den Mann argwöhnisch mit dem Fuß anstieß.

«Nochmal wird der Kerl nicht aufstehen», brummte er. Er hob den Blick und funkelte Ceti an. «Solltest du dich nicht davonmachen? Warum kannst du nicht auf mich hören?»

«Sei froh, dass ich es nicht getan habe, sonst wärst du jetzt tot und nicht er! Nur weil ich den Kerl abgelenkt habe, konntest du ihn erledigen. Das weißt du ebenso gut wie ich.»

Ruben seufzte. «Mag sein, aber dennoch erwarte ich von meiner Frau, dass sie sich meinen Anordnungen nicht widersetzt.»

Ceti lachte wild, während sie dem Pferd des Fremden den Hals tätschelte. Das Tier schien das Unglück seines Herrn zu wittern, denn es scharrte ungestüm mit den Hufen.

«Von deiner Frau? Ich wusste gar nicht, dass du verheiratet bist. Was sagt die Gute dazu, dass du dich hier herumtreibst, anstatt deine Botendienste in der Stadt zu verrichten?»

Ruben war nie ein Mann des Wortes gewesen. Er zog sie dicht an sich heran und küsste sie stürmisch auf den Mund. Ceti versuchte, ihn von sich zu schieben, doch plötzlich, als hätten seine Lippen einen Schlüssel umgedreht, erwiderte sie seinen Kuss.

«Wir werden heiraten, sobald wir in Sicherheit sind», erklärte Ruben. «In Zukunft breche ich jedem dahergelaufenen Schuft die Knochen, wenn er es wagt, dir zu nahe zu kommen.» Er sah zu Floreta hinüber, die einige Flaschen und Behälter aus Samus Arzneikasten herausnahm. «Das gilt natürlich auch für die Kerle, die deine Verwandte bedrohen.»

Ceti bohrte ihm ihren Zeigefinger in die Brust. «Lass dir bloß nicht einfallen, ein Auge auf sie zu werfen. Der Prophet der Mauren erlaubt seinen Gläubigen zwar vier Weiber, aber für dich gilt das nicht.»

«Wie könnte ich? Ich habe immer nur dich gewollt. Vielleicht kannst du an meiner Seite ja eines Tages deinen Emir vergessen. Er hätte dir nur Unglück gebracht.» Ruben stockte, als ihm auffiel, wie Cetis Miene sich verfinsterte. Er würde geduldig sein müssen, sehr geduldig. Eines Tages würde sie Muhammad vergessen haben.

«Was zum Teufel machst du da?», fuhr er Floreta an, die derweil mit einem geschliffenen Skalpell den Kaftan des Verwundeten aufgetrennt hatte. «Hilf uns lieber, meinen guten alten Eli unter die Erde zu bringen, damit er nicht von den verdammten Wölfen zerrissen wird. Er hätte es verdient, dass jemand für ihn das *Kaddisch* spricht, aber leider verstehe ich nicht viel von Totengebeten. Wenn man von der Hand in den Mund lebt, hat man keine Zeit für so was.»

Rubens vorwurfsvolle Worte machten Floreta betroffen, ja, sie konnte durchaus verstehen, dass er wütend war. Wenige Schritte von ihnen entfernt lag sein Freund, der sich auf das Wagnis eingelassen hatte, sie und Ceti aus der Sklaverei zu befreien. Für diesen Freundschaftsdienst hatte der Mann sein Leben geopfert, und alles, was ihr einfiel, war, sich die Verletzung des Fremden anzusehen, der sie wie ein Stück Vieh auf dem Basar erworben und aus der Stadt getrieben hatte.

Aber Eli war tot. Nicht einmal Samu mit all seinem großartigen Wissen hätte ihm noch helfen können. Der junge Fremde hingegen atmete noch. Schwach, aber immerhin regelmäßig. Das würde allerdings nicht mehr lange der Fall sein, denn er verlor viel Blut. Rubens Stoß war ein Stück weit unterhalb des Brustbeins ins Fleisch eingedrungen, hatte den Körper jedoch nicht durchbohrt. Trotzdem grenzte es an ein Wunder, dass der Verwundete noch nicht tot war. Er schien sich mit einer Willensstärke am Leben festzuklammern, die Floreta beeindruckte. Ob ihm seine Kraft dabei helfen würde, das Wundfieber zu besiegen, war indes fraglich.

Während Ruben seinen Freund in einer Mulde bestattete und mit Cetis Hilfe Steine auf das Grab legte, um es vor wilden Tieren zu schützen, unternahm sie, was in ihrer Macht stand, um dem bewusstlosen jungen Mann zu helfen. Sie redete sich ein, dass ihr Wissensdurst der Grund dafür war, denn wenn sie wirklich Samus Erbe antreten wollte, musste sie mehr tun, als Blasen und Geschwüre auf der Haut zu behandeln. Die Geheimnisse des menschlichen Lebens und Sterbens ließen sich allein durch exakte Beobachtung und Überprüfung ergründen. Also sortierte sie ihren Vorrat an Waschschwämmen, Leinenverbänden, Scheren und Lanzetten und untersuchte sorgfältig die ihr noch zur Verfügung stehenden Heilmittel. Ein paar Arzneien hatte sie Banu geschenkt, was sie nun bedauerte, denn trotz Selims Argwohn hätte die Frau bestimmt auch einen Spezereihändler in Granada auftreiben können.

Es war nicht angenehm, die Nacht an einem Ort zu verbringen, der unerwartet zum Friedhof geworden war, doch Floreta ließ sich durch die Nähe der Leichen nicht davon abhalten, den mit dem Tode ringenden jungen Mann zu behandeln. Unter Rubens kritischen Blicken wusch sie die klaffende Wunde zunächst mit einem in Opiumtinktur getränkten Schwamm und nähte sie anschließend so gut es eben ging. Da sich in Samus Kasten kein geeigneter Faden befand, bat sie Ruben um ein Haar aus dem Schweif seines Pferdes, stieß mit dieser Bitte bei ihrem ehemaligen Nachbarn jedoch auf taube Ohren.

«Was ich nicht mit dem Schwert geschafft habe, soll dir nun mit der Nadel gelingen?», unkte er missgestimmt. «Wenn du den Kerl tot sehen willst, lass ihn doch einfach liegen. Ich rühre bestimmt keinen Finger für ihn.»

Es war Ceti, die sich schließlich erbarmte und Floreta ein paar Rosshaare brachte. Dies geschah, wie sie annahm, weniger aus Mitgefühl mit dem Verwundeten als vielmehr, weil auch sie neugierig geworden war.

«Ich hätte nicht für möglich gehalten, dass du so etwas kannst», sagte sie zu Floreta, nachdem sie ihr geholfen hatte, dem Verwundeten einen vier Finger breiten Verband anzulegen. «Wird er es schaffen?»

Floreta stieß die Luft aus. Hitze und Müdigkeit setzten ihr so zu, dass sie befürchtete, nie wieder aufzuwachen, wenn sie erst einmal die Augen schloss. Nein, sie wusste nicht, ob der junge Mann die Nacht überstehen würde. Doch sie flößte ihm stündlich Flüssigkeit ein, um das Fieber, das seine Wangen glühen ließ, in Schach zu halten. Ein paar blutstillende und fiebersenkende Mittel wie abgeschabte Weidenrinde lagen noch im Kasten, doch auch diese würden bald zur Neige gehen.

Im Morgengrauen atmete Raik ruhig und gleichmäßig. Seine Stirn war nicht mehr ganz so heiß. Jedenfalls kam es Floreta so vor.

«Wie kriegen wir ihn bloß auf ein Pferd?» Floreta sah sich zweifelnd nach den Reittieren um.

«Auf ein Pferd?», brüllte Ruben unbeherrscht. «Ich glaube, die Hitze hat dich um den Verstand gebracht, Mädchen. Hast du schon vergessen, dass Abu Said dich in die Sklaverei geschickt und dieser elende Hundesohn dich gekauft hat?»

«Aber ...»

Er schnitt ihr mit einer Geste das Wort ab. «Ich hätte nicht erlauben sollen, dass du ihn verbindest, im Gegenteil. Ich hätte so gnädig sein und ihm den Kopf abschlagen sollen, denn solange er am Leben ist, seid ihr nach dem Gesetz seine Sklavinnen. Hast du verstanden? Du magst ihm so viele Verbände anlegen und Fiebertränke einflößen, wie du willst, aber noch ist er dein Herr und du bist seine Sklavin.»

Floreta wandte sich ab, doch Ruben packte sie grob am Arm und schüttelte sie.

«Ist es das, was du willst? Ihn gesundpflegen, damit er dich nach Málaga verschleppen kann? Ich sage dir eines: Ich kenne Männer wie diesen Raik – falls das überhaupt sein richtiger Name ist. Die geben nicht so schnell auf, wenn man ihnen etwas wegnimmt. Sollte er überleben, wird er unserer Spur folgen wie ein Bluthund, und eines Tages wird er vor dir stehen und seine Besitzansprüche geltend machen. Gut, das wäre mir vielleicht egal, du bist alt genug, um zu wissen, was du tust. Aber hier geht es nicht nur um deine, sondern auch um Cetis Zukunft. Ich werde sie heiraten, das habe ich ihr und mir geschworen. Kein zwielichtiger Fremder wird mir dabei in die Quere kommen.» Ruben zog sein Schwert. «Tritt beiseite», knurrte er sie mit düsterer Miene an. «Es muss sein. Tut mir leid, dass du Samus Arzneien an einen Todgeweihten verschwendet hast.»

Floreta schüttelte den Kopf. Rubens Warnung klang so schrecklich vernünftig, sie verstand selbst nicht, warum sich alles in ihr dagegen sträubte. Sie wollte frei sein, ja, und sie wollte in Samus Fußstapfen treten. Doch hätte dieser als Arzt einen Menschen, den er zu heilen versucht hatte, kurz darauf dem sicheren Tod ausgeliefert? Niemals.

So gut Floreta konnte, versperrte sie Ruben den Weg. «Wenn du ihn erschlägst, trittst du meine Ehre tief in den Staub», schrie sie ihn an. «Damit zeigst du, dass Ceti und ich für dich auch nichts weiter als zwei Sklavinnen sind.»

«Geh mir aus dem Weg!»

«Nein!», griff Ceti in den Wortwechsel ein. Sie streckte die Hand aus und berührte Floretas Wange. Es war die erste zärtliche Geste seit langem. «Lass es gut sein. Überlassen wir dem Schicksal die Entscheidung. Du bist zu müde, um klar zu denken, aber du hast Ruben gehört. Dieser Mann scheint Geld zu haben wie ein Kaufmann, aber er kämpft nicht wie einer. Er führt das Schwert wie ein kastilischer oder aragonischer Ritter. Ohne meine kleine Finte hätte er Ruben trotz seiner Kopfverletzung in Stücke gehauen. Jetzt ist er hilflos, aber sollte der Teufel ihn wiederherstellen, sodass er uns verfolgen kann, sind wir verloren.»

Floreta gab sich geschlagen. «Was hast du vor?»

«Du hast seine Wunden versorgt und ihm einen Trank gegen seine Schmerzen gegeben. Nun stehst du nicht länger in seiner Schuld, falls das jemals der Fall gewesen sein sollte. Wir lassen ihn hier und beten, dass sich unsere und seine Wege nie wieder kreuzen.»

«Können wir dann endlich aufbrechen? Die Sonne geht schon auf!» Ruben gab dem Pferd des Berbers einen derben Klapps aufs Hinterteil, woraufhin es sogleich in Richtung Granada davonpreschte. Es würde seinen Stall finden und Selim natürlich misstrauisch machen. Doch es war unwahrscheinlich, dass der Sklavenhändler Soldaten ausschwärmen lassen würde, um nach dem Berber zu forschen. So viel war ihm das Leben eines einfachen Dieners gewiss nicht wert.

Das Reittier des toten Eli sollte Floreta bekommen.

«Und wohin jetzt?» Schweren Herzens stieg sie in den Sattel. Ein letzter Blick streifte den schlafenden Verwundeten. Sie konnte nichts mehr für ihn tun. Bei ihm zu bleiben, um ihn nicht allein in der Einöde sterben zu lassen, konnte ihr Ende bedeuten. Das hatte Ceti ihr unmissverständlich klargemacht.

«Wir nehmen das Schiff in Málaga, von dem der Fremde gesprochen hat. Entweder es bringt uns in die Freiheit, oder ...» Cetis Augen blitzten auf.

Königreich Aragón
Santa Coloma de Queralt, 1363

Kapitel 7
Santa Coloma de Queralt, Dezember 1363

Bruder Pablo ging die Aufzeichnungen der jungen Frau auf einer Bank im Garten des kleinen Klosters aufmerksam durch. Sie hatte wie immer hervorragende Arbeit geleistet, das musste er zugeben. Wenn man sich vor Augen hielt, dass sie bei ihrer Ankunft im Dorf Santa Coloma kein Wort Spanisch verstanden und sich mit Händen und Füßen verständigt hatte, waren ihre Fortschritte in der Tat beachtlich. Sie schien nichts lieber als lernen zu wollen. Zu seiner Freude beherrschte sie inzwischen nicht nur die spanische, sondern auch die lateinische Sprache so gut, dass er es sich erlauben konnte, ihr unter die Arme zu greifen, indem er sie ein paar kleine Schreibarbeiten übernehmen ließ. Sie wiederum belohnte seine Großzügigkeit mit Sorgfalt und Pünktlichkeit. Ihre Handschrift war gestochen scharf und sauber, eine wahre Freude für einen Mönch, der vierzig Jahre seines Lebens damit zugebracht hatte, Bücher zu kopieren. Dabei hatte Bruder Pablo sich selbst ein erstaunliches Wissen angeeignet. Mehr als alles andere interessierten ihn jedoch medizinische Abhandlungen arabischer und persischer Gelehrter, und bei deren Erforschung war Floreta Ca Noga, wie sie sich in Santa Coloma nannte, eine große Hilfe. Nicht allein dass sie die Sprache der Mauren und Hebräer verstand, die im Kloster nur naserümpfend zur Kenntnis genommen wurden, nein, sie kannte auch mehr Pflanzen und Kräuter als der Gärtner des Klosters.

Bruder Pablo ahnte dennoch, dass seine Entscheidung, die

Fremde zu unterrichten, auf wenig Verständnis stieß. Es gab viel Getuschel im Kloster, doch mit der Zeit hatte er sich an das Kopfschütteln und die missbilligenden Blicke gewöhnt. Stellte man ihn zur Rede, erklärte er, dass der Herr ihn zu seinem Werkzeug gemacht habe, um einen jungen Menschen in den Schoß der Kirche zu führen. Dagegen konnte doch niemand etwas haben? Dass Floreta ihm heimlich die Grundlagen der arabischen und hebräischen Sprache beibrachte, vertraute er nur seinem Beichtvater an, nicht aber dem Abt, der seit drei Jahren seinem kleinen Kloster vorstand. Der Abt war altmodisch und durch nichts zu bewegen, sich mit Pablos Wissensdurst auseinanderzusetzen. Während in Toledo und an anderen Orten Spaniens die Aufzeichnungen der Antike und das Wissen der großen Denker übersetzt wurden, beäugte dieser Mann alles, was er nicht verstehen konnte, mit äußerstem Misstrauen. Er duldete weder Bücher maurischer noch griechischer Herkunft in seinem Kloster und hatte Bruder Pablo schon mehrmals ermahnt, den Kontakt zu der fremden Jüdin aus Granada einzuschränken.

«Sie wird niemals den wahren Glauben annehmen», hatte er gemahnt, als Bruder Pablo den Fehler begangen hatte, ihm eine von Floreta angefertigte Übersetzung zu zeigen. «Wenn du zu schlechte Augen hast, um selbst zu schreiben, suche dir einen Novizen. Aber halte dich von den Juden fern, besonders von der Sippe dieses Ruben von Granada.»

Einen Novizen! Bruder Pablo hätte dem Abt am liebsten ins Gesicht gelacht. Als ob ihm einer der faulen Burschen, die ihn auf Befehl des Abtes bespitzelten, die Sprache des berühmten Heilkundigen Avicenna beibringen könnte, der auch Ibn Sina genannt wurde.

Die Glocke rief Bruder Pablo zum Gebet. Es war kalt geworden, zu kalt für einen Mann seines Alters, um noch länger im Freien zu verweilen. Schwerfällig erhob sich der Mönch. Er war ein kleiner Mann, kaum größer als ein zehnjähriger Knabe, schleppte aber einen Bauch wie ein Bierfass vor sich her. Sein breites Apfelgesicht mit den leicht abstehenden Ohren reizte die Kinder auf den Gassen zum Spott. Doch Bruder Pablo, der wie kein anderer über sich selbst lachen konnte, ertrug es mit der ihm eigenen Gutmütigkeit.

Nun faltete er das Pergament, das Floreta ihm überreicht hatte, rasch zusammen und verbarg es im Ärmel seiner Kutte.

«Ich muss mich beeilen, mein Kind», sagte er, als Floreta ebenfalls aufstand. «Ich bin in diesem Monat schon zweimal zu spät zum Gebet erschienen. Vorgestern wurde ich nicht einmal wach, als die Glocke zur *Matutin* bimmelte.»

Nachdenklich betrachtete er die junge Frau, die ihm teilnahmsvoll zuhörte, wobei er sich ins Gedächtnis rief, wie schwer es gewesen war, ihr Vertrauen zu gewinnen. Noch immer erweckte sie den Eindruck, als sei sie vor irgendetwas auf der Flucht. Doch inzwischen kam sie nicht nur zu ihm, um nach Arbeit zu fragen oder von ihm Latein und Spanisch zu lernen. Über ihre Vergangenheit sprach sie allerdings nie. Er wusste, dass ihre Vorfahren bei den Mauren Ärzte gewesen waren und dass sie davon träumte, in deren Fußstapfen zu treten. Auch von ihrem Großvater hatte sie ihm einmal erzählt. Aber warum sie und ihre Angehörigen sich an einem so einsamen Ort niedergelassen hatten, anstatt in Zaragoza ihr Glück zu suchen, blieb ihm rätselhaft. Ihm war nur bekannt, dass Floreta alles sparte, was sie mit Schreibarbeiten oder Übersetzungen verdiente. Sie brauchte das Geld, um ihren Traum weiterzuverfolgen, und verdiente es lieber selbst, als ihren Vormund, diesen Ruben, um Hilfe zu bitten.

Bruder Pablo kannte den wortkargen Mann, der in der Nähe der alten Ölmühle hauste, nur flüchtig, und was er aufgeschnappt hatte, machte ihm Sorgen. Nicht dass der Bursche faul gewesen wäre, ganz im Gegenteil. Wie Floreta hatte er in Windeseile gelernt, sich im Spanischen gewandt auszudrücken. Er hatte die Sitten der kleinen Händler, Bauern und Handwerker von Santa Coloma angenommen, als hätte er niemals woanders und schon gar nicht unter den Mauren Andalusiens gelebt. Die wenigen Juden im Ort, hauptsächlich Schmiede, Töpfer und Öl- und Getreidehändler, hatten ihn mit offenen Armen empfangen und ihm geholfen, in ihrer Mitte Fuß zu fassen. Bald nach seiner Ankunft hatte er bereits drei Häuser besessen, dazu noch Obstgärten, Wälder, das brachliegende Feld neben dem alten Friedhof und den schmalen Fußweg an der Kapelle des heiligen Santiago, der zur Burg de Queralt hinaufführte. Aus eigener Tasche hatte er seinen Glaubensbrüdern eine neue Synagoge bezahlt, nachdem das alte Bethaus baufällig geworden war. Trotz seiner Großzügigkeit galt er unter den meisten Einwohnern von Santa Coloma als unzugänglich und verschlossen. Seine Geschäfte betrieb er mit Umsicht, aber ohne Begeisterung. Er schloss keine Freundschaften im Ort, empfing kaum Besuch und begegnete selbst den Männern und Frauen seiner Gemeinde reserviert. Noch weniger mochte er die Kirche und gab sich auch keine Mühe, diese Abneigung zu verbergen. Begegnete er einem Priester, so kehrte er diesem demonstrativ den Rücken zu und machte sich davon. Stand eine Prozession durch den Ort an, befahl er seinen Dienern, alle Türen und Fenster zu schließen. Wen wunderte es da, dass er Floreta schon mehrmals verboten hatte, das Kloster von Santa Coloma zu besuchen? Darüber kam es zwischen den beiden regelmäßig zum Streit.

Bruder Pablo warf einen Blick durch das Gitter auf den Dorfplatz. Da es Mittag war, hielt sich kaum jemand im Freien auf, die staubige Straße lag fast menschenleer vor ihm. Es war auch zu kalt, um vor die Tür zu gehen. Bruder Pablo hauchte in seine erstarrten Hände. Wie brachte er Floreta nur bei, dass sie sich bald nicht mehr treffen konnten?

Als er es ihr sagte, blickte sie ihn voller Enttäuschung an. «Aber warum? Habe ich etwas falsch gemacht?»

«Natürlich nicht, mein Kind. Was hättest du falsch machen sollen? Im Gegenteil, deine Übersetzungen sind besser als manche, die ich in Toledo gesehen habe. Ich hatte noch nie eine so aufmerksame Schülerin, und es war mir immer eine Freude, dich zu unterrichten.» Er senkte die Stimme und blickte sich verstohlen um. «Davon abgesehen habe ich eine Menge von dir gelernt. Es wird mir helfen, wenn ich von hier fortgehe.»

Floreta riss die Augen auf.

«Der ehrwürdige Abt schickt mich nach Zaragoza», gab Bruder Pablo zu, wobei er einige Gewissensbisse verspürte, weil es ihm nicht gelang, seine Freude darüber zu verbergen. Er wollte hinzufügen, dass er dem Herrn dort besser dienen konnte als an diesem Ort. In Wahrheit hatte er einfach genug von dem abgelegenen Flecken in der tiefsten Provinz, wo die Tage gemächlicher dahinschlichen als eine Schnecke. Und er hatte Menschen wie den Abt satt, die alles verabscheuten, was nicht in ihren Kopf passte. Doch für Floreta tat es ihm leid. Wie gern hätte er sie ermuntert, es ihm gleichzutun und Santa Coloma mit ihm zu verlassen, aber das war natürlich unmöglich. Schon allein daran zu denken, war eine Sünde und nicht zu entschuldigen. Er war ein alternder Mönch, sie eine aufblühende junge Frau.

«Ich werde Euch schrecklich vermissen, Bruder Pablo», sagte sie nun. «Ihr wart in den letzten Jahren der einzige Mensch, mit dem ich reden konnte.»

Er bemerkte den Wehmut in ihrer Stimme und folgte ihrem Blick, der geistesabwesend zu dem Kreuz auf dem roten Schindeldach der Kirche schweifte, durch deren Pforte nun die Mönche von Santa Coloma strömten.

Bruder Pablo spürte, wie sich in seinem Hals ein Kloß bildete. Das Mädchen war ihm ans Herz gewachsen. Ob er in Zaragoza jemals Schüler finden würde, die seinen Worten mit solchem Eifer, solchem Hunger nach Wissen lauschten, war mehr als ungewiss. «Deine Zeit wird kommen», versprach er. «Aber du musst Geduld haben. Vor allem darfst du deinen Vormund nicht verärgern. Schau dich an, dann begreifst du, was ich meine. Du siehst aus wie eine Fürstin.»

Über Floretas schmales Gesicht huschte ein Lächeln, das andeutete, dass sie sich über das Lob des dicken Mönchs freute. Dennoch tat sie seine Bemerkung mit einer Handbewegung ab. «Ihr meint, weil ich heute so feine Sachen trage? Meine Cousine hat darauf bestanden, dass ich ein paar Kleider schneidern lasse. Aber nun sollten wir gehen. Ihr verpasst die Messe und ich eine Hochzeit.»

«Hochzeit? Ist das dein Ernst?»

«Jawohl, meine Verwandte hat Ruben endlich erhört. Sobald heute Abend die Sonne untergegangen ist, wird der Rabbiner die beiden trauen.»

Bruder Pablo zuckte mit den Achseln und überlegte, ob es angebracht war, der Braut seine Glückwünsche zu übermitteln. Er kannte sie kaum, hatte sie vielleicht ein-, zweimal aus der Ferne gesehen. Im Dorf hielt man sie für selbstsicher und klug. Sie gehörte zu den Frauen, die genau wussten, wohin ihr Weg sie führen sollte. Schon kurz nach ihrer Ankunft hatte sie beschlossen, den Namen, den sie unter den Mauren geführt hatte, abzulegen und sich fortan Celiana zu nennen. Bruder Pablo bezweifelte daher nicht, dass sie an der Seite des wohlhabenden Kaufmanns Ruben glücklich werden würde. Sie war energisch genug, um ihm bei allen Unternehmungen den Rücken zu stärken, und schien auch einem gewissen Luxus nicht abgeneigt zu sein.

«Rubens Wunsch war es, in aller Stille zu heiraten, aber davon wollte Celiana nichts wissen», vertraute ihm Floreta zum Abschied an. «Sie hat auf einem großen Hochzeitsfest bestanden.

Seit Tagen wird in Rubens Haus gekocht, gebraten und gebacken, als erwarte man halb Aragón. Ruben hat sogar einen Anbau in Auftrag gegeben, in dem er ein wunderschönes Brautgemach für Celiana eingerichtet hat.»

Bruder Pablo runzelte die Stirn. «Nun, dann wollen wir hoffen, dass die Träume deiner Verwandten in Erfüllung gehen!»

***

Das Haus, das Ruben kurz nach seiner Ankunft in Santa Coloma gekauft hatte, lag am Eingang eines Olivenbaumwäldchens. Es war außen weiß gekalkt, besaß einen überdachten Vorbau und im Hof eine Zisterne, aus der die Tiere getränkt wurden. Der freie Platz zwischen dem Haus und der zum Anwesen gehörenden Ölmühle war in früheren Zeiten für jedermann zugänglich gewesen, doch damit hatte Ruben bald nach seiner Ankunft Schluss gemacht. Dass die Dorfleute, die seit Urzeiten ihre Schafherden hier entlangtrieben, sich darüber ärgerten, kümmerte ihn wenig. Nun umgab das Grundstück eine hohe Mauer aus Feldstein. Ruben war vorsichtig. Ein breites, kunstvoll geschmiedetes Tor führte hinaus auf die Dorfstraße und zu den kleineren Häusern der Nachbarn, in östlicher Richtung sollte eine schmale Pforte den Bewohnern, wenn nötig, einen Zufluchtsweg in das Wäldchen ermöglichen. Neben dem Wohnhaus gab es noch ein aus Holz errichtetes Lager für Rubens Handelsware – hauptsächlich Wachs, Öl, Wein und Wolle – sowie Stallungen für Pferde und Esel.

Für die Hochzeitsfeierlichkeiten hatte Ruben den gesamten Innenhof sorgfältig fegen, von Kot und Schmutz reinigen und mit Blumengirlanden schmücken lassen. Ein betörender Duft von Sandelholz, Gewürznelken und Honigkuchen drang aus der Garküche ins Freie. Auf einem hölzernen Podest thronte die *Chuppa*, der Baldachin, unter dem das Paar nach Einbruch der Dunkelheit getraut werden sollte. Celiana würde ihren Bräutigam im Kerzenschein siebenmal umrunden, vom Wein nippen und dann zusehen, wie Ruben unter dem Beifall der Männer und Frauen ein Glas zertrat, wie es der Brauch wollte.

Als Floreta an diesem Nachmittag durch das Tor trat, fand sie die Dienerschaft in heller Aufregung vor. Alle rannten und redeten durcheinander, doch es sah nicht so aus, als machten die Vorbereitungen der Trauung sie so betroffen.

Noch bevor Floreta einen Knecht nach dem Grund für das Durcheinander fragen konnte, kam ihr Miriam, Celianas Lieblingsdienerin, mit wehenden Röcken entgegengelaufen. «Wo habt Ihr gesteckt, Floreta? Der Herr fragt immer wieder, ob Ihr schon zurück seid. Er ist außer sich.» Vorwurfsvoll funkelte sie Floreta an.

Miriam war eine hagere Frau, die nie lachte und auch sonst kaum jemals ein Wort mit Floreta wechselte. Mit Celiana ging die Magd respektvoll um, weil sie sich vor Ruben fürchtete, Floreta dagegen übersah sie für gewöhnlich. Sie schnüffelte überall herum und steckte ihre Nase mit Vorliebe in Dinge, die sie nichts angingen. Floreta war sich sicher, dass Miriam Ruben von ihren Besuchen bei Bruder Pablo erzählt hatte. Das konnte sie zwar nicht beweisen, doch war es nicht auffallend, dass Miriam seit Floretas letztem Streit mit dem Hausherrn stolz einen Bund Schlüssel am Gürtelband trug?

«Was ist los?», fragte Floreta, aber die Magd deutete nur auf das Haus und drängte Floreta, augenblicklich zu Ruben zu gehen. Diesen fand sie erst nach einigem Suchen in dem neuen Anbau. Die Tür zum Brautgemach war nur angelehnt. Floreta hatte es seit seiner Fertigstellung noch nicht zu Gesicht bekommen, da Ruben vorhatte, Celiana in der Hochzeitsnacht damit zu überraschen. Einen Augenblick zögerte Floreta, bevor sie die Tür aufdrückte. Würde Ruben nicht wütend werden, wenn sie anstelle von Celiana die Kammer betrat? Auf der anderen Seite hatte Miriam behauptet, er wolle sie sehen.

Ruben stand vor einem kunstvoll gedrechselten Bett mit purpurrotem Baldachin. Darauf waren mit buntem Garn biblische Szenen gestickt: der Zug der Kinder Israels durchs Rote Meer, die Tafeln des Bundes, Abraham und Sara, die sich über die Geburt eines Sohnes freuten. Neben dem Bett gab es noch eine Reihe weiterer Einrichtungsgegenstände, die das Herz einer Frau höherschlagen ließen. Ruben hatte tief in die Tasche gegriffen, um all die Kleidertruhen anfertigen und die weichen Teppiche weben zu lassen. Gemäß seinem Wahlspruch, die Vergangenheit ruhen zu lassen, hatte er sich an dem hierzulande üblichen Stil orientiert. An Granada erinnerte nichts in diesem Raum.

«Wo hast du dich herumgetrieben?», herrschte Ruben sie an. «Du warst wieder im Kloster, bei diesem fetten Mönch, nicht wahr?» Mit blitzenden Augen trat er auf sie zu. Sein Atem roch nach Wein, er schien nicht mehr nüchtern zu sein.

Floreta erschrak. Wenn Ruben sich betrank, musste etwas Schlimmes geschehen sein, denn für gewöhnlich rührte er Wein nur am Sabbat an, wenn alle beisammensaßen und er die heiligen Segensworte über dem silbernen Becher sprach. Das tat er freilich ohne tiefe Überzeugung, aber doch wenigstens gewissenhaft, weil er wusste, dass Floreta es von ihm erwartete. Heute aber hatte er aus einem anderen Grund getrunken.

«Ich war schon oft im Kloster, ohne dass du dich deswegen betrunken hast», entgegnete Floreta, die allmählich Angst bekam, er könnte ihr etwas antun. Tatsächlich wartete sie nur darauf, dass er die Hand erhob, um ihr ins Gesicht zu schlagen.

Doch er wandte sich ab, torkelte ein paar Schritte zurück und ließ sich in die Kissen des Bettes fallen.

«Wo ist Celiana? Habt ihr gestritten? Was hast du mit ihr gemacht?»

Er lachte auf. «Wann hätten wir uns in den vergangenen Jahren einmal nicht gestritten? Seit wir hierhergekommen sind, lasse ich mich von ihr demütigen, ertrage ihre Launen und lese ihr doch jeden Wunsch von den Augen ab. Sogar an ihren neuen Namen habe ich mich gewöhnt.»

Das stimmte. Allerdings hegte Floreta den Verdacht, dass Ruben Cetis Entscheidung begrüßt hatte, trug der neue Name doch mit dazu bei, ein weiteres Stück Vergangenheit zu begraben.

«Nur für Celiana habe ich das alles hier aufgebaut. Damit sie wie eine Fürstin leben kann und erkennt, dass ich sie begehre.»

Floreta atmete tief durch. «Glaub mir, Celiana weiß, wie sehr du sie liebst. Sie hat es dir vielleicht nie gezeigt, aber es besteht kein Zweifel daran, dass du damals auf dem Weg nach Málaga ihr Herz erobert hast. Du hast uns aus der Sklaverei befreit und dabei dein eigenes Leben aufs Spiel gesetzt.» Sie deutete auf die kunstvoll geschnitzten Truhen und Schemel, dann auf die silberne Öllampe, die an einer Kette von der Decke herabhing. «Aber mit deinem Reichtum allein beeindruckst du eine Frau wie meine Cousine nicht. Da musst du dir schon mehr einfallen lassen.»

Er schüttelte den Kopf. «Ich fürchte, dafür ist es jetzt zu spät. Celiana ist fort.»

«Fort? Aber in wenigen Stunden werdet ihr Mann und Frau sein.»

«Es wird keine Hochzeit geben, weder heute noch an einem anderen Tag. Celiana hat herausgefunden, dass ich sie hintergangen habe. Ich wusste, dass es eines Tages ans Licht kommen würde, ich hoffte nur ...» Er machte eine Pause und starrte düster in die Flamme der Öllampe.

«Was hast du gehofft?»

«Dass sie dann begreifen würde, dass ich alles nur für sie getan habe. Erinnerst du dich noch an den Tag, an dem Celiana vor Abu Said geschleppt wurde? Wir waren alle wie gelähmt, als der Fürst von ihr verlangte, den Wesir Raschid mit dem Schwert zu töten, nicht wahr?»

Floreta schloss die Augen, als sie ohne jede Vorwarnung von einer Flut aus Erinnerungen heimgesucht wurde. Die Stunden in der Alhambra kehrten in ihr Gedächtnis zurück. Sie hörte den Lärm der Kämpfenden, die Schreie der Verletzten und Sterbenden und roch die Luft im Turm, wo sie mit all den anderen Gefangenen auf ihren Urteilsspruch gewartet hatte. Sie hatte ihr Versprechen vor sich selbst gehalten und Celiana nie gefragt, was geschehen war, nachdem man Floreta und Samu aus dem Saal gezerrt hatte.

«Du hast dich all die Jahre gefragt, ob sie verzweifelt und stark genug war, um Raschid den Kopf vom Rumpf zu trennen, nicht wahr?», hörte sie nun Ruben flüstern. «Soll ich dir ein Geheimnis verraten, Floreta?» Er senkte die Stimme. «Das war sie nicht. Ich habe ihr das Schwert aus der Hand genommen und das Urteil Abu Saids vollstreckt.»

Floreta spürte ihr Herz vor Aufregung schneller schlagen. Mit diesem Bekenntnis hatte sie nicht gerechnet. «Du warst das, Ruben? Aber hast du den Fürsten damit nicht wütend gemacht?»

«Ich rechnete damit, dass Abu Said mich von seinen Männern noch vor dem Thron des Emirs ebenfalls hinrichten lassen würde. Einen Moment lang sah es auch so aus, aber dann fing der Fürst plötzlich zu lachen an. Aus irgendeinem Grund amüsierte ihn meine Tat, vielleicht nahm er an, ich wollte ihm damit meine Treue bekunden. Auf jeden Fall war mir klar, dass ich seine Gunst ebenso schnell wieder verlieren konnte, wie ich sie gewonnen hatte. Ein falscher Blick, ein unbedachtes Wort würde genügen, um mich zum Richtplatz zu schleppen.»

Floreta dachte nach. Ruben hatte also den Wesir getötet, um Celiana diese Schande zu ersparen. Das war großherzig von ihm gewesen, hieß aber auch, dass er nie wieder nach Granada zurückkehren konnte. Abu Saids Schreckensherrschaft war dort nämlich nicht von langer Dauer gewesen. Celiana und Floreta hatten vor Freude getanzt, als durchziehende Kaufleute auf dem Weg in die Hauptstadt Zaragoza ihnen vom Ende des Fürsten berichteten. Dieser hatte seinen Schwager Emir Ismail II. nach nur wenigen Monaten auf dem Thron beseitigen lassen, um sich selbst zum Herrscher auszurufen. Doch als der gestürzte Muhammad bald darauf mit einer Armee ins Land eindrang, blieb ihm nichts weiter übrig, als nach Kastilien zu fliehen und den christlichen König Pedro, den er insgeheim von ganzem Herzen verabscheute, um Waffenhilfe zu bitten. Der König empfing ihn mit allen Würden, die dem Herrscher eines benachbarten Reiches zustanden. Er ehrte ihn mit einem festlichen Bankett und ließ ihn dann am Morgen darauf von seinen Soldaten töten und in eine Schlucht werfen. Seitdem regierte in Granada wieder Muhammad, der Pedro für diese Hilfe verständlicherweise sehr verbunden war. Um sein gebeuteltes Land nicht weiter ausbluten zu lassen, war Muhammad sogar bereit, vielen seiner Untertanen, die erst Ismail, dann Abu Said gedient hatten, den Verrat zu vergeben. Doch es war klar, dass diese Amnestie nicht für den Mörder des Wesirs Raschid gelten konnte. Ruben wusste das. Deshalb hatte er sich hier niedergelassen, umgeben von Mauern, die er zu seinem Schutz hochgezogen hatte.

Celiana hatte auf die Nachricht von Muhammads Rückkehr nur wenig gesagt. Nie hatte sie preisgegeben, was in ihr vorging, doch Floreta vermutete, dass sie wenigstens einen Moment lang erwogen haben musste, nach Granada zurückzukehren. Liebte sie den Emir immer noch? War das der Anlass für den Streit mit Ruben gewesen? Möglicherweise hatte er sie mit seiner Eifersucht auf den jungen Emir aus dem Haus getrieben. Und nun irrte sie verzweifelt durch die Kälte, obwohl sie doch in wenigen Stunden heiraten wollte.

Als Floreta Ruben fragte, ob sie mit ihrem Verdacht richtigliege und Muhammad der eigentliche Grund für Celianas Verschwinden sei, schüttelte der nur überrascht den Kopf.

«Wenn sie nach Granada zurückkehrt, dann nicht weil sie sich nach dem Harem des Emirs zurücksehnt», sagte Ruben. «Sie hat längst eingesehen, dass sie nur eine unter vielen für ihn war. Nein, sie ist weggelaufen, weil ...»

Anstatt ihr eine Antwort zu geben, öffnete er eine Truhe und entnahm ihr einen kleinen Gegenstand, der Floreta sogleich bekannt vorkam. Es war ein fingerbreites Fläschchen aus geschliffenem Glas, das im Licht der Lampe bläulich schimmerte. Floreta erstarrte, als Ruben ihr die in hebräischen Lettern angebrachte Beschriftung zeigte.

«Die Träne der Isis», las sie mit tonloser Stimme. «Die letzten Worte, die Samu aussprach, bevor Prinz Ismail ihn tötete. Aber ...»

Ruben drückte ihr die Flasche in die Hand und wandte sich ab. «Such Celiana. Sie wird dir erklären, warum ich ein Verräter bin, der ihre Verachtung verdient.»

Ein Verräter? Ruben? Aber wieso?

«Nein», sagte sie mit erstickter Stimme. «Das kann nicht wahr sein!»

Ruben leugnete es nicht. «Leider doch, aber du musst mir glauben ...»

«Glauben?» Zitternd vor Enttäuschung ballte Floreta die Fäuste. «Was soll ich dir noch glauben? Wie konntest du uns das antun? Du hast zugelassen, dass wir auf dem Sklavenmarkt wie Vieh zum Verkauf angeboten und anschließend von einem Fremden aus der Stadt geschleppt wurden. Dabei hättest du uns retten können.»

«Ich habe euch geholfen, sobald ich konnte, vergiss das nicht. Mein Freund verlor dabei sein Leben.»

«Dein Freund? Du weißt ja nicht einmal, was das Wort

Freundschaft bedeutet! Celiana war klug genug, dir rechtzeitig davonzulaufen. Gott sei Dank hat sie noch vor der Hochzeit herausgefunden, was für ein Mensch du bist.»

Ruben bückte sich nach dem Krug Wein neben dem Bett und nahm einen tiefen Schluck daraus. Mit dem Ärmel wischte er sich über den gestutzten Bart. «Celiana hätte die Flasche niemals gefunden. Ich hatte sie im Keller versteckt, zwischen einigen losen Ziegeln in der Wand. Es war meine Entscheidung, sie ihr zu zeigen, bevor der Rabbi uns vermählt.»

Floreta verzog den Mund. Warum erzählte er ihr das alles? Warb er um ihr Verständnis? Hoffte er vielleicht, sie würde sich bei Celiana für ihn einsetzen? Darauf konnte er warten bis zum jüngsten Tag. Auch wenn er sie damals bei den Felsen gerettet und anschließend mit ihnen nach Aragón gegangen war, so hatte er es doch weniger ihretwegen getan als vielmehr, um seine eigene Haut zu retten.

Als Floreta das Zimmer verließ, schwirrte ihr der Kopf. Sie musste Celiana finden. Nur Ceti konnte Licht in diese verwirrende Geschichte bringen. Langsam schritt sie durch die im Schatten liegende Halle. Einige Mägde scheuerten die Tische blank, an denen in Kürze viele Gäste Platz nehmen würden, andere bedeckten die knarrenden Dielen mit duftendem Stroh, stellten Kohlenbecken zum Schutz vor der winterlichen Kälte auf und bronzene Wasserbecken zum Waschen der Hände. Irgendjemand würde ihnen sagen müssen, dass ihre Mühe vergebens war. In diesem Haus würden heute Abend keine Festlichkeiten stattfinden.

Die Sonne war untergegangen, und ein eisiger Wind strich über die Dächer, als Floreta sich auf die Suche nach Celiana begab. Wie es aussah, hatte ihre Cousine das Haus Hals über Kopf verlassen, ja, nicht einmal ein gefüttertes Überkleid oder einen Umhang mitgenommen. Sie würde sich im Freien den Tod holen, wenn Floreta sie nicht rechtzeitig fand. Stur genug, sich in irgendeiner Scheune oder im Wald zu verkriechen, war sie. Vermutlich war sie so verletzt, dass sie ihren Tod sogar als gerechte Strafe für Ruben empfinden würde. Floretas Hand umklammerte das Fläschchen, das Ruben ihr überlassen hatte. Samus Fläschchen.

Stundenlang streifte Floreta durch das Dorf. Sie lief zum Kloster, obwohl sie sich nicht vorstellen konnte, dass Celiana dort Zuflucht suchen würde. Wie Ruben hatte auch sie für die Mönche von Santa Coloma nie viel übriggehabt. Floretas anfängliche Versuche, sie mit Bruder Pablo bekannt zu machen, hatte Ceti stets zurückgewiesen.

Inzwischen war es frostiger geworden. Auch der Wind nahm zu, entwickelte sich zu einem Sturm. Möglich, dass es in der Nacht noch schneie. Floretas Wangen brannten, ihre Hände fühlten sich an wie zu Eis erstarrt. Dennoch brach sie die Suche nicht ab, denn nach allem, was sie erfahren hatte, graute ihr davor, in Rubens Haus zurückzukehren.

Kapitel 8

Es gab nur noch einen Ort, an dem Floreta nicht nach Celiana gesucht hatte, und wenn sie ehrlich war, schreckte sie davor zurück, sich dorthin zu begeben.

Das Anwesen der Hidalgos de Queralt, einer alten Adelsfamilie, die seit Generationen in Santa Coloma ansässig war, befand sich einen Fußmarsch von einer halben Stunde südlich des Dorfes, wurde aber von den Einwohnern so gut es eben ging gemieden. Der alte Don Martin war im vergangenen Sommer hochbetagt gestorben, seitdem stritten sich seine drei Söhne um das Erbe des Vaters wie Krähen um das Aas. Aufgrund der ungeklärten Verhältnisse fühlte sich keiner der drei Männer verantwortlich, Haus und Hof instand zu halten. Die Mauern um den turmähnlichen Bau hatten daher schon weit bessere Tage gesehen. Sie enthielten mehr Risse als eine von Motten zerfressene Decke Löcher. Das Dach im Haupthaus war undicht, weshalb Halle und Kammern der Witterung ausgesetzt wurden. Über dem gesamten Anwesen hing ein Schleier der Vernachlässigung und Schäbigkeit.

Floreta konnte sich nicht vorstellen, dass Celiana ausgerechnet dort Zuflucht gesucht haben sollte, dennoch schlug sie den von Dornengestrüpp überwucherten Trampelpfad ein, der in mehreren Biegungen zur Burg der de Queralts führte. Zu ihrer Überraschung begegnete sie auf der Straße noch vor der Kapelle einer jungen Frau, die von der Burg zu kommen schien. Floreta kannte sie. Ihr Name war Consuela, und sie hatte noch im vorigen Jahr für Ruben die Wäsche gewaschen. Inzwischen diente sie den Brüdern de Queralt, was keineswegs ihre freie Entscheidung war, denn sowohl Don Alonso als auch Don Jaime galten im Dorf als jähzornig. Waren sie betrunken, was häufig vorkam, zogen sie durch das kleine Dorf und trieben ihren Mutwillen mit den Bauern und Handwerkern. Kein Mädchen war dann vor ihnen sicher. Nur Don Esteban, der Jüngste, der nach dem Willen seines Vaters in ein Kapuzinerkloster eintreten sollte, erfreute sich eines besseren Rufs. Zumindest beteiligte er sich nicht an den Saufgelagen und Streifzügen seiner Brüder. Die Waschmagd Consuela wäre lieber im Dorf geblieben, aber da ihre Mutter, die der Familie seit Jahrzehnten diente, die Arbeit in dem verwahrlosten Haus nicht mehr allein schaffte, blieb ihr nichts anderes übrig, als zu gehorchen. Bis auf ein paar Taugenichtse, die Tore und Mauern bewachten, hatten die übrigen Bediensteten das Weite gesucht, denn Lohn wurde auf Queralt schon lange nicht mehr ausbezahlt. Das verbliebene Vermögen verprassten Don Alonso und sein Bruder für Wein und Huren.

Consuela stieß einen erleichterten Seufzer aus. «Gut, dass ich dich treffe.» Sie blickte sich nach allen Seiten um, bevor sie mit gesenkter Stimme hinzufügte: «Deine Freundin ist oben auf der Burg. Sie will dich sehen.»

Floreta wusste nicht recht, ob sie aufatmen oder sich Sorgen machen sollte. Einerseits war sie froh, dass Celiana nicht in der eisigen Winternacht umherirrte, andererseits graute ihr davor, der jungen Magd in die Burg hinaufzufolgen. Nicht nur Ruben, auch Bruder Pablo hatte sie mehr als einmal eindringlich davor gewarnt, dem verwahrlosten Anwesen zu nahe zu kommen. Doch wie die Dinge lagen, blieb ihr keine andere Wahl. Bestimmt hatte sich Celiana aus Trotz zu Consuela geflüchtet. Das sah ihr ähnlich.

Tatsächlich fand Floreta ihre Verwandte in der Burgküche, einem verwinkelten, baufälligen Raum mit hohen, rußverschmierten Decken, durch den so dichter schwarzer Qualm waberte, dass Floretas Augen brannten. An einem Spieß über dem Feuer briet ein mageres Hühnchen, dessen Haut an einigen Stellen schon fast verkohlt war. Die alte Frau, die den Spieß eigentlich drehen sollte, hockte auf einem Schemel daneben und schnarchte leise, schreckte aber sogleich auf und schnappte nach Luft, als Consuela sie schimpfend an der Schulter rüttelte.

«Mutter, du lässt den Vogel anbrennen!»

«Ich muss einen kurzen Moment eingenickt sein», gähnte die Alte. Als sie ihr Missgeschick bemerkte, schlug sie die Hand vor den Mund. «Heilige Maria Muttergottes, sei barmherzig zu deiner Dienerin. Die Herren werden mich mit dem Stock durchprügeln, wenn sie das sehen.»

Consuela warf Celiana, die völlig teilnahmslos zwischen Körben voller Knoblauch und dürren Möhren saß, einen wütenden Blick zu. «Und was ist mit dir, du taube Nuss? Auch eingeschlafen? Da tut man dir einen Gefallen und hetzt ins Dorf hinunter, um bei diesem scheußlichen Wetter deine Verwandte zu suchen, und du kannst in der Zwischenzeit nicht einmal ein Brathühnchen vom Spieß nehmen.»

Celiana begegnete dem Blick der Magd mit einer Mischung aus Trotz und Verwunderung. «Ach, lass mich doch mit deinem dummen Huhn zufrieden. Außerdem sind die beiden Brüder oben in der Halle so besoffen, dass sie sicher nicht merken, dass ihr Essen ein wenig knuspriger ist als sonst.»

«Ein wenig knuspriger? Die letzten Zähne werden sie sich daran ausbeißen!»

Floreta ging zu Ceti und berührte sie sacht am Arm. Wie immer gab diese sich viel Mühe, ihre Gefühle vor anderen zu verbergen. Ja, sie spielte die Starke, die sich um nichts in der Welt scherte, doch Floreta kannte sie besser. Daher wusste sie auch, dass Rubens Verrat schwer an ihrer Seele nagte. Warum konnte sie das nicht einfach zugeben, sich in Floretas Arme flüchten und das tun, was jede hintergangene Frau an ihrer Stelle getan hätte: sich ausweinen?

Stattdessen sagte sie: «Er hat mit dir geredet, nicht wahr? Hat er es zugegeben, wie schamlos er unser Vertrauen missbraucht und uns nach Strich und Faden betrogen hat?» Sie lachte bitter auf. «Wenn ich mir vorstelle, wie dankbar ich ihm war. Für jedes Kleid, das er mir schneidern ließ, für jede Kette, mit der er mich überraschte.»

Floreta hob die Hand. «Er behauptet, er habe sich nicht anders zu helfen gewusst.»

«Er ist ein Lügner, ein Verräter und ein Dieb», zischte Celiana mit blitzenden Augen. «Ich will ihn nie wiedersehen, hörst du? Lieber bleibe ich hier oben in der Burg, scheure die Fußböden und greife Consuela beim Kochen unter die Arme, als auch nur noch ein einziges Mal sein Haus zu betreten.»

Die Magd gab einen knurrenden Laut von sich. «Dich soll ich an meinen Herd lassen? Du bist wohl verrückt geworden! Don Alonso würde uns beide aus dem Haus jagen, und meine arme Mutter dazu. Nein, Celiana, das kannst du vergessen. Hier wirst du auf keinen Fall bleiben.»

«Ach, und das bestimmst du so einfach?», gab Celiana gereizt zurück.

«Natürlich, Don Alonso würde so eine wie dich niemals unter seinem Dach dulden.» Zur Bekräftigung schlug Consuela ein Kreuz über der Brust und vollführte das Zeichen gegen den bösen Blick. «Wer weiß schon, was du und dein düsterer Bräutigam hier bei uns wirklich im Schilde führen. Vielleicht seid ihr von den Mauren aus Granada nach Aragón geschickt worden, um uns auszuspionieren.»

Die Alte pflichtete ihr nickend bei. «Das hat man davon, wenn man barmherzig sein will und so einer das Tor öffnet. Sie bringt uns Unheil ins Haus. Am besten, du wirfst die beiden gleich auf die Straße.»

Celiana erbleichte. Auf ihren Gesichtszügen stand nun ganz offen Angst geschrieben, was Floreta nicht wunderte. Schon der Verdacht, mit Mauren zu paktieren, genügte, um gefoltert zu werden. Dabei schien sie fest damit gerechnet zu haben, eine Weile im Haus der Hidalgos de Queralt bleiben zu können. Wo sollte sie sonst auch hin? Ruben war sie davongelaufen, und sie hatte weder Geld noch Schmuck bei sich, um Consuela und ihre Mutter eine Weile bei Laune zu halten.

«Und wenn du wieder zu Ruben zurückgehst?», schlug Floreta vor. «Ganz Santa Coloma weiß, wie sehr er dich vergöttert. Sag ihm, dass du vor der Hochzeit den Kopf verloren hast. Vielleicht nimmt er dich ja wieder auf.»

«Ich soll ihn um Verzeihung bitten?» Celiana vergaß ihre Angst und schlug mit der Faust auf den Tisch. «Niemals. Er müsste auf Knien angekrochen kommen, aber selbst dann könnte ich ihm nicht vergeben, dass er mich hinters Licht geführt hat.»

Floreta atmete tief durch. Obwohl sie ebenso ärgerlich auf Ruben war wie Celiana, war ihr klar, dass sie so nicht weiterkamen. Was war die Alternative? Sollten sie etwa als Bettlerinnen durch die Lande ziehen oder als Huren von Don Alonso und Don Jaime in deren Schlafkammern enden?

«Was ist, Floreta, warum sagst du nichts dazu?»

«Ich kann nicht verstehen, wie wir so blind sein konnten», antwortete sie auf Celianas Frage. «Und ich schäme mich, wenn ich an Großvater Samu denke. Er wollte uns noch im Moment seines Todes wissen lassen, dass er … du weißt schon, was … in seinem Fläschchen mit der ‹Träne der Isis› versteckt hatte. Darum trug er mir auf, seinen Arzneikasten niemals aus der Hand zu geben. Er hoffte, dass ich die Steine finden und in Verwahrung nehmen würde.»

«Ruben war schlauer als du», brummte Celiana bitter. «Er verstand Samus Wink und nahm die Steine aus der Flasche.» Ungestüm trat sie nach dem geflochtenen Korb mit Knoblauch. «Mit den Steinen hätte er uns dem alten Selim sogleich abkaufen können. Dagegen hätte Muhammad nichts gehabt, denn er hat mich geliebt. Aber daran dachte dieser Laufbursche keinen Moment lang. Stattdessen ließ er es geschehen, dass wir gedemütigt und auf den Sklavenmarkt gezerrt wurden.»

Floreta dachte nach. Dass Ruben die Steine gestohlen hatte, stand außer Frage. Der Emir hatte sie nicht ihm, sondern Samu anvertraut. Damit erklärte sich auch sein rascher Aufstieg als Kaufmann. Er hatte die Diamanten zum Aufbau seines eigenen Handelshauses benutzt und so den Grundstein seines heutigen Reichtums gelegt.

«Hätte Ruben uns damals mit den Edelsteinen freigekauft, wäre das Abu Said sogleich zu Ohren gekommen», wandte Floreta ein, nachdem sie sich die Angelegenheit nochmals durch den Kopf hatte gehen lassen. «Er und dieser fürchterliche Prinz Ismail ließen doch überall in Granada danach forschen. An jede Tür klopften sie, durchsuchten jeden Laden. Selim wäre der Erste gewesen, der Ruben ans Messer geliefert hätte, um sich bei Abu Said beliebt zu machen.»

Celiana blickte sie entgeistert an. «Du billigst doch hoffentlich nicht, was Ruben mir angetan hat. Kapierst du denn nicht? Ich hätte um ein Haar einen Hochstapler geheiratet.»

«Gewiss nicht. Mir werden nur allmählich die Zusammenhänge klar. Ruben konnte damals nicht genug Geld auftreiben, um uns freizukaufen, die Steine durfte er allerdings auch nicht anrühren. Also, welche Wahl blieb ihm?»

«Ich soll ihm wohl dankbar sein, dass er sich wie ein Wegelagerer auf die Lauer gelegt und diesen Mann, der uns zur Küste und auf ein Schiff schleppen wollte, im Zweikampf erschlagen hat?» Bockig verschränkte sie die Arme vor der Brust. «Tut mir leid, aber das kann ich nicht.»

«Aber du liebst ihn doch noch immer, nicht wahr?», fragte Floreta zaghaft. «Wenn du dich so über einen Mann aufregst, dann ...»

«Ich kann ihm nicht mehr vertrauen. Es wird Zeit, dass unsere Wege sich trennen.» Sie ließ sich auf einen Schemel sinken und starrte in die Flammen der Herdstelle.

Consuela legte einige Holzscheite nach, um das Feuer nicht ausgehen zu lassen. Wie es aussah, hatte sie sich dafür entschieden, die Teile des gebratenen Hühnchens, die noch zu retten waren, zu einer Pastete zu verarbeiten. Ihre Mutter knetete einen Teig, während sie das Fleisch hackte und dann in einer Holzschüssel mit ein paar Eiern, Zwiebeln und Lauch vermengte. Wenn sie Glück hatte, würde das Gebäck mit reichlich Knoblauch und ein paar Körnern des teuren Pfeffers ihre Herren zufriedenstellen.

Kaum hatte sie die Pastete ins Ofenloch geschoben, flog die Tür auf, und ein breitschultriger Mann mit dichtem schwarzem Bart stolperte in die Küche. Er sah nicht schlecht aus mit seinen dunklen Locken, die ihm bis auf die Schultern fielen, doch sein speckiges Lederwams war voller Weinflecken und stank, als hätte er im Schweinestall geschlafen. Die beiden Mägde erstarrten vor Schreck, als sie ihren Herrn, Don Alonso, erkannten. Er hustete, denn der Rauch der Feuerstelle reizte ihn im Hals. Dann aber schoss er wie ein Pfeil auf Consuelas Mutter zu, packte die alte Magd grob am Kragen und schüttelte sie wie eine reife Frucht.

«Nutzlose Vettel, wo bleibt unser Essen? Wenn du nicht fähig bist, eine Mahlzeit auf den Tisch zu bringen, wirst du dir auch nicht mehr auf meine Kosten den Bauch vollschlagen.»

«Verzeiht, Don Alonso», bat Consuela mit einem unterwürfigen Lächeln. «Ich habe etwas ganz Besonderes vorbereitet. Es wird Euch ganz bestimmt schmecken.»

Don Alonso schien nicht davon überzeugt. Geräuschvoll spie er einen Klumpen Schleim in das Stroh, das den Lehmboden bedeckte. Dann stapfte er durch die gesamte Küche, riss Säcke und Kisten auf und nahm die mageren Vorräte in Augenschein. Dabei sparte er nicht mit Tadel. Der bröckelige Ziegenkäse war seiner Meinung nach nicht deftig, das Öl nicht süß genug. Der köstliche Duft von Consuelas Fleischpastete, der inzwischen den beißenden Geruch des verbrannten Hühnchens verdrängte, vermochte die Wut des Mannes nicht zu beschwichtigen. Don Alonsos wilde Blicke verrieten, dass er nur gekommen war, um sich die Mägde vorzunehmen.

«Soll das alles sein, was an Fleisch da ist?», fuhr er Consuela an, die furchtsam ihre Hände knetete.

«Vergebt mir, Don Alonso, aber ich habe heute früh das letzte Huhn im Hof geschlachtet. Ein weiteres war nicht mehr da. Wie soll ich denn die Vorratskammern auffüllen, wenn es an Geld fehlt?»

Don Alonso nickte. Er tat so, als leuchtete ihm das Argument ein, und gab vor, zur Treppe zu gehen. Doch dann wirbelte er auf dem Absatz herum, packte die entsetzte Consuela am Kragen und schlug ihr so brutal ins Gesicht, dass ihr Kopf zur Seite geworfen wurde. «Ich bin derjenige, der hier Fragen stellt, nicht du, Weib!»

Er deutete auf Celiana und Floreta, die sich nicht von der Stelle rührten. Die gutgeschnittenen Kleider der beiden schienen ihn zu irritieren, was ihn aber nicht daran hinderte, sie ungeniert von Kopf bis Fuß zu mustern. «Nanu, Besuch?», grunzte er. Ein schmieriges Lächeln zog über sein aufgeschwemmtes Gesicht. Obwohl er nicht mehr ganz sicher auf den Füßen stand, tappte er auf Floreta zu und verneigte sich artig. «Ich bin hocherfreut, meine Damen, aber wie kommt es, dass Ihr Euch hier in diesem Qualm aufhaltet, anstatt mir und meinem Bruder oben in der Halle Gesellschaft zu leisten?»

«Das sind zwei Jüdinnen aus dem Dorf», schnarrte die Alte giftig. Ihrer Miene nach war sie entrüstet, weil Don Alonso mit ihrer Tochter hart umsprang, während er Celiana und Floreta umgarnte, als wären die beiden Edelfrauen und keine bettelarmen Waisenmädchen. «Die da», sie zeigte mit dem Finger auf Celiana, «ist ihrem Mann davongelaufen, dem sie jahrelang auf der Tasche lag. Zum Dank beschuldigt sie ihn, ein Dieb und Verräter zu sein. Sie ist schuld, dass Euer Brathähnchen angebrannt ist!»

Don Alonso fuhr gereizt herum. «Halt dein zahnloses Maul!»

«Aber ...»

Don Alonso ergriff einen Krug mit Öl von dem wackeligen Tisch, auf dem Consuela Gemüse und Kräuter gehackt hatte, und warf ihn mit Wucht auf die alte Frau.

Die war zu unbeholfen, um dem Geschoss auszuweichen, und wurde an der Schulter getroffen. Aufheulend sank sie auf ihren Schemel, wo sie sich zitternd vor Angst und Schmerz den Arm hielt.

Don Alonso würdigte sie keines Blickes mehr, doch Consuela warnte er: «Sollte deine Mutter es noch einmal wagen, zwei aragonische Damen unter meinem Dach zu verleumden, werfe ich sie den Hunden zum Fraß vor und schaue genüsslich zu, wie sie in Stücke gerissen wird.»

Consuela senkte schluchzend den Kopf, wobei sie zur Backmulde spähte, aus welcher Rauch quoll. Auch die Pastete würde verbrennen, wenn sie sie nicht herausholte, aber ihre Hände und Beine zitterten so heftig, dass sie nicht in der Lage war, sich von der Stelle zu bewegen.

«Verzeiht, dass Ihr in meinem bescheidenen Haus so beleidigt wurdet», sagte Don Alonso. Er gab sich zerknirscht, begaffte aber gleichzeitig unverblümt Floretas Ausschnitt. Was er sah, schien ihm zu gefallen. «Als ob ich zu dumm wäre, eine Jüdin oder Maurin in meinem Haus auf den ersten Blick zu erkennen.» Er zog die Augenbrauen hoch, was seine Miene noch undurchsichtiger werden ließ. «Keine verdammte Ungläubige wäre so dreist, einen Fuß über meine Schwelle zu setzen. Sie wüsste genau, dass sie diese Frechheit mit dem Leben bezahlen müsste. Aber lassen wir das. Darf ich erfahren, welchem Umstand ich Euren späten Besuch auf Burg de Queralt verdanke? Ich nehme an, der Wetterumschwung hat Eure Reise unterbrochen, und Ihr braucht ein Quartier für die Nacht?»

Don Alonso ging zum Fenster, nahm den Rahmen mit aufgezogenem Ziegenfell aus der Öffnung, der zum Schutz vor dem beißenden Wind dort steckte, und spähte hinaus auf den Hof. Dieser wurde bereits von einer dünnen Schicht frischgefallenen Schnees bedeckt.

«Heilige Jungfrau im Himmel, was für ein fürchterliches Schneetreiben. Hat mein Stallbursche Eure Pferde versorgt und Eure Begleiter untergebracht? Ihr reist doch mit Dienerschaft?»

Floreta biss sich auf die Lippe und hoffte inständig, dass das Pochen ihres Herzens sie nicht verriet. Ihr war klar, in welch gefährliches Spiel sie sich hier verstrickte. Noch hatte Don Alonso keinen Verdacht geschöpft. Da sie in Rubens Haus ein recht zurückgezogenes Leben führten und Floreta bis auf ihre Besuche bei Bruder Pablo im Klostergarten kaum Kontakt zur Dorfbevölkerung unterhielt, konnten weder Don Alonso noch Don Jaime Celiana oder sie schon einmal im Ort gesehen haben. Doch da gab es noch Don Esteban, der sich häufig im Kloster blicken ließ, um sich mit Bruder Pablo zu unterhalten. Gut möglich, dass er sich an sie erinnerte.

Don Alonso starrte weiter aus dem Fenster. Da Floreta ihm eine Antwort schuldig geblieben war, drehte er sich mit argwöhnischer Miene um. «Ihr werdet mir doch nicht erzählen wollen, dass Ihr allein unterwegs seid? Ohne jeden männlichen Schutz? Heraus mit der Sprache: Was wollt Ihr hier? Ich muss doch hoffentlich nicht annehmen, dass Ihr mich zum Narren haltet?» Er trat nah an Floreta heran, so nah, dass sie seinen sauren Atem riechen konnte.

«Wir haben unsere Bediensteten mit den Pferden hinunter ins Dorf geschickt», log Celiana mit fester Stimme. «Es soll dort einen ganz passablen Hufschmied geben, und eins der Tiere hat ein Hufeisen verloren.» Sie schenkte dem Herrn des Hauses ein zuckersüßes Lächeln, das von einem koketten Augenaufschlag begleitet wurde. «Wie kommt Ihr nur darauf, dass meine Freundin oder ich Euch hintergehen wollen? Wir sind nur zwei Frauen auf der Durchreise, die für eine Nacht ein Quartier suchen. Aber bitte, wenn wir ungelegen kommen, können wir auch zum Kloster weiterziehen. Dort werden wir bestimmt freundlich aufgenommen.»

Auf der Treppe erklangen Schritte, und ein weiterer Mann betrat den Küchentrakt. Er war so groß wie Don Alonso und sah ihm auch sonst recht ähnlich, war aber glatt rasiert und hielt sich aufrecht.

«He, wollt ihr mich verhungern lassen?», fuhr er Consuela an. «Was auch immer du im Ofen hast, hol es heraus, bevor der windschiefe Bau noch ein Raub der Flammen wird.» Er stemmte die Arme in die Hüften, während er mit dem spitzen Kinn auf die Frauen deutete. Augenscheinlich war er kaum galanter als sein Bruder, dafür machte er auf Floreta einen reichlich verschlagenen Eindruck. «Und wer sind diese beiden?»

«Celiana und ihre Verwandte auf dem Weg nach Zaragoza», beantwortete Floreta die Frage des Mannes. Sie bemühte sich, unbekümmert zu klingen, obwohl sie insgeheim zitterte. «Der Schnee hat uns zu Eurem Anwesen getrieben.»

«So, so, der Schnee? Habe ich Euch nicht schon einmal gesehen? Euer Gesicht kommt mir bekannt vor.»

«Das ist mein Bruder Jaime», sagte Don Alonso wenig erfreut. «Aber lasst uns doch endlich diese Räucherkammer verlassen. In unserer Halle können wir es uns gemütlich machen.» Er öffnete die Tür und zwinkerte seinem Bruder dabei vielsagend zu.

Floreta entging das nicht. Sie verspürte wenig Lust, den Männern zu folgen, und wäre am liebsten in den Hof gelaufen – Schnee hin oder her. Lieber erfror sie in der Winternacht, als die nächsten Stunden in Gesellschaft dieser Männer zu verbringen. Andererseits lag auf der Hand, dass Don Alonso sie nicht so ohne weiteres gehen lassen würde. Vermutlich würde er seine Hunde auf sie und Celiana loslassen, wenn sie nun die Nerven verlor und überstürzt das Weite suchte. Solange Don Alonso über ihren Stand im Unklaren war, würde er sicher nicht wagen, sich an ihr oder Celiana zu vergreifen.

Kapitel 9

Die Brüder Queralt führten Celiana und sie in eine Halle, die trotz einiger brennender Späne in Wandhalterungen und den Resten einer fast heruntergebrannten Kerze so düster war wie das Innere eines Maulwurfshügels. Das Stroh, das sich über den Fußboden verteilte, war angefault und stank erbärmlich. In den Ecken und Winkeln rund um einen mächtigen Kamin, über dem ein verschrammtes Wappenschild hing, türmte sich der Abfall. Offensichtlich kamen Consuela und ihre alte Mutter hier oben schon lange nicht mehr zum Saubermachen.

Floreta unterdrückte einen Würgereiz und zwang sich, durch den Mund zu atmen, als Don Jaime ihr einen Pokal mit wässrigem Wein in die Hand drückte und ihr Platz auf einem wurmstichigen Armstuhl anbot. Obwohl in ihrer Nähe ein Kohlebecken glühte, ließ ein kalter Windhauch sie erzittern. Die eisige Luft drang durch ein Loch hoch oben im Dachgebälk und brachte außer Kälte und Feuchtigkeit auch noch Schneeflocken in die dunkle Halle. Verglichen mit Rubens Haus, wirkte die Burg der Familie de Queralt so behaglich wie ein Schweinestall. Die beiden Brüder schien das allerdings weder zu stören noch zu beschämen.

«Ihr behauptet also, auf dem Weg nach Zaragoza vom schlechten Wetter überrascht worden zu sein», sagte Don Jaime nachdenklich. Er nahm ein paar Holzstücke aus einem Korb und warf sie ins Kaminfeuer. Dann sah er zu, wie die Flammen voller Gier nach ihnen griffen. Er wandte sich um und schaute Floreta in die

Augen. Etwas Beunruhigendes ging von seinen Blicken aus. «Ich würde viel darum geben, wenn ich auch in die Hauptstadt reisen könnte. Ein Ritter sollte sein Schwert dem König zur Verfügung stellen. Gerade jetzt, wo unser Herr wieder zu den Waffen ruft, um gegen Kastilien in den Krieg zu ziehen.»

«Glaubst du wirklich, in Zaragoza wäre der Wein besser?», höhnte Don Alonso. «Du hast ja keine Ahnung.»

«Alles ist besser, als hier draussen in dieser Einöde zu versauern.»

Celiana räusperte sich. «Aber Ihr gehört zu den bedeutendsten Landbesitzern der Provinz Tarragona. Was soll aus dieser Burg werden, wenn Ihr sie verlasst?»

«Die Burg ist längst verlassen», murmelte Don Jaime mürrisch. «Wird Zeit, dass wir uns damit abfinden.»

«Von mir aus kannst du gleich morgen dein Bündel schnüren», sagte Don Alonso und hob seinen Becher. «Ich halte dich bestimmt nicht zurück. Esteban verschwindet im Kloster, so wie unser Vater es für ihn vorgesehen hat, und ich kann hier endlich schalten und walten, wie ich will.»

Don Jaime verzog geringschätzig den Mund. Ihn schien die Aussicht, Herr über einen Haufen Steine und verfaulende Holzbalken zu sein, nicht eben zu erfreuen. Seinem Bruder dagegen stand die Gier nach Macht und Besitz ins Gesicht geschrieben.

Er zog sich mit beiden Armen am Tisch empor und funkelte Jaime herausfordernd an. «Das Land steht mir zu. Mir ganz allein, weil ich der älteste Sohn bin. Hätte der Alte nicht überflüssigerweise zusammen mit diesem verfluchten Mönch Pablo ein Schriftstück verfasst, das meine Rechte beschneidet, hätte ich dich und unseren verrückten Bruder schon längst vor die Tür gesetzt.»

«Vater hat gewusst, was er tat», meinte Don Jaime kopfschüttelnd. «Obwohl er von mir nicht viel mehr hielt als von dir, war ihm klar, dass du die Burg binnen eines Jahres beim Würfelspiel verlieren oder gegen ein paar Fässer Wein eintauschen würdest. O nein, mich wirst du nicht los. Nicht solange die Erbschaft nicht geregelt ist. Ich bestehe auf meinem Anteil. Sobald du ihn mir in hartem Gold ausgezahlt hast, gehe ich an den Hof und trete in die Dienste unseres Königs. Aber ich werde auf keinen Fall mit leeren Händen nach Zaragoza ziehen. Hast du mich verstanden?»

An deiner Stelle würde ich sofort gehen, dachte Floreta, als sie eine Ratte um die Ecke des Kamins huschen sah. Floreta ging nicht in den Kopf, wie man sich über den Besitz einer von Ratten und Wanzen heimgesuchten Burg derart in die Haare geraten konnte. Unwillkürlich musste sie an die Alhambra denken, wo wieder Muhammad V. residierte. Um keinen Preis der Welt hätte der Emir es geduldet, eines seiner Häuser derart verschmutzen und verkommen zu lassen. In Granada legten die Menschen Wert auf Bäder und Wasserbecken, die Brüder Queralt schienen dagegen vom Waschen nichts zu halten.

Für gewöhnlich zwang sie sich, nicht an die Heimat zu denken. Die war ohne Samu und dessen hübsches Haus auf dem Hügel ohnehin nur ein Traum, der allmählich blasser wurde. Doch in Momenten wie diesen, in denen sie fror und sich Sorgen machte, holte sie die Vergangenheit schlagartig ein und entführte sie zurück nach al-Andalus, wo in ihrer Vorstellung immer gutes Wetter war und wo es keine so düsteren Orte gab wie diesen hier. Natürlich war sie sich bewusst, dass sie die Vergangenheit verklärte. Das Paradies, nach dem sie sich sehnte, hatte sie ausgestoßen und zur Sklavin gemacht, doch das änderte nichts daran, dass sie sich an jeden Stein erinnerte, weil die Stadt des Emirs ihre Heimat war.

Hier, in Santa Coloma, fühlte sie sich dagegen als Fremde. Nie war ihr jemand freundlich begegnet, vielleicht mit Ausnahme Bruder Pablos und einiger Bauern, denen sie bei kleineren Verletzungen oder Erkrankungen hatte helfen können. Auch wenn sie sich einredete, dass sie sich trotz ihres Glaubens vieler Freiheiten erfreute, war dies letzten Endes ein Trugschluss. Fand Don Alonso heraus, wer sie und Celiana wirklich waren, würde er diese Schmach nicht ungesühnt lassen. Er hatte es ihnen ja schon angedroht, dass er sie töten würde, ohne mit der Wimper zu zucken. Vielleicht sollte sie zu Bruder Pablo gehen und ihn um die christliche Taufe bitten. Ihres Wissens hatten einige Mauren, die die Äcker und Obstgärten rings um Santa Coloma bestellten, dies bereits getan. Die Leute nannten sie Mudéjares und hielten sich in der Regel fern von ihren Gehöften. Aber man ließ sie in Ruhe, solange sie beichteten, die Messe besuchten und die Gewohnheiten ihrer früheren Religion nicht öffentlich auslebten.

Als sie bemerkte, dass Don Jaime sie lauernd beobachtete, erhob sie sich und stellte den Becher mit Wein, an dem sie nur aus Höflichkeit, aber keineswegs mit Genuss genippt hatte, auf den Tisch. «Mit Eurer Erlaubnis werden meine Verwandte und ich uns nun zurückziehen. Es war ein langer, anstrengender Tag, und wir wollen Eure Gastfreundschaft nicht länger in Anspruch nehmen. Gewiss habt Ihr noch einiges miteinander zu besprechen.»

«Aber bleibt doch», rief Don Alonso mit schwerer Zunge. Es klang wie ein Befehl und nicht wie eine Einladung. «Wir sind einsame Männer, da hat mein Bruder schon recht. Es ist eintönig in Santa Coloma. Ja, natürlich haben auch wir unsere Fiestas, aber um diese Jahreszeit gibt es für unsereins kaum mehr zu tun, als dem Wind zuzuhören, wie er um die Giebel des Hauses heult.» Er beugte sich über den Tisch, um ihn mit seinem schmutzigen Ärmel oberflächlich von Brotkrümeln und verschüttetem Wein zu säubern. «Wir werden zusammen speisen, falls diese dumme Consuela sich heute noch mit unserem Essen blicken lässt. Und dann müsst Ihr uns alles über Zaragoza und den Krieg erzählen. Ist es wahr, dass König Pedro sich entschlossen hat, Enrique Trastámara bei seinem Kampf um den Thron von Kastilien zu unterstützen? In Zaragoza wird man doch sicher darüber reden.»

Floreta wechselte einen kurzen Blick mit Celiana. Obwohl Ruben in seiner Kaufmannsstube eine alte Landkarte verwahrte, auf der er die jeweils neuesten Eroberungen der Herren von Kastilien und Aragón verfolgte, hatte er doch stets darauf bestanden, in seinem Haus weder über die Politik der christlichen noch der maurischen Herrscher zu sprechen. Floreta hatte sich daher auch nicht getraut, ihn zu den kriegerischen Auseinandersetzungen zu befragen, die die spanischen Reiche seit Jahren entzweien. Dass die Gegensätze und Spannungen zwischen Kastilien und Aragón aber an Schärfe zunahmen, war indes weder ihr noch Celiana entgangen. Kein Wunder, dass selbst Bruder Pablo von Zeit zu Zeit sorgenvolle Andeutungen über die Zukunft des Landes machte. Der König von Kastilien, der ebenso wie der von Aragón auf den Namen Pedro getauft worden war, schien es sich zum Ziel gesetzt zu haben, das Nachbarland mit Feuer und Schwert in die Knie zu zwingen. Seine Heere drangen immer tiefer ins Land ein und eroberten Stadt um Stadt, Burg um Burg. Dabei war seine Herrschaft über das Königreich Kastilien keineswegs unangefochten. Sein Halbbruder Trastámara kämpfte mit allen ihm zur Verfügung stehenden Mitteln um den Thron und suchte in ganz Europa nach Bündnispartnern. Aragón profitierte von den Thronstreitigkeiten der Brüder, doch waren die Truppen des Königs von Kastilien noch immer stark genug, um dessen Widersachern empfindliche Niederlagen auf dem Schlachtfeld beizubringen. Nun munkelte man sogar, England habe sich auf die Seite des Königs von Kastilien geschlagen, was für Aragón eine Katastrophe war.

«Habt Ihr denn gar keine Angst, in diesen unsicheren Zeiten auf Reisen zu gehen?», wollte Don Jaime wissen.

Celiana warf den Kopf zurück. «Was sollte uns schon passieren? Wir sind daran gewöhnt, auf uns aufzupassen. Wenn man weder Eltern noch Brüder hat, die sich um einen kümmern, bleibt einem nichts übrig, als sich irgendwie durchzuschlagen.»

«Und wer waren Eure Eltern? Ihr sprecht nicht wie die Leute aus Zaragoza, das habe ich sofort gehört.»

«Granada», erklärte Celiana freiheraus. «Wir sind in Granada aufgewachsen.»

Floreta erschrak. Gleichzeitig ärgerte sie sich über Celiana. Normalerweise neigte sie nicht dazu, sich zu verplappern, aber der Wein, den Don Alonso ihr einschenkte, färbte nicht nur ihre Wangen, sondern machte sie auch unvorsichtig. Merkte ihre Cousine denn gar nicht, dass Don Jaime bei all seiner Freundlichkeit nur versuchte, sie auszuhorchen? Was, wenn er seine Befragung fortsetzte und zu dem Schluss kam, dass sie ihn belogen? Konnten sie ihm glaubhaft versichern, als Kinder von Mozarabern aufgewachsen zu sein? Dank Bruder Pablo kannte sich Floreta ein wenig mit christlichen Gepflogenheiten aus, für Celiana jedoch war der Glaube der Menschen von Santa Coloma ein Buch mit sieben Siegeln.

Don Jaime stieß scharf die Luft aus, dann setzte er ein undurchdringliches Lächeln auf. Er wollte etwas erwidern, doch da ging die Tür auf, und Consuela trug eine silberne Platte mit der Abendmahlzeit herein. Sie schien keine so schlechte Köchin zu sein, denn sie hatte die Pastete doch noch rechtzeitig aus dem Ofen geholt, bevor sie verbrannt war. Der goldbraune Teig, in dem sich das zu lang über dem Feuer gegarte Hühnchen versteckte, duftete köstlich. Consuela servierte ihn mit geschmorten Äpfeln, Nüssen und einer aus Rüben gekochten Soße, die so dick war, dass die Löffel darin standen.

Beim Anblick der Mahlzeit, die Consuela in höchster Not zusammengestellt hatte, um den Schlägen ihrer Herren zu entgehen, errötete Floreta vor Verlegenheit. Sie schämte sich, die Magd anzusehen, doch im Augenblick fand sie keine Gelegenheit, sich bei ihr für den Ärger, den hauptsächlich Celiana verursacht hatte, zu entschuldigen.

Diese plagten derlei Gewissensbisse nicht. Auf die Einladung Don Jaimes langte Celiana kräftig zu und ließ es sich sogar gefallen, dass der jüngere Ritter ihr persönlich Teller und Becher nachfüllte.

«Sagt, warum nehmt Ihr meinen Bruder nicht mit nach Zaragoza?», schlug Don Alonso kauend vor. «Er könnte sich doch Eurem Zug anschließen, sobald der Schmied im Dorf Euer Pferd neu beschlagen hat. Ich gebe ihm sogar meinen eigenen Gaul mit, wenn er nur verschwindet.»

«Halt gefälligst den Mund», befahl Don Jaime, dem schlagartig der Appetit verging. Er schob seine Schüssel zur Seite. «Du beleidigst mich vor den Señoritas. Wärest du nicht betrunken, würde ich dir mit meinem Schwert eine Lektion erteilen. Auf der anderen Seite …» Er dachte kurz nach. «Wie ich sehe, seid Ihr nicht verheiratet. Verlobt?»

Celiana und Floreta tauschten einen kurzen Blick, bevor beide den Kopf schüttelten. Dass dies ein Fehler war, begriff Floreta, als ein verschlagenes Lächeln über Don Jaimes Gesicht zog.

«Vielleicht ist deine Idee, mit den Damen nach Zaragoza zu gehen, gar nicht so dumm.» Einen Moment betrachtete er Celianas Schmuck, die goldene Kette mit dem funkelnden Rubin und das Ohrgehänge, von dessen Erlös man das Dach des Burgsaals und noch vieles mehr hätte reparieren können. Dann ergriff er seinen Becher und prostete Celiana zu. «Ja, wirklich eine blendende Idee. Ich werde Euch und Eure junge Verwandte nach Zaragoza begleiten. Es soll Euch ja auf dem Weg in die Stadt nichts zustoßen, nicht wahr? Dort würde ich gern mit Eurem Vormund sprechen. Ihr habt doch einen Vormund, oder nicht? Vaterlos, wie Ihr seid, braucht Ihr jemanden, der auf Euch achtet und zusieht, dass nicht irgendwelche Gauner Euch Eures Vermögens berauben.»

Celiana sah aus, als würde sie jeden Moment aus dem Lehnstuhl unter den Tisch gleiten. Doch wenigstens zeigte der unerwartete Antrag des Burgherrn eine ernüchternde Wirkung. «Euer Angebot ehrt mich», sagte sie ausweichend. «Aber ich glaube nicht ...»

«Was? Zweifelt Ihr etwa an unseren guten Absichten?», kam Don Alonso seinem Bruder zu Hilfe. Das tat er nicht aus brüderlicher Zuneigung, sondern weil er sich in Gedanken bereits als einziger Herr auf dem Besitz der Hidalgos de Queralt sah. «Jaime wird Euer Gemahl und begleitet Euch nach Zaragoza. Was er danach mit Euch anstellt, ist nicht mehr mein Problem.»

Floreta verdrehte die Augen. Das war in der Tat eine schöne Bescherung. Unten in Santa Coloma saß Ruben in seinem eigens für Celiana gezimmerten Hochzeitsgemach und erging sich in Selbstmitleid, weil er seine große Liebe bei dem Versuch, ihr ein Leben in Reichtum zu bieten, verloren hatte. Und hier oben auf der Burg de Queralt trug ein verschlagener Glücksritter ihr die Ehe an, um an ein Vermögen zu kommen, das nur in seiner Einbildung existierte. Ob er seinen Antrag wohl wiederholen würde, wenn er erfuhr, dass Celiana nur das besaß, was sie am Leibe trug? Eines aber stand unverrückbar fest: Sie mussten den Mann davon abbringen, sie morgen nach Zaragoza zu begleiten. Ansonsten würde ihr ganzer Schwindel auffliegen, und sie mussten dafür büßen.

«Nun denn, dann gehört mein Schwert vom heutigen Tage an Euch, verehrte Celiana», versprach Don Jaime feierlich.

Sein Bruder verzog hämisch das Gesicht. «Warum eigentlich noch lange warten und einen Vormund behelligen, der froh sein dürfte, wenn man ihm die Last der Verantwortung für ein junges Mündel von den Schultern nimmt? Lauf doch gleich zum Kloster und bring Bruder Pablo her. Er könnte dich noch heute Nacht in der Burgkapelle trauen.»

Celiana warf dem betrunkenen Alonso einen giftigen Blick zu und schüttelte den Kopf. «Ich glaube, Ihr beide seid verrückt geworden!», rief sie wenig vorsichtig. «Sollte ich eines Tages heiraten, dann weder einen Dieb und Betrüger noch einen Mann, der den lieben langen Tag damit zubringt, sich mit seinem versoffenen Bruder um ein zugiges, verfallenes Rattenloch zu streiten.» Sie erhob sich. «Habt Dank für Eure Gastfreundschaft, aber ich fürchte, Ihr verlangt für Wein und Pastete einen zu hohen Preis. Ich werde nicht mit Euch nach Zaragoza gehen, und noch weniger werde ich Eure Gemahlin.»

Don Jaime lächelte noch immer. «Mir scheint, Ihr habt vergessen, wo Ihr seid und mit wem Ihr redet!»

Consuela hatte im Hintergrund gewartet, bis die Mahlzeit beendet war. Jetzt räumte sie gerade den Tisch ab und wollte durch die Tür zur Treppe hinausschlüpfen. Sie hatte sich kaum umgewandt, als Don Jaime unvermittelt aufsprang und sich der jungen Magd in den Weg stellte.

Das klebrige Lächeln, das er aufgesetzt hatte, gefror zu Eis. «So unterhaltsam es auch war, ich denke, wir sollten dieses Versteckspiel nun beenden und uns mit der Wahrheit beschäftigen. Warum sind diese beiden Frauen zu dir und der Alten in die Küche gekommen, anstatt sogleich bei mir oder Don Alonso vorzusprechen, wie es die Höflichkeit gebietet? Sind ihre Knechte tatsächlich im Dorf geblieben und warten dort auf ihre Rückkehr?»

Consuela riss entsetzt die Augen auf. «Aber Herr ...»

«Keine Ausflüchte mehr!» Don Jaime hob drohend den Zeigefinger, um sie verstummen zu lassen. Doch das war unnötig, da die eingeschüchterte Magd außer undeutlichem Gestammel ohnehin nichts herausbrachte. Don Jaime packte ihr Handgelenk und zog sie von der Tür weg, worauf sie das Tablett zu Boden fallen ließ. Die tönernen Schalen zerbrachen auf dem groben Stein der Halle, und die Reste der Hühnerpastete beschmutzten Don Jaimes Schuhe.

«Du dummes Stück!», brüllte er Consuela mit wutverzerrtem Gesicht an. «Sieh nur, was du angerichtet hast!» Er packte sie im Genick und zwang sie in die Knie. «Das putzt du weg, hörst du? Und dann wirst du mir sagen, wo ich die beiden Frauen dort drüben am Tisch schon einmal gesehen habe. Ich glaube nämlich kein Wort von dem, was sie mir hier aufzutischen versuchen.»

Consuela wimmerte, als der Mann ihren Kopf auf die Steinplatten schlug.

«Na, wird's bald? Ich kann dich nicht hören! Sind die Frauen Edeldamen aus Toledo und auf der Durchreise nach Zaragoza, oder kommen sie nicht vielleicht aus Kastilien und sollen im Auftrag des Feindes ausspionieren, wie stark die Burg de Queralt befestigt ist und wie viel Mann Besatzung hier unter Waffen steht?» Er drehte sich zu Don Alonso um, der mit offenem Mund zusah, wie sein Bruder auf Consuela einschlug. «Ich verwette meinen Anteil am Erbe unseres Vaters, dass diese beiden Weiber Spioninnen sind. Sie behaupten, aus Granada zu stammen, vom Krieg gegen Kastilien haben sie keine Ahnung und reisen mutterseelenallein durch das Land.» Er lachte. «Vielleicht sind sie ja vom Himmel in unsere Küche gefallen. Könnte das sein?»

Don Alonso blies die Wangen auf und ließ die Luft geräuschvoll entweichen. «Die Alte unten hat behauptet, die beiden seien Jüdinnen aus dem Dorf.» Er kratzte sich am Kopf. Plötzlich sah er ängstlich aus. Er stapfte zu einem der halbrunden Bogenfenster, das von einer hübsch verzierten Säule getragen wurde, und spähte argwöhnisch hinunter in den Burghof. Dort jaulte ein Hund. «Meinst du, sie haben sich von denen aus Kastilien bestechen lassen, um uns hier auszuhorchen? Heilige Muttergottes, vielleicht sind schon Truppen unterwegs.»

Don Jaime runzelte die Stirn. «Das wäre möglich», bestätigte er finster. Er warf Consuela mit einem Tritt aus der Halle, denn für all das, was nun folgen sollte, wollte er keine Zeugen haben. Langsam ging er auf Floreta zu, die mit pochendem Herzen neben dem Kamin verharrte. «Unsere Feinde wollen uns vernichten. Es heißt, sie rücken schon auf Tarazona vor, und was das für uns in Santa Coloma bedeutet, wissen wir. Wenn sie die Stadt einkreisen, werden sie auch ins Umland ausrücken. Die Burgen von Arize, Terrer und Moros wurden schon eingenommen. Cetena steht in Flammen. Ein Stück des Wegs weiter südlich kann man über den Gipfeln der Bäume den Rauch zum Himmel aufsteigen sehen. Wie es aussieht, wird es nicht mehr lange dauern, bis diese Hunde auch vor unseren Toren stehen. Die Frage, die sich mir aufdrängt, lautet jedoch: Wer soll ihnen die Tore öffnen? Ihr beiden etwa?»

«Aber nein, damit haben wir nichts zu tun», wagte Celiana einzuwerfen. Ihre Stimme bebte leicht. Endlich schien sie zu begreifen, dass sie sich in tödlicher Gefahr befand. «Ich schwöre bei Gott dem Gerechten, dass wir niemals auch nur einen Fuß auf kastilischen Boden gesetzt haben. Meine Verwandte und ich leben schon seit fast vier Jahren in Santa Coloma. Mein ... Mann hat uns hierhergebracht, nachdem unser Großvater in Granada von den Mauren getötet wurde, das müsst Ihr uns glauben, Don Jaime. Seit unserer Ankunft haben wir das Dorf kein einziges Mal verlassen. Fragt Bruder Pablo, wenn Ihr mir nicht glaubt. Er wird Euch bestätigen, dass Floreta und ich nicht für Kastilien spionieren.»

«Also doch», rief Don Alonso triumphierend aus. «Ich wusste, dass ich dein Gesicht schon einmal gesehen habe. Dann ist es also wahr, was die alte Vettel vorhin in der Küche behauptet hat. Ihr seid die dreckigen Huren dieses Juden aus Granada, der unten im Dorf seine Geschäfte macht.» Er brach in Gelächter aus, das schaurig von den kahlen Wänden widerhallte. «Und du, Jaime, wolltest dieses kleine Biest heiraten. Hast geglaubt, sie könnte dich an den Hof König Pedros bringen, was?»

«Halt den Mund!», kreischte Don Jaime, dem erst allmählich dämmerte, wie sehr er sich vor seinem boshaften Bruder zum Narren gemacht hatte. Schamesröte färbte seine eingefallenen Wangen, und er ballte in blindem Jähzorn die Fäuste. Viel hätte nicht gefehlt, und er wäre Don Alonso an die Gurgel gegangen. Floreta überkam die Erkenntnis, dass sie sich in ihm getäuscht hatte. Von den beiden Brüdern war er der schlauere, aber eindeutig auch der gefährlichere.

«Ich bepisse mich vor Lachen.» Don Alonso japste amüsiert nach Luft. «Wenn das die Runde macht, wirst du zum Gespött der ganzen Provinz Tarragona. Du solltest die Huren aus dem Fenster werfen und dich selbst am besten gleich hinterher.»

Floretas Herz krampfte sich zusammen. Vor Todesangst wurde ihr Mund so trocken, dass ihr die Zunge zentnerschwer vorkam. Gleichzeitig schoss ihr die Frage durch den Kopf, was nun wohl das kleinere Übel sein mochte: als vermeintliche Spionin gefoltert oder auf der Stelle von dem wütenden Jaime erschlagen zu werden, weil dieser sich von zwei Jüdinnen hintergangen und in seinem Stolz verletzt fühlte? Sie fand darauf keine Antwort. Aber das war auch nicht nötig. Als Don Alonso sie ohne Vorwarnung packte und auf den schmutzigen Eichentisch warf wie ein Bündel Wäsche, spürte sie nur noch das Verlangen, ihre Augen zu schließen und nichts mehr sehen oder hören zu müssen. Doch selbst das blieb ihr verwehrt. Stattdessen hörte sie Celiana in wilder Verzweiflung aufschreien.

Don Alonsos Hand legte sich um Floretas Hals wie eine Garotte. Er würgte sie, bis ihre Augen aus den Höhlen traten, doch offensichtlich hatte er nicht vor, ihr einen leichten Tod zu gönnen, denn er ließ wieder von ihr ab. Floreta hustete. Zu ihrem

Entsetzen spürte sie, wie er sich im nächsten Moment auf sie schwang und sich an ihrem Kleid zu schaffen machte. Aus dem Augenwinkel heraus erkannte sie, dass Don Jaime Celiana ein Stück von ihr entfernt ins Stroh gestoßen hatte. Anders als Floreta, die wie gelähmt von Alonsos Gewicht auf den Tisch gepresst wurde, schlug und trat Celiana um sich, was Don Jaime jedoch umso mehr reizte. Mit einer einzigen Handbewegung zerriss er ihr Mieder. Er schlug ihr ins Gesicht und griff grob nach ihren Brüsten. Celianas Faust traf ihn am Mund. Seine Lippe platzte auf, und Blut tropfte auf die nackte Schulter der jungen Frau.

«Bevor ich dich zur Hölle schicke, du verlogene Hure, werde ich dir zeigen, wie wir auf de Queralt mit Weibern wie dir umgehen», keuchte Don Jaime hasserfüllt. Während er ihre Beine mit den Knien zu spreizen versuchte, tastete er mit einer Hand nach einem schweren eisernen Kerzenhalter. Als er ihn erreichte, riss er den wächsernen Stummel von dem spitzen Dorn in der Mitte. Der Dorn maß nicht weniger als die Länger dreier Finger.

Celiana schlug in Panik die Hand vor den Mund.

«Schade, wir hätten Spaß haben können. Aber wenn du nicht willst, nagele ich deine Stirn eben mit diesem Dorn an die Wand.»

Er wollte soeben ausholen, um Celianas Kopf mit dem Leuchter zu zerschmettern, als Floreta auf der Treppe Schritte zu hören glaubte. O bitte, flehte sie, während ihr die Tränen in die Augen schossen. Großer Gott, lass es jemanden sein, der uns hilft.

Im nächsten Augenblick flog die Tür auf, und eine Schar von sechs bewaffneten Männern stürmte die Halle.

Don Jaime wirbelte auf dem Absatz herum und richtete seinen Eisendorn drohend auf einen der Eindringlinge, der ihm mit einem Schwert in der Hand entgegentrat.

«Du? Was sagt man dazu? Welcher Teufel hat dich aus deinem Kloster hierhergeführt?»

Der Mann war jung, fast noch ein Knabe und keine zwanzig

Sommer alt. Sein haselnussbraunes Haar umrahmte ein sanftes, bartloses Gesicht mit klugen Augen und hohen Wangenknochen. Obwohl er schmächtig gebaut war und keineswegs den Eindruck eines im Waffenhandwerk geübten Kämpfers machte, drückte seine Miene die Warnung aus, ihn nicht zu unterschätzen. «Wenn du das genau wissen willst ...» Der junge Mann befahl Don Alonso mit einem eisigen Blick, von Floreta abzulassen, die stocksteif und zitternd auf dem Tisch lag. Als er nicht sofort gehorchte, wurde er von zweien der Waffenknechte am Kragen gepackt und grob auf den Boden befördert. Don Alonso protestierte fluchend.

«Ich bin wohl gerade noch rechtzeitig gekommen, um zwei Teufel daran zu hindern, den guten Namen unseres Vaters noch tiefer in den Schmutz zu treten», sagte der Herr kopfschüttelnd. Dann sprang er mit einem wütenden Aufschrei vorwärts und schlug Don Jaime mit einem Hieb seines Schwertes den Leuchter aus der Hand.

«Consuela ist zum Kloster gelaufen, um mich zu Hilfe zu holen. Aber sie fand mich schon auf dem Heimweg, und zwar in Begleitung dieser Männer hier.»

«Was haben diese Burschen in meinem Haus verloren?», polterte Don Alonso wutentbrannt. «Sind wohl auch aus Kastilien und wollen uns auskundschaften. Du ehrloser Verräter lässt dich mit unseren Feinden ein. Pfui Teufel, schäm dich!»

Er saß noch immer auf dem Boden, weil er offensichtlich viel zu betrunken war, um von allein auf die Beine zu kommen. Sein misslicher Zustand brachte ihn noch mehr in Rage, doch weder sein Bruder noch einer der Männer rührte einen Finger, um ihm aufzuhelfen.

«Darf ich dich daran erinnern, dass ich der alleinige Grundherr in Santa Coloma de Queralt bin?», heulte er wie ein geprügelter Hund. «Was ich hier tue, geht nur mich etwas an. Und wenn es dir und diesen dahergelaufenen Kerlen nicht passt, wie ich unter meinem Dach mit Huren verfahre, kannst du wieder zurück ins Kloster zu deinen erbärmlichen Bücherwürmern kriechen. Die Mönche sind doch überhaupt schuld daran, dass uns das Haus über dem Kopf zerfällt. Wenn Bruder Pablo das Geld herausrücken würde, das unser Vater ihm in geistiger Umnachtung anvertraut hat, könnten wir uns etwas Besseres gönnen als diesen Dreck hier.» Er machte eine abfällige Handbewegung, die nicht nur der Halle galt, sondern auch denen, die in ihr standen.

«Ich bin Esteban de Queralt», stellte sich nun der fremde Herr Floreta und Celiana vor, nachdem er den beiden Frauen ein wenig Zeit eingeräumt hatte, um sich zu sammeln. Die Bewaffneten, die er mitgebracht hatte, hielten derweil mit ihren Schwertern seine Brüder in Schach. «Ich bedaure, was Ihr erdulden musstet. Aber von jetzt an steht Ihr unter meinem Schutz. Ich werde nicht zulassen, dass die beiden Halunken sich noch einmal an Euch vergreifen.»

Er bestand darauf, dass Floreta, der nach dem ausgestandenen Schreck noch immer die Knie zitterten, sich auf die gepolsterte Bank am Kamin setzte.

Celiana rieb sich leise fluchend die angeschwollenen Handgelenke, an denen Don Jaime sie festgehalten hatte. Obwohl sie wegen des heimtückischen Angriffs des Burgherrn ebenso mitgenommen war wie Floreta, zog sie es wohl vor, die schrecklichen Augenblicke zu verdrängen. Das hatte sie auch schon in Granada so getan. Die Tatsache, dass sie mit ein paar blauen Flecken davongekommen war, genügte ihr, und Floreta war davon überzeugt, dass sie vom morgigen Tag an nie wieder auch nur ein Wort über diese Nacht verlieren würde.

Floreta beneidete sie um diese Selbstbeherrschung, auf der anderen Seite jagte ihr das Verhalten ihrer Cousine Angst ein. Was war nur mit Celiana los, dass sie ein derart furchtbares Erlebnis abtun konnte, als wäre ihr nur ein Eimer Milch sauer geworden?

Diese Nacht hätte eigentlich ihre Hochzeitsnacht sein sollen. Sie hätte unten in Rubens Handelshof unter einem samtenen Baldachin stehen und seinen Ring empfangen sollen, während der alte Rabbiner die hebräischen Segenssprüche rezitierte. Doch falls Celiana auch nur mit einem Gedanken bei Ruben war, so verbarg sie das gut.

«Ich hatte übrigens gehofft, Euch hier in der Burg zu finden», holte der junge Esteban Floreta aus den Gedanken. Er sprach schnell, sogar ein wenig gehetzt, als wäre er in großer Eile.

«Warum das?», fragte Floreta erstaunt.

«Nun, Bruder Pablo hat mir im Kloster aufgetragen, Euch um Hilfe zu bitten. Aber im Dorf konnte mir niemand sagen, wo Ihr Euch aufhaltet. Es hieß, Ihr würdet nach Eurer Verwandten suchen.» Er lächelte. «Ich bin froh, dass ich nicht zu spät gekommen bin.»

«Und was wollt Ihr von Floreta?», fragte Celiana misstrauisch. Sie ließ Don Jaime, der von zwei wortkargen Männern mit Lanzen bedroht wurde, nicht aus den Augen. Ihrer Miene nach beherrschte sie sich nur mühsam, nicht selbst mit einer Waffe auf ihren Peiniger loszugehen.

«Vor etwa einer Stunde ist eine Dame hohen Standes mit ihrem Geleit im Kloster eingekehrt. Die Ärmste ist zu Tode erschöpft, konnte nur mit Mühe feindlichen Spähern entkommen, die ihren Reisewagen verfolgten. Nun muss sie so rasch wie möglich nach Zaragoza, weil sie eine Botschaft des Königs überbringen muss.»

«Schon wieder eine Dame höheren Standes?», lästerte Don Alonso. Mit schwerfälligen Bewegungen zog er sich an der Tischkante empor und trottete zu einem Stuhl.

Betrunken, wie er war, ging von ihm momentan weniger Gefahr aus als von Jaime, dennoch verfolgten Don Estebans bewaffnete Begleiter jeden seiner Schritte.

«Die beiden Jüdinnen haben uns auch vorgegaukelt, sie wären vornehme Adelige.» Er zeigte auf Celiana. «Dieses dunkeläugige Miststück wollte sogar unseren Bruder verführen, damit er sie heiratet und zur Burgherrin macht.»

«Ja, und als ich kam, habt ihr beide gerade die Hochzeitsnacht gefeiert», erwiderte Don Esteban trocken. Dem jungen Mann war unschwer anzusehen, dass er seine Brüder ebenso verachtete wie den Schmutz und Gestank des verwahrlosten Hauses. Unter seiner Herrschaft, davon war Floreta überzeugt, wäre Queralt aufgeblüht wie eine Blume in Bruder Pablos Klostergarten. Doch an Estebans Miene war abzulesen, dass ihn schon lange, spätestens aber seit dem Tod seines Vaters, nichts mehr mit der Burg seiner Vorfahren verband.

«Die Señora reist mit ihrem Sohn», wandte sich der Herr erneut an Floreta. «Der Knabe ist unterwegs erkrankt. Er hält sich tapfer, aber nun kann er nicht mehr weiter, und seine Mutter befürchtet, dass sie ihn nicht lebend nach Zaragoza bringen kann, wenn sie ihm weiterhin die Strapazen der Reise zumutet. Deshalb haben sie beschlossen, in Santa Coloma zu rasten, obwohl es für sie sehr gefährlich ist. Sie muss bald weiter.» Er sah Floreta bittend an. «Und nun seid Ihr unsere letzte Hoffnung, Floreta!»

Floreta ahnte etwas. «O nein, schlagt Euch das aus dem Kopf. Ich kann Euch nicht helfen.»

«Es geht um Leben und Tod!»

«Eben deshalb!»

«Vielleicht solltest du dir erst einmal anhören, was dem Jungen fehlt», raunte ihr Celiana zu. «Vielleicht quält ihn ja nur eine Erkältung!» Ihre Augen sprachen aus, was ihr Mund im Beisein Don Estebans verschwieg: Machte Floreta ihre Sache gut und heilte den Knaben, nahm dessen Mutter sie vielleicht aus Dankbarkeit mit nach Zaragoza. Unter dem Schutz vieler Bewaffneter reiste es sich angenehmer und vor allem sicherer als allein.

«Eine Erkältung könnte Bruder Pablo im Kloster behandeln», widersprach Floreta aufgeregt. Wofür hielt man sie eigentlich, dass ihre bescheidenen Kenntnisse immerzu zum Pfand für ihre Rettung gemacht wurden, wie damals, als sie Banus Arm verarzten musste, um nicht als Sklavin zu enden? Gut, sie hatte der Frau helfen können. Doch was hatte ihr das gebracht? Nichts außer einem Haufen enttäuschter Hoffnungen.

«Ich fürchte, die Sache ist wesentlich ernster als ein Husten, aber wir finden hier weit und breit keinen Arzt», bestätigte Don Esteban.

Floreta gab sich geschlagen, weil sie nicht undankbar und selbstsüchtig sein wollte. Hätte der junge de Queralt nicht eingegriffen, wäre diese Nacht womöglich ihre letzte geworden. «Also gut», entschied sie nach kurzem Zögern. «Ich werde mir den Jungen ansehen, aber versprechen kann ich nichts.»

«Sie sind bereits auf dem Weg zur Burg», antwortete Don Esteban. «Bruder Pablo führt sie. Wenigstens das hat sein Abt ihm erlaubt. Es beschämt mich zwar, Gäste, die am königlichen Hof verkehren, hier in diesem Schmutz empfangen zu müssen, aber was zählt, ist allein das Leben des Knaben. Seine Mutter hat mir versichert, dass sie seit ihrer Abreise aus Perpignan Bekanntschaft mit viel bescheideneren Herbergen gemacht hat.»

Don Alonso schnarchte mit dem Kopf auf dem Tisch.

Sein Bruder Jaime hingegen war hellwach. Hasserfüllt funkelte er Don Esteban an. «Mir scheint, als hättest du die Burg im Handstreich erobert, während Alonso und ich uns noch um sie stritten. Alle Achtung, das hätte ich dir nicht zugetraut, kleiner Bruder. Und wir dachten, du hättest nur das Kloster im Sinn. Dabei hast du nur auf den geeigneten Augenblick gewartet, um dir das ganze Erbe unter den Nagel zu reißen.»

«Nur ein Mann, der so zerfressen von Habgier und Ehrgeiz ist wie du, kann so denken», erwiderte Don Esteban.

Don Jaime lachte. «Habgierig ist ja wohl der Abt, dem du bald Gehorsam schulden wirst. Ich sehe den Alten schon vor mir, wie er sich heimlich die Finger nach dem Besitz der Hidalgos de Queralt leckt. Er wird die Burg, das Dorf und alle dazugehörigen Ländereien von Santa Coloma dem Kloster einverleiben und den letzten Willen unseres Vaters mit Füßen treten. Ein Glück, dass ich dann nicht mehr hier sein werde, um das mitansehen zu müssen. Alonso und ich werden morgen früh das Haus verlassen, bevor uns deine Bewaffneten hinausprügeln. Du kannst dich allein mit den feindlichen Truppen herumschlagen.» Er legte sich eine Hand hinter das Ohr und gab vor zu lauschen. «Na, hörst du sie? Sie kommen näher, um dir Feuer unter dem Hintern zu machen!»

«Da kommen sie», rief einer der Knechte, der vom Fenster aus den verschneiten Burghof im Auge behalten hatte. Alle rannten zu ihm und beugten sich über die Brüstung, auch Floreta. Was sie sah, war kein feindliches Heer, das durch das Tor drängte, sondern ein einzelner Wagen, der von zwei Rappen gezogen wurde. Flankiert von drei gepanzerten Reitern, holperte er über den Hof und hielt auf den Eingang zum Palas zu. Dort wartete Consuela mit einer Fackel, um die geheimnisvollen Ankömmlinge in Empfang zu nehmen. Sie war blau gefroren und zitterte vor Kälte, rang sich aber einen Willkommensgruß ab, als der Reisewagen jäh zum Stehen kam.

«Schafft meine Brüder in eine der Kammern unter dem Dach», befahl Don Esteban. In der Stimme des als Bücherwurm verspotteten Mannes lag so viel Entschlossenheit, dass keiner zu widersprechen wagte. «Und bewacht sie gut. Ich möchte nicht, dass sie auch nur einen Fuß in die Halle setzen, solange die Señora mit ihrem kranken Sohn im Haus ist.»

Don Jaime musste zusehen, wie zwei der fremden Waffenknechte seinen völlig betrunkenen Bruder unter den Achseln packten und aus der Halle schleiften. Er selbst schien einzusehen, dass es keinen Sinn hatte, Widerstand zu leisten, daher folgte er den Männern hocherhobenen Hauptes. An der Tür drehte er sich aber noch einmal zu den Frauen um und musterte sie von Kopf bis Fuß, als müsse er sich jeden Zoll ihres Körpers einprägen.

«Glaubt nicht, dass ich euch das vergessen werde», zischte er ihnen zum Abschied zu. «Eines Tages werde ich zurückkehren und euch bezahlen lassen.»

Kapitel 10

Mit Floretas Hilfe war Consuela ein kleines Wunder gelungen.

Die Frauen hatten in aller Eile das übelriechende Stroh zusammengekehrt und kurzerhand aus dem Fenster in den Hof geworfen. Die vergammelten Essensreste waren in Körben zum Schweinekoben geschleppt, Tische, Bänke und Schemel von verschüttetem Wein gesäubert und mit Sand blank gescheuert worden. Im Kamin prasselte ein wärmendes Feuer. Ein paar erst halb heruntergebrannte Kerzen – nach Consuelas Aussage die letzten, die in der Burg zu finden gewesen waren – tauchten den großen Raum in ein samtweiches Licht.

Floreta blickte sich zufrieden um und errötete, als sie Don Estebans dankbaren Blick auffing. Sichtlich erleichtert machte der junge Mann einem Knecht Platz, der einen Knaben trug. Dieser hatte rabenschwarzes Haar und hübsche, gerundete Lippen, die nun aber reichlich blutleer aussahen. Seine Wangen waren vom Fieber gerötet. Der Junge wimmerte vor sich hin und versuchte, seine Augen zu reiben, was seine Mutter jedoch verhinderte, indem sie seine Hände festhielt.

Vor dem Kamin hatte Consuela für den Kranken ein Lager aus Decken, Kissen und Fellen bereitet. Die meisten rochen muffig, aber wenigstens würden sie ihn wärmen.

«Das ist die Frau, von der ich Euch im Kloster erzählt habe, Herrin», sprach Bruder Pablo die Fremde an, nachdem diese ihrem Sohn in die Decken geholfen hatte. «Ihr Großvater war einer der berühmtesten Ärzte Spaniens.»

«Ihr meint die Ungläubige!» Die Frau schlug den Schleier zurück, um Floreta besser anschauen zu können.

Sie selbst war eine Schönheit, ja, vielleicht die schönste Frau, die Floreta je gesehen hatte. Ihre Haut war glatt, durchscheinend wie venezianisches Glas, und duftete zudem schwach nach einer Salbe aus Kräutern und Blüten. Ihr Haar besaß die gleiche Farbe wie das ihres Sohnes. Sie trug es über der Stirn gescheitelt und im Nacken mit einem Elfenbeinkamm zu einem strengen Knoten aufgesteckt. Sie war hochgewachsen, und ihre wachen kleinen Augen schimmerten olivgrün.

Nachdem sie Floreta in Augenschein genommen hatte, winkte sie Don Esteban zu sich. «Einen anderen Arzt gibt es hier nicht? Seid Ihr sicher?»

Der junge Mann zuckte bedauernd mit den Schultern.

«Das Mädchen hat keine Ahnung, was dieses Kind mir bedeutet. Mir und auch …» Sie biss sich erschrocken auf die Zunge. Stattdessen ließ sie sich erschöpft auf einen flachen Schemel sinken. «Dann soll es wohl so sein. Fang mit deiner Untersuchung an, Mädchen. Aber ich warne dich: Ich werde dich im Auge behalten, und wehe dir, wenn du meinem Sohn Schaden zufügst.»

«Doña Floreta hat im Dorf schon viele Menschen behandelt, Herrin», sagte Bruder Pablo mit seiner tiefen, brummigen Stimme. «Ihr könnt ihr vertrauen.»

«O nein, ich vertraue niemandem, Mönch!» Sie bekreuzigte sich. «Außer der Jungfrau Maria natürlich.»

«Natürlich.»

Warum hockt ihr beide euch dann nicht in eine Kirche, zündet Kerzen an und lasst mich hier in Ruhe?, dachte Floreta. Sie fand es wenig ermutigend, dass die Fremde ihr gegenüber so argwöhnisch war. Andererseits verstand sie, dass die Sorge um ihren Jungen die Frau verzweifeln ließ.

Floreta kniete sich vor das fiebernde Kind, nahm seine Hand und lächelte es an. Und plötzlich, ohne jede Vorwarnung, kehrte die Erinnerung an die Schreckensnacht im Haus des Sklavenhändlers zurück. Banu. Was mochte wohl aus ihr geworden sein? Natürlich hatte sie nie wieder von ihr gehört. Auch nicht von … Raik.

Sie biss sich auf die Lippe, bis sie Blut schmeckte. Raik. Raik. Raik. Warum ausgerechnet jetzt? Sie sah ihn ganz deutlich vor sich, wie er mit geschlossenen Augen vor den Felsen in seinem Blut lag. Sie schüttelte den Kopf, um das Bild aus ihrem Gedächtnis zu vertreiben. Es war nicht gerecht, dass Raik sie heimsuchte, während sie einem kranken Jungen helfen wollte. War es denn ihre Schuld, dass er draußen in der Einöde verblutet war, fernab seiner Heimat? Verdammt, was hatte er auch in Granada zu schaffen gehabt, und vor allem: Warum hatte er sie und Celiana gekauft? Nein, sie war nicht verantwortlich für seinen Tod. Sie hatte getan, was in ihrer Macht stand, um sein Leben zu retten, obwohl er das gar nicht verdient hatte. Sogar mit Ruben hatte sie sich um seinetwillen angelegt. Sie atmete tief durch. Sie musste ihn vergessen, sofort.

Du hättest mich begraben müssen, nicht einfach den wilden Tieren zum Fraß vorwerfen dürfen, glaubte sie eine Stimme zu hören, die sich aus ihrem Inneren hervorkämpfte.

«Das ging aber nicht», rief sie.

Die Fremde hob irritiert den Blick. «Was ging nicht?»

«Ich meine, ich kann ohne meine Instrumente und Medikamente nicht viel ausrichten, aber die sind unten im Dorf», redete sich Floreta heraus. Sie befühlte erst die Stirn des Jungen, dann prüfte sie Herz- und Pulsschlag. «Ich vermute, dass das flammende Auge für das Fieber verantwortlich ist.»

«Das flammende Auge?», fragte die Fremde misstrauisch. «Gott steh uns bei!»

Floreta beugte sich über den kleinen Jungen und bemerkte, dass die Bindehaut rötlich verfärbt und geschwollen war. Beide Augen tränten. Er hatte Schmerzen, vermutlich quälte ihn sogar der Schein der Lampe, der auf sein Gesicht fiel. Lichtempfindlichkeit zählte zweifellos zu den Symptomen des Leidens, das Samu ‹flammendes Auge› genannt hatte.

Großer Gott, das schaffe ich nicht, schoss es ihr durch den Kopf, während sie behutsam ein Augenlid anhob. Wenigstens war die Linse nicht getrübt, der Nerv schien intakt zu sein. Augenerkrankungen, das hatte Samu ihr schon frühzeitig eingeschärft, waren tückisch, rätselhaft und nicht leicht zu behandeln. Wie sollte man auch das Auge eines Menschen studieren? An Toten zu forschen verbot nicht nur die christliche Kirche, sondern auch der Glaube der Muslime. Wie oft hatte Samu über die Scharlatane geschimpft, die von Stadt zu Stadt zogen, sich an der Linse des Menschen zu schaffen machten und alles noch verschlimmerten. Dabei war sich Floreta sicher, dass Samu, der viele Jahre seines Lebens aufgewendet hatte, um die Augenheilkunde zu studieren, kaum mehr über das Geheimnis des menschlichen Sehens wusste als ein dahergelaufener Starstecher. Manchmal war es ihm gelungen, den Menschen Linderung zu verschaffen und die Trübung der Linse zu korrigieren, doch nicht immer hatte er ihr Augenlicht retten können. Gott der Herr allein war in der Lage, die Blinden sehend zu machen, während sich der Mensch in sein Schicksal zu fügen hatte. Zu den kostbarsten Schätzen aus Samus Bibliothek in Granada hatten auch die Werke einiger arabischer Augenärzte gehört. Floreta erinnerte sich an klangvolle Namen wie Musuli Ibn Amma und Ali Ibn Isa. Auch der berühmte Avicenna hatte seine Beiträge zur Heilkunst am Auge geleistet. Doch im Gegensatz zu Samus Arzneikasten waren all diese Bücher in

Granada zurückgeblieben und vermutlich von Abu Said vernichtet worden.

«Tut das Licht dir weh?», sprach sie den Jungen nun direkt an. «Sticht es dir in den Kopf?»

«Dir ist es verboten, mit ihm zu reden», fuhr die Fremde Floreta über den Mund. «Alles, was du wissen musst, erfährst du von mir. Verstanden?»

«Es tut weh», sagte der Junge plötzlich. Er blinzelte Floreta an. «Mir ist heiß und gleichzeitig ganz kalt.»

Floreta nickte. Sie rief Consuela herbei und bat sie, in den Hof zu laufen und Schnee in weiße Leintücher zu füllen. «Mach ihm damit Umschläge an den Beinen und Handgelenken», ordnete sie an. «So Gott will, wird der Schnee helfen, das Fieber zu drücken.»

Die Magd hastete sogleich davon, froh, für eine Weile den kritischen Blicken der Mutter des Kranken zu entkommen.

«Ich hoffe für dich, dass das nicht deine ganze ärztliche Kunst war?», keifte diese auch schon drauflos. «Morgen früh muss ich weiter, verstehst du? Meine Mission duldet keinen Aufschub mehr!» Sie verlangte einen Becher Wein, und da Consuela beschäftigt war, bekam sie ihn von Don Esteban.

Viel war nicht mehr im Krug, und Floreta hätte die paar Tropfen gern für ihren Patienten gehabt, doch sie wagte es nicht, der Edeldame den Becher wieder zu entreißen. Allmählich bekam sie mehr Angst vor der Frau und ihrer Unbeherrschtheit als vor dem flammenden Auge, und sie fragte sich, wie einflussreich diese tatsächlich war. Bruder Pablo und Don Esteban behandelten die Fremde nicht nur höflich, sondern mit allem Respekt, dabei hatte sie nicht einmal ihren Namen genannt.

Na warte, dachte Floreta grimmig. Wenn du dich nicht vorstellen willst, wird es eben ein anderer tun. Sie beugte sich über den Jungen und strich ihm eine Strähne seines schweißnassen Haars aus der Stirn. «Wie heißt du denn, mein kleiner Freund?»

Die Frau sprang auf. «Habe ich dir nicht verboten, ihn anzusprechen?», zischte sie. Sie regte sich so auf, dass sich auf ihrer milchig-glatten Haut hässliche rote Flecke bildeten. Doch als sie sah, dass ihr Sohn schon die Lippen bewegte, antwortete sie für ihn: «Mein Sohn heißt Juan. Mehr brauchst du nicht zu wissen. Untersteh dich, ihn auszufragen.»

«Verzeiht mir, Herrin. Aber wenn ich Euren Sohn behandeln soll, muss ich noch viel mehr über ihn und seine Beschwerden erfahren.»

Die Frau schüttelte ihren weiten Ärmel zurück. Sie trug noch immer ihr mit Pelz verbrämtes Reisegewand, in dem sie so nah am Kamin ins Schwitzen geriet. Eine ihrer Dienerinnen bot an, ihr einen leichteren Überrock zu holen, doch davon wollte sie nichts hören. Ihr Sohn glühte, also würde auch sie in der Hitze ausharren.

«Also frag schon. Ich werde dir antworten, solange deine Fragen sich nur auf den Zustand des Jungen beziehen.»

Floreta nickte. «Wie alt ist er?»

«Zwölf Jahre.»

«Seit wann fühlt er sich so krank?»

«Er klagte gestern um die Mittagsstunde zum ersten Mal über Kopf- und Gliederschmerzen. Aber da wir es eilig hatten, nahm keiner Notiz davon. Wir dachten, es würde schon von selbst vergehen, und gaben ihm ein paar Schlucke Wein zu trinken.»

«Fingen zur selben Stunde auch seine Augen zu brennen an?»

Die Frau wurde ungeduldig. «Vermutlich, ja, aber wie ich sagte, wir waren in Eile. Ich hatte damit zu tun, Schleichpfade zu finden, die uns nicht geradewegs in die Arme unserer Feinde führten.» Sie presste kurz die Lippen aufeinander, was sie noch energischer aussehen ließ. «Du hast ja keine Ahnung, was geschieht, wenn mein Sohn und ich den Soldaten des Königs von Kastilien in die Hände fallen! Das darf unter keinen Umständen passieren. Deshalb sind wir hier. Dem Abt des Kapuzinerklosters ist zuzutrauen, dass er mit unseren Feinden paktiert.» Sie warf Bruder Pablo einen gereizten Blick zu.

«Ihr reist in einem geschlossenen Wagen, nicht wahr? Fuhr Euer Sohn mit Euch?»

«Wo denkst du hin?» Sie lachte bitter. «Juan ist alt genug, um mit den anderen Männern zu reiten. Er besitzt sogar ein eigenes Pferd. Sein Vater hat es ihm geschenkt.»

Consuela kehrte mit den schneegetränkten Leintüchern zurück und machte sich daran, sie nach Floretas Anweisung um Arme und Beine des Jungen zu wickeln.

Floreta nahm eine Kerze zur Hand, die sie nah an das wächserne Gesicht des Kindes hielt, mit der anderen Hand untersuchte sie noch einmal beide Augen. Dann goss sie ein wenig Wein aus dem Becher der Frau auf ein Stück Leintuch und tupfte damit die Augenwinkel des Kranken ab, aus denen klebriges Sekret quoll.

Celiana spähte ihr über die Schulter. «Hast du schon eine Ahnung, was die Entzündung verursacht hat?», wollte sie wissen. Doch nicht nur sie: Auch die Mutter des Jungen, Bruder Pablo, der unaufhörlich Gebete murmelte, und Don Esteban spitzten aufmerksam die Ohren.

Floreta errötete. Ja, einen Verdacht hatte sie. Aber der war vage, und außerdem kam es nicht darauf an, was sie vermutete. Sie musste sich ganz sicher sein, was unter diesen Umständen ein Ding der Unmöglichkeit war. Was, wenn sie sich irrte? Sie war noch lange nicht so weit, das Nötige zu tun, falls ihr Verdacht sich bestätigte. Aber blieb ihr eine andere Wahl, als es wenigstens zu versuchen?

O Samu, dachte sie verzweifelt. Warum schickst du mir ein Kind, um mich zu prüfen? Banus Ausschlag zu heilen, war in deinen Augen offensichtlich eine zu einfache Übung. Und bei Raik hast du miterlebt, wie ich gegen den Tod verlor. Überlässt du mich deshalb einer Mutter, die mich mit Recht von ihren Waffenknechten in Stücke hauen lässt, wenn ich versage?

Schließlich nahm sie ihren ganzen Mut zusammen und erklärte: «Ich verstehe nicht viel von der Augenheilkunde. Aber von meinem Großvater weiß ich, dass es verschiedene Ursachen für das flammende Auge gibt. Wenn der Junge bei der Suche nach Schleichwegen längere Zeit durchs Unterholz geritten ist, könnte ihm dabei etwas ins Auge geraten sein, Raupenhaare oder ein Insektenstachel. Bei dem Versuch, sie loszuwerden, hat er die Fremdkörper nur noch tiefer eingerieben. Wenn sie Gift absondern und tiefer ins Augeninnere wandern, könnte das gefährlich werden.»

Die Edeldame stieß einen spitzen Schrei aus.

«Bitte entschuldigt mich einen Moment», sagte Floreta nachdenklich. «Ich muss mich rasch mit meiner Verwandten beraten.»

Sie schob Celiana zur Tür hinaus. Die war so überrascht, dass sie Floreta anstandslos über die morschen Dielenbretter folgte. «Also, was ist?», fragte Celiana schließlich. «Du rechnest doch hoffentlich nicht damit, dass ich dir dabei helfe, Raupenhaare und Insektenstachel aus den Augen des Knaben zu ziehen. Das kann ich nicht.»

«Dann sind wir schon zwei, ich nämlich auch nicht. Woher auch?»

Celiana berührte seufzend ihre Perlenohrringe. «Und ich dachte, du hättest in den letzten Jahren nichts weiter getan, als über Großvaters Schriften zu brüten und seine Instrumente zu erforschen. Nun gut, dann verschwinden wir. Mit den Perlen hier schaffen wir es vielleicht bis Zaragoza.»

Floreta schüttelte den Kopf. «Das geht nicht. Ich kann hier nicht weg. Noch nicht.»

«Darf ich fragen, warum nicht? Hast du etwa vor, diesem herrschsüchtigen Weib in der Halle nochmal unter die Augen zu treten? Wenn die herausfindet, dass du keine Erfahrung als Augenärztin hast, hetzt sie ihre Wachen auf uns.»

«Ich werde ihren Sohn behandeln, weil Samu es von mir erwartet.»

«Samu?» Celiana spähte erschrocken über ihre Schulter. «Hast du den Verstand verloren? Samu ist tot. Er erwartet von dir höchstens, dass du kein dummes Zeug daherredest, sondern mit mir kommst.»

Doch Floreta wollte davon nichts hören. Wie sollte sie Celiana begreiflich machen, dass Samu ihr sein Vermächtnis nicht offenbart hatte, damit sie es leichtfertig mit Füßen trat? Nahm sie es an, so musste sie auch alle Prüfungen annehmen, die für sie vorgesehen waren. Noch immer betete sie darum, eines Tages ihren Vater wiederzufinden. Wenn es so weit war, wollte sie, dass er stolz auf sie und all das sein konnte, was sie sich erarbeitet hatte.

«Ich brauche Samus Kasten», sagte sie entschlossen. «Darin ist alles, was ich benötige, um das flammende Auge zu heilen.»

«Dann hol ihn dir doch.»

Floreta schüttelte den Kopf. «Unmöglich. Die Frau würde mich jetzt niemals ins Dorf gehen lassen. Sie würde annehmen, ich wolle mich aus dem Staub machen. Also musst du zu Ruben gehen und ...»

«Zu Ruben?», brauste Celiana auf wie ein Wirbelsturm. «Ich habe dir doch gesagt, dass ich diesen betrügerischen Halsabschneider nie wiedersehen will. Soll er mit den Steinen, die er gestohlen hat, glücklich werden.»

Sie wollte auf dem Absatz kehrtmachen, doch Floreta hielt sie auf, indem sie sie am Arm packte. Nie zuvor hatte sie Celiana so grob angefasst, und sie war darüber mindestens ebenso erstaunt wie ihre Verwandte, die aufgebracht nach Luft schnappte. Bislang war Celiana es gewöhnt gewesen, Floreta herumzukommandieren. Dass diese sich ihr nun so offen in den Weg stellte, verunsicherte sie so sehr, dass sie kein Wort des Protests fand.

Floretas Augen verengten sich. «Du wirst tun, was ich dir auftrage, verstanden? Du gehst ins Dorf, holst Samus Kasten aus meiner Kammer und bringst ihn mir. Ich werde dir einen von Don Estebans Knechten mitschicken, der dir sicher gern beim Tragen helfen wird.»

«Hol dich der ...»

Floreta klatschte in die Hände. «Mir sind Rubens Edelsteine einerlei, also zier dich nicht. Vergiss bloß nicht, dass es deine Idee war, im Schutz der Bewaffneten nach Zaragoza zu ziehen. Nun kommt es auf uns beide an, ob und wie wir unser Ziel erreichen.»

***

Don Jaime stand hinter der Tür und presste sein Ohr gegen das Holz. Er hatte zwar nicht jedes Wort verstanden, doch was er gehört hatte, genügte ihm vollauf. Seine Augen begannen zu leuchten, als er sich den Schatz vorstellte, von dem er rein zufällig erfahren hatte. Edelsteine aus Granada? Und dieser Ruben versteckte sie sozusagen unter der Nase der Herren von Queralt?

Jaime ging zu seinem Bruder hinüber, der auf einem Strohsack seinen Rausch ausschlief, und stieß ihm mit der Schuhspitze mehrmals in die Seite. «He, wach gefälligst auf, du Trunkenbold. Ich habe da etwas Interessantes aufgeschnappt!»

Don Alonso schnaubte und grunzte wie ein Schwein, rührte sich aber nicht vom Fleck. Die Neuigkeiten schienen ihn nicht zu interessieren. Es vergingen mehrere Augenblicke, bis Don Jaime ihn so weit hatte, dass er die Augen aufschlug.

«Au, was soll das? Bist du verrückt geworden?»

«Hast du dich je gefragt, wie dieser Jude unten im Dorf zu seinem Reichtum gekommen ist?»

«Ruben?» Don Alonso rülpste aus vollem Hals und grinste, als sein Bruder angewidert das Gesicht verzog.

Du hast Glück, dass ich dich noch brauche, dachte Don Jaime, der am liebsten seine Faust in die aufgeschwemmte, grinsende Fratze geschmettert hätte. Alonso war ihm zuwider, doch er war der Ansicht, dass das Leben einen Mann zwang, Prioritäten zu setzen.

«Lass uns in die Halle gehen, ich brauche etwas zu trinken», maulte Don Alonso. Schwankend trottete er zur Tür und schlug krachend mit der Faust gegen den Rahmen, da diese sich nicht öffnen ließ. Erst als Don Jaime ihm umständlich auseinandersetzte, dass ihr Bruder Esteban sie mit Hilfe mehrerer Bewaffneter überwältigt und unter Arrest gestellt hatte, kehrte die Erinnerung zu ihm zurück.

«Wie kann dieser Scheißkerl es wagen, so mit mir umzuspringen?», heulte er vor Wut. Sein Kopf wurde dunkelrot, und an seinem Hals begann eine Ader wie wild zu pochen. «Das wird er mir büßen. Und diese Jüdinnen schleppe ich eigenhändig in den Keller. Dort wird niemand ihre Schreie hören, bis ich mit ihnen fertig bin.»

Don Jaime klopfte Alonso gönnerhaft auf die Schulter. «Keine Sorge. Wenn wir es geschickt anstellen, werden wir bald beide so reich sein, dass wir der Burg de Queralt keine Träne mehr nachweinen müssen. Sobald unsere Gürteltaschen prall gefüllt sind, bekommst du auch deine Rache!» Er ballte die Fäuste. So wie ich meine Rache bekommen werde, dachte er im Stillen.

Kapitel 11

«Ich brauche Licht», verkündete Floreta, der es in der Halle viel zu finster war. «Schafft Kienspäne und Fackeln herbei! Alles, was Licht spendet. Ich möchte keinen dunklen Winkel mehr sehen.»

Vermutlich wäre es besser gewesen, zu warten, bis der Morgen graute. Aber zum einen befürchtete Floreta, dass sich die Entzündung in Juans Auge verschlimmerte, je länger sie wartete, zum anderen war es in letzter Zeit so trübe und bedeckt gewesen, dass sich auch am Tag kaum ein Sonnenstrahl in die kleine Halle des Palas verirren würde.

Consuela stob sogleich davon, um Floretas Aufforderung nachzukommen.

Don Esteban trug den kleinen Juan schließlich zu dem Tisch hinüber und legte ihn behutsam auf eine darüber ausgebreitete Decke.

Floreta zog derweil einige Notizen zu Rate, die Samu vor vielen Jahren über das menschliche Auge und seine Beschaffenheit angefertigt hatte. Wie vermutet fand sie nur wenig Brauchbares darunter, zumal die in hebräischer Sprache niedergeschriebenen Beobachtungen des alten Arztes nur schwer zu entziffern waren. Eine halbe Ewigkeit verstrich, ehe ein Wächter Celianas Rückkehr verkündete. Aber wenigstens kam sie überhaupt zurück, und sie hatte Samus Arzneikasten bei sich. Ohne jeden Kommentar stellte sie ihn zu Floretas Füßen ab und zog sich danach ans andere Ende der

Halle zurück. Ob sie Ruben im Dorf über den Weg gelaufen war und mit ihm gesprochen hatte, verschwieg sie, und Floreta hatte weder die Zeit noch die Nerven, sie danach zu fragen. Auf ihre Launen, ihre Sturheit und die Angewohnheit, andere für sich springen zu lassen, hatte sie lange genug Rücksicht genommen.

«Wer sich selbst zu oft verleugnet, ist eines Tages nicht mehr da», hatte Samu einmal gesagt, und Floreta begriff nun, wie wahr seine Worte waren. Celiana würde noch lernen, dass Floreta auch ohne sie zurechtkam.

Sie begleitete Consuela in die Küche hinunter, wo sie zusammen mit der Magd einen Sud ansetzte. Zu diesem Zweck löste sie ein wenig Pulver von der Weidenrinde in kaltem Wasser und erhitzte es langsam in einem Kessel über dem Feuer. Als die Flüssigkeit dampfte, gab sie eine Reihe weiterer Heilkräuter aus dem Arzneikasten hinzu, um sie ebenfalls aufzubrühen: Schachtelhalm, Kamillenblüten und Spitzwegerich.

Floreta schnupperte einigermaßen beruhigt an ihrer Mischung. Wenigstens war ihr Studium heilkräftiger Kräuter nicht ganz umsonst gewesen. Pflanzen waren ihre Gefährten, mit ihnen kannte sie sich aus. Mit ein wenig Glück würden sie das Fieber des Jungen bekämpfen und ihn so lange ruhigstellen, bis sie seine Augen behandelt hatte.

Zurück in der Halle, wurde sie voller Ungeduld empfangen. «Wo bleibst du?» Skeptisch beäugte die Edeldame den Kessel mit dampfendem Kräutersud, den Floreta gemeinsam mit Consuela an einer Stange hereinschleppte. Die Frau hatte Angst, das war deutlich zu erkennen. Angst um ihren Sohn, aber auch, hier in dieser Burg festzusitzen, anstatt ihre Botschaft nach Zaragoza zu bringen.

«Was ist das?», fragte sie nun und rümpfte die Nase, als befürchtete sie, Floreta wolle den Jungen vergiften, der stöhnend auf dem Tisch lag.

«Ein Heilmittel, das mein Großvater oft bei Fieber angewendet hat.» Floreta füllte einen Becher mit der Flüssigkeit aus dem Kessel und hielt ihn Juan an die Lippen. «Du musst das trinken, damit du bald wieder zu Kräften kommst, mein kleiner Held», flüsterte sie ihm zu.

Doch der Junge presste die Lippen zusammen.

«Nun komm schon, nur einen Schluck. Du wirst sehen, dass es gar nicht so übel schmeckt und den Schmerz aus deinem Kopf vertreibt.»

Er blinzelte gequält, schüttelte aber den Kopf. Ausgerechnet Celiana war es, die Floreta zu Hilfe kam. Sie fing an, ein Lied zu singen, das sie aus Granada kannte. Ihre alte Dienerin hatte es oft vor sich hin gesummt, während sie Brotfladen gebacken oder mit bloßen Füßen im Hof Wein gekeltert hatte.

Floreta staunte. Sie hatte vergessen, wie wunderschön Celianas Stimme war. Wer sie vernahm, musste einfach innehalten und ihr zuhören. Auch Juan lauschte verzückt, und als das Lied zu Ende war, bat seine Mutter Celiana, es noch einmal zu singen, da sie bemerkte, wie ruhig ihr Sohn plötzlich geworden war. Als Celiana bei der letzten Strophe angelangt war, öffnete das Kind den Mund und ließ sich ein wenig von Floretas Sud einflößen.

«Das wäre geschafft», sagte Floreta erleichtert. «Aber nun brauche ich die Hilfe der Männer. Sie müssen Juans Arme und Beine festhalten, damit er nicht strampelt oder um sich schlägt.» Sie winkte Don Esteban und Bruder Pablo herbei.

Die beiden sahen sie an und nickten. Sie hatten verstanden.

«Ich brauche auch jemanden, der das Augenlid des Jungen anhebt. Consuela?»

Die Magd schlug erschrocken die Hand vor den Mund.

«Ich mache das», erklärte Celiana entschlossen.

«Aber nicht loslassen, sosehr er sich auch sträubt.»

«Sehe ich so aus, als hätte ich das vor?»

Floreta wählte zwei feine Pinzetten aus Silber, die Samu oft benutzt hatte, und tauchte sie in den immer noch heißen Sud, um sie zu reinigen. Sie selbst hatte sie erst ein-, zweimal in der Hand gehabt, um Kindern auf Rubens Kaufmannshof Holzsplitter aus den Fingern zu ziehen. Nun aber galt es, sich damit am Auge eines Menschen zu schaffen zu machen.

«Halt wenigstens die Lampe und leuchte uns», zischte Celiana Consuela an, als diese sich unauffällig zurückziehen wollte.

Floreta griff in Samus Kasten und kehrte mit einem samtenen Beutel zum Behandlungstisch zurück.

«Heilige Jungfrau Maria, steh mir bei», stöhnte Juans Mutter, die jeden Handgriff Floretas genau beobachtete. Sie schlug schockiert ein Kreuz über der Brust. Der gläserne Gegenstand aus dem Beutel, den Floreta sich nun vors Auge hielt, erschien ihr alles andere als geheuer. «Was ist das? Ich warne dich, Mädchen. Dein Großvater war wohl ein Magier, wie viele, die von den Mauren unterwiesen werden. Ich will nicht, dass du meinen Sohn mit Zauberei heilst.»

Floreta atmete tief durch, um ihren Ärger herunterzuschlucken. Seit ihrer Ankunft hatte diese Frau nichts weiter getan, als sie voller Argwohn zu beobachten und jeden ihrer Schritte zu kritisieren. Und nun wagte sie es auch noch, Samu, einen Gelehrten von bestem Ruf, in die Nähe der Zauberei zu rücken?

«Es ist wahr, dass mein Großvater in jungen Jahren von arabischen und jüdischen Gelehrten in Kairo und Córdoba unterrichtet wurde», sagte sie schließlich. «All die Männer, von denen er lernte, dienten Gott ebenso, wie sie die Geheimnisse der Natur ergründeten.» Sie hielt den gläsernen Gegenstand ins Licht der Lampe, damit Juans Mutter ihn sich anschauen konnte. «Das ist ein Lesestein aus Ägypten. Für meinen Großvater war er kostbarer als all seine übrigen ärztlichen Instrumente. Ein Gelehrter namens Abu Ali Alhazen, der vor über zweihundert Jahren lebte, schliff solche Steine. Durch ihre gewölbte Oberfläche erscheinen Dinge größer, wenn wir sie durch das Glas betrachten. Mit Magie hat das nichts zu tun.»

Juans Mutter lächelte nun schwach. «Wie eine von Bruder Bacons Brillen, nicht wahr?»

Nun war es an Floreta, ein verdutztes Gesicht zu machen.

«Ein englischer Klosterbruder namens Roger Bacon. Mein Vater hat mir von ihm erzählt. Er bediente sich desselben Prinzips, allerdings ließ er das Glas zu dünnen Scheiben schleifen und gab ihnen eine Fassung. Vater interessierte sich für jede Form von neuartigem Handwerk. Er ließ sogar einen Brillenmacher aus England zu uns nach ...» Sie brach ab, als sie merkte, dass sie drohte, zu viel von sich preiszugeben. Der Moment der Vertrautheit mit Floreta war vorüber.

Während Celiana erst das linke, dann das rechte Lid des Jungen hinaufschob, bewegte Floreta Samus Augenstein hin und her, um eine möglichst gute Sicht auf die geschwollene Bindehaut zu bekommen. Consuela folgte ihren Bewegungen mit dem Öllicht, doch es war nicht zu übersehen, dass sie sich dabei unwohl fühlte und sich wünschte, endlich wieder in die Küche zurückgehen zu können. Als sie von Floreta aufgefordert wurde, auch noch das merkwürdige Glas zu halten, damit Floreta zu ihrer Pinzette greifen konnte, schnappte sie nach Luft. Doch es half nichts. Juans Mutter war noch aufgelöster als die Magd, und von den Männern, die sie zur Burg begleitet hatten, war keiner mehr in der Halle. Vermutlich suchten sie unten in der Küche nach etwas Essbarem.

Floreta ging es indes kaum besser als den vier Menschen, die mit besorgten Mienen um den Tisch herumstanden. Innerlich zitterte sie wie Espenlaub. Nie zuvor war sie mit einem spitzen Gegenstand dem Auge eines Menschen nahe gekommen. Sie konnte nur hoffen, dass ihr bei dem Versuch, die giftigen Fremdkörper aus der Hornhaut des Jungen zu ziehen, nicht die Hand ausglitt. Sie fing einen ermutigenden Blick von Bruder Pablo auf. Über das Vertrauen, das er in sie setzte, konnte sie nur staunen. Er hatte sie empfohlen und schien nach wie vor davon überzeugt, das Richtige getan zu haben.

Wieder und wieder spähte Floreta durch Samus Stein, bis sie im Licht der Lampe tatsächlich ganz schwach etwas ausmachte, das der Form einiger Härchen entsprach. Sie steckten wie Speere in der Hornhaut. Floreta zählte sechs von ihnen. Ihr Herz begann schneller zu schlagen. Nun war es also so weit: Sie nahm die dünnere der beiden Pinzetten und führte sie ganz langsam auf die Linse zu. Doch als sie gerade anfangen wollte, das erste Härchen zu entfernen, schrie Juan auf.

Celiana fluchte. «Verdammt, so geht es nicht. Lass dir etwas Besseres einfallen.»

Floreta nickte. Eigentlich hatte sie vermeiden wollen, das Kind zu betäuben, doch sie sah ein, dass es sein musste. Also ging sie zum Arzneikasten und entnahm ihm einen Schwamm. Sie hatte Samus Warnung vor diesen Schwämmen noch deutlich im Ohr: «Verwende sie nur, wenn der Schmerz des Kranken dich dazu zwingt, ihm das Bewusstsein zu rauben», hatte er einmal gesagt, als sie sie bewundert hatte. Aus Angst, seine Patienten könnten in einen Todesschlaf hinüberdämmern, hatte Samu das Opium, mit dem er die Schwämme tränkte, sehr sorgfältig dosiert.

«Du weißt hoffentlich, was du tust?», raunte ihr Juans Mutter zu, als sie dem Jungen Samus Schwamm unter die Nase hielt. «Stirbt er, wirst auch du die Nacht nicht überleben!»

Nach einer Weile atmete der Junge ruhig und regelmäßig. Er schlief. Nun durften sie keine Zeit mehr vergeuden. Wieder setzte Floreta die Pinzette an und sprach ein stilles Dankgebet, weil ihre Hand nicht zitterte. Es dauerte nur einen Moment, und das erste Haar klebte an der äußeren Spitze ihres Instruments. Nach einigen weiteren Handgriffen hatte sie es geschafft. Der Schweiß rann ihr von der Stirn. Sie war müde und wusste doch, dass sie lange nicht würde schlafen können. Doch das zählte in diesem Augenblick nicht – sie hatte alle Fremdkörper aus dem Auge des Kindes entfernt.

«Wenn Gott will, wird die Entzündung nun abklingen», sagte sie erschöpft, während sie ihre Instrumente in den Arzneikasten zurücklegte. «Wäre Sommer, so würde ich ihm Umschläge mit zerstoßenen Brombeeren machen, aber Rotwein tut es auch.»

Zum ersten Mal seit Stunden sah Juans Mutter zufrieden, ja fast glücklich aus. Das Misstrauen war aus ihrem Blick verschwunden. Stattdessen nickte sie Floreta anerkennend zu. «Mir ist bewusst, dass ich dir keine große Hilfe war», sagte sie zerknirscht. «Jeder hier im Raum hatte seine Aufgabe. Ich war die Einzige, die nur gemäkelt hat.»

Floreta hob erstaunt die Augenbrauen. War das ein Anflug schlechten Gewissens? Nun, es ehrte die Edeldame, dass sie sich auf ihre Weise entschuldigte, doch viel wichtiger war Floreta, dass sie ihr und Celiana erlaubte, unter ihrem Schutz nach Zaragoza zu reisen. Als sie ihren Wunsch äußerte, wurde die Frau hellhörig.

«Ihr wollt also tatsächlich nach Zaragoza? Zwei vaterlose Jüdinnen, die keinen männlichen Schutz genießen und völlig auf sich allein gestellt sind?»

«Auch in Zaragoza leben Juden», gab Floreta zu bedenken. «Im jüdischen Viertel wird man uns gewiss aufnehmen. Unsere Gesetze befehlen den Gläubigen, sich um Witwen und Waisen zu kümmern.»

«Ja, mag sein.» Die Dame schien nicht überzeugt. Nachdenklich musterte sie Floreta, während diese nach einer geeigneten Salbe für den Verband ihres schlafenden Sohnes suchte. «Nun gut, ich stehe in deiner Schuld, und wenn du dir statt einer Bezahlung wünschst, dass wir dich und deine Freundin mit in die

Stadt nehmen, kann ich mich wohl nicht weigern.» Sie machte eine Pause, in der sie tief durchatmete. «Mein Name ist Eleonora, aber den vergisst du am besten gleich wieder. Es genügt, wenn du mich unterwegs mit Señora anredest. Das gilt auch für ...»

«Celiana», ergänzte Floreta. Sie konnte ihr Glück kaum fassen. Endlich! Endlich würde sie die Stadt kennenlernen, in der ihr Vater gewirkt hatte.

«Vielleicht ist es wirklich keine so schlechte Idee, dich mitzunehmen», sagte Doña Eleonora. «Juan wird so bald nicht reiten können. Du wirst mit ihm im Wagen reisen und seinen Zustand überwachen.» Sie runzelte die Stirn. «Wir können doch morgen fahren, oder?»

Floreta beobachtete den Jungen. Don Esteban hatte ihn wieder zu dem Lager aus Fellen und Decken am Kamin getragen, wo er friedlich weiterschlief. Noch wirkte die Tinktur, die sie ihm mit dem Schwamm verabreicht hatte. Das Fieber schien gesunken, doch hütete sich Floreta, zu voreilig von einem Erfolg ihrer Behandlung zu sprechen.

«Um ehrlich zu sein, würde ich dem Knaben gern noch etwas mehr Ruhe gönnen», sagte sie schließlich. «Ihr solltet Eure Weiterreise aufschieben, bis er nicht mehr glüht.»

Doña Eleonora schüttelte den Kopf. «Als ob das so einfach wäre.» Sie wechselte einen Blick mit Don Esteban, der sich mit dem Finger über das glattrasierte Kinn strich.

«Die Lage ist wirklich ernst», meinte er. «Jede Stunde, die Doña Eleonora hier verbringt, setzt sie sich und den Jungen der Gefahr aus, gefangen genommen und nach Kastilien verschleppt zu werden. Wir sind hier nicht sicher. Ihr müsst abreisen.»

«Ja, aber Juan ... Was ist, wenn er die Strapazen der Reise nicht übersteht?»

«Der Knabe ist in Gottes Hand, wohin er auch geht», mischte sich nun noch Bruder Pablo in das Gespräch ein.

Floreta verdrehte die Augen. Abgesehen von ihr und Celiana schien hier jeder, sogar der Mönch, über die geheimnisvolle Mission dieser Eleonora Bescheid zu wissen.

***

Es war noch dunkel, als Consuela aufwachte, weil sie erbärmlich fror. Verschlafen blickte sie hinüber zur Herdstelle, wo nur noch wenige Funken in der Asche glühten. Ihre Mutter schlief auf der Pritsche hinter den Säcken.

Consuela gähnte. Sie musste Feuer machen, um dem Herrn und seinen Gästen nachher etwas Heißes zu trinken bringen zu können. Wein gab es keinen mehr, aber Ziegenmilch war noch im Krug. Eigentlich musste sie hinaus in den Stall, um zu melken, doch zunächst war das Feuer wichtiger. Sie erwog, ihre Mutter aufzuwecken, ließ es dann aber doch sein und machte sich allein an die Arbeit.

Über ihr knarzte der Fußboden. In diesem zugigen Gemäuer waren ständig irgendwelche Geräusche zu hören. Vorsichtig balancierte Consuela ihr Tablett mit dem Frühstück die Stiege hinauf, welche die Küche mit dem oberen Stockwerk verband. Dort befanden sich einige schmale Schlafkammern, denen Consuela nicht zu nahe kommen wollte, da in einer davon Don Alonso neben Don Jaime seinen Rausch ausschlief. Sein Bruder Esteban hatte verfügt, dass ein Wächter die Tür im Auge behielt, dennoch beschlich Consuela ein Gefühl von Beklemmung, als sie den Gang zur Halle betrat. Sie hasste diesen Weg, weil er an zahlreichen finsteren Winkeln vorbeiführte, aus denen ihr jemand auflauern konnte. Zu ihrem Entsetzen erkannte sie nach nur wenigen Schritten die Umrisse eines Mannes auf dem Fußboden. Das musste der Wächter sein. Aber was um alles in der Welt war ihm zugestoßen? Schlief er nur oder …

Consuela ließ das Tablett fallen und eilte zu dem regungslosen Mann. Er atmete nicht mehr, sein Hinterkopf war blutig. Consuela wollte schreien, doch sie konnte nicht. Kein Laut kam über ihre Lippen. Zitternd richtete sie sich wieder auf und wischte die vom Blut des Knechts besudelten Finger an ihrem Rock ab. Als sie zu der Kammer hinüberspähte, die der Mann im Auge hatte behalten sollen, sah sie, dass die Tür nur angelehnt war. Consuelas Herz hämmerte ihr wild gegen die Rippen, dennoch wagte sie einen Blick in das Zimmer.

Es war leer. Don Jaime musste den unglücklichen Waffenknecht mit irgendeinem Trick dazu gebracht haben, ihm die Tür zu öffnen, und dieser hatte dafür teuer bezahlt.

Consuela musste Hilfe rufen, rasch jemanden herbeiholen. Doch dann drang ein Knarren an ihr Ohr, und sie verlor die Nerven. Sie sind noch hier, schoss es ihr durch den Kopf, während die Angst ihr die Kehle zuschnürte wie ein Strick. Blind vor Panik, rannte Consuela die Stiege hinunter zur Küche. Dort rüttelte sie ihre Mutter wach und erklärte der schlaftrunkenen Frau, sie müssten auf der Stelle die Burg verlassen, zu sehr fürchtete sie die Rache der entflohenen Brüder. Als in der Burg die ersten Alarmrufe erschollen, befanden sich die beiden Dienerinnen bereits auf dem Weg ins Dorf.

***

«Wer hätte geahnt, dass deine Brüder so weit gehen würden?», sagte der Mönch, während er dem Toten die Augen schloss. Er stimmte ein Gebet an, in das Don Esteban und die Knechte, die sich um ihn geschart hatten, murmelnd einfielen. Sie alle waren bestürzt und zornig über den Tod ihres Freundes.

Floreta hielt sich dagegen abseits und beobachtete das Geschehen aus der Ferne. Ihr war beigebracht worden, den Glauben der anderen zu achten, ihm aber auch aus dem Weg zu gehen.

Wenig später ließ Don Esteban die Leiche in die verfallene Burgkapelle schaffen. «Ich hätte wissen müssen, dass Jaimes Drohungen nicht bloß leere Worte sind», sagte er. Nun lief er in der Halle auf und ab und dachte nach.

Floreta wagte nicht, ihn anzusprechen, glaubte aber zu ahnen, worum sich seine Gedanken drehten. Er überlegte, ob er die Verfolgung seiner Brüder aufnehmen oder die Angelegenheit auf sich beruhen lassen sollte. Doña Eleonora war zwar empört darüber, dass die Brüder Queralt einen ihrer Leute auf dem Gewissen hatten, das änderte jedoch nichts an ihren Plänen. Sie drängte zur Abreise und würde Don Esteban bestimmt keinen einzigen ihrer Männer hierlassen, um in der Gegend nach Jaime und Alonso zu suchen.

Bruder Pablo legte seinem Schüler eine Hand auf die Schulter. «Ich weiß, dass dich Vorwürfe plagen, aber in diesen Mauern wirst du die Schatten der Vergangenheit nicht abstreifen. Deine Brüder haben einen Weg eingeschlagen, der sie früher oder später in die Verdammnis führt. Lass uns ins Kloster zurückkehren.»

Don Estebans Augen blitzten auf. «Und dort soll ich in aller Ruhe darauf warten, dass sich Jaime neue Schandtaten einfallen lässt? Vergesst nicht, was sie getan haben. Gestern kamen wir noch rechtzeitig, um den Tod der beiden Mädchen zu verhindern. Der Waffenknecht hatte weniger Glück.»

«Er hätte die Tür nicht öffnen dürfen.»

Don Esteban presste die Lippen aufeinander. Hatte Floreta bis zu dieser Stunde noch geglaubt, Bruder Pablo sei sein großes Vorbild, so stellte sie nun fest, dass die beiden Männer unterschiedliche Vorstellungen hatten. Der junge Mann neigte nicht zu Jähzorn, doch sie spürte, dass tief in ihm viele Leidenschaften loderten, die im Kloster nicht gern gesehen wurden. Außerdem verfügte er über einen starken Willen. Einem Mann wie ihm würde es bei aller Liebe zu Gott und den Büchern im Kloster schwerfallen, sich an die strengen Regeln des Gehorsams zu gewöhnen und sich den Anordnungen von einem Wirrkopf wie dem Abt stumm zu unterwerfen.

«Ich frage mich nur, warum sie nicht bis zum Tagesanbruch warten konnten», wagte Floreta schließlich einen Einwurf. Alle sahen sie an. Auch Doña Eleonora, die bislang kein Wort gesagt hatte. «Ihr hättet sie doch gehen lassen, nicht wahr? Das habt Ihr Don Jaime gesagt.»

Don Esteban nickte mit finsterer Miene. «Jaime wusste, dass ich mein Wort halten würde. Es gab für ihn keinen Grund, sich mitten in der Nacht davonzuschleichen und dabei auch noch Blut zu vergießen. Offenbar wollte er mir klarmachen, dass er in Kürze auch mit mir abrechnen würde.»

Floreta sah zu Doña Eleonora hinüber, die sich auf einem gepolsterten Stuhl neben ihrem Sohn niedergelassen hatte. Zu ihrer Freude ging es dem Jungen schon besser, jedenfalls hatten Floretas Tränke und die kühlenden Wickel bewirkt, dass sein Fieber gesunken war. Er hatte im Morgengrauen sogar ein paar Löffel Gerstenbrei zu sich genommen. Noch immer wechselte Floreta stündlich den mit Salbe bestrichenen Verband vor seinen Augen. Dies würde sie in den folgenden Tagen fortsetzen und dafür beten, dass die Schwellung zurückging.

«Wenn Euer Bruder es nicht abwarten konnte, von hier fortzukommen, so hatte dies sicher noch andere Gründe», widersprach Celiana. Sie stand am Fenster und beobachtete den Nebel, der sich wie ein Leichenhemd über Dächer und Mauern legte. Er war so dicht, dass der Glockenturm des Klosters kaum zu sehen war. Plötzlich stutzte sie. Irgendetwas da draußen schien ihre Aufmerksamkeit zu erregen. Floreta sah, wie ihr die Farbe aus dem Gesicht wich.

«Was ist los?»

Als Celiana keine Antwort gab, sah Floreta selbst nach und entdeckte über dem Flecken Santa Coloma einen gleißenden Schein. Durch die Wipfel der Bäume quollen Rauchschwaden, und ganz von fern erklang das einsame Läuten einer Glocke.

«Das ist Feuer!», schrie sie mit angstverzerrtem Gesicht. «Unten im Dorf brennt es!»

«Nicht im Dorf.» Celianas Stimme war so leise, dass sie kaum zu hören war. «Es ist Rubens Haus.»

Kapitel 12

Celiana bemühte sich, tapfer zu sein, doch ihre Augen füllten sich mit Tränen, als sie sich der Mauer des Handelshofs näherte. Dahinter loderten die Flammen. Menschen drängten durch das Tor, hustend und nach Luft schnappend. Unter ihnen befand sich auch Miriam, Rubens Magd. Sie blutete aus einer Wunde am Kopf und schien Celiana nicht zu erkennen.

Celiana packte sie an der Schulter und schüttelte sie. «Was ist geschehen? Wo ist Ruben?»

Miriam zuckte, von plötzlichen Weinkrämpfen geschüttelt, mit den Achseln. «Ich weiß nicht, wo der Herr ist», schluchzte sie. «Ich war gerade erst aufgestanden, als plötzlich Don Jaime und sein Bruder ans Tor klopften. Sie beschimpften und ohrfeigten mich, weil ich sie so lange hätte warten lassen. Dann verlangten sie, augenblicklich mit dem Herrn zu sprechen, obwohl es noch nicht einmal richtig hell war.»

«Und du hast sie eingelassen?» Celiana wich einem Knecht aus, der eine Kuh an ihr vorbeitrieb. Noch hatte nur das Haupthaus Feuer gefangen, doch es war eine Frage der Zeit, bis die Flammen auch auf die Lagerräume und Stallungen überspringen würden.

«Aber ich musste doch gehorchen», stöhnte die hagere Frau verzweifelt. Sie drehte sich um und starrte auf das brennende Haus. «Ich konnte mich nicht weigern. Sie gingen gleich hinein, und dann hörte ich, wie sie unseren Herrn anschrien ...»

Celiana lief weiter, ohne die warnenden Rufe der jammernden Menschen zu beachten. Auf dem Hof sah sie ein paar einsame Möbelstücke herumstehen: Truhen, Wandbehänge, sogar der siebenarmige Leuchter aus getriebenem Silber, der in der Wohnstube gestanden hatte. Wie es aussah, hatten einige beherzte Dienstboten sich die Sachen geschnappt und aus dem Haus getragen. Doch von Ruben fehlte jede Spur. Celiana begann wieder zu weinen. Sie konnte ihren Blick nicht von dem Haus abwenden, das hinter einer Wand aus Rauch und Flammen verschwand. Hustend suchte sie den Eingang zu dem kleinen Innenhof, von dem drei Stufen in Rubens Handelskontor führten. Doch der beißende Rauch verwirrte ihre Sinne so sehr, dass sie sich plötzlich nicht mehr sicher war, in welche Richtung sie gehen musste. Die Hitze zerrte an ihr wie eine unsichtbare Hand. Sie wurde mit jedem Schritt unerträglicher.

«Was soll das? Willst du dich umbringen?»

Celiana zuckte zusammen, als sie die Stimme in ihrem Rücken hörte. Im ersten Augenblick glaubte sie, es wäre Ruben, und wollte sich ihm in die Arme werfen. Doch dann erkannte sie mit tränenden Augen Don Esteban, der ihr nachgelaufen war, um sie am Betreten des brennenden Hauses zu hindern.

«Lasst mich los, ich muss zu ihm», zischte sie erschöpft. «Ruben ist nicht herausgekommen, er muss noch im Haus sein.»

«Das ist Wahnsinn», brüllte der junge Burgherr sie an. «Wenn er es bis jetzt nicht geschafft hat, das Haus zu verlassen, kannst du nichts mehr für ihn tun.»

«Das versteht Ihr nicht. Ich muss ...» Sie kämpfte mit ihm, zornig, weil er nicht begriff, dass sie Ruben finden musste. Sie wollte Don Esteban zurückstoßen und weitergehen, doch da stolperte sie über den reglosen Körper einer Frau, die mit grotesk verdrehten Gliedern vor der Pforte lag. Celiana erkannte sie. Es war Consuelas Mutter, und sie war tot.

Don Esteban packte Celiana unter den Achseln und schleifte sie zurück auf den Hof, fort von dem Gebäude, dessen Balken knirschten und ächzten.

«Vorsicht, das Dach stürzt ein!», schrie jemand.

Don Esteban warf sich über Celiana und legte beide Arme schützend um ihren Kopf. Die Erschütterung schien die Erde erbeben zu lassen. Brennende Holzsplitter sausten wie Pfeile durch die Luft. Celiana schrie und schrie. Ihre gekrümmten Finger gruben sich in den Boden unter ihr, bis die Nägel brachen und der Sand sich mit Blut mischte. Don Estebans Wams fing Feuer; hastig schlug er darauf ein. Auch zwei von Rubens Handelsgehilfen gingen ihm dabei zur Hand, indem sie die Flammen mit Sand löschten.

«Hier ist nichts mehr zu machen», keuchte der junge Mann. Er half Celiana, die am ganzen Körper zitterte, auf die Beine und brachte sie mit Hilfe eines Knechts zu Floreta ans Tor.

Diese hatte bereits Miriams Kopfverletzung verbunden, nun richtete sie ihre Aufmerksamkeit auf Celiana. «Großer Gott, du blutest ja!» Sie registrierte ein paar Kratzer und Schrammen an den Händen. Rauch und Asche in der Lunge. Besorgniserregender war der geistige Zustand, in dem sich ihre Verwandte befand. «Wie konntest du nur so leichtsinnig sein?», schimpfte sie leise. «Wenn Don Esteban dir nicht gefolgt wäre, wärst du in dem brennenden Haus umgekommen.»

Celiana streckte ihren Arm aus, damit Floreta ihre Wunden mit einer Salbe aus Hamamelis und Schafgarbe behandeln konnte. «Ich wollte zu Ruben. Ich musste ihm doch sagen, dass ich ihn liebe, egal, was er getan hat.» Ihr Blick wanderte an Floreta und Esteban vorbei durch den Hof. In einem Winkel, nur wenige Schritte von den Lagerräumen entfernt, erhob sich die hölzerne *Chuppa*, der Hochzeitsbaldachin. Obwohl sie in ihrem Zorn davongelaufen war, hatte Ruben den Aufbau nicht wegräumen lassen.

«Ich habe ihn geliebt, weißt du?», flüsterte Celiana tonlos. Eine Träne lief ihr die Wange hinunter. «Warum musste er mir das mit den Edelsteinen beichten? Hätte er einfach den Mund gehalten, so wie er es die letzten Jahre getan hat, wäre ich längst seine Frau. Die Steine haben niemandem, der sie jemals besaß, Glück gebracht. Nur Leid. Ich glaube, an ihnen haftet ein Fluch!»

***

Floreta strich ihrer Verwandten sanft über das zerzauste Haar. Sie war nicht geübt darin, Trost zu spenden, schon gar nicht Celiana, die sich ihr gegenüber stets so überlegen und stark gab. Umso verwunderter war sie, als Celiana sich hilfesuchend an sie schmiegte. Sie wirkte so zart dabei, so verletzlich, dass Floreta gar nicht anders konnte, als sie behutsam in den Arm zu nehmen.

«Ruben wollte eure Ehe nicht mit einer Lüge beginnen», sagte sie, während sie wie gebannt auf die Flammen starrte. Ganz Santa Coloma war in den Schein des Feuers gehüllt. Nicht nur die Juden aus den kleinen Häusern der angrenzenden Gassen, sondern auch ihre Nachbarn und die muslimischen Bauern vom Dorfrand hatten sich mit Wassereimern eingefunden und liefen flink umher, um gemeinsam mit Rubens Leuten den Brand zu löschen. Doch das Haus lag bereits in Trümmern. Sie konnten nur noch dafür sorgen, dass das Feuer nicht auf weitere Gebäude übersprang. In Rubens Lager befanden sich noch etwa ein Dutzend Ballen französisches Tuch sowie eine Anzahl von Säcken mit Gewürzen und Krüge mit kostbarem Olivenöl. All das musste gerettet werden.

Weitere Helfer bargen Verletzte und brachten sie in Sicherheit. Außer Consuelas Mutter schien niemand getötet worden zu sein, doch von der Tochter selbst fehlte jede Spur, ebenso wie von den Burgherren. Niemand hatte gesehen, wie sie das Anwesen wieder verließen, und als das Feuer bemerkt worden war, war es zu einem derart heillosen Durcheinander gekommen, dass keiner der Knechte und Mägde sich noch weiter um die Brüder de Queralt geschert hatte.

«Vielleicht gab es ja einen Kampf zwischen Ruben, Don Jaime und Don Alonso!» Floreta verstaute ihre Salben und Tinkturen wieder in dem Kasten. «Eine Kerze ist umgefallen und hat einen Vorhang in Brand gesteckt. Möglicherweise hat keiner der drei es geschafft, sich zu retten.»

Celiana dachte einen Moment lang nach, dann drückte sie aufgeregt Floretas Hand. «Aber warum? Was hatten Don Jaime und sein Bruder bei Ruben verloren?»

«Vielleicht wollten sie Geld von ihm erpressen?»

«Das haben sie in all den Jahren nicht getan, weil sie Bruder Pablos Einfluss kannten und um ihren Erbteil bangten. Ich vermute vielmehr, dass sie von den Diamanten erfahren haben. Sie wollten Ruben zwingen, ihnen die Steine des Emirs auszuhändigen.»

Floreta spürte, wie sich ihr Magen verkrampfte. Wenn dies zutraf, gab es nur eine Möglichkeit, wie Estebans Brüder hinter Rubens Geheimnis gekommen sein konnten: Die beiden mussten sie belauscht haben. Großer Gott, das war zu viel. Sie vergrub ihr Gesicht in beiden Händen. Der Streit mit Celiana oben auf der Burg! Sie hatte darauf bestanden, dass ihre Cousine ins Dorf lief und ihr Samus Kasten brachte, dabei war das Gespräch auch auf die Edelsteine gekommen. In ihrer Gier hatten die beiden Männer keine Zeit verloren.

Celiana wischte sich die Tränen aus den Augen. Entschlossen stand sie auf, atmete ein paarmal tief durch und ging dann zu Rubens Handelsgehilfen, die alles, was von der Habe des Kaufmanns übrig geblieben war, vor das Tor getragen hatten. Energisch wies sie die Männer an, jeden einzelnen Ballen Tuch in Listen einzutragen und zudem darauf zu achten, dass keiner der Dorfleute mit einem Sack auf dem Rücken den Hof verließ. Die Ware gehörte Ruben, und obwohl Celiana ihm ihr Jawort nicht gegeben hatte, würde sie nichts unversucht lassen, um sie vor Diebstahl zu schützen.

«Wir müssen gehen», mahnte Floreta, nachdem sie ihrer Verwandten eine Weile zugesehen hatte. «Don Esteban wird gewiss nichts dagegen haben, wenn Rubens Knechte die Ware auf die Burg schaffen.»

Doch davon wollte Celiana nichts wissen. «Wo denkst du hin?», fragte sie. «Glaubst du, ich werde zulassen, dass Rubens Besitz auf die Burg seiner Mörder kommt?»

«Aber ...» Floreta blickte sich ratsuchend nach den Männern um, doch keiner von ihnen war gewillt, sich mit der wütenden Celiana anzulegen. Diese lief behände auf einen Schreiber zu, riss ihm Papier und Griffel aus der Hand und begann, die Krüge zu zählen. «Ich werde mich um alles kümmern, und zwar so, wie Ruben es gewollt hätte.»

«Aber Doña Eleonora wird gleich aufbrechen», versuchte Floreta sie zu überreden. «Hast du vergessen, dass sie uns nach Zaragoza mitnehmen will? Wenn wir uns nicht beeilen, wird sie allerdings ohne uns fahren.»

Celiana warf den Kopf zurück, wie so oft, wenn sie sich einer Sache sicher war oder zu stolz, um sich belehren zu lassen. «Ruben braucht mich hier!»

«Ruben braucht dich nicht, weil er tot ist!», brüllte Floreta, die allmählich Angst bekam, dass Celiana den Verstand verloren hatte. «Begreif endlich, er kommt nicht mehr zurück. Keiner derjenigen, die uns verlassen haben, ist jemals wieder zurückgekommen. Weder Samu noch ...»

«Dein Vater?», schleuderte Celiana ihr triumphierend entgegen.

Floreta zuckte zusammen. Ja, auch ihr Vater hatte sich aus dem Staub gemacht.

Celiana senkte den Blick. «Du kannst in Zaragoza Ärztin werden. Aber ich? Für mich gibt es dort keinen Platz.»

In Floretas Kehle bildete sich ein dicker Kloß. Sollte nach allem, was sie und Celiana gemeinsam erlebt hatten, nun wirklich die Stunde des Abschieds gekommen sein? Ausgerechnet hier, vor Rubens niedergebranntem Haus? Mit Celiana verlor sie alles, was noch von ihrer Familie übrig geblieben war. Das bedeutete, sie war fortan auf sich allein gestellt. Sie sah zu Don Esteban, der erschöpft den Kopf schüttelte. Sie wusste nur zu gut, was es bedeutete. Wollte sie sich Doña Eleonoras Zug anschließen, durfte sie nicht länger warten. Sie musste sich beeilen.

«Ich werde bleiben und nach Rubens sterblichen Überresten suchen», erklärte Celiana. «Er hat ein Recht darauf, nach unseren Geboten bestattet zu werden.»

Zum Abschied umarmten sie sich.

Königreich Aragón
Zaragoza
1364–1367

Kapitel 13

Zaragoza, Frühjahr 1364

Sooft Floreta auf den Markt geschickt wurde, um Gemüse, Mehl und Fleisch einzukaufen, stattete sie auch den Ständen der Kräuterhändler einen Besuch ab. Obwohl deren Auswahl für gewöhnlich nicht so üppig war, wie sie es von ihren Streifzügen durch die Basare von Granada kannte, hatte sie doch manchmal Glück und konnte einige der seltenen Kräuter erwerben, die Samu in seinen Aufzeichnungen erwähnte.

An diesem warmen Frühlingstag war sie recht zufrieden mit ihrer Ausbeute. Petersilie, Majoran und sogar Kümmel wanderten in ihren Korb. Das meiste davon würde sie abliefern müssen, aber wenn Menachems Frau zu beschäftigt in der Küche war, gelang es ihr vielleicht, eine kleine Menge in ihrem Kasten zu verstecken.

Als sie an die fortwährend nörgelnde Livnah und ihre sieben schreienden Kinder dachte, drohte ihre gute Laune jedoch mit einem Schlag zu verfliegen. Dabei war sie nach ihrer Ankunft in Zaragoza froh und erleichtert gewesen, dass die Ältesten der jüdischen Gemeinde ihr nach kurzer Beratung eine Bleibe in Menachems Haus zugewiesen hatten. Auch die Familie des Silberschmieds hatte sich nach anfänglicher Skepsis rasch an sie gewöhnt, denn da Livnahs achtes Kind unterwegs war, brauchte diese eine zuverlässige Hilfe. Dass Floreta über heilkundliches Wissen verfügte, kam ihren Wirtsleuten entgegen. Geduldig verarztete sie aufgeschlagene Kinderknie, kühlte Beulen und braute Livnah, deren Bauch sich zu runden begann, stärkende Tränke.

Für gewöhnlich begann Floretas Tag noch vor Sonnenaufgang und endete oft erst, nachdem im Haus alle Lichter erloschen waren. Sie wusch, scheuerte die Böden, hielt Wohnstube und Werkstatt des Silberschmieds in Ordnung und wurde als Botin zu Auftraggebern und Bekannten geschickt. Seit Livnah sich zu plump fühlte, um vor die Tür zu gehen, erledigte Floreta auch die Einkäufe für die neunköpfige Familie. Livnah hatte ihr eingeschärft, Lebensmittel nur innerhalb der Mauern des jüdischen Viertels zu kaufen, denn sie misstraute den Waren der fremden Händler, die ihre Stände vor der Kathedrale aufbauten. In Livnahs Reich herrschten zwar oft Geschrei und Durcheinander, dafür war sie jedoch streng darauf bedacht, die Regeln der jüdischen Speisegebote einzuhalten. Da sie Floreta verdächtigte, hin und wieder die Gefäße, die für Fleisch vorgesehen waren, mit denen für Milchspeisen zu verwechseln, hatte sie ihr verboten, für die Familie zu kochen. Nur wenn es gar nicht anders ging, gestattete sie Floreta großmütig, das Gemüse zu putzen.

Floreta überquerte eilig den Platz, atmete den Duft von in Öl gebratenem Fisch ein, der in der christlichen Fastenzeit überall in der Stadt angeboten wurde, und warf einen letzten Blick auf das lebhafte Treiben der Händler und Gaukler im Schatten der Kathedrale. Dabei wurde sie an die farbenfrohe Welt der Basare ihrer Kindheit erinnert, durch die sie gemeinsam mit ihrem Großvater gestreift war. Auch in Granada hatten zahlreiche Düfte und Farben, vor allem aber das Feilschen und Gelächter der Tuch- und Teppichhändler ihre Sinne in Anspruch genommen, bis ihr der Kopf gebrummt hatte.

Floreta wurde traurig, als sie an ihre Familie dachte. Schon seit einer Ewigkeit war kein Brief mehr von Celiana aus Santa Coloma gekommen. In ihrem letzten Schreiben hatte sie Floreta mitgeteilt, dass sich Don Esteban nach schweren Gewissenskämpfen gegen das Kloster entschieden hatte. Allem Anschein nach trug er sich mit dem Gedanken, sich um die Burg seiner Ahnen zu kümmern und den Namen der Hidalgos de Queralt wieder so ehrbar zu machen, wie er einst gewesen war. Von Don Alonso und Don Jaime fehlte hingegen nach wie vor jede Spur. In Rubens niedergebranntem Haus war bei den Aufräumarbeiten ein Leichnam gefunden worden, den Celiana auf dem jüdischen Friedhof hatte bestatten lassen. Sie hatte auf einem Stein ohne Inschrift bestanden, weil sie annahm, dass dies in Rubens Sinn gewesen wäre. Als Fremder war er nach Santa Coloma gekommen, und als Fremder war er gestorben. Celiana wollte die Einzige bleiben, die die Erinnerung an ihn in ihrem Herzen trug.

Floreta lächelte versonnen, als sie an dem Blinden vorbeilief, der im Schneidersitz auf einem dickgepolsterten Kissen vor seinem Laden saß und eine hübsche Melodie summte. Sie kannte ihn vom Sehen, denn so oft sie diese Gasse durchquerte, um an der Basilica del Pilar vorbei zum Tor des jüdischen Viertels zu gelangen, saß er am selben Fleck und malte mit seinem Stecken Buchstaben in den Sand.

«Na, Mädchen, heute schon alle Einkäufe erledigt?», rief er ihr hinterher.

Floreta blieb stehen und drehte sich um. Es war noch nie vorgekommen, dass er etwas zu ihr gesagt hatte. Sie verdrängte den Gedanken an Livnah, die zu Hause saß und auf ihr Gemüse wartete, und machte ein paar Schritte auf den Mann zu. Sein Laden war im Erdgeschoss eines uralten verwinkelten Steinhauses eingerichtet, das durch steile Treppen und hölzerne Balustraden mit den Nachbargebäuden verbunden schien. Die Fenster waren hier alle weit geöffnet, denn die Menschen von Zaragoza liebten es, nach den Wintermonaten die Frühlingsluft in ihre Kammern und Werkstätten einzulassen. Im Haus des Blinden brummte und summte es wie in einem Bienenstock, und es roch nach Leder und Gerstenbrei. Mädchen lehnten sich über die Geländer und schwatzten mit Nachbarinnen oder schäkerten mit Verehrern. Auf dem benachbarten Balkon ließ eine uralte Frau, der schon alle Zähne fehlten, an einem Strick einen Eimer mit zwei Fischen und fünf kleinen Fladen zur Gasse hinab. Dieser war für eine Schar Bettler vorgesehen, die vor der Treppe einer nahen Kapelle hockten und die Vorübergehenden um eine milde Gabe anflehten. Vor den Osterfeierlichkeiten waren Bräuche wie dieser, eine Erinnerung an die biblische Speisung der Fünftausend, in ganz Zaragoza verbreitet.

«Bist du gar nicht blind?», fragte Floreta den Alten nun halb verwirrt, halb neugierig. Sie musterte den Mann auf dem Kissen. Er war mager, bestand fast nur aus Haut und Knochen, doch sah seine Kleidung keineswegs aus wie die eines Bettlers. Auf seinem kantigen Schädel saß eine rote Filzkappe mit Kinnriemen. Flüchtig betrachtet, hätte man ihn für ausnehmend hässlich halten können, wäre da nicht das sanfte Lächeln auf seinen Lippen und der stattliche, gepflegte Schnurrbart gewesen, den er in regelmäßigen Abständen mit seinen knochigen Fingern glättete. «Woher wusstest du, dass ich Einkäufe erledigt habe?»

Der Blinde klopfte sich lachend gegen die leicht gekrümmte Nase. «Sehen kann ich nicht, aber dafür schnuppere ich wie ein Jagdhund. Lass mich überlegen ...» Er runzelte die Stirn und konzentrierte sich. «Obwohl mir gerade der Fisch der alten Maria in die Nase sticht, würde ich sagen, dass du Kümmel gekauft hast.» Er hob die Arme. «Ach, ich liebe Kümmel, er tut meinem Bauch gut. Leider ist er hier schwer zu finden. Es gibt nur einen Händler, der hin und wieder ein paar Pfund davon anbietet, und der breitet seine Ware immer exakt vierzehn Schritte gegenüber dem linken Seitenportal der Kathedrale aus.»

Floreta lächelte beeindruckt. Der Mann begann ihr zu gefallen.

«Ich sitze von morgens bis abends hier und höre den Leuten in der Gasse zu. Aber das ist langweilig. Die Weiber tratschen tagtäglich darüber, was sie kochen, die Männer brüllen sie an oder werden selber angebrüllt. Inzwischen erkenne ich die Leute aber nicht nur an ihren Stimmen, sondern auch am Geräusch ihrer Schritte. Da gibt es welche, die trampeln und stapfen beim Gehen wie eine Herde Ochsen, das sind die ganz Wichtigen. Kaufleute, Advokaten oder königliche Beamte. Sie wollen nicht rennen wie die Kinder, weil es sie ihrer Würde beraubt, aber sie haben es so eilig, dass sie weder nach links noch nach rechts schauen. Dann gibt es diejenigen, die dahinhuschen, als würden sie von ihrem eigenen Schatten gejagt. Die haben meist etwas ausgefressen, jemandem den Beutel vom Gürtel geschnitten oder etwas eingesteckt, ohne zu bezahlen. Sie geben sich schrecklich viel Mühe, leise aufzutreten, aber der Geruch von Schweiß, der ihnen anhaftet, verrät sie. Hin und wieder laufen Mönche durch die Gasse. Die schlurfen so langsam über das Pflaster, dass ich mich oft frage, ob sie gerade beten oder schlafen. Es gibt nur eine Ausnahme, und das ist Bruder Pablo aus Santa Coloma. Der trampelt, huscht, rennt oder schlurft je nach Belieben, wenn er mich besucht.»

«Du kennst Bruder Pablo?» Floreta starrte den Blinden überrascht an, denn damit hatte sie nicht gerechnet. Seit Livnah über ihren Tagesablauf bestimmte, war sie dem Mönch bestenfalls ein- oder zweimal begegnet. In der jüdischen Gemeinde von Zaragoza sah man es nicht gern, wenn sie das Viertel verließ, außer Menachem erlaubte es ihr, damit sie im christlichen Teil der Stadt Botendienste für ihn erledigen konnte. Von den Freiheiten, die sie und Celiana in Santa Coloma genossen hatten, konnte Floreta hier nur träumen. Glücklicherweise hatten weder Livnah noch die anderen Frauen im Viertel sie bislang dabei erwischt, wie sie mit dem dicken Mönch sprach. Das hätte für Floreta vielleicht sogar Schläge oder die Verbannung aus dem Viertel zur Folge gehabt.

«Der alte Sahin kennt jeden in Zaragoza», brüstete sich der Blinde nach kurzem Zögern. Floreta stutzte. Sahin? Warum war ihr das nicht gleich aufgefallen? Obwohl der Mann recht gut Spanisch sprach, betonte er manche Wörter doch auf eigentümliche Weise, was darauf hindeutete, dass er nicht in Aragón geboren war.

«Du kommst aus al-Andalus», rief Floreta erfreut und wechselte sogleich ins Arabische. Wie lange hatte sie diese Sprache nicht mehr gesprochen? In Santa Coloma hatte Celiana darauf bestanden, sich des Dialekts der Bauern und Handwerker im Dorf zu bedienen, um nicht aufzufallen. Menachems Familie sprach dagegen Spanisch, vermischt mit einigen Brocken Hebräisch, an dessen Klang sich Floreta erst allmählich gewöhnte. Arabisch hörte sie hin und wieder auf den kleineren Märkten und bei den Fischern am Ebro, denn auch im Umland von Zaragoza gab es Mudéjares, muslimische Mauren, die friedlich außerhalb der Stadtmauern siedelten und gepachtete Felder bestellten.

Sahin nickte, bat Floreta aber, leiser zu sprechen, da er nicht wollte, dass die Nachbarn sie belauschten. «Meine Familie lebte in Granada, aber nun ist keiner von ihnen mehr dort. Zuletzt starb mein Bruder an einer Krankheit. Es gab keinen Samu mehr in der Stadt. Alles hat sich verändert in Spanien. Dieser unselige Zwist zwischen Kastilien und Aragón zerstört das gesamte Land. Er bildet einen sumpfigen Nährboden für Hass und Misstrauen.»

«Aber der Emir von Granada ...»

«Er ergreift Partei», sagte Sahin und spuckte aus. «Für den König von Kastilien. Jeder ergreift Partei, so wie jeder denkt, er allein folge dem wahren Gott. Hast du gehört, dass die Kirche einen Inquisitor nach Zaragoza schicken will, um den Juden und Mauren, die hier leben, schärfer auf die Finger zu sehen? Eymerico soll er heißen. Er lässt sich aber viel lieber Inquisitor Aragoniae nennen.»

Floreta erinnerte sich, dass Menachem vor einigen Tagen mit seinen Freunden Esra und Hur darüber diskutiert hatte. An unangenehme Folgen für das jüdische Viertel wollte keiner der Männer glauben, denn die Gemeinde erfreute sich eines vortrefflichen Rufs. Zum Viertel gehörten nicht nur Wein-, Öl- und Seidenhändler, sondern auch Talmudgelehrte, Mathematiker, Dichter, Ärzte und Kartographen. Sie alle standen unter dem Schutz Pedros IV. Im Unterschied zu den Städten Kastiliens hatte es in Zaragoza seit Menschengedenken keinen öffentlichen Aufruhr gegen die Juden gegeben, und Menachem war zuversichtlich, dass kein Inquisitor es wagen würde, daran etwas zu ändern.

Sahin hob seinen Stecken und klopfte damit gegen den Türrahmen. «Ich darf mich nicht beklagen. Zaragoza ist eine gute Stadt. Der König achtet die alten Rechte und Privilegien, wie er auch die der verschiedenen Reichsteile respektiert. Dennoch macht sich dein alter Freund Pablo Sorgen um dich. Er hat mich gebeten, ein Auge auf dich zu haben.» Er lachte über seinen Scherz, dann stand er auf. «Ich möchte dich nicht länger aufhalten. Morgen beginnt für die Christen die Karwoche, in der sie der Leiden ihres Erlösers gedenken. Aber ich weiß, dass auch in eurem Viertel demnächst ein Fest gefeiert wird.»

«Das stimmt», bestätigte ihm Floreta und nickte. Das Fest der ungesäuerten Brote stand bevor.

Obwohl es ihr vor all der zusätzlichen Arbeit graute, die Livnah ihr in den nächsten Tagen aufhalsen würde, freute sie sich auf ihr erstes Passahfest in Zaragoza. Ihr zuliebe hatte Menachem sich überreden lassen, zum feierlichen Mahl einen entfernten Verwandten einzuladen, der nicht nur zu den Ältesten der Gemeinde zählte, sondern auch als Arzt tätig war. In den vergangenen Monaten hatte Floreta ihm zahlreiche Briefe geschrieben und sogar einmal an seine Tür geklopft, doch der Arzt hatte ihr stets ausrichten lassen, er sei zu beschäftigt, um sie zu empfangen. Livnah hatte sie zwar vorgewarnt, dass es sich nicht gehörte, den weisen Mann beim Essen auf ihren Wunsch nach Unterrichtung in der

Heilkunde anzusprechen, doch Floreta hatte sich trotzdem vorgenommen, diese Gelegenheit nicht ungenutzt verstreichen zu lassen. Es fehlte an Ärzten und Hebammen im Viertel. Floreta konnte so viel mehr in der Stadt tun, als Livnahs Böden zu schrubben.

«Bevor du gehst, habe ich noch etwas für dich», sagte Sahin geheimnisvoll. «Als Bruder Pablo es neulich bei mir entdeckte, meinte er, du hättest bestimmt Verwendung dafür.»

Der Blinde winkte Floreta ins Innere des Hauses und erlaubte ihr, sich umzusehen, während er sich tiefer in sein Lager begab. Floreta ließ sich das nicht zweimal sagen. Staunend betrachtete sie die Unmengen von Tiegeln, Schalen und Standgefäßen, die persische, arabische und lateinische Aufschriften trugen und auf prächtig geschnitzten andalusischen Truhen, in Regalen oder auf Tischen standen. Jeder noch so dunkle Winkel schien mit Behältern, Kisten und Säcken vollgestopft. Selbst von der Decke hingen so viele Bündel getrockneter Kräuter und Pilze herab, dass man den Eindruck gewann, man spazierte durch einen Wald. Zudem roch es in dem gewölbeartigen Raum so aromatisch wie in den Gärten der Alhambra.

«Du bist Gewürzwarenhändler?», fragte Floreta begeistert.

Sahin seufzte. «Jetzt schon. Als ich noch sehen konnte, behandelte ich Kranke wie dein Großvater, aber nicht in Granada, sondern in Fes, Kairo und Tunis. Ein paar Jahre lebte ich in Persien, wo mich die besten Ärzte ausbildeten. Dort gab es sogar ein Hospital, in dem ich gleichzeitig lernen und mich um Kranke kümmern konnte.»

Floreta horchte auf. Sie erinnerte sich, dass Samu einmal von einer solchen Einrichtung gesprochen hatte. Er hatte sogar Muhammad V. von Granada zum Bau eines ähnlichen Lehr- und Behandlungshauses überreden wollen. Doch Abu Saids Intrige hatte auch diese Pläne zunichtegemacht.

«Nun, was ist? Du bist doch nicht meinetwegen so traurig?», wollte Sahin wissen. «Glaub mir, mein Kind. Ich habe mich mit meinem Los abgefunden. Was sagte doch gleich euer ehrwürdiger Gelehrter Maimonides? Der Verstand verdient mehr Vertrauen als das Auge. Seit es um mich herum dunkel geworden ist, lebe ich nach diesem Grundsatz. In der Regel klappt es auch.» Er klopfte mit seinem Stock gegen einen geflochtenen Weidenkorb, der auf einer Liege stand. «Na bitte, ich habe es gefunden, obwohl mein Laufbursche den Korb eigentlich nicht auf die Liege, sondern auf die dritte Truhe rechts vom Eingang hätte stellen sollen. Egal. Du findest darin ein Bündel Mädesüß, das die spanischen Christen *filipendula ulmaria* nennen. Na los, nicht so schüchtern. Bediene dich. Nimm, so viel du tragen kannst. Du musst mir nichts dafür bezahlen.» Er hob seinen Stock wie ein Magister in einer Schule. «Ich vermute, dir ist bekannt, wofür ein Arzt es verwendet?»

Floreta atmete begeistert den Duft des Krauts ein, welches Sahin ihr nun unter die Nase hielt. Auch wenn sie sich noch so sehr bemühte, leise zu sein, schien er immer genau zu wissen, wo sie sich befand. Kein Wunder, wo seine Sinne doch derart geschärft waren, dass er sie am Klang ihrer Schritte auf der Gasse erkannte.

Vorsichtig rieb sie ein Blatt der frischen Pflanze zwischen Daumen und Zeigefinger. Ein schwacher Geruch, der an gereifte Zitronen erinnerte, stieg ihr in die Nase. Der Blinde war ein Gottesgeschenk. Wie hatte er wissen können, dass sie schon lange und vergeblich nach dem begehrten Mädesüß suchte? Nicht einmal mit Bruder Pablo hatte sie darüber geredet, weil sie bei ihren wenigen Treffen nie die Zeit gehabt hatte, sich über Fragen der Heilkunde auszutauschen.

«Mein Großvater Samu hat das Kraut als Mittel gegen Schmerzen hochgeachtet», sagte sie gerührt. «In seinen Aufzeichnungen beschreibt er, wie er die Blüten mit Wein aufkocht und Kranken zu trinken gibt. Der Aufguss soll gegen das Viertagefieber helfen.»

«Das tut er», bestätigte der Blinde, nicht ohne Stolz. «Und wenn du wissen möchtest, von wem dein guter Samu dies erfahren hat, brauchst du nur mich zu fragen.» Er lachte. «Ja, damals lernten die Ärzte noch voneinander.»

Floreta konnte sich nicht erinnern, dass Samu jemals einen anderen Arzt um Rat gefragt hatte. In ihrer Erinnerung war er ein Einzelgänger gewesen, der kaum jemandem vertraute. Doch sie war froh, die Bekanntschaft des Gewürzwarenhändlers gemacht zu haben. Er war genau der richtige Mann, um ihr all die Heilmittel zu besorgen, die sie brauchte, um ihre Pläne zu verwirklichen.

Kapitel 14

Der Silberschmied Menachem war bester Laune. Er hatte zur Feier des Tages das Badehaus aufgesucht und seine Haut so lange geschrubbt, bis die letzten Reste Metallstaub aus den Poren verschwunden waren. Livnah hatte seinen brustlangen Bart sorgfältig gekämmt und ihm ein knöchellanges Gewand aus feinstem Leinen aus der Truhe geholt. Nun blickte er zufrieden auf die gedeckte Tafel in seinem Haus. Ihm direkt gegenüber saß auf weichen Kissen sein Ehrengast, der Arzt Jonathan. Menachem wartete, bis dieser seine Hände in die Wasserschale getaucht hatte, dann ergriff er die Schüssel mit den Matzen, räusperte sich und begann die uralten, überlieferten Texte zu rezitieren:

«Dieses ist das armselige Brot, das unsere Vorfahren im Land Ägypten gegessen haben. Wer hungrig ist, komme und esse mit uns; wer bedürftig ist, komme und feiere das Pessachfest mit uns. Dieses Jahr hier, künftiges Jahr im Lande Israel; dieses Jahr Knechte, künftiges Jahr freie Leute.»

Floreta saß am anderen Ende der Tafel und rutschte fast von der Bank, so breit machte sich Livnahs älteste Tochter. Das Mädchen war nur wenige Jahre jünger als sie, rührte aber kaum einen Finger, um ihrer Mutter im Haus zur Hand zu gehen oder sich um die kleineren Geschwister zu kümmern. Ihre Eltern lasen ihr jeden Wunsch von den Augen ab. So thronte Tirsah auch an diesem Abend wie eine Fürstin auf den dicken Kissen und schimpfte über die beiden christlichen Mägde Angela und Carmen, die eigens für die Feiertage eingestellt worden waren, das Essen aber nicht schnell genug auf den Tisch brachten.

Floreta erhielt einen derben Rippenstoß und presste die Lippen zusammen, um einen Aufschrei zu unterdrücken.

«Starr unseren Gast nicht so an», fauchte Tirsah. «Was soll der arme Mann von uns denken? Du solltest froh sein, dass wir dich an unserem Tisch dulden. Du gehörst nicht einmal zur Familie.»

Floreta war so schockiert, dass ihr die Worte fehlten. Was nahm sich dieses verwöhnte Balg heraus? Am liebsten hätte sie Tirsah eine Ohrfeige verpasst, doch dann hätte Livnah sie sicher aus dem Haus geworfen. Die Frau war schon den ganzen Tag so nervös gewesen, als wäre das Gelingen des Abends von entscheidender Bedeutung für ihre ganze Familie. Dass Floreta auf der Bank hatte Platz nehmen dürfen, verdankte sie Menachem. Er hatte sich für sie eingesetzt, obwohl es ihm für gewöhnlich gleich war, ob sie da war oder nicht.

Aber noch mehr als Tirsahs Unverschämtheit ärgerte es Floreta, dass der Vielfraß sie dabei ertappt hatte, wie sie den Arzt beobachtete. Das schien der Tochter des Silberschmieds nicht zu gefallen – ihrer Mutter auch nicht. Allmählich begriff Floreta, warum Livnah ihre Älteste so herausgeputzt und Jonathan klaglos den gepolsterten Stuhl überlassen hatte. Vermutlich suchte sie einen Schwiegersohn, der Tirsah satt bekam. Nun gut, was das betraf, brauchten sich die beiden keine Sorgen zu machen: Floreta wollte von Jonathan lernen, das war alles.

Doch der Arzt beachtete keine der Frauen am Tisch. Aufmerksam folgte er der Liturgie und blieb auch während des Essens einsilbig. Es war schon spät, als er unvermittelt aufstand und Menachem mit einem Nicken zu verstehen gab, dass er sich nun zurückzuziehen gedachte.

«Du willst wirklich schon gehen?», erkundigte sich Livnah besorgt. Sie klatschte in die Hände und trug Tirsah auf, ihrem Gast noch einmal den Becher zu füllen. «Der Wein ist vortrefflich, nicht wahr? Trink noch einen Becher mit uns, Jonathan. Meine Mutter sagte immer, ein guter Tropfen sei die reinste Medizin.»

Der Arzt sah sie ausdruckslos an. «Ich brauche keine Medizin. Bin ja nicht krank.»

Livnah lachte ein wenig hysterisch. «Dann plaudere doch noch etwas mit unserer Tirsah. Sie hat sich so darauf gefreut, dich näher kennenzulernen. Habe ich dir schon erzählt, wie sehr sie dich um dein großes Wissen beneidet?»

«Warum sollte sie?»

Livnah verstummte. Offenbar sah sie ihre Felle davonschwimmen und gab ihrem Mann mit einem Blick zu verstehen, dass er die Initiative ergreifen sollte. Das tat er auch, doch nicht so, wie Livnah es sich vorstellte.

«Du hast unseren Schützling noch nicht kennengelernt, oder?»

Jonathan verneinte. Seine mürrische Miene verriet, dass er auch nicht beabsichtigte, Floretas Bekanntschaft zu machen.

Als er sich zum Gehen umwandte, rief Menachem ihm nach: «Nun, sie ist die Enkeltochter des berühmten Arztes Samu. Du hast doch von ihm gehört, nicht wahr?» Verschwörerisch zwinkerte er Floreta zu. «Aber natürlich hast du das. Auch wenn er schon vor einigen Jahren durch die Hand eines Mörders in Granada starb, wird er doch im Herzen Israels unvergessen bleiben.»

Jonathan wirbelte auf dem Absatz herum. Zum ersten Mal an diesem Abend fasste er Floreta ins Auge. «Ist das wahr, was Menachem behauptet? Dein Großvater war Samu?»

Der Schmied nickte eifrig. «Das Mädchen konnte aus Granada fliehen, bevor man sie wie Samu getötet hätte. Sie hat nichts als ihr nacktes Leben gerettet.»

«Ach, weiter nichts?», erkundigte sich Jonathan, dem die Enttäuschung anzusehen war. «Das ist schade. Man sagt, der Arzt Samu habe einen Arzneikasten voller Wundermittel besessen. Vermutlich nur ein Gerücht.»

«Aber nein, Floreta hat den Kasten immer noch! Sie hütet ihn wie ihren Augapfel.»

Jonathan strich sich nachdenklich über den Bart. Er war ein gutaussehender Mann mit schulterlangem braunem Haar, das ihm in verspielten Locken über die Schläfen fiel.

Floreta wurde gleichzeitig heiß und kalt. War sie Menachem zu Beginn noch dankbar dafür gewesen, dass er sich für sie einsetzte, so wünschte sie nun, er möge endlich den Mund halten. Jonathans auffälliges Interesse an ihrem Kasten behagte ihr nicht. Samu hatte gewollt, dass sie ihn nicht aus der Hand gab. Schon gar nicht, um die Neugier eines anderen Arztes zu befriedigen. Aber womöglich gab es für sie keine andere Möglichkeit, Jonathan als Gönner zu gewinnen, dann musste sie wohl in den sauren Apfel beißen.

«Hör auf mit dem Kasten», brachte sich Livnah wieder in Erinnerung. Erbost nahm sie Tirsah ein Stück Matzen aus der Hand, in das diese gerade genussvoll hatte beißen wollen, und warf es zurück auf den Tisch. «Wen interessiert schon ein wurmstichiger Holzkasten, wenn ihn das blühende Leben erwartet?» Sie packte ihre Tochter am Ärmel und schob sie auf den Arzt zu, der erschrocken zurückwich. «Deine Rachel ist doch nun schon drei Jahre tot, nicht wahr? Wäre es nicht an der Zeit, sich wieder zu vermählen? Du musst an deine Kinder denken!»

«Ich habe keine Kinder!»

«Da siehst du es, du Ärmster!» Livnah kam in Fahrt. «Rachel möge in Frieden ruhen, aber sie konnte dir weder Söhne noch Töchter schenken. Ihr Schoß war verschlossen wie der unserer Stammmutter Sara.»

Menachem räusperte sich, doch Livnah überhörte es. «Ich

bringe bald mein achtes Kind zur Welt, weißt du? Kinder sind ein wahrer Segen. Man kann ihnen vieles von einem selbst mit auf den Weg durchs Leben geben.»

«Zum Beispiel die Vorliebe für Wein und Schmalzkringel», erwiderte Jonathan. Er dachte einen Augenblick lang nach, dann wandte er sich direkt an Floreta. «Hat dein Großvater Samu dich in der Medizin der Mauren unterwiesen?»

Floreta errötete, gab es aber unumwunden zu. Sie verschwieg auch ihre Behandlungen in Santa Coloma nicht. Erst als sie erwähnte, dass Samu sie gern als seine Nachfolgerin und Erbin gesehen hätte, hob der Arzt erstaunt die Augenbrauen.

Tirsah dagegen gackerte amüsiert los. «Sie ist verrückt, das habe ich immer gewusst. Vater sollte ihren merkwürdigen Kasten ins Feuer werfen und sie wieder die Fußböden scheuern lassen.»

Jonathan brachte das Mädchen mit einer abrupten Handbewegung zum Schweigen. «Du behauptest, dein Großvater in Granada habe dich zur Ärztin ausgebildet? Demnach hat er dir einiges zugetraut. Bestimmt warst du eine gehorsame und aufmerksame Schülerin. Aber zur ärztlichen Kunst gehört mehr. Hast du dich mit den Wissenschaften befasst? Wie steht es um deine Kenntnisse der Grammatik und Rhetorik? Verstehst du etwas von der Kunst der Logik? Von Geometrie, Philosophie und Astronomie?»

Floreta starrte Jonathan entsetzt an und kam sich so dumm vor wie nie zuvor in ihrem Leben. «Nein, davon verstehe ich nichts», gab sie zu. «Mein Großvater besaß viele Bücher. Bestimmt hätte ich die Dinge, die Ihr genannt habt, aus ihnen lernen können, aber leider gibt es sie heute nicht mehr. Sie wurden beschlagnahmt und vermutlich zerstört.»

«Was ist mit deinem Vater? Ist er noch am Leben? Du musst verstehen, dass ich keine Schülerin aufnehmen kann, deren Herkunft im Dunkeln liegt. Ich genieße in Zaragoza, ja, im ganzen

Königreich Aragón einen vortrefflichen Ruf, den ich mir nicht durch das Gerede auf den Gassen zerstören lassen darf. Also, heraus mit der Sprache: Wo ist dein Vater, Samus Sohn?»

Die Frage kam weder überraschend, noch hörte Floreta sie zum ersten Mal. In den ersten Wochen nach ihrer Ankunft in Zaragoza hatte sie sich die Füße wund gelaufen, um etwas über ihren Vater in Erfahrung zu bringen. Die ganze Judería hatte sie abgesucht, hatte an Türen geklopft und in den Synagogen um Hilfe gebeten. Zwecklos. Keiner der Befragten schien sich an einen heilkundigen Juden aus dem Emirat Granada zu erinnern.

In dieser Nacht fand Floreta kaum Schlaf, und das lag nicht nur daran, dass sie durch die dünnen Wände Livnah und Menachem streiten hörte.

Die Frau des Silberschmieds fauchte vor Wut, denn ihrer Meinung nach war Menachem ihr in den Rücken gefallen und hatte die vermeintlich glänzenden Chancen ihrer Tochter zunichtegemacht. Er allein sei schuld, wenn Tirsah ihnen länger als nötig auf der Tasche liege. «Wenn Jonathan diese dahergelaufene Person, die nicht einmal die einfachsten Gebote unseres Glaubens einhalten kann, als Schülerin aufnimmt, kann sie gleich zu ihm ziehen», ereiferte sich Livnah. Es schien ihr gleichgültig zu sein, dass ihre jüngeren Kinder, die in der Schlafkammer der Eltern ihre Lager hatten, von dem Geschrei aufwachten.

Floreta warf sich ein Kissen über den Kopf und erwartete mit gemischten Gefühlen den kommenden Tag.

Die übrigen Feiertage wurden für sie unangenehm. Livnah sprach, wenn überhaupt, nur das Allernötigste mit ihr. Dafür gab sie ihr so viel Arbeit, dass sie abends todmüde ins Bett sank. Davon abgesehen, ließ Tirsah keine Gelegenheit aus, um Floreta zu schikanieren. Sie stieß absichtlich den Wassereimer auf der Stiege um, wenn Floreta gerade wischte, oder löschte das Feuer im Herd, nachdem Floreta es entfacht hatte.

Floreta sehnte verzweifelt das Ende von Pessach herbei, denn der Arzt hatte sie gleich nach Beendigung des siebentägigen Festes in sein Haus eingeladen, das am anderen Ende des jüdischen Viertels in einer ruhigen Seitenstraße lag.

Da die letzten beiden Feiertage mit dem christlichen Osterfest zusammenfielen, blieben die Tore zur Stadt nach altem Brauch geschlossen. Niemand durfte in dieser Zeit das Viertel verlassen oder betreten. Zwar schützten die strengen Dekrete des Königs die Juden von Zaragoza vor feindlichen Übergriffen, doch das Gerede von der Ankunft eines Vertreters der Inquisition hatte die Gemeindeältesten vorsichtig gemacht. Besorgt berichteten einige Händler, dass der Inquisitor in der Kathedrale und in der Kirche von San Pablo gegen die Ungläubigen in der Stadt gepredigt habe.

Es war ein kühler, windiger Tag, als die Tore wieder geöffnet wurden. Floreta war schon auf den Beinen, um Feuer zu machen und einen Brotteig vorzubereiten. Nachdem die ganze Woche im Haus nur Ungesäuertes gegessen worden war, freute sich die Familie des Silberschmieds wieder auf knusprig gebackene Brotfladen. Sobald die Männer des Viertels sich auf den Weg zur Synagoge machten, um die Morgengebete zu sprechen, stieg Floreta in ihre Kammer hinauf, um sich für den Besuch im Haus des Arztes herzurichten. Sollte sie in ihrem alten Kleid an seine Tür klopfen oder doch besser in eines der Gewänder schlüpfen, die ihr Doña Eleonora zum Abschied geschenkt hatte? Diese waren aus luftiger italienischer Seide geschneidert und trugen aufwendige Stickereien. Unter Menachems Dach hatte Floreta sich nicht getraut, sie anzuziehen, weil das Livnah sicher nicht recht gewesen wäre. Also hatte sie Eleonoras Geschenke schweren Herzens in einen Sack gepackt und unter das Bett geschoben. Dort verwahrte sie auch Samus Arzneikasten, den sie nur öffnete, wenn sie den Inhalt ergänzen oder etwas herausnehmen musste.

Als sie sich auf die Knie herunterließ, um ihn zu holen, erschrak sie. Samus Arzneikasten war nicht mehr da! Jemand musste das Versteck gefunden und ihn mitgenommen haben. Floreta legte sich flach auf den Boden und kroch mit vor Aufregung klopfendem Herzen halb unter das Bett. Mit den Händen tastete sie jeden noch so kleinen Winkel ab, doch ihre Bemühungen blieben erfolglos. Weder der Kasten noch ihre Kleider waren da.

Frustriert ließ Floreta sich auf das Bett fallen.

Livnah, schoss es ihr durch den Kopf. Entweder sie oder Tirsah mussten in ihrer Kammer herumgeschnüffelt haben und dabei auf den Arzneikasten gestoßen sein. Ja, den beiden war ein Diebstahl zuzutrauen. Nicht dass sie damit etwas anfangen konnten, aber Livnah war nicht dumm. Sie hatte wohl bemerkt, wie sehr Jonathans Augen gefunkelt hatten, als Samus Name gefallen war. Der Arzt hatte zwar eingewilligt, Floreta zu empfangen, aber nur unter der Bedingung, dass sie ihm die Aufzeichnungen, Arzneien und Instrumente ihres Großvaters zeigte. Und das konnte sie nun nicht mehr tun.

Warum habe ich den Kasten nicht Sahin anvertraut, dachte sie reuevoll. Unten im Haus schlug eine Tür, und jemand hustete. Livnah konnte es nicht sein, die besuchte eine Tante und hatte Tirsah mitgenommen. Es konnte sich also nur um Menachem handeln, der mit polternden Schritten den überdachten Innenhof durchquerte, hinter dem sich seine Werkstatt befand. Floreta hatte Menachem als bescheidenen Mann kennengelernt, der sich nur ungern von seiner Arbeit abhalten ließ. Dass er es in Kauf genommen hatte, ihretwegen Livnahs Zorn auf sich zu ziehen, rechnete sie ihm hoch an. Gewiss hatte er nichts mit dem Diebstahl des Arzneikastens zu tun.

Jenseits der Mauer schlug eine Kirchenglocke achtmal. Verflixt, sie hatte keine Zeit mehr, mit Menachem zu sprechen oder das Haus nach ihren Sachen zu durchsuchen. Jonathan wartete bereits auf sie, und er hatte ihr klargemacht, wie sehr er Unpünktlichkeit verabscheute.

Ein Schluck Ziegenmilch und ein Bissen Brot, dann hetzte Floreta hinaus auf die Straße. Schnaufend und mit feuerrotem Kopf erklomm sie wenige Minuten später die Stufen, die zum Eingang von Jonathans Haus führten.

«Ich habe dich früher erwartet», empfing sie der Arzt in tadelndem Ton. Im Gegensatz zu Floreta wirkte er frisch und ausgeruht. Sein hochgewachsener Körper steckte in einem eleganten, mit weißem Pelz besetzten Hausmantel, dessen Saum er beim Gehen anheben musste, um nicht darüber zu stolpern.

Da für diesen Vormittag keine Kranken angekündigt waren und auch sonst niemand im Viertel nach Jonathan gerufen hatte, nahm er sich Zeit, um Floreta sein Haus zu zeigen. Mochte dieses zur Straße hin auch unscheinbar wirken, so stellte sich doch rasch heraus, dass es im Innern nicht nur über viel größere Räume verfügte als das des Silberschmieds, sondern auch geschmackvoller eingerichtet war. Seit Jonathan verwitwet war, lag jedoch in einigen Zimmern über den kostbaren Möbeln und Teppichen eine dicke Staubschicht. Wie es aussah, erlaubte er seinen Bediensteten nicht, diese Zimmer zu betreten, und auch Floreta wurde nicht mehr als ein flüchtiger Blick gewährt. In Jonathans Studierstube, die ihm auch als Behandlungsraum diente, durfte sie erst gar nicht hinein. Mit der barschen Bemerkung, dass er dort Dinge verwahre, die nicht für ihre Augen bestimmt seien, zog Jonathan ihr brüsk die Tür vor der Nase zu. Dafür gestattete er ihr, sich die Küche anzusehen.

Zu gnädig, dachte Floreta beim Anblick der Kessel, Schürhaken und Töpfe, die nicht anders aussahen als Livnahs Küchengerät. Sie fragte sich, warum der Arzt wünschte, dass sie sich mit der Küche vertraut machte. Braute er vielleicht hier seine Arzneien zusammen?

Nachdem Jonathan sich entschuldigt hatte und in seinem Behandlungsraum verschwunden war, um irgendeine Arbeit auszuführen, streifte Floreta noch einmal durch das Haus. Ohne Zweifel ließ sich hier nicht nur arbeiten, sondern auch lernen. Vorausgesetzt, Jonathan hatte vor, sie als Ärztin zu dulden. Als sie durch einen Fensterschlitz ins Freie sah, entdeckte sie einen gepflegten Garten, in dem eine ältere Frau und ein buckliger, bärtiger Mann die Harken schwangen.

«Das sind meine Bediensteten», hörte sie auf einmal Jonathans Stimme direkt neben ihrem Ohr.

Wegen seiner weichen Hauspantoffeln hatte sie ihn nicht kommen hören, daher zuckte sie zusammen, als sie seinen warmen Atem im Nacken spürte. Rasch drehte sie sich um. «Euer Garten ist wunderschön. Er erinnert mich an die Gärten meiner Heimat.»

Er hob die Augenbrauen. «Ich würde mich freuen, wenn dieses Haus eines Tages für dich zur Heimat werden könnte.»

Floreta wusste gar nicht, was sie darauf antworten sollte. Hieß das etwa, er akzeptierte sie als Gehilfin? Am liebsten hätte sie laut gejubelt, doch dann kamen ihr Livnah und der verschwundene Arzneikasten wieder in den Sinn. Bislang hatte sie Jonathan nicht gebeichtet, dass sie ihn nicht mehr besaß. Würde er ihr glauben, wenn sie ihm von ihrem Verdacht erzählte? Offenbar hielt er nicht viel von Livnah und noch weniger von ihrer Tochter. Eine Hochzeit mit Tirsah schien für ihn nicht in Frage zu kommen. Doch das war lediglich Floretas Vermutung. Tatsache war, dass sie Jonathan viel zu wenig kannte, um einzuschätzen, ob er ihr den Diebstahl des Kastens abnehmen würde. Vielleicht würde er sie stattdessen verdächtigen, ihm Samus Sachen nicht zeigen zu wollen.

Während sie noch unschlüssig auf ihre Schuhe starrte, sagte er: «Heute Nachmittag wirst du mich zu einem Patienten im christlichen Teil der Stadt begleiten, der meine Dienste seit einiger Zeit in Anspruch nimmt. Ich hoffe, du brauchst nicht zu lange, um bei Menachem und Livnah deine Habe zu packen?»

Floreta holte tief Luft. «Meister, ich kann gar nicht sagen, wie dankbar ich Euch bin, dass ich von Euch lernen darf, aber ...»

«Aber was?» Jonathan runzelte argwöhnisch die Stirn. Als ein Luftzug den Saum seines Kaftans hob, drehte er den Kopf zur Tür, doch dort entdeckte er nur die drei alten Leute, die er als seine Bediensteten vorgestellt hatte.

«Es geht um Großvaters Sachen», antwortete Floreta wahrheitsgemäß. «Seine Rezepte und Instrumente, von denen ich Euch erzählt habe ...»

«Was ist damit?

Floreta wäre vor Scham am liebsten in einem Loch im Fußboden verschwunden. «Als ich heute Morgen unter mein Bett sah, war alles fort. Jemand muss den Kasten gefunden und mitgenommen haben, dabei lag er unter einem Büschel Stroh versteckt.»

«Samus Kasten ist verloren, aber du wagst es dennoch, hier aufzutauchen und mir meine Zeit zu stehlen?» Jonathan stemmte beide Hände in die Hüften und musterte Floreta, die bereits mit den Tränen kämpfte. Was hatte sie auch gedacht? Dass der Arzt ihr tröstend in die Wange kneifen würde?

«Ich verspreche Euch, dass ich alles tun werde, um ihn wiederzufinden, aber bitte lasst mich bleiben», bat Floreta. «Ich halte es bei Livnah nicht mehr aus. Sie und Tirsah werden es zwar niemals zugeben, dass sie mich bestohlen haben, aber wie ich Tirsah kenne, wird sie es mir mit Blicken oder boshaften Andeutungen zu verstehen geben.»

«Du kannst nicht unbescholtene Mitglieder der Gemeinde verdächtigen», widersprach der Arzt nachdenklich.

Der Verlust des Arzneikastens schien ihm weniger auszumachen, als Floreta befürchtet hatte. Er lief eine Weile mit auf dem

Rücken verschränkten Armen auf und ab, bevor er sich wieder zu Floreta umdrehte. «Für deine Unachtsamkeit verdienst du gewiss kein Lob, aber es wäre ungerecht, dich deswegen zurückzuweisen.» Er lächelte ein wenig gönnerhaft. «Ich werde deinen Fall mit den Ältesten besprechen. Wie dir sicher bekannt ist, müssen die Gelehrten in einem Brief zustimmen, dass du von mir unterrichtet und geprüft werden darfst. Bis das alles geregelt ist, wirst du mich bei meiner Arbeit unterstützen. Dafür kannst du in meinem Haus wohnen und bekommst Essen und Kleidung.»

Ehe Floreta darauf etwas erwidern konnte, verschwand der Arzt in seiner Studierstube und ließ sie ratlos zurück.

Kapitel 15

Als Floreta vor die Tür trat, blies ihr ein Windstoß die Haare ins Gesicht. Nach nur wenigen Schritten begann es zu regnen. Floreta zitterte in ihrem fadenscheinigen Kleid, beschloss aber dennoch, noch nicht nach Hause zu gehen, sondern zuerst Sahin von den Ereignissen des Tages zu berichten. Der Gewürzwarenhändler stammte aus ihrer Heimat und war neulich so nett zu ihr gewesen, dass sie ihn als Vertrauten ansah.

Wegen des schlechten Wetters saß er nicht wie sonst auf seinem weichen Kissen vor der Tür, sondern empfing sie auf einem dreibeinigen Hocker mitten im Verkaufsraum. Daneben hockte ein dicklicher, etwa fünfzehnjähriger Junge im Schneidersitz und schrieb, was ihm der Blinde diktierte. Spaß schien ihm das nicht zu machen, denn sein rundliches Gesicht war vor Anstrengung feuerrot. Von Zeit zu Zeit hob er den Kopf, leckte sich die Lippen und spähte durch die Fensteröffnung hinaus auf den Regen.

Floreta schmunzelte. Das musste der Gehilfe sein, den Sahin bei ihrem letzten Besuch erwähnt hatte.

«Ich fühle mich geehrt, dass die Erbin der Weisheit mein bescheidenes Haus betritt», rief Sahin aus, als Floreta näher kam. Wie einige Tage zuvor schien er sie an ihren Schritten erkannt zu haben. Nun klatschte er erfreut in die Hände, was der Junge als Aufforderung verstand, Griffel und Schriftrolle zur Seite zu legen.

«Ich wollte, ich hätte ein wenig mehr Verstand geerbt», brummte Floreta, der es peinlich war, von dem Blinden gelobt zu werden.

Hastig berichtete sie vom Diebstahl des Kastens und von dem Vorschlag, den ihr der Arzt Jonathan unterbreitet hatte.

Sahin hörte ihr aufmerksam zu, dann bat er seinen Gehilfen um gezuckerten Kräutersud und eine Schale Zimtgebäck. «Ich kann gar nicht genug davon bekommen», gestand er ihr, nachdem der Junge ihnen aus einer hübschen Kupferkanne eingegossen hatte. Er biss in ein Gebäckstück und forderte Floreta auf, ebenfalls zuzugreifen.

«Was würdest du mir raten?» Floreta nippte an ihrem Becher und schmeckte Minze, Zitronenmelisse und Malve. Der Sud war heiß, stark und süß. Genau das richtige Mittel, um ihre gereizten Nerven zu beruhigen. «Soll ich Livnah auf den Kopf zusagen, dass ich sie für eine Diebin halte? Ich könnte ihr drohen, zum rabbinischen Gericht zu gehen und sie dort des Diebstahls zu beschuldigen. Der König hat uns das Privileg erteilt, unsere Rechtsstreitigkeiten untereinander zu klären.»

Sahin schüttelte den Kopf. «Du hast keine Beweise für die Schuld dieser Frau. Wenn du sie anklagst, werden sie und ihre Tochter alles abstreiten und dir stattdessen vorwerfen, undankbar zu sein. Schließlich haben sie dich bei sich aufgenommen, als du mittellos nach Zaragoza kamst.»

«Ja, weil sie jemanden brauchten, der sie bedient!»

«Das wird für euer rabbinisches Gericht keine Rolle spielen, ganz im Gegenteil. Ich fürchte, du hast im Moment nur wenige Möglichkeiten, dich gegen Livnah zu wehren.»

«Aber wie soll ich Samus Kasten zurückbekommen?» Niedergeschlagen starrte Floreta auf das Glas mit dem heißen Kräutertee. Er wärmte ihre Hände, innerlich aber fror sie. «Livnah wird ihn zerstören. Vielleicht treibt er schon zerschlagen im Ebro.»

«Das glaube ich nicht», beruhigte sie Sahin. «Eine ehrgeizige Frau wie das Weib des Silberschmieds weiß genau, dass Samus Instrumente und Mischungen sehr wertvoll sind. Sie wird es nicht wagen, sie einfach verschwinden zu lassen. Du musst Geduld haben.»

Geduld. Das Wort lastete schwer wie ein Klafter Holz auf ihrem Gemüt. Wie die Dinge lagen, würde Floreta noch heute das Haus des Silberschmieds verlassen und zu Jonathan ziehen. War sie aber erst einmal dort, würde sich für sie keine Möglichkeit mehr ergeben, um nach ihrer Habe zu suchen. Livnah würde eher einem Bettler von der Gasse die Tür öffnen als ihr. Also blieb ihr kaum Zeit, sich nach dem Kasten umzusehen. Ein paar Stunden vielleicht, denn am Nachmittag sollte sie sich schon bei dem Arzt einfinden, um ihn in die Stadt zu begleiten.

«Dann hast du dich entschieden, künftig für diesen Jonathan zu arbeiten?» Sahin legte die Stirn in Falten. Es war das erste Mal, dass er sich zu ihrem Vorhaben äußerte, und Floreta glaubte eine leise Missbilligung darin zu hören, wie er den Namen ihres neuen Gönners aussprach.

«Spricht etwas dagegen?», wollte sie wissen. «Er hat einen guten Ruf in der Judería und kann mir eine Menge beibringen.»

Der Blinde lächelte. «Das kann er zweifellos. Ich habe mich bloß gefragt ...»

«Ob er mir nur wegen Samus Aufzeichnungen angeboten hat, mich zu unterrichten?» Floreta stand auf. «Keine Sorge, das hatte ich zunächst auch befürchtet. Aber dem ist nicht so. Jonathan war zwar nicht gerade erfreut, als er vom Verschwinden des Arzneikastens erfuhr, aber sein Versprechen will er trotzdem halten.»

«Verzeih einem misstrauischen alten Mann», bat Sahin. «Mir geht nur nicht in den Kopf, warum sich dieser Jonathan ausgerechnet jetzt einen Schüler, sogar eine Schülerin zulegen will, nachdem er das jahrelang strikt abgelehnt hat. Nun ja, vielleicht hat er auf den ersten Blick erkannt, dass er aus dir eine berühmte Heilerin machen kann. Ein guter Lehrer sonnt sich im Glanz derer, denen er zu Ruhm und Weisheit verholfen hat.»

Sahin wirkte plötzlich müde. Er rief nach seinem Gehilfen, der im Nebenraum geräuschvoll Kisten stapelte, und befahl ihm, in einem Kohlenbecken Glut zu entfachen, weil ihm kalt geworden war. Kein Wunder, dachte Floreta bei sich. Im Mauerwerk des Ladens, der dem Blinden auch als Wohn- und Schlafplatz diente, hatten sich Kälte und Feuchtigkeit eingenistet, die Sahins Knochen nicht guttaten. Sie brachte ihm eine Wolldecke und legte sie behutsam über seine mageren Beine.

«Besuch mich bald wieder und erzähle mir, was du von Jonathan lernst», sagte Sahin zum Abschied. Er klopfte mit seinem Stock auf den Fußboden. «Und lass dich nicht von dieser Livnah reizen, hörst du?»

Im Haus des Silberschmieds empfing Floreta die übliche Betriebsamkeit. Im Kessel über dem Herdfeuer brodelte ein Eintopfgericht, dessen appetitanregender Duft durch alle Kammern zog. Die Kinder tobten lärmend durch das Haus, verfolgt von dem Geschrei ihrer Mutter, die sich über den Schmutz beschwerte, den die Kleinen überall auf dem Fußboden verteilten. Aus der Werkstatt drang das Geräusch von Menachems Hämmerchen. Schnell, aber präzise prasselten die Schläge auf das wertvolle Metall, das er mit geschickter Hand bearbeitete.

Da Floreta kein Verlangen verspürte, Livnah zu begegnen, machte sie sich sogleich auf den Weg in ihre Kammer. Natürlich war ihr klar, dass sie nicht gehen durfte, ohne sich von der Hausherrin zu verabschieden und Menachem für seine Gastfreundschaft zu danken. Das gehörte zum guten Ton. Leicht würde es ihr dennoch nicht fallen.

Blick nicht zurück, mahnte sie sich. In einer Stunde würde sie bei Jonathan sein. Er hatte eingewilligt, dem Rat ihre Bitte um Unterricht in seinem Haus zu unterbreiten. Das konnte Livnah nicht verhindern.

Floreta erschrak, als sie in ihrer Kammer ausgerechnet Tirsah vorfand. Livnahs Tochter schien auf sie gewartet zu haben.

«Du kommst wohl, um deine Sachen zu holen, nicht wahr? Wie ich von meinem Vater gehört habe, wirst du uns noch heute verlassen.» Sie rümpfte die Nase, sprach dann in einem Ton weiter, der vor Ironie nur so triefte. «Wie traurig. Und dabei dachte ich, es würde dir hier gefallen. Mutter und ich haben getan, was wir konnten, damit du dich bei uns wohl fühlst. Leider hast du dich als reichlich störrisch und faul erwiesen.»

Floreta rang um Selbstbeherrschung und wünschte sich gleichzeitig, ein wenig mehr wie Celiana zu sein. Die hätte sich diese Frechheiten nicht bieten lassen, so viel stand fest. Faul? Von wegen. Wenn eine in diesem Haus jeder Arbeit aus dem Weg ging, dann doch Tirsah. Aber es war überflüssig, sich mit Livnahs Tochter auf ein Wortgefecht einzulassen. Floreta beschloss, sie keines Blickes mehr zu würdigen und stattdessen den letzten Rest ihrer Habe in ein Stück Stoff einzuschlagen.

«Vergiss deine Sachen unter dem Bett nicht, meine Liebe», hörte sie Tirsahs hämische Stimme.

Floreta presste die Lippen zusammen und gab vor, nichts gehört zu haben. Dennoch konnte sie nicht umhin, aus dem Augenwinkel zu dem Strohsack zu spähen, der ihr als Matratze diente. Dann wandte sie sich wieder ihrem Gepäck zu. Nein, sie würde nicht unter das Bett kriechen. Jedenfalls nicht, solange Tirsah hier oben herumlungerte und nur darauf wartete, Floreta verspotten zu können.

Schließlich war sie fertig. Es gab nichts mehr einzupacken. Viel besaß sie ohnehin nicht. Sollte sie einen Blick riskieren, auch auf die Gefahr hin, dass Tirsah in boshaftes Gelächter ausbrach? Floreta war hin und her gerissen. Befand sich unter dem Bett nichts als Stroh, hatte Tirsah bekommen, was sie wollte, und Floreta hätte sich umsonst vor ihr gedemütigt. Was aber, wenn die Frauen ihr nur einen Streich gespielt und Samus Kasten längst wieder zurückgegeben hatten? Dann würde sie gehen und ihn zurücklassen. Tirsah würde überall herumerzählen, dass sie das Erbe ihres Großvaters wissentlich mit Füßen getreten habe.

Floreta hörte, wie unten Pfannen oder Töpfe aneinanderschlugen. Oder war das immer noch Menachem, der auf ein Stück Silberblech eindrosch?

«Was soll ich mit dem Zeug unter dem Bett anfangen, wenn du es nicht mehr haben willst?», erkundigte sich Tirsah unschuldig. «Darf ich es verbrennen?» Sie lächelte tückisch.

Floreta gehörte nicht zu den Menschen, die rasch aus der Haut fuhren. Im Gegenteil, bislang hatte sie Beleidigungen und Demütigungen geschluckt, statt sich zu wehren. Doch als sie Tirsahs Grinsen sah, vergaß sie Sahins Warnung, sich unter keinen Umständen reizen zu lassen. Wutentbrannt stürmte sie auf die Tochter des Silberschmieds zu und versetzte ihr einen Stoß, der sie aus dem Gleichgewicht brachte.

Tirsah schnappte erschüttert nach Luft. Sie hatte erwartet, dass Floreta sie beschimpfen oder in Tränen ausbrechen würde. Mit einem Angriff hatte sie jedoch offenbar nicht gerechnet.

Ihr Gesicht verzerrte sich vor Wut und Schmerz. «Das wirst du mir büßen», keuchte sie. Dabei mühte sie sich ab, wieder aufzustehen, was Floreta verhinderte, indem sie ihr ein Bein stellte. Die Zeit, in der Tirsah fluchend und zeternd wie ein Käfer auf dem Boden herumkroch, nutzte Floreta, um nun doch einen Blick unter die Bettstatt zu werfen. Sie streckte ihre Hand aus und spürte nach kurzem Umhertasten tatsächlich groben Stoff zwischen den Fingern. Hastig zog sie den Gegenstand hervor und warf ihn auf den Strohsack. Die Enttäuschung traf sie jedoch wie ein Hammerschlag, als sie erkannte, dass sie nur den Sack mit Doña Eleonoras Gewändern, nicht aber Samus Kasten gefunden hatte. Mit blitzenden Augen wandte sie sich zu Tirsah um, die inzwischen wieder auf den Beinen war und mit geballten Fäusten bis zur Tür zurückwich. Das Mädchen war so überrumpelt, dass es sogar vergaß, nach seiner Mutter zu rufen.

«Raus mit der Sprache!», schrie Floreta sie an. «Wo ist der Kasten? Warum hast du ihn nicht ebenfalls zurückgebracht?»

Tirsah zuckte schluchzend mit den Achseln und machte dabei ein Gesicht, als hätte man ihr soeben ihr Stück Zuckerkuchen vom Teller gestohlen. «Ich habe nur den Sack genommen, das schwöre ich. Ich wollte es dir heimzahlen, weil du dich Jonathan an den Hals geworfen hast und er mich nun gar nicht mehr beachtet.»

«Er hat dich nie beachtet, hörst du? Und ich habe mich ihm nicht an den Hals geworfen.»

«Das hast du sehr wohl getan! Vater hat mir gesagt, du hättest ihn gebeten, Jonathan zu Pessach einzuladen. Du hast ihm Briefe geschrieben und bist ohne Begleitung zu seinem Haus gegangen.»

Floreta runzelte die Stirn. Nun ja, wenn man es genau nahm, hatte sie dies alles getan.

«Und nun willst du auch noch bei ihm einziehen!», fügte Tirsah anklagend hinzu.

Floreta fragte sich, wie die Tochter ihrer Gastgeber so rasch davon erfahren haben mochte. Zwar war es kein Geheimnis, wie schnell sich Neuigkeiten in der Enge der Judería herumsprachen, doch Jonathan hatte ihr seine Entscheidung doch selbst erst vor wenigen Stunden mitgeteilt. War es möglich, dass der Arzt bereits vor ihrem Besuch mit Menachem über sie und ihre Zukunft gesprochen hatte?

Tirsah bestätigte Floretas Vermutung mit einem knappen Nicken. Jawohl, Jonathan habe ihren Vater aufgesucht und lange mit ihm geredet, doch leider habe sie nur den Anfang des Gesprächs mitangehört und sei dann fortgeschickt worden, um einen Krug Wein aus dem Keller zu holen.

«Ich weiß, dass du annimmst, ich hätte ein Auge auf Meister

Jonathan geworfen, aber du irrst dich», sagte Floreta leise. Plötzlich war ihre Wut auf das Mädchen wie fortgeblasen. «Ich will nur, dass das rabbinische Gericht mir erlaubt, in und außerhalb der Judería Kranke zu behandeln. Meister Jonathan hat sich bereit erklärt, mich als Gehilfin aufzunehmen, mehr nicht. Sobald die Ältesten mich als Heilerin dulden, werde ich ihn wieder verlassen. Hätte man mir nicht die Sachen meines Großvaters gestohlen, bräuchte ich nicht mit leeren Händen zu Jonathan zu gehen. Mit Hilfe des Kastens könnte ich ihm beweisen, was Samu mir beigebracht hat. Das würde meine Ausbildung abkürzen, aber so …»

Tirsah schüttelte den Kopf. «Ich habe die Kleider genommen, aber Vater hat es bemerkt und darauf bestanden, dass ich sie dir wieder zurückgebe. Als ich den Sack unter dem Bett hervorzog, war dieser merkwürdige Kasten allerdings gar nicht mehr da.»

«Und das soll ich dir glauben?», hakte Floreta nach. Aber eine innere Stimme sagte ihr, dass das Mädchen sie dieses Mal nicht anlog. Tirsah konnte zuweilen hinterlistig sein, wenn es für sie von Vorteil war, doch eine ausgefeilte Intrige wollte nicht so recht zu ihr passen.

Der Abschied von Menachem fiel weder kühl noch besonders herzlich aus. Als Floreta ihm für seine Gastfreundschaft dankte, blickte der Silberschmied nur kurz von seiner Arbeit auf, wünschte Floreta Glück und informierte sie darüber, dass Livnah den Rest des Tages außer Haus verbrachte. Das war Floreta ganz recht, so blieb ihr eine Begegnung erspart.

«Falls der Arzneikasten meines Großvaters gefunden wird …»

Floreta wollte Menachem bitten, ihr eine Nachricht zukommen zu lassen, sollten die Instrumente wieder auftauchen, doch genau genommen rechnete sie nicht damit, und noch bevor sie ihre Bitte vorbringen konnte, war der Silberschmied schon wieder in seine Arbeit vertieft und hatte Floreta vergessen.

Eine Stunde später eilte sie an Jonathans Seite durch die engen, sich windenden Gassen des jüdischen Viertels, dann durch das Tor zur christlichen Seite und quer über einen schmutzigen Platz, auf dem Dutzende von Fischhändlern ihre fangfrische Ware in Netzen und Körben präsentierten. Wie vor der Kathedrale El Salvador, so herrschte auch hier ein so großes Gedränge, dass Floreta, die Jonathans Lederbeutel hinter sich herzog, höllisch aufpassen musste, um ihren neuen Meister nicht aus den Augen zu verlieren. Mehrere Male wurde sie von Fischweibern aufgehalten, die ihr ein besonderes Prachtexemplar unter die Nase hielten und ihr hinterherkeiften, sobald sie die Schritte beschleunigte. Der Arzt drehte sich nicht einmal nach ihr um. Er schob seinen langen Körper durch das Gewimmel wie ein Regenwurm durch einen Erdhaufen und hastete weiter, ohne auf die Zurufe der Händler zu hören. Als Floreta ihn einige Straßen weiter vor einem großen Haus einholte, klopfte ihr das Herz vor Anstrengung bis zum Hals. Dicke Schweißtropfen liefen ihr die Schläfen hinunter. Wenigstens hatte es inzwischen aufgehört zu regnen.

Während Jonathan ihr den Beutel abnahm, fand sie Zeit, sich umzusehen. Linkerhand erhob sich eine Klostermauer, hinter der der Turm einer Kapelle aufragte. Ihr Dach war mit ähnlich roten Schindeln gedeckt wie das Haus, vor dem sie nun standen. Diesen Teil Zaragozas hatte sie auf ihren Streifzügen noch nicht kennengelernt. Doch wenn sie sich nicht irrte, war es von hier aus nicht mehr weit zur Aljafería, dem stattlichen Palast der Könige von Aragón.

Floreta ließ ihre Blicke an der Fassade emporwandern. Die Menschen, die in diesem Haus wohnten, mussten über Geld und Einfluss verfügen. Bevor sie Jonathan nach ihnen fragen konnte, tauchte plötzlich an einem der Fenster ein Mann auf, der mit abwesendem Ausdruck hinunter auf die Straße sah. Als sein Blick wie zufällig auf sie und Jonathan fiel, erstarrte er und zog sich hastig zurück.

Floreta blinzelte verwirrt ins Licht der Sonne, die hinter den grauen Wolken hervorlugte. Sie hatte das Gesicht am Fenster nur einen Herzschlag lang gesehen, und doch beschlich sie das eigenartige Gefühl, dass sich der Mann bei ihrem Anblick erschreckt hatte.

«Trödel nicht, sondern folge mir», holte Jonathan sie unsanft aus ihren Gedanken und scheuchte sie zur Tür hinein. Er blinzelte nervös. «Und wehe, wenn du mich vor meiner Gönnerin blamierst!»

Kapitel 16

«Was habt Ihr nur, Diego? Ihr seht aus, als hättet Ihr soeben einen Geist gesehen.»

Doña Belen, Herzogin von Cardona, war eine selbstbewusste Frau in den besten Jahren, die es gewöhnt war, auszusprechen, was ihr durch den Kopf ging. Nun betrachtete sie ihren Gast mit besorgter Miene, denn ihr war nicht entgangen, wie still und nachdenklich er mit einem Mal geworden war. Irgendetwas hatte ihn verändert. Doch was ihn auch bedrücken mochte, mit Felipes Verletzung konnte es nichts zu tun haben. Ihr Sohn jammerte, weil er gerne im Mittelpunkt stand und es nicht leiden konnte, wenn sich nicht alles um ihn drehte. In Wahrheit hatte sich sein Zustand längst gebessert. Es ärgerte ihn nur, dass sein jüdischer Arzt ihm strikte Bettruhe verordnet hatte.

Heilige Muttergottes, Diego würde doch nicht auch noch krank werden? Blass war er. Und sonderbar abwesend. Aber er wollte nicht damit heraus, was ihn bedrückte.

Peinlich berührt stellte Doña Belen fest, dass sich in ihr längst nicht mehr nur mütterliche Gefühle für den jungen Mann regten. Das kam ihr absurd vor, denn als Diego zum ersten Mal an der Seite seines Vaters ihr Haus betreten hatte, war er schlaksig und dünn wie ein Wanderstab gewesen, und seine Stimme hatte sich beim Sprechen überschlagen. Seitdem waren mehr als zehn Jahre vergangen, von denen Diego fast die Hälfte fern von Zaragoza verbracht hatte. Diese Zeit hatte aus dem Knaben von damals einen ebenso kräftigen wie schlagfertigen jungen Mann gemacht, der nicht nur aus einer der bedeutendsten Familien Aragóns stammte, sondern auch wegen seines Mutes und seiner Geschicklichkeit in diplomatischen Missionen bei König Pedro in hohem Ansehen stand. Doña Belen war daher froh, dass er nach wie vor an seiner Freundschaft mit ihrem Sohn Felipe festhielt und sich bei ihm blicken ließ, sooft seine Verpflichtungen am königlichen Hof es ihm erlaubten.

Sie musste zugeben, dass sie Diegos Besuchen seit einiger Zeit mit Herzklopfen entgegensah. Doch warum auch nicht? Eine Frau, über deren Schönheit und anregenden Geist in ganz Aragón Liebeslieder gedichtet wurden und die als eine der reichsten Witwen weit und breit galt, durfte sich doch wohl eine kleine Schwärmerei erlauben. Derlei hielt jung und attraktiv. Außerdem war sie, die man bereits im zarten Alter von vierzehn mit einem ältlichen Mann verheiratet hatte, kaum mehr als zwölf Jahre älter als Diego. Sie wollte ja nicht gleich, dass er sie heiratete und Felipes Stiefvater wurde. Nur das nicht. Seit sie verwitwet war, genoss sie ihr Leben in vollen Zügen. Es gab niemanden mehr, der sie mit Vorschriften langweilte – mit Ausnahme des Königs, der sich ab und zu bei ihr beschwerte, weil sie die Verwaltung des Vermögens ihres verstorbenen Gemahls keinem männlichen Verwandten überließ. Belen hielt dagegen, dass sie keinem dieser Männer vertraue und nur so lange über die Güter der Familie wache, bis ihr Sohn endlich so weit sei, sich des Besitzes ohne mütterliche Hilfe anzunehmen.

Nun blickte Belen nachdenklich ins Kaminfeuer. Wie Felipe wohl reagieren würde, wenn er von ihrer Schwärmerei für Diego erfuhr? Würde er sie verspotten oder zornig werden? Er war Diegos bester Freund und würde sich womöglich hintergangen fühlen.

Er darf mein kleines Geheimnis nie erfahren, entschied sie mit einigem Bedauern. Felipe war auch ohne Knochenbrüche oft launenhaft und nur schwer zu ertragen. Und sie hatte fürwahr Wichtigeres zu tun, als sich wegen unausgegorener Träume in Schwierigkeiten zu bringen.

Sie betätigte einen Gong und befahl einer Dienerin, ihnen Wein, Käse und Oliven zu bringen.

Doch Diego lehnte ab. Seine Nervosität hatte sich nicht gelegt, im Gegenteil, sie schien von Moment zu Moment zuzunehmen. Als er Stimmen auf dem Korridor hörte, schluckte er schwer. So aufgewühlt hatte Belen ihn noch nie gesehen.

«Wen erwartet Ihr so spät?», erkundigte er sich misstrauisch.

«Es ist nur der Arzt aus der Judería, der nach Felipe sehen will. Ihr müsst deswegen nicht Hals über Kopf aufbrechen. Er wird sich die Verletzung ansehen, und dann können wir unsere Unterhaltung fortsetzen. Felipe würde sich gewiss freuen, wenn Ihr später mit uns zur Nacht speist. Nach der langen Fastenzeit wisst Ihr eine Gänsekeule und ein Stück saftigen Schinken sicher zu schätzen.»

«Euer Arzt, sagt Ihr?» Diego hob die Augenbrauen. «Seit wann hat der eine Frau?»

«Oh, ich wüsste nicht, dass Meister Jonathan geheiratet hat. Seit wann kümmert es uns, was drüben in der Judería vor sich geht? Diese Leute folgen ihren eigenen Regeln, die uns immer fremd bleiben werden. Aber von der Kunst des Heilens verstehen sie etwas. Ich lasse mich regelmäßig von Jonathan schröpfen und fühle mich danach immer erfrischt.»

Belen bemerkte, dass Diego ihr nicht mehr zuhörte und stattdessen wieder ans Fenster trat. Dieses Mal vermied er es allerdings, sich über die Brüstung zu beugen.

Also daher weht der Wind, dachte Belen und verspürte einen Stich in der Brust. Diego ging es um eine Frau. Warum hatte sie das nicht gleich erraten? Nur weil Diego selbst mit Felipe nie über seine Eroberungen sprach, hieß das noch lange nicht, dass es in seinem Leben keine gab. Er war schließlich ein Mann. Ein junger, gutaussehender noch dazu. Vermutlich hatte er vor ihrem Haus eine frühere Geliebte wiedererkannt.

Belen beschloss, gelassen zu bleiben. Sicher lag für sie kein Grund zur Eifersucht vor. Diego mochte kühn und heißblütig sein, doch dumm war er keinesfalls. Er kannte die Regeln seines Standes, weil er sie wie Felipe mit der Muttermilch aufgesogen hatte. Und diese Regeln besagten, dass es unverzeihlich war, sich mit einer Feindin des wahren Glaubens zu verbinden. Allerdings kam es gelegentlich vor, dass sich der Spross einer vornehmen Familie in eine Frau aus der Judería verguckte. So mancher Ritter war den Reizen einer vermögenden Jüdin erlegen. Diese musste dann jedoch dem Judentum abschwören und sich taufen lassen. Gab der König sein Einverständnis, redete bald niemand mehr über ihre Herkunft. Aber wenn die Begleitung des Arztes tatsächlich dessen Ehefrau war, gab es ohnehin keinen Grund zur Aufregung. Nein, es lohnte sich wirklich nicht, sich darüber den Kopf zu zerbrechen. Es sei denn …

«Ihr wollt dieser Frau nicht begegnen, oder?» So, nun war es heraus. «Es war ihr Anblick, der Euch erschreckt hat. Wer ist sie?»

«Ich muss mich bei Euch entschuldigen, Señora, aber ich kann Euch heute dazu nichts sagen», wich Diego aus. «Vielleicht später einmal, wenn ich Gewissheit habe.»

«Aber ich bitte Euch, mein Lieber. Ihr kränkt mich keineswegs. Ich werde den Arzt und sein Weib warten lassen, bis Ihr gegangen seid.» Sie lächelte. «Natürlich müsst Ihr mir nicht erklären, warum ihr dieser Frau aus dem Weg gehen wollt.»

«Ihr seid zu gütig!»

«Und Ihr wisst, dass ich weder neugierig bin noch tratsche.»

Diego hauchte ihr einen Kuss auf die ausgestreckte Hand, dann hob er leicht den Kopf, wobei sein Blick ihre Augen nicht erreichte. «Das schätze ich auch so an Euch, Señora. Auf Eure Diskretion kann man sich immer verlassen.»

«So?» Belens Lächeln erstarrte zur Maske. Verflucht, nun würde sie vermutlich nie erfahren, was Diego mit dieser dahergelaufenen Person aus der Judería verband. Ob er sie heimlich liebte. Ob sie sein Herz gebrochen hatte. Nun gut, wenn Diego es ihr nicht verriet, würde sie die Frau zum Reden bringen. Die würde es nicht wagen, sich ihr zu widersetzen.

«Darf ich mich nun empfehlen?» Diego ließ sich Schwert und Umhang reichen. «Ich muss auf der Stelle zum König. Wie Ihr wisst, hat er vor, mich in den Kronrat zu berufen.»

«Jaja, geht nur!» Belen beschloss, die Rolle der verständnisvollen Komplizin zu spielen. Sie wollte Diego nicht verprellen. Im Gegenteil, sie wollte, dass er bald wiederkam.

Nachdem er gegangen war, nahm sie sich die Zeit, einen Becher Wein zu trinken. Dabei überlegte sie, wie sie es anstellen konnte, hinter sein Geheimnis zu kommen, ohne sich dabei bloßzustellen. Geistesabwesend nahm sie einen Stickrahmen und begann mit flinken Fingern, Fäden aufzuziehen. Hätte sie eine Andeutung machen sollen, dass sie nicht ganz unschuldig an seinem Aufstieg in den Kronrat war? Der König war ihr Vetter und tat grundsätzlich das Gegenteil von dem, was sie ihm empfahl. Sie hatte ihm gesagt, Diego sei zwar ein Ehrenmann, doch noch viel zu jung, um für Aragón zu sprechen. Daraufhin hatte König Pedro ihn in die Schar seiner Berater aufgenommen. Als die Königin ihr davon berichtet hatte, hatten Belens Wangen vor Freude geglüht.

Schließlich ließ sie den Arzt ein. Der Ärger über die lange Wartezeit stand ihm ins Gesicht geschrieben. Er brummte unverständliche Worte in seinen Bart und verbeugte sich nur widerwillig vor der Frau, die ihn zu sich gerufen hatte.

«Schön, dass du gekommen bist, mein guter Jonathan», sagte Belen, ohne von der Stickerei aufzublicken, mit der sie sich sonst nur an einsamen Abenden die Zeit vertrieb. Als sie das Mädchen bemerkte, das sich scheu im Hintergrund hielt, strafften sich ihre

Gesichtsmuskeln. «Wie ich sehe, hast du heute jemanden mitgebracht, Meister», sagte sie kühl. Innerlich aber regte sich ein Gefühl hilfloser Wut in ihr.

Der Arzt nickte. «Ein junges Waisenmädchen aus der Judería. Sie wurde mir anvertraut, damit sie mir ein wenig bei meinen Patienten behilflich ist.»

«Ach, und ich hoffte schon, du hättest nach dem Tod deiner armen Frau neues Glück gefunden.»

Da Jonathan schwieg, legte Belen ihren Stickrahmen zur Seite und musterte die junge Frau in dem bescheidenen dunklen Kleid eindringlich. «Wie heißt du?»

«Mein Name ist Floreta.»

«Und du hast außer Jonathan niemanden, der sich um dich kümmert? Keine Eltern oder Verwandten im jüdischen Viertel?»

Das Mädchen zögerte, bevor es kopfschüttelnd verneinte.

Belen war irritiert. Sie wusste nicht, was sie von Jonathans neuer Gehilfin halten sollte. Zugegeben, die Kleine war nicht unansehnlich, und ihr Benehmen gab keinen Anlass zu Tadel, doch falls in diesem blassen Geschöpf auch nur ein Fünkchen Leidenschaft brannte, dann gewiss nicht für einen Mann. Natürlich konnte sich Belen irren. Vielleicht spielte diese Floreta ja die Scheue, während sie sich insgeheim darauf verstand, einen der ersten Ritter König Pedros um den Finger zu wickeln.

Belen verfluchte Diegos Blick aus dem Fenster. Vielleicht hätte sie doch dafür sorgen sollen, dass sich die beiden in ihrem Haus über den Weg liefen. Dann hätte sie ein für alle Mal Gewissheit gehabt. So aber musste sie sich mit der Vorstellung herumquälen, dass es in Diegos Herzen einen Raum gab, den sie nicht betreten würde. Das war kein angenehmer Gedanke.

Jonathan räusperte sich. «Darf ich nun den Kranken sehen?»

«Selbstverständlich. Dafür habe ich dich schließlich herbestellt.» Brüsk stand Belen von ihrem Lehnstuhl auf, hob ihr seidenes Gewand an und forderte Jonathan und Floreta auf, ihr durch einen Vorhang in den Nebenraum zu folgen. «Felipe ist kein geduldiger Mann», warnte sie die beiden. «Das viele Herumliegen schlägt ihm aufs Gemüt. Ihr könnt euch gleich selbst davon überzeugen.»

Wie Belen prophezeit hatte, war Don Felipe schlecht gelaunt und dachte nicht daran, dem Arzt auch nur eine Spur von Höflichkeit entgegenzubringen. Er war von eher kleiner Statur, und seine ungekämmten dunklen Haare standen ihm vom Kopf ab wie die Stacheln eines Igels. Belen fand, dass er in erschreckender Weise seinem Vater ähnelte. Auch der hatte zu viel Wein getrunken und zu viel Essen in sich hineingestopft. Das hatte ihn rund wie ein Heringsfass gemacht. Schlug Felipe die Warnungen seines Arztes weiterhin leichtfertig in den Wind, so musste er damit rechnen, in spätestens zehn Jahren kein Pferd mehr ohne die Hilfe eines Bediensteten besteigen zu können.

«Wo steckt Diego?», schnarrte Felipe, während sein Arzt die Bandagen und Schienen um sein gebrochenes Bein entfernte. «Hat sich wohl heimlich aus dem Staub gemacht, was?» Er schnaubte. «Natürlich hat er Besseres zu tun, als seine Zeit hier zu vergeuden. Dabei ist er schuld daran, dass ich hier herumliegen muss.»

Belen hob drohend den Zeigefinger. «Ich will das nicht hören, Felipe. Schuld sind bei dir immer die anderen. Wenn Diego nicht so geistesgegenwärtig gewesen wäre, dich in diesen Graben zu stoßen, hättest du die feindlichen Bogenschützen gar nicht bemerkt und wärst ihnen geradewegs in die Arme gelaufen.»

«Ach, du warst wohl dabei? Ich sage es dir nun zum letzten Mal, Mutter: Da waren keine Bogenschützen. Diego sollte sich von Jonathan die Augen untersuchen lassen.»

«Seid froh, dass Ihr nur gestürzt seid und Euch kein Pfeil getroffen hat», gab Jonathan zu bedenken. Er hatte seiner Gehilfin gerade flüsternd erklärt, wie er die Schulter des jungen Ritters eingerenkt und dann aus Mehl und Eiweiß einen Stützverband für sein gebrochenes Gelenk hergestellt hatte. Dieser hatte sich bewährt, die Heilung schritt voran. Auch Felipes Bein sah nicht mehr so schlimm aus wie noch vor wenigen Tagen. Die regelmäßigen Umschläge mit dem Extrakt der Beinwellwurzel, die Jonathan gern bei Quetschungen, Prellungen und Sehnenbeschwerden verordnete, hatten dem jungen Mann offensichtlich gutgetan.

Felipes Laune vermochten diese Erfolge allerdings nicht zu heben. Er war nach wie vor missmutig. «Was mischst du dich in unser Gespräch ein, Jude? Hast du Sehnsucht nach einem Dutzend Stockhieben? Sorge lieber dafür, dass ich bald wieder mein Schwert führen kann.»

Belen seufzte. Wie unreif Felipe doch verglichen mit Diego war. Für ihn war der Krieg gegen Kastilien nichts als ein einziges großes Abenteuer, in das Männer zogen, um ihre Tapferkeit unter Beweis zu stellen und ein paar dumme Mädchen zu beeindrucken. Dabei ging es bei den unaufhörlich schwelenden Auseinandersetzungen um weitaus wichtigere Belange. Nach allem, was Belen durch ihren letzten Besuch bei der Königin erfahren hatte, führte der König von Kastilien wieder etwas im Schilde. Im vergangenen Jahr war es Aragón zwar gelungen, die feindlichen Truppen noch vor Zaragoza abzuwehren, doch es stand außer Frage, dass sich König Pedro von Kastilien nicht geschlagen geben würde. Immer wieder schickte er Späher sowie kleinere Kampfeinheiten ins Umland der Stadt, um Dörfer anzuzünden, Ernten zu vernichten und Herden auseinanderzutreiben. Den letzten Vorstoß hatte Diego erfolgreich aufgehalten, wobei er und seine Männer sich drei Tagesreisen weit in unwegsames Gebiet hatten wagen müssen. Felipe war der Einzige, der dabei durch einen Sturz vom eigenen Pferd zu Schaden gekommen war. Kein Wunder, dass dieses Missgeschick schwer an seinem Selbstbewusstsein kratzte. Trotzdem war nicht zu befürchten, dass Felipe seinem Freund dessen Erfolg neidete. Er mochte Diego und hätte es sich nie einfallen lassen, tatsächlich schlecht von ihm zu denken.

Jonathan betastete nun das Handgelenk des jungen Mannes und bewegte es behutsam hin und her. «Ihr könnt Euch freuen, Herr. Der Bruch scheint ordentlich verheilt. Trotzdem möchte ich Euch empfehlen, das Gelenk noch ein paar Tage zu schonen. Das gilt auch für Euer Bein. Seid froh, dass die Wunde nicht brandig wurde. Dann hätte ich es Euch nämlich abnehmen müssen.»

«Vorher hätte ich dich auf ein Schwein gesetzt und mit der Peitsche dreimal um die Basilica del Pilar gejagt.»

«Mit dem gebrochenen Gelenk bestimmt nicht», meinte Jonathan trocken. Er schien an die Liebenswürdigkeiten des jungen Edelmanns gewöhnt zu sein.

Felipe verdrehte die Augen, schwieg aber. Erst als Floreta sich ihm mit einer Zinnbüchse voll aromatisch duftender Kräuterpaste näherte, hob er forschend die Augenbrauen.

«Bist du Jonathans Weib?»

«Nein, seine Gehilfin.» Floreta nahm einen Spatel zur Hand und begann damit, einen Teil der Paste auf Felipes Gelenk zu verteilen. Das tat sie so sorgfältig, dass sich ein Lächeln auf die Lippen des jungen Mannes stahl. Sie schien ihm zu gefallen. Vielleicht war er aber auch nur froh über die Abwechslung, die ihm die Anwesenheit eines hübschen Mädchens bot.

«Gehilfin oder Ehefrau, da hat der alte Jonathan einen feinen Fisch an Land gezogen», meinte er anerkennend. «Wo kommst du bloß so plötzlich her, meine Schöne?»

Belen beobachtete, wie das Mädchen errötete. «Geboren wurde ich in Granada.»

«Granada?» Felipe lehnte sich zurück und starrte zur Decke empor. Diese war hoch und wölbte sich sogar ein wenig. Ganz schwach leuchteten die Umrisse alter Fresken durch den hellen

Kalk, doch diese waren nicht nach dem Geschmack von Felipes Vater gewesen und daher vor langer Zeit übertüncht worden. «Man erzählt sich in den Tavernen von Zaragoza die wundersamsten Geschichten über diese Stadt. Sag, sind die Gärten der Mauren wirklich so prächtig? Laufen dort Tiere umher, die wir noch nie gesehen haben? Fließt aus den Springbrunnen tatsächlich Wein? Großer Gott, der Palast dieses Emirs soll größer sein als die Aljafería.» Der junge Ritter schloss die Augen und geriet ins Schwärmen. «Ist es wahr, dass der Emir von Granada eine Schar von Frauen hat, die ihn Tag und Nacht bedienen?»

Jonathan befühlte Felipes Stirn. «Nein, kein Fieber.»

«Ich darf dich daran erinnern, dass dein Freund Diego vor einigen Jahren dort war und nur durch Gottes Gnade einem Mordanschlag entkam», zischte Belen verärgert. «Dennoch wurde er von diesen Ungläubigen schwer verletzt und wäre sicher gestorben, wenn ihm ein geschickter Wundchirurg nicht das Leben gerettet hätte.» Sie warf Floreta einen strengen Blick zu. Vielleicht war das nun die Gelegenheit, auf die sie gewartet hatte. «Heraus mit der Sprache, Mädchen: Was weißt du von dem Aufstand gegen den Emir von Granada?»

«Damals wurde mein Großvater getötet.» Floreta sah sich hilfesuchend nach Jonathan um, doch der Arzt zuckte lediglich mit den Schultern. «Er war der Leibarzt des Emirs und darüber hinaus auch einer seiner engsten Vertrauten. Die Verschwörer brachten ihn um und …»

«Weiter», drängte Belen so barsch, dass Felipe irritiert die Stirn runzelte. Doch das war ihr gleich. Sie musste einfach herausfinden, ob es eine Verbindung zwischen dem fremden Mädchen und Diego gab.

«Die Männer schleppten uns auf den Sklavenmarkt», erzählte Floreta stockend, während Felipe sie teilnahmsvoll anstarrte.

«Wen meinst du mit *uns*?»

«Mich und die Tochter eines Onkels, die mit mir im Haus unseres Großvaters aufwuchs. Mit Gottes Hilfe war es uns möglich, zu fliehen. Wir schlugen uns bis Aragón durch.» Sie hob den Blick, wagte aber nicht, Belen in die Augen zu sehen. «Darf ich Euch fragen, wer dieser Diego ist, edle Herrin?»

Belen schreckte aus ihren Gedanken auf. «Was?»

«Ihr habt einen Mann namens Diego erwähnt, der in Granada verletzt worden sei. Ich kann mich beim besten Willen nicht erinnern, zu dieser Zeit in der Stadt einen christlichen Ritter gesehen zu haben. Christen gab es zwar, insbesondere Mozaraber, hin und wieder auch Kaufleute, die auf den Märkten um Aloe, Amber und Sandelholz aus Nordafrika feilschten, aber keine Ritter aus Aragón. Sicher wisst Ihr, dass Muhammad, der Emir von Granada, mit dem König von Kastilien verbündet ist.»

Raffiniert, dachte Belen verblüfft. Sie gibt vor, Diego nicht zu kennen, und spielt mir die Arglose vor. Dabei verschweigt sie etwas, das spüre ich. Aber ihre unschuldige Miene kann mich nicht täuschen, ich weiß genau, was sie im Schilde führt. Ich fürchte, ich werde dem armen Diego helfen müssen, diese Plage loszuwerden, ehe sie ihn in der ganzen Stadt lächerlich macht.

«Ich danke dir für deine Hilfe, Arzt», überging sie schließlich brüsk Floretas Frage und führte Jonathan und Floreta wieder zurück in ihren privaten Wohnbereich, in dem einige Dienerinnen inzwischen Kerzen angezündet hatten. Es dämmerte bereits, doch die Fenster zur Straße standen weit offen, denn Belen konnte stickige Räume nicht ertragen. Das war auch der Grund, warum sie es nie lange in Felipes Krankenzimmer aushielt. In diesem Raum hingegen fühlte sie sich wohl. Hier hörte sie den Lärm der Straße und das Geschnatter ihrer Bediensteten. Ein paar Frauen hockten im Innenhof vor dem großen Backofen auf dem Boden und kneteten Teig für Brotfladen. Dabei sangen sie, begleitet von einem Lautenspieler, ein trauriges Lied in katalanischer Sprache.

«Sorgt Euch nicht, Herrin, Euer Sohn wird bald wieder das Haus verlassen können», sagte Jonathan. Mit einer höflichen Verbeugung strich er das Geld für seine Behandlung ein.

Belen läutete ein goldenes Glöckchen, woraufhin sogleich eine ihrer Dienerinnen erschien. «Führe die Gehilfin des Arztes hinaus und gib ihr einen halben Florin für ihre Mühe», befahl sie mit fester Stimme. «Es gibt da noch etwas, das ich mit Jonathan besprechen muss. Allein, wenn es recht ist.»

Damit war Floreta entlassen. Eine Dienerin geleitete sie aus dem Haus.

Belen wartete, bis die Tür ins Schloss gefallen war, dann nahm sie wieder in ihrem gepolsterten Lehnstuhl Platz. «Du sagtest, deine Leute hätten dir dieses Mädchen anvertraut? Ist sie vertrauenswürdig genug, um ihr Geheimnisse anzuvertrauen?»

«Geheimnisse?» Der Arzt machte ein verdutztes Gesicht. «Von welchen Geheimnissen redet Ihr, Belen?»

«Oh, nun stell dich nicht dümmer, als du bist, Jonathan. Du wirst in die Häuser wohlhabender Edelleute gerufen. Alles Menschen von Rang und Ansehen, denen ich dich empfohlen habe.»

«Dafür bin ich Euch dankbar. Ich habe nicht vergessen, dass Ihr meine Gönnerin seid.»

«Siehst du? Meine Freunde verlassen sich darauf, dass du ihre Krankheiten behandelst, aber über alles, was dir möglicherweise sonst noch zu Ohren kommt, Stillschweigen bewahrst. Da frage ich mich, wie sie wohl reagieren werden, wenn sie erfahren, dass du eine Gehilfin beschäftigst, die mitten unter Mauren aufgewachsen ist. Die Emire von Granada sind unsere Feinde, das solltest du nicht vergessen. Nicht nur weil sie immer wieder versucht haben, unser Land zu unterwerfen, sondern auch weil sie nun mit dem König von Kastilien paktieren. Diese Floreta hat das vorhin selbst zugegeben.»

Jonathan hob ratlos die Arme. «Aber Ihr habt doch auch gehört, dass sie vor den Mauren fliehen musste, um nicht als Sklavin verkauft zu werden.»

«Und wenn sie uns die bemitleidenswerte Waise nur vorspielt?» Belens Augen verengten sich. «Ich mache mir Sorgen um dich, Jonathan. Dir ist hoffentlich bewusst, wie gern ich dich fördern würde. Wenn du auch nicht an den Erlöser und die heilige Muttergottes glaubst: Ein Mann deiner Erfahrung sollte sich nicht mit dem gemeinen Bettelvolk in der Stadt abgeben, sondern sein Glück in der Aljafería suchen. Wie ich erfahren habe, liegt der Leibarzt des Königs im Sterben?»

«Ihr meint Don Salvador?» Jonathan nickte. «Ja, Herrin, sein Gesundheitszustand hat sich in den letzten Wochen verschlechtert. Es ist die Lunge. Er wurde mehrfach zur Ader gelassen, aber ...»

«Nun, ich könnte mir vorstellen, dass die Königin mich um meinen Rat bitten wird, sobald es Zeit ist, einen neuen Leibarzt zu suchen», unterbrach ihn Belen.

Jonathan sperrte die Augen auf. Mit einem Mal war er ganz bei der Sache. «Heißt das, Ihr würdet ein gutes Wort für mich einlegen?»

«Ja, ich denke, das würde ich tun», meinte Belen gedehnt. «Ich bin eine Vertraute der Königin. Doch wenn ich mich für dich verbürge, verlange ich uneingeschränkte Loyalität.» Sie winkte den Arzt nahe zu sich heran und flüsterte ihm zu: «Von jetzt an wirst du deine Gehilfin im Auge behalten. Ich will wissen, mit wem sie sich trifft und mit wem sie redet. Du wirst mir an jedem dritten Tag der Woche einen Bericht zukommen lassen.»

Dann stand sie auf und gab dem Arzt unwirsch mit einer Geste zu verstehen, dass seine Anwesenheit nun nicht mehr länger erwünscht war.

Jonathan, der sich bereits als Leibarzt des Königs sah, verneigte sich tief. «Macht Euch keine Sorgen, Señora. Ich werde Floreta nicht mehr aus den Augen lassen.»

Kapitel 17

Floreta lag an diesem Abend noch lange wach und starrte in die Dunkelheit, die sich wie ein seidenes Tuch über sie senkte. Nach all den verwirrenden Ereignissen des Tages war sie froh gewesen, als ihr Jonathans gebrechliche Magd ihren Schlafplatz gezeigt hatte. Doch nun, da ihr Kopf auf dem Kissen lag und sie den würzigen Duft des frischen Heus darin roch, schien es ihr unmöglich, Ruhe zu finden. Zu viele Gedanken suchten sie gleichzeitig heim.

Da war zunächst Samus Kasten, dessen Verlust sie nicht verschmerzen konnte. Dann der sonderbare Krankenbesuch vom Nachmittag. Floreta hatte deutlich gespürt, dass die Frau in dem großen Haus ihr mit Argwohn, ja sogar mit Abneigung begegnet war. Aber warum? Hatte sie sich nicht redlich bemüht, alle Fragen dieser Doña Belen zu beantworten? Ihre Aufrichtigkeit schien die Frau aber nur noch mehr gereizt zu haben. Hinzu kam das Gesicht am Fenster, das ihr so erschreckend bekannt vorgekommen war. Sie hatte den Mann nur kurz gesehen, und doch schrie alles in ihr laut auf, sobald sie nur an seinen halb überraschten, halb verstörten Gesichtsausdruck dachte. Wer war er, und woher kannte er sie? Aber es war nicht nur der Blick dieses Mannes gewesen, der sie noch immer erschaudern ließ. Wenn sie ehrlich war, hatte das ganze Haus sie eingeschüchtert.

Auf dem Heimweg in die Judería hatte sie Jonathan darum gebeten, nicht noch einmal zu Doña Belen gehen zu müssen, und sich schon auf eine zornige Erwiderung gefasst gemacht. Doch zu ihrer Überraschung war diese ausgeblieben. Jonathan räumte sogar ein, dass es ein Fehler gewesen sei, sie ins Haus der Adeligen einzuführen. Floreta habe nicht den besten Eindruck hinterlassen, da sie viel zu ungeschickt sei, um ihm bei Belen nützlich zu sein. Außerdem sei diese als Verwandte des Königs nicht gut auf Zugereiste aus dem maurischen Granada zu sprechen. Das müsse Floreta verstehen.

Floreta konnte das nur recht sein. Sollte der Arzt sich ruhig von diesem Felipe auf einem Schwein um die Kirche treiben lassen. Wie gefährlich es war, sich mit dem spanischen Adel einzulassen, wusste sie aus eigener Erfahrung. Menschen ohne Einfluss wie sie zahlten dabei meistens die Zeche. Als sie an Samu dachte, wurde Floreta traurig. Wäre ihr Großvater ein ganz normaler Heilkundiger und nicht Emir Muhammads Leibarzt gewesen, so würde er vielleicht noch leben. Auch Ruben wäre nie behelligt worden, hätte er nicht dummerweise die Aufmerksamkeit der Burgherren de Queralt auf sich gezogen.

Unwillkürlich kamen ihr die Andeutungen über diesen Diego in den Sinn, der sich angeblich in Granada aufgehalten hatte, als Abu Said nach der Macht griff. Offenbar bestand zwischen dem Ritter und Doña Belens Familie eine besondere Verbindung, doch wie eng diese war, hatte Jonathan ihr nicht verraten wollen. Nun gut, womöglich ging sie das alles gar nichts an. Aber dann sollten diese Leute sie verflixt noch mal in Ruhe lassen.

Floreta lauschte dem Wind, der um das Haus des Arztes strich, und sah durchs Fenster, wie der Mond die Dächer der Judería in seinen Silberglanz tauchte. Dabei wünschte sie sich Celiana an ihre Seite. Wie gern hätte sie ihr jetzt ihre Ängste vor der Zukunft anvertraut.

Da weckte sie ein Geräusch unsanft aus ihrer Träumerei. Es hörte sich an, als schlurfe jemand ganz langsam über Kieselsteine. Fast zeitgleich glitt ein Lichtschein an ihrem Fenster vorüber.

Floreta spürte, wie sich ihr Herzschlag beschleunigte. Dort unten im Dunkeln stand jemand, keine Frage. Und dieser Jemand versuchte offensichtlich mit einer Fackel in ihre Kammer zu leuchten. Wieder erklang das scharrende Geräusch. Floreta hielt es nicht mehr auf ihrem Lager aus. Was, wenn dieser Unbekannte bei ihr eindrang? Ihr Zimmer lag nicht mehr als zehn Fuß hoch, nicht hoch genug, um einen Eindringling davon abzuhalten, die Fassade zu erklimmen. Sie ergriff einen Wasserkrug und schlich damit in geduckter Haltung zum Fenster. Während sie noch um Hilfe rufen wollte, erstarb das Geräusch unvermittelt. Auch der Lichtschein verschwand. Ob der Kerl sie gehört hatte und nun das Weite suchte, um nicht ertappt zu werden?

Floreta wagte einen Blick hinaus in die Finsternis, wobei sie den Krug fest umklammert hielt. Ein Nachtvogel zerriss mit seinem Ruf die Stille, die über dem Viertel lag. Es klang schaurig. Wenige Schritte südlich von ihr befand sich die Synagoge, ein ansehnliches Gebäude aus rötlichem Stein, das zwar nicht der maurischen Bauweise ihrer andalusischen Heimat entsprach, dafür aber mit seinen Bogenfenstern vom Wohlstand der jüdischen Kaufleute von Zaragoza kündete. Gleich daneben standen das Haus des Rabbiners, nur durch einen Hof mit herrlich duftenden Lavendelbüschen von der Gebetsstätte getrennt, und dahinter die verwinkelten Wohnungen verschiedener Handwerker und Händler. Um zu ihnen wie auch zu den ärmlicheren Behausungen entlang der Mauer zu gelangen, musste man durch eine Anzahl verwirrender überdachter Gänge laufen und über Treppen, deren Stufen sich teilweise im Nichts zu verlieren schienen. Ein wahrer Irrgarten, der Floreta nach wie vor Rätsel aufgab.

Meister Jonathans Haus lag natürlich im besseren Teil des Viertels, worauf er sich viel einbildete. Er wohnte Wand an Wand mit dem Philosophen Abraham Abramera, der den Talmud studierte und in klaren Vollmondnächten auf dem Dach saß, um die Sterne zu beobachten. Manche im Viertel hielten ihn für einen Magier und behaupteten, er würde in seinem Keller geheimnisvolle Versuche anstellen. Verständlicherweise mied man ihn so gut es ging. Kurz vor den Feiertagen hatte der Rabbi ihm sogar seinen Platz in der Synagoge weggenommen und einem anderen gegeben. Der Philosoph musste seitdem mit einem Stuhl weit hinten bei den Ärmsten vorliebnehmen und wurde auch nur noch selten zur Lesung aus der Thora aufgerufen, was ihn jedoch nicht weiter zu betrüben schien.

Jonathan teilte die Meinung seiner Freunde über den verschrobenen Kauz keineswegs und betrachtete es weiterhin als Ehre, ihn in seiner Nachbarschaft zu haben. Er hatte Floreta beim Abendbrot eingeschärft, sich tagsüber auf leisen Sohlen durch Haus und Garten zu bewegen, um den Schlaf des Gelehrten nicht zu stören.

Plötzlich ging im Haus nebenan ein Licht an. Floreta sah die Silhouette einer hageren Gestalt am Fenster, die mit einer Kerze kreisende Bewegungen vollführte. Der Philosoph. Demnach hockte er also nicht auf dem Dach. Dafür sah es fast so aus, als würde er jemandem draußen auf der Gasse mit der Kerze ein Zeichen geben.

Floreta runzelte die Stirn. War er es etwa gewesen, der eben noch unten vor dem Haus gestanden hatte? Das konnte sie sich schwerlich vorstellen. Und doch vergingen nur wenige Augenblicke, bis die Tür des Nachbarhauses aufging und der Philosoph sich verstohlen umblickend ins Freie schob. Vor seinem Haus blieb er stehen und wartete, bis inmitten des Gassengewirrs hinter dem Bethaus ein weiteres Licht aufblitzte.

Floreta biss sich auf die Lippen. Sie hatte sich also nicht getäuscht. Der Alte gab jemandem im Viertel zu nachtschlafender Zeit Signale. Das verhieß nichts Gutes. Wie es aussah, waren die

Gerüchte um ihn also nicht nur boshafte Verleumdungen, wie Jonathan behauptete.

Der Philosoph kehrte nun wieder in sein Haus zurück, erschien aber nur ein paar Herzschläge später erneut im Freien. Diesmal trug er einen länglichen, etwas sperrigen Gegenstand bei sich, den er an einer Schlaufe packte und sich auf seine knochigen Schultern hob. So beladen stolperte er auf das Licht zu, das wie der Schein eines gefallenen Sterns über einem der Treppenwege schwebte.

Floretas Blick blieb an dem Gegenstand hängen, den der Gelehrte bei sich trug, und sie sog scharf die Luft ein, als sie ihn erkannte.

Es war Samus Arzneikasten.

Ein Schauer lief ihr über den Rücken. Nun begriff sie gar nichts mehr. Wie um alles in der Welt war dieser Mann an Samus Kasten gekommen, und was noch wichtiger war: Warum trug er ihn heimlich mitten in der Nacht durch die Gassen der Judería? Wollte er ihn irgendwo verstecken? Oder verhökern? Nein, das war abwegig, denn sein Inhalt war lediglich für einen Heilkundigen von Interesse.

Obwohl es vernünftiger gewesen wäre, Hilfe herbeizurufen, presste Floreta die Lippen fest zusammen. Dort drüben lief ein Dieb, ein Wolf im Schafspelz. Ja, sie sollte Krach schlagen, das Viertel oder wenigstens Jonathan aufwecken. Doch noch bevor sie den Mund öffnen konnte, drehte sich der Gelehrte unvermittelt um und starrte zu ihrem Fenster hinauf. Seine Augen fanden sie mühelos. Er blieb stehen.

Floreta duckte sich hastig, doch dabei entglitt ihr der Wasserkrug, der mit einem dumpfen Laut auf dem Fußboden aufschlug und in eine Ecke rollte. Als sie wieder aufblickte, sah sie, wie der Gelehrte sie beobachtete. Er hob die Hand und zog seine Finger rasch wie ein Schnitt an seiner Kehle entlang. Dann kehrte er ihr brüsk den Rücken zu und eilte weiter. Kurz darauf hatte ihn die Finsternis verschluckt.

Floreta brauchte einen Moment, um sich zu fangen, sie zitterte am ganzen Körper. Dieser merkwürdige Gelehrte, den ihr neuer Lehrer als Philosophen verehrte, den die anderen Bewohner des Viertels aber für einen verschrobenen Träumer hielten, hatte sie gesehen und gewarnt, sich nicht in seine Angelegenheiten einzumischen. Doch er hatte Samus Kasten. Und was immer der Alte dort drüben in den ärmlichen Gassen an der Mauer damit vorhatte, war somit auch ihre Angelegenheit.

Floreta nahm sich nicht die Zeit, um in ihre Schuhe zu schlüpfen. Barfuß hastete sie aus ihrer Kammer und hämmerte mit beiden Fäusten gegen Jonathans Tür. Sie brauchte ihn, er musste ihr helfen.

«Was ist los? Ein Kranker? Ich habe die Glocke nicht gehört.» Der Arzt wirkte verschlafen, öffnete aber so schnell, als hätte er nicht im Bett gelegen, sondern direkt hinter der Tür auf ihr Klopfen gewartet.

Auf Floretas Wortschwall konnte er sich keinen Reim machen. Finster starrte er sie an. «Du musst geträumt haben», sagte er und unterdrückte ein Gähnen. «Los, leg dich wieder hin, bevor du das ganze Viertel aufweckst. Und lass dir bloß nicht einfallen, den ehrenwerten Abraham mit deinen Hirngespinsten zu behelligen!»

«Das sind keine Hirngespinste!» Floretas Augen füllten sich mit Tränen der Verzweiflung. «Ich habe den Mann mit meinen eigenen Augen aus dem Haus kommen sehen. Er trug den Kasten meines Großvaters auf der Schulter, und als er mich am Fenster entdeckte, drohte er mir.»

«Schluss mit dem Unsinn», fauchte Jonathan. «Du strapazierst meine Geduld.»

«Ihr wollt mir also nicht helfen?»

«Oh doch, ich helfe dir, indem ich dich ins Bett schicke. Bei

Sonnenaufgang erwarte ich dich in der Krankenstube. Dort gibt es genügend Arbeit für dich.»

Floreta war am Boden zerstört. Nicht nur weil Jonathan ihr kein Wort glaubte, sondern auch weil sie bei dem sinnlosen Versuch, ihn um Hilfe zu bitten, wertvolle Zeit verloren hatte.

«Also bei Sonnenaufgang», befahl der Arzt und wollte ihr die Tür vor der Nase zuschlagen.

Da wirbelte Floreta auf dem Absatz herum, stürmte zum Eingang und schlug den Riegel zurück. «Rechnet nicht damit! Ich hole mir Samus Kasten.»

Floreta ignorierte Jonathans wütende Rufe und lief ins Freie. Sie konnte nur hoffen, dass sie eine Spur des Philosophen fand. Es musste ihr einfach gelingen, ihn aufzuspüren. Die Judería mochte verwinkelt sein, doch so ausgedehnt, dass ein alter Mann darin spurlos verschwinden konnte, war sie auch wieder nicht. Nach wenigen Schritten fand sich Floreta selbst im Gewirr der Gassen wieder, die ihr bei Nacht wie eine undurchdringliche graue Masse vorkamen. Wie dumm es war, ohne Kerze oder Öllicht ihren Weg zu suchen, wurde ihr rasch klar, als sie von einer Sackgasse in die nächste stolperte. Je tiefer sie in den tintenschwarzen Bauch des Viertels eindrang, in dem sie sich schon bei Tageslicht nur schwer zurechtfand, desto größer wurde ihre Angst, sich zu verlaufen und nicht wieder zurück zum Haus des Arztes zu finden. Abseits der bekannten Straßen rund um die Synagoge sah ein Haus wie das andere aus. Fast unmöglich, Punkte zu finden, an denen man sich orientieren konnte. Hinzu kam, was Floreta in ihrer Aufregung völlig verdrängt hatte: Was würden der Philosoph und der Unbekannte, mit dem er sich heimlich traf, mit ihr tun, wenn sie unvermittelt vor ihnen stand?

Nach einer Weile gab sie es auf, die Spur des Philosophen zu suchen, und schalt sich eine Närrin, dass sie dieses Wagnis überhaupt auf sich genommen hatte. Was um alles in der Welt war nur in sie gefahren? Allmählich verließ sie wohl der Verstand. Ja, so musste es sein. Zu Celiana hätte ein derartiger nächtlicher Streifzug gepasst, doch dass sie selbst nun hier draußen herumirrte, war nicht zu entschuldigen. Am liebsten hätte sie sich in eine Ecke gekauert und geweint wie ein kleines Kind. Zu ihrem Glück hingen von den Vordächern einiger Häuser hölzerne Laternen mit glühenden Wachsstummeln, sonst wäre sie vermutlich bei jedem zweiten Schritt im Unrat ausgerutscht oder über einen Sack oder eine Katze gestolpert. So verfing sie sich nur in Wäscheleinen und stieß sich das Knie an einer Regentonne. Nachdem sie zwei Höfe vergeblich nach einem Durchgang zurück zur Synagogengasse abgesucht hatte, stach ihr in einiger Entfernung ein Lichtschein ins Auge. Floreta tappte auf ihn zu und erkannte schließlich am Ende einer schmalen Gasse eine Fackel. Jemand hatte sie vor einem zerklüfteten Mauerstück in den sandigen Boden gerammt, um einen schmalen Durchschlupf zu beleuchten. Lautlos schlich Floreta auf die flackernde Flamme zu. Hatte sich der Philosoph mitsamt Samus Kasten durch dieses Loch in der Mauer gezwängt?

Plötzlich hörte sie gedämpfte Männerstimmen und unterschied eine hohe, fistelnde, die sie dem Philosophen zuordnete, von einer zweiten, ungleich aggressiveren. Der Mann, dem sie gehörte, war offensichtlich wütend wie ein gereizter Bulle.

Floreta hätte zu gern ihren Kopf durch die Maueröffnung geschoben, wenigstens ein kleines Stück, um herauszufinden, wer der Mann war, mit dem der Philosoph stritt. Doch die Angst, entdeckt zu werden, mahnte sie, es mit der Neugier nicht zu weit zu treiben. Den Geräuschen nach befand sich jenseits der Mauer ein Stück Wiese oder ein Garten, denn sie konnte deutlich hören, wie der Wind über das Laub von Bäumen und Büschen strich.

Das Gespräch der beiden Männer verlief nicht friedlich. Hatte der Jüngere schon von Beginn an gereizt geklungen, schien sein

Zorn nach jeder Äußerung des Philosophen zuzunehmen. Zu ihrem Bedauern verstand Floreta nicht mehr als ein paar Satzfetzen, auf die sie sich aber keinen Reim machen konnte. Nach einer Weile schien sich die Diskussion in Flüchen und Beleidigungen zu erschöpfen. Sie hörte, wie der alte Mann zuerst empört widersprach, bevor er zu jammern anfing.

Angst kroch Floreta wie eine Schlange durch den Leib. Irgendetwas an der Art, wie der Unbekannte fluchte, kam ihr mit einem Mal erschreckend bekannt vor.

Und dann drang ein erstickter Schrei an ihr Ohr, gefolgt von einem hässlichen Geräusch, das sie entfernt an das Knacken eines Holzscheits im Kamin erinnerte. Etwas Schweres schlug nur wenige Schritte von Floreta entfernt zu Boden. Ein lebloser Körper? Auf den ersten folgte ein weiterer Schrei.

Verzweifelt blickte sich Floreta um. Jeden Moment konnte der Unbekannte seinen Kopf durch die Maueröffnung stecken und sie entdecken. In der Gasse aber gab es nicht einmal eine Tonne, hinter der sie sich verstecken konnte. Hinzu kam, dass die Dunkelheit keinen Schutz mehr bot, denn allmählich graute der Morgen. Hatte sie eine Chance, wenn sie die Fackel aus dem Boden riss und damit um Hilfe schreiend durch die Gasse stürmte? Nein, der Mann schien sich gut genug auszukennen, um ihr den Weg abzuschneiden, noch bevor sie den Hof der Synagoge erreichte. Er würde sich einfach an dem Fackelschein orientieren, sie einholen und dann wie den Philosophen niederstrecken, ehe auch nur ein einziger Fensterladen aufging. Die Bewohner der heruntergekommenen Häuser in diesen Gässchen hatten es sich angewöhnt, sich nicht in fremde Angelegenheiten einzumischen. Sie verschlossen ihre Augen und ihre Türen. Auf Hilfe zu hoffen, war zwecklos.

Floreta richtete sich auf, ganz langsam, um bloß kein Geräusch zu machen. Dabei zog sie ganz vorsichtig die Fackel aus dem Boden. Wenn sie es recht bedachte, blieb nur eine einzige Möglichkeit, um ihr Leben zu retten. Das Loch in der Mauer war nicht breiter als zwei Ellen, und einen anderen Durchschlupf auf ihre Seite fand sie in unmittelbarer Nähe nicht. Gäbe es einen, so hätten die Männer gewiss nicht die Fackel hiergelassen, um den Weg zurück zur Gasse zu finden. Floreta hielt den Atem an, da sie fürchtete, er könnte sie verraten. Sie durfte jetzt nicht die Nerven verlieren. Stattdessen musste sie zur Stelle sein, wenn der Mann sich durch die Öffnung zwängte. Tat er das mit den Füßen voran, war sie verloren. Schob er aber seinen Kopf zuerst durch das Loch, gelang es ihr vielleicht, ihn mit einem gezielten Schlag außer Gefecht zu setzen, bevor er ihren Schatten an der Wand sah.

Sie wartete. Endlose Augenblicke verstrichen, in denen sie sich nicht rührte. Aber der Mann ließ sich nicht blicken. Auch der Philosoph hatte aufgehört zu stöhnen. Hinter der Mauer blieb alles still, bis auf den Wind, der nach wie vor durch die Wipfel der Bäume strich.

Warum kam er nicht? Er musste doch verschwinden, also warum in Gottes Namen stieg er nicht durch das Loch?

Floretas Nerven drohten zu zerreißen. Als hinter ihr ein Schnaufen ertönte und sich eine Hand auf ihre Schulter legte, schrie sie in Panik auf. Sie würde es ihm nicht zu einfach machen. Wild schlug sie mit der lodernden Fackel um sich und hätte den Mann, der sich über sie beugte, fast an der Stirn getroffen, wäre dieser nicht so geistesgegenwärtig gewesen, zur Seite zu springen.

«Hör auf! Was ist in dich gefahren?»

«Ihr?» Schluchzend ließ sie die Fackel fallen und warf sich in Jonathans Arme. «Ich dachte schon ...» Sie sprach nicht weiter. Tränen liefen ihr über die Wangen.

«Nichts als Schwierigkeiten hat man mit dir», schimpfte der Arzt, doch es klang nicht böse, vielmehr erleichtert. Erst als er die Fackel wieder aufhob, bemerkte Floreta, dass er mit einem Dolch bewaffnet war. Wenigstens etwas.

Jenseits der Mauer fanden sie den Philosophen in seinem Blut. Von seinem Angreifer fehlte jede Spur; er musste einen anderen Weg gefunden haben, um sich aus dem Staub zu machen. Jonathan ging neben dem reglosen Körper in die Knie, fühlte den Puls und legte dann seinen Kopf auf die schmale Brust des Alten.

«Er lebt noch», verkündete er erleichtert. «Wir müssen ihn sofort in sein Haus schaffen.»

Floreta blickte sich ängstlich in dem Garten um, an dessen Ende ein verfallenes Gemäuer zwischen den Bäumen hervorlugte. Das Grundstück war verwildert und roch nach Verwesung. Verendete Vögel und die Skelette toter Katzen lagen unter Unkraut und dichtem Dornengestrüpp.

«Die Kopfverletzung gefällt mir nicht!» Jonathan wischte sich die Hände an seinem Gewand ab.

Floreta wollte etwas erwidern, doch da entdeckte sie Samus Kasten und erstarrte. Am Deckel klebte Blut. Der Unbekannte musste damit auf den Philosophen eingeschlagen haben.

«Wer kann das getan haben?», murmelte Jonathan. «Einen hilflosen Gelehrten nachts aus dem Haus zu schleppen und dann niederzuschlagen. Dabei hatte ich angenommen, die Juden von Zaragoza wären in ihrem Viertel vor Angriffen sicher.» Darüber, dass er Floretas Hilferuf nicht ernst genommen hatte, verlor er kein Wort.

«Er wurde nicht aus seinem Haus geschleppt, sondern kam freiwillig hierher», widersprach Floreta aufgeregt. «Wie oft soll ich Euch noch sagen, dass ich ihn beobachtet habe?»

«Jedenfalls darf ein Angriff auf ein ehrenwertes Mitglied unserer Gemeinde nicht ungesühnt bleiben. Da nicht anzunehmen ist, dass jemand aus der Judería dem alten Mann nach dem Leben getrachtet hat, werden Rabbi Ascher und ich gleich morgen zu Doña Belen gehen. Sie kennt das *Fuero*, unser verbrieftes Stadtrecht, besser als jeder andere in Aragón. Wir zahlen König Pedro hohe Abgaben dafür, dass wir innerhalb der Judería unbehelligt leben dürfen.»

Floreta beneidete Jonathan für sein Vertrauen zu dieser Frau, das sie nicht teilen konnte. Einer bösen Ahnung folgend, öffnete sie Samus Arzneikasten und fand bestätigt, was sie schon befürchtet hatte: Er war leer. Die Aufzeichnungen aus Granada waren ebenso verschwunden wie Samus Instrumente und die sorgsam gesammelten Heilmittel, die Floreta noch vor wenigen Tagen mit Sahins Hilfe ergänzt hatte.

Frustriert und verwirrt klappte Floreta den Deckel wieder zu. Hatte der Philosoph die Sachen verkauft? Oder waren sie ihm gestohlen worden? Doch warum hatte der Angreifer dann den Kasten ausgeplündert und leer zurückgelassen? Es war schwer vorstellbar, dass er den alten Mann damit niedergeschlagen hatte, nur um anschließend jedes Stück einzeln daraus zu entnehmen. Dafür hätte er keine Zeit gehabt. Aber vielleicht hatte Abraham Abramera den Kasten schon in seinem Haus geleert, weil er etwas ganz anderes zu transportieren gedachte. Eine Kostbarkeit, die sein Angreifer um jeden Preis an sich bringen wollte? Floreta tupfte dem Philosophen mit einem Zipfel ihres Kleides das Blut von der Stirn.

Sie konnte nur hoffen, dass er den Morgen noch erlebte und ihr ein paar Antworten auf ihre Fragen geben konnte.

Kapitel 18

Abraham Abramera erwies sich als zäh. Er lag zwar auch am nächsten Morgen noch in tiefer Ohnmacht, doch seine Kopfverletzung brachte ihn ebenso wenig um wie das Fieber. Sein Atem ging regelmäßig, und ein-, zweimal öffnete er sogar die Augen.

Zu Floretas Verwunderung unterzog Jonathan seinen Nachbarn nur einer oberflächlichen Untersuchung und erklärte dann, der Mann habe großes Glück gehabt, dass sie ihn gefunden hätten. Der Schlag war wohl doch weniger heftig ausgeführt worden, als sie zunächst befürchtet hatten, wobei die Prellung an Abrahams rechter Hand darauf hinwies, dass der Alte versucht haben musste, den Angriff abzuwehren. Das Blut rührte vor allem von einer Platzwunde an der Stirn her, die Floreta mit warmem Wasser und Wein gesäubert und anschließend unter Jonathans prüfenden Blicken genäht hatte. Ein paar blutstillende Kräuter, ein Trank aus Mohn gegen die Schmerzen – mehr ließ sich im Augenblick nicht tun. Der Philosoph würde eine Weile das Bett hüten müssen und gewiss unter Kopfschmerzen leiden, doch mit Gottes Hilfe würde er wieder genesen.

«Werdet Ihr nun Doña Belen informieren?», wollte Floreta wissen. Sie saß seit Stunden auf einem unbequemen Schemel neben dem Bett des Alten, was dessen Frau, einer hutzeligen Greisin, überhaupt nicht recht war. Da sie Jonathans Autorität jedoch achtete, duldete sie die Anwesenheit der jungen Frau.

Der Arzt winkte ab. «Warum sollte ich mir Ungelegenheiten bereiten? Er lebt ja. Sicher, im Falle seines Todes wäre es meine Pflicht, den Rat von Zaragoza einzubeziehen, wenn nötig sogar den König um Gerechtigkeit zu bitten. Doch wegen einer solchen Lappalie sollten wir weder Doña Belen noch einen anderen Außenstehenden belästigen. Von dir verlange ich, über die Angelegenheit zu schweigen. Wir werden Abraham Abramera dazu befragen, sobald es ihm besser geht. Er ist mein Freund und wird mir alles erklären, was ich wissen muss.»

Vielleicht ist er auch so nett, Euch zu verraten, warum er Samus Kasten gestohlen und mir eine unverblümte Drohung durchs Fenster geschickt hat, dachte Floreta missmutig. Sie fand es befremdlich, wie schnell der Arzt seine Meinung geändert hatte. Vor einigen Stunden war er noch Feuer und Flamme dafür gewesen, sich bei Doña Belen Rat zu holen, nun war er bereit, die ganze Angelegenheit zu vergessen.

«Und Ihr findet es gar nicht eigenartig, dass der alte Abraham mitten in der Nacht sein Haus verlässt, um sich auf einem verlassenen Grundstück mit einem Fremden zu treffen?» Sie zeigte auf den leeren Arzneikasten, den sie in einen Winkel der Stube geschoben hatte. «Was wollte er mit dem Kasten meines Großvaters?»

Abrameras Frau kam gerade mit frischen Tüchern herein. Sie funkelte erst Floreta, dann Jonathan empört an. «Schämt ihr euch denn nicht, meinen armen Mann des Diebstahls zu beschuldigen?»

«Nicht so laut!» Jonathan legte einen Finger über die Lippen. «Er braucht Ruhe!»

«Die wird er schon bekommen, sobald ihr fort seid», keifte das Weib und fuchtelte dabei mit den Armen in der Luft herum. «Von nun an werde ich mich allein um meinen Mann kümmern. Ich sorge dafür, dass es ihm an nichts fehlt.» Plötzlich hielt sie inne und starrte auf den Kasten. «Ich habe das Ding hier noch nie gesehen, das schwöre ich. Abraham hat es bestimmt auf der Gasse gefunden. Er leidet unter Schlaflosigkeit, schon seit Wochen. Dann wird ihm die Luft in unserer Schlafkammer zu dünn, und es treibt ihn hinaus ins Freie. Ich habe ihm schon oft gesagt, dass er nicht bei Dunkelheit durch das Viertel spazieren soll.»

Spaziergänge durch die Judería mitten in der Nacht? Floreta glaubte der Frau kein Wort.

«Wirst du wegen dieser Sache mit dem Rabbi reden?», erkundigte sich die Alte ängstlich. Sie legte die Leintücher auf das Bett, zu Füßen ihres ohnmächtigen Mannes. «Er ist momentan nicht gut auf Abramera zu sprechen. Einige seiner Schriften haben ihm nicht gefallen.»

Jonathan schüttelte den Kopf. «Als Arzt bin ich nur dem Wohl meiner Patienten verpflichtet. Ob sie wach sind oder bewusstlos, spielt dabei für mich keine Rolle.»

«Und deine Gehilfin?»

Floreta seufzte. Solange der Philosoph nicht bei sich war, würde sie weder erfahren, wie er Samus Kasten in die Finger bekommen hatte, noch, was mit dessen Inhalt geschehen war. Ob er später mit ihr darüber reden würde, stand jedoch ebenfalls in den Sternen. Nach kurzem Zögern und auf Jonathans Drängen gab sie der Alten schließlich ihr Wort, einstweilen über die Ereignisse der Nacht zu schweigen.

***

Es war ein Wagnis, das Haus im Auge zu behalten, in dem der jüdische Arzt lebte. Wie leicht konnte ihn jemand dabei beobachten und Verdacht schöpfen! Aber er ging das Risiko ein, weil er unbedingt Gewissheit brauchte.

War die Frau, die er am Nachmittag in Begleitung jenes Mannes gesehen hatte, wirklich Floreta gewesen? Oder ein Trugbild, heraufbeschworen, um seinen Frieden zu stören? Um die alten Albträume, die er überwunden geglaubt hatte, wieder wachzurufen? Dabei hatte er sich sein neues Leben so teuer erkämpft.

Diego hatte sich immer für einen kühl abwägenden Mann gehalten, der zur Vorsicht neigte und daher nie die Fassung verlor oder Gefahr lief, überrumpelt zu werden. Ja, manche seiner Freunde spotteten über seinen Hang, jedermann zu misstrauen und sich stets nach Gefahren umzublicken, selbst dort, wo keine in Sicht waren. Ein Feigling war er deswegen noch lange nicht. Das hatte er in so manchen Gefechten und in zahlreichen Missionen für den König unter Beweis gestellt. Gleichzeitig hing ihm der Ruf an, dass die Vergangenheit ihm nicht viel bedeutete. Er besaß Güter, verstreut über ganz Aragón, die seiner Familie trotz der Not, unter der das Königreich seit Beginn des Krieges litt, beachtliche Einkünfte aus Korn, Öl und Schafwolle bescherten. Da er diese Güter aber nur geerbt und nicht selbst gegründet hatte, interessierten sie ihn nicht mehr als der Besitz irgendeines Fremden. Er überließ es seinen Vettern, sich um die Ländereien zu kümmern, obwohl sie in die eigenen Taschen wirtschafteten. Belen und Felipe wurden nicht müde, ihm deswegen Vorhaltungen zu machen. Andererseits wussten sie, dass er nur in Zaragoza war, um dem König zu dienen. Ihm seine Treue und Ergebenheit zu beweisen und dafür Ruhm zu erlangen war alles, was er noch von seinem Leben erwartete.

Zumindest hatte er das geglaubt – bis zu dem Moment, in dem er das Mädchen wiedergesehen hatte. Floreta. Verdammt, sie war noch hübscher als in seiner Erinnerung.

Diego ertappte sich dabei, wie seine Gedanken in die Vergangenheit abdrifteten und er jedes Detail ihrer Begegnung aus seinem Gedächtnis hervorholte, bis die lange verblasste Erinnerung in neuem Glanz erstrahlte wie eine Klinge aus Damaszenerstahl.

Gleichzeitig beschlich ihn ein Gefühl von Unruhe, das er nicht einordnen konnte. Er hatte sich eingeredet, das Mädchen und dessen ungestüme Verwandte vergessen zu haben, weil sie ihm nichts bedeuteten, ja mehr noch, weil er sie hassen musste. Er hatte sie für tot gehalten, weil das einfacher war und er so eine alte Narbe schonen konnte, die ihn an ein düsteres Kapitel seines Lebens erinnerte. Er zweifelte nicht daran, dass diese alte Wunde nun wieder aufbrechen konnte, und davor hatte er Angst.

Er spähte auf das Haus hinunter und fragte sich, ob sie auftauchen würde, wenn er es nur lange genug hier oben aushielt. Der Turm, in dem er sein Lager aufgeschlagen hatte, gehörte einem alten Freund seines Großvaters, der ihn aber seit den dunklen Jahren, in denen die Pest in der Stadt gewütet hatte, nicht mehr nutzte. Er hatte Diego die Erlaubnis gegeben, sooft er wollte hier heraufzusteigen, weil es in ganz Zaragoza keinen Ort gab, an dem man eine bessere Aussicht genoss. Der Alte glaubte wohl, dass er sich mit einer Frau hierher zurückzog, um ungestört zu sein. Dass Diego den Turm als Beobachtungsposten brauchte, weil die Mauern der Judería nur einen Steinwurf von hier entfernt lagen, konnte er nicht ahnen.

In dem Haus rührte sich nichts. Weder trat jemand vor die Tür, noch klopfte ein Bewohner des Viertels an, um den Arzt um Hilfe zu bitten. Ohnehin schien eine bleierne Starre die sonst so belebten Gässchen der Judería erfasst zu haben, als fürchteten sich deren Bewohner vor einem drohenden Unheil.

Diego dachte an den neuberufenen Inquisitor. Dieser Mann machte aus seinem Hass auf Mauren und Juden keinen Hehl. Ständig predigte er in den Kirchen, ja sogar auf öffentlichen Plätzen gegen sie. Und nun bat er um eine Audienz beim König, doch die Königin fand immer neue Ausflüchte, um ein solches Treffen zu vermeiden. Ausgerechnet Diego hatte man als Vertrautem König Pedros die Aufgabe übertragen, den Inquisitor auf später zu vertrösten. Er tat es schweren Herzens. Nicht weil er für den Gesandten des Papstes Sympathien hegte, sondern weil er fürchtete, dass Pedros Stolz ihn der Kirche entfremdete. Das aber konnte die Krone die Unterstützung des Adels kosten. In einer Zeit, in der die Ungläubigen darauf lauerten, ihre frühere Bedeutung wiederzuerlangen, war dies gefährlich. Die Mauren mussten zurückgeschlagen werden, und dafür brauchte Zaragoza den Segen der Jungfrau.

König Pedro aber überlegte nur immerzu, wie er den Einfluss der Kirche weiter schmälern konnte. Er hatte im Zuge des *Pactismo* einen Vertrag unterzeichnet, in dem er sich verpflichtete, die Privilegien aller Reichsteile zu schützen. Zu größeren Zugeständnissen war er nicht bereit.

Diego begann trotz seines leichten Gewands zu schwitzen, denn in der kleinen Turmkammer wurde es gegen Mittag unerträglich heiß. Hinzu kam das nervtötende Gurren der Tauben, die sich das Gebälk unter dem Dach als Nist- und Brutstätte erwählt hatten. Verdammt, was tat er eigentlich hier? Er hätte längst wieder in der Aljafería sein müssen. Stattdessen jagte er hier oben einem Hirngespinst nach. Schon bei Doña Belen hatte er sich wegen seines plötzlichen Aufbruchs lächerlich gemacht. Was mochte die Mutter seines Freundes nun von ihm halten? Dass er vor einer Frau die Flucht ergriff, konnte sie doch nur amüsieren.

Da wurde im Haus des Arztes ein Fenster geöffnet, und eine junge Frau sah gedankenverloren hinaus. Sie war es, er erkannte sie auf Anhieb. Nun hatte er Gewissheit.

Er atmete tief durch, während sich seine Hände zu Fäusten ballten. An seinem Hals schwoll eine Ader an. Was sollte er nun, da er sie gefunden hatte, mit dem Weib anfangen? Mit gezogenem Schwert in die Judería stürmen, die Tür des Hauses aufbrechen und sie über die Schwelle zerren? Aber wozu? Was wollte er in ihren Augen sehen, wenn sie vor ihm kniete? Angst und Entsetzen?

Reue? Oder etwa Verlangen? Er wusste es nicht und spürte nichts als Verwirrung in sich. Nur eines stand fest: Da die Juden unter König Pedros Schutz standen, würde es Diego als einen seiner geachtetsten Ritter teuer zu stehen kommen, wenn er Hand an die Frau legte. Angestrengt dachte er nach. Er musste einen Weg finden, sie in die Finger zu bekommen, ohne den Frieden der Judería zu stören. Sie und die anderen, die er auch noch aufspüren würde. Gewiss hatten auch sie sich in Zaragoza niedergelassen. Sie hatten vergessen. Lebten ein Leben ohne Erinnerung. Ohne die Albträume, die er fürchtete.

Allein dafür würde er sie bezahlen lassen.

Diego verließ die Turmkammer mit ihrer Hitze und dem drückenden Gestank von Staub und Taubenkot, weil er ihre Enge nicht länger ertragen konnte. Er musste ins Freie, an die frische Luft. Während er die Stufen der Treppe hinabstieg, kam ihm ein Gedanke.

***

Als Floreta zwei Tage später zum Haus des verletzten Nachbarn lief, um dessen Verband zu wechseln, erlebte sie eine unangenehme Überraschung. Niemand öffnete auf ihr Klopfen, die Fenster zur Gasse waren mit Brettern vernagelt.

«Sie sind fort», hörte sie die Stimme von Jonathans Magd, die mit einem Korb voller Gemüse um die Ecke bog. Die Frau blieb bei ihr stehen und senkte die Stimme. «In der Früh sah ich den alten Abraham und sein Weib in Richtung Tor ziehen.»

Sofort stürmte Floreta in Jonathans Studierstube. «Warum habt Ihr mir verschwiegen, dass unser Nachbar sich erholt hat?» Sie funkelte ihn ärgerlich an. «Er und seine Frau haben das Viertel verlassen.»

Der Arzt verstaute die Schriftrolle, in der er gelesen hatte, in einer Lade, die er sorgfältig verschloss. «Na und? Es ging ihm besser, deswegen habe ich ihm gestattet, seine schon lange geplante Reise anzutreten. Er hat einen Bruder in Almenara, bei dem er eine Weile bleiben will, um sich zu erholen.»

«Aber ich muss mit ihm reden, das habt Ihr genau gewusst.»

«Keine Sorge, ich habe ihn auf den Arzneikasten angesprochen. Er hat mir versichert, dass er in dem verwilderten Garten des Schlachters darüber gestolpert ist.»

Floreta kniff die Augen zusammen. Wie konnte Jonathan ihr nur eine derart haarsträubende Geschichte auftischen? «Und was hatte Abramera nun in diesem verwilderten Garten verloren?», fragte sie. «Ihr werdet ihn doch um eine Erklärung gebeten haben.»

«Selbstverständlich. Es war, wie ich bereits vermutete. Abraham Abramera verfolgte einen Einbrecher, der durch ein Fenster in sein Haus eindringen wollte, und wurde von diesem niedergeschlagen, bevor er Hilfe herbeirufen konnte.»

Das wurde ja immer besser. Floreta hätte beinahe lauthals gelacht.

Doch dann fügte Jonathan hinzu: «Es war dumm von dir, ihm zu folgen. Du hast dich und auch mich in Gefahr gebracht.»

«Ohne mich hätte Euer Philosophenfreund die ganze Nacht bewusstlos in diesem Garten gelegen. Es wären sicher Stunden vergangen, bis man ihn dort gefunden hätte. Und Eure Geschichte von dem Einbrecher ist schwerer zu schlucken als vier Wochen altes Brot. Abraham Abramera hatte den Kasten meines Großvaters bei sich, als er sein Haus verließ. Er folgte keinem Dieb, sondern einem Lichtzeichen, und niedergeschlagen wurde er, weil er sich fürchterlich mit einem Mann in diesem Garten dort gestritten hatte. Wie nanntet ihr ihn noch gleich?»

«Den Garten des Schlachters», murmelte Jonathan widerstrebend. «Keiner im Viertel kommt ihm zu nahe, seit der Mann mitsamt seiner Familie dort starb. Er hat sie im Wahnsinn getötet. Mit dem Hackbeil, das er sonst zum Zerkleinern der Knochen benutzte.»

Einen schaurigeren Ort hatten Abramera und sein Angreifer für ihre finsteren Geschäfte wohl nicht finden können. Doch wenn der Garten hinter dem verfallenen Gemäuer für gewöhnlich gemieden wurde, konnte sie nachvollziehen, weshalb der Alte dorthin geschlichen war. Nur was er vorgehabt hatte, begriff sie nicht, und so würde es dank Jonathan auch bleiben. Der Arzt verschwieg ihr etwas, und Abramera hatte sich aus dem Staub gemacht. Auf diese Weise würde sie nie herausfinden, was aus Samus Schriften und Instrumenten geworden war.

«Du solltest die Angelegenheit nicht weiterverfolgen», riet ihr Jonathan. Er wühlte in einer Mappe mit Schriftstücken. «Zumal du den Kasten deines Großvaters wiedergefunden hast.»

«Sicher ist Euch aufgefallen, dass er leer ist!»

«Was leer ist, lässt sich auch wieder füllen. Du möchtest doch nach wie vor von mir lernen, nicht wahr?»

Die Frage ließ Floreta aufhorchen, denn in ihr schwang eine leise Warnung mit. Nun begriff sie, warum der Arzt sie nicht zu Abramera mitgenommen und ihr auch nicht von dessen heimlicher Abreise erzählt hatte. Er wollte nicht, dass sie dem Diebstahl des Arzneikastens und dem verschwörerischen Treffen im Garten des Schlachters nachspürte. Die Begründung lag auf der Hand: Abramera musste Jonathan darum gebeten haben, sie aufzuhalten.

Der Arzt blickte sie an. Sie konnte seinen Argwohn förmlich riechen. «Also, was ist? Solltest du das rabbinische Gericht aufsuchen wollen, so steht es dir frei, das zu tun. Aber rechne dann nicht mehr mit meiner Unterstützung.»

Floreta hob den Kopf und starrte in die Flamme der Tranlampe, die an einer Kette über dem Schreibpult des Arztes hing.

Dahinter war die raue Steinwand mit ihren vollgestopften Nischen und Regalen schwarz vor Ruß. Es war stickig im Raum, denn Jonathan hasste es, die Fenster zu öffnen.

Zu Menachem konnte sie nicht zurück, selbst wenn sie gewollt hätte. Livnah hätte das nicht erlaubt. Allein im Viertel zu wohnen war aber nur verwitweten Frauen gestattet. Verzichtete Floreta auf Jonathans Schutz, hätte sie ihr Leben entweder als Dienstmagd oder als Bettlerin beschließen müssen. Das wusste der Arzt genau. Um als Heilerin anerkannt zu werden, benötigte sie die Genehmigung des rabbinischen Rates, die wiederum von Jonathan und darüber hinaus vom Rat der Stadt Zaragoza befürwortet werden musste. Außer ihrem Meister gab es weit und breit niemanden, auf den sie sich berufen konnte. Die einzigen Personen von Rang, die sie kannte, waren Doña Belen, die Jonathans Gönnerin war, und Eleonora, in deren Gefolge sie nach Zaragoza gekommen war. Letztere hätte ihr zweifellos ein gutes Zeugnis über ihr ärztliches Wissen ausstellen können, denn schließlich hatte Floreta die Augen des kleinen Juan erfolgreich behandelt. Aber die Edeldame hatte Floreta das Versprechen abgenommen, niemals nach ihr oder ihrem Sohn zu fragen. Nein, ihr blieb keine Wahl. Sie musste bei Jonathan bleiben und hoffen, dass er sie nicht auch noch vor die Tür setzte.

«Selbstverständlich möchte ich von Euch lernen», sagte Floreta nach einigem Zögern. «Ich werde keine Fragen mehr wegen Abramera stellen.»

Das war es, was der Arzt von ihr hören wollte. Sichtlich zufrieden trug er ihr auf, sich am nächsten Morgen gleich nach Sonnenaufgang in der Krankenstube einzufinden.

Kapitel 19

Ihrer ersten Unterrichtsstunde sah Floreta gespannt entgegen. Wie Jonathan wohl vorgehen würde? Ähnelten seine Lehrmethoden denen Samus und der arabischen Mediziner, die sie aus Granada kannte, oder verfolgte er Ansätze, die ihr fremd waren? Aus welchen Büchern würde er sie unterrichten? War er ein Anhänger des *Sefer Asaph*, das in ganz Spanien als medizinisches Standardwerk galt, oder folgte er eher den Auslegungen persischer und arabischer Heilkundiger? Sie brannte darauf, zu erfahren, ob man in Zaragoza mit Pflanzen heilte, die Samu nicht gesammelt hatte, ob Jonathan auch als *al-Bajtar* gerufen wurde, wie man in Granada Männer nannte, die sich um kranke Pferde und Vieh kümmerten, und welche Ratschläge er ihr für die Behandlung von Augenerkrankungen erteilen konnte.

«Du wirst noch überschnappen, dann landest du selbst auf der Krankenbahre», spottete die alte Magd Susanna, der Floretas vor Aufregung gerötete Wangen nicht entgingen. «Nun setz dich erst einmal hin und löffle deine Suppe!» Gutmütig stellte die Frau ihr einen bis zum Rand gefüllten Napf hin.

Geistesabwesend rührte Floreta darin herum. Sie war im Morgengrauen aufgestanden, um Susanna zur Hand zu gehen, hatte jedoch rasch gemerkt, dass sie viel zu zerstreut war, um der Magd in der Küche eine Hilfe zu sein. Also hatte Susanna die übliche Morgensuppe allein zubereitet und Floreta einen Platz auf dem Bänkchen zugewiesen, wo sie ihr nicht im Weg herumstand.

«Nun sag schon, ist sie gelungen?» Die Alte kicherte zufrieden, denn noch nie hatte sich jemand im Haus über ihre Kochkünste beschwert. «Der Meister liebt sie deftig mit viel Hafer, gehacktem Knoblauch, Kerbel und Beifuß. Wenn die Hennen fleißig gelegt haben, schlag ich auch noch ein Ei hinein. Dann schimpft der Meister zwar wegen der Verschwendung, aber wehe, ich würde darauf verzichten.» Sie sah Floreta prüfend an. «Du könntest auch einen Nachschlag vertragen, so dünn, wie du bist. Mit leerem Magen kann niemand studieren, das ist meine Weisheit, und mit der bin ich alt und runzlig geworden.»

Floreta brachte ihrem Meister die dampfende Suppe mit zwei Scheiben frischgebackenem Brot in seine Kammer und wartete mit Ungeduld, bis er endlich seine Gebetsriemen abnahm. Ob Jonathan ein frommer Mann war, vermochte sie nicht recht einzuschätzen. Wie der Silberschmied und die meisten anderen Bewohner der Judería versah er seine religiösen Pflichten gewissenhaft. Er sprach seine Gebete morgens und abends, besuchte eine der vielen kleinen Synagogen im Viertel und prüfte von Zeit zu Zeit, ob Susanna in der Küche auch Milch von Fleisch trennte oder neue Kessel und Schüsseln in reines Grundwasser tauchte, bevor sie sie benutzte. Wurde er jedoch zu Doña Belen oder in ein anderes christliches Haus außerhalb der Judería gerufen, kehrte er oft nachdenklich, manchmal sogar gereizt nach Hause zurück. Dann sperrte er sich in seine Studierstube ein und war stundenlang für niemanden zu sprechen.

Floreta hätte nur zu gern gewusst, was ihn nach seinen Besuchen in der Stadt so beschäftigte, doch Susanna warnte sie, ihn darauf anzusprechen. «Er wird auch zu Priestern und höheren kirchlichen Würdenträgern gerufen», meinte die Magd geringschätzig. «Die Nazarener fordern ihn dann heraus, über die Unterschiede zwischen unserer und ihrer Lehre zu diskutieren. Doch das ist ein ungleicher Wortstreit, bei dem der Sieger von vornherein feststeht, denn wann wäre es einem Juden schon einmal gestattet gewesen, ohne Angst vor den Folgen seine Lehre darzulegen? Er muss sich beleidigen lassen, ohne parieren zu dürfen. Ein unbedachtes Wort könnte ihm das Genick brechen.»

Floreta staunte. Nun verstand sie den Arzt besser, und er stieg sogar in ihrer Achtung.

Nach einer Weile beendete Jonathan seine Mahlzeit und befahl Susanna gut gelaunt, die leeren Schüsseln abzutragen. Floreta dagegen durfte bleiben.

«Nimm dir ein Kissen und setz dich vor das Schreibpult», lud er sie ein. Dann öffnete er eine Truhe und entnahm ihr zwei schwere Bücher. Er begann, in einem davon zu blättern. «Maimonides lehrt, dass der Körper das Gerät der Seele ist. Ohne ihn und seine Funktionen zu kennen, ist es uns Menschen unmöglich, den Willen Gottes zu erfüllen. Als Heiler ahmen wir in aller Demut und Bescheidenheit den großen Schöpfer nach, wohl wissend, dass unsere Kunst im Gegensatz zu der Kunst Gottes begrenzt ist. Wir dienen als Gottes Werkzeuge, um den Körper des Menschen zu einem Tempel zu machen.»

«Und wenn jemand zu krank oder schwach ist, um seinen Körper noch zu beherrschen?», wollte Floreta wissen. Auf ihrem Schoß lag eine nagelneue Wachstafel, die sie im Laufe des Tages mit Notizen zu füllen hoffte.

«Wenn der Ewige seine helfende Hand von einem seiner Geschöpfe zurückzieht, wird auch der Geist dieses Menschen Schaden nehmen. Aber mehr davon später.» Jonathan sah Floreta nachdenklich an. «Ich weiß, dass du bereits vor einigen Jahren angefangen hast, Kranke zu behandeln. Dein Großvater hat vor seinem Tod einiges von seinem Wissen an dich weitergegeben, nicht wahr?» Floreta nickte eifrig. Sie wollte Jonathan erklären, wie Samu dabei vorgegangen war, doch zu ihrer Überraschung hob der Arzt mahnend die Hand. «Das solltest du vergessen!»

«Vergessen? Aber ...»

«Du kannst von Glück reden, dass dir keiner deiner sogenannten Patienten unter den Händen weggestorben ist. Alles, was du bislang unternommen hast, mag gut gemeint gewesen sein, aber es war auch ein Wagnis, das ich niemals geduldet hätte. Mitgefühl allein verschließt noch lange keine Wunde und heilt auch keine Entzündung.»

Floreta hielt es nicht mehr auf dem weichen Kissen. Empört sprang sie auf. Sie war nicht zu Jonathan gekommen, um sich von ihm herunterputzen zu lassen. «Ihr selbst habt mir doch erlaubt, die Platzwunde am Kopf des Philosophen zu säubern und zu nähen. Ich habe das Blut gestillt.»

Jonathan lachte sie aus. «Und darauf bildest du dir etwas ein? Jedes Kräuterweib kennt seine Tränke und Pulver. Mit ärztlicher Kunst hat das nichts zu tun. Dein Samu mag dir den Gebrauch verschiedener Heilpflanzen beigebracht haben, doch was wusste er über die Geheimnisse des menschlichen Körpers, welche Gott nur wenigen Auserwählten offenbart?» Er umschlich Floreta wie eine Katze den gefüllten Futternapf. «Der große Samu», höhnte er. «Gelehrter, Weiser, Menschenfreund. Der Stern am Himmel aller Leidenden. Ich frage mich, woher seine medizinischen Erkenntnisse stammten. Welche Schulen hat er besucht?» Er blieb stehen und flüsterte Floreta herausfordernd ins Ohr: «Salerno oder Montpellier?»

Floreta presste die Lippen zusammen. Sie hasste den Arzt dafür, wie geringschätzig er über Samu sprach. Doch sie musste zugeben, dass sie keine Ahnung hatte, wie und wo ihr Großvater sein Wissen erworben hatte. Berichten zufolge war er in jungen Jahren durch Persien und Ägypten gewandert, aber Beweise dafür besaß Floreta nicht. Entsprechende Urkunden oder Beglaubigungen hatte sie auch in Granada nie gesehen.

«Wenn du wirklich als Heilerin wirken willst, verlange ich, dass du mir gehorchst.» Jonathan ging zu seinem Schreibpult und schob mit dem Fuß einen Gegenstand dahinter hervor. Floreta erkannte sogleich Samus Arzneikasten und runzelte die Stirn. Sie hatte ihn doch zurück in ihre Kammer gebracht. Der Arzt musste ihn sich geholt haben.

«Was macht mein Kasten hier bei Euch?», fragte sie mit zitternder Stimme. Sie ahnte etwas, doch der Gedanke war so schrecklich, dass sie ihn gar nicht zu Ende führen mochte. Er würde doch wohl nicht …

Jonathan wies auf das Feuer im Kamin, das den Raum in schier unerträgliche Hitze tauchte. Floreta hatte sich schon gewundert, warum der Arzt darauf bestanden hatte, die Glut vom Abend zuvor neu zu entfachen. Nun erfuhr sie den Grund.

Sie schüttelte entsetzt den Kopf. «Nein, Meister! Das könnt Ihr nicht von mir verlangen!»

«Oh doch, du wirst den Kasten verbrennen», befahl Jonathan streng. «Er steckt voller böser Erinnerungen. Er hält dich gefangen. Noch jetzt, wo er leer zu deinen Füßen steht, siehst du ihn an wie ein Heiligtum. Du klammerst dich an morsches Holz, als wäre es das Heilmittel, das gegen alle Krankheiten hilft. Aber ein solches Mittel gibt es nicht und wird es nie geben. Samu besaß es nicht, und auch du wirst es niemals besitzen. Solange du das nicht einsiehst und dich demütigst, bist du nicht bereit, deinen Geist zu öffnen. Du wirst in der Vergangenheit bleiben und alles, was ich dir beizubringen versuche, an dem messen, was du von Samu gehört hast.» Er deutete auf die Feuerstelle. Der Schein der Flammen ließ seine Wangen glühen. «Worauf wartest du noch? Du kannst Samu, den Vater deines Vaters, weiterhin in deinem Herzen tragen, dagegen habe ich nichts. Aber wenn du von einem Heilkundigen lernen willst, dann musst du dich zwischen dem Toten und mir entscheiden.»

Floretas Augen füllten sich mit Tränen. Was Jonathan da von

ihr verlangte, war nicht nur grausam, sie empfand es fast als Frevel. Sie begriff nicht, warum nahezu jeder, den sie in der Stadt kannte, es auf Samus Kasten abgesehen hatte. Zuerst hatte man ihn ihr weggenommen, nun sollte sie ihn auch noch eigenhändig verbrennen.

«Wie lautet deine Entscheidung?», drängte Jonathan. «Du solltest auch daran denken, dass an dem Holzkasten Blut klebt. Ein Mann wurde damit niedergeschlagen und verletzt. Auch aus diesem Grund möchte ich ihn nicht in meinem Haus haben.»

Floreta dachte an Samu und fragte sich, was er an ihrer Stelle getan hätte. Da fiel ihr ein, warum er ihr den Kasten ans Herz gelegt hatte: nicht wegen seiner Pulver und Tinkturen, sondern weil er unter seinen Habseligkeiten die Edelsteine des Emirs versteckt hielt. Nein, um den Kasten selbst hatte er niemals viel Aufhebens gemacht. Er hatte sich seiner bedient, weil er praktisch war, das war alles. Floreta atmete tief durch. Nun gut, wenn ihr Meister es unbedingt so wollte ... Ohne Umschweife bückte sie sich, hob Samus Kasten auf und beförderte ihn mit einem gezielten Wurf in die Flammen.

«Du hast dich richtig entschieden», meinte Jonathan mit einem zufriedenen Lächeln. Die Tränen, die in den Augen seiner Gehilfin schimmerten, ignorierte er. Vielleicht nahm er sie aber auch gar nicht wahr. Mit einer einladenden Geste forderte er sie auf, sich wieder auf ihr Kissen zu setzen, während er sich wie ein Magister hinter sein Schreibpult begab. «Dann können wir nun endlich weiterarbeiten.»

Die folgenden Wochen wurden für Floreta so anstrengend, dass ihr abends die Füße schmerzten und sie erschöpft ins Bett sank. Hatte sie schon im Haus des Silberschmieds hart gearbeitet, um sich für die Gastfreundschaft seiner Familie dankbar zu zeigen, so fand sie bei Jonathan nur höchst selten einen Moment, in dem sie ganz für sich sein und ihren Gedanken freien Lauf lassen konnte. Sie stand jeden Morgen kurz vor Tagesanbruch auf, um der alten Susanna in der Küche zur Hand zu gehen, denn die Magd jammerte immer häufiger wegen ihrer Rückenschmerzen. Floreta kümmerte sich um das Brennholz, versorgte die beiden Ziegen im Stall hinter dem Haus und jätete Unkraut mit dem Knecht, der anders als die redselige Susanna seinen Mund nur öffnete, um ein Stück Käse oder einen Zipfel Rauchfleisch hineinzuschieben. Erst wenn sie alle ihre Aufgaben in Haus und Garten gewissenhaft erfüllt hatte, durfte sie sich vor Jonathans Schreibpult setzen und zuhören, was er über die Theorien der griechischen Heilkundigen Hippokrates und Alkmaion von Kroton zu sagen hatte.

Dieser kurzen Zeit des Tages fieberte sie schon beim Aufstehen entgegen und war jedes Mal enttäuscht, wenn Jonathan nach einer Weile das Buch zuschlug und sie mit mehr Fragen als Antworten zurückließ.

Dennoch genoss sie die Stunden, die ihr zum Lernen zur Verfügung standen. Voller Staunen studierte sie im Schein der Öllampe fleckige, durch zahlreiche Hände gewanderte Zeichnungen auf Pergament, die das Innere männlicher und weiblicher Körper darstellten, und zerbrach sich den Kopf darüber, woher der Künstler sein Wissen genommen haben mochte. Sowohl die christliche Kirche als auch die Weisen ihres Volkes verboten bei Strafe, einen menschlichen Körper zu öffnen.

Es dauerte nicht lang, bis sie begann, ihre eigenen Skizzen anzufertigen. Spät in der Nacht, wenn der Arzt und die übrigen Hausbewohner längst schliefen, nahm sie einen Kohlestift zur Hand und zeichnete aus dem Gedächtnis Ansichten verschiedener Organe wie Herz, Lunge, Leber und Nieren auf den Fußboden ihrer Kammer.

Stand kein Krankenbesuch an, bei dem Floreta ihrem Meister assistieren musste, fragte er sie nach dem Abendgebet ab. Er ließ sich erklären, was sie über die Störung des Gleichgewichts der Säfte wusste, wie nach Hippokrates beim Einrenken eines Schultergelenks vorzugehen war und was ein guter Arzt beim Aderlass und beim Umgang mit Schröpfgläsern zu beachten hatte. Floreta blieb ihm keine Antwort schuldig. Sie erwähnte Samu und seine Art der Behandlung nicht mehr, dennoch gewann sie den Eindruck, dass Jonathan der arabischen Heilkunde längst nicht so feindselig gegenüberstand, wie sie geglaubt hatte.

Nach etwa einem Monat bat der Arzt sie, ihm einige Schriften aus dem Arabischen in die spanische Sprache zu übersetzen. Das verblüffte Floreta. Hatte Jonathan ihr nicht wiederholt eingeschärft, dass die Erkenntnisse muslimischer Ärzte im christlichen Aragón nicht gern gesehen wurden? Doña Belen war beileibe nicht die Einzige, die sich gegen den Einfluss der arabischen Medizin in Zaragoza aussprach. Doch Jonathan hob die Hand, bevor sie ihn danach fragen konnte.

«Keine Sorge, die Schriften stammen von einem der Unseren», verkündete er gönnerhaft, während er Floreta ein Bündel mit engbeschriebenen Pergamentseiten in die Hand drückte. Ganz oben konnte sie den Namen Maimonides entziffern. Aus seinen zehn Abhandlungen zur Heilkunde hatte sie als Kind nicht nur Samu, sondern auch mit ihm befreundete muslimische Heilkundige zitieren hören. Floreta hatte keine Ahnung, wie Jonathan in den Besitz dieser Schriften gekommen war, begriff jedoch sein Dilemma: In der Judería gab es vielleicht eine Handvoll Kaufleute, die leidlich Arabisch sprachen, doch sie war vermutlich die Einzige, die es auch lesen und schreiben konnte. Mochte es Jonathan noch so ärgern, er brauchte sie.

Mit einem Hochgefühl machte sie sich an die Arbeit. Doch dieses verflog, als sie feststellte, dass ihr die Übertragung der Schriften nicht so leicht von der Hand ging, wie sie angenommen hatte. Zwar war ihr Spanisch aufgrund von Bruder Pablos heimlichen

Unterrichtsstunden im Klostergarten von Santa Coloma nicht schlecht, doch es genügte nicht immer, um komplizierte Theorien und Behandlungsmethoden eingängig darzustellen. Stundenlang stand sie über Jonathans Pult gebeugt, bis ihr der Rücken schmerzte, sie grübelte, machte sich Notizen, rang um Wörter und Ausdrücke und verwarf sie wieder, bis sie vor Müdigkeit kaum noch die Augen offen halten konnte. Am Schlimmsten waren für sie die Abendstunden, wenn Jonathan kam, um sich die Ergebnisse ihrer Mühen anzusehen, denn zufrieden war er selten mit ihr. Es kam vor, dass er ihre Arbeit vor ihren Augen zerriss, im Kohlenbecken verbrannte und ihr in scharfem Ton befahl, von vorn zu beginnen.

«Warum, glaubst du, hat der große Meister Maimonides seine Abhandlungen in der Sprache der Mauren niedergeschrieben?», fragte er sie eines Abends.

Das hätte auch Floreta nur zu gerne gewusst. Hätte der Gelehrte sich nicht einer Sprache bedienen können, in der Jonathan bewandert war? Ihre anfängliche Begeisterung war längst tiefem Frust gewichen. Seit Tagen weigerte sich der Arzt, mit ihr zu reden. Die Übersetzungen ließen ihr keine Zeit mehr, ihn zu Ratsuchenden zu begleiten, und sogar seine Medizintasche füllte er inzwischen selbst.

Nach einigem Zögern antwortete sie: «Er verbrachte seine letzten Lebensjahre in Kairo als Leibarzt des Sultans. Und der sprach ebenso Arabisch wie der Emir von Granada.»

Jonathans Augen blitzten auf. «Sicher, aber Maimonides hätte seine Abhandlungen auch auf Hebräisch abfassen können. Das tat er nicht, weil diese Sprache viel zu heilig ist, um damit die Schwächen unserer unreinen Leiber zu beschreiben. Sie ist unserem Gottesdienst und dem Studium von Thora und Talmud vorbehalten. Die arabische Sprache dagegen mag den Mauren auch heilig sein, weil ihr Koran arabisch ist. Doch sie trägt einen besonderen Klang in sich, der jeden berührt, der ihr lauscht. Es steckt so viel Musik darin, verstehst du? Diese Musik möchte ich in deiner spanischen Übersetzung wiederfinden. Erst dann ist sie vollkommen.»

«In Granada sagen die Weisen, dass nur Gott vollkommen ist», warf Floreta ein. Sie erinnerte sich an einen Handwerker, der unweit der Alhambra herrliche Teppiche geknüpft hatte. Als Kind hatte sie ihn einmal dabei ertappt, wie er kurz vor Vollendung eines seiner kostbaren Stücke einen Faden falsch verwebte. Darauf angesprochen, hatte er ihr lachend erklärt, dass Allah den Hochmut der Menschen bestrafe und er sich daher nicht erdreisten wolle, ihn, den Vollkommenen, nachzuahmen.

Jonathan schüttelte den Kopf. «Moses gab uns Gebote, die uns leiten, aber keines hält uns davon ab, unsere Aufgaben so gut wie nur möglich zu erfüllen. Also mach dich wieder an die Arbeit!» Fast zärtlich glättete er eines seiner Pergamente auf dem Pult mit dem Handrücken. «Dann erfährst du auch, wie Maimonides die Hämorrhoiden des Sultans und die Kurzatmigkeit von dessen Lieblingsfrau geheilt hat.»

Ganz zu schweigen vom Durchfall seines Lieblingsesels, dachte Floreta und rief nach der Magd, damit die ihr ein neues Öllicht brachte. Die Nacht versprach lang zu werden.

Kapitel 20

An einem heißen Tag im Spätsommer machte ein bedrückendes Gerücht in der Judería die Runde. Floreta erfuhr davon, als sie Wasser vom Brunnen holte, wo bereits eine ganze Schar Frauen aufgeregt die Köpfe zusammensteckte. Ihren Worten zufolge war ein Ziegenhirt bei dem Versuch, ein Tier seiner Herde aus einem Graben zu retten, auf Trümmer gestoßen, die einmal zu einem Wagen gehört haben mussten. Dieser war wohl die Böschung hinabgestürzt und dann mit Ästen und Laub bedeckt worden, bis er von der Straße aus nicht mehr zu sehen war. Doch nicht der Anblick des Karrens hatte dem Jungen vor Entsetzen die Augen aus den Höhlen hervorquellen lassen, sondern das, was ein Stück weiter unterhalb der Achse lag: die Überreste zweier menschlicher Körper.

Livnah stellte ihren Krug so schwungvoll ab, dass einige Spritzer des frischen kühlen Wassers den Saum ihres dunkelblauen Gewandes benetzten. Sie litt ganz offensichtlich unter der drückenden Schwüle, die schon kurz nach dem Morgengrauen über dem ummauerten Brunnenplatz hing. Ihr Gesicht war aufgedunsen und fleckig, der Körper so unförmig, dass sie sich die Faust in die Wirbelsäule bohrte, um annähernd aufrecht stehen zu können.

Ihrem Erscheinungsbild nach stand die Geburt des Kindes unmittelbar bevor, und Floreta fand, dass der Silberschmied sein Weib nicht mehr allein zum Brunnen schicken sollte, um Wasser zu schöpfen – geschweige denn den bis zum Rand gefüllten Krug bis zu ihrem Haus zu schleppen. Wo um alles in der Welt steckte die nichtsnutzige Tirsah? Floreta überlegte, ob sie der Frau anbieten sollte, den Krug für sie nach Hause zu tragen, doch da Livnah sie keines Blickes würdigte, traute sie sich nicht. Es war allerdings auch nicht nötig, denn nun löste sich eine andere Frau aus dem Kreis der Wasserträgerinnen und verlangte energisch nach Livnahs Krug. Floreta kannte ihren Namen nicht, hatte aber gehört, dass sie vielen ihrer Nachbarinnen bei Geburten beigestanden hatte. Ihrem Aussehen nach zählte sie etwa vierzig Sommer. Sie war barfuß und trug ein geflicktes Kleid, unter dem senffarbenen Schleiertuch auf ihrem Kopf lugten geflochtene graue Zöpfe hervor. Sie strahlte so viel Würde aus, dass die Frauen am Brunnen ihr sogleich respektvoll Platz machten.

«Komm in den Schatten», forderte die Frau Livnah auf und blinzelte zum Himmel empor, an dem kein Wölkchen Regen verhieß. «Eine Schande, dass der rabbinische Rat das Brunnendach nicht hat flicken lassen. In den Bastmatten, die uns beim Schöpfen vor der Hitze schützen sollen, sind mehr Löcher als in einem Sieb.»

Floreta wusste, worauf die Frau anspielte. Seit einiger Zeit fehlte es auch in der Judería am Nötigsten, während Armut und Elend in ganz Zaragoza in erschreckendem Maße zunahmen. Da der Krieg an den Grenzen Aragóns kein Ende nahm, kamen immer weniger Handelsgüter in die Stadt, wobei die Preise für Korn und Wein ebenso rasch anstiegen wie die Steuern und Abgaben für den König. Immer häufiger wurden Kaufmannszüge von Soldaten aus Kastilien überfallen und geplündert. Grenzbefestigungen waren beschädigt, und um sie wieder instand zu setzen, pressten die Steuereintreiber des Königs aus der Bevölkerung heraus, was sie konnten. Der Unmut darüber entlud sich in den Tavernen der Stadt, doch kaum einer wagte es, die Entscheidungen, die in der Aljafería getroffen wurden, offen zu kritisieren, denn das wurde als Hochverrat geahndet. Daher wurde nach Schuldigen gesucht, die man in der Judería zu finden glaubte.

War das Viertel nicht immer schon reich und unabhängig gewesen? Durften seine Bewohner nicht nach eigenen Gesetzen leben? Angeblich litt in der Judería niemand Hunger, weil deren Händler es verstanden, heimlich Handelsware wie Seidenstoffe, Wein und Silber aus dem mit Aragón verbündeten Frankreich in die Stadt zu schmuggeln. Dass die Zahl der Bettler auf den Gassen der Judería von Tag zu Tag anstieg und der rabbinische Rat die Wohlhabenderen des Viertels aufrief, Vorräte in das Lagerhaus hinter der Synagoge zu schaffen, blieb den Unruhestiftern anscheinend verborgen. Angeheizt wurde die gespannte Lage in Zaragoza von den Predigten des Inquisitors, die von Tag zu Tag an Schärfe zunahmen.

«Es waren zwei von unseren Leuten», hörte Floreta die Hebamme jetzt eindringlich rufen. «Man hat sie mit zertrümmerten Schädeln gefunden.» Sie kniff die Augen zusammen und wandte sich an Floreta. «Ich habe gehört, dass dein Meister vor die Mauern gerufen wurde, damit er die Toten in Augenschein nimmt. Es handelt sich um eure Nachbarn, die vor einiger Zeit die Stadt verlassen haben.» Sie murmelte eine Beschwörung, in welche die Umstehenden angsterfüllt einstimmten. «Weit scheinen sie nicht gekommen zu sein. Irgendjemand hat dem alten Abramera und seiner Frau aufgelauert, ihren Karren umgeworfen und die Leichen unter den Trümmern verscharrt.»

«Vielleicht Straßenräuber?» erkundigte sich ein blasses junges Mädchen, das seiner Mutter beim Schöpfen half.

Die Hebamme schien davon alles andere als überzeugt. «Es heißt, Jonathan habe die Ohrringe der Frau und einen goldenen Ring wiedererkannt. Ein Wegelagerer hätte ihr den Finger abgeschnitten, um an das Gold zu gelangen.»

Erschüttert griff Floreta nach ihrem Krug. Sie war an der Reihe, doch ein paar der Frauen, darunter Livnah, stellten sich ihr in den Weg und sahen sie mit einer Mischung aus Furcht und Feindseligkeit an.

«Seit du in Zaragoza bist, geht es mit der Stadt bergab», schimpfte Livnah schwer atmend drauflos. «Der Handel mit den Provinzen stockt, weil unsere Männer sich kaum noch vor die Mauern trauen können, der Hunger breitet sich aus, und nun auch noch das. Du bringst uns in Gefahr mit deinem hochmütigen Ansinnen, im Haus des Jonathan die Heilkunde zu studieren.»

Floreta beobachtete, wie Livnah mit ihren geschwollenen Fingern eine Scheibe aus Silberblech an ihrem Gürtelband berührte, ein Amulett, das Menachem für sie angefertigt hatte. Es sollte den gefürchteten Dämon Lilith fernhalten, die verstoßene erste Frau Adams, die vorzugsweise Frauen im Kindbett heimsuchte und Neugeborene verhexte. Floreta kannte Amulette dieser Art auch aus Granada, war aber überrascht, dass Livnah und Menachem, die doch sonst so eifrig den Anordnungen des rabbinischen Rats folgten, diesem Aberglauben huldigten. Die nahende Geburt schien Menachems Frau zu beunruhigen. Es war nicht das erste Mal, dass Livnah ein Kind zur Welt brachte, aber Floreta vermutete, dass sie sich wegen ihres fortgeschrittenen Alters Sorgen machte.

«Sie soll aus der Stadt verschwinden», meinte nun auch eine andere Frau. Sie nickte ihren Freundinnen zu, die sich in drohender Pose vor den Brunnen stellten. «Wie konnte der Rat ihr erlauben, unter dem Dach eines unverheirateten Mannes zu leben, als wäre sie seine Ehefrau?» Sie spuckte vor Floreta aus. «Bist wohl mehr als bloß seine Schülerin, was? Brauchst es nicht abzustreiten. Das ganze Viertel redet darüber, was du der armen Tirsah angetan hast.»

Floreta erbleichte. Bislang hatte sie mit den Nachbarinnen in gutem Einvernehmen gelebt. Man hatte es dabei belassen, einander auf der Gasse flüchtig zu grüßen oder einen gesegneten Sabbattag zu wünschen. Natürlich hatte Floreta nicht angenommen, dass auch nur eine der Frauen ihren Wunsch, Ärztin zu werden, verstand. Doch dass sie ihr so feindselig begegneten, hatte sie nicht erwartet. Um weiteren Beleidigungen zu entgehen, schnappte sie sich ihren Krug und ergriff schleunigst die Flucht.

Doch offensichtlich hatten die Frauen des Viertels nicht vor, sie so leicht davonkommen zu lassen, denn noch bevor sie den Torbogen erreichte, der vom großen Brunnenplatz zur Straße der Weinhändler führte, spürte sie einen Schmerz im Genick, der sie straucheln ließ. Sie schrie auf. Irgendetwas hatte sie getroffen. Ein Stein? Klirrend zerbrach der Tonkrug in ihrer Hand. Triumphierend kreischte eine der Frauen auf. Floreta hob schützend beide Arme, denn nun flogen weitere Steine. Ein paar der Frauen vom Brunnen nahmen die Verfolgung auf, allen voran Livnah. Floreta stieg über die Scherben ihres Kruges und nahm die Beine in die Hand. Dem Geschrei nach schloss sich der Meute nun auch noch eine ganze Kinderschar an, die dem Beispiel der Frauen folgte und sich ebenfalls nach Steinen und anderen Wurfgeschossen bückte. Floreta floh nach Hause, wo Susanna ihr die Pforte öffnete. Doch es dauerte noch eine ganze Weile, bis das Prasseln der Steine gegen Tür und Fensterläden verstummte und die Menge von einigen besonnenen Männern vertrieben werden konnte.

Am Abend, als am großen Tor schon die ersten Wachfeuer brannten, kehrte Jonathan in die Judería zurück. Er lenkte einen Wagen, auf dem zwei in weiße Leintücher gehüllte Körper lagen.

«Livnah wurde verwarnt», berichtete er später beiläufig. «Sollte sie es noch einmal wagen, die Leute gegen dich aufzustacheln, wird sie nach der Geburt ihres Kindes die Peitsche zu spüren bekommen. Der rabbinische Rat ist gerecht. Er wird nicht dulden, dass wir uns gegenseitig an die Kehle gehen.»

«Livnah hat Angst.» Floreta hob ihr Haar im Genick an, wo der Stein sie getroffen hatte. Ein hässlicher Bluterguss färbte ihre Haut, doch mit ein wenig Geduld und Salbe würde er rasch heilen. Der Schreck, der Floreta noch immer tief in den Gliedern steckte, würde sie gewiss länger begleiten. «Sie lebt in der Sorge, der Allmächtige könnte ihr das Kind nicht lassen oder sie könnte wieder ein Mädchen auf die Welt bringen, für das sie einen Ehemann suchen muss wie für Tirsah. Vielleicht fürchtet sie sich auch davor, plötzlich mit ihren Kindern in Armut leben zu müssen. Wer erteilt schon in so schwierigen Zeiten einem Silberschmied wie Menachem Aufträge? Ja, wenn er Hufschmied wäre oder Schwerter anfertigte ...»

«Die Frau ist launisch und reizbar wie eine Wespe», befand Jonathan kopfschüttelnd. «Ich kann nicht verstehen, dass du einen solchen Drachen auch noch verteidigst. Und was Menachem betrifft, dem scheint die Arbeit noch nicht auszugehen. Ich bat ihn vor einigen Tagen, mir zwei neue Skalpelle zu schmieden, aber weißt du, was er mir antwortete? Ich solle bei Gelegenheit noch einmal hereinschauen. Er müsse zuerst einen anderen Auftrag erfüllen.» Jonathan schaute fast beleidigt drein.

Floreta zuckte mit den Achseln. Sie würde Livnah bis zur Geburt von deren Kind aus dem Weg gehen. Vielleicht besserte sich ihr Verhältnis ja, sobald die Frau von dieser Sorge frei war.

«Ihr habt mir noch nichts von den Toten erzählt, die gefunden wurden», wechselte sie das Thema. «Stimmt es, was die Leute sagen? Sind es Abramera und seine Frau?»

Jonathan runzelte die Stirn, ein untrügliches Anzeichen dafür, dass es ihm unangenehm war, sich dazu äußern zu müssen. «Die Ärmsten wurden beraubt und erschlagen», gab er dennoch Auskunft. «Weniger als zwei Meilen von der Stadt entfernt. Kein Wunder, dass ich nie wieder etwas von meinem alten Freund gehört habe.» Einen Moment lang war das Gesicht des Arztes von

Kummer erfüllt. «Und keiner dieser Narren im Rat ahnt auch nur, welch einen großen Gelehrten unser Volk mit ihm verloren hat.»

«Sehr bedauerlich», sagte Floreta. Ihr Blick wanderte aus dem Fenster hinüber zum Haus des Philosophen, das von der Dunkelheit verschlungen wurde, als wäre es mit seinen Besitzern verschwunden. «Ihr werdet doch jetzt sicher nicht mehr an einen Zufall glauben, oder?»

Jonathan rutschte unruhig auf dem Hocker hin und her, den Susanna ihm gebracht hatte. Da Abramera in Zaragoza keine Angehörigen mehr hatte, bestand der Arzt darauf, die Trauerrituale in seinem Haus durchzuführen. Das Gesetz schrieb vor, dass die Trauernden während der nächsten sieben Tage im Gedenken an die Verstorbenen auf dem Fußboden oder niedrigen Stühlen sitzen sollten.

«Euer Freund ist aus der Stadt geflohen, nachdem ich einen Streit zwischen ihm und einem Unbekannten belauschen konnte. Nur wenig später war er tot. Ich bin sicher, dass ihm derselbe Angreifer ein zweites Mal nachgestellt hat. Der erste Mordversuch im Garten schlug fehl – entweder weil der Unbekannte Euch kommen hörte oder weil er zu diesem Zeitpunkt noch nicht die Absicht hatte, Abramera zu töten. Möglicherweise wollte er ihn nur warnen, oder er verlangte etwas von ihm. Deshalb hatte Abramera den Kasten meines Großvaters bei sich.» Floreta geriet in Fahrt und übersah, wie sich das Gesicht des Arztes vor Wut dunkelrot färbte. «Der Unbekannte muss ihn im Auge behalten haben. Als er herausfand, dass er die Judería verlassen wollte und nicht die Absicht hatte, wiederzukehren, folgte er ihm. Er fühlte sich von ihm verraten oder bestohlen, vielleicht sogar beides, und beschloss daher, dass der Mann sterben müsse.»

«Bist du jetzt endlich fertig?», rief Jonathan. «Dann erinnerst du dich vielleicht daran, dass du mir versprochen hast, nicht mehr über Abraham Abramera zu reden!»

«Ja, aber ...»

Er hob die Hand. «Ich weigere mich, diesen absurden Theorien länger zuzuhören. Du trittst das Andenken eines *Zaddiks*, eines gerechten Mannes, in den Schmutz. Kein Wunder, dass man dich mit Steinwürfen aus dem Viertel zu vertreiben versucht.»

Floreta schnappte empört nach Luft. Jonathans Vorwurf traf sie wie aus heiterem Himmel, und sie fand ihn ungerecht. War es denn ihre Schuld, dass man sie bestahl? Wie sollte sie über die Vorgänge im Haus des Nachbarn schweigen, wenn sie doch ganz deutlich spürte, dass sie darin verwickelt war? Wann hatten diese merkwürdigen Geschehnisse ihren Anfang genommen? Plötzlich fiel es ihr wieder ein: Es war in der Nacht nach dem Besuch bei Doña Belen gewesen.

Das Gesicht am Fenster, durchfuhr es sie. Wie von einem grellen Licht geblendet, schloss sie die Augen, um sich die Züge des Mannes wieder ins Gedächtnis zu rufen. Sie wusste nun, an wen es sie erinnerte. Die Erkenntnis erschütterte sie so sehr, dass sie zu zittern begann.

Jonathan warf ihr einen misstrauischen Blick zu. «Was ist los mit dir?»

«Hier in Zaragoza nennt er sich Don Diego», murmelte sie. «Aber das ist nicht der Name, unter dem ich ihn damals kennenlernte.»

«Wovon zum Teufel redest du? Was hast du mit Don Diego de la Concha zu schaffen?»

Diego de la Concha? Floreta eilte zum Fenster und ließ ihre Blicke über die Straße schweifen. Sie war menschenleer. Die Bewohner der Judería hatten sich in ihre Häuser zurückgezogen, nur hie und da flackerte der Schein einer Kerze durch die geschlossenen Läden. Unten vor dem Tor lagen noch einige Steine und Erdklumpen, die Jonathans maulfauler Knecht beim Fegen übersehen hatte. Floretas Blicke wanderten weiter, über die Mauer hinweg bis zu dem Turm nahe dem Tor zur Judería. Dort brannte ein Licht, was Floreta eigenartig vorkam, da das dazugehörige Gebäude ebenso verlassen war wie das Haus des Philosophen.

Diego de la Concha. Floreta sprach den Namen in Gedanken immer wieder vor sich hin, als könnte sie damit einen Fluch bannen, der über ihrem Haupt schwebte. Wenn er, dem sie auch nach all den Jahren noch in ihren Albträumen begegnete, dort oben wachte, kreuzten sich womöglich just in diesem Moment ihre Blicke. Aber was hatte er vor? Warum zeigte er sich ihr nicht? Nun, vermutlich würde er das demnächst tun, und zwar um Rache an ihr zu nehmen.

Unten betätigte jemand den Türklopfer und schreckte Floreta damit auf. Kreidebleich sah sie aus dem Fenster, konnte aber außer einem Schatten niemanden erkennen. Großer Gott, was war nur in sie gefahren, dass sie jetzt schon jedes Geräusch in Angst und Schrecken versetzte? Im Haus des Arztes war sie doch sicher. Jonathan hatte ihr erklärt, dass es Gesetze gab, die sie schützten. Also warum diese Furcht? Vor ... ihm.

«Willst du nicht öffnen?», fuhr Jonathan sie verständnislos an. «Es ist sicher jemand krank geworden und braucht meine Hilfe.» Er klang jedoch nicht sehr überzeugt.

Erneutes Klopfen, dieses Mal stärker.

Schimpfend ergriff Jonathan die Öllampe und verließ den Raum, ohne dass Floreta ihn zurückhalten konnte. Was hätte sie dem Arzt auch erzählen sollen? Dass sie befürchtete, ein rachsüchtiger Geist wolle sie heimsuchen? Nein, kein Geist: ein Mann, den sie für tot gehalten hatte.

Es vergingen nur wenige Augenblicke, bis ein Wortwechsel zwischen dem Arzt und einer weiteren Person durchs Haus hallte. Offenkundig verlangte Letztere energisch, eingelassen zu werden.

Durch Floretas Kopf wirbelten die Gedanken wie ein heftiger Sturm. Ihr erster Impuls war zu fliehen. Vielleicht gelang es ihr ja, unbemerkt das Haus zu verlassen. Doch wohin sollte sie gehen? Fort aus Zaragoza und zurück zu Celiana nach Santa Coloma? Oder über die Grenze nach Kastilien? Nein, sie durfte nicht davonlaufen. Wollte sie nicht für den Rest ihres Lebens auf der Flucht sein, musste sie bei Jonathan bleiben, der nicht wissen konnte, wem er da gerade die Tür geöffnet hatte.

Floreta straffte die Schultern und ging zur Treppe. Sie konnte die Stimmen nun ganz deutlich unterscheiden. Auf der letzten Stufe erkannte sie eine ganz in Schwarz gekleidete Gestalt, die mit ausladenden Armbewegungen auf Jonathan einredete.

Mit einem tiefen Seufzer schloss sie die Augen.

Kapitel 21

In einem Gemach der Aljafería tat zur gleichen Zeit der alte Leibarzt des Königspaars seinen letzten Seufzer. Bruder Pablo war schon seit den Nachmittagsstunden nicht mehr vom Lager des Sterbenden gewichen. Für ihn war es eine Selbstverständlichkeit, bei Don Salvador im Palast zu bleiben, denn dieser war allseits geachtet und verdiente es nicht, seinen Abschied von dieser Welt ganz allein und ohne geistlichen Beistand zu nehmen.

Bruder Pablo kannte den Arzt zwar nur flüchtig, war aber darüber im Bilde, dass er keine Angehörigen besaß. Sein Leben hatte im Dienst der Krone gestanden, aber auch dem Kronrat, den Edeldamen der Königin, den Angehörigen des Ritterstands bis hin zu den Dienern und Wachleuten, die an den Toren der Aljafería Dienst taten, war er ein zuverlässiger Helfer gewesen.

«Der Tod kam als Erlöser zu ihm», verkündete Bruder Pablo später im Beisein der Königin. «Er hatte Zeit zu beichten und die heiligen Sterbesakramente zu empfangen, und da er ein rechtschaffener Mensch war, wird er gewiss in die ewige Seligkeit eingehen.»

Die Königin dankte Bruder Pablo für seine tröstenden Worte. Don Salvador war ihr mit den Jahren ans Herz gewachsen, und sie betrauerte seinen Tod aufrichtig.

Der Mönch beschloss, die Nacht im Palast zu verbringen, um für die Seele des Verstorbenen zu beten. Seit er der Königin als Beichtvater diente, führte ihn sein Weg fast täglich durch die Tore der Aljafería, ob er nun gerufen wurde oder nicht. Dabei beklagte er sich nie, obwohl der Fußmarsch durch halb Zaragoza – zudem bei der frühsommerlichen Hitze – einem Mann seines Alters und seiner Leibesfülle einige Strapazen abverlangte. Doch trotz aller Anstrengungen zog er es vor, nicht ganz in den Palast zu ziehen, sondern im Kloster der Kapuzinermönche wohnen zu bleiben.

An diesem Abend war Bruder Pablo nicht der einzige Gast der Königin. Außer Doña Belen traf er auch noch auf einen fast kahlköpfigen Geistlichen, dessen Anwesenheit in diesen Gemächern ihn verwirrte. Es war Eymerico, der neue Inquisitor von Zaragoza, der wieder einmal verlangte, den König zu sprechen. Bruder Pablo mochte ihn nicht. Er verspürte Mitleid mit der Königin, die den unwillkommenen Besucher ausgerechnet heute ertragen musste, und dieses Gefühl wuchs, als ihm aus den Kleidern des Inquisitors ein säuerlicher Geruch von Fisch und Schweiß entgegenschlug. Eymerico davonzujagen kam leider nicht in Frage, damit hätte sich die Königin den Bischof, ja, die gesamte Inquisition zum Feind gemacht.

Bruder Pablo bemerkte, wie der Inquisitor seine bescheidene Kutte musterte und daraufhin die Stirn runzelte. Diese Anmaßung entfachte in ihm neuen Verdruss. Beim heiligen Benedikt, was hatte dieser Kerl bei seinem Beichtkind zu suchen? Versuchte er etwa, sich bei der Königin einzuschmeicheln? Das gefiel Bruder Pablo nicht. Seit er von Santa Coloma nach Zaragoza übergesiedelt war, galt seine ganze Aufmerksamkeit dem Beistand der Menschen dieser Stadt. Er hatte stets ein offenes Ohr für ihre kleinen und großen Sorgen und tat sein Bestes, um für jeden, der seinen Rat brauchte, da zu sein. Ob Eymerico ihn deshalb als Bedrohung empfand?

Der Gruß des Inquisitors fiel reichlich kühl aus, doch das hatte Bruder Pablo auch nicht anders erwartet. Er selbst verspürte ebenso wenig Freude darüber, Eymerico zu begegnen, und hätte gut damit leben können, ihm weiterhin aus dem Weg zu gehen. Was er über die Predigten des Inquisitors gehört hatte, genügte, um in ihm heftigen Widerwillen gegen den ehrgeizigen Geistlichen zu wecken. Am liebsten hätte er auf dem Absatz kehrtgemacht, aber da er Eymerico nicht das Feld überlassen wollte, blieb er. Noch war er der Beichtvater der Königin, und von diesem Mann, der sich wie eine Schlange in den Palast schlich, würde er sich ganz gewiss nicht einschüchtern lassen.

«Ich werde die Nacht im Gebet an Don Salvadors Totenbett verbringen», sagte er schließlich und senkte den Blick auf seine Sandalen. «Friede seiner Seele.»

Die Königin saß mit Doña Belen und umringt von einer Schar Zofen und Ehrendamen am offenen Fenster und genoss die milde Abendluft. Zwei jüngere Mädchen unterhielten sie auf der Laute, unterbrachen ihr Spiel aber, als die Königin aufstand und die Hand hob, denn die Höflichkeit verlangte, Eymerico in die Unterhaltung einzubeziehen.

«Ihr kennt doch Seine Ehrwürden, nicht wahr?», fragte sie Bruder Pablo.

Bruder Pablo nickte ohne Begeisterung. «Gewiss, meine Tochter. Ich verfolge sein Wirken in Zaragoza mit großer Aufmerksamkeit!»

«Und doch kann ich mich nicht entsinnen, dass die Brüder des Kapuzinerordens jemals meinen Predigten zugehört hätten», sagte Eymerico lächelnd. «Das ist bedauerlich, denn was ich den Menschen von Zaragoza zu sagen habe, ist für alle Ohren bestimmt. Solltet Ihr Euren Mitbrüdern nicht mit gutem Beispiel vorangehen? Schließlich tragt Ihr als Beichtvater der Königin eine besondere Verantwortung.»

«Eine Verantwortung, der ich gerecht werde, indem ich den Menschen zuhöre, die reinen Herzens sind», konterte Bruder

Pablo. «Gott schenkt mir die Kraft, ihre Fragen zu beantworten und ihnen bei all ihren Sorgen und Nöten zur Seite zu stehen.»

«Wer wahrhaft glaubt, hat keine Fragen zu stellen und nimmt sein Los demütig als Geschenk des Herrn an. Schließlich werden wir alle in Sünde geboren. Aber auch ich höre den Leuten in dieser Stadt zu. Jedem, der zu mir kommt, um mir von seinen ... Beobachtungen zu berichten. Daher kenne ich die Sorgen der Gläubigen besser als Ihr, Bruder. Verzeiht mir, wenn meine Worte anmaßend klingen, aber ich bin nun einmal daran gewöhnt, auszusprechen, was mir am Herzen liegt.»

«Was Ihr nicht sagt.»

Der Inquisitor funkelte Bruder Pablo herausfordernd an. «Sollte Euch etwa entgangen sein, wen das Volk von Zaragoza wirklich fürchtet?»

Bruder Pablo wechselte einen Blick mit der Königin, die einen ratlosen Eindruck machte. Es war ihr anzusehen, dass sie den kahlköpfigen Mann nur zu gern losgeworden wäre, doch nicht einmal sie, die sonst kein Wortgefecht scheute, griff ein, um ihn zurechtzuweisen.

«Die Menschen fürchten Armut und Krankheit, den Krieg und den Teufel», antwortete Bruder Pablo vorsichtig.

«Aber wer sorgt dafür, dass der Teufel sich hier ungestraft Seelen holen kann?», bedrängte ihn Eymerico mit glitzernden Augen. «Ich will es Euch sagen, Bruder.» Er senkte die Stimme, als verriete er ein Geheimnis. «Es sind die Mauren und die Juden, die in Zaragoza nach ihren eigenen Gesetzen leben dürfen und dabei nach Macht und Einfluss streben.»

Bruder Pablo hörte, wie ein Raunen durch das Gemach ging. Sein Blick fiel auf Doña Belen, die Vertraute der Königin. Sie lehnte mit durchgedrücktem Rücken an einer Säule und gab vor, sich die Webarbeit einer der Zofen anzusehen, doch Bruder Pablo war davon überzeugt, dass der Frau nichts von dem, was der Inquisitor sagte, entging. Pablo hatte noch nicht oft mit ihr gesprochen, wusste aber, dass sie für ihre Klugheit bekannt war. Nun blickte sie den Inquisitor unverwandt an. «Mit anderen Worten, Aragón durchlebt finstere Zeiten, weil sich die Mauren und Juden hier gegen uns verschworen haben?»

Der Inquisitor hob beschwichtigend die Hand. «Nun, sagen wir, auch hier gibt es Menschen, die nicht im Weinberg des Herrn arbeiten.»

«Mag sein, aber deshalb verwüsten sie diesen Weinberg nicht gleich», knurrte Bruder Pablo verstimmt. Er hatte nun genug gehört, um sich sein Urteil über diesen Mann bilden zu können. Eymerico war ein Fanatiker, dem jeder Funke gesunden Menschenverstands fehlte. Es wurde höchste Zeit, etwas gegen ihn zu unternehmen. Aber was? Pablo besaß weder die Macht noch die Autorität, um ihn am Predigen zu hindern. Nicht einmal König Pedro durfte das. Zu allem Überfluss fielen die Worte des Kahlköpfigen beim Ritterstand auf fruchtbaren Boden. Wenn wenigstens dieser unselige Krieg endlich aufhören würde, dachte er und nahm sich vor, auch dafür zu beten.

«Ich kann Eure Sorgen verstehen, Bruder Eymerico», sagte die Königin schließlich mit einem nachsichtigen Lächeln. «Aber ich bin sicher, dass sie unbegründet sind. In Zaragoza lebt das Volk friedlich miteinander. Die Mudéjares haben sich nach der Rückeroberung des Landes den Gesetzen Aragóns unterworfen, dafür dürfen sie so beten, wie ihr Glaube es ihnen vorschreibt. Mein Gemahl lässt ihnen die Freiheit, ihren Koran zu studieren, ohne behelligt zu werden, solange sie nicht versuchen, das Banner ihres Propheten auf den Zinnen der Stadt zu hissen. Dasselbe gilt auch für die Bewohner der Judería. Unter ihnen leben einige Gelehrte, die weit über die Grenzen Aragóns bekannt sind. Kartenzeichner mit ausgezeichneten geographischen Kenntnissen, Goldschmiede und Kaufleute mit Beziehungen bis nach Indien. Obwohl viele von ihnen Verwandte und Freunde in Toledo, Sevilla und anderen Städten Kastiliens haben, gab es niemals Anlass, an ihrer Treue zu zweifeln.»

Der Inquisitor ließ das nicht gelten. «Aber Euch ist schon bekannt, dass die Ungläubigen sich über Christus und die heilige Jungfrau lustig machen? Beide Gruppen eint ihre Halsstarrigkeit. Sie weigern sich anzuerkennen, dass Christus Teil der Dreifaltigkeit ist. Für die Juden ist er ein Abtrünniger, über den in ihren Bethäusern kein Wort verloren wird. Die Mauren sind sogar noch schlimmer. Sie behaupten, ihn als gottgesandten Propheten zu ehren, doch leugnen sie, dass er am Kreuz für unsere Sünden starb.» Seine kleinen Augen verschwanden fast unter den buschigen Brauen, während er mit leiser Stimme hinzufügte: «Lehrt uns nicht die Heilige Schrift, dass kein Reich lange von Bestand sein kann, wenn es in sich uneins ist? Ich bin der Meinung, dass dies auch auf Aragón zutrifft. Gott ist nicht zufrieden mit den Verhältnissen, die in diesem Land herrschen. Sein Zorn wurde durch all diese Fremden entfacht. Der König sollte sie vertreiben.»

«Steht nicht geschrieben, dass wir uns der Fremden annehmen und sie schützen müssen?», warf Bruder Pablo entrüstet ein. «Ihr bringt Unruhe in die Bevölkerung, und das ist nicht im Sinne der Kirche.»

Eymerico verzog verächtlich das Gesicht. «Ich bewundere Eure Belesenheit, Bruder. Doch woher sollte ein einfacher Kapuziner wissen, was im Sinne der Kirche ist und was nicht? Lasst Euch warnen. Sollte mir zu Ohren kommen, dass in Eurem Kloster falsche Lehren verkündet werden, werde ich dagegen vorgehen. Als Gesandter der heiligen Inquisition muss ich das, um das Übel an der Wurzel auszurotten.»

Bruder Pablo fing einen Blick der Königin auf, der ihn davor warnte, etwas darauf zu erwidern. Er verstand sie gut. Auf keinen

Fall wollte er sie in die unangenehme Lage bringen, eines Tages als Zeugin gegen ihren eigenen Beichtvater aufzutreten.

«Ihr glaubt also, dass Gott uns straft, weil wir in Zaragoza so viele Juden und Anhänger des Mohammed dulden?», hakte Belen nach. «Sicher wäre es schwierig, sie alle des Landes zu verweisen, nicht wahr? All die begabten Kartenzeichner, Arzneikräuterhändler und Kaufleute, die mit ihrem Gold die leeren Truhen des Königs füllen.»

Der Inquisitor zuckte mit den Achseln. «Judas erhielt einst dreißig Silberlinge. Haben sie ihm Glück gebracht? Kastilien hat zumindest strengere Gesetze gegen die Ungläubigen verhängt.»

Bruder Pablo hatte eigentlich vorgehabt, sich nicht weiter reizen zu lassen, doch er brachte es nicht fertig, diesen Unsinn unwidersprochen stehen zu lassen. «Mag sein, dass die Israeliten in Toledo heftiger verfolgt werden als hier, aber wenn der Himmel König Pedro von Kastilien begünstigt, warum lässt er dann zu, dass dieser sich mit dem maurischen Emir von Granada verbündet? Für mich ergibt das keinen Sinn.»

«Manchmal bedient sich der Herr sogar der Ungläubigen, um seine Absichten zu vollenden», antwortete der Inquisitor ungerührt. «Dieses Bündnis hat nichts weiter zu bedeuten. Ich sage ja auch nicht, dass der Herr mit Wohlgefallen auf Kastilien blickt. Mir geht es um Aragón, und ich prophezeie Euch, dass der unselige Zwist zwischen den beiden Ländern erst aufhören wird, wenn Ihr bereit seid, mir Eure Tore zu öffnen.»

«Euch?» Bruder Pablo hob die Augenbrauen. «Warum Euch? Was habt Ihr vor?»

«Nur das, was Ihr versäumt, Mönch. Ich werde dafür sorgen, dass Aragón wieder in Gottes Gunst stehen kann.» Damit verbeugte sich Eymerico vor der Königin und verließ anschließend hocherhobenen Hauptes das Gemach.

Die anderen blickten ihm sprachlos nach. Es dauerte eine

ganze Weile, bis wieder jemand ein Wort sagte. Es war Belen, die einer Dienerin befahl, die Fenster zu schließen, da es im Raum recht kühl geworden war.

«Dieser Mann flößt mir Angst ein», flüsterte die Königin. «Mir wird richtig kalt, wenn ich ihm in die Augen sehe.» Sie richtete den Blick auf das goldene Kreuz an der Wand. «Und doch ... vielleicht ist ja etwas dran an dem, was er sagt. Was meint Ihr?»

Bruder Pablo schüttelte den Kopf. «Lasst Euch nicht von ihm verunsichern, Herrin. Ihr habt gehört, worauf er aus ist. Er will, dass Ihr ihm die Tore öffnet, damit er sein Gift fortan auch in der Aljafería versprühen kann.»

«Seid Ihr sicher, dass es Gift ist?», mischte sich Belen ein. Sie ergriff die Hand der Königin und drückte sie fest. «Ihr redet immerzu von Barmherzigkeit und Gnade, Bruder. Doch was, wenn wir diese Gnade gar nicht verdienen? Vielleicht will Gott uns prüfen. Deshalb führt er uns in einen Krieg, aus dem es kein Entrinnen zu geben scheint.»

Bruder Pablo wünschte sich zurück ins Kloster, wo er seine Ruhe und seine Bücher hatte und nicht mit anstrengenden Frauen wie dieser Hofdame diskutieren musste. Andererseits spürte er, dass er es schwer bereuen würde, wenn er es jetzt versäumte, ihre Bedenken zu zerstreuen.

«Er prüft uns ja auch», sagte er schließlich. «Jeden Tag unseres Lebens tut er das. Vielleicht hat er uns Eymerico geschickt, um uns daran zu erinnern, welches Gebot für uns das Höchste sein sollte: die Nächstenliebe. Glaubt mir, Señora, Angst und Liebe vertragen sich nicht. Eymerico sät den Zweifel in die Herzen der Menschen. Inzwischen betrachten immer mehr Leute in der Stadt die Bewohner der Judería als Feinde.» Er zuckte mit den Achseln. «Das stimmt mich traurig.»

Die Königin räusperte sich. «Ich werde mit meinem Gemahl über Eymerico reden müssen. Außerdem sollten wir die Meinung des Bischofs einholen. Diese ganze Angelegenheit wird mir heute eine schlaflose Nacht bescheren. Ist es nicht auch ein schlechtes Omen, dass mein guter alter Arzt ausgerechnet jetzt gestorben ist? Durch seinen Tod fühle ich mich so unsicher. Was, wenn eines meiner Kinder erkrankt oder einen Unfall erleidet? Ich wage gar nicht daran zu denken, wie hilflos uns Don Salvador zurückgelassen hat.»

«Dann solltet Ihr Euch Gedanken über einen Nachfolger machen», schlug Belen vor. Sie klatschte entschlossen in die Hände, woraufhin die jungen Frauen vom Gefolge der Königin sich augenblicklich von ihren Plätzen erhoben und den Raum verließen. Nur eine Kammerzofe blieb zurück.

Belen befeuchtete ihre Lippen mit einem Schluck Wein, dann wandte sie sich erneut der Königin zu, die wie versteinert auf ihrem Stuhl saß. «Ihr werdet besser schlafen, wenn Ihr Euch und Eure Kinder in guten Händen wisst. Wenn Ihr wollt, höre ich mich für Euch um. Ihr wisst, dass Ihr Euch auf meine Einschätzung verlassen könnt.»

«Das hört sich fast so an, als hättet Ihr schon jemanden im Auge?», fragte die Königin.

Ehe Belen Zeit für eine Erwiderung fand, bat Bruder Pablo ums Wort. «Darf ich Euch daran erinnern, dass wir uns schon einmal über Don Salvadors Nachfolge unterhalten haben?»

«Ihr redet von diesem Mädchen aus Santa Coloma», sagte die Königin nachdenklich. Dann schüttelte sie den Kopf. «Nein, das ist ausgeschlossen.»

«Warum? Die junge Frau ist begabt und gewissenhaft. Sie hat bei ihrem Großvater, einem berühmten Heilkundigen, die beste medizinische Ausbildung erhalten.»

«Ja, mit Hilfe von Dämonen und arabischer Medizin. Don Salvador dagegen …»

«Don Salvador war ein mitfühlender Mensch, aber seien wir

ehrlich: Er hatte keine Ahnung davon, wie man Blasensteine entfernt, eingeklemmte Brüche operiert oder den Starstich ausführt. Er legte Fledermausflügel und kleingeschnittenen Hasenpelz auf offene Wunden.»

«Ach, und Eure kleine Schülerin glaubt, sie wäre die bessere Heilerin?», entgegnete die Königin.

Bruder Pablo schüttelte den Kopf. «Das tut sie nicht, aber wir beide wissen, wozu sie fähig ist. Zurzeit lebt sie bei einem Arzt hier in Zaragoza. Glaubt mir, edle Herrin, seit sie einem Jungen das Augenlicht gerettet und eine verzweifelte Mutter damit glücklich gemacht hat, hat Floreta sich weiterentwickelt. Sie verdient eine Chance, sich zu bewähren.»

Belen verschluckte sich am Wein und spie hustend einige Tropfen auf den Steinboden.

«Ist Euch nicht wohl, Cousine?», fragte die Königin besorgt.

«Oh doch, mir geht es ausgezeichnet.» Belen warf dem Mönch einen durchdringenden Blick zu. «Nur ... Habt Ihr eben den Namen Floreta genannt?»

«Ja, das habe ich. Ist sie Euch bekannt?»

«Flüchtig, und ich wundere mich, dass ausgerechnet aus Eurem Mund ein derart absurder Vorschlag kommt, Mönch. Dieses Mädchen hat nicht das Zeug, um als Leibärztin der Königin zu dienen. Sie stellt sich ungeschickt an, geradezu tölpelhaft. Mag sein, dass sie einst mit einer Behandlung Erfolg hatte. Jeder blinde Bettler findet die Münze, die man ihm vor die Füße wirft, anhand ihres Klangs. Nein, Ihr dürft sie nicht in die Aljafería holen. Hier würde sie ihm jeden Tag begeg...» Erschrocken schlug sie die Hand vor den Mund.

Die Königin legte die Stirn in Falten. «Bitte, wovon redet Ihr, meine Liebe? Wem würde sie begegnen?»

Belen lächelte nervös. «Eurem Gemahl», erklärte sie hastig. «Glaubt Ihr, mein Vetter, König Pedro, würde es billigen, dass ein fremdes junges Ding von zweifelhafter Herkunft über die Gesundheit seiner Kinder wacht? Außerdem ist das Mädchen eine Ungläubige.»

«Das hatte ich ganz vergessen», murmelte die Königin. «Unserem strengen Eymerico würde es gar nicht passen, wenn ich das Leben der Prinzen von Aragón einer Fremden anvertraute.» Sie streckte die Hand nach ihrer Ratgeberin aus. «Wie gut, dass ich Euch an meiner Seite habe. Wen also würdet Ihr mir stattdessen vorschlagen?»

Mit Genugtuung sah Bruder Pablo, wie Belen bis in die Haarspitzen errötete. Die Frage der Königin schien sie zu beschämen, daher antwortete sie weitaus weniger forsch: «Ich dachte an Jonathan, meinen eigenen Leibarzt.»

«Ein grandioser Vorschlag», spottete Bruder Pablo, und es war ihm völlig gleich, dass er sich Belen damit nicht eben zur Freundin machte. «Er ist der Mann, für den Floreta arbeitet.»

«Jonathan hat Erfahrung. Dass auch er zu den Ungläubigen gehört, sollte sich verschmerzen lassen. Ihr selbst habt doch gesagt, wir müssten dem Inquisitor die Stirn bieten und dürften seine finsteren Prophezeiungen nicht ernst nehmen.» Sie räusperte sich. «Vielleicht solltet Ihr Euch jetzt zurückziehen, Mönch! Ihr wolltet doch noch Gebete für Don Salvadors arme Seele sprechen.»

Ja, dachte Bruder Pablo. Und bei der Gelegenheit schließe ich deine arme Seele gleich in meine Gebete ein.

«Nein, bitte bleibt», befahl die Königin mit Entschlossenheit. Wie es aussah, war sie zu einer Entscheidung gelangt. Sie lud Belen ein, in einem gepolsterten Scherensessel Platz zu nehmen, dann erklärte sie: «In diesen kriegerischen Zeiten brauchen wir alle Wundchirurgen, die mit Skalpell, Brenneisen und Knochensäge umgehen können. Nicht einmal der König wird es mir daher verübeln, wenn ich einer Frau die Gelegenheit gebe, ihr Wissen als Heilerin in der Aljafería unter Beweis zu stellen.»

Belen öffnete den Mund, doch die Königin unterbrach sie mit einer kurzen Handbewegung. «Beruhigt Euch, Cousine. Ich weiß, dass Ihr Euch um mein Wohlergehen und das des Infanten von Aragón sorgt. Was, wenn ich Euch sage, dass er schon einmal in Lebensgefahr geschwebt hat und nur durch ein Wunder gerettet wurde? Mein Gemahl weiß nichts davon, und er soll es auch niemals erfahren. Wunder wie damals brauchen wir auch heute. Daher werde ich dieser Jüdin die Möglichkeit bieten, sich mein Vertrauen zu verdienen. Aber zuvor sollte man sie prüfen, ob sie wirklich als Leibärztin in Frage kommt.»

Als Belen gegangen war, wandte sich die Königin mit einem Lächeln an Bruder Pablo. «Bitte erspart mir Euren Tadel, ich weiß genau, was Ihr sagen wollt. Ihr seid der Meinung, dass sich Euer Schützling längst bewiesen hat, nicht wahr?»

«Wenn Ihr meint.»

«Eine gewisse Doña Eleonora, die einst auf der Flucht vor den Soldaten aus Kastilien Zuflucht in einem verschlafenen Nest suchte, könnte Euch bestätigen, dass das Mädchen genauso begabt ist, wie Ihr behauptet. Doch die Königin von Aragón darf sich davon nicht beeinflussen lassen. Schließlich muss diese Entscheidung meinen Gemahl, den Kronrat sowie die weltlichen und kirchlichen Würdenträger von Zaragoza überzeugen.»

Bruder Pablo konnte sich ein Lächeln nicht verkneifen. Kein Wunder, dass die Gemahlin des Königs von allen geliebt und geachtet wurde. Er mochte schwören, dass er noch nie zuvor eine Frau mit einem größeren Herzen kennengelernt hatte. Wenn es um ihre Kinder ging, konnte sie aber auch die Krallen ausfahren wie eine wilde Katze. Der Tag, an dem sie aus dem Königreich Sizilien gekommen war, um die Gemahlin Pedros IV. zu werden, war für die Bewohner von ganz Aragón ein Freudentag gewesen. Und der Herr hatte sie mit vier Kindern gesegnet. Nur eines gefiel

Bruder Pablo nicht: dass sich die Königin von ihrer abergläubischen Furcht vor bösen Omen sowie von Menschen wie Eymerico verunsichern ließ.

«Also schön, was verlangt Ihr von mir?», fragte er schließlich.

«Überbringt dieser Floreta eine Nachricht von mir, aber sorgt dafür, dass sie keine Fragen stellt. Sie soll in zwei Tagen zur Aljafería kommen.» Sie sah aus dem Fenster, ihr Blick verlor sich in der Ferne des sternenklaren Himmels. «Ich fürchte, damit beleidigen wir Belen. Aber die Gute wurde mir in letzter Zeit ein wenig zu vorwitzig. Ich werde ihr dennoch als Zeichen meiner Gunst ein Perlarmband überbringen lassen.»

Bruder Pablo nickte höflich. Die Witwe galt als loyal, dennoch traute er ihr nicht über den Weg.

Die Königin trank einen Schluck Wein, dann sagte sie: «Ich habe ein ungutes Gefühl, versteht Ihr? Als könnte mir oder einem der Kinder jederzeit etwas zustoßen. Ich brauche Euch, meinen Beichtvater, denn ich sorge mich um unser Seelenheil. Doch ohne Arzt fürchte ich mich ebenfalls.» Sie schlug die Hand vor den Mund und schluchzte auf.

Bruder Pablo verstand nicht viel von Frauen. Wie auch, wo er doch fast sein ganzes Leben hinter Klostermauern verbracht hatte? Die Stimmungsschwankungen der Königin und ihre panische Angst, nach Don Salvadors Tod jeder Krankheit hilflos ausgeliefert zu sein, erschienen ihm merkwürdig. Ein Grund mehr, Floreta in die Festung zu holen, überlegte er. Eymerico würde nicht aufhören, die Massen um sich zu scharen und gegen die Bewohner der Judería zu hetzen. Dieser Narr schwenkte eine Fackel, die leicht einen Flächenbrand verursachen konnte. Aber in der Aljafería war Floreta sicher. Hier, unter dem Schutz der Königin, konnte er ihr nichts tun. Einigermaßen beruhigt machte sich der alte Mönch auf den Weg zur Kapelle, um endlich die aufgeschobenen Seelengebete zu sprechen.

Kapitel 22

Floreta jubelte, als sie erkannte, wer sich da vor der Türe mit Jonathan stritt. Mit einem Freudenschrei stürmte sie auf die Frau zu und umarmte sie. «Celiana, du? Und ich hatte schon Angst, dich niemals wiederzusehen.»

«Sachte, du wirfst mich ja um!» Schmunzelnd versuchte sich Celiana aus der Umklammerung ihrer Cousine zu befreien. Dann schob sie Floreta sanft von sich, um sie mit kritischer Miene zu mustern.

Verlegen schlug Floreta die Augen nieder. Ihr Tagesablauf ließ ihr einfach keine Zeit, um an ihr Äußeres zu denken. Für die Arbeit in der Krankenstube genügte ein braunes Wollgewand, und ihr Haar steckte unter einem Schleier aus vergilbtem Leintuch, den Susanna nicht mehr gebrauchen konnte. Als sie nun vor Celiana stand, schämte sie sich jedoch ihrer abgetragenen Sachen.

Ceti dagegen war höchst geschmackvoll gekleidet. Die Ärmel ihres himmelblauen Obergewands fielen bis zur Taille und waren mit Blüten bestickt. Ein goldener Stirnreif und ein Paar Ohrringe zeigten, dass sie während der vergangenen Monate nicht am Hungertuch genagt hatte. Sogar Jonathan fielen fast die Augen aus dem Kopf. Vermutlich hatte er noch nie eine so prunkvolle Erscheinung in seinem Haus empfangen.

«Lässt dich dieser Mann hier etwa als Magd schuften?» Celiana schnüffelte und verzog das Gesicht. «Wonach um alles in der Welt riecht es denn hier? Braut ihr eine Arznei zusammen?»

Floreta konnte ein Grinsen nicht unterdrücken. «Hafersuppe mit reichlich Knoblauch», sagte sie, und die beiden Frauen brachen in Gelächter aus.

«Klingt fast so, wie es riecht.» Celiana tupfte sich mit einem Tüchlein die Lachtränen aus den Augenwinkeln. «Da sind mir die Misthaufen von Santa Coloma beinahe noch lieber.»

Der Arzt räusperte sich verstimmt, worauf Floreta ihn mit dem Hinweis vorstellte, dass sie ihm als Gehilfin diene.

Celiana hob überrascht die Augenbrauen. «Du, eine Gehilfin?» Sie sah den Arzt misstrauisch an. «Wobei hilfst du ihm denn, wenn ich fragen darf? Du warst doch schon in Santa Coloma als Heilerin erfolgreich.» Sie hob die Hand, als Floreta widersprechen wollte. «Nein, wirklich, warum lässt man dich in Zaragoza nicht praktizieren? Heilkundige werden wegen des Krieges gebraucht, und nach allem, was Samu dir beigebracht hat, könntest du selbst zehn Gehilfen anstellen.»

Floreta seufzte peinlich berührt. «Das ist eine lange Geschichte!»

«Ja, ja, eine lange Geschichte, die du ganz bestimmt nicht in meinem Haus erzählen wirst», entschied Jonathan, der mit Celianas wenig unterwürfiger Art sichtlich nicht zurechtkam. Er beugte sich zu Floreta hinab und raunte ihr zu: «Diese Frau kann nicht hierbleiben!»

Floreta wollte protestieren, doch der Arzt schüttelte den Kopf. «Schaff sie in die Herberge. Sie sieht ganz so aus, als könnte sie sich die teuerste Unterkunft leisten.»

Celiana schob beleidigt die Unterlippe vor. «Ihr seid ja sehr gastfreundlich, mein Bester. Da kommt eine erfolgreiche Händlerin den weiten und nicht ganz ungefährlichen Weg von Santa Coloma, um Geschäfte in der Stadt zu machen und bei dieser Gelegenheit nach der Verwandtschaft zu sehen, und kaum finde ich sie, werde ich vor die Tür gesetzt. Ich fürchte, wenn dies die Runde macht, wird es Eurem Ansehen nicht sehr zuträglich sein.»

Jonathans Gesicht lief vor Wut rot an, aber er beherrschte sich. Er rief sogar Susanna herbei, um ihr aufzutragen, einen Strohsack in Floretas Kammer zu schaffen. «Nur für eine Nacht, hört ihr?» Damit verschwand er in seiner Studierstube und warf die Tür hinter sich zu.

«Was für ein merkwürdiger Mann», bemerkte Celiana gleichmütig, während sie sich die feinen Lederhandschuhe abstreifte.

«Was führt dich denn nun wirklich in die Stadt?», fragte Floreta später am Abend. «Nur die Sehnsucht nach mir?»

Ungeduldig beobachtete sie in ihrer Kammer, wie ihre Cousine mit Heißhunger ein spätes Mahl aus Fladenbrot, Ziegenkäse und Oliven hinunterschlang und jeden zweiten Bissen mit Kräuterwein nachspülte. Jonathan würde Floreta morgen anbrüllen, weil sie seine Vorräte geplündert hatte, doch sie war wegen Celianas Besuch so aufgeregt, dass sie sich über das bisschen Wein und Brot nicht den Kopf zerbrach. Sie wusste längst, wie schnell der Arzt aufbrausen konnte, dass er sich aber ebenso schnell wieder besänftigen ließ. Außerdem war sie der Meinung, dass er ihr nach der Sache mit Samus Kasten noch etwas schuldig war.

«Wie kann man nur so argwöhnisch sein?», fragte Celiana kauend. Sie hatte Stirnreif und Ohrringe auf den Tisch gelegt und auch ihre Stiefel ausgezogen. «Natürlich wollte ich dich wiedersehen. Unser Abschied in Santa Coloma war so überstürzt. Ich habe mich oft gefragt, ob es richtig war, im Dorf zu bleiben, anstatt mit dir nach Zaragoza zu gehen.» Gedankenverloren zerkrümelte sie den Rest des Brotes zu kleinen Bröckchen und warf sie aus dem Fenster. Draußen war es nicht mehr so schwül und drückend, eine leichte Brise vom Fluss her umstrich die Blätter der Bäume und Büsche in Jonathans Kräutergarten.

«Du wolltest Rubens Angelegenheiten ins Reine bringen», sagte Floreta leise. Dabei musste sie sich eingestehen, dass sie seit dem verheerenden Feuer nicht mehr an Celianas Verlobten gedacht hatte. Sie verspürte einen Anflug schlechten Gewissens, denn vermutlich war seitdem kein Tag vergangen, an dem Celiana sich nicht gefragt hatte, ob sie seinen Tod in den Flammen hätte verhindern können.

«Oh, das habe ich», sagte Celiana. «Vor allem habe ich die ausgebrannte Ruine des Handelshofs wochenlang nach Muhammads Steinen durchsucht. Jeden verkohlten Balken habe ich zerlegt, jeden Ziegel umgedreht, doch leider ohne Erfolg. Diese widerlichen Brüder de Queralt müssen Ruben gezwungen haben, ihnen das Versteck der Steine zu zeigen, bevor sie ihn in die Flammen stießen.» Sie schlug mit der flachen Hand auf den Tisch. «Ich könnte mir die Haare ausreißen. Wenn ich damals nicht wie ein beleidigtes Häuflein Elend davongelaufen wäre, würden die Steine heute mir gehören.»

Floreta runzelte die Stirn. Celiana schien verdrängt zu haben, wie sehr Rubens Unehrlichkeit sie verletzt hatte. Ging ihr der Verlust dieser Steine wirklich so unter die Haut, dass sie darüber wichtigere Dinge vergaß? Floreta ging zum Fenster und ließ ein wenig frische Luft in ihre Lungen. Zu ihrer Beruhigung konnte sie den Turm von ihrer Kammer aus nicht sehen.

«Was hast du?», wollte Celiana wissen. «Dich bedrückt doch etwas.»

Floreta seufzte. Es half nichts, sie musste Celiana mit ihrem Verdacht konfrontieren, denn wenn sie selbst in Gefahr war, so war ihre Cousine es nicht weniger. «Er ist in der Stadt, ich habe ihn gesehen. Und ich glaube, er sucht nach uns.»

Celiana sagte nichts darauf.

«Was? Du weißt, dass er am Leben ist?», rief Floreta überrascht. «Aber ...»

«Oh, nicht nur das», flüsterte die junge Frau. Sie klang plötzlich nicht mehr so selbstsicher. «Ich habe in Erfahrung gebracht, dass er sich am Königshof herumdrückt.»

Floreta stöhnte. «Und wir glaubten damals, er wäre ein einfacher Händler.»

«Ein Händler?»

«Er hat uns doch in Granada vom Sklavenmarkt geholt und dann quer durch die Einöde geschleppt.»

«Kann es sein, dass wir aneinander vorbeireden, Cousine?», fragte Celiana hitzig.

Sie schlug die einfache Decke von Floretas Bett zurück und machte es sich darin bequem. Natürlich ging sie davon aus, dass sie heute Nacht dort schlafen würde, und fragte nicht groß, ob Floreta damit einverstanden war.

«Ich spreche nicht vom Sklavenmarkt, sondern von dem Schuft Jaime de Queralt, der mit seinem sauberen Bruder Alonso meinen Verlobten ermordet hat.»

Floreta riss die Augen auf. Diese Nachricht traf sie mit der Wucht eines Keulenschlags. «Also sind sowohl Jaime als auch Diego in Zaragoza?», brachte sie mühsam hervor. «Und beide gehören zu König Pedros Rittern und kämpfen gegen Kastilien? Dann sind wir erledigt. Wir können uns gleich selbst einen Strick um den Hals legen.»

«Wer zum Teufel ist Diego?», fragte Celiana.

Floreta erklärte es ihr. Sie begann mit dem Tag, als sie an Doña Belens Fenster das Gesicht des Mannes gesehen hatte, den sie vor Jahren mehr tot als lebendig bei den Felsen vor Granada zurückgelassen hatten.

Während sie von alldem berichtete, lief Ceti mit schnellen Schritten in der kleinen Kammer auf und ab. Sie wirkte plötzlich wie ein Vogel, der aufgeregt hinter den Stäben seines Käfigs umherflatterte. «Unser ehemaliger Herr und Gebieter lebt also noch», konstatierte sie knapp. «Und er geht in der Aljafería ein und aus wie Don Jaime.»

«Ich weiß genau, dass ich mich nicht getäuscht habe. Dieser Diego und der Händler Raik sind ein und dieselbe Person.» Nach kurzem Zögern fügte sie hinzu: «Vermutlich hasst er uns.»

Celiana verdrehte die Augen. «Sei nicht naiv, natürlich hasst er uns. Großmütig, wie du nun mal bist, hast du ihn nach Rubens Schwerthieb zwar notdürftig zusammengeflickt, aber wir haben darauf bestanden, ihn zurückzulassen. Was hätten wir auch mit ihm anfangen sollen? Warten, bis es ihm besser geht und er seine Besitzrechte an uns geltend machen kann?»

«Ich habe damals versucht, euch aufzuhalten, aber Ruben wollte nicht auf mich hören.»

«Natürlich nicht, und wir haben dir auch erklärt, warum. Hättest du weiter die Hand dieses Mannes gehalten, wäre es dir schlecht ergangen.»

«Nun, das kann nun erst recht geschehen, vermutlich sogar mit Billigung des Königs. Don Diego hat mich mit Jonathan gesehen und weiß daher, wo ich zu finden bin.» Müde schüttelte Floreta den Kopf. «Es war keine gute Idee von dir, mich jetzt zu besuchen.»

Celiana zog ihr Obergewand über den Kopf und begann dann mit schnellen Bewegungen, die Schnüre ihres Mieders zu lösen. Ihre Griffe waren so geübt, dass sie das Entkleiden ohne fremde Hilfe schaffte. Floreta fragte sich, ob sie in Santa Coloma allein gelebt oder einen Liebhaber gehabt hatte. Mit ihrem pechschwarzen, seidig glänzenden Haar und der hellen Haut, die nicht einmal in der Sommerhitze eine dunklere Nuance annahm, besaß sie äußerlich mehr Ähnlichkeit mit Samu als Floreta. Sie war eine schöne Frau. Gewiss hatte es ihr an Angeboten nicht gemangelt, doch Floreta ahnte, dass sich unter der Handvoll unverheirateter Männer in Santa Coloma keiner befunden hatte, der Celiana nach Rubens Tod auch nur einen Blick wert gewesen wäre.

«Schlaf jetzt», sagte Floreta und nahm sich die Öllampe, die von einem Balken herabhing. «Wir werden dir morgen eine Unterkunft in der Judería suchen, die besser zu dir passt als das Haus eines Arztes.»

«Nur keine Umstände, meine Liebe.» Celianas Augen blitzten. «In der Judería werde ich nicht bleiben. Schon gar nicht, nachdem ich erfahren habe, dass Don Jaime und dieser andere Kerl sich in der Stadt herumtreiben. Im jüdischen Viertel sitzen wir doch in der Falle. Nein, nicht mit mir.» Sie schüttelte entschlossen den Kopf. «Ich werde mich irgendwo in der Gegend von Nuestra Señora del Pilar niederlassen und abwarten. Zaragoza ist groß. Mit ein bisschen Glück werde ich Jaime erst an dem Tag begegnen, an dem ich ihn vor das Gericht des Königs bringe.»

«Aber das darfst du nicht», protestierte Floreta. «Wenn jemand herausfindet, dass du ...»

«Ach was, wer sollte das schon herausfinden? Ich habe es satt, nur wegen meiner Herkunft oder weil ich eine Frau bin, unterdrückt zu werden. Sollen die Leute von Zaragoza von mir aus annehmen, eine Witwe aus der Provinz sei in die Stadt gekommen, um hier Gewürze und Heilkräuter zu verkaufen. Ich werde ihnen gewiss nicht auf die Nase binden, dass ich eigentlich in den engen Gassen der Judería hausen müsste.»

Sie verkaufte Gewürze und Heilkräuter? Floreta warf ihrer Verwandten einen forschenden Blick zu. Tatsächlich hatten Jonathans Knecht und Susanna einige Säcke ins Haus geschafft, die Celiana gehörten.

Hatte sie sich zunächst gefreut, Celiana wiederzusehen, so beschlich sie nun der Gedanke, dass deren Ankunft für sie weitaus größere Unannehmlichkeiten nach sich ziehen würde als Jonathans Ärger. Celianas Wunsch nach Rache für Rubens Tod konnte sie alle ins Unglück stürzen, denn auf das Wort einer Jüdin würde der König keinen seiner Ritter opfern.

Doch was sollte sie tun? Aus der Stadt fliehen oder bleiben und abwarten, ob zuerst Don Diego oder Jaime vor ihrer Tür stehen würde?

***

Belen ließ sich ihren Ärger nicht anmerken, als ein Bote der Königin ihr das Geschenk seiner Herrin überbrachte. Sie war klug genug, um zu durchschauen, was dieser unerwartete Gunstbeweis bedeutete. Pedros Frau hatte ihren Vorschlag abgelehnt, Jonathan zu ihrem neuen Leibarzt zu ernennen. Das war ärgerlich, denn mit Jonathan hätte sie ein Paar zusätzlicher Augen in der Aljafería gehabt. Der Mann war ehrgeizig und ihr treu ergeben. Er hätte sie über alles informiert, was sich in den Räumen der Königin tat. Belen hegte den Verdacht, diese könnte wieder ein Kind erwarten. Doch wenn es so war, warum vertraute sie sich ihr dann nicht an, wie sie es vor früheren Geburten stets getan hatte?

Mit einem kalten Lächeln auf den Lippen zeigte sie das kostbare Armband ihrem Sohn, der an diesem Morgen im Innenhof des Anwesens unter einem schattigen Blätterdach saß und seinen Frust über das immer noch schmerzende Bein im Wein ertränkte.

Ein junger Ritter, den Belen bereits in der Festung gesehen hatte, leistete ihm Gesellschaft. Er erhob sich, als sie näher trat, und neigte höflich den Kopf. Unwillkürlich verglich sie ihn mit Diego, der sich schon viel zu lange nicht mehr in ihrem Haus blicken ließ. Der Mann hatte helleres Haar als er, das er kurz geschoren trug, und ein kantigeres Gesicht mit einem Paar durchdringender Augen. Er war eine Handbreit kleiner als Diego, dafür aber voller in den Hüften. Wenn er sich beim Essen nicht zurückhielt, würde er über kurz oder lang fett werden. Die gerötete Haut am Hals wies auf eine Reihe schlecht verheilter Brandwunden hin, was dem Ritter allerdings zu einem noch männlicheren Erscheinungsbild verhalf. Belen konnte nicht verhehlen, dass sie ihn auf eine fast erschreckende Weise anziehend fand.

«Don Jaime de Queralt, zu Euren Diensten», sagte der Gast. Seine Stimme klang fest, aber ein wenig kratzig. «Es ist mir eine Ehre, die Señora kennenzulernen, über die in Zaragoza die schönsten Liebeslieder gedichtet werden.» Er verzog das Gesicht zu einem schmallippigen Lächeln. «Nun weiß ich, dass die Troubadoure untertreiben. In Wahrheit seid Ihr viel schöner.» Er pflückte eine Blüte von einem Rhododendron und überreichte sie ihr mit einer galanten Verbeugung.

Als junges Mädchen wäre Belen errötet. Sie musste zugeben, dass der stürmische Bursche tief in ihrer Brust ein Glöckchen ertönen ließ, das schon lange nicht mehr für sie geläutet hatte. Wieder fragte sie sich, warum Diego sie nicht ebenso bewundern konnte. Warum begegnete er ihr stets so distanziert und höflich? Dieser Mann hier kroch fast auf den Knien vor ihr, während sie Diego, dessen Herz sie eigentlich gewinnen wollte, wohl nicht mehr bedeutete als irgendeine Bekannte. Es war zum Verrücktwerden.

«Wie freundlich von Euch, uns zu besuchen», sagte sie nach einer Weile. Obwohl es noch lange nicht Mittag war, brannte die Sonne schon heiß auf sie herab, und sie sehnte sich wieder zurück in das schonende Dämmerlicht ihrer kühlen Räume im oberen Geschoss des Hauses.

Sie brauchte Ruhe. Seit Tagen schlief sie schlecht, weil sie immerzu darüber nachgrübelte, was Diego mit diesem jüdischen Mädchen verband. Vor einer verlassenen Geliebten hätte ein Mann wie er niemals Reißaus genommen, dazu war er zu stolz. Diese Floreta quälte ihn, da war sie sich sicher. Sie ließ wohl nichts unversucht, um in seine Nähe zu gelangen, und der närrische alte Mönch spielte für das ungleiche Paar den Kuppler.

Belen stieß die Luft aus. Dummerweise hatte Jonathan ihr

noch nichts berichten können, was gegen einen Dienst Floretas bei der Königin sprach. Die Weiber der Judería schienen sie zu hassen, doch das genügte nicht. Und dann war da die merkwürdige Geschichte der beiden Leute, die draußen vor den Toren von Zaragoza erschlagen worden waren. Sie stammten aus dem Judenviertel, das sie fluchtartig verlassen hatten. Doch ob das junge Ding mit ihrem Tod in Zusammenhang gebracht werden konnte, blieb fraglich.

Um Belens Kopf schwirrten Mückenschwärme. Bienen summten über den Blüten in den hohen Kübeln, und von der anderen Seite der Mauer drangen Geschrei und Glockengeläut an ihr Ohr. Ruhig war es in diesem belebten Stadtviertel nicht, aber Belen brauchte den Lärm der Stadt, um sich lebendig zu fühlen. Im Palast dagegen hätte sie sich wie angekettet gefühlt. Außerdem fürchtete sie mittlerweile, dass Diego von ihrem Gesicht ablesen könnte, wie es um sie bestellt war. Eine schrecklich demütigende Vorstellung.

«Mutter?» Die Art, wie ihr Sohn das Wort betonte, warnte sie, dass sie drauf und dran war, die guten Sitten zu vergessen. «Wo bist du nur heute mit deinen Gedanken?»

Sie lächelte zerstreut. «Verzeiht, ich wollte nicht unhöflich sein. War der Arzt schon da, um nach dir zu sehen?»

«Jonathan? Wach auf, Mutter. So früh kommt der doch nie. Außerdem würde ich viel lieber seiner hübschen Gehilfin begegnen. Von ihr würde ich mir jederzeit wieder Verbände anlegen lassen.»

Belen beobachtete gereizt, wie ihr Sohn und dieser Jaime vielsagende Blicke austauschten. Die beiden Männer schienen sich ausgezeichnet zu verstehen, doch wen wunderte das? Felipe empfing jeden, der mit ihm trank und die Zeit totschlug. Vielleicht lag es ja doch an ihm, dass Diego sie nicht mehr besuchte? Felipes Geschwätz musste ihm auf die Nerven gehen, so wie ihr. Er hatte seinen Freund vergrault, aber was konnte sie dafür? Sie beschloss, Diego wenigstens für heute zu vergessen, und wandte sich Don Jaime zu.

«Was führt Euch nach Zaragoza?», erkundigte sie sich mit sanfter Stimme. Nicht dass sie das wirklich wissen wollte, doch Felipe zuliebe verbarg sie ihr Desinteresse hinter der Maske der Liebenswürdigkeit.

Zwei Dienerinnen brachten scharfe Wurst, Oliven, Brot und Käse in den Innenhof. Mit den Mosaiken auf dem gepflasterten Boden und den über und über grün bewachsenen Mauern war dieser einst der ganze Stolz von Felipes Vater gewesen. Auch Felipe mochte diesen Platz und hielt sich, seit er nicht mehr so streng das Bett hüten musste, oft stundenlang im Freien auf.

Don Jaime betrachtete sie, als wollte er sich jede Einzelheit ihres Körpers einprägen. «Nun, mein Vater ist vor einiger Zeit gestorben, und obwohl ich unseren alten Familienstammsitz in Santa Coloma über alles liebe, habe ich schweren Herzens beschlossen, die Burg von meinem jüngeren Bruder verwalten zu lassen. Der König braucht jetzt jeden seiner Ritter, um mit dem Emporkömmling aus Kastilien fertigzuwerden.»

Santa Coloma? Belen horchte argwöhnisch auf. Hatte Jonathan nicht gesagt, seine Gehilfin stamme aus einem Dorf mit diesem Namen? Das konnte doch kein Zufall sein.

Don Jaime entging ihr veränderter Gesichtsausdruck nicht. Er lächelte. «Habe ich etwas Falsches gesagt, Herrin?»

Belen schüttelte den Kopf. «Nicht doch. Ich finde es bewundernswert, dass Ihr keine Mühe scheut, um in die Dienste Eures Königs zu treten.» Sie sah ihren Sohn an. «Felipe, ich fürchte, wenn du noch länger im Freien bleibst, wirst du in der heißen Sonne wie eine Pflaume verdorren. Ich werde dich ins Haus bringen lassen, damit du ein wenig ausruhen kannst.»

Ohne Felipes Antwort abzuwarten, rief sie zwei Diener herbei, die im Garten arbeiteten, und trug ihnen auf, dem jungen Herrn des Hauses auf der Stelle hineinzuhelfen. Felipe blieb kaum Zeit, um sich von Don Jaime zu verabschieden, doch das war seiner Mutter gleich. Als Felipe im Innern des Hauses verschwunden war, schenkte Belen dem jungen Edelmann eigenhändig nach und bat ihn mit ihrem liebenswürdigsten Lächeln, sich zu ihr auf die Bank zu setzen. Was sie mit ihm zu besprechen hatte, war nicht für andere Ohren gedacht.

***

Don Jaime ließ einige Stunden verstreichen, bis er sich zu dem heruntergekommenen Gasthof aufmachte, in dem er nach seiner Ankunft in Zaragoza ein Zimmer gemietet hatte. Er hatte sein gutes Hemd gegen einen abgetragenen Überwurf mit Kapuze eingetauscht und hoffte, in dieser Aufmachung keinen Verdacht zu erregen.

Das Haus, das er suchte, lag eingekeilt zwischen zwei Pferdeställen in einer schmierigen, stinkenden Gasse nahe der südlichen Stadtmauer. Wer hier zu Hause war, war entweder ein Halsabschneider, bettelarm oder liebte die Gefahr. Billige Tavernen und Badestuben, Huren mit zerlumpten Röcken, die Ausschau nach Kundschaft hielten. Über all dem Elend aus Armut, Gier und finsteren Machenschaften lag ein beißender Gestank von Abfall und Pferdedung.

Vor der Tür der Schenke traten Don Jaime zwei Frauen in den Weg und grinsten ihn an. Ihre Lippen waren stark geschminkt, die Mieder nachlässig geschnürt. Was sie im Sinn hatten, lag auf der Hand.

Er wehrte die beiden ab, indem er ihnen keuchend ins Gesicht hustete.

«Du Schwein!», kreischte ihn die eine an. Die andere machte

ein ängstliches Gesicht und rannte sogleich davon. Ihre Freundin raffte die Röcke und folgte ihr schimpfend.

Don Jaime sah ihnen zufrieden nach. Na bitte, der alte Trick klappte noch immer. Weitaus mehr als einen Dolch an der Kehle fürchteten die Weiber hier Seuchen, die entweder tödlich verliefen oder sie so lange aufs Krankenbett zwangen, bis sie zu schwach und hässlich waren, um im Hurenhaus oder einer Badestube noch Geld zu verdienen.

In der Schenke war an diesem Abend nur wenig los, was Don Jaime kaum verwunderte. Der Wein, wenn es denn mal welchen gab, schmeckte wie Essig, und der Wirt bekam das Problem mit den Ratten nicht in den Griff. Es schien fast, als hätten die kleinen Nager das Kommando über das Haus übernommen. Sie labten sich an den Essensresten, die mit dem schmutzigen Stroh achtlos in die Ecken gefegt wurden und dort vor sich hingammelten. Das Ungeziefer tummelte sich überall. Der Wirt hatte zwar eine Katze gehabt, diese jedoch im Suff erschlagen, weil er sie mit einer besonders fetten Ratte verwechselt hatte.

«Wo steckt er?», knurrte Jaime einen pickligen Burschen an, der mit einem Messer Männchen in ein Holzfass schnitzte. Eine sinnlose Beschäftigung, die aber gut zu diesem Ort passte.

Auf Jaimes Frage deutete der Junge mit dem Finger zur Decke empor und grinste dümmlich. Jaime hätte ihm dafür nur zu gern eine Ohrfeige verpasst, doch dann hätte das geistesschwache Bürschchen gewiss ein erbärmliches Geheul angestimmt, und ihm lag doch daran, Aufsehen zu vermeiden. Mit schnellen Schritten stieg Jaime die Treppe hinauf und trat, ohne anzuklopfen, in die Kammer.

Sein Bruder Alonso war wie erwartet nicht allein, sondern lag schnaufend und stöhnend unter einem drallen Weib aus der Nachbarschaft, welches sich die Röcke hochgeschoben hatte und alles aufbot, was Alonso bezahlen konnte. Also höchst wenig.

«Mach, dass du verschwindest, ich habe mit dem Mann zu reden!», brüllte Don Jaime die Frau an. Bei der verbrauchten Luft in der Kammer musste er würgen. Augenblicklich ließ die Hure von Alonso ab und brachte Kleid und Haar in Ordnung. Ohne ihren jammernden Freier auf dem Strohsack noch eines Blickes zu würdigen, huschte sie auf Don Jaime zu und hielt die Hand auf.

«Mir ist es gleich, was ihr beiden ständig zu reden habt, sobald ihr mich aus der Kammer werft. Aber mein Geld bekomme ich dennoch. Ohne Nachlass.»

«Bleib noch», wimmerte es aus den Kissen. «Ich brauche dich. Du bist die Einzige, die mich versteht.»

Don Jaime drückte der Hure zwei Münzen in die Hand und schickte sie fort. Allmählich ging es ihm auf die Nerven, für sämtliche Schulden seines trunksüchtigen Bruders aufkommen zu müssen.

«Was willst du eigentlich?» Schwerfällig stand Alonso auf und trottete zu einem tönernen Nachttopf, in den er sich stöhnend erleichterte. Dann verlangte er einen Becher Wein. Doch der Krug war leer, obwohl Jaime erst am Vortag einen neuen bezahlt hatte. Vermutlich hatten Alonso und die Hure ihr Wiedersehen schon seit den Morgenstunden ausgiebig begossen. «Ich gehe neuen holen», verkündete Alonso, während er sich mit der Hand durch das wirre Haar fuhr.

«Du bleibst hier, verdammt! Ich habe mit dir zu reden.»

Alonso machte ein unwirsches Gesicht, ließ sich aber auf eine Geste Jaimes hin auf den Schemel fallen, der zusammen mit dem Strohsack, einem wackeligen Tisch und ein paar Kisten die ganze Einrichtung der Kammer bildete. Kerzen waren keine vorhanden, nur eine mit Tran gespeiste Lampe stand in der Fensternische.

«Also, was willst du? Du hast doch nicht vor, wieder in diese Kammer zu ziehen? Ich dachte, du hättest inzwischen eine feinere

Bleibe.» Er hob die Hand, als Jaime dazu ansetzte, etwas zu sagen. «Warst du nicht derjenige, der darauf bestanden hat, dass ich mich hier verkrieche, während du am Hof des Königs deinen Aufstieg vorbereitest? Da ist es nur recht, dass du für alles aufkommst.»

Jaime presste die Lippen aufeinander, um nicht vor Wut zu platzen. Wurde er diesen Klotz am Bein denn niemals los? Alonso konnte doch nicht erwarten, dass er ihn bis an sein Lebensende durchfütterte, weil ... Ja, was war er Alonso eigentlich noch schuldig? Er selbst rackerte sich von früh bis spät ab, um seine Pläne in die Tat umzusetzen, während sein Bruder hier auf der faulen Haut lag und die Tage damit zubrachte, zu saufen und den Weibern aus dem Hurenhaus nachzusteigen. Wäre bekannt geworden, dass dieser unzuverlässige Trunkenbold sein Bruder war, wäre es ihm nicht einmal gelungen, in der Aljafería vorzusprechen, geschweige denn in die Dienste des Königs zu treten. Bei Hofe hatte er auf die Frage nach seiner Familie behauptet, seine Angehörigen seien in Santa Coloma zurückgeblieben und verteidigten die Burg seiner Ahnen gegen die Feinde aus Kastilien. Dass Esteban, dieser Verräter, das ganz allein schaffte, brauchte ja in Zaragoza keiner zu erfahren.

Um Alonso in Schach zu halten, genügte vorläufig noch das bisschen Geld, das er ihm zukommen ließ, und solange die Bezahlung stimmte, fragte in einem Haus wie diesem kein Mensch nach, woher ein Mann kam und was er hier suchte. Im Grunde passte Alonso hierher, aber das durfte Jaime ihm natürlich nicht auf die Nase binden. Möglich, dass er ihn demnächst wieder als Handlanger brauchte.

«Ich habe die Edelfrau besucht, von der ich dir neulich erzählt habe», sagte er schließlich. Es gefiel ihm zwar nicht, aber die Umstände erforderten, dass er Alonso ein Stückweit einweihte.

Alonso horchte auf. «Die Cousine des Königs hat dich tatsächlich empfangen? Wie ist sie denn? Man erzählt sich, sie sei entzückend.»

Don Jaime, der sich seiner Wirkung auf Frauen bewusst war, lächelte verächtlich. Dass er in Wahrheit den verletzten Felipe aufgesucht und nur durch Zufall die Gelegenheit bekommen hatte, dessen Mutter zu sehen, brauchte Alonso nicht zu wissen. Aber Doña Belens Neuigkeiten über Floreta behielt er nicht für sich.

«Was? Dieses Hurenstück ist in Zaragoza?», polterte Alonso wutentbrannt los. «Wo ist sie? Der drehe ich eigenhändig den Hals um.»

«Darüber wäre Belen gewiss nicht traurig. Sie schätzt es gar nicht, wenn jemand sich ihr in den Weg stellt. Aber wir sollten noch warten, ehe wir uns Floreta vornehmen.»

«Warten?» Alonso nahm den leeren Krug und warf ihn erbost gegen die Wand, sodass er zerbrach. Eine Ratte brachte sich quiekend vor den umherfliegenden Scherben in Sicherheit. «Du hast wohl vergessen, dass sie und dieses andere Weib schuld daran sind, dass wir die Burg de Queralt verlassen mussten. Sie haben Esteban gegen uns aufgehetzt. Weißt du nicht mehr, wie wir in unserer eigenen Halle gedemütigt und dann eingesperrt wurden?» Er schlug sich gegen die Brust. «Schau mich an. Ich könnte jetzt in Santa Coloma auf die Jagd gehen, wenn diese beiden Frauen nicht aufgetaucht wären. Stattdessen muss ich meine Tage in diesem Loch verbringen und warten, bis du die Aufmerksamkeit des Königs errungen hast. Aber der schenkt dir nicht mehr Beachtung als dem Dreck unter seinen Sohlen. Er lässt dich nicht einmal in seine Nähe.»

«Irrtum», beruhigte ihn Don Jaime. Zwar ging ihm das Selbstmitleid dieses Trunkenbolds gehörig auf die Nerven, dennoch redete er ihm gut zu. «Ich stehe kurz davor, den König zu beeindrucken, und wenn meine Macht wächst, wirst auch du davon profitieren. Dann holen wir beide uns zurück, was Esteban uns in Santa Coloma gestohlen hat. Und noch mehr.»

Alonso legte die Stirn in Falten. «Das hört sich tatsächlich an, als hättest du einen Plan.»

«Den habe ich auch, mein Bester. Aber um den nicht zu gefährden, muss ich mich auf dich verlassen können. Wir müssen verhindern, dass diese Floreta der Königin begegnet und Lügen über das Geschlecht der de Queralt verbreitet. Das wird sie nämlich tun, sobald sie mich im Palast sieht. Natürlich könnte ich den Empörten spielen und alles abstreiten, aber der König würde davon erfahren. Das kann ich nicht riskieren, wenn ich zu seinem engsten Vertrauten aufsteigen will. Pedro von Aragón führt ein so gottgefälliges, tugendhaftes Leben, dass sich in seiner Gegenwart der Wein in Milch verwandelt. Er betet fast täglich um ein Wunder, das ihm seinen Rivalen aus Kastilien vom Halse schafft.»

Jaime lachte. «Dieses Wunder soll er haben.»

Alonso verzog gequält das Gesicht. Er würde wohl bis in alle Ewigkeit auf die Almosen seines geizigen Bruders angewiesen sein, wenn es diesem nicht gelang, die Gunst des Königs zu gewinnen und seine Feinde mundtot zu machen.

«Hast du mir deshalb befohlen, diesem dürren Alten vor der Stadt aufzulauern?», fragte er mit rauer Stimme. «Du hast mir nie verraten wollen, warum ich ihn beseitigen musste.»

Jaime sog scharf die Luft ein. Wie dumm, dass Alonso ihn daran erinnerte. Er hatte gar nicht mehr an den Mann aus der Judería gedacht, und doch war er erleichtert, dass dieser tot war. So konnte er weder lästige Fragen stellen noch jemandem erzählen, womit er ihn beauftragt hatte. Jaime hatte sich umgehört. In der Stadt hieß es, der Alte sei kurz nach Anbruch einer Reise ausgeraubt und erschlagen worden. Nicht der Hauch eines Verdachts führte in die heruntergekommene Spelunke an der Stadtmauer, und so sollte es auch bleiben.

«Was willst du tun, um den König auf deine Seite zu ziehen?», erkundigte sich Alonso.

Don Jaime zuckte mit den Achseln. «Der Weg zu Pedro führt zunächst über diese Belen. Ich brauche ihre Hilfe, weil sie reich ist und über gute Kontakte verfügt.»

«Sie frisst dir wohl schon aus der Hand, was?» Alonsos Lächeln war so schmierig wie Butter, und er untermalte seine Bemerkung mit einer obszönen Geste, für die Jaime ihm am liebsten die Faust ins Gesicht geschmettert hätte. Gleichzeitig wünschte er sich, es wäre, wie sein Bruder vermutete. Doch da gab es noch jemanden, der ihm auf dem Weg zu Belens Herz im Wege stand.

«Sie scheint vernarrt in einen von Pedros Rittern. Einen gewissen Diego de la Concha.»

«Wer ist der Kerl? Ihr Liebhaber?»

«Das gilt es nun herauszufinden.» Jaime grinste gehässig. «Aber keine Sorge. Ich werde nicht zulassen, dass ein Rivale um die Gunst des Königs mir in die Quere kommt. Sollte dieser Diego sich mit Belen eingelassen haben, werden wir ihn ebenso verschwinden lassen wie den Kerl aus der Judería.»

«Und du wirst prompt zur Stelle sein, um die Trauernde zu trösten.»

Don Jaime nickte. In seinem Kopf entstand ein eiskalter Plan mit dem Ziel, noch vor dem Ende dieses Jahres zu den einflussreichsten Männern der Aljafería zu gehören. Wer ihm dabei in die Quere kam, würde es bitter bereuen. Belen für sich zu gewinnen, erschien ihm nicht weiter schwierig. Während der Unterhaltung im Hof ihres Hauses hatte er sogleich gemerkt, dass er ihr als Verbündeter im Kampf gegen Floreta willkommen war. Dies galt es nun auszunutzen. O ja, er würde sie nicht enttäuschen. Geduldig setzte er seinem Bruder auseinander, was er sich überlegt hatte.

«Ich weiß von Doña Belen, dass die Königin Floreta als Leibärztin in ihre Dienste nehmen will. Sie wird zum Palast bestellt werden und dort vermutlich auch dem König und Mitgliedern des Kronrats begegnen.»

Alonso grinste humorlos. «Dann solltest du auch lernen, wie man jemanden zur Ader lässt.»

«Das brauche ich nicht, denn du wirst dafür sorgen, dass die Königin vergeblich auf ihre neue Ärztin wartet. Floreta darf den Palast unter keinen Umständen lebend erreichen.»

Kapitel 23

Celiana blickte sich neugierig in Sahins Kräuterkammer um. Floreta wunderte sich über die vielen Fragen, die ihre Verwandte an den Blinden richtete. In der Vergangenheit hatte diese sich niemals besonders für die Heilkunde interessiert, nun aber hing sie an Sahins Lippen und konnte von seinen Erzählungen gar nicht genug bekommen.

Floreta hatte Celiana bereits kurz nach Tagesanbruch mit in die Stadt genommen, weil sie ihr den Gewürzwarenhändler vorstellen wollte. Sahin stammte schließlich wie sie beide aus Granada und konnte Celiana vielleicht bei ihrem Versuch, in Zaragoza sesshaft zu werden, unter die Arme greifen.

Sahin hieß die jungen Frauen wie erwartet mit großer Herzlichkeit willkommen. Mit sichtlicher Freude führte er Celiana herum und erklärte ihr die Verwendung der verschiedensten Kräuter und Gewürze, Salben und Öle. Floreta fühlte sich nach einer Weile fast etwas ausgeschlossen, so gut verstanden sich die beiden. Sie lachten und scherzten miteinander wie alte Bekannte, und als der Tag sich dem Ende zuneigte, verkündete Celiana freudestrahlend, dass sie und Sahin künftig miteinander Geschäfte machen würden.

«Aber du hast keine Ahnung von Heilkräutern und Gewürzen», wandte Floreta skeptisch ein, nachdem Celiana ihre aus Santa Coloma mitgebrachte Handelsware von Sahins Burschen ins Haus hatte schaffen lassen.

Sie saßen inmitten weicher Kissen und ließen sich einen mit Zimt, Orangeschalen und Honig gewürzten Sud schmecken, den der Blinde zur Feier des Tages für sie zubereitet hatte. Unter dem Gewölbe hing ein betörender und zugleich anregender Duft. Celianas lebhafte Augen blitzten, während sie an ihrem reichverzierten Becher nippte, und Floreta begriff auch, warum. Sahins Kräutergewölbe erinnerte sie an Granada.

Der Gewürzhändler stellte eine goldene Waage auf den Tisch und warf eine Handvoll schwarzer Pfefferkörner in eine der Schalen, die sich unter dem geringen Gewicht kaum senkte. «Deine Freundin scheint mir ebenso lernwillig zu sein wie du», sagte er lächelnd. «Noch weiß sie nur wenig über die Kräfte der Natur, aber schon bald wird sich die Schale der Erkenntnis unter dem Gewicht ihrer Erfahrungen neigen.»

Floreta runzelte die Stirn. Ihr war bewusst, dass es lächerlich war, eifersüchtig auf Celiana zu sein, doch einen Moment lang wünschte sie, sie hätte ihre Cousine nicht mit Sahin bekannt gemacht. Sein Laden war bislang ihr Rückzugsort gewesen. Bei ihm hatte sie Trost und Verständnis gesucht, wenn sie sich mit Jonathan uneinig gewesen war. Nun sah es so aus, als nähme Celiana ihren Platz ein. Auf der anderen Seite konnte sie sich keine bessere Gelegenheit für Celiana vorstellen, endlich zur Ruhe zu kommen. Sahin strahlte so viel Gelassenheit aus, er würde ihr mit Sicherheit helfen, ihre Dämonen zu bezwingen. Vielleicht gab sie dann auch ihr törichtes Verlangen nach Rache auf. Wenn sie beide in Zaragoza überleben wollten, mussten sie lernen, ein stilles, unauffälliges Leben zu führen. Dass Celiana die Absicht hegte, statt in der Judería bei Sahin zu leben, war vielleicht gar keine so schlechte Idee. Unfähig, wie sie war, sich anzupassen oder gar unterzuordnen, hätte Celiana bald den rabbinischen Rat des Viertels gegen sich aufgebracht. Bei Sahin musste sie künftig aber das Leben einer Nichtjüdin führen. Konnte sie sich derart verstellen? Würde man ihr abnehmen, eine Christin oder Maurin zu sein?

Als Floreta sie darauf ansprach, zuckte Celiana nur mit den Achseln. «Ich habe schon darüber nachgedacht, mich taufen zu lassen.»

Floreta riss entsetzt die Augen auf. «Aber das kannst du nicht machen, das ist unmöglich!»

«Warum? Ich weiß von vielen Angehörigen unseres Volkes, die sich einen Priester gesucht haben. Sie sind in einflussreiche Positionen aufgerückt.» Sie sah Floreta durchdringend an. «In Granada spielte unser Glaube keine große Rolle, obwohl ich davon überzeugt bin, dass Samu noch mehr respektiert worden wäre, wenn er die Religion seiner Gönner angenommen hätte. Aragón ist wie Kastilien ein christliches Land, das von christlichen Königen regiert wird. Leute wie Sahin werden hier geduldet, wie man uns in Granada geduldet hat. Aber mehr auch nicht. Und ich will nicht, dass man mir aus Gnade und Barmherzigkeit erlaubt, hier zu sein. Ich will wie alle anderen sein, ohne Angst vor Unterdrückung leben.»

«Es gibt hier keine tätlichen Angriffe auf die Judería. Die Gesetze des Königs verbieten das.»

Celiana lachte. «Aber wie lange noch? Die Stimmung im Volk ist längst umgeschlagen. Nein, meine Liebe. Wenn du klug bist, machst du es wie ich und suchst dir einen verschwiegenen Priester, der dich mit ein paar Tropfen seines geheiligten Wassers aus der Enge der Judería befreit. Bruder Pablo hatte doch immer einen Narren an dir gefressen. Erzähl mir nicht, dass er in all den Jahren niemals versucht hat, dich in den Schoß seiner Kirche zu führen.»

Floreta wandte sich empört ab und hielt sich die Ohren zu. Sie wollte nichts mehr davon hören. Wenn Celiana ihren Kopf durchsetzte, verriet sie nicht nur ihren Glauben, sie sagte sich auch von ihrer gemeinsamen Vergangenheit los. Von Samu. Und das ging entschieden zu weit. Sie wollte ihrer Verwandten soeben erklären, dass sie dann nicht mehr mit Floretas Hilfe rechnen konnte, als der Vorhang zum Kräutergewölbe zur Seite geschlagen wurde und Bruder Pablo atemlos in den Raum stürmte.

Der kommt mir gerade recht, dachte sie missmutig.

«Endlich finde ich dich», beklagte sich Bruder Pablo mit einem vorwurfsvollen Keuchen. «Ich suche dich schon seit Stunden.» Erst jetzt fiel der Blick des dicken Mönchs auf Celiana, die – vermutlich um Floreta zu ärgern – mit einem strahlenden Lächeln auf Bruder Pablo zuging.

Floreta suchte mit den Augen instinktiv die Kutte des Mönchs nach einer Flasche des geheiligten Wassers ab, von dem Celiana gesprochen hatte. Dass er eine solche nicht bei sich trug, minderte ihren Argwohn in keiner Weise. Celianas Absichten hatten sie so erschüttert, dass sie mit dem armen Mönch weitaus schroffer umsprang als sonst.

«Was wollt Ihr von mir?», fragte sie kurz angebunden. «Ich habe zu tun.»

«Das sehe ich!» Bruder Pablo schüttelte missbilligend den Kopf. «Du vertrödelst deine Zeit bei dem guten Sahin.»

Sahin hob beide Arme und bat sich Ruhe aus. Aufgrund seiner Blindheit witterte er schlechte Stimmungen wie einen Geruch. Sein strenger Gesichtsausdruck zeigte indes, dass er nicht gewillt war, in seinem Reich Unfrieden zu dulden.

«Wir sind uns handelseinig geworden», verkündete er und wies zu dem Tisch mit der Waage, neben dem Celiana jetzt stand. «Diese junge Frau möchte mit mir zusammenarbeiten. Sie wird mir dabei helfen, Gewürzwaren zu verkaufen, dafür bringe ich ihr alles bei, was man über Heilkräuter und Drogen, ihre Wirkung und Anwendung wissen muss.»

«Ist das dein Ernst?», entfuhr es Bruder Pablo. Er schien

ebenso verblüfft wie misstrauisch, und das völlig zu Recht, wie Floreta fand. «Ausgerechnet du willst Heilerin werden? Und du hast demnach nicht die Absicht, dir in der Judería eine Unterkunft zu suchen?»

Celiana schüttelte den Kopf. «Ich weiß, dass ihr alle bislang nur in Floreta diejenige gesehen habt, die das Erbe unseres Großvaters bewahrt hat. Damit hattet ihr auch sicher recht. Ich habe es in den letzten Monaten oft bereut, dass ich Samu keine bessere Schülerin war.»

«Schülerin?» Floreta glaubte, sich verhört zu haben. «Du warst niemals seine Schülerin. Sooft er dir etwas über die Heilkunst beibringen wollte, hast du dich verdrückt. In die Alhambra bist du nur mitgekommen, um dich mit dem Emir zu vergnügen.»

«Wie gesagt, das bereue ich zutiefst. Damals in Granada war ich viel zu unreif und erkannte nicht, was mir entging. Inzwischen habe ich eingesehen, dass es noch nicht zu spät für mich sein muss. Ich möchte gern meinen Teil dazu beitragen, dass Samus Vermächtnis nicht in Vergessenheit gerät.» Sie trat zu Sahin und sank vor den Kissen des Blinden in die Knie. «Ich verspreche dir, dass ich ebenso hart arbeiten werde wie Floreta. Bitte lass mich bleiben.»

Bruder Pablo räusperte sich. «Nun, über die Laufbahn deiner Verwandten können wir später noch reden, jetzt habe ich erst einmal eine Nachricht für dich, Floreta. Sie kommt von der Königin.»

«Von der Königin?» Floreta wechselte einen Blick mit Celiana, die sofort hellhörig wurde.

Bruder Pablo nickte eifrig. «Du sollst morgen in die Aljafería kommen. Es ist gut möglich, dass sie dir als Ärztin ein Angebot machen wird.»

Floreta erschrak. Nein, das war unmöglich. Bruder Pablo spielte ihr einen Streich. Vielleicht rächte er sich damit an ihr, weil sie ihn vorhin so missmutig empfangen hatte? Aber das war nicht seine Art – Pablo war zwar manchmal zu Späßen aufgelegt, doch niemals hätte er in seine Scherze die Königin von Aragón einbezogen.

«Wie sollte die Königin ausgerechnet auf Floreta aufmerksam geworden sein?», wollte Celiana wissen. «Ich verstehe das nicht.»

Bruder Pablo lächelte. «In aller Bescheidenheit muss ich gestehen, dass ich daran nicht ganz unbeteiligt bin. Die Königin vertraut mir als ihrem Beichtvater. Ich höre mir nicht nur im Beichtstuhl ihre Sorgen an und bemühe mich nach Kräften, ihr beizustehen. In der Aljafería gibt es leider eine Menge Personen, die nur ihren eigenen Vorteil suchen. Insbesondere jetzt, wo wir mit Kastilien im Krieg sind, versucht jeder, seinen Einfluss am Königshof zu vergrößern. Zu allem Überfluss ist auch noch ein Vertreter der Inquisition aufgetaucht, der vorgibt, die Kirche reinigen zu wollen, in Wahrheit aber nur nach Macht strebt. Die Königin braucht jemanden, auf den sie sich verlassen kann.»

«Aber warum ich?», murmelte Floreta. «Jonathan wäre dafür doch viel besser geeignet. Er hat die größere Erfahrung, ist beliebt und ...»

«Jonathan stand zur Wahl, weil er kein schlechter Arzt ist. Aber ich fürchte, dass er von Doña Belen bezahlt wird. Das heißt, er steht in ihrer Schuld.»

Floreta dachte an den Nachmittag in Belens Haus. Dort hatte sie nicht nur Diego gesehen, die Frau hatte sie auch vorausgeschickt, weil sie noch allein mit Jonathan reden wollte. Worüber wohl?

«Es kommt mir dennoch eigenartig vor, dass die Königin eine Jüdin zu sich bestellt, die als Heilerin noch ganz unbekannt ist», meldete sich Celiana. Sie fasste den Mönch scharf ins Auge. «Ihr verschweigt uns etwas, Bruder.» Bruder Pablo wand sich wie ein zappelnder Fisch, doch Celiana sah nicht so aus, als wollte sie ihn vom Haken lassen.

Schließlich gab er sich geschlagen. «Ich hatte versprochen, darüber zu schweigen, aber sobald Floreta vor der Königin steht, wird dieses Versprechen ohnehin gegenstandslos sein. Ihr erinnert euch an die Nacht auf Burg de Queralt, in der Floreta den Jungen behandelte, den Sohn der Edeldame Doña Eleonora?»

Floreta ahnte etwas, doch noch bevor sie ihren Verdacht in Worte fassen konnte, platzte Celiana damit heraus. «Ihr wollt doch nicht behaupten, dass diese Frau die Königin war?»

«Eleonora von Sizilien, Gemahlin Pedros IV. und Königin von Aragón. Sie reiste inkognito und fürchtete, sie und der Infant könnten unterwegs nach Zaragoza in kastilische Gefangenschaft geraten. Sie konnte sich niemandem anvertrauen, daher die Maskerade. Dann erkrankte das Kind auch noch an den Augen. Sie war völlig verzweifelt, denn wenn dem Jungen etwas zugestoßen wäre, hätte der König ihr das niemals verziehen.»

«Sie selbst hätte sich das auch nicht verziehen», sagte Floreta.

Bruder Pablo nickte. «Königin Eleonora hat es stets bedauert, dass sie dich für deine Hilfe nicht so belohnen konnte, wie es eigentlich angemessen gewesen wäre. Doch jetzt will sie ihr Versäumnis nachholen. Wenn der König zustimmt, wirst du dich fortan um die Gesundheit der Königin und ihrer Kinder kümmern.»

Floreta schwirrte der Kopf von all den Neuigkeiten. Das Angebot der Königin war wie ein Traum. Doch wie leicht konnte sich dieser in einen Albtraum verwandeln! Hatte Bruder Pablo nicht eben noch von den nach Macht und Einfluss gierenden Personen erzählt, die eifersüchtig darüber wachten, wer am Hof es in die Nähe des Königs oder der Königin schaffte? Zu diesen gehörte zweifellos auch Belen, die sicher verärgert war, wenn nicht ihr eigener Arzt in die Aljafería gerufen wurde. Und Jonathan? Großer Gott, an ihren Lehrmeister wollte sie gar nicht denken. Würde er stolz auf sie sein und ihr zu ihrem unerwarteten Erfolg gratulieren? Wohl kaum. Er war im Grunde kein schlechter Kerl, aber eine derartige Enttäuschung würde er nicht verkraften, nachdem er sich so bemüht hatte, mit seiner ärztlichen Kunst die Häuser der Reichen von Zaragoza zu erobern. Und dann waren da noch Don Diego, Jaime und dieser Inquisitor, denen sie als Leibärztin der Königin kaum würde aus dem Weg gehen können.

«Ich muss ablehnen», sagte sie nach einigem Nachdenken betrübt. «Es ist eine große Ehre, aber ich kann nicht zur Aljafería. Sagt der Königin, dass sie mir nichts schuldig ist. Ich hatte damals das Glück, mich an ein paar Handgriffe und Arzneien Samus zu erinnern, nur so konnte ich dem Kleinen helfen. Das allein macht aus mir noch lange keine gute Heilerin.»

«Aber du kannst nicht ablehnen», stammelte Bruder Pablo. «Damit würdest du die Königin vor den Kopf stoßen und denen recht geben, die behaupten, sie hätte eine falsche Entscheidung getroffen.»

«Hör auf Bruder Pablo», redete auch Celiana auf Floreta ein. «Du erhältst eine einmalige Gelegenheit, dir bei Hofe Gehör zu verschaffen.»

«Wovon sprichst du?»

«Ganz einfach, ich werde nicht eher ruhen, bis ich die de Queralts wegen des Überfalls auf Rubens Haus zur Rechenschaft gezogen habe. Für diese Untat will ich beide hängen sehen, und außerdem will ich Emir Muhammads Steine zurück, die sie in Santa Coloma gestohlen haben.»

«Du glaubst, die beiden könnten sie noch haben?»

«Selbstverständlich. Aber allein schaffe ich es nicht, dem königlichen Gericht diesen Fall zu unterbreiten. Don Jaime und Don Alonso sind immerhin Hidalgos, und sie haben Freunde, die sie schützen. Aber wenn wir die Königin auf unsere Seite ziehen ...»

«Hör auf, das kann nicht gelingen», schnitt Floreta ihr das

Wort ab. «Wir wären beide tot, noch bevor ich deine Klage auch nur vorbringen könnte.»

Celiana sah Bruder Pablo an, doch der winkte erschrocken ab.

«Lass mich aus dem Spiel, Mädchen. Glaubst du nicht, dass ich meinen Mund schon längst aufgemacht hätte, wenn es auch nur den geringsten Beweis dafür gäbe, dass die Brüder de Queralt das Feuer gelegt haben? Niemand hat sie mit einer Brandfackel vor Rubens Haus gesehen. Auch wenn wir wissen, dass die beiden skrupellos sind, kannst du sie als deine ehemaligen Grundherren nicht einfach eines Diebstahls bezichtigen. Das würde der König dir übel nehmen. Er braucht seine ...»

«Ja, ja ich weiß: Er braucht seine Ritter zur Verteidigung der Grenzen!»

Floreta bemerkte, wie sich der Ärger in Celianas Miene in Verzweiflung verwandelte, und verspürte Mitleid mit ihr.

«Glaubst du, dass Floreta in der Aljafería sicher ist?» Es war Sahin, der diese Frage stellte. Der Gewürzwarenhändler hatte dem aufgebrachten Wortwechsel schweigend zugehört, sich aber offensichtlich seine eigenen Gedanken gemacht.

Bruder Pablo stieß einen Seufzer aus. «Solange sie sich in der Nähe der Königin aufhält, steht sie unter deren Schutz. Keiner wird es wagen, ihr ein Haar zu krümmen, vorausgesetzt, sie fordert das Schicksal nicht heraus.»

Oder die de Queralts, dachte Floreta. Sie hatte nur noch den Wunsch, nach Hause zu gehen. Doch gab es für sie überhaupt noch so etwas wie ein Zuhause? Ihr graute davor, Jonathan die Neuigkeiten beizubringen. Am liebsten hätte sie Celiana gebeten, sie zurück in die Judería zu begleiten, aber zum einen hatte Jonathan ihr deutlich zu verstehen gegeben, dass er Floretas aufmüpfige Verwandte nicht noch einmal in seinem Haus zu sehen wünschte, und zum andern war dies eine Angelegenheit, die sie allein regeln musste.

Sie, eine Ärztin.

Die Leibärztin der Königin von Aragón.

In dieser Position wäre sie Samu ebenbürtig. Sie hätte die Möglichkeit, ihre medizinischen Studien fortzusetzen, besonders in der Augenheilkunde, die sie seit einiger Zeit mit besonderer Leidenschaft betrieb.

Während Floreta sich von Sahin verabschiedete, nahm Celiana ihre neue Bleibe in Augenschein. Hinter dem Verkaufs- und Lagerraum gab es noch einige Kammern, von denen Jorge, Sahins Knecht, eine belegt hatte. In die andere zog Celiana mit Sack und Pack.

«Ich werde auf sie aufpassen», versprach der Blinde, als er Floreta und Bruder Pablo zur Tür begleitete. «Mach dir keine Sorgen.»

«Wenn ich mir um jemanden Sorgen mache, dann um dich, Sahin», sagte Floreta. «Glaub mir, du kennst Celiana nicht.»

Über das Gesicht des Mauren legte sich ein Lächeln. «Ich fürchte, sie kennt sich selbst noch nicht. Aber das werde ich ändern.»

Floretas Herz schlug ihr bis zum Hals, als sie Jonathans Haus betrat. In der Küche beugte sich die alte Susanna über das Ofenloch und stocherte in der Glut. Dabei murmelte sie vor sich hin.

«Wo hast du dich so lange herumgetrieben?», hallte die Stimme ihres Lehrmeisters durch den Flur. Jonathan schien sie schon vermisst zu haben. Er wartete in seiner Studierstube vor einem Stapel von Büchern auf sie. «Ich hoffe, du hast deine Verwandte irgendwo unterbringen können, wo sie uns nicht stört. Ich habe ihretwegen mit dem rabbinischen Rat gesprochen. Da sie über einige Mittel zu verfügen scheint, kommt eine Anstellung als Magd für sie wohl nicht in Frage. Aber wenn sie hier in der Judería bleiben will, braucht sie einen Vormund.»

Floreta verzog das Gesicht. Das war nicht gut. Warum musste Jonathan aber auch so voreilig sein? Der Rat durfte jedenfalls nicht erfahren, dass Celiana bei einem Händler und früheren Arzt außerhalb der Judería wohnen würde.

«Wo ist sie?», kam da auch schon die unbequeme Frage.

Floreta fing an zu schwitzen. «Fort», log sie, wobei sie es vermied, Jonathan in die Augen zu sehen. «Sie ist nach Xiva weitergezogen. Ihre Geschäfte in Zaragoza haben sie nicht so lange aufgehalten, wie sie erwartet hat.»

«Umso besser! Dann können wir uns jetzt wieder unserer Arbeit widmen. Es gibt da etwas, das du für mich aus dem Arabischen übersetzen musst.» Der Arzt nahm eine der Schriftrollen von seinem Pult und reichte sie Floreta.

Sie breitete die Rolle aus und runzelte die Stirn. Dann sah sie Jonathan an, der, seinen Irrtum erkennend, plötzlich nach Luft schnappte und ihr die Rolle wieder zu entreißen versuchte.

«Nicht die!», brüllte er sie an, als wäre es ihre Schuld, dass er sich getäuscht hatte. «Das ist die falsche Schrift.»

Floreta war fassungslos, hielt die Rolle aber unnachgiebig fest. «Das hat Samu geschrieben, mein Großvater! Es ist sein Werk!»

Jonathan erbleichte, reckte aber trotzig das Kinn. «Unsinn, das bildest du dir nur ein.»

«Und warum wolltet Ihr mir die Rolle dann wieder wegnehmen? Weil Ihr zu spät bemerkt habt, dass Ihr sie mit einer anderen verwechselt habt!» Sie schüttelte den Kopf. «Ihr braucht mir nichts vorzumachen, Meister Jonathan. Diese Aufzeichnung stammt aus dem Arzneikasten meines Großvaters, den ich für Euch verbrennen musste. Wie seid Ihr an sie gekommen, wo doch angeblich alles gestohlen wurde?»

Jonathans schwacher Moment währte nicht lange. «Wie kannst du es wagen, so respektlos mit mir zu reden?», fauchte er Floreta an. «Hast du vergessen, dass du nichts als eine Gehilfin bist? Ein

Weib sollte sich nicht anmaßen, seinen Platz unter den Gelehrten zu suchen, das ist wider die Natur. Deine Aufgabe besteht darin, Wunden zu säubern und zu verbinden, zu schröpfen und Abszesse aufzustechen. Für die wahren Geheimnisse der Heilkunst taugst du nicht.»

«Ihr meint Samus Geheimnisse?», entgegnete Floreta wütend. «Es beschäftigt Euch also doch, wie er als Heiler so erfolgreich werden konnte. So sehr, dass Ihr seine Schriften vor mir versteckt.» Sie ließ ihre Blicke durch den Raum schweifen, dann zeigte sie auf einen der ausladenden Schränke. «Was würde ich darin finden, wenn ich ihn öffnete? Noch mehr von den angeblich verschollenen Instrumenten und Arzneien meines Großvaters?»

Jonathan schlug mit der Faust auf das Schreibpult. «Wage es, und du wirst es bitter bereuen. Mir als dem einzigen namhaften Arzt, den es noch in Zaragoza gibt, steht alles zu, was mich bei meiner schweren Aufgabe unterstützen kann. Ich habe ein Anrecht auf deinen Besitz, schließlich habe ich meine wertvolle Zeit damit zugebracht, dich in der Heilkunde auszubilden. Aber damit ist es jetzt vorbei.» Er starrte einen Herzschlag lang in die Flamme der Öllampe, dann fügte er hinzu: «Es heißt, Don Salvadors Nachfolger sei bereits erwählt. Jeden Moment kann ein Bote der Aljafería an meine Tür klopfen.»

«Der Bote war schon da», sagte Floreta leise.

«Was?»

«Das spielt jetzt keine Rolle. Ihr seid es, der mir eine Antwort schuldet.»

Jonathan zuckte mit den Achseln. «Ich habe Menachem gesagt, dass ich dich nur dann als Gehilfin unter meinem Dach dulden würde, wenn er mir den Kasten überlässt. Er zierte sich ein wenig, aber schließlich willigte er ein, um seine Frau Livnah zu beruhigen. Du solltest davon nichts erfahren.»

«Aber ich hätte Euch Samus Hinterlassenschaft doch nicht vorenthalten», sagte Floreta. In ihrer Enttäuschung konnte sie nun gut nachvollziehen, wie sich Celiana damals nach Rubens Verrat an ihr gefühlt hatte. «Wir hätten sie gemeinsam studieren können.»

«Gemeinsam mit dir? In welcher Welt will der Schüler schlauer sein als sein Lehrer?»

«Wenn Menachem Euch den Arzneikasten gab, warum fand ich ihn dann bei Eurem Nachbarn?»

«Abramera platzte hier herein, als ich dabei war, mich mit dem Inhalt des Kastens vertraut zu machen. Der Kasten gefiel ihm. Ich fand es auch besser, das Ding nicht mehr im Hause zu haben, also schenkte ich es meinem Freund. Ich glaubte, er würde seine Bücher oder Zeichnungen darin verstauen. Wie konnte ich ahnen, dass er mitten in der Nacht damit herumspaziert?»

Nein, damit hatte der Arzt nicht rechnen können. In Floreta erwachte ein Gedanke, der ihr ganz und gar nicht gefiel. Konnte es etwa sein, dass er selbst den alten Mann niedergeschlagen hatte, aus Wut darüber, dass dieser den ihm anvertrauten Arzneikasten nicht in seinem Haus verborgen hatte? Nein, so etwas traute sie Jonathan nicht zu, trotz allem, was er ihr angetan hatte. Er mochte überheblich und eitel sein, er mochte sie hintergangen und sich Samus Kasten erschwindelt haben, aber er war kein Totschläger. Außerdem konnte ihr Lehrmeister unmöglich derjenige gewesen sein, der Abramera in den verlassenen Garten gelockt und dort angegriffen hatte. Sie selbst hatte ihn ja erst wecken müssen, und als er sich dazu entschlossen hatte, ihr zu folgen, hatte der Philosoph schon bewusstlos im Gras gelegen.

Floreta war noch in Gedanken, als Jonathan seinem Regalschrank eine Schatulle entnahm und sie ihr vor die Füße warf. «Nun sieh schon nach, ob etwas fehlt», sagte er. «Ich habe übrigens Kopien der Instrumente deines Großvaters anfertigen lassen. Pfeilzangen, Schaber und Skalpelle, die besser schneiden als die stumpfen aus dem Kasten. Die solltest du bekommen, sobald ich ...»

«Sobald Ihr ...?»

Jonathan kratzte sich das bärtige Kinn. Nach all den Geständnissen wirkte er inzwischen so kleinlaut, wie Floreta ihn nie zuvor erlebt hatte.

«Nun ja, es gibt eine Handvoll Leute, die sich offensichtlich gern von dir behandeln lassen. Viele sind es nicht, aber ich fände es beruhigend, wenn es in der Judería immer noch jemanden gäbe, der sich um unsere Kranken und Alten kümmert.»

«Und da habt Ihr an mich gedacht? Wie großzügig von Euch, Meister.» Floreta bückte sich und nahm eines der funkelnagelneuen Skalpelle zur Hand. Sie würde nicht nachfragen, ob der Arzt sie wirklich extra für sie bei Menachem in Auftrag gegeben hatte oder ob es ihm spontan in den Sinn gekommen war, ihr die Instrumente zu schenken, um sie versöhnlich zu stimmen. Nur zu schade, dass ich sie nicht annehmen kann, dachte sie und legte das Skalpell in die Schatulle zurück. «Ich werde jetzt gehen, um meine Sachen zu packen, Meister Jonathan», sagte sie, als sie die fragenden Blicke ihres ehemaligen Lehrers bemerkte. «Morgen früh verlasse ich die Judería. Keine Angst, ich kehre nicht zurück.»

«Ach, und wohin willst du? Etwa deiner reichen Verwandten hinterher?» Jonathan hob die Augenbrauen. «Du hast kein Geld und wirst verhungern, lange bevor du sie eingeholt hast.»

«Ich kann Euch versichern, dass mein Weg nicht so weit sein wird», antwortete sie. «Genau gesagt führt er mich nur bis zur Aljafería, und ich glaube nicht, dass dort schon jemand Hunger leiden musste.»

«Wohin?» Jonathans Augen weiteten sich, und Floreta meinte, fast hören zu können, wie der Arzt innerlich platzte, als ob Luft aus einer Schweinsblase entwich. Aber das bildete sie sich gewiss nur ein.

Kapitel 24

In dieser Nacht stand der Mond wie ein rot glühender Ball am schwarzen Himmel.

Vielleicht kann ich deshalb nicht schlafen, dachte Bruder Pablo, während er seine Nase aus der schmalen Fensteröffnung seiner Klosterzelle steckte. Die Dächer und Mauern unter ihm waren fast so deutlich zu erkennen wie bei Tag. Nicht mehr lange, und seine Mitbrüder würden sich erheben, um die Prim zu beten. In der Nähe jaulte ein Hund.

Bruder Pablo konnte nicht sagen, was ihn innerlich so aufwühlte. Er hatte stundenlang auf den Knien gebetet, um in sich hineinzuhorchen, aber der Friede, nach dem er sich so sehnte, war ausgeblieben. Stattdessen regte sich in ihm eine Angst, die er schon lange besiegt geglaubt hatte. Sein Körper schien ihm zuzuflüstern, dass in Kürze etwas geschehen würde, das ihn noch mehr peinigen würde als eine schlaflose Nacht. Er hörte es durch ein Rauschen in seinen Ohren und schmeckte es auf der Zunge. Es war etwas Furchtbares, das er nicht verhindern konnte. Und es hatte mit dem Mädchen zu tun. Floreta. Warum ging sie ihm nicht aus dem Kopf?

War es ein Fehler gewesen, die Königin auf Floreta aufmerksam zu machen? Warum hatte er sich überhaupt eingemischt? Als Kapuziner hatte er sein Leben Gott geweiht. Was gingen ihn die Intrigen der Menschen an? Aber er konnte Floreta doch nicht einfach ihrem Schicksal überlassen. Mehr denn je war er davon überzeugt, dass der Herrgott ihr eine Gabe anvertraut hatte wie vor ihr schon ihrem Großvater. Pablo verrichtete einen Dienst für Gott, wenn er ihr den Weg bahnte, den sie gehen musste. Und dieser Weg führte in die Aljafería.

Wieder und wieder ließ er sich die Gespräche mit Königin Eleonora durch den Kopf gehen. Hatte er etwas übersehen? An irgendetwas nicht gedacht? Es schien fast so, aber ihm mochte beim besten Willen nicht einfallen, was das sein könnte.

Die Morgenandacht, die er schließlich müde und abgespannt besuchte, zog sich in die Länge wie zäher Leim. Nie zuvor hatte er das Ende der Litanei so herbeigesehnt wie heute. Er musste in den Palast, aber der Abt hielt ihn mit allerlei unnötigen Dingen auf. Ungeduldig beobachtete Bruder Pablo, wie die Sonne aufging und ihre ersten zarten Strahlen durch die bunten Glasfenster der Klosterkirche sandte. Es kam ihm wie eine Mahnung vor, nicht noch mehr Zeit zu vergeuden.

«Verzeiht mir, aber ich werde im Palast erwartet», murmelte er eine Entschuldigung.

Im Gegensatz zu Pablo hatte der Abt es nicht eilig und hasste Rastlosigkeit in jeder Form. Flink stellte er sich ihm in den Weg. «Darüber wollte ich auch noch ein paar Worte mit dir reden, lieber Bruder.» Er deutete auf den Kreuzgang. «Lass uns ein Stück gemeinsam gehen.»

«Aber ich muss ...»

Die Miene des Klostervorstehers war die Güte selbst und doch auch eine Mahnung, seine Geduld nicht auf die Probe zu stellen. Er setzte sich mit schlurfenden Schritten in Bewegung. Bruder Pablo folgte ihm.

«Kann es sein, dass deine Aufgabe als Beichtvater der Königin dich überfordert?», fragte der Abt nach einer Weile. «Ich sehe dich immer öfter niedergeschlagen, wenn du aus der Aljafería ins Kloster zurückkehrst. Dieser Ort raubt dir den Seelenfrieden. Er tut dir nicht gut.»

Bruder Pablo runzelte die Stirn. Was bei allen Heiligen war in den Abt gefahren? War er nicht trotz aller Bescheidenheit hocherfreut darüber gewesen, dass ein Mitglied seines Ordens auserwählt worden war, im Königspalast die Beichte abzunehmen? Er hatte Bruder Pablo stets ermuntert, für diese wichtige Aufgabe jedes Opfer zu bringen. Und nun sollte der Palast ihm plötzlich nicht mehr guttun?

«Es geht doch nicht darum, ob es mir an einem Ort gefällt», sagte Bruder Pablo. «Es geht um die mir anvertrauten Menschen. Ich darf behaupten, dass die Königin mir vertraut.»

«Sie sollte Gott vertrauen und nicht den Menschen!» Das Lächeln des Abtes schmolz dahin. Er war ein betagter Mann, der seit Jahren keinen Fuß mehr vor das Klostertor gesetzt hatte und für seine Sanftmut bekannt war. Für Bruder Pablo, der unter der Schroffheit seines Ordensoberen in Santa Coloma stets gelitten hatte, war er in den letzten Monaten fast wie ein Vater gewesen. Nun aber weckten die Worte des Alten, die so gar nicht nach ihm klangen, Pablos Argwohn.

«Muss ich Eure Rede so deuten, dass Ihr mir ratet, die Aljafería künftig zu meiden?», fragte er unumwunden.

«Wie könnte ich? Wo doch die Königin deinen geistlichen Beistand so schätzt. Es ist nur ...» Der Abt blieb abrupt stehen. Das Lächeln war einem Ausdruck von Besorgnis und Angst gewichen. «Ich habe einen Brief von Eymerico erhalten.»

«Dem Inquisitor.»

Der Abt nickte. Seine Hände suchten Schutz in den weiten Ärmeln der Kutte. «Dieser Eymerico scheint Erkundigungen über dich eingeholt zu haben. In Santa Coloma, wo du gelebt hast, bevor du nach Zaragoza kamst. Er schreibt, dass du dich schon dort auf ... Ungläubige eingelassen hast. Eymerico deutet an, in unserem Kloster könnten Gotteslästerung, Ketzerei und sogar Hurerei Einzug gehalten haben.»

Der Abt tat Bruder Pablo leid. Es kostete den alten Mann sichtlich Überwindung, Begriffe wie Hurerei überhaupt in den Mund zu nehmen. Sie mussten ihm wie Gift auf der Zunge brennen. Dass ihn nicht bereits der Schlag getroffen hatte, während er Eymericos Botschaft wiedergab, grenzte fast schon an ein Wunder.

«Wie kommt der Inquisitor dazu, einen solch grauenhaften Verdacht auszusprechen?», fragte der Abt.

«Nun, er hat ihn nicht ausgesprochen, sondern niedergeschrieben», sagte Bruder Pablo.

«Das ist gleichgültig. Nein, schlimmer. Dahingesagt ist ein Wort so schnell, wie ein trockenes Blatt vom Wind verweht wird. Und ebenso schnell ist es wieder vergessen. Pergament ist geduldiger. Es vergisst nichts, selbst wenn Jahre vergehen. Wer weiß, ob dieser Mann nicht längst auch dem Bischof geschrieben und die Kapuziner bei ihm verleumdet hat.» Er schnaubte, als hätte er Schnupfen. «Du musst den Mann verärgert haben, Bruder.»

«Ich habe ihm nur meine Meinung gesagt, als er sich kürzlich Zutritt zu den Gemächern der Königin erschlichen hat.»

«Eine Meinung hat man zu vielen Dingen. Zum Wetter, zur Ernte, zum Krieg. Ich darf aber davon ausgehen, dass ihr nicht über die Kornernte gesprochen habt.»

Bruder Pablo rannte die Zeit davon, was den gemächlich dahinschlendernden Abt wenig kümmerte. So knapp wie möglich erklärte er ihm daher, wie sehr es ihn anwiderte, dass der Inquisitor seinen wachsenden Einfluss in der Stadt sowie die Angst vor einem Überfall des Königs von Kastilien auf Zaragoza dazu nutzte, ein Klima der Feindschaft gegen die Juden und Mauren zu schüren. Hatte Eymerico denn nicht begriffen, zu welcher Blüte dieses Land fähig war, wenn sich alle Kulturen miteinander verständigten und voneinander lernten?

Der Abt hörte ihm schweigend zu, bevor er schließlich sein Urteil fällte: «Es war ein Fehler, ausgerechnet diese Frau aus Granada als Ärztin für die Königin zu empfehlen. So etwas muss Eymerico ja reizen. Ich wünschte, du hättest dein Vorhaben mit mir abgesprochen und meinen Rat eingeholt.»

«Ich werde im Kapitelsaal um eine Buße für meine Nachlässigkeit bitten», sagte Bruder Pablo und fügte in Gedanken hinzu: Und auch gleich dafür, dass ich es jederzeit wieder tun würde.

«Eine Buße wird dir auch dafür auferlegt werden, dass du das Kloster und damit uns alle dem Zorn der heiligen Inquisition ausgesetzt hast. Du hast mich gefragt, ob ich dich von deinen Pflichten als Beichtvater entbinden werde, und das habe ich verneint.»

«Dafür bin ich Euch dankbar!»

Der Abt lächelte. «Weil du dich freiwillig dafür entscheiden wirst, das Kloster fürs Erste nicht zu verlassen. Sollte die Königin nach dir schicken lassen, wird Bruder José an deiner Stelle zur Aljafería gehen.»

Bruder Pablo erschrak. Von allen Ordensbrüdern, die im Kloster lebten, hätte der Abt keine schlechtere Wahl treffen können, denn der genannte José war für seinen krankhaften Ehrgeiz bekannt. Es gelang ihm zwar immer wieder, diesen unter dem Mantel besonderer Demut zu verstecken, doch Pablo hätte ihm nicht einmal einen Topf Honig, geschweige denn die Königin von Aragón anvertraut. Noch mehr schmerzte es, dass er sein Versprechen Floreta gegenüber nun nicht halten konnte. Aber er schuldete dem Abt Gehorsam. Verweigerte er ihn, konnte das schwerwiegende Folgen haben.

Auf dem Weg vom Kreuzgang zum Kapitelsaal suchte er verzweifelt nach einem Ausweg aus der Misere. Doch sosehr er sich auch den Kopf zerbrach, er fand keinen.

***

Floreta war noch vor dem ersten Hahnenschrei auf den Beinen. Sie wusch sich mit eiskaltem Wasser und schlüpfte in eines der Gewänder, die Doña Eleonora ihr damals geschenkt hatte. Nein, nicht Doña Eleonora. Die Königin. Und sie hatte nach Floreta geschickt.

So leise sie konnte, schlug sie ihre wenigen Habseligkeiten in ein Tuch und verließ damit ihre Kammer. Dabei hoffte sie, Jonathan nicht mehr zu begegnen. Sie hatte keine Lust, noch einmal mit ihm zu streiten. Gewiss hatte er die Nacht damit zugebracht zu grübeln, ob sie ihn belogen hatte oder ob man sie in der königlichen Burg tatsächlich sehen wollte. Nun, das würde er bald herausfinden.

Nachdem sich die Tür hinter ihr geschlossen hatte, horchte sie in sich hinein, ob sie einen Anflug von Bedauern oder Wehmut empfand. Dabei dachte sie an die wenigen zufriedenen Stunden zurück, die sie inmitten von Jonathans Büchern verbracht hatte. Zugegeben, Jonathan hatte sie unterrichtet, doch dabei war er ängstlich darauf bedacht gewesen, ihr nicht zu viel beizubringen. Gerade so, als wollte er die wirklich wichtigen Dinge für sich behalten. Handelte so ein Lehrer?

Auf dem Weg durch die Stadt, die erst allmählich aus dem Schlaf erwachte, fragte sie sich, was wohl geschehen würde, wenn sie den Anforderungen, die die Königin an einen Arzt stellte, nicht entsprach? Bruder Pablo hatte ihr erklärt, dass man sie zunächst prüfen würde, um ihre Eignung festzustellen. Wie aber mochte eine solche Prüfung aussehen, und was geschah, wenn sie daran scheiterte? Sie dachte an Diego. Die Aljafería war groß. Nicht so groß wie die Alhambra, aber doch auch gewaltig und voller Pracht. Was sollte sie tun, wenn sie ihm dort begegnete? Was würde er tun? Allmählich spürte sie, wie ihr Magen sich beschwerte. Nicht allein vor Aufregung über all diese Fragen, sondern auch weil sie hungrig war. Sie hatte es nicht gewagt, Susanna noch um eine letzte Morgenmahlzeit zu bitten, denn sie wollte auf keinen Fall länger in Jonathans Haus bleiben als unbedingt nötig. Dessen ungeachtet stellte sie fest, dass sie die Suppe der Alten vermissen würde.

Auf dem Marktplatz kaufte sie einen runden Fladen, der noch ganz warm und knusprig war, und biss heißhungrig hinein. Mit einem Frühstück im Bauch sah die Welt gleich nicht mehr so grau aus. Im Gegenteil: Der wolkenlose Himmel versprach einen sonnigen Tag. In der Nähe der Kathedrale wurde sie von einer Schar Bettler umringt, die mit ihren Schalen klapperten. Schafe und Ziegen wurden in die Gatter und Pferche getrieben. Aus Käfigen, die an Stangen hingen, schnatterten Gänse. Eine Sänfte wurde an ihr vorbeigetragen. Darin saß eine vornehm gekleidete Frau, die ihrem Träger den Befehl gab, anzuhalten. Es war Doña Belen. Sie winkte Floreta mit einem undurchsichtigen Lächeln zu.

«Ich bin auf dem Weg zum Palast. Wenn du willst, darfst du neben mir Platz nehmen, damit wir ein wenig plaudern können.»

Floreta stutzte, überrascht von der unerwarteten Freundlichkeit der Frau. Bei ihrem ersten und einzigen Besuch in Doña Belens Haus hatte diese ihr nicht den Eindruck vermittelt, als würde sie sich gern mit ihr unterhalten.

«Woher wisst Ihr, dass ich zur Aljafería muss, Señora?»

Doña Belen lachte. «Es gibt nicht viel, was mir entgeht. Die Königin ist meine Verwandte und hört auf meinen Rat. Oder glaubst du, man würde dich heute empfangen, wenn ich dich nicht empfohlen hätte?»

«*Ihr* habt mich empfohlen? Aber ...»

«Nun gut, Bruder Pablo und ich. Wir waren uns einig, dass eine tüchtige Person wie du die Richtige ist, um die Gemahlin meines Vetters von ihrer Schwermut zu befreien.» Sie wurde ernst. «Also steig schon ein, Mädchen. Wir sind spät dran, und die Königin hasst es, wenn man sie warten lässt.»

Floreta atmete tief durch. Ein bitterer Geschmack im Mund warnte sie davor, Belens Einladung anzunehmen. Während sie noch zögerte, sprang einer der Diener herbei und schob seine Hand unter ihren Ellenbogen. Doch noch ehe er ihr beim Besteigen der Sänfte behilflich sein konnte, zupfte jemand an ihrem Ärmel. Ein halbwüchsiger, nicht eben sauberer Junge, der sie bittend ansah.

«Ihr seid doch die Ärztin, die bei dem Juden Jonathan lebt, nicht wahr?»

«Verschwinde», fuhr Belen ihn an. Sie warf ein paar Münzen aus der Sänfte, um den Burschen zu vertreiben. Doch der rührte sich nicht vom Fleck. «Du hast hier nichts verloren!»

«Ihr müsst sofort mitkommen», stammelte der Junge aufgeregt. «Vor unserem Hof hat es einen schrecklichen Unfall gegeben. Mein armer Vater ist ...»

«Tot?»

«Bräuchte er dann noch einen Wundarzt? Nein, aber viel fehlt nicht mehr. Bitte. Wenn er stirbt oder lahm bleibt, werden wir verhungern.»

Floreta runzelte die Stirn. Ein Unfall? Ausgerechnet jetzt? Wie spät mochte es sein? Bruder Pablo hatte ihr eingeschärft, dass sie die Königin nicht warten lassen durfte. Sie musste sich beeilen, um nicht zu spät zu kommen. Allerdings hatte sie keine Lust, zu Doña Belen in die Sänfte zu steigen. Die Frau war ihr unheimlich. Vielleicht konnte sie sich aus der Affäre ziehen, indem sie ihre Pflicht vorschob, einem Verletzten beizustehen.

«Es ist gar nicht weit von hier», drängte der Junge. Sein Gesicht war von Pickeln entstellt, die er regelmäßig aufzukratzen schien. «Mutter hat mich in die Judería geschickt, aber bis ich dort bin, ist es vielleicht schon zu spät. Ein Fass ist beim Abladen unseres Karrens auf meinen Vater gerutscht und hat sein Bein zerquetscht. Es blutet und sieht übel aus.»

Floreta drückte dem jammernden Knaben das letzte Stück ihres Brotfladens in die Hand. Es würde ihn ein wenig beruhigen. Wenn es so schlecht um seinen Vater stand, durfte sie ihm ihre Hilfe nicht verweigern. Das musste man im Palast doch verstehen. Zudem hatte Bruder Pablo sie auch gewarnt, dass ihre Eignung geprüft werden würde. Was, wenn die Königin auf diese Weise herausfinden wollte, wie ernst sie ihre Aufgaben nahm?

«Nun kommt schon», rief Belen. «Ihr vergesst die Königin!»

Der Junge trat vor ihr von einem Bein aufs andere. Sein Blick wurde noch flehentlicher.

Floreta holte tief Luft. «Bitte entschuldigt, Herrin, aber geht schon einmal vor. Ich muss zuerst nach dem Verwundeten sehen.»

Sie ließ Doña Belen stehen, froh darüber, eine Ausrede gefunden zu haben, um nicht in ihre Sänfte steigen zu müssen, und folgte dem pickligen Jungen, der flink wie ein Wiesel durch die engen Gassen eilte. Dabei geriet sie rasch außer Atem. Mehrmals musste sie ihren Führer auffordern, nicht so schnell zu laufen, doch der winkte sie nur ungeduldig weiter. Es ging über Treppen und durch überdachte Gänge, in die nie auch nur ein Sonnenstrahl fiel.

Es dauerte nicht lange, bis Floreta sich überhaupt nicht mehr auskannte. Ein wenig erinnerte sie das Viertel, durch das sie kam, an die Judería, allerdings waren die Häuser hier wesentlich kleiner und heruntergekommener. Das Holz der Balkone, die wie hässliche Nasen über die finsteren Gassen ragten, machte einen so morschen Eindruck, dass man sich wohl besser von ihnen fernhielt, wollte man nicht zusammen mit ihren Trümmern auf die Gasse stürzen und sich das Genick brechen. An den Hauswänden rankten sich keine Blumen empor, dafür lag der Schutt zerfallener Mauern so hoch im Straßenmatsch, dass weder Wagen noch Karren sich einen Weg hindurchbahnen konnten. Schon nach kurzer

Zeit war Floretas Kleid schmutzig. Verflixt, so konnte sie doch unmöglich vor der Königin erscheinen!

Umständlich wich sie einer Schar Kinder aus, die sich brüllend ein Gefecht lieferten, indem sie mit den Knochen eines verendeten Tieres aufeinander eindroschen. Nur wenige Schritte weiter klatschte der Inhalt einer Schüssel in eine Pfütze, aus der ein ekelerregender Gestank aufstieg.

Floreta hatte schwere Zeiten durchlebt, war jedoch nie zuvor einer solchen Armut begegnet. Verglichen mit diesen düsteren Gassen war die Judería das reinste Paradies. Kein Wunder, dass dies Neid und Hass heraufbeschwor. Als Floreta sich umblickte, entdeckte sie an vielen der Behausungen schwache Kreuze, ungeschickt auf Türen und auf Fensterrahmen gekleckst. Sie stammten noch aus den Jahren der großen Pest, die in den ärmlichen Vierteln nahe der westlichen Stadtmauer zweifellos unzählige Opfer gefordert hatte.

«Was ist?», holte die Stimme des Jungen sie aus ihren Gedanken. «Habt Ihr Angst? Braucht Ihr nicht zu haben. Niemand wird Euch hier berauben.»

«Ein Beutelschneider hätte auch wenig Freude an mir», sagte Floreta und blickte sich um. An einem Fenster, das offensichtlich zu einer Taverne gehörte, zeigte sich eine Frau, die aber gleich wieder den Kopf zurückzog und den Laden schloss.

«Warum gehst du nicht weiter?», fragte Floreta den Pickligen misstrauisch. Der Junge schien unschlüssig, als warte er auf etwas oder jemanden. Zwischen einer Ansammlung von Fässern rumpelte etwas. «Wo ist der Verletzte?»

Der Junge deutete auf die Taverne. «Hier ist der Unfall passiert. Man hat meinen Vater hier hineingebracht.»

Floreta runzelte die Stirn. Auf der Gasse war kein Mensch mehr zu sehen, nicht einmal die Kinder, die sich soeben noch mit Dreck beworfen hatten. Wenn sie es recht bedachte, hatten die

Kleinen das Weite gesucht, als ... Floreta riss die Augen auf, als sie das unverschämte Grinsen bemerkte, das sich über das picklige Gesicht ihres halbwüchsigen Führers legte. Er wirkte längst nicht mehr aufgeregt und sorgenvoll.

«Ihr wünschtet jetzt wohl, Ihr wäret doch in die feine Sänfte gestiegen, nicht wahr?»

Nur zu dumm, dass Floretas Verstand ihr erst jetzt zum Rückzug riet, als sie erkannte, dass durch diesen hohen Schutt aus Ziegelsteinen und Unrat niemals ein Karren mit Fässern gefahren sein konnte. Folglich war auch keines beim Abladen auf einen Mann gefallen, der nun mit zerquetschten Gliedmaßen auf einen Wundarzt wartete.

Floreta kam es plötzlich so vor, als rückten die hohen Mauern näher. Sie machte einen Schritt zurück.

«Wohin willst du denn?», rief der Junge. Es klang höhnisch, als wäre ihm ein Streich geglückt. «Du hast dir meinen armen verunglückten Vater nicht einmal angesehen.»

Darauf legte Floreta auch keinen Wert. Man hatte sie in eine Falle gelockt, so viel stand fest. Aber warum? Doch wohl nicht, um sie auszurauben. Dafür hätte der kleine Gauner sie nicht durch die halbe Stadt schleppen müssen. Wutentbrannt ertastete Floreta einen Stein und warf ihn auf den Pickligen. Getroffen.

«Aua, das Miststück wirft Steine nach mir!» Entrüstet drohte der Junge ihr mit der Faust, bereit zuzuschlagen. Irgendwo quietschte eine Tür in den Angeln. «Bleib mir vom Leib!»

Floreta hatte wenig Hoffnung, es durch dieses düstere Labyrinth aus hässlichen Gassen wieder dorthin zu schaffen, wo die Sonne schien. Dennoch musste sie es versuchen. Ob ihr jemand half, wenn sie schrie? Der Schrei löste sich wie von selbst aus ihrer Kehle, als sie plötzlich eine derbe Hand sowie einen heißen Atem in ihrem Genick spürte. Sie wurde herumgerissen und starrte in ein Gesicht voller Hohn. Ihre Beine knickten ein, dann schlug ihr Kopf auf etwas Hartes, und Dunkelheit umfing sie.

***

«Das ist unerhört», regte sich die Königin auf, als ein schmächtiger Mönch mit einer fleischigen Hakennase sie davon in Kenntnis setzte, dass Bruder Pablo nicht kommen würde. «Er ist also zu beschäftigt? Aber ich brauche ihn. Und wo ist die Frau, die er mir empfohlen hat? Die Ärztin? Sie hätte sich längst bei mir melden sollen. Wenn ich jemanden zu sehen wünsche, erwarte ich auch, dass derjenige meinem Befehl Folge leistet.»

Bruder José frohlockte sichtlich, doch erfuhr er einen jähen Dämpfer, als die Königin ihn kurzerhand aus der Kemenate warf.

«Sag deinem Abt, dass ich mir keinen neuen Beichtvater aufzwingen lasse», schickte sie dem erschrockenen Mönch hinterher. Dann befahl sie einer ihrer Dienerinnen, die schwere Tür zuzuwerfen. Als das Mädchen sie geräuschlos ins Schloss schob, stapfte Eleonora wütend an ihr vorbei, öffnete die Tür noch einmal und gab ihr dann einen so energischen Stoß, dass es durch das ganze Gemach hallte. Die Frauen zuckten zusammen.

«So wirft man eine Tür zu», rief sie und fluchte in ihrer italienischen Muttersprache.

Belen gab der puterrot gewordenen Zofe mit den Augen zu verstehen, dass sie es für besser hielt, wenn diese sich zurückzog. Dann füllte sie einen hübschen Silberbecher mit gezuckertem Wein und reichte ihn der Königin mit einem milden Lächeln.

«Vermutlich hat der Mönch den Mund einfach zu voll genommen», sagte sie. «Wenn diese Floreta das Zeug zur Leibärztin einer Königin hätte, wäre sie gewiss gekommen. Sie hatte wohl

Angst, dass ihr Schwindel auffliegt. Ich nehme an, sie hat Zaragoza längst verlassen.»

Eleonora blickte verunsichert auf. Sie wollte Belen nicht sagen, dass sie die Floreta, die sie in Santa Coloma getroffen hatte, ganz anders einschätzte. Doch sie hielt es für klüger, zu schweigen. Stattdessen beugte sie sich aus dem Fenster und trug einem der Bewaffneten auf dem Hof auf, zum Haupttor zu laufen und dort nachzuforschen, ob eine junge Frau um Einlass gebeten hatte. Die Aljafería war weitläufig genug, um sich zu verirren, wenn man sich nicht auskannte.

«Ich kann nicht glauben, dass sie es wagen würde, mich warten zu lassen», sagte sie.

Doch Belen zuckte nur mit den Schultern. «Mein Leibarzt steht Euch nach wie vor zur Verfügung!»

«So? Wie schön, das zu hören.» Eleonora von Sizilien begann, ruhelos im Raum auf und ab zu gehen. «Allerdings glaubte ich, mich diesbezüglich klar ausgedrückt zu haben.» Sie blieb unvermittelt stehen und funkelte Belen an. «Ich will weder einen neuen Beichtvater noch einen anderen Arzt für meine Kinder. Ich wünsche, dass man nach Floreta aus Santa Coloma sucht und sie auf der Stelle hierherbringt. Außerdem sollen Boten zum Kloster der Kapuziner geschickt werden. Ich will von Bruder Pablo selbst hören, dass ich fortan diesem dürren …»

«Bruder José …»

Eleonora nickte. «Dass ich vor ihm die Beichte ablegen soll. Mir graut ehrlich gesagt davor. Der Mann erinnert mich an eine Kröte.»

«Keine Sorge», sagte Belen. «Ihr wisst doch, dass Ihr Euch auf mich verlassen könnt. Ich werde nach dieser Floreta suchen lassen.»

***

Als Belen die Königin verließ, hatte sie deren Ärger über den Mönch bereits vergessen. Was kümmerte sie Eleonoras Zwist mit der Kirche? Der war ihr gleichgültig. Aufregend fand sie allein, dass alles so ablief, wie sie es geplant hatte. Wie berechenbar manche Menschen doch waren, insbesondere solche, die sich für besonders tugendhaft hielten. Für diese hergelaufene Jüdin gab es keinen Platz in Diegos Nähe. Und auch nicht in der Nähe der Königin. Dafür hatte sie gesorgt. Mochte Eleonora nach ihr forschen, solange sie wollte: Sie würde das Mädchen nicht finden, und über kurz oder lang würde sich niemand mehr an sie erinnern. Auch Diego nicht. Er würde sich ihr, Belen, zuwenden, daran gab es nicht den geringsten Zweifel.

Vor ihrem Haus wartete bereits ein bekümmert dreinblickender Jonathan auf sie, der zu lamentieren anfing, noch ehe ihre bewaffneten Diener ihr aus der Sänfte geholfen hatten.

«Meine abtrünnige Gehilfin ist mir davongelaufen. Und wisst Ihr, was sie vorher behauptet hat? Die Königin wolle sie zu ihrer Leibärztin machen. Ist das nicht lächerlich? Ein Weib, das überall auf Ablehnung stößt? Ich kann das nicht glauben.» Er rang die Hände, bevor er fast störrisch hinzufügte: «Ihr wollt doch mich empfehlen, oder seid Ihr plötzlich nicht mehr mit meinen Diensten zufrieden?»

Belen zog ein finsteres Gesicht. Dieser kindische Narr begann, ihr auf die Nerven zu gehen. Es war nicht gut, dass man sie überhaupt noch zusammen sah. Dennoch beschloss sie, Jonathan erst einmal zu beschwichtigen, bevor andere auf sie aufmerksam wurden.

«Selbstverständlich habe ich ein gutes Wort für dich eingelegt», beteuerte sie schließlich, «aber du musst verstehen, dass letztendlich die Königin entscheidet. Du brauchst dir dennoch keine Sorgen mehr zu machen. Du bist der beste Heilkundige von ganz Zaragoza. Geh nach Hause und warte ab, bis ich dich rufen lasse. Ich habe das Gefühl, dass diese Floreta nicht mehr auftauchen wird, weder bei dir noch in der Aljafería. Seinem Schicksal kann man nicht entgehen.»

Verwirrt von diesen Worten, schüttelte Jonathan den Kopf, doch wenigstens riss er sich nun etwas zusammen. «Ich danke Euch, Herrin. Ihr habt mir einen großen Dienst erwiesen.»

«Seit wann ist es an mir, einem Ungläubigen einen Dienst zu erweisen? Sagen wir, es lag in meinem eigenen Interesse, dass dieses Mädchen verschwindet. Sie stellt einem Mann nach, der mir viel bedeutet, und damit ist es jetzt vorbei.» Belen klatschte in die Hände, woraufhin ihr Türhüter sie einließ. «Du wirst mit niemandem darüber reden, hast du mich verstanden?», befahl sie Jonathan zum Abschied. «Ich kann dich beschützen oder vernichten. Sollte mir zu Ohren kommen, dass du auch nur ein Wort von dem ausplauderst, was ich dir gerade anvertraut habe, bist du ein toter Mann.»

***

Jenseits der Gartenmauer saß Felipe wie so oft zu dieser Tageszeit an seinem Lieblingsplatz zwischen den blühenden Rhododendren und ertränkte seine Langeweile in reichlich Wein. Bei ihm war Diego, der seinem Freund an diesem Morgen einen Besuch abstattete.

Jetzt sprang der junge Mann auf wie von einer Natter gebissen.

«Was hast du?» Felipe verzog sein mit Bartstoppeln übersätes Gesicht zu einem gequälten Grinsen. Obwohl es noch nicht spät am Tag war, war er schon nicht mehr ganz nüchtern. «Komm, ich füll dir den Becher nach! Was soll man an einem heißen Tag denn anderes tun als trinken?»

Diego funkelte ihn wütend an. «Wie zum Teufel kannst du noch fragen, was ich habe? Hast du die Stimme deiner eigenen Mutter nicht erkannt?»

«Wenn ich ehrlich sein soll ...» Er trank einen Schluck, dann hellten sich seine Züge auf. «Ach, das meinst du?»

«Ja, genau das meine ich», tobte Diego. «Sie sprach von Floreta und davon, dass sie verschwunden sei. Deine Mutter hat dabei ihre Hand im Spiel, und ich möchte wissen, warum.»

«Belen hat ihre Hand in jedem Spiel, mein Freund. Wusstest du das etwa noch nicht? Aber was dieses Mädchen betrifft, scheint meine Mutter doch richtigzuliegen. Sie bedeutet dir etwas, nicht wahr? Dann bist du wohl der Kerl, dem sie nachläuft? Der, für den Mutter diese Floreta sogar aus dem Weg räumen lassen würde?»

Diego fühlte ein leichtes Schwindelgefühl in seinem Kopf. Was um alles in der Welt mochte Felipes Mutter reiten, dass sie sich in seine Angelegenheiten einmischte? Woher wusste sie von seiner Verbindung zu Floreta? Er hatte nie mit jemandem darüber gesprochen, was damals auf der Flucht aus Granada geschehen war, schon gar nicht mit Felipe, der im Suff jedes Geheimnis ausplaudern würde.

Seine Hand zitterte, als er das Glas zum Mund führte, das Felipe ihm eingeschenkt hatte. Er brauchte jetzt etwas zur Beruhigung. Dabei rief er sich seine Empfindungen ins Gedächtnis, als er Floreta vom Fenster in Belens Gemach aus wiedererkannt hatte.

War es wirklich Hass und Abscheu gewesen, wie zunächst angenommen? Oder nicht doch Sehnsucht? Ja, er hatte dem Mädchen nachgespürt und es beobachtet. Doch offensichtlich nicht aufmerksam genug, denn sonst wäre Floreta nicht verschwunden. Verdammt.

«Mach endlich die Augen auf, alter Freund», sagte Felipe mit schwerer Zunge. «Sie liebt dich. Sie würde alles dafür tun, dass du sie endlich wahrnimmst. Aber lass dir eins gesagt sein: Mutter ist es nicht gewöhnt, um Liebe zu betteln. Sie nimmt sich, was sie braucht und wen sie will.»

Diego riss die Augen auf. Was zum Teufel faselte Felipe da von Liebe?

«Mutter glaubt vielleicht, sie könnte es vor mir verbergen, aber da täuscht sie sich. Ich habe den Braten gleich gerochen. Sie ist seit dem Tag eifersüchtig auf diese Floreta, da sie mit Jonathan zu uns kam, um mich zu verbinden. Sie glaubt, Floreta sei deine Geliebte.»

«Aber das ist blanker Unsinn», begehrte Diego verzweifelt auf. Er wusste nicht mehr, ob er lachen oder weinen, sich geschmeichelt fühlen oder Felipes Krug an der Mauer zerschmettern sollte. Warum war er so blind gewesen und hatte die Anzeichen nicht früher wahrgenommen? Die vielen Einladungen und Aufmerksamkeiten. Die Blicke, die sie ihm manchmal zuwarf. Wie es aussah, hatte sein geheimnisvolles Gehabe um Floreta ihren Verdacht noch geschürt.

Er schüttelte den Kopf. «Floreta ist nicht meine Geliebte, und Belen könnte meine Mutter sein.»

«Höchstens eine ältere Schwester!»

«Macht das die Sache besser? Nein.»

Das sah Felipe ein. «Was willst du nun unternehmen? Du hast doch hoffentlich nicht vor, dich auf die Suche nach dieser kleinen Heilerin zu machen. Eher findest du ein Fass Wein im Ozean.»

Diego blickte seinen Freund argwöhnisch an. «Und wenn ich es täte, würdest du es deiner Mutter verraten?»

Felipe leerte seinen Becher und wischte sich mit dem Ärmel seines Hemdes den Mund ab. «Natürlich nicht», versprach er, indem er den Tonfall des Arztes Jonathan imitierte. «Kein Sterbenswörtchen wird über meine Lippen kommen, ansonsten soll mir das Herz im Leib verfaulen.»

Kapitel 25

Nicht ohne Stolz zeigte Sahin Celiana an diesem Nachmittag seine Kostbarkeiten, die er im Laufe vieler Jahre gesammelt hatte. Auf Regalen verschiedenster Größe lagerten Gefäße aus Ton und Flaschen aus trübem, grünlichem Glas, in denen sich duftende Öle befanden. Holzschachteln und Körbe enthielten Gewürze wie Kreuzkümmel, Rosmarin und Anis, aber auch abgeriebene Orangen- und Zitronenschalen, Muskatnuss und schwarze Pfefferkörner, die in den Basaren von Granada mit Gold aufgewogen wurden. Beutel aus gegerbtem Leder hingen an den Wänden, gebündelte Kräuter von den hohen Balken. Celiana schloss bezaubert die Augen und sog den betörenden Duft ein. Sie konnte immer besser verstehen, warum Floreta sich so gern hier aufhielt. Dieses Haus belebte ihre Sinne, gab ihr eine Kraft, die sie verloren geglaubt hatte, die sie sich nun aber Atemzug um Atemzug zurückeroberte.

«Glaubst du wirklich, dass in mir auch eine Heilkundige steckt wie in Floreta?», wollte sie von Sahin wissen, der mit einem Tuch schwere Mörser aus Messing säuberte.

Hinter ihm brodelte es in einem Kessel an einem Haken über der Feuerstelle, doch es sah nicht so aus, als würde der Blinde darin eine Mahlzeit zubereiten. Eher eine Abkochung zweifelhaften Inhalts. Was genau es war, wollte Celiana gar nicht wissen.

Jorge kam mit einigen Scheiten Feuerholz herein, die er nicht eben sorgfältig neben dem Kessel zu Boden warf.

«Habe ich dir nicht schon hundertmal gesagt, du sollst das Holz ordentlich aufstapeln?», seufzte Sahin.

«Das kann die Frau doch jetzt machen», brummte der junge Mann mürrisch. Er schien sich über Celianas Anwesenheit nicht zu freuen, was sicher auch dem Umstand geschuldet war, dass er nun noch mehr Arbeit hatte. «Oder bin ich der Einzige, der hier einen Finger krümmt?»

«Du bist vor allem der Einzige, der freche Reden führt. Also tu, was ich dir aufgetragen habe. Anschließend werde ich mir anhören, was du gestern über die Drogen gelernt hast, die schläfrig machen.»

Drogen, die schläfrig machten? Interessant. Celiana ließ sich auf einem der riesigen Kissen nieder, dessen schimmernder Stoff sie an ihre Heimat erinnerte, und gab sich Mühe, Jorges unbeholfenem Gestammel zu folgen. Viel konnte sie dem nicht abgewinnen, auch wenn es gewiss nicht schadete, sich ein wenig besser mit einschläfernden Substanzen auszukennen. Wer konnte schon sagen, wann man ein solches Wissen nicht einmal anwenden musste?

Jorge jedenfalls nicht. Während Sahin sich abmühte, ihm auf die Sprünge zu helfen und die Unterschiede zwischen dem Gebrauch von Opium, Bilsenkraut und der Tollkirsche auseinanderzusetzen, fielen dem Jungen auch ohne jedes betäubende Mittel die Augen zu. Nach einer Weile schickte der Maure seinen Knecht wieder zurück an die Arbeit.

«Sicher fragst du dich, warum ich einen solchen Taugenichts in meinen Diensten dulde, aber urteile nicht zu vorschnell. Jorge hat seine Vorzüge. Ich brauche seine Muskeln, um Fässer zu stapeln, und seine Augen, damit mich niemand bestiehlt. Allerdings wünschte ich mir manchmal, er könnte sich etwas mehr von dem merken, was ich ihm beibringe. Wäre er fleißiger, könnte er später selbst mit Gewürzwaren handeln, so aber fürchte ich, dass er immer ein Knecht bleiben wird.»

Celiana hatte gewiss nicht vor, den faulen Jorge zu verteidigen, dennoch reizte es sie zu widersprechen. «Wie soll man sich auch an all diese Namen erinnern, die du erwähnt hast? Dass die Blätter des Goldregens langstielig und an der Unterseite seidig behaart sind, mag man sich ja noch merken können. Vielleicht auch, dass der Genuss von Oleander zu einer Lähmung des Herzens führen kann, aber ihr habt von so vielen anderen Pflanzen gesprochen.»

«Zum Beispiel?», fragte Sahin lächelnd. «Sprich weiter!»

«Vom Sadebaum mit seinen schwarzen Beeren!» Celiana schüttelte sich bei dem Gedanken, dass der Baum auch Kindsmord genannt wurde. «Oder von diesem ... diesem Besenginster. So hieß das Kraut, das gegen Schlangenbisse helfen soll, nicht wahr? Nun, ausprobieren werde ich das gewiss nicht.»

«Und ich dachte, du hättest mir gar nicht zugehört, sondern dich nur ausgeruht.»

Celiana drehte den kleinen goldenen Ring an ihrem Finger, eines der wenigen Dinge, die sie noch von Ruben besaß. «Das habe ich auch nicht», gab sie zu. «Jedenfalls nicht richtig. Es ist einfach so hängengeblieben.»

«Du hast eine bemerkenswert rasche Auffassungsgabe. Vielleicht beantwortet das deine Frage danach, ob du auch die Heilkunst erlernen könntest.»

Celiana zuckte mit den Achseln. Seit sie Sahins gewaltigen Vorrat an Ölen und Kräutern gesehen hatte, spukte eine Idee durch ihren Kopf, die sie nicht mehr losließ. All die herrlich duftenden Kräuter in Sahins Kammern mussten doch zu mehr nütze sein, als Speisen damit zu würzen. Es gab doch Salben, welche die Haut einer Frau nicht nur nach Verletzungen heilten, sondern sie auch pflegten? Die ihre Schönheit untermalten und ihre Jugend erhielten?

Ein Lächeln umspielte ihre Lippen. Sahin schien zu glauben, dass mehr in ihr steckte als eine Gewürzkrämerin. Nun, vielleicht sollte sie ihn beim Wort nehmen. Floreta konnte sich ihretwegen gern mit gebrochenen Gliedern und blutenden Wunden befassen. Ihr Weg sah anders aus und konnte sie, sofern sie es geschickt anstellte, ebenso ins Zentrum der Macht führen wie Floretas Arbeit. Nur dort, in der Aljafería, konnte sie Rubens Tod rächen.

Wie nicht anders zu erwarten, war der Blinde skeptisch und auch ein wenig enttäuscht, als sie ihm ihre neue Idee unterbreitete, doch das hielt sie nicht davon ab, weiter in ihn zu dringen. «Ein so gelehrter Mann wie du besitzt doch bestimmt Rezepturen aus der alten Heimat. Schriften, aus denen ich lernen könnte, entsprechende Mittel herzustellen, nicht wahr?»

Sahin dachte nach. «Mag sein, dass ich noch ein paar Rezepte für wohlriechende Salben und Balsame habe», sagte er nach einigem Zögern. «Es gibt darüber auch eine Schrift des arabischen Philosophen al-Kindi, die sich mit der Herstellung von Parfümen und Destillaten beschäftigt. In Granada waren Pflegemittel sehr beliebt und auch weit verbreitet, aber hier in Aragón ... Du vergisst anscheinend, dass du nicht mehr in der Alhambra bist. Die Kirche verurteilt Essenzen, die nicht medizinischen Zwecken dienen, als Teufelszeug. Sie sagt, es sei Hochmut, sie aufzutragen, ein gotteslästerlicher Eingriff in die Schöpfung. Nein, es ist zu gefährlich, sich damit zu befassen. Ich kann dir nicht helfen.»

Celiana ließ sich nicht beirren. «Ach was, dann müsste die Kirche ja auch hinter Schneidern und Goldschmieden her sein», wandte sie ein. «Dienen diese nicht ebenfalls den menschlichen Eitelkeiten? Dennoch würde sich keine Edeldame verbieten lassen, Schmuck anzulegen oder einen besonderen Kopfputz zu tragen. Davon abgesehen hört man, dass dieser neue Inquisitor sogar der Medizin misstrauisch gegenübersteht.» Sie berührte Sahin sanft an der Schulter. «Ich möchte den Menschen Wohlbefinden geben, ein paar Momente der Glückseligkeit. Werden sie mir nicht danken, wenn ich sie mit einfachen Mitteln von Schwermut und düsteren Gefühlen befreie oder ihnen zur Ruhe verhelfe, wenn sie erregt oder ermattet sind? Heißt es nicht, gute Düfte schützen vor Seuchen und Krankheiten? Sag, Sahin, ist das nicht auch eine Form von Heilkunst?»

«Warum hat sie uns wohl noch keine Nachricht geschickt?»

«Wovon sprichst du?» Celiana runzelte die Stirn. Der Alte war wirklich auf erschreckende Weise sprunghaft und lenkte gern ohne Vorwarnung das Gespräch auf andere Themen.

«Draußen ist es schon dunkel, und Floreta hat versprochen, uns mitzuteilen, wie die Begegnung mit der Königin verlaufen ist. Ehrlich gesagt mache ich mir Sorgen. Von Bruder Pablo haben wir auch noch nichts gehört.»

Jorge kam herein und zündete mit einem Kienspan die Lampen an, dann verschwand er wieder. Vermutlich zog es ihn zum Würfelspiel in eine der Tavernen der Stadt.

Celiana unterdrückte den Anflug von schlechtem Gewissen, weil sie gar nicht mehr an Floreta gedacht hatte. Doch wen wunderte das? Sie war viel zu aufgeregt und gefangen von ihren eigenen Plänen, um sich jetzt über ihre Verwandte den Kopf zu zerbrechen. Was sollte schon passiert sein? Gewiss hatte Floreta vor der Königin und ihren Höflingen mit ihrem medizinischen Wissen geglänzt und konnte sich gar nicht mehr vom Palast trennen. Sicher hatte sie über all den neuen Eindrücken, die ihr am Hof des Königs begegneten, nur vergessen, ihnen eine Nachricht zukommen zu lassen. Celiana konnte das gut nachvollziehen. Am Tag ihrer Ankunft hatte sie ihren Esel bewusst in die Nähe der Palastanlage gelenkt und mehr als einen sehnsüchtigen Blick daraufgeworfen. Es musste ihr einfach gelingen, sich dort ebenfalls Zutritt zu verschaffen. Deshalb musste sie sogleich ans Werk gehen.

Den ganzen Abend bedrängte sie Sahin, ihr die arabischen Aufzeichnungen zu zeigen, von denen er gesprochen hatte, doch der Gewürzwarenhändler erwies sich als stur. Erst wenn sie ihm bewiesen habe, dass es ihr mit ihrem Vorhaben ernst sei, so erklärte er, würde er ihr die Rezepte anvertrauen, nicht vorher. Fürs Erste sollte sie sich damit begnügen, die Grundlagen des Salbenmischens zu erlernen. Celiana blieb nichts übrig, als sich geschlagen zu geben, denn sie hatte keinen Schimmer, woraus die Mittel gemacht wurden, die ihr zu Ruhm und Wohlstand verhelfen sollten. Auf welche Weise gewann man bloß reines, heilendes Öl? Und wie schaffte man es, diesem Öl auch noch den Duft einer Blume zu verleihen?

Sahin besaß neben dem kleinen Ofen, auf dem er seine Abkochungen anfertigte, noch einen zweiten. Er war fest gemauert und stand merkwürdigerweise in einem Wasserbad. Über einen Kolben aus Steingut war eine Art Kuppel gestülpt, aus der ein Rohr führte. Ob das Ungetüm ihren Zwecken dienlich sein konnte, wusste sie nicht, aber sie nahm sich vor, Sahin dazu zu bringen, dass er ihr die Funktion dieser Apparatur erklärte.

Mit Feuereifer stürzte sie sich in die Arbeit, froh darüber, eine Beschäftigung gefunden zu haben, die sie mit neuer Tatkraft erfüllte. Stunden über Stunden vergrub sie sich in Sahins Lagerräumen, wo sie Harze vom Weihrauchbaum und vom Balsamstrauch sichtete, kleine Schachteln öffnete, die mit Stoffen ausgelegt waren und in denen sich kostbare Stücke Sandelholz sowie Pinien- und Zedernnadeln befanden.

Sahin brachte ihr gläserne Behältnisse und ließ sie den Duft von Rosen, Narzissen, Jasmin und Lavendel einatmen, Blüten, die er eigenhändig gesammelt und getrocknet hatte. Dabei stellte sich heraus, dass Celiana nicht nur über ein erstaunliches Gedächtnis verfügte, sondern auch über eine feine Nase.

«Ich bin beeindruckt», erklärte Sahin anerkennend, als Celiana ihm am nächsten Morgen aus dem Kopf eine ellenlange Aufzählung von Gewürzkräutern lieferte, an denen er sie vorher mit verbundenen Augen hatte schnuppern lassen. Sie beschrieb dabei nicht nur Farbe, Frucht und Verbreitung, sondern auch ihren Marktwert und die Art, wie das Kraut in der Heilkunde Anwendung fand.

Celiana strahlte, doch ihre Freude währte nur kurz, denn gerade als Sahin den Unterricht fortsetzen wollte, drang Lärm an ihr Ohr. Einem dumpfen Klopfen an der Ladentür folgte ein lauter Befehl. Jemand rief: «Aufmachen, im Namen des Königs!»

Dann schien sich Jorge mit einem Mann zu streiten, der nicht gewillt war, sich von ihm abweisen zu lassen. Etwas krachte, und Jorge heulte auf wie ein geprügelter Hund. Mit klopfendem Herzen trat Celiana durch den Vorhang und schnappte nach Luft.

«Du?», hauchte sie erschrocken, als sie den Mann wiedererkannte, der Jorge mit einem kräftigen Schlag zu Boden geschickt hatte. Sie wich zurück. Der Herr im Verkaufsraum war hochgewachsen und trug das Gewand eines königlichen Ritters. Als Celiana ihn zuletzt gesehen hatte, war sein Gesicht von der Sonne verbrannt gewesen, und er hatte ausgesehen wie ein nordafrikanischer Berberkaufmann. Nun waren Haar und Bart sauber gestutzt, und in seiner Hand sah Celiana ein Schwert, dessen Spitze drohend auf sie gerichtet war.

Diego. Raik. Ihr war es gleich, wie er sich nannte, nicht aber dass er sie anstarrte wie ein hungriger Falke seine Beute. In Celiana erwachte die Panik, doch sie hatte nicht vor, sich kampflos töten zu lassen. Ohne zu zögern, bückte sie sich nach einem Krug neben der Tür und bewarf damit den Eindringling, der zwar noch zur Seite springen konnte, aber am Arm getroffen wurde. Diego fluchte auf Spanisch und – als lege er Wert darauf, dass Celiana ihn verstand, auch auf Arabisch. Der Krug zersprang, und Olivenöl rann über den festgestampften Lehmfußboden.

Als Nächstes warf sie ein drei Fuß hohes Fässchen, in dem Sahin ein Bündel Ziegenhäute aufbewahrte. Doch diesmal verfehlte sie ihr Ziel – das Fass zerschellte an der Wand.

«Wie wäre es, wenn du mit diesem Unsinn aufhören würdest?», rief Diego. «Ich habe nicht vor, dir etwas anzutun.»

Celianas Augen blitzten auf. «So? Genauso wenig, wie du vorhattest, mich und Floreta in die Sklaverei zu verschleppen?»

Sahin tastete sich in den Ladenraum vor. «Ach, das ist derjenige? So wie er redet, würde ich sagen, wir haben es hier mit einem Edelmann zu tun, der mein Haus beehrt.»

Celiana schnaubte verdrossen. Plötzlich verdrängte die Wut ihre Angst. Angriffslustig stemmte sie ihre Fäuste in die Hüften. «Edelmann? Dass ich nicht lache. Damals trieb er sich auf dem Basar von Granada herum und überbot einen Mann, der uns zur Freiheit verhelfen wollte. Wäre er nicht gewesen, wäre Floreta und mir eine Menge Qual und Demütigung erspart geblieben.»

«Und mir ein Schwerthieb, den ich noch heute spüre», sagte Diego. Er warf Sahin einen Blick zu, bemerkte jedoch sogleich, dass dieser nicht erwidert wurde. «Vermutlich hast du von mir gehört? Ich bin Diego de la Concha.»

«Gewiss, Herr», sagte Sahin. «Eure Familie ist königlichen Geblüts.» Um Celiana zu besänftigen, legte er ihr eine Hand auf die Schulter. «Seid Ihr verletzt, Herr?», fragte er Diego.

Diego schüttelte zunächst den Kopf, fügte dann aber ein leises «Nein» hinzu. «Ich bin blaue Flecke gewohnt. Allerdings sind es selten Frauen, die sie mir beibringen.»

«Was hast du hier zu suchen?» Celiana verschränkte trotzig die Arme vor der Brust. Sie dachte überhaupt nicht daran, sich Diegos Blutergüsse anzusehen, schließlich war sie nicht Floreta. War es ihre Schuld, dass er hier eingedrungen war und dem faulen Jorge eine Ohrfeige verpasst hatte? Lieber half sie dem Knaben wieder auf die Beine.

«Dich habe ich gesucht, wen sonst?» Diego schüttelte gereizt den Kopf. «Aber ich hatte nicht erwartet, dass du deswegen gleich die Einrichtung zertrümmerst und mich mit … Pass auf, das …»

Celiana hörte die Warnung zu spät. Auf dem Weg zu Jorge, der benommen in einem Winkel lag und sich die Wange hielt, berührten ihre Füße etwas Glitschiges. Es war das Öl aus dem Krug, den sie auf Diego geschleudert hatte. Sie rutschte aus und wäre gestürzt, wenn Diego ihr nicht unvermittelt den Arm um die Taille gelegt und sie gestützt hätte.

«Lass mich sofort los, sonst kratze ich dir die Augen aus», fauchte sie den jungen Ritter an, klammerte sich jedoch haltsuchend an seinem Wams fest.

«Stell dich nicht so an, ich wollte dir nur helfen. Wer wünscht sich schon ein gebrochenes Bein?»

«Was ich dir wünsche, lasse ich dich wissen, sobald ich wieder sicher stehe!»

Sahin räusperte sich geräuschvoll. «Da ich nicht annehme, dass Ihr gekommen seid, um mit diesem Mädchen alte Erinnerungen auszutauschen, möchte ich Euch bitten, mir zu sagen, was ich nun für Euch tun kann!»

Diego ließ Celiana los.

Diese suchte sogleich hinter einem der wuchtigen Pfeiler Schutz, die den Verkaufsraum des Gewürzwarenhändlers in mehrere verwinkelte Teile trennten. «Ich kann dir sagen, was er hier will!» Celiana warf ihr langes schwarzes Haar zurück. «Er will Vergeltung für das, was ihm damals in al-Andalus zugestoßen ist.»

«Zugestoßen ist eine harmlose Umschreibung», beklagte sich Diego finster. «Ich wurde hinterrücks überfallen. Wer waren die Kerle, die uns bei den Felsen aufgelauert haben wie Räuber? Deine Liebhaber?»

Celiana beschloss, diese Frechheit nicht zu kommentieren. Stattdessen presste sie die Lippen aufeinander und schwieg. Ruben war tot. Ihm konnte dieser Ritter nichts mehr anhaben. Doch um keinen Preis wollte sie ihm den Triumph gönnen zu erfahren, dass ihr Verlobter der Gier zweier Burgherren zum Opfer gefallen war. Zum Teufel mit diesem Pack. Männer wie dieser Diego glaubten, ungestraft rauben und morden zu dürfen, weil ihre Geburt sie mit Vorrechten ausstattete, die man Menschen wie ihr oder dem Mauren Sahin verweigerte.

«Es liegt doch auf der Hand, dass ich Fragen zu jener Nacht habe», sagte Diego plötzlich leise. Celiana spürte, dass er sich bemühte, seine Gefühle unter Kontrolle zu behalten. «Aber das muss warten, denn ich komme mit einer anderen Neuigkeit zu dir. Es geht um deine Verwandte, Floreta.»

Celiana horchte auf. «Was ist mit ihr? Hast du sie in der Aljafería gesehen? Ich schwöre, wenn du ihr etwas angetan hast ...»

«Wenn ich ihr etwas hätte antun wollen, wäre sie jetzt nicht mehr am Leben. Allerdings ...» Er stieß die Luft aus.

«Allerdings was?»

«Ich habe gehört, dass Floreta niemals im Palast angekommen ist. Die Königin ist außer sich, weil sie glaubt, deine Verwandte würde sich weigern, in ihre Dienste zu treten.»

«Lügner!», brauste Celiana auf. «Es war schon immer Floretas größter Wunsch, Ärztin zu werden. Als Bruder Pablo ihr mitgeteilt hat, dass sie von der Königin erwartet würde, ist sie vor Stolz fast geplatzt.»

«Das dachte ich mir», sagte Diego. «Du solltest mit der Möglichkeit rechnen, dass ihr auf dem Weg zur Aljafería etwas zugestoßen ist.»

Celiana schaute ihn entgeistert an und überlegte, ob Diego ein böses Spiel mit ihr trieb, um sie zu quälen, oder ob sie seinen Worten glauben musste. Floreta verschwunden, am helllichten Tag und auf dem Weg zur Königin? «Warum musste ich sie auch allein gehen lassen?», murmelte sie tonlos. «Wenn ich bei ihr gewesen wäre, anstatt hier die Namen von Gewürzkräutern auswendig zu lernen, wäre sie jetzt sicher noch bei uns.»

«Oder man hätte dich auch gleich gefangen genommen», gab

Sahin zu bedenken. Die Sorge ließ Falten auf seinem sonst so zufrieden wirkenden Gesicht erscheinen, und er bat Diego zu berichten, was er ihnen über Floretas rätselhaftes Verschwinden sagen konnte. Das war jedoch nicht viel.

«Du verschweigst uns etwas», sagte Celiana. Sie hatte aufmerksam zugehört, stampfte nun aber wütend auf und wäre dabei fast ein zweites Mal ausgerutscht.

Sahin warf Jorge, der noch immer auf dem Boden hockte und die ganze Aufregung nicht nachvollziehen konnte, einen Lappen zu. «Da, mach dich nützlich!»

«Wahrscheinlich steckst du selbst dahinter», meinte Celiana. Sie traute Diego nach wie vor nicht, mochte Sahin ihm auch noch so viel Achtung entgegenbringen.

«Ich?»

«Natürlich, du hast dir meine Verwandte geschnappt, und nun bist du gekommen, um auch mich zu holen!»

«Schön wär's», murmelte Jorge.

Diego verdrehte gequält die Augen. «Aber ja, ich brauche eine persönliche Leibsklavin, die mich zur Ader lässt oder mir nach einem Sturz vom Pferd die Knochen richtet. Und dazu eine aufbrausende ...» Er blickte sich fragend in Sahins Kräuterkammer um. «Keine Ahnung, womit du dir die Zeit vertreibst!»

«Ich werde bald mit den kostbarsten Salben und Balsamen von ganz Aragón handeln», erklärte Celiana selbstbewusst.

«Du wirst entschuldigen, wenn mich das wenig beeindruckt.» Diego zuckte mit den Achseln. «Außerdem verbietet die Kirche ...»

«Mich kümmert nicht, was euer Inquisitor verbietet!»

Sahin stieß ungeduldig seinen Stab gegen das kahle Mauerwerk. «Könnten wir wieder auf Floreta zurückkommen? Ich hoffe, dass Don Diego nicht nur gekommen ist, um uns über ihr Verschwinden in Kenntnis zu setzen, sondern auch weil er sich um sie sorgt und ...»

Celiana verzog das Gesicht. «Der und sich Sorgen machen ...», fiel sie dem Mauren ins Wort. «Siehst du nicht, wie er sich an unserem Kummer ergötzt?»

«Ich sehe seit dreißig Jahren nichts mehr, dafür habe ich ein recht feines Gespür für alle möglichen Stimmungen entwickelt.» Sahin deutete mit seinem Stab in Celianas Richtung. «Du, meine Liebe, versuchst mit Keckheit zu übermalen, dass du Angst hast. Es ist eine sonderbare Form der Angst, die dich unsicher und argwöhnisch macht.»

Celiana schüttelte den Kopf. «Ich habe keine Angst.»

Das war gelogen, denn Celiana hatte sich kaum jemals so gefürchtet. Dennoch war sie nicht bereit, dies zuzugeben. Bei Gott, würde es Floreta etwa nutzen, wenn sie diesen Männern ihre Gefühle offenbarte? Gewiss nicht.

Sie beobachtete, wie Diego sein Schwert in die Scheide zurückschob, und wertete es vorsichtig als Zeichen seines guten Willens. «Also gut!», lenkte sie ein. «Nehmen wir einmal an, du sagst die Wahrheit und hast nichts mit Floretas Verschwinden zu tun. Wie hast du herausgefunden, dass ich mich in Sahins Haus aufhalte?»

Diego grinste verlegen. «Jonathan schickte mich hierher. Ihm war bekannt, dass Floreta hier ein und aus geht, daher dachte er, Sahin könnte mir weiterhelfen.»

«Und sonst wusste er nichts zu sagen?», wollte Celiana wissen. «Er war doch ganz bestimmt gekränkt, weil die Königin nicht nach ihm, sondern nach seiner ehemaligen Gehilfin verlangt hat.» Ein schrecklicher Gedanke suchte sie heim, und aus ihrem Gesicht wich jede Farbe. «Ob Jonathan ihr etwas angetan hat? Wir sollten sein Haus durchsuchen.»

Diego schüttelte den Kopf. «Das ist unnötig. Der Arzt hält Floreta nicht gefangen, und er hat sie auch nicht aus Neid getötet. Er weiß zwar, dass jemand ihr Übles wollte, doch mehr nicht.»

Sahin klatschte in die Hände und flüsterte Jorge, der endlich mit dem Aufwischen fertig war, etwas ins Ohr. Wenig später kehrte der Junge mit einem hübschen Kupfertablett zurück, auf dem drei Becher mit einem dampfenden Getränk standen. Celiana kostete. Das Gebräu war heiß und schmeckte herb, schien ihre Sinne aber zu beleben.

«Jonathan hat also keine Ahnung, was mit Floreta geschehen ist», fuhr sie fort, nachdem sie ihren Becher geleert hatte. «Und wie steht es mit dir? Wer hat dir erzählt, dass sie nicht im Palast angekommen ist?»

Diego antwortete nicht sogleich, was Celianas Misstrauen von Neuem schürte. Warum rückte er nicht mit dem Namen heraus? Wen versuchte er zu schützen?

«Wenn ich es dir sagte, würde dich das nur in Gefahr bringen», erwiderte er schließlich. «Aber du darfst sicher sein, dass ich trotzdem alles tun werde, was in meiner Macht steht, um Floreta zu finden.» Er atmete tief durch, dann nahm auch er einen Schluck aus seinem Becher. Anerkennend neigte er den Kopf.

«Und warum sollte einer von König Pedros Rittern sich ausgerechnet für eine arme Jüdin einsetzen?» Celiana blickte nachdenklich aus dem Fenster auf die Gasse.

«Der König hat mir mehr als einmal seine Gunst geschenkt, daher diene ich ihm nicht nur mit meinem Schwert, sondern mit allem, was ich habe», erklärte Diego, was in Celianas Ohren reichlich pathetisch, aber auch aufrichtig klang. «Ein Angriff auf die zukünftige Leibärztin seiner Gemahlin kommt einem Angriff auf die Krone gleich.»

«Ein Angriff auf den König?»

Nach einigem Zögern nickte Diego. Es fiel ihm schwer, seinen Verdacht ausgerechnet im Laden eines maurischen Krämers auszusprechen, doch schließlich gab er zu verstehen, dass er vermutete, einige Angehörige des Ritterstands und selbst des Hochadels könnten sich insgeheim mit Pedro I. von Kastilien verschworen haben, um den Krieg der spanischen Könige zu ihren eigenen Bedingungen zu beenden. «Vielleicht versteht ihr jetzt, warum es meine Pflicht ist, der Sache nachzugehen», beendete er seinen Bericht.

Sahin nickte schmunzelnd. «Ja, das habe ich mir schon gedacht. Was können wir tun, um Floreta zu finden?»

«Ich bete, dass sie nicht morgen früh tot aus dem Ebro gezogen wird», sagte Celiana, aber Diego winkte rasch ab. Er schien in eine andere Richtung zu denken.

«Ich bin davon überzeugt, dass sie noch nicht getötet wurde. Allerdings sollten wir nicht warten, bis ihre Entführer ihr Ziel erreicht haben und Floreta nicht mehr brauchen. Denn wenn es erst einmal so weit ist, sehe ich nur noch wenig Hoffnung für sie.»

Celiana sprang erschrocken auf. «Sag mir doch, was kann ich tun, um ihr zu helfen?»

«Floreta lebt noch nicht lange genug in Zaragoza, um sich wie eine Einheimische in der Stadt auszukennen. Da sie in der Aljafería erwartet wurde, denke ich, dass sie den direkten Weg dorthin gewählt hat. Aber dann muss etwas geschehen sein, das sie abgelenkt hat.» Er deutete aus dem Fenster. «Du solltest Erkundigungen einholen. Lauf zur Kathedrale, geh über den Markt. Sprich mit den Händlern. Auch mit dem Bettelvolk, das vor den Kirchentüren sitzt. Es muss jemanden geben, der etwas gesehen hat. Hast du einen Dolch?»

Celianas Augen blitzten. O ja, den hatte sie. Und sie schreckte auch nicht davor zurück, ihn zu benutzen. «Was unternimmt der ehrenwerte Hidalgo Diego de la Concha, während ich in der Stadt Erkundigungen einhole?»

Diego biss sich auf die Unterlippe. Ja, es gab da etwas zu erledigen, das keinen Aufschub duldete. Er musste es tun, und wenn es ihm das Genick brach.

Kapitel 26

Der Verstummte pirschte sich an Floreta heran. Er war gekommen, um sie zu holen.

Damals, im Garten der Alhambra, war es ihm nicht geglückt, sie zu töten. Doch ihre Blicke hatten sich gekreuzt, und aus seinen Augen hatte sie die Drohung herausgelesen, dass er sie bis an ihr Lebensende jagen würde.

Aber war der Verstummte nicht tot? Im Geiste sah sie Ruben mit seinem Schwert auf ihn eindringen. Tapfer hatte er sich ihm entgegengeworfen, als der Verstummte vor dem Thronsaal des Emirs nachholen wollte, wozu er im Palastgarten keine Gelegenheit gehabt hatte.

Floreta befahl sich, die Augen zu öffnen, doch der Schmerz, der daraufhin durch ihren Kopf raste, war so gewaltig, dass sie sich sogleich wieder in die Dunkelheit hinabgleiten ließ. Als sie ihren Versuch ein wenig später wiederholte, wurde es erträglicher. Zumindest wusste sie nun, dass sie noch am Leben war, denn Tote verspürten weder Schmerzen im Kopf noch in den Handgelenken. Ihnen brannte auch nicht die Zunge vor Durst, als wären sie meilenweit ohne einen Tropfen Wasser durch die Wüste gelaufen.

Allmählich gelang es ihr, einige Erinnerungsfetzen einzufangen. Der Junge auf der Straße. Er hatte sie hierhergelockt, aber ein anderer hatte sie zu Boden geschlagen.

Floreta sah nun, wie sich die Umrisse eines Mannes deutlich

vor der kahlen Wand des Raumes abzeichneten. Sie blinzelte, als sie zudem einen schwachen Lichtschein wahrnahm und den Ruß einer Tranlampe roch. Der Mann, ihr Kerkermeister, hatte einen Korb mit Brot und einem Stück Käse bei sich. Floreta schüttelte geschwächt den Kopf, als er ihr etwas davon unter die Nase hielt. Essen wollte sie nichts, nur trinken. Einen ganzen Krug. Ach was, zwei Krüge in einem Zug. Noch bevor sie den Mann darum bitten konnte, ergriff dieser einen Eimer Wasser und schüttete ihn Floreta ins Gesicht. Sie prustete, benetzte dabei verzweifelt ihre vor Durst geschwollenen Lippen und begriff, dass es ihrem Wächter Vergnügen bereitete, sie zu quälen.

Der kalte Guss spülte den letzten Rest Ohnmacht hinweg. Floreta blickte an sich herab. Sie hing an einer Wand aus kaltem Stein, und ihre Hände waren mit Stricken an zwei eingelassenen Eisenringen festgebunden, sodass sie sich kaum bewegen konnte. Versuchte sie es, schnitten die Fesseln ihr so schmerzhaft ins Fleisch, dass sie Mühe hatte, einen Aufschrei zu unterdrücken. Während ihrer Bewusstlosigkeit hatte ihr Körpergewicht sie nach unten gezogen, was den Druck auf ihre Gelenke nur noch weiter verstärkt hatte. Kein Wunder also, dass sie sich lange gegen das Aufwachen gesträubt und lieber von dem Verstummten phantasiert hatte, als in die finstere Wirklichkeit zurückzukehren.

«Na, endlich wach? Ich dachte schon, ich hätte dich vorzeitig ins Jenseits geschickt.»

Der Mann warf den Eimer in eine Ecke, dann schlug er die Kapuze zurück, unter der er sein Gesicht verborgen hatte. Sein hämisches Grinsen traf sie wie ein Schlag, ihre Muskeln begannen zu zucken.

«Don Alonso», wisperte sie resigniert. Hatte sie bis zu diesem Augenblick noch einen Hauch von Hoffnung verspürt, lediglich einem Dieb in die Hände gefallen zu sein, sagte ihr der gierige

Blick dieses Mannes, dass sie darauf nicht bauen durfte. «Was wollt Ihr von mir?»

Don Alonso de Queralt prüfte ihre Handfesseln, eine für sie schmerzhafte Prozedur, die er jedoch zu genießen schien. «Du solltest froh sein, dass dir noch einmal die Gunst geschenkt wird, mein Gast zu sein. Damals, auf Burg de Queralt, hast du dich nicht gerade als dankbar erwiesen, dabei haben mein Bruder Jaime und ich getan, was wir konnten, um dir und deiner hübschen Freundin gute Gastgeber zu sein.» Er lachte boshaft auf. «Hast du vergessen, wie wir euch den Hof gemacht haben, den Edeldamen, die angeblich mit ihrem Gefolge auf Reisen waren und auf der Flucht vor der Kälte an unser Tor klopften?»

Alonso trat so nah an Floreta heran, dass sie seinen säuerlichen Atem riechen konnte. Die Färbung seiner Augen und die aufgeschwemmten Züge verrieten ihr, dass er zu viel trank. Nun aber schien er nüchtern zu sein, zumindest ließ ihn sein Gedächtnis nicht im Stich, als er Floreta in allen Einzelheiten die Ereignisse jener Nacht in Santa Coloma ins Ohr flüsterte. Sie hielt die Luft an, weil sie fürchtete, sich jeden Moment übergeben zu müssen.

«Wäre damals mein Bruder Esteban nicht auf einmal mit einer Schar bewaffneter Männer und diesem Wicht von Klosterbruder in meine Halle gestürmt, hätte ich dir beigebracht, was es heißt, einen de Queralt herauszufordern!»

Alonso zerraufte ihr dichtes Haar und führte eine der durchnässten Strähnen an seine Lippen. Floreta spürte, wie sein schwerer Atem heiß auf ihr Ohr traf, und wünschte sich angeekelt, er würde einen Dolch zücken, um ihr rasch die Kehle zu durchtrennen. Doch sie ahnte, dass sie nicht so billig davonkommen würde. Dieser Mann hatte lange darauf gewartet, sie in die Finger zu bekommen. Das würde er auskosten.

Dies bedeutete aber auch, dass ihr etwas Zeit blieb. Sollte Floreta jedoch darum beten, dass Alonso möglichst lange Lust verspürte, sie zu foltern?

Floreta warf den Kopf zur Seite und versuchte zu schreien, aber aus ihrer Kehle kam nur ein ersticktes Wimmern. Alonso brauchte ihr nicht einmal die Hand auf den Mund zu pressen. Amüsiert drängte er sein Knie zwischen ihre Beine und schob es ganz langsam höher. Floretas Körper versteifte sich.

«Das ist erst der Anfang», keuchte Don Alonso. «Ich könnte Dinge mit dir anstellen, die dich um den Verstand bringen würden, aber noch ist die Zeit nicht gekommen. Du musst dich also noch ein wenig gedulden, hörst du?»

Unvermittelt zog er sein Knie zurück. Er durchquerte den düsteren Raum und stieg einige Sprossen einer Leiter hinauf. Als er die Falltür in der Decke öffnete, drang ein frischer Luftzug ein, den Floreta gierig aufsog. Das Loch, in das Alonso sie gebracht hatte, war nicht groß. Vermutlich handelte es sich um eine Vorratskammer, denn Floreta erkannte nun ganz deutlich gestapelte Säcke, an der Wand entlang aufgereihte Fässer und auch ein paar zerbrochene Möbelstücke, Hocker und die Überreste zerkratzter Tischplatten, wie sie in Schenken Verwendung fanden. Demnach hatte er sie nicht aus der Stadt geschafft, und sie befand sich immer noch in Zaragoza.

Vorsichtig bewegte Floreta die Arme und stellte fest, dass sie nahezu taub waren. Dann überprüfte sie ihre Beine, begann zunächst ganz vorsichtig, die Zehen zu bewegen, krümmte ihre Füße und zog leicht die Knie an. Vor Erleichterung, wenigstens einen Teil ihres Körpers zu spüren, schossen ihr sogleich wieder Tränen in die Augen. Rasch zwinkerte sie sie weg und bemühte sich, ihre nähere Umgebung mit Blicken zu erkunden. Es musste doch irgendetwas geben, womit sie sich befreien konnte. Ein Stück von ihr entfernt sah sie ein Beil, aber zum einen konnte sie es nicht einmal erreichen, wenn sie sich streckte, zum anderen hätte sie es schon mit den Füßen benutzen müssen, um ihre Handfesseln zu durchschneiden. Leider war sie keine Gauklerin, die sich auf derartige Kunststücke verstand.

Dumpfe Schritte und das Quietschen eines Scharniers kündigten Alonsos Rückkehr an. Zu Floretas Überraschung brachte er diesmal nicht nur einen Krug Wasser, sondern auch ein fast sauberes Frauenkleid. Doch obwohl sie nass bis auf die Haut war und ihre Zähne bereits heftig klapperten, wollte sie nichts als trinken.

Wortlos wartete Alonso, bis sie ihren Durst gestillt hatte. Erst als sie den letzten Tropfen hinuntergeschluckt hatte, bemerkte sie, dass nach Alonso noch eine weitere Person ihren Kerker betreten hatte. Es war der pickelige Junge, der sie Alonso erst in die Arme getrieben hatte. Als der Bursche Floretas scharfen Blick auf sich gerichtet sah, senkte er ein wenig verschämt den Kopf.

«Hat Miguel seine Sache nicht gut gemacht?», rief Alonso. Voller Häme tänzelte er um den Jungen herum und imitierte ihn. «Kommt, Heilerin, mein armer Vater ist verunglückt. Alles ist voller Blut, und er kann seine Beine nicht mehr bewegen. Ihr müsst uns helfen, Heilerin. Bitte, bitte!»

«Ja, die Vorstellung Eures Freundes wirkte durchaus überzeugend», flüsterte Floreta. «Aber sie war nicht ganz erfunden, habe ich recht? Ich vermute, dass sein Vater auf eben diese Weise ums Leben kam. Er wurde von herabfallenden Fässern zerquetscht, und kein Wundarzt wollte kommen, weil er kein Geld hatte, um ihn zu bezahlen.» Sie hob den Kopf. Ihr Haar fiel ihr wirr in die Stirn, dennoch suchte sie den Blick des Pickligen. «Was ist geschehen? Wurde sein Bein brandig? Fand sich kein Bader, der es abnahm, bevor es ihm das Blut vergiftete?»

«Hat hier einer nach einem Arzt geschickt?», knurrte Don Alonso. «Keiner? Also halt dein Maul, Weib. Auf deine klugen Reden kannst du verzichten, denn die werden dir nichts mehr nützen. Dein Tod ist beschlossene Sache.»

Obwohl Floreta bei diesen Worten das Blut in den Adern stockte, beschloss sie, Alonso ihre Angst nicht mehr zu zeigen. Celiana hätte nicht anders gehandelt. Also reckte sie das Kinn und verzog das Gesicht: «Dann tu es doch endlich», spie sie ihm entgegen. «Oder brauchst du dafür deinen Bruder Jaime? Wo steckt der überhaupt? Er wird dir doch nicht die ganze Drecksarbeit allein überlassen?»

Alonso hielt nicht viel von Selbstbeherrschung. Er stapfte auf Floreta zu und schlug ihr seine Faust ins Gesicht. Wieder und immer wieder, bis ein Auge zugeschwollen war und ihr das Blut aus Mund und Nase schoss. Floreta sah vor ihrem heilgebliebenen Auge ein gleißendes Licht, das ihren ganzen Körper wie eine Springflut umgab, jedoch im selben Moment verebbte, als Miguel dem Tobenden in den Arm fiel.

«Ihr dürft das doch gar nicht», zischte Miguel aufgeregt. «Habt Ihr vergessen, dass sie erst sterben soll, nachdem sie alles ausgeplaudert hat, was sie weiß?»

Offensichtlich genügte dies, um Alonso zur Vernunft zu bringen. Er ließ von Floreta ab, jedoch nicht, ohne ihr noch einen Tritt zu verpassen. «Dann sieh gefälligst zu, dass du sie rasch wieder auf die Beine kriegst», verlangte er von Miguel.

«Aber Señor ...»

«Du wirst großzügig bezahlt, also verdien dir dein Geld.» Wieder sah er Floreta an, die mehr tot als lebendig in ihren Fesseln hing. «Gnade dir Gott, wenn das Miststück stirbt, bevor ich es zum Reden bringen konnte.» Don Alonso warf Miguel das trockene Kleid zu und machte sich dann daran, Floretas Fesseln zu lösen.

Floreta gab keinen Laut von sich.

«Nun mach schon, oder hast du noch nie ein nacktes Weib zu sehen bekommen?»

«Ihre Handgelenke sind geschwollen», hielt Miguel schüchtern dagegen. «Können wir nicht auf neue Fesseln verzichten? Wenigstens so lange, bis es ihr besser geht?»

Don Alonso betrachtete Floreta, die am Boden kauerte. Er schien zu dem Urteil zu kommen, dass sie in absehbarer Zeit wohl nicht auf eigenen Beinen aus dem Raum marschieren würde. Nach kurzem Zögern nickte er. «Aber du bewachst sie, hörst du? Sollte sie entkommen, reiße ich dich Wurm in Stücke. Verstanden?»

***

Als Alonso gegangen war, begann Miguel trotz der feuchten Kälte zu schwitzen. Was zum Teufel sollte er nun bloß tun, wie das inzwischen bewusstlose Mädchen wieder wach bekommen? Er fühlte sich so überfordert, dass er am liebsten geflohen wäre. Dabei hatte sich zunächst alles so einfach angehört, als die beiden Männer ihn im Schankraum angesprochen hatten. Das Geld, das er für seine Dienste erhalten sollte, reizte ihn, das gab er gerne zu. Doch er hatte auch Angst um sein eigenes Leben, denn eines stand fest: Don Alonso war kein Mann, der leere Drohungen ausstieß. Also was nun?

Miguel ging neben Floreta in die Knie und tätschelte ihre Wange, bis sie die Augen aufschlug. Sie zuckte zusammen, fing wieder an zu zittern. Vor Kälte? Vor Angst? Miguel hatte keine Ahnung. Glücklicherweise hatte ihre Nase aufgehört zu bluten.

«Du hast ganz schön was abbekommen, aber warum warst du auch so dumm, ihn zu reizen? Ich würde das nicht tun.» Er hustete. «Einmal, nur einmal habe ich es gewagt, und da hat er mich verprügelt. Nicht so schlimm wie dich, aber es hat mir schon gereicht.»

Floreta bewegte die Lippen, aber Miguel hörte nichts als undeutliches Wispern.

Er griff nach dem Kleid und zeigte es Floreta, aber seine Hoffnung, sie könnte es sich ohne seine Hilfe überstreifen, wurde durch ihr Kopfschütteln zerstört. Verflixt, nun musste er sich auch noch mit Weiberröcken abmühen.

«Was mache ich nur mit dir?», brummte er, nachdem Floreta wieder halbwegs bekleidet auf dem Fußboden kauerte. «Ich brauche ein paar Decken. Die bekomme ich bei …» Er biss sich auf die Zunge. Alonso hatte ihm eigentlich verboten, mit der Gefangenen zu sprechen, und vermutlich hatte er schon viel zu viel gesagt.

«Ich habe Schmerzen», stieß Floreta plötzlich zwischen den Zähnen hervor. «Ich brauche etwas dagegen.»

«Heilkräuter?»

Sie nickte. «Und um das Blut zu stillen. Vielleicht Blutwurz, gemischt mit den Blättern des Tausendgüldenkrauts. Das reinigt die Säfte und bekämpft Entzündungen.» Sie versuchte sich aufzurichten, sackte aber sogleich wieder in sich zusammen. «Ich spüre, dass mir immer heißer wird, mein Körper steht in Flammen.»

Miguels Augen weiteten sich.

«Wenn das Fieber steigt, wird Alonso keine Freude mehr an mir haben.» Sie hustete erstickt. Dann bat sie um einen Schluck Wasser.

Sie braucht Hilfe, dachte Miguel. Aber Arznei war teuer und nur schwer zu bekommen. Konnte er es wagen, zu einem Salbenmischer zu gehen?

«Tut mir leid, ich kann das nicht machen», sagte der Junge mit Bedauern. «Don Alonso wird mich umbringen, wenn er herausfindet, dass ich dich allein gelassen habe, um zu einem Apotheker zu gehen. Wenn einer wie ich dort aufkreuzt, spricht sich das herum, und wer zappelt dann demnächst am Galgen? Ich.»

«Ich habe von einem maurischen Gewürzwarenhändler gehört, der noch nicht lange in der Stadt ist», sagte Floreta stockend. «Ein

Blinder, wie man hört. Er wohnt an der Casa del Sol. Vielleicht kannst du bei ihm etwas für mich besorgen. Gegen Fieber und ... Schmerzen. Die Mauren sollen viele Heilkräuter kennen.»

Miguel überlegte. Ein blinder Maure? Ja, der würde gewiss keine Fragen stellen. Er würde Miguel weder erkennen noch später beschreiben können. Und ganz gewiss war es ihm unmöglich, einen Zusammenhang zwischen einer verschwundenen Jüdin, ihm und der Schenke herzustellen.

«Nun gut», sagte er schließlich. «Ich werde zu diesem Mann gehen. Aber ich kann für dich nur hoffen, dass dieser Ungläubige mit seinen Gewürzwaren keinen Wucher treibt, denn von dem Geld, das Don Alonso mir in die Hand gedrückt hat, um der Hure von nebenan ein Kleid abzukaufen, ist nicht mehr viel übrig.»

«Die Hure von ... nebenan?»

Miguel zuckte mit den Schultern. «Kein Grund, hochmütig zu werden. Kleid ist Kleid. Ich kann froh sein, dass der Señor mir überhaupt etwas zugesteckt hat. Meinen Lohn bekomme ich nämlich erst ...»

***

Alonso musste Miguel bis nach ihrem Tod vertröstet haben. Vermutlich durfte er auch noch dafür sorgen, dass ihre Leiche verschwand. Ob er als Alonsos Handlanger wesentlich länger am Leben bleiben würde als sie, war fraglich.

«Du musst dein Geld nicht für mich ausgeben!», erklärte sie mit einem gequälten Lächeln, während sie eine Hand durch die Schicht aus grobem Leintuch schob, die ihren Hals bedeckte. Die Hure von nebenan schien einen recht züchtigen Kleidergeschmack zu haben, denn das Gewand gestattete keine zu offenherzigen Blicke auf ihr Dekolleté. Als ihre Finger endlich die goldene Kette mit dem flachen Anhänger berührten, musste sie sich zusammenreißen, um nicht vor Erleichterung gleich wieder in Tränen auszubrechen.

Ich brauche dringend etwas, um meine Nerven zu stärken, dachte sie, frohlockte aber, dass Don Alonso sie während ihrer Bewusstlosigkeit nicht so gründlich durchsucht zu haben schien, wie sie befürchtet hatte. Mit einem Ruck riss sie sich die Kette vom Hals und gab sie Miguel. «Bezahl damit den Händler», bat sie und hoffte, dass der Bursche keinen Verdacht schöpfte.

Vor allem durfte er die Kette nicht Alonso zeigen.

Als er endlich den Anhänger in seinem Kittel verschwinden ließ und ihr zunickte, hüpfte ihr Herz. Miguel würde an Sahins Tür klopfen und ihn um Hilfe bitten. Er würde ihm die Geschichte von seiner fieberkranken Schwester auftischen und für ein paar Säckchen Heilkräuter die Kette anbieten. Dass Sahin sie nicht erkennen würde, war klar, aber wenn Gott ihr gnädig war, würde Celiana sie zu Gesicht bekommen und Verdacht schöpfen.

Celiana hatte ihr die Kette in Santa Coloma an jenem Tag geschenkt, an dem sie Rubens Frau hätte werden sollen.

«Dir ist hoffentlich klar, was ich für dich riskiere», sagte Miguel, während er sie fesselte. Wenigstens ließ er eine Hand frei, damit sie die Schüssel mit Wasser erreichen konnte. «Der Señor hat mir befohlen, dich nicht aus den Augen zu lassen. Aber er will auch, dass ich dich wieder auf die Beine kriege, verdammt noch mal!» Er hob ängstlich den Blick zu der niedrigen Decke des Kellerverschlags. «Würde sagen, dass er nach einer aus dem Hurenhaus geschickt hat, so gut gelaunt, wie er von hier wegging. Dann ist er für die nächste Stunde beschäftigt. Sollte er aber früher zurückkommen und mich nicht hier finden …»

Der Schluss seiner düsteren Prophezeiung ging in einem undeutlichen Gemurmel unter. An der Falltür drehte er sich noch einmal zu ihr um. «Es ist übrigens wahr, das mit meinem Vater. Er ist verunglückt, und kein Wundarzt wollte kommen, weil wir nicht bezahlen konnten. Mutter ist den Winter drauf verhungert.» Er schluckte schwer. «Warum bist du mir gefolgt, als ich dich angesprochen habe? Du könntest jetzt ganz woanders sein!»

Floreta schloss die Augen. Ja, das könnte sie wohl. Das Dumme war nur, dass sie vermutlich immer wieder genauso handeln würde.

Kapitel 27

Diego hasste es, auf Nachrichten zu warten. Untätig herumzusitzen war für ihn eine Strafe.

Andererseits lag auf der Hand, dass er nicht mit Celiana durch die Stadt laufen und Fragen stellen konnte. Ein Hidalgo, Seite an Seite mit einer fremden Jüdin. Nein, das hätte zu viel Aufmerksamkeit erregt und vielleicht sogar Floretas Entführer hellhörig gemacht. Diego war sicher, dass auch Doña Belen davon erfahren hätte, und das durfte er unter keinen Umständen riskieren.

Während er in seinem Quartier auf und ab schritt wie ein Löwe im Käfig, spielte er dennoch mehr als einmal mit dem Gedanken, zum Haus von Felipes Mutter zu gehen und diese mit seinem Wissen zu konfrontieren. Wie würde sie reagieren? Würde sie erschrecken oder die Entrüstete spielen? Konnte er sie mit Drohungen dazu bringen, ihm zu beichten, was sie über Floretas Verschwinden wusste, ihr mitteilen, dass er zum König gehen würde? Aber Pedro würde Beweise von ihm fordern, schließlich war Belen nicht nur die Witwe eines ehemaligen königlichen Ministers, sondern auch mit ihm verwandt. Pedro IV. hatte sie nach seiner Hochzeit an den Hof geholt, damit sie sich mit seiner Gemahlin anfreundete, die oft unter Heimweh nach Sizilien litt. Nein, sie anzuklagen, würde den König vor den Kopf stoßen, Belens Verbitterung vergrößern und sie letztendlich auch noch in dem Wahn bestärken, er wäre einer Jüdin aus dem maurischen Granada verfallen. Wie er sie kannte, würde sie die Bibel küssen und schwören, Diego habe sich verhört und sei nicht mehr Herr seiner Sinne. Womöglich hatte sie damit sogar recht.

Diegos Knappe unterbrach seine Gedanken, indem er einen Besucher ankündigte. Diego seufzte. Ihm stand jetzt nicht der Sinn nach Zerstreuung, alle seine Gedanken drehten sich um Floreta. Obwohl er sie seit ihrer Ankunft in Zaragoza nur aus der Ferne gesehen hatte, fand er, dass sie noch viel hübscher geworden war. Seit der Auktion auf dem Basar von Granada war viel geschehen. Wenn er Celianas Andeutungen glauben durfte, war sie nach ihrer Flucht vor ihm nicht auf Rosen gebettet gewesen. Dennoch war es ihr durch Fleiß und Hingabe gelungen, in die Fußstapfen ihres Großvaters zu treten, dieses berühmten Heilers in maurischen Diensten. War sie deshalb der Königin aufgefallen? Nun, dass sie die Aufmerksamkeit Belens erregt hatte, verdankte sie jedenfalls seiner Dummheit. Jetzt hatte er sie schon zum zweiten Mal in Gefahr gebracht. Wie sollte sie, falls sie noch am Leben war, überhaupt jemals etwas anderes für ihn empfinden als Abscheu?

Diegos Knappe hustete verhalten. Richtig, er war ihm ja noch eine Antwort schuldig.

«Also schön, wer will mich sehen?»

«Don Felipe, Herr. Es scheint ihm nicht gut zu gehen.»

«Warum sagst du das nicht gleich? Herein mit ihm!»

Felipes Gesicht glänzte vor Schweiß, und seine Augen waren glasig, als er auf eine Lanze gestützt über die Schwelle humpelte. Er begrüßte Diego mit einem Nicken, dann schaute er sich flüchtig um, denn er kannte das neue Quartier seines Freundes noch nicht. Diego war gleich nach Felipes Sturz vom Pferd in einen ruhigeren Seitentrakt der Festungsanlage gezogen, der näher am Waffenübungsplatz lag als seine früheren Räumlichkeiten. Offiziell, um seine Fertigkeiten im Umgang mit Schwert und Lanze zu verbessern. Doch in Wahrheit lag ihm mehr daran, dem höfischen Klatsch und den Intrigen aus dem Weg zu gehen.

«Wie ich sehe, hast du alles, was du brauchst», sagte Felipe, nachdem er die kärgliche Ausstattung des Raumes in Augenschein genommen hatte. Eine nette Umschreibung dafür, dass es hier weder kostbar geschnitzte Truhen noch silberne Kerzendorne oder Wandbehänge in schillernden Farben gab. Ein einfaches Bett in einem Alkoven, ein Kasten für Diegos Kleider und Stiefel. Schild, Schwert und Morgenstern griffbereit an der rußgeschwärzten Wand. Als einziges Sinnbild seiner edlen Abkunft ein goldener Siegelring, der einmal Diegos Vater gehört hatte und nun an einem Nagel über dem Betschemel hing.

«Was führt dich zu mir?», fragte Diego und bemühte sich dabei, nicht allzu misstrauisch zu klingen. Es wäre höflich gewesen, den Knappen eine Erfrischung bringen zu lassen, doch er entschied sich dagegen. Felipe hatte sich in letzter Zeit häufig genug erfrischt.

Vom Übungsplatz drang Waffenlärm zu ihnen empor. Bis die Mittagshitze zu stark wurde, rannten die Kämpfer gegen ihre Gegner an, kreuzten die Klingen und übten an den Strohpuppen, wie man einen gepanzerten Gegner gekonnt in Stücke zerlegte. Es war Eile geboten – die Späher des Königs hatten von neuen kastilischen Vorstößen erfahren, bei denen einige Dörfer im Süden in Flammen aufgegangen waren. Pedro IV. hatte daraufhin bewaffnete Reiter und auch Bogenschützen zusammenführen lassen, um den Feinden den Rückzugsweg nach Sevilla abzuschneiden. Unter normalen Umständen hätte Diego den Oberbefehl über die Männer des Königs mit Freuden übernommen, nun aber war er fast froh, dass ein anderer Ritter sie führte.

Felipe holte tief Luft. Noch immer hielt er die Lanze fest umklammert, als führte er ein Banner in die Schlacht.

«Ich habe noch einmal über alles nachgedacht», sagte er nach einer Weile. «Ich möchte dich bitten, nichts gegen meine Mutter zu unternehmen. Wir haben uns ganz bestimmt verhört.» Er lachte gezwungen auf. «Was haben wir eigentlich mitbekommen? Doch nichts, was sie in Verbindung mit einer Verschwörung gegen dich bringen könnte.»

«Ich weiß genau, was ich gehört habe!»

«Und mit diesem Verdacht willst du zur Königin gehen? Hast du dir das gut überlegt?»

Diego schüttelte den Kopf. Er sah, wie erleichtert Felipe wirkte, und verstand nur zu gut, warum. Als Verwandter des Königs hatte Felipe eine sichere Zukunft vor sich. Ein stattliches Vermögen, Ländereien und Burgen, die er von seinem Vater geerbt hatte, versprachen ihm ein Leben ohne Sorgen – solange er und seine Familie sich nicht den Zorn des Königs zuzogen. Das aber schien Felipe zu befürchten. Er traute seiner Mutter nicht mehr über den Weg, würde aber vermutlich alles tun, um sie nicht der öffentlichen Demütigung auszusetzen.

«Dann bin ich beruhigt, mein Freund», sagte Felipe. «Du weißt, dass du für mich immer wie ein Bruder warst ...»

Diego hob die Hand. «Ich glaubte auch, deine Mutter sähe so etwas wie einen zweiten Sohn in mir, aber ich habe mich in ihr getäuscht.»

«Sie wird sich schon wieder fangen.» Diegos Freund grinste schief. «Solltest du ihr doch noch den Hof machen wollen, würde ich diskret beide Augen zudrücken.»

«Rechne lieber nicht damit!»

«Schon gut», beschwichtigte ihn Felipe. «Solange du dir nur nicht mehr den Kopf über diese Floreta zerbrichst. Weißt du, vielleicht hatte Mutter doch recht, und diese Fremde hat dich verhext. Sagt man den Ungläubigen in Granada nicht nach ...»

«Du solltest nicht so lange auf den Beinen sein, schließlich bist du noch nicht genesen.»

Das Gespräch mit Felipe hatte Diego aufgewühlt, bestärkte ihn aber gleichzeitig darin, die Suche nach Floreta nicht aufzugeben.

Sie war noch in Zaragoza, das spürte er. Vielleicht hatte Celiana inzwischen eine Spur von ihr entdeckt? Schließlich hatte sie versprochen, sich sogleich auf die Suche zu begeben.

Da es zu früh war, um dem Laden des Gewürzwarenhändlers einen weiteren Besuch abzustatten, verabschiedete sich Diego von Felipe und machte sich auf den Weg zum Kapuzinerkloster. Dort lebte Pablo, den man seit Floretas Verschwinden nicht mehr in den Gemächern der Königin gesehen hatte.

Diego hatte beschlossen, den alten Mönch aufzusuchen und ihm ein wenig auf den Zahn zu fühlen. Er kannte ihn zwar nur von einigen flüchtigen Begegnungen, doch er hielt es für möglich, dass der Mann, der Floreta offensichtlich gut kannte, ihm einen Rat geben konnte.

Die von hohen Mauern umgebene Klosteranlage lag keine zwanzig Schritte vom Flussufer entfernt. Vor einem Brückenhäuschen sah Diego einen Mönch, der jeden Karren anhielt und die für das Kloster bestimmten Abgaben prüfte. Dabei verschwanden bei jeder Fuhre Äpfel und Zwiebeln in seinen Ärmeln.

Diego wurde indes ohne Umschweife in den Hof gelassen. Er bedachte den Mönch an der Brücke mit einem vernichtenden Blick, schritt dann aber eilig aus. Er hatte keine Zeit zu verlieren.

Neugierig blickte er sich um. Der Innenhof der eigentlichen Klosteranlage glich einem Gutsbesitz. Gleich vorn an der Mauer eines turmartigen Steinbaus suhlte sich eine Herde quiekender Schweine und Ferkel in einem Pfuhl. Von Zeit zu Zeit wurden Abfälle aus einem höher gelegenen Fenster zu ihnen in den Schlamm geworfen, dass es nur so spritzte. Gänse liefen schnatternd durch den Morast, in dem Diegos Stiefel beim Gehen versanken. Er begegnete Hörigen, die mit Holzrechen über den Schultern plaudernd einem Garten zustrebten, und Wäscherinnen auf dem Weg zum Ufer des Ebro.

Das Kloster war reich. Davon zeugten nicht nur die Hufschmiede, die gut genährten Kühe und Pferde in den Ställen sowie ein Kelterhaus, sondern auch die eindrucksvolle Klosterkirche am Ende des Vorhofs, an die sich das mit einem prachtvollen Sandsteinportal versehene Hauptgebäude anschloss.

Diego stapfte tapfer durch den schmatzenden Matsch auf den Eingang zum Refektorium zu. Einen berühmten Gelehrten wie Bruder Pablo würde er gewiss im Scriptorium finden.

«Durchaus nicht», klärte ihn ein junger Mönch auf, den er vor der Klosterkirche anhielt. «Wenn Ihr unseren Bruder sehen wollt, solltet Ihr es auf dem Rübenacker versuchen.» Er deutete auf einen schmalen Spalt zwischen zwei Wirtschaftsgebäuden, durch den ein Knirps von kaum acht Jahren gerade ein paar Ziegen jagte. Vermutlich war dies der schnellste Weg zu den Klostergärten. «Aber ohne Erlaubnis des Abts ist es keinem gestattet, mit Bruder Pablo zu sprechen.»

«Ach wirklich?», knurrte Diego. Da stimmte doch etwas nicht. Warum schickte man den Beichtvater der Königin von Aragón auf den Acker? Nun, das würde er herausfinden, egal was der Abt davon hielt.

Diego näherte sich dem schmalen Durchgang, als er plötzlich jemanden seinen Namen rufen hörte. Ertappt drehte er sich um und bemerkte einen Mann, der zusammen mit einem uralt wirkenden Mönch aus dem Refektorium kam und nun mit einem Lächeln auf den Lippen auf ihn zusteuerte.

Auch das noch, dachte Diego und unterdrückte den Fluch, der ihm schon auf der Zunge lag. Der Mann war Eymerico, der Abgesandte der heiligen Inquisition.

«Don Diego de la Concha.» Eymerico sprach seinen Namen so betont höflich aus, dass Diego nicht anders konnte, als den Gruß mit einem respektvollen Nicken zu erwidern. Von seinem Vater hatte er gelernt, den Vertretern der Kirche mit Achtung, aber auch mit höchster Zurückhaltung zu begegnen. Ein Grundsatz, der ihm besonders bei diesem Mann angebracht erschien.

«Leider hatte ich bisher nicht die Ehre, Euch näher kennenzulernen, aber ich weiß von Doña Belen, dass Eure Familie der Sache des Glaubens stets vorbildlich gedient hat.» Als Beweis für seine Behauptung spulte der Inquisitor sogleich aus dem Gedächtnis eine Liste frommer Stiftungen ab.

In der Tat war Diegos Mutter so fromm gewesen, dass sie nie das Haus ohne einen Almosenbeutel verlassen hätte. Sie hatte Bücher für Klosterschulen gekauft und Kirchen neue Altäre gestiftet. Dies taten indes viele um ihr Seelenheil besorgte Edelfrauen. Was Diego aufhorchen ließ, war die unverblümte Weise, in der Eymerico zu erkennen gab, dass er über seine Familie und deren Vermögen genau im Bilde war.

«Darf ich fragen, was Euch zu den Kapuzinerbrüdern führt?», fragte Eymerico schließlich. «Ich kann mir nicht vorstellen, dass Ihr hier die Messe hört?» Er winkte den gebrechlichen Abt herbei, der zögernd auf den Stufen des Refektoriums stehen geblieben war, nun aber kam, um den Ritter zu begrüßen.

«Ich möchte mit einem der Mönche sprechen», gab Diego wahrheitsgemäß Auskunft. Er sah, wie Eymerico überrascht die Augenbrauen hob, und schickte gleich nach: «Mit Bruder Pablo aus Santa Coloma. Er war Seelsorger und enger Freund meiner verstorbenen Eltern.»

Der Abt wirkte erschrocken. «Das wusste ich nicht», stammelte er. Die Anwesenheit des Inquisitors in seinem Kloster schien ihm nicht zu behagen, obwohl Eymerico ihn mit derselben Höflichkeit behandelte wie Diego.

«Ein junger Mönch sagte mir, er habe Bruder Pablo zuletzt bei den Rüben gesehen», sagte Diego.

«Bei den Rüben?», wiederholte Eymerico. Er drehte sich zu seinem Gastgeber um. «Was hat das zu bedeuten, ehrwürdiger Abt?»

Die drei Männer begaben sich eilig zu den Äckern, die einen guten Teil der rückwärtigen Klosteranlage einnahmen und in nördlicher Richtung fast bis an die Böschung des Flussufers reichten. Die Mönche hatten einen Kanal angelegt, um die Pflanzungen mit dem Wasser des Ebro zu versorgen.

Erst nach längerem Umherblicken entdeckte Diego Bruder Pablo in einer Gruppe von Arbeitern, welche Seite an Seite mit Hacken dem Unkraut zwischen den Rübenpflanzen zu Leibe rückten. Nur mühsam hielt der schwergewichtige Mann sich auf den Beinen. Er sah todmüde und erschöpft aus, die Hitze und die ungewohnte körperliche Anstrengung setzten ihm zu. Um seinen breiten Schädel schwirrten Fliegen, die er mit matten Bewegungen seiner dicken Hand verscheuchte. Dennoch jätete er weiter, bis ein Junge mit einem Wassereimer ihm eine Kelle reichte, damit er seinen Durst stillen konnte.

«Aber ... Bruder», stammelte der alte Abt peinlich berührt. Seine Blicke wanderten von Eymerico über Diego zu dem Mann auf dem Acker. «Ich hatte angewiesen, ihm eine einfache Arbeit zu geben, damit er die Sünde des Stolzes niederringt und zu dem Frieden zurückfindet, den er bei uns gesucht hat. Doch einen Mann seines Alters ...»

«Eine weise Entscheidung», fiel Eymerico ihm ins Wort. «Ich bewundere es, wie groß Eure Sorge um das Seelenheil der Euch anvertrauten Brüder ist. Nur wenn wir uns selbst bis in den Staub erniedrigen, werden sich die Pforten des Himmels für uns öffnen.» Er musterte Bruder Pablos zerknitterte und völlig durchgeschwitzte Kutte mit sichtlicher Genugtuung.

Diego verzog angewidert das Gesicht.

«Es freut mich zu sehen, dass es wohl doch nicht so schlimm um Euer Kloster steht wie befürchtet, ehrwürdiger Abt», lobte Eymerico. «Offenbar habt Ihr Euch mein Schreiben zu Herzen genommen.»

«Ja», antwortete der Abt einsilbig.

Eymerico nickte zufrieden. «Trotzdem werde ich einige Zeit hier im Kloster verbringen, denn der Teufel gibt sich nicht so rasch geschlagen. Er wird weiter versuchen, Eure Brüder zu verwirren, indem er sie mit dem angeblichen Wissen der Ungläubigen, vor allem über ihre gottlose Medizin, in Berührung bringt. Glaubt mir, um ihn zurückzuschlagen, helfen nur Gehorsam und Demut, harte Arbeit und strenge Bußübungen, sowohl bei Tag wie auch bei Nacht.» Er nickte Bruder Pablo zu. «Nun, wer hat Euch auf die Äcker geschickt?»

«Das war Bruder José.»

«Dann solltet Ihr ihm danken, dass er sich um Euer Seelenheil sorgt. Hat derselbe José nicht auch Eure Pflichten als Beichtvater der Königin übernommen?»

«Das hat er», sagte Bruder Pablo mit zitternder Stimme. Er ließ die Harke fallen, worauf sich auf Eymericos Gesicht ein stilles Lächeln schlich.

«Ich werde mit Bruder José reden und ihn bitten, diesem Bruder weiterhin auf seinem Weg der Läuterung beizustehen», versprach Eymerico dem Abt, der hilflos mit den Schultern zuckte. «Bruder Pablo wird hier weiterarbeiten und sich dabei seine Gelübde in Erinnerung rufen, insbesondere das des Gehorsams. Außerdem wird er sich bis zur Fiesta Virgen del Pilar einem strengen Fasten und zusätzlichen nächtlichen Bußübungen unterziehen.»

Diego schüttelte den Kopf. Hatte der Inquisitor den Verstand verloren? Was er da von dem alten Mönch verlangte, hätte schon einen jungen, gesunden Mann an den Rand der Erschöpfung geführt. Wollte er Pablo etwa umbringen?

«Mit Eurer Erlaubnis, ehrwürdiger Abt, würde ich jetzt gern ein paar Worte mit Bruder Pablo sprechen», sagte er, wobei es ihm schwerfiel, seine Wut auf Eymerico zu bändigen.

Dieser sah ihn überrascht an. «Ich glaube nicht, dass der Abt das gestatten kann.»

Diego war klar, dass der Inquisitor mit dem gebrechlichen Klostervorsteher leichtes Spiel hatte, aber er dachte gar nicht daran, sich von hier vertreiben zu lassen. «Ich muss aber darauf bestehen. Bruder Pablo hat mich vor einiger Zeit hinsichtlich einer größeren Summe Geldes beraten, die ich in meinem Testament dem Kloster des Kapuzinerordens vermachen will, und dazu habe ich noch einige Fragen.»

Eymerico wandte sich Pablo zu, dessen Ohren rot zu glühen begannen. «Ist das wahr?»

«Zweifelt Ihr am Wort eines Ritters des Königs?», knurrte Diego. «Ihr wollt mich doch nicht beleidigen?»

Der Abt schnappte so entsetzt nach Luft, dass seine Fronknechte, die auf dem Acker und am Bewässerungskanal schufteten, ihre Arbeit unterbrachen und neugierig zu den Männern herüberstarrten.

«Natürlich glaube ich Euch, Don Diego», sagte Eymerico. «Wenn es sich um eine persönliche Angelegenheit handelt, wird der ehrwürdige Abt eine Ausnahme machen, nicht wahr?»

Diego wartete ungeduldig, bis die beiden Kirchenmänner den Garten verlassen hatten. Erst als er Eymerico nicht mehr sehen konnte, reichte er Bruder Pablo die Hand, um ihm auf den schmalen Weg zwischen den ausladenden Ackerflächen zu helfen.

«Diese Lüge werdet auch Ihr beichten müssen», keuchte der dicke Mönch, während er Diego in den Schatten eines Birnbaums folgte.

Unter dem grünen Blätterdach hatten sich schon einige Knechte und Mägde des Klosters eingefunden, um in Öl getränktes Brot mit gehacktem Knoblauch und Räucherfisch zu verspeisen, doch ein Blick des jungen Ritters genügte ihnen, um sich einen anderen Platz für ihre Pause zu suchen.

«Ich kenne Euch, Ihr seid Don Diego», sagte Bruder Pablo. «Die Königin hat mir von Euch erzählt, aber ...», er schüttelte lächelnd den Kopf, «soweit ich mich erinnere, habe ich mit Euch nie wegen einer Stiftung für das Kloster gesprochen.»

Diego verdrehte die Augen. «Mir ist nichts Besseres eingefallen, um diesen furchtbaren Menschen loszuwerden. Ihr seid der Beichtvater der Königin. Wie kann er es wagen, Euch Befehle zu erteilen?»

«Aber das tut er doch gar nicht», erwiderte Bruder Pablo erstaunt. «Als Inquisitor spricht Eymerico nur Empfehlungen aus, die unser Abt aufgreift, um das Kloster zu schützen.»

Diego schüttelte den Kopf. «Ihr dürft jedenfalls nicht mehr in dieser brütenden Hitze auf den Acker gehen oder Euch von diesem Bruder José herumstoßen lassen.»

Bruder Pablos trauriges Lächeln verriet Diego, dass er mit seinen Ratschlägen gegen eine Wand anredete. Was verstand er auch schon von der Welt, in der Pablo seinen Seelenfrieden suchte? Ihm zu raten, sich gegen die Gelübde aufzulehnen, die er einst abgelegt hatte, war vermutlich ebenso sinnlos, wie von Diego zu verlangen, dass er seine Ritterehre aufgeben oder sein Schwert fortan nur noch zum Käseschneiden gebrauchen sollte.

«Floreta wird vermisst», erklärte er schließlich, womit er zum eigentlichen Grund seines Besuchs im Kloster zurückkam.

Bruder Pablos Augen weiteten sich. «Vermisst? Aber ...» Verwirrt schlug er nach einer Stechfliege, die sich seinen blanken Schädel als Sitzplatz ausgesucht hatte. «Ich verstehe nicht recht. Kommt Ihr im Auftrag der Königin zu mir?»

Diego zögerte kurz. Leider war der Mönch nicht auf den Kopf gefallen, nicht einmal jetzt, wo er sich am Rande eines Sonnenstichs bewegte. Daher hob er abwehrend die Hand. «Die Königin glaubt, Floreta habe sich aus dem Staub gemacht, aber wir beide wissen es besser, nicht wahr?»

Der Mönch ließ sich mit einem Ächzen ins Gras sinken, das aufgrund der Hitze dürr und gelb geworden war. Diegos Worte erschütterten ihn sichtlich, und zunächst brachte er kein Wort heraus. Mechanisch fächelte er sich mit seinem Strohhut Luft ins Gesicht. Hinter ihm, nahe der Uferböschung, raschelte es im Gebüsch. Grillen zirpten. Einer der Arbeiter stimmte ein trauriges katalanisches Lied an.

«Woher kennt Ihr Floreta?», wollte Bruder Pablo nach einer Weile wissen.

«Es würde zu lange dauern, Euch das zu erklären. Belassen wir es doch dabei, dass sie mir bekannt ist und ich aus mehreren Gründen nicht möchte, dass ihr etwas zustößt.»

Der Mönch schien sich damit zufriedenzugeben. «Dann wisst Ihr auch, dass Celiana in der Stadt ist?»

«Allerdings!» Diego nickte, während sein Blick auf das trutzige graue Klostergebäude fiel, in dem der Abt mit Eymerico verschwunden war. An einem der Bogenfenster sah er einen Mann stehen, doch aus dieser Entfernung war es unmöglich zu erkennen, ob der Inquisitor ihn und Pablo beobachtete oder ob nur irgendein Mönch frische Luft schnappte.

«Hat Celiana Euch von den de Queralts aus Santa Coloma erzählt?»

Diego dachte nach. De Queralt. Er hatte den Namen schon einmal gehört. Hieß so nicht einer dieser Emporkömmlinge, die aus der Provinz nach Zaragoza strömten und sich bei den Pfandleihern der Stadt verschuldeten, um sich Waffen, Kettenhemd und Pferd leisten zu können? Was sollte Floreta mit einem dieser Ritter zu schaffen haben?

Ehe er darauf eine Antwort bekam, schlug Bruder Pablo unbeherrscht seine Hand gegen den Stamm des Birnbaums. «Ich bin schuld, dass sie fort ist», stöhnte er. «Mein Ehrgeiz hat sie ins Unglück gestürzt. Hätte ich mich nicht darüber freuen können, dass sie in der Judería ein Dach über dem Kopf hat und die Möglichkeit, sich in der ärztlichen Kunst weiterzubilden? Nein, ich musste sie von ihrem eigenen Volk fortlocken und der Königin empfehlen, obwohl mir doch klar sein musste, dass es missgünstige Neider gibt, die diese Schmach nicht auf sich sitzen lassen würden. Aber ich war so stolz auf meine Überredungskunst, dass ich gar nicht daran dachte, in was für eine Gefahr ich Floreta bringe.»

«Erzählt mir von diesem de Queralt», bat Diego. «Hätte er ein Interesse daran, Floreta zu schaden?»

Bruder Pablo hielt sich die schmerzende Hand. Damit würde er heute keine Hacke mehr halten können. «Jaime de Queralt ist ein gefährlicher Mann. Sollte er Floreta gefunden haben, wird er sie töten. Celiana ebenfalls. Sie soll sich vorsehen, bitte sagt ihr das.»

Diego sprang alarmiert auf.

Er dachte an Celiana, die zu dieser Stunde allein und schutzlos über die Märkte streifte.

Kapitel 28

Für einen Burschen wie Miguel war es ein Leichtes, den Ort zu finden, an dem der Maure seine Gewürzwaren anbot.

Das Haus mit den roten Läden und den fremdländisch bestickten Kissen vor dem Eingang gefiel ihm. Zudem lag es in einem Viertel, das nicht ganz so schmutzig war wie jenes, in dem er hauste. Zwar musste man auch hier durch Haufen aus Stroh, Kot und Küchenabfällen stapfen, doch während der beißende Gestank einem anderswo den Atem raubte, wurde er an der Porta del Sol durch den Duft gemildert, der aus dem Lager des Gewürzwarenhändlers hinaus auf die Straße drang.

Eigentlich hätte Miguel das Haus gern ein Weilchen im Auge behalten, aber er spürte, dass ihm die Zeit davonlief. Schon der Gedanke daran, was Don Alonso ihm in seinem Zorn antun würde, wenn er herausfand, dass er das Mädchen im Kellerloch unbewacht ließ, jagte ihm einen Schauer über den Rücken. Der Mann war wahnsinnig, das stand für den Jungen außer Frage. Alonso würde ihm jeden Knochen im Leib brechen, bevor er ihn erschlug und in einer Kloake versenkte. Doch würde es Miguel besser ergehen, wenn er das verletzte Mädchen sterben ließ? Alonso würde ihm auch daran die Schuld geben. Wunderbare Aussichten.

Miguel wartete einen unbemerkten Augenblick ab, dann überquerte er flink die Gasse. Vor dem Laden standen hüfthohe Ölkrüge, auf denen etwas in einer Schrift geschrieben stand, die ganz anders aussah als die an den Kirchenfenstern von San Salvador. Vermutlich schrieb man dort so, wo der Blinde herkam. Miguel wusste es nicht, es war ihm auch gleich. Vorsichtig hob er den verstaubten, orientalisch anmutenden Vorhang an und schob sich ins Innere des Verkaufsraums. Ein Bursche, der kaum älter war als er, war damit beschäftigt, ein bauchförmiges Kupfergefäß zu polieren, was ihm wenig Freude zu bereiten schien. Ähnlichkeit mit einem Mauren hatte er nicht.

«Was willst du? Uns die Pocken ins Haus schleppen?», knurrte ihn der Kerl an, nachdem er einen kurzen Blick auf Miguels pickeliges Gesicht und seine zerlumpte Kleidung geworfen und offenbar entschieden hatte, dass er nicht als Kunde teurer Gewürzwaren in Frage kam.

Miguel ließ sich nicht einschüchtern. «Ruf deinen Herrn, ich will etwas kaufen», gab er gleichsam unwirsch zurück. «Es muss brennendes Fieber senken und Wunden heilen. Keine Sorge, ich kann bezahlen.»

Den Burschen amüsierte das so sehr, dass er lauthals auflachte. «Ja, natürlich, und nun verrate ich dir ein Geheimnis: Ich werde morgen in der Aljafería zum Ritter geschlagen.»

Miguels Wunsch, dem ungehobelten Bastard die Nase zu brechen, wurde übermächtig, dennoch zwang er sich, ruhig zu bleiben. Er vertrödelte schon viel zu viel Zeit. Selbst wenn der blöde Kerl ihm die Kräuter, um die Alonsos Gefangene ihn angefleht hatte, rasch zusammenmischte, musste Miguel damit noch durch die halbe Stadt rennen. Hinzu kam, dass Don Alonso ihn bestimmt fragen würde, womit er die Wunden dieser Floreta behandelt hatte. Was sollte er ihm dann sagen? Würde ihm eine gute Ausrede einfallen?

Er überlegte schon, aus dem Laden zu stürmen und sich in der Stadt zu verstecken, doch er verwarf den Gedanken. Alonso würde ihn finden. Er hatte ja auch die jüdische Ärztin aufgespürt. Nein, davonlaufen war zwecklos.

Miguel holte die Kette hervor und hielt sie dem Handelsgehilfen herausfordernd unter die Nase. «Wirst du jetzt deinen Herrn rufen? Ich habe es eilig.»

«Ist das Gold? ... Ich ...» In den Augen des jungen Mannes glomm Gier auf. Sofort senkte er die Stimme zu einem Flüstern und lächelte listig. «Warum meinen Herrn bemühen? Der Blinde hat zu tun, aber ich kann dir auch alles mischen, was du brauchst. Ich bin Jorge, Sahins Gehilfe, und werde bald seinen Handel übernehmen.» Er schickte einen Blick zu der Tür, die offensichtlich das Lager mit einem Nebenraum verband. Dort blieb alles still.

Dafür erklang plötzlich vom Eingang her ein Geräusch. Zwei Leute betraten den Raum, eine dunkelhaarige Frau mit blitzenden Augen und ein Kerl im Waffenrock, der sorgenvoll dreinblickte. Die beiden stritten sich leidenschaftlich.

«Ich kann auf mich selbst aufpassen und brauche keinen Beschützer», hörte Miguel die Frau sagen, worauf ihr Begleiter ihr Dickköpfigkeit vorwarf und prophezeite, er würde sie sicher demnächst tot in irgendeinem Graben finden.

Miguel ließ die Goldkette der Heilerin rasch wieder unter seinem Kittel verschwinden.

Gerade noch rechtzeitig, denn als die Frau auf ihn aufmerksam wurde, blickte sie erst ihn, dann Jorge voller Misstrauen an. «Wer ist das?», wollte sie von Sahins Gehilfen wissen.

«Ein Bote meiner ... Schwester», log Jorge, ohne rot zu werden. «Sie ist krank geworden ... Magenkrämpfe ... und lässt den Meister fragen, ob er nicht ein paar Körnchen geschabte Weidenrinde für sie erübrigen kann. Weil der Meister doch so großzügig ist.»

Miguel bemerkte, wie die Dunkelhaarige die Lippen schürzte. Gemessen an ihren Blicken, schien nicht nur er diesen Jorge für einen Schwachkopf zu halten.

«Geschabte Weidenrinde?» Sie schüttelte den Kopf. «Wirst du es denn nie lernen? Wäre meine Verwandte jetzt hier, würde sie dir sagen, dass man das Pulver gegen Fieber und Gelenkbeschwerden einsetzt, aber da sie das nicht ist, erkläre auch ich es dir noch einmal. Ich ... Ach verschwinde, ich mach das schon!»

«Aber ...» Enttäuscht biss Jorge sich auf die Lippen.

«Keine Widerrede! Ich habe zwar an Wichtigeres zu denken, aber deine Schwester soll neben ihren Schmerzen nicht auch noch unter deiner Dummheit leiden.»

Sie trat energisch vor die aus zwei Fässern und einem Brett bestehende Theke, auf der Sahin neben seinen Gewürzen auch heilende Substanzen verwahrte: Kräuter und Pflanzensamen in hölzernen Büchsen, um sie vor Feuchtigkeit zu schützen, Tinkturen und Salben dagegen in Silberdosen und Glasflaschen. Miguel beobachtete, wie die hübsche Frau einige davon öffnete. Den Tiegeln entstieg ein betörender Duft, der seiner Nase schmeichelte. Dann breitete sie Stoffstreifen auf dem Verkaufstisch aus und verteilte darauf verschiedene Pülverchen, Samen von Kräutern und getrocknete Blätter. Zuletzt rollte sie die Stofffetzen und band sie flink mit etwas Schnur zusammen.

«Anis, Kreuzkümmel, meinetwegen auch ein wenig Spitzwegerich. Gekocht und mit Essig vermischt, hilft es gegen Durchfall.»

«Jedenfalls behauptet das Eure Verwandte Floreta», nuschelte Jorge in sich hinein, aber Miguel hatte ihn verstanden.

Floreta? Ihm blieb beinahe das Herz stehen vor Schreck. Sie war hier also doch bekannt, sie hatte ihn scheinheilig hinters Licht geführt! Dieses Miststück. Vermutlich hoffte sie, er würde in eine Falle tappen und sich verraten, aber diesen Gefallen würde er weder ihr noch diesem schwarzhaarigen Biest hier tun.

Vorsichtig spähte er zu dem Vorhang hinüber, hinter dem der hochgewachsene Mann mit einem anderen sprach. Dem Mauren? Vermutlich. Miguel konnte ihn fluchen hören, der Maure hingegen blieb ganz ruhig. Ging es um Alonso und ihn? Waren sie ihnen vielleicht schon längst auf der Spur? Miguels Hände begannen vor Aufregung zu schwitzen. Unsinn, sprach er sich Mut zu. Diese Leute kannten ihn nicht, sie konnten nicht wissen, wer ihn geschickt hatte. Dieser dumme Gehilfe hatte ja dankenswerterweise eine durchaus überzeugende Erklärung für seine Anwesenheit erdacht. In wenigen Augenblicken würde Miguel zur Tür hinausspazieren, doch zuerst musste er die lächerlichen Kräuter gegen die angeblichen Bauchschmerzen seiner erfundenen Schwester bezahlen, sonst schrie dieses herrische Weib sicher Zeter und Mordio.

Bezahlen? Womit? O Gott, was, wenn diese Frau die Kette wiedererkannte? Hatte Floreta etwa darauf gehofft, als sie sie ihm anvertraute? Doch nun war es zu spät. Zitternd griff er in seinen Kittel, doch zu seiner Überraschung schüttelte die Fremde den Kopf.

«Lehren eure Priester nicht, dass Gott zu denen barmherzig ist, die den Notleidenden Barmherzigkeit erweisen?», erklärte sie. «Behalt dein Geld und kauf deiner Schwester noch etwas zu essen, damit ihr Magen sich beruhigt und sie wieder zu Kräften kommt.» Damit nickte sie Miguel noch einmal zu und verschwand im Nebenraum.

Miguel atmete auf. Er starrte ihr einen Moment lang sprachlos nach, dann warf er dem verdutzten Jorge die Stoffbündel an den Kopf. «Und jetzt her mit der geschabten Rinde!»

***

«Du hättest mir von Jaime de Queralt erzählen müssen», schimpfte Diego. Er war wütend, das sah man ihm an.

Celiana wiederum war nicht bereit, seine Vorwürfe so ohne weiteres zu schlucken. Sie betrachtete Sahin, dessen Kopf vogelartig ruckte, und erriet seine Gedanken. Der alte Mann war enttäuscht, dass ihre Erkundigungen ergebnislos geblieben waren.

Dabei hatte sie sich so sehr bemüht. Nicht nur einmal, sondern dreimal hatte sie den gesamten Weg zwischen der Judería und dem Palast zurückgelegt, hatte in jeden Winkel geschaut und zwischen Kathedrale und Flussufer Dutzende von Fragen gestellt. Doch keiner wollte Floreta gesehen haben. Obwohl Celiana es hasste, so schnell aufzugeben, sah sie ein, dass sie ihre Cousine auf diese Weise nicht wiederfinden würden. Und nun kam Diego und schalt sie auch noch wegen der de Queralts.

«Ich habe eine neue Geschichte für dich, Meister Sahin», sagte sie erschöpft. «Du liebst doch die Geschichten aus der alten Heimat, nicht wahr? Meine handelt von zwei Männern, die beide dem Ritterstand angehörten. Der eine verkleidete sich wie der Kalif von Bagdad, zog durch die Basare einer für ihn fremden Stadt und kaufte dort zwei Mädchen. Der andere spielte später den edlen Gastgeber für die Mädchen, ließ seine Maske aber schnell fallen, indem er versuchte, sie zu töten, und steckte dann das Haus der einen mitsamt ihrem Bräutigam in Brand. Gibt es auch nur einen vernünftigen Grund, einem von beiden zu vertrauen?»

«Lass die Vernunft aus dem Spiel», brauste Diego auf. «Vertrau mir einfach, nur dieses eine Mal.» Er lief in dem kleinen Zimmer auf und ab. Es war kühl hier, fast so kühl wie in einem Keller. Um diese Tageszeit hielt Sahin sich hier lieber auf als vor dem Haus. «Ich habe dir gesagt, dass ich keine Ruhe finden werde, ehe ich Floreta gefunden habe.»

«Gesagt vielleicht», konterte Celiana. «Aber nicht erklärt, warum.»

«Still!» Der Blinde spitzte plötzlich die Ohren. Irgendetwas schien seine Aufmerksamkeit zu erregen. «Hört sich an, als würde Jorge mit jemandem streiten», sagte er.

Tatsächlich. Nun hörte auch Celiana die erregten Stimmen, denen bald die Geräusche von Schlägen folgten. Da prügelte sich doch jemand vor dem Laden.

«Wenn das Jorge ist, werde ich ihm die Ohren langziehen!» Celiana raffte ihre Röcke und stürmte hinaus. Diego folgte ihr auf dem Fuß.

Jorge und der Junge mit dem Pickelgesicht wälzten sich im Straßendreck wie zwei Köter, die sich um einen Knochen balgten.

«Gib sie zurück», fauchte der fremde Bursche heiser. Obwohl er knapp eine Handbreit größer als Jorge war und auch keineswegs schmächtig wirkte, gelang es Sahins Gehilfen, seinen Kopf mit einer Hand in das schmierige Stroh zu drücken. Der Junge strampelte und rang dabei nach Luft. Gleichzeitig streckte er den Arm aus, um Jorges andere Hand zu erreichen, die einen kleinen Gegenstand umklammert hielt.

Celiana sparte sich die Drohungen, holte gleich eine Schüssel Wasser aus dem Laden und leerte sie über den Streithähnen aus. Überrumpelt hob Jorge den Blick, was sein Gegner ausnutzte. Er schlug ihm die Faust ins Gesicht und traf Jorges Lippe, die sogleich aufplatzte. Mit einem Fluch kippte Sahins Gehilfe zur Seite. Der Junge sprang auf, riss Jorge etwas aus der Hand und wollte damit verschwinden, als Diego sich ihm in den Weg stellte.

«Nicht so hastig, mein Freund!»

Der Junge erschrak und wollte Diego mit Hilfe eines gezielten Hiebs in den Magen zur Seite stoßen. Doch Diego, der weitaus kampferprobter war als der Gassenjunge, hatte damit gerechnet. Er wich aus, fing den Schlag ab und verpasste seinem Angreifer seinerseits einen Haken, der diesen gegen die Mauer prallen ließ. Sofort drehte Diego ihm den Arm auf den Rücken.

«Das hättest du nicht wagen sollen», zischte er dem zitternden Jungen leise ins Ohr. «Für den Angriff auf einen Ritter des Königs wirst du an den Galgen kommen.»

«Was hat dieser Aufruhr zu bedeuten?» Sahin war nun ebenfalls vor die Tür getreten. Mit einer strengen Geste richtete er seinen Stab auf Jorge, der durch den Unrat kroch und das schmutzige Stroh auseinanderschob, als gälte es, einen Stall auszumisten.

«Suchst du vielleicht das?» Celiana bückte sich und hob eine goldene Kette mit Anhänger auf, ehe Jorge danach greifen konnte. «Das wolltest du dir unter den Nagel reißen, obwohl ich dem Jungen die paar Kräuter geschenkt hatte, nicht wahr?» Sie funkelte ihn an. «Ist bestimmt nicht das erste Mal gewesen, dass du versucht hast, in die eigene Tasche zu wirtschaften.»

Sahin stampfte mit seinem Stab auf. Er sah bitter enttäuscht aus. «Und das, nachdem ich dich wie einen Sohn behandelt habe? Du verschwindest aus meinem Haus, Jorge.»

«Aber Meister Sahin, Ihr könnt mich doch nicht ...» Jorge warf sich ihm schluchzend zu Füßen, umklammerte seine Beine und bedrängte ihn mit Bitten und dem Versprechen, sich zu bessern.

«Wir wussten doch beide, dass unsere Wege sich eines Tages trennen würden», sagte Sahin stockend. «Warum das Unvermeidliche noch länger aufschieben?»

Celiana fing einen Blick von Diego auf, der den strampelnden Gassenjungen noch immer fest im Griff hielt. Wie es aussah, hatte der Bursche Sahin nicht bestohlen, und dafür, dass er in Panik versucht hatte, Diego aus dem Weg zu schubsen, hatte er den Strick nicht verdient. Dennoch gab es da etwas, das Diego zu stören schien. Celiana bemerkte, wie der junge Ritter nachdenklich auf den Anhänger in ihrer Hand starrte. Das schien auch seinem Gefangenen aufzufallen, denn er begann wieder wild zu zappeln, als spürte er bereits das Seil um seinen Hals.

«Lasst mich laufen, ich habe nichts getan», keuchte er. «Habt doch Mitleid!»

Diego verpasste ihm eine Kopfnuss, damit er Ruhe gab. «Na, soll ich ihm das erlauben?»

Celiana wich einer Schar Geflügelhändler aus, die vom Markt kamen und Holzkäfige voll mit gackerndem Federvieh an ihr vorbeischleppten. Sie stellte sich vor den Jungen, beugte sich vor und stemmte die Hände in die Hüften. «Von deiner Schwester mit dem verdorbenen Magen, was? Ich schlage vor, wir beide unterhalten uns einmal über diese Schwester. Aber diesmal tischst du mir besser keine Märchen mehr auf!»

***

Samu sah gut aus. Vielleicht sogar entspannter und ausgeruhter als sonst, als hätte er alle seine Sorgen vergessen.

Lächelnd lud er sie ein, bei der Sonnenuhr Platz zu nehmen, die er von einer seiner vielen Reisen durch Andalusien mitgebracht hatte. Die steinerne Bank dort war immer sein Lieblingsplatz gewesen. Hier erfreute er sich an seinem Garten, der zwar nicht annähernd so groß und prächtig war wie der Garten der Sultanin in der Alhambra, dafür aber ein ganz persönliches Refugium für ihn darstellte. Eine grüne Oase inmitten von Hitze und Staub. Ein breites, gestreiftes Zeltdach aus Tuch, das sich im Wind wölbte, schützte den hageren Mann vor dem Sonnenlicht. Um ihn herum summten Bienen und andere Insekten. Libellen spiegelten sich im Wasser eines mit bunten Mosaiksteinchen verzierten Wasserbeckens.

«Was hast du zu beachten, wenn du einen Aderlass vornimmst?», fragte er sie. Und als sie zögerte: «Nun komm schon, ich habe es dir doch beigebracht. Wie viel Blut darfst du fließen lassen?»

«Nimm niemals mehr, als ein kräftiger Mann auf einen Zug Wasser trinken kann», gab sie stockend zurück.

Samu nickte zufrieden. «Aber was, wenn der Mann geschwächt ist?»

«Nicht mehr, als in ein Hühnerei passt.»

«Gut. Welche Hauptadern unterscheidest du?»

Sie dachte nach, dann fiel es ihr wieder ein. «Am wirkungsvollsten ist die Kopfader. Fühlt dein Patient Traurigkeit und Schwermut, hat er Schmerzen in der Seite oder am Herzen, so öffne ihm die Mittelader. Das Blut, das aus der Leberader fließt, stärkt neben diesem Organ auch die Milz und bekämpft Schmerzen, Atemnot und Schwindel.»

«Und wo setzt du dein Messer an?»

«In der Armbeuge», sagte sie. «Die Ader wird schräg oder in Längsrichtung geöffnet.»

Samu wurde es unter dem Zeltdach langweilig. Floreta hörte seine Knochen knacken, als er aufstand und ermatteten Schrittes zum Wasserbecken ging. Er setzte seine Prüfung fort: «Warum ist es bedeutsam, hierbei immer maßvoll zu bleiben?»

Floreta spürte, wie ihr Herz klopfte. Samu war nicht leicht zufriedenzustellen. Ihm fielen immer so viele neue Fragen ein. Sie dachte kurz nach, dann antwortete: «Ein Aderlass, der über das Maß vorgenommen wird, schwächt den Leib, so wie ein Regenguss, der ohne Maß auf die Erde fällt, den Boden schädigt, der ihn aufnehmen soll.»

Samu raffte sein langes, weites Gewand, sodass sie seine mageren Beine sehen konnte. Er stieg in das Becken hinein und schloss die Augen. Während er das kühle Wasser genoss, spürte sie, wie die Hitze ihr selbst in Augen und Stirn stach. Sie wollte sich ins Haus zurückziehen, aber Samu hörte nicht auf, Fragen zu stellen und sie dabei zu belehren. Von Galen sprach er und von dem Feuer, welches nach Ansicht dieses Arztes in der Herzkammer des Menschen wütete. Floreta schüttelte den Kopf. Sie wollte weder an Feuer noch an Hitze im Herzen denken, auch nicht an das Ungleichgewicht von Blut, Schleim, gelber und schwarzer Galle, in dem die griechische Heilkunst die Wurzel jeglicher Krankheit sah.

Und dann wurde es plötzlich dunkel in Samus Garten, als hätte jemand die Sonne in eine eiserne Truhe gesperrt. Samu schien das nicht zu stören. Er erfrischte sich nach wie vor im Becken und sah die Gefahr nicht kommen, die sich auf ihn zubewegte.

Im Schutze der Dunkelheit kehrten die vermummten Eindringlinge zurück. Tanzenden Schatten gleich, pirschten sie sich an. Bald waren sie überall.

Samu sprach unbeirrt weiter über Pulslehre und Harnschau.

Floreta wollte zu ihm eilen, ihn aus dem Wasser ziehen und mit ihm ins Haus fliehen, doch da war kein Haus mehr hinter ihr. Kein vom Abendwind bewegtes Zeltdach, ja nicht einmal den Garten sah sie noch länger vor sich. Dafür aber einen der Verstummten, der sich mit grimmiger Miene und gezücktem Krummdolch auf ihren Großvater zubewegte. Samu blickte auf, aber etwas war mit seinem Gesicht geschehen. Da war kein alter Mann mehr, der den tödlichen Streich der Waffe erwartete, sondern eine junge dunkelhaarige Frau.

«Celiana», stöhnte Floreta. Mit klopfendem Herzen fuhr sie auf und bemerkte, dass sich nur eines ihrer Augen richtig öffnen ließ. Das andere war fast zugeschwollen. Aber sie war wach und träumte nicht mehr. Granada war weit weg, hier gab es keine Verstummten, wohl aber ein feuchtes Kellerloch unter einer verrufenen Schenke, in dem Don Alonso das Sagen hatte und wo sie folglich niemals jemand finden würde.

Sie überlegte, wie viel Zeit wohl vergangen sein mochte. Wie lange war Miguel schon fort? Stunden oder nur wenige Minuten? Floreta wusste es nicht.

Plötzlich wurde die Falltür geöffnet, und Don Alonso kam mit einer brennenden Kerze die Leiter hinabgestiegen. Als er Floreta unbewacht vorfand, stapfte er wütend auf sie zu.

«Wo zum Teufel steckt Miguel?», brüllte er sie an. «Warum hat er dich allein gelassen?»

Floreta wurde übel vor Enttäuschung. Sie hatte gehofft … Ja, was? Es war ein dummer Einfall gewesen, Alonsos Handlanger zu

Sahin zu schicken. Vermutlich hatte er mit ihrer Kette schleunigst das Weite gesucht. Verkaufte er sie, konnte er sich eine Weile satt essen. Vielleicht hatte er Zaragoza schon längst verlassen. Diese Vermutung durfte sie Don Alonso natürlich nicht auf die Nase binden, daher log sie: «Ich habe Euren Handlanger um mehr Wasser und noch ein paar Decken gebeten. Er müsste gleich zurück sein.»

«Ich war nachsichtig», sagte Don Alonso. Sein Atem roch nach Wein. Vermutlich hatte er mit dem Weib aus dem Hurenhaus seinen Triumph gefeiert. Er kam auf Floreta zu, das Gesicht vor Wut verzerrt. «Aber meine Geduld ist erschöpft. Du wirst mir jetzt einige Fragen beantworten, hörst du? Zunächst will ich wissen, ob du die Hure eines Ritters namens Diego de la Concha bist!»

Floreta starrte ihn an. Diego de la Concha? Wer um alles in der Welt … Ach so, er meinte Raik. Ein Lachen stieg in ihrer Kehle auf. Wie kam Alonso nur dazu, das anzunehmen? Raik hasste sie sicher nicht weniger als er selbst. Aber was mochten die beiden Männer miteinander zu schaffen haben? Waren sie womöglich gar befreundet? Fast verspürte Floreta Enttäuschung darüber. Dabei konnte es ihr eigentlich ganz gleich sein, ob Raik zu Alonsos Zechbrüdern gehörte oder mit Jaime auf die Jagd ging. Sterben würde sie ohnehin bald in diesem Verlies, was machte es da noch aus, durch wessen Hand es geschah? O doch, korrigierte sie sich. Es macht mir etwas aus. Alonso ist ekelerregend, während Raik …

«Wird's bald?», knurrte Alonso. «Oder soll ich die Peitsche holen?»

Floreta schüttelte den Kopf. «Ich weiß, von wem Ihr redet, aber seit ich in Zaragoza bin, habe ich diesen Mann kein einziges Mal getroffen. Und ich bin nicht seine Geliebte.»

Don Alonso hörte sich ihre Beteuerung an, ohne mit der Wimper zu zucken. Floreta beschlich das Gefühl, dass es ihn im

Grunde gar nicht interessierte und er die Frage nur gestellt hatte, weil es ihm befohlen worden war. Mit seiner zweiten Frage sah das jedoch ganz anders aus.

«Wo versteckt sich deine Verwandte, Celiana?»

Floretas Glieder verkrampften sich vor Angst. Aber natürlich: Alonsos Rachedurst war erst gestillt, wenn er auch Celiana in sein Verlies sperren konnte. Erst dann war er am Ziel seiner Wünsche.

«Hier ist Platz für euch beide», bestätigte er sogleich ihre Befürchtung. Er beleuchtete mit seiner Kerze eine Stelle an der Wand, wo tatsächlich noch weitere Eisenringe zu sehen waren. «Wir werden hier noch viel Spaß zusammen haben, bevor es zu Ende geht. Also, wo finde ich das Vögelchen?»

Floreta presste die Lippen aufeinander, bis die Haut wieder aufplatzte und sie in ihrem Mundwinkel Blut schmeckte. Nein, sie würde Alonso nicht zu Sahin schicken. Niemals. Darauf, dass sie Celiana verriet, konnte er warten, bis der Teufel ihn holte. Sie und ihre Verwandte hatten seit der Flucht aus Granada so viel gemeinsam durchgestanden. Lieber wollte sie sterben, als zuzulassen, dass auch noch Celiana diesem Mann in die Hände fiel.

«Du willst es mir also nicht sagen?», meinte Don Alonso mit gespieltem Bedauern. Er hielt die brennende Kerze nah an Floretas Gesicht, so nah, dass die zuckende Flamme ihre linke Augenbraue berührte.

«Von mir erfährst du nichts!»

«Das werden wir noch sehen.» Alonso stellte die Kerze auf den Boden, dann begann er, seinen Gürtel zu lockern. Weiter kam er jedoch nicht, denn im nächsten Moment flog die Falltür auf, und Miguel erschien auf der Leiter. Er hatte einen Bierkrug in der Hand und wirkte betrunken, machte aber große Augen, als er Alonso entdeckte.

«Ihr ... seid schon hier?», stammelte der Junge. Er bekam vor

Aufregung Schluckauf, und Floreta dachte bei sich, dass nun genau das eingetreten war, wovor Miguel sich so gefürchtet hatte.

«Komm runter», befahl Don Alonso mit sich überschlagender Stimme.

Miguel blieb stocksteif auf der Leiter stehen und starrte auf den wütenden Mann hinab. Er schien unschlüssig, was zu tun sei.

«Hörst du schlecht?», brüllte Alonso. Er ließ von Floreta ab und bewegte sich stattdessen auf die Leiter zu. «Ich breche dir jeden verdammten Knochen im Leib!»

«Ich muss Euch etwas sagen, Herr ...» Miguels Hand entglitt der Bierkrug. Ob er ihn vor Aufregung fallen ließ oder Don Alonso damit treffen wollte, vermochte Floreta nicht einzuschätzen. Sie hörte, wie das Gefäß zerbrach und Alonso daraufhin wüst fluchte. Miguel wartete derweil nicht ab, bis er am Bein gepackt und hinunter in das Kellerloch gezogen wurde, sondern erklomm die Sprossen hinauf zur Falltür, um sein Leben zu retten. Alonso nahm die Verfolgung auf.

***

Miguels Herz hämmerte gegen seine Rippen. Er hörte Don Alonso hinter sich schnaufen. Welch ein Wahnsinn, ihn herauszufordern. Aber welche Wahl blieb ihm? Gleich würde sein Verfolger ihn einholen, die Zeit reichte nicht, um die Falltür zuzuschlagen. In blinder Hast stolperte Miguel durch den verwaisten Schankraum, glitt dabei um ein Haar auf dem glitschigen Stroh aus und fing sich in letzter Sekunde. Wenn er hinfiel, war alles aus. Dann würde Don Alonso ihm die Hände um den Hals legen und zudrücken, bis er sich nicht mehr rührte. Mit zitternden Knien sprang er zur Stiege und zog sich an dem wackeligen Geländer hoch.

Oben empfingen ihn ein dunkler Korridor und die offene Tür

der Kammer, in die er sich flüchten wollte. Nebenan erklang Lärm: Gelächter und die Töne einer Flöte. Im Hurenhaus wurde aufgespielt. Hinter ihm polternde Schritte auf den Stufen. Er drehte sich um und blickte in Don Alonsos aufgeschwemmtes, vor Zorn gerötetes Gesicht, das eher einer Dämonenfratze glich als dem Antlitz eines Menschen. Bevor ihn der Schlag des Mannes an der Schläfe treffen konnte, duckte er sich und stürzte durch die Tür in die Kammer.

Don Alonso grinste teuflisch, während er ihm ganz langsam über die Schwelle folgte. «Dass du so dämlich bist, ausgerechnet in meine Kammer zu laufen, hätte ich nicht gedacht», sagte er.

Die Tür flog hinter ihm zu.

Jetzt bemerkte Don Alonso, dass er keineswegs allein mit Miguel in dem Raum stand. Da war noch ein anderer Mann, der nun aus dem Schatten in das müde Licht der Tranlampe trat.

Don Alonso riss überrascht die Augen auf. «Wer zum Teufel ...»

«Ihr seid also Don Alonso», unterbrach ihn der blonde Mann ruhig. Er trug ein wattiertes Wams und war mit Schwert und einem Dolch am Gürtel bewaffnet. Aus seiner Miene sprach nichts als Verachtung. «Ich bin Don Diego de la Concha.»

Alonso warf erst dem Ritter, dann Miguel einen mörderischen Blick zu. «Ach so ist das? Du hast mich verraten?»

Diego hob warnend den Arm. «Der Bursche steht unter meinem Schutz, Ihr werdet ihm nichts tun.»

«So? Und wie wollt Ihr ihm helfen, wo Ihr doch in wenigen Augenblicken ein toter Mann sein werdet?»

«Nehmt den Mund nicht zu voll», erwiderte Diego. «Ihr habt Floreta entführt und haltet sie in diesem Rattenloch gefangen. Dafür werdet Ihr Euch vor dem König verantworten, Alonso de Queralt. Ihr und Euer Bruder Jaime!»

Don Alonso fletschte die Zähne. «Seht Ihr Jaime hier irgendwo? Nein, weil er nämlich gar nicht in der Stadt ist. Jaime ist im Auftrag des Königs unterwegs. Und was die angebliche Gefangenschaft der kleinen Heilerin angeht ...» Er machte eine obszöne Handbewegung. «Weder kennt Ihr sie, noch kennt sie Euch, das hat sie mir gerade erst versichert. Woher wollt Ihr also wissen, dass sie mir nicht aus freien Stücken gefolgt ist und jeden Augenblick meiner Gastfreundschaft genießt?» Er lachte.

Da flog die Tür auf, und eine Frau in einem knapp geschnürten, völlig zerknitterten Kleid kam hereingelaufen. «Wie sehe ich aus?», rief sie schrill, verstummte aber gleich wieder, als sie sah, dass Alonso nicht allein war. Aus Versehen stieß sie gegen Diegos Arm, und diesen winzigen Augenblick der Unachtsamkeit nutzte Don Alonso, um den Tisch in die Höhe zu stemmen und ihn mit einem wilden Knurren in seine Richtung zu schleudern. Der junge Ritter ging ächzend zu Boden. Die Hure kreischte halb empört, halb angsterfüllt auf.

Alonso rannte zu seinem Bett und zog sein Schwert darunter hervor, um damit nach Diegos Kopf zu stoßen. Im letzten Moment fand der Ritter Deckung, die Tischplatte fing den Schlag auf. Diego sprang hoch und zog nun ebenfalls seine Waffe. Sofort entbrannte ein heftiger Kampf zwischen den beiden Männern.

Alonso mochte die Leichtigkeit in den Bewegungen fehlen, dafür parierte er Diegos Hiebe mit Wut und grober Kraft. Es gelang ihm sogar, Diego Stück um Stück zurückzudrängen, bis dieser das Flechtwerk der Wand hinter sich spürte. Diego schoss das Blut ins Gesicht, als er sich derart in die Enge getrieben sah. Alonso presste ihm Faust und Schwertknauf gegen die Kehle, bis er keine Luft mehr bekam. Diego hielt mit aller Kraft dagegen, um seinen Angreifer von sich zu schieben. Röchelnd rang er nach Atem, vor seinen Augen sah er schon Funken.

Plötzlich trat Don Alonso einen Schritt zurück, der Druck an Diegos Hals ließ nach. Dafür erkannte Diego, dass sein Angreifer einen Dolch gezogen hatte. Diegos Dolch. Alonso stieß damit zu und hätte gewiss Diegos Kehle durchbohrt, wenn dieser nicht im selben Moment sein Schwert hochgerissen hätte. So traf Metall auf Metall, die Klinge des Dolches glitt ab und fuhr in die bröckelige Wand. Alonso hob den Arm, doch irritiert von dem missglückten Streich, versuchte er, den Dolch aus der Wand zu ziehen, anstatt mit dem Schwert zuzuschlagen. Somit verschaffte er Diego die Gelegenheit, aus dem Winkel, in den er ihn gedrängt hatte, zu entkommen.

Diego wirbelte auf dem Absatz herum, sprang vor und stieß seinem Gegner das Schwert in die Brust. Don Alonso taumelte. Seine Augen traten aus den Höhlen hervor, und Blut schoss ihm aus Mund und Nase. Dann brach er zusammen.

Während die Frau, die stumm vor Schreck den Kampf verfolgt hatte, eilig das Weite suchte, beugte Miguel sich über den Gefallenen. «Er ist tot, Herr», vermeldete er zufrieden. «Wir haben gesiegt.»

***

Gesiegt? Mit zusammengekniffenen Lippen zog Diego seinen Dolch aus der Wand. Der Bursche hatte gut reden. Nun ja, vielleicht verdiente er es ja, sich als Sieger zu fühlen, immerhin war er so tapfer gewesen, de Queralt aus dem Kellerverlies zu locken. Dafür würde er den Bengel laufen lassen, statt ihm das Genick zu brechen. Was jedoch de Queralt betraf, so hatte der zwar den Tod verdient, doch um diese Intrige aufzuklären, hätte Diego ihn lebend vor den König bringen müssen. Aber wie? Hätte er ihn etwa hinterrücks niederschlagen sollen wie ein Feigling? Unmöglich. Verfluchte Ritterehre.

Diego überließ es Miguel, Alonsos Leichnam in ein Leintuch zu hüllen, und begab sich zum Einstieg in den Vorratskeller.

Floreta war bei Bewusstsein, aber gut schien es ihr nicht zu gehen. Sie starrte ihn an. Überrascht, anstelle von Alonso ihn auf der Leiter zu sehen, wirkte sie indes nicht. Benommen lehnte sie ihren Kopf gegen den rauen Stein der Wand. «Ihr?» Ihre Stimme klang schwach und heiser. «Seid Ihr gekommen, um mich zu töten?»

Er schüttelte stumm den Kopf, dann schnitt er mit seinem Dolch ihre Handfessel durch. Sie sank lautlos zu Boden, doch er fing sie auf. Spürte ihren Herzschlag und das Zittern, das durch ihren Körper ging.

«Ich bringe dich nach Hause», versprach er. «Die anderen warten schon auf dich.»

Kapitel 29

«Meine Zeit ist begrenzt, also sagt, was Ihr zu sagen habt, damit wir uns wieder wichtigeren Dingen zuwenden können.»

Das schmale Gesicht des Königs war aschfahl; er schlief zu wenig und brütete zu viel. Selbst als Diego vor ihm stand, schienen seine Gedanken aus dem mit prächtigen Wappenbildnissen und Fahnen geschmückten Thronsaal davonzufliegen wie ein Schwarm Zugvögel. Er blickte keinen seiner Berater an, als befürchtete er, ihnen zu viel Aufmerksamkeit zukommen zu lassen. Wenigstens hatte er sich auf Bitten seiner Gemahlin bereit erklärt, Diego an diesem Morgen zu empfangen.

«Eure Unterredung mit Castavera wird doch noch eine Stunde warten können, mein Gemahl», sagte Eleonora, die mit durchgedrücktem Rücken neben ihrem Ehemann saß. Ihr Gesicht war von fast durchscheinender Blässe. Die Königin war eine schmale, ja direkt zierliche Erscheinung in rotem Samt, der man nicht ansah, dass sie vier Kinder geboren hatte. Ihrem Ton nach zu urteilen, hatte sie Vorbehalte gegen Pedros Berater, und Diego war klar, was sie störte – gehörte Castavera doch zu denjenigen bei Hofe, die eine Annäherung an Kastilien suchten, dabei aber auf Zugeständnisse drängten, die der Königin zu weit gingen.

Eleonora war als Tochter des Königs von Sizilien zur Welt gekommen und hatte von ihrer Mutter Kärnten und Tirol geerbt. Doch ihr Interesse galt der Stärkung Aragóns, weswegen sie eine

Ausdehnung des Landes befürwortete. In ihrer sizilianischen Heimat regierte momentan zwar ihr Bruder, doch Eleonora schwebte vor, dessen Königreich eines Tages mit dem ihres Gemahls zu vereinigen.

Doch heute ging es um etwas anderes, nämlich die Verschleppung und Misshandlung der Frau, die Königin Eleonora zu ihrer persönlichen Leibärztin zu ernennen gedachte. Außer Diego hatten sich noch andere Ritter und Edelleute sowie eine Anzahl kirchlicher Würdenträger eingefunden, die gespannt die Ohren spitzten, als der König sich den entsprechenden Bericht anhörte. Dass ihm diese Pflicht lästig war, war indes nicht zu übersehen. Mit einer flüchtigen Handbewegung gab er seiner Gemahlin zu verstehen, dass er es ihr überlassen würde, die Befragung des Ritters vorzunehmen.

Die Königin hob ihr Kinn. «Ist die junge Frau hier?», wollte sie wissen und gab, nachdem ihre Frage bejaht wurde, den Befehl: «Sie soll eintreten!»

Nur wenige Augenblicke später wurde Floreta in den Thronsaal geführt. Diego reckte den Hals. Er hatte sie nicht mehr gesehen, seit er sie in Sahins Obhut zurückgelassen hatte, fand aber, dass sie noch reichlich mitgenommen wirkte. Ihre Blicke waren furchtsam, die Schritte schleppend, als bewegte sie sich mit Ketten an den Füßen vorwärts. Die Blutergüsse in ihrem Gesicht leuchteten in schillernden Farben, daran änderte auch die gute Pflege nichts, die sie im Haus des Mauren genossen hatte. Wenigstens wurde sie nicht mehr von Fieberschüben gequält.

Ungeachtet ihrer Blässe und der noch nicht verheilten Wunden, stellte Diego fest, dass er kaum die Augen von dem Mädchen abwenden konnte. Wie klug von Floreta, für die Begegnung mit dem König von Aragón ein bescheidenes Kleid aus dunkelgrünem Leinstoff zu wählen. Es stand ihr hervorragend. Auf einen Schleier hatte sie zugunsten eines Lederstreifens verzichtet, der ihr Haar im Genick sittsam zusammenhielt. Als einzigen Schmuck trug sie die Kette, die Diego und Celiana dem jungen Miguel abgenommen hatten, und einen mit bunten Steinen aus Glas verzierten Beutel an ihrem Gürtelband.

Als Floreta vor dem Thron ankam, fiel sie sogleich auf die Knie und neigte tief das Haupt. Die Zeremonienmeister hatten ihr erklärt, dass sie in dieser Haltung abwarten sollte, bis einer der Monarchen das Wort an sie richtete. Es verwunderte Diego, dass dies nun nicht Eleonora, sondern der abwesend erscheinende König übernahm.

«Steh auf», befahl Pedro IV. mit lauter Stimme. «Du bist also die junge Frau, in deren Hände meine Gemahlin das leibliche Wohl unserer Kinder zu legen gedenkt?»

Floreta faltete die Hände vor der Brust. «Ich bin Floreta von Granada», antwortete sie leise.

Diego runzelte die Stirn.

«Dir soll Unrecht widerfahren sein, während du auf Befehl deiner Königin unterwegs zum Palast warst?»

Floreta nickte.

Eleonora legte ihre Hand auf den Arm ihres Gemahls, um ihn daran zu erinnern, dass er es ihr überlassen wollte, Floreta zu befragen. Dabei sah sie sie eindringlich und sogar ein wenig irritiert an. Diego entging nicht die fast einvernehmliche Weise, in der Floreta diesen Blick für einen kurzen Moment erwiderte. So sahen sich nur Menschen an, die einander schon einmal begegnet waren.

«Der Name des Mannes, der dir das angetan hat?»

Floreta zögerte, antwortete dann aber: «Don Alonso de Queralt aus Santa Coloma.»

Ein empörtes Raunen ging durch den Saal. Der Name des adeligen Rittergeschlechts war offenbar so manchem Anwesenden bekannt. Diego beobachtete, wie einige der Ritter die Köpfe zusammensteckten und miteinander tuschelten. Im großen Kreis der Hofleute, der den Thron des Königs wie eine Mauer umgab, entdeckte er auch Belen. Wie sie so dastand, glich sie einer Statue, das markante Gesicht mit der hohen Stirn zu einer maskenhaften Pose erstarrt, und doch nahm sie aufmerksam jedes Wort in sich auf.

«Hast du eine Erklärung für die unverfrorene Tat dieses Mannes?», holte Eleonoras Stimme Diego aus seinen Gedanken.

«Meine Verwandte und ich lebten einige Jahre in Santa Coloma, das zum Besitz der Señores de Queralt gehört», sagte Floreta. «Don Alonso und sein Bruder verließen den Stammsitz ihrer Familie nach einem Streit, für den sie mich verantwortlich machten. Nachdem ich Kenntnis davon erlangte, dass die de Queralts in Zaragoza sind, befürchtete ich schon, sie würden sich an mir rächen wollen.»

«Sie?» Die Königin hob erstaunt die Augen, und Diego hielt die Luft an. Was Floreta tat, war gefährlich, aber leider nicht mehr rückgängig zu machen. Verflixt, hatte man sie nicht davor gewarnt, Jaime zu erwähnen? Das sollte sie besser ihm überlassen.

«Alonso und sein Bruder, Don Jaime de Queralt.»

Das Getuschel wurde lauter. In das Raunen mischten sich nun sogar empörte Stimmen, die sich über die Frechheit der dahergelaufenen Jüdin beklagten.

Der König hob die Hand, worauf es im Saal schlagartig still wurde. «Hoffentlich ist dir bewusst, was du sagst», rief er Floreta mit strenger Miene zu. Auf einmal wirkte er gar nicht mehr zerstreut und unkonzentriert. Aufmerksam musterte er Floreta, die sich hilfesuchend nach Diego umsah.

Dessen Herz klopfte. Wie gern wäre er nun vorgetreten und hätte sie in den Arm genommen, um sie zu trösten. Was geschah hier eigentlich? Lag nicht auf der Hand, dass Floreta das Opfer eines Verbrechens war? Doch nun schien sich der Wind zu drehen.

Floreta hatte es unvorsichtigerweise gewagt, eine Behauptung in die Welt zu setzen, wofür der König sie je nach Laune bestrafen konnte. Er beobachtete die Miene der Königin, sie schien verunsichert.

Diego holte tief Luft und trat vor. Er hatte Don Alonso zur Strecke gebracht, da durfte man es ihm nicht verübeln, wenn er sich ebenfalls zu Wort meldete. «Herr, ich ...»

«Ihr seid noch nicht an der Reihe», mahnte König Pedro. «Obwohl ich natürlich verstehen kann, dass Ihr es kaum abwarten könnt, uns von Eurer Heldentat zu berichten.»

Diego schüttelte den Kopf. «Darum geht es mir nicht, im Gegenteil. Wäre es mir gelungen, Euch de Queralt lebend vorzuführen, wüssten wir mehr über seine Beweggründe. Aber es liegt auf der Hand, dass er die Heilerin Floreta überfallen und in einem Kellerloch gefangen gehalten hat. Als ich ihn zur Rede stellte, fragte ich ihn, ob er im Auftrag seines Bruders gehandelt habe. Als Euer treuer Diener glaubte ich, dass mir dieses Recht zustehe.» Er deutete auf Floreta. «Vermutlich hat sie nichts weiter getan, als meine Gedanken aufzugreifen. Das dürft Ihr ihr nicht vorwerfen.»

Einer der königlichen Beamten trat mit wichtiger Miene zum König und flüsterte ihm etwas ins Ohr, woraufhin sich Pedro von seinem Thon erhob.

«Hat dieser Don Alonso Euch gesagt, warum er die Ärztin festhielt?»

«Mir nicht», gestand Diego. Er begriff nicht recht, worauf der König hinauswollte. «Aber ich konnte ihn belauschen, als ich in der Schenke war, um Floreta zu befreien. Er wollte wissen, ob sie die Geliebte eines Ritters sei.»

Pedro von Aragón wechselte einen Blick mit seiner Gemahlin. «Welchen Ritters?»

Diego holte tief Luft. Nein, diese Befragung lief wirklich nicht in seinem Sinne. «Jemand hat das Gerücht ausgestreut, ich selbst hätte ein Liebesverhältnis mit ihr.»

Ein Aufstöhnen.

«Und? Habt Ihr?», fragte die Königin spitz. «Doch bevor Ihr antwortet, seid auf der Hut. Ihr seid ein christlicher Ritter und würdet Euch der Ketzerei schuldig machen, wenn Ihr Euch auf eine Frau einlasst, die unseren Glauben verachtet.»

Der König pflichtete ihr mit einem Nicken bei. «Die Zustände in Kastilien sollten uns eine Warnung sein. Wie ich aus Briefen unseres Verbündeten Enrique Trastámara weiß, hält er den kastilischen König für das heimlich untergeschobene Kind eines jüdischen Kaufmanns.»

Diego hatte davon gehört. Der König verschwieg jedoch, dass Trastámaras eigene Mutter Leonor de Guzmán, mit der der Vater des Königs von Kastilien eine langjährige Liaison unterhalten hatte, ebenfalls aus jüdischem Hause kam. Ihr Einfluss, aber auch die Verachtung, mit der der König ihre Nachkommenschaft verfolgte, war sicher einer der Gründe, die den jungen Trastámara veranlasst hatten, sich Pedro von Aragón als Verbündeten zu wählen.

«Einen derartigen Vorwurf weise ich zurück», erklärte Diego kalt.

«Aber Floreta ist Euch doch bekannt?» Die Königin wandte sich nun direkt an Floreta. «Woher kennt Ihr den Ritter?»

Floreta errötete. «Vor einigen Jahren traf ich ihn in Granada, auf dem Sklavenmarkt, wo der Fürst Abu Said mich und meine Verwandte verkaufen ließ. Don Diego bot für uns ...»

«Ihr habt sie gekauft?», rief der König verwundert. «Warum, um Himmels willen?»

«Ich hatte meine Gründe, aber die gehören nicht hierher, Herr. Da ich Floreta erst an dem Tag wiedersah, als ich sie aus Alonso de Queralts Keller befreite, kann ich wohl kaum ihr Liebhaber sein.»

«Diese Gerüchte langweilen mich», erklärte der König, um das Thema abzuschließen. «Und Don Jaime de Queralt war wirklich nicht in Zaragoza, als die Ärztin verschleppt wurde. Er war im Auftrag der Krone unterwegs.»

«Dennoch könnte er seinem Bruder vorher den Auftrag erteilt haben, meine Leibärztin zu entführen», gab seine Frau zu bedenken. «Ihr kennt diesen Mann nicht und solltet ihm nicht zu voreilig Euer Vertrauen schenken. Möglich, dass er es nicht verdient.»

Der König mochte es nicht leiden, im Thronsaal korrigiert zu werden. Auch nicht von seiner Gemahlin, obwohl er ihre Klugheit schätzte und sie oft um Rat fragte. In diesem Fall aber war er nach einigem Zögern bereit einzulenken.

«Wie mir zu Ohren kam, ist Don Jaime gestern spät in der Nacht zurückgekehrt», sagte er schließlich. «Inzwischen wird er erfahren haben, welches Unheil sein verkommener Bruder angerichtet hat.» Er gab seinem Schreiber einen Wink. «Sucht Don Jaime und richtet ihm aus, dass er unverzüglich in den Thronsaal kommen soll.»

Während der König die Wartezeit nutzte, um sich mit zwei seiner Berater in eine Nische des Saales zurückzuziehen, befahl die Königin Diego und Floreta zu sich. «Ich wüsste gern, wer dieses unverschämte Gerücht in die Welt gesetzt hat, das Eure Ehre zu beflecken droht», sagte sie ruhig. Dabei sah sie Diego mit hochgezogenen Augenbrauen an. «Ihr wisst, wie wenig ich von Männern wie dem Inquisitor Eymerico halte, aber auch mir ist nicht entgangen, dass sein Einfluss von Tag zu Tag zunimmt. Es heißt, er habe bereits fast alle Klöster unter seiner Kontrolle, sogar das der Kapuziner, in dem mein Beichtvater lebt.» Sie beugte sich ein wenig vor. «Ich frage Euch daher: Ist meine Sorge um Euch berechtigt?»

Floreta schüttelte den Kopf.

«Und wer hat das infame Gerücht in die Welt gesetzt?»

«Ich … will niemanden zu Unrecht beschuldigen, Herrin», entgegnete Diego ausweichend. Ihm entging nicht, dass Belen ihn aus der Ferne musterte.

Eleonora von Aragón nickte ihm zu, die Antwort schien sie zufriedenzustellen. Sie setzte an, etwas zu sagen, doch da verkündete ein Ausrufer die Ankunft des Hidalgos Don Jaime de Queralt. König Pedro kehrte zu seinem Thron zurück.

Mit langen Schritten durchquerte der Ritter den Saal. Er trug ein bescheidenes Wams mit geschlitzten Ärmeln und staubige Reitstiefel. Unter seinem Arm klemmte ein Kästchen. Während er an den Wachen und Höflingen vorbeischritt, vermied er jeden Blick nach rechts oder links. Vor dem Königspaar verneigte er sich indes tief und ehrerbietig.

«Kennt Ihr diese Frau, Don Jaime?», begann der König und zeigte dabei auf Floreta, der deutlich anzusehen war, dass sie auf eine Begegnung gern verzichtet hätte.

«Allerdings, Majestät. Eine Jüdin, die ich für eine gewisse Zeit auf meinem Grund und Boden geduldet habe. Sie bestärkte meinen jüngeren Bruder Esteban de Queralt darin, mir meine Rechte am Gut unserer Familie streitig zu machen.»

«Das ist nicht wahr!», rief Floreta und wollte noch mehr sagen, doch der König warf ihr einen vernichtenden Blick zu, der sie verstummen ließ.

«Habt Ihr gehört, was Eurem Bruder widerfahren ist?», fragte nun die Königin.

Jaime machte ein betrübtes Gesicht. «Ja, und vermutlich traf ihn ein gerechtes Urteil. Auch wenn er noch so verbittert war, hätte er nicht zu derart drastischen Mitteln greifen dürfen, um sein Recht durchzusetzen.»

«Sein Recht?» Don Diego stieß scharf die Luft aus. «Wollt Ihr uns zum Narren halten?»

«Nun, ich hatte vor dem königlichen Gericht Klage gegen unseren jüngsten Bruder erhoben, aber die Kanzlei verlangte Zeugen, die bestätigen können, dass er Alonso und mich gegen jedes geltende Gesetz von unserem Gut verjagte. Ich kann nur vermuten, dass Alonso in meiner Abwesenheit versucht hat, diese Floreta zu einer wahrheitsgemäßen Aussage zu bewegen.» Er legte die Stirn in Falten, um seinen Abscheu auszudrücken. «Ohne mein Wissen und ohne meine Ermutigung, versteht sich. Wäre ich in Zaragoza gewesen, hätte ich ihm das natürlich ausgeredet. Aber ich war in des Königs Diensten unterwegs.»

«Und Ihr selbst hegt keinerlei Rachegedanken gegen die Ärztin?»

Don Jaime zuckte vermeintlich überrascht mit den Achseln. «Aber nein, Herr!»

«Könnt Ihr das beschwören?», fragte König Pedro, der zu erkennen gab, dass die Sache für ihn damit erledigt war.

Don Jaime zeigte sein gewinnendstes Lächeln, während er einen Schritt vorwärtstrat und dem König mit einer demutsvollen Geste das Kästchen überreichte, das er bei sich trug. «Vielleicht bekräftigt der Inhalt dieser Kassette meinen Schwur, Majestät», sagte er. «Sie fiel mir in die Hände, als wir einen bewaffneten Trupp feindlicher Soldaten verfolgten, der wieder einmal die Grenze unseres Landes überschritten hatte. Ich schätze, die Männer befanden sich damit auf dem Weg nach Burgos.»

König Pedros Augen weiteten sich, als er die Kassette öffnete. Sie war außen schmucklos, in ihrem Innern jedoch mit blauem Samt ausgeschlagen. Voller Ehrfurcht entnahm der König ihr nun ein silbernes Kreuz, das mit Rubinen, Smaragden und anderen Edelsteinen besetzt war.

«Der Blutzeuge», murmelte er dabei atemlos. Er hielt das Kreuz empor, damit jedermann es sehen konnte. Die kirchlichen Würdenträger machten das Kreuzzeichen, und viele der Ritter und Hofdamen folgten ihrem Beispiel. Einige fielen sogar auf die Knie.

«Bei Gott, ich habe nie zuvor einen heiligen Gegenstand von solcher Schönheit in Händen gehalten», erklärte Pedro von Aragón. In seinen Augen schimmerten Tränen. «Aber ... ich kann es kaum glauben. Heißt es nicht, die Reliquie sei seit der Schlacht von Las Navas de Tolosa verschollen? Soweit mir bekannt ist, liegt nur das Banner, das unsere Ahnen von den Mauren erbeutet haben, heute in der Kathedrale von Burgos.»

Don Jaime nickte. «Einer der Ritter, die das Silberkreuz verteidigten, gestand mir vor seinem Tod, dass sein Herr es mit Hilfe alter Aufzeichnungen in einem abgelegenen Kloster in den Bergen aufgespürt habe. Die Überfälle auf die Dörfer dienten dem Zweck der Ablenkung. So konnten die Spione aus Kastilien ungestört nach dem Blutzeugen suchen.»

Pedro von Aragóns Gesicht nahm einen verklärten Ausdruck an. Was er da hörte, war wie Musik in seinen Ohren. «Wem der Blutzeuge in die Hände fällt, der erringt Macht über ganz Spanien», flüsterte er. «Es ist wie ein Wunder, mein Freund. Die Krone Aragóns ist Euch zu größtem Dank verpflichtet. Ich glaube, mehr brauchen wir nicht zu wissen. Wir sprechen Euch von sämtlichen Vorwürfen frei und werden auch dafür sorgen, dass die königliche Kanzlei Eure Ansprüche auf die Güter in Santa Coloma prüft.»

«Ich danke Euch, Majestät», sagte der Ritter. «Aber ich gedenke vorerst nicht, wieder in mein Dorf zurückzukehren, denn ich hoffe, Euch und Aragón mit meinem Schwert hier noch bessere Dienste leisten zu können.»

***

Nach dem feierlichen Hochamt schickte Belen ihre Dienerin nach Hause, blieb selbst aber noch auf den Stufen der Kathedrale stehen, um auf Diego zu warten. Sie musste unbedingt mit ihm sprechen. Als sie ihn mit ernster Miene durch das Portal ins Freie schreiten sah, raffte sie ihren Saum und kam ihm entgegen. «Ich bin froh, dass Euch nichts zugestoßen ist, als Ihr die Gehilfin meines Leibarztes gerettet habt!»

Diegos Blick blieb kühl. So kühl, dass sie plötzlich trotz der warmen Sonne fröstelte.

«Was habt Ihr, Diego? Seid Ihr nicht zufrieden, dass sich alles aufgeklärt hat? Noch ein paar Tage der Ruhe, und die junge Ärztin kann ihre Heilkunst in der Aljafería ausüben. Die Königin hat alle Bedenken ihres Gemahls niedergeschlagen.»

«Auch die Euren, Señora?», fragte Diego. Er ließ ein paar Münzen in die offenen Hände eines Bettlers fallen, der neben der Kirchentür kauerte.

Belen erschrak. Ob Diego Verdacht geschöpft hatte? Jaimes trunksüchtigen Bruder mit der Entführung dieses Mädchens zu beauftragen, war aber auch zu dumm gewesen. Einem Mann, der nur seinen Instinkten folgte, durfte man einfach keine so bedeutsamen Aufträge anvertrauen. Kein Wunder also, dass er auf ganzer Linie versagt hatte. Dennoch glaubte sie nicht, dass er vor seinem Tod ihren Namen genannt hatte, denn sie hatte Jaime eingeschärft, ihm diesen zu verschweigen.

Nervös befeuchtete sie ihre vollen Lippen mit der Zunge. «Ich habe nur das Wohl der Königin und ihrer Kinder im Sinn.»

Diego schien davon unbeeindruckt. Jetzt war sich Belen doch sicher, dass er einen Groll gegen sie hegte. Sie legte eine Hand auf seinen Arm, obwohl sich eine derart intime Geste nicht schickte. «Diego, ich weiß nicht, warum Ihr so abweisend seid, aber …»

Er trat einen Schritt zurück und verschränkte trotzig die Arme vor der Brust. «So? Dann will ich Eurem Gedächtnis ein wenig auf die Sprünge helfen. Es ist noch gar nicht lange her, dass ich Felipe besuchte. Hinter der Mauer Eures Innenhofs mussten wir beide mitanhören, wie Ihr, Belen, eine höchst aufschlussreiche Unterhaltung mit Eurem Arzt führtet.»

Belen erbleichte vor Ärger. Also das war es. Diego und Felipe hatten sie belauscht. Das war nicht gut, aber andererseits musste er doch wenigstens verstehen, dass sie nur um ihn und sein Wohlbefinden besorgt gewesen war.

«Ihr habt Floreta entführen lassen?», fragte Diego. Sie war ihm dankbar, dass er leise sprach, denn einige ihr bekannte Leute gingen grüßend an ihr vorbei.

Sie holte tief Luft. Nie zuvor war ihr ein Geständnis so schwergefallen. «Als Ihr diese Person damals von meinem Fenster aus gesehen habt, mir aber nicht sagen wolltet, warum Euch ihr Anblick so aufwühlte, da wusste ich, dass sie Unheil bringt.» Sie hob den Blick. «Und? Hat sie Euch etwa keinen Ärger bereitet während Eurer Zeit in Granada?»

«Ich brauche Euch nicht, um meine Probleme zu lösen, Belen», hielt Diego ihr entgegen. Sie hätte schwören können, dass er das Schwert gezogen hätte, wenn sie ein Mann gewesen wäre. Stattdessen blickte er sie nur mit blitzenden Augen an. «Haltet Euch aus meinem Leben heraus.»

Er kehrte ihr den Rücken zu, aber sie eilte ihm nach und stellte sich ihm in den Weg. So leicht sollte er ihr nicht entkommen. «Warum regt Ihr Euch eigentlich so auf?», fragte sie ihn. «Was kümmert Euch das Schicksal dieser Fremden? Auch wenn Eure Wege sich unvermutet wieder gekreuzt haben, seid Ihr doch nicht für sie verantwortlich. Vergesst sie und denkt an Eure Zukunft! Mein königlicher Cousin sah heute nicht so aus, als würde er Euch noch zu seinen engsten Freunden zählen. Er ist launisch und ebenso schnell zu begeistern wie zu enttäuschen. Ihr, Diego, habt ihn enttäuscht.»

Diego hob die Mundwinkel zu einem humorlosen Lächeln. «Vielleicht hätte ich mich für ihn auf die Suche nach dem Zahn der heiligen Leocadia von Toledo machen sollen. Leider fehlte mir dazu die Zeit, weil ich die Ärztin der Königin aus einem Kellerloch holen musste. Aber falls Ihr befürchtet, ich könnte dem König mitteilen, was ich über Eure Rolle bei der Entführung weiß, seid unbesorgt. Er würde mir ohnehin nicht glauben.»

«Diego, ich kann Euch helfen …»

«Nein», unterbrach er sie scharf. «Ich krieche nicht in Euer Bett. Haltet Euch in Zukunft von mir fern.»

Belen blieb wie angewurzelt stehen und starrte ihm nach, während er sich durch das dichte Gedränge der Menschen auf dem Platz schob. Sie glaubte einfach nicht, was sie soeben gehört hatte. Nie zuvor in ihrem Leben hatte ein Mann es gewagt, so mit ihr zu sprechen. Die Scham rötete ihre Wangen. Sie bemerkte nicht einmal, dass sie die Fingernägel so lange ins Fleisch ihrer Handflächen grub, bis es blutete.

Ein leises Lachen befreite sie aus diesem Moment der Hilflosigkeit. Es kam von Don Jaime de Queralt, der ganz unvermittelt neben ihr stand und sie frech musterte, als wäre sie eine Gans auf dem Geflügelmarkt.

«Dieser Mann ist es nicht wert, dass Ihr auch nur einen Gedanken an ihn verschwendet», flüsterte er ihr später am Abend zu, als er sie in ihrem Haus besuchte. Sie waren allein, die Diener hatte Belen fortgeschickt. In ihrem Gemach brannte bis auf eine einzige Wachskerze auf einer Truhe und dem Kaminfeuer kein Licht.

Sie kniff halb die Augen zusammen, wehrte ihn aber nicht ab, als er sie stürmisch aus ihrem Lehnstuhl riss und küsste. Sein Geruch stieg ihr in die Nase. Eisen, Schmalz und herbe Kräuter, die er offenbar kaute, um seinen Atem zu verbessern.

«Er hat unseren Plan vereitelt, und die Heilerin lebt immer noch», stöhnte sie, während er ihre Schultern entblößte und sich anschickte, jede freie Stelle mit seiner Zunge zu liebkosen. «Und er weiß, dass ich diesen Plan kannte!»

Sie stieß Jaime zurück, sodass er einige Schritte rückwärtstaumelte. Dann begab sie sich zum Kaminfeuer und begann dort, sich ganz langsam das Mieder aufzuschnüren. Er ließ sie dabei nicht aus den Augen, was ihr nicht entging. Seine Begierde ließ sie Diegos Zurückweisung zwar nicht vergessen, verschaffte ihr aber dennoch ein Gefühl der Macht. Mit einem Lächeln kehrte sie Jaime den Rücken zu, während ihr Untergewand lautlos zu Boden glitt. Die Arme vor ihre Brust geschlagen, bot sie Jaime vor den züngelnden Flammen einen Anblick, dem er nicht lange widerstehen konnte. Sie war sich ihrer Wirkung auf Männer wohl bewusst. Nun, Diego wollte sie nicht, also war es an der Zeit, sich anderweitig zu orientieren.

«Der König ist mir dankbar», raunte Jaime, während auch er sich entkleidete. «Für ihn ist es ein Wunder, dass ich ihm den Blutzeugen überbracht habe.»

Er nahm ihre Hand und drehte Belen zu sich um, um sie anzusehen. Seine Bewunderung tat ihr gut, aber ebenso sehr genoss sie die Berührung seiner Hände, die nun auch die verbotenen Stellen ihres Körpers zu erkunden begannen. Mit einem leidenschaftlichen Seufzer legte sie sich vor den Kamin, so nah, dass sie die Hitze ihres eigenen Verlangens nicht mehr von der des knisternden Feuers unterscheiden konnte.

«Gemeinsam werden wir alle vernichten, die uns auf unserem Weg zur Macht im Wege stehen», versprach er, als er sich zu ihr begab. «Der König hat mich für den Tag nach der Fiesta Virgen del Pilar eingeladen, an einer Beratung teilzunehmen. Ich weiß, dass er etwas mit mir vorhat.»

«Ich mag ehrgeizige Männer, die wissen, wem sie Dank schulden», stöhnte Belen. Ihr Atem ging schneller, und sie hob erwartungsvoll die Hüften. Diego, dachte sie. Nein, nicht Diego. Der war von nun an ihr Feind. «Der Hidalgo de la Concha hat gedroht, uns zu verraten, sobald er genügend Beweise gegen uns gesammelt hat. Wir ... müssen etwas gegen ihn unternehmen, hört Ihr?»

Jaime wollte jetzt nicht an einen anderen Mann denken, schien jedoch zu begreifen, dass nicht er allein für Belens Erregung verantwortlich war, sondern vor allem ihr Wunsch, sich für die Beleidigung zu rächen.

«Keine Angst, meine Schöne», versprach er ihr mit rauer Stimme. «Don Diego de la Concha hat meinen Bruder getötet, und obwohl es um Alonso nicht schade ist, wird der edelmütige Ritter bald feststellen müssen, wie einsam es um einen Mann wird, der in Ungnade gefallen ist. Und dann ...» Er zog sich zurück, der Griff, mit dem er ihre Beine umfasst hielt, lockerte sich. «Dann werden wir ihn gemeinsam töten, ihn und die Hure Floreta.»

Kapitel 30

Floreta sah sich mit gemischten Gefühlen an ihrer neuen Wirkungsstätte um. Die Räume, die man ihr für die Lagerung ihrer medizinischen Instrumente, Arzneien und Bücher zugewiesen hatte, befanden sich im Herzen des Palastes, nur einen Steinwurf weit von den Gemächern der Königin entfernt. Doch obgleich der Palast durch dicke Mauern geschützt wurde, fühlte Floreta sich in der ungewohnten Umgebung alles andere als sicher. Noch immer fuhr sie jede Nacht von Albträumen geplagt aus dem Schlaf hoch und blieb dann wach, bis der Morgen graute. Wenn Türen zu heftig ins Schloss fielen, zuckte sie vor Schreck zusammen. Schritte, die sich ihrer Kammer näherten, trieben ihr kalten Schweiß auf die Stirn. Die Vorstellung, dass sie auf einem der hallenden Flure Don Jaime de Queralt begegnen könnte, war unerträglich, doch noch schlimmer fand sie, dass dieser Mann dem König nicht mehr von der Seite wich. Aber was sollte sie tun? Es lag nicht in ihrer Macht, jemandem wie Pedro von Aragón die Augen zu öffnen.

Nachdenklich hob Floreta den Deckel der Kassette, die Sahin ihr als Zeichen seiner Wertschätzung geschickt hatte, und genoss den aromatischen Duft der Kräuter. Der Maure hatte wahrhaftig eine vortreffliche Auswahl vorgenommen. Da gab es gelbe Ingwerknollen, frischen Eibisch und Thymian für dicke Hustentränke und sogar ein Klümpchen Weihrauch. Pulver aus Weidenrinde gegen Fieber und Mädesüß, aus dem Samu sein einst so begehrtes Mittel gegen Schmerzen in Kopf und Gliedmaßen gewonnen hatte, vervollständigten die Gabe ihres Freundes. Floreta lächelte glücklich. Sahin war wirklich unbezahlbar.

Die nächsten Stunden verbrachte sie damit, die Räume nach dem Vorbild von Samus Krankenstube in Granada einzurichten, Stoff für Verbände und Pflaster zu schneiden und einen geeigneten Platz für die Heilmittel zu finden. Die Königin hatte ihr außerdem ein Exemplar der *Practica chirurgiae* des berühmten Arztes Roger Frugardi überlassen, das aus einem Kloster ihrer sizilianischen Heimat stammte. Floretas Arbeit nahm sie so in Anspruch, dass sie Celiana erst bemerkte, als diese hinter ihr in die Hände klatschte.

«Mich erinnert hier vieles an die Alhambra», sagte Celiana, nachdem sie alles gesehen hatte. «Dieser Palast wurde einst von Mauren errichtet, ihr Erbe ist noch überall zu entdecken.»

Floreta warf einen Blick aus dem Fenster des Turms. Von hier aus konnte sie in den Innenhof sehen, der von prächtig verzierten Arkaden umgeben wurde. Daran schlossen sich im Norden die Gemächer der Könige von Aragón an. Ja, Celiana hatte recht. Auch sie fühlte sich beim Anblick der Mauern, Höfe und Gärten an Granada erinnert.

«Doch wenn ich daran denke, dass dieser Mörder hier frei herumläuft ...» Celiana setzte sich auf Floretas Lehnstuhl. «Entschuldige, ich wollte nicht wieder damit anfangen. Ich weiß ja, dass du keine Möglichkeit siehst, ihn wegen Rubens Tod anzuklagen. Jetzt nicht mehr. Jaime de Queralt wird in der Stadt wie ein Held gefeiert. Und warum? Nur weil er einer Schar feindlicher Ritter ein altes, abgegriffenes Kreuz abgejagt hat. Hast du es gesehen?»

Floreta nickte. Ja, das hatte sie. Aber einen abgegriffenen Eindruck hatte das kostbare Stück auf sie nicht gemacht, ganz im Gegenteil. Der Glanz des polierten Silbers und das Funkeln der

Steine hatten König Pedro vor Ehrfurcht zittern lassen. Sie beobachtete Celiana. Es tat ihr weh, die sonst so kämpferische Frau derart bedrückt zu erleben, aber vielleicht war es besser, sich endlich der Wirklichkeit zu stellen.

«Der Blutzeuge, wie die Christen das Kreuz nennen, ist ein wundervolles Stück», erklärte sie schließlich. «Er ist besetzt mit unzähligen Edelsteinen.»

«Edelsteine …» Celiana zog ein Gesicht, als hätte sie Zahnschmerzen. «Ich werde nie darüber hinwegkommen, dass wir unsere verloren haben.»

«Vergiss nicht, wie viel Unglück der Besitz der Steine uns gebracht hat.»

«Ja, während dieser merkwürdige Blutzeuge Glück und Seligkeit bringen soll. Vielleicht sollte ich mich doch taufen lassen. Wenn ich nur eine dieser Reliquien in die Finger bekäme …» Ceti hob beschwichtigend die Hand, als sie Floretas hochgezogene Augenbraue bemerkte. «Schon gut, schon gut, Cousine. Kein Grund, gleich einen Fluch gegen mich auszusprechen.»

«Ich spreche keine Flüche aus, sondern versuche, mich auf meine Arbeit zu konzentrieren.» Floreta wünschte, Celiana würde sie nun wieder allein lassen, doch ihre Verwandte schien es damit nicht eilig zu haben. Eine Weile blieb sie wortlos sitzen und sah zu, wie Floreta Tiegel und Fläschchen mit Weingeist sortierte. Doch sie konnte nicht verbergen, dass ihr etwas unter den Nägeln brannte. Das war ihr noch nie gelungen.

«Was?», seufzte Floreta.

Zögernd öffnete Celiana ihren Gürtelbeutel, der recht ausgebeult aussah. Zum Vorschein kam eine kleine Dose. Celiana errötete, als sie sie ihr reichte. Floreta hob überrascht den Blick. Was war nur mit Celiana los? So verlegen war sie doch sonst nicht.

Die Dose enthielt eine Salbe, die – das musste sie Celiana lassen – wundervoll duftete. Prüfend benetzte Floreta ihre Fingerkuppe, nur ganz leicht, und doch kam es ihr plötzlich so vor, als berührte ihre Haut weiche Seide.

«Nur eine Probe, nichts Besonderes», sagte Celiana. Ihre Wangen glühten vor Aufregung.

«Nur eine Probe?» Floreta gab sich dem zarten Duft hin. Waren das Blüten? Rosenblätter und Veilchen? Oder nicht doch eher Apfelsinen und Zitronen? Mandelmilch? Fast berauscht tupfte sie sich ein wenig von der Salbe ins Gesicht. Sie spürte sie kühl auf ihrer Haut. Sogleich fühlte sich Floreta erfrischt.

«Ich habe noch eine Duftessenz hergestellt», sagte Celiana und ließ die überraschte Floreta an einem Fläschchen schnuppern. «Aus Pelargonien. Das Ergebnis siebenfacher Destillation. Sahin nennt das *aqua perfecta*.»

«Ja, aber ich verstehe nicht ...»

«Das ist doch ganz einfach!» Celiana grinste. «Sahin unterrichtet mich in der Herstellung von Salben und Duftessenzen, aber die meisten Einfälle stammen von mir. Ich habe erst gestern eine *destillatio per filtrum* vorgenommen, die dich begeistern würde.»

«Tatsächlich?»

Celiana drückte Floretas Hand. «Begreifst du denn nicht? So kann Samus Traum doch noch in Erfüllung gehen. Wir beide als Heilerinnen, die in seine Fußstapfen treten. Du behandelst die Krankheiten und körperlichen Beschwerden der Menschen, ich nehme mich ihrer Sehnsucht nach Schönheit und Wohlbefinden an. Die Edelfrauen am Hof des Königs werden ebenso auf meine Salben reagieren wie du. Sie werden mich anbetteln, ihnen neue zu liefern.»

«Sahin hat hoffentlich versucht, dir diese Idee auszureden», sagte Floreta, obwohl sie sehr wohl wusste, dass es bislang noch nie jemandem gelungen war, Celianas Starrsinn zu brechen. «Dir sollte klar sein, dass es ein Tanz auf rohen Eiern ist, Leibärztin der Königin zu sein. Sollte ich mir auch nur den kleinsten Fehler erlauben, wird man sich schnell daran erinnern, woher ich komme und was ich bin. Wurde unseren Glaubensbrüdern nicht noch vor wenigen Jahren vorgeworfen, die Brunnen vergiftet zu haben? Ähnliches Geschwätz verbreitet dieser Inquisitor Eymerico auch jetzt wieder in ganz Zaragoza.» Sie seufzte. Ein schlechter Zeitpunkt für eine Jüdin aus dem Emirat Granada, ausgerechnet hier arabische Essenzen anzubieten.

«Die Königin wird nicht zulassen, dass man dir noch einmal nachstellt», hielt Celiana ihr entgegen. «Du stehst unter ihrem Schutz!»

«Ja, solange ich mich ruhig verhalte.»

Celiana lief ihr von Tisch zu Tisch, von Regal zu Regal nach. «Bitte, rede mit der Königin!»

«Nein!»

«Zeig ihr wenigstens meine Salben und Essenzen. Sie sprechen für sich. Die Königin hat Angst vor dem Altern, sie wird begeistert davon sein.» Sie packte Floreta derb am Arm und zwang sie, ihr in die Augen zu sehen, die sich mit Tränen füllten. «Ich will nicht in die Judería zurück», zischte sie mit erstickter Stimme. «Aber Sahin kann mich auch nicht länger bei sich beherbergen. Er hat diesen Jorge vor die Tür gesetzt, und wenn der ausplaudert, dass sein früherer Dienstherr eine unverheiratete Frau unter seinem Dach duldet, muss er die Stadt verlassen und verliert alles, was er sich aufgebaut hat. Willst du das?»

Floreta schluckte schwer. Sie hatte gewusst, dass Celiana ihr noch viel Ärger bereiten würde, aber andererseits durfte sie sich auch nicht herzlos zeigen. Wenn man es genau betrachtete, so verdankte sie Celiana sogar ihre Rettung. Nicht nur dass ihre Verwandte sich auf der Suche nach ihr die Füße wund gelaufen hatte, nein, sie hatte die Kette wiedererkannt und Diego auf diese Weise Gelegenheit zum Handeln gegeben. Behutsam berührte Floreta den kleinen goldenen Anhänger. Dass Celiana um sie besorgt gewesen war und ihr geholfen hatte, war klar. Doch sie begriff bis heute nicht, warum Diego für sie sein Leben aufs Spiel gesetzt hatte. Während sie danach krank in Sahins Kammer lag, hatte sie seinen Besuch ebenso herbeigesehnt wie gefürchtet. Aber er war nicht gekommen. So hatte sie ihn auch nicht nach seinen Beweggründen fragen können.

Vor dem König hatte er es wieder getan: Er war für sie eingetreten, selbst auf die Gefahr hin, den König zu verärgern. Warum?

Ohne zu überlegen, zerrieb sie mehr von Celianas Salbe zwischen Daumen und Zeigefinger. Celiana trat ungeduldig von einem Fuß auf den anderen. Das hatte sie schon als kleines Mädchen getan, wenn sie Samu ein Stück Honigkuchen oder Ähnliches abbetteln wollte.

«Also, wenn es unbedingt sein muss, werde ich der Königin deine Proben zeigen. Aber versprich dir nicht zu viel davon.»

Celiana fiel ihr jubelnd um den Hals.

Fast vierzehn Tage vergingen, bis Eleonora von Sizilien ihre neue Leibärztin zu sich rufen ließ. Inzwischen war der Herbst eingekehrt, es war noch immer warm, doch es regnete öfter. Eleonora schniefte, als Floreta ihr Gemach betrat. Die Königin schien zu frieren, denn sie hatte ihren Scherenstuhl nah ans Feuer gerückt.

Mürrisch hob sie den Kopf. «Na endlich», fauchte sie Floreta mit heiserer Stimme an. «Wie lange soll ich eigentlich warten, bis du zu mir kommst?» Sie wandte sich einem hübschen Mädchen zu, das ihr mit einem Stickrahmen Gesellschaft leistete. «Du kannst gehen, Sibilla. Die Ärztin wird mir die Zeit vertreiben.»

Floreta hätte es anders ausgedrückt, wagte jedoch keine Einwände. Wie sie es gelernt hatte, prüfte sie den Puls- und Herzschlag der Königin und sah sich Pupillen und Rachen an. Der Hals war ein wenig gerötet, die Augen tränten. Eine Erkältung, mehr nicht. Die würde Floreta mit Salbei und Kamille schon in den Griff bekommen. Doch da gab es noch etwas, das der Frau auf der Seele lag, das spürte sie ganz deutlich.

«Ich sehe schlechter in letzter Zeit», sagte Eleonora nach einer Weile. «Meine Augen tun mir weh. Das macht mir Angst, verstehst du? Ist es das Alter oder ein Leiden?» Sie wischte sich mit der Hand über die Stirn. «Es ist nicht leicht, an diesem Ort zu überleben, wenn man Freund und Feind nicht mehr voneinander unterscheiden kann. Vielleicht ist der Druck, der auf meinen Augen lastet, eine Strafe für meine Sünden. Mein Glaube ist schwach geworden, dafür wächst mein Stolz. Ich bringe es einfach nicht über mich, diesen Eymerico als Beichtvater zu mir zu lassen, obwohl der Bischof mir das für mein Seelenheil so dringend ans Herz legt.»

Floreta hörte höflich zu, auch wenn sie nicht die Hälfte von dem nachvollziehen konnte, was Eleonora von sich gab. Sie selbst verstand allerdings ebenso wenig, warum Bruder Pablo, der doch ein so enger Vertrauter der Königin gewesen war, den Palast mied und sein Kloster kaum noch verließ. Doch um Eleonoras Augen würde sie sich kümmern müssen.

«Mein Gemahl drängt mich neuerdings, Eymerico wieder zu empfangen, kannst du dir das vorstellen?», fuhr Eleonora fort. Zögernd ließ sie sich Floretas Gemisch aus Salbei, Minze, Bienenwachs, Thymian und Honig auf die Zunge legen. «Noch vor wenigen Wochen wollte er von dem Inquisitor nichts hören, nun nennt er ihn seinen guten Freund. Und ich sei verbohrt, weil ich nach wie vor auf Bruder Pablo bestehe.» Sie hob die Augenbrauen, wie kaum eine andere Frau dies beherrschte. «Hast du Nachricht aus seinem Kloster?»

Floreta schüttelte den Kopf. Sie vermisste den Mönch auch. Er hatte sich für sie eingesetzt, und sie hätte ihm gern dafür gedankt. Doch deswegen ein Kloster betreten, noch dazu eines, in dem sich der Inquisitor eingenistet hatte? Nein, das kam nicht in Frage, das hätte Bruder Pablo auch nicht gewollt. Was immer ihn hinter den Mauern der Abtei hielt, Eymerico musste dabei seine Hände im Spiel haben.

«Der König hat den Blutzeugen nicht in die Kathedrale gebracht. Das Kreuz ist noch hier im Palast, weil mein Gemahl sich bislang nicht davon trennen wollte. Aber Eymerico hat ihn bereits daran erinnert, dass die Reliquie geistlicher Obhut bedarf.» Die Königin lachte bitter. «Seiner, natürlich. Dafür verspricht er meinem Gemahl alles, was dieser gern hören möchte, zum Beispiel den Sieg über seinen Erzfeind in Kastilien und dessen Verbündete. Die Eroberung des Emirats von Granada. Pedro fühlt sich unangreifbar, fast so wie damals, als er den Krieg gegen Genua beendete, der unsere Handelsverbindungen bedrohte. Er kennt keine Bedenken mehr und ist taub für die Stimmen, die ihn zur Vorsicht mahnen. Angeblich hat er gehört, wie der Blutzeuge ihn eines Nachts rief.»

«Das Kreuz hat zu ihm gesprochen?»

Die Königin nickte. «Ja. Es fordert ihn auf, den Hof und mit ihm ganz Aragón zu säubern, wenn er den Hunger und den Krieg im Land bekämpfen will.»

Für Floreta klang das nicht ermutigend. Wie schnell konnten solche Launen außer Kontrolle geraten und ein Feuer entfachen, das brannte, bis nichts mehr außer Asche übrig war. Darin unterschied sich Aragón nur wenig vom maurischen Granada. Celiana hatte behauptet, sie könnte sich auf den Schutz der Königin verlassen – die Frage war nur, wie lange noch.

Bevor sie es sich anders überlegen konnte, griff sie in ihren Beutel. Eleonora von Aragón litt, doch man brauchte nicht heilkundig zu sein, um zu erkennen, dass es mehr als einer Arznei bedurfte, um ihr Leiden zu lindern. Die Frau war schwermütig. Einsam. Die Last ihrer Stellung als Gemahlin des Königs zehrte an ihren Kräften. Womöglich lag Celiana mit ihren Einfällen ja doch nicht falsch, und es gelang ihr, die Stimmung der Frau ein wenig zu heben.

«Ihr habt Sorgen, Herrin», sagte sie schließlich. «Vielleicht habe ich etwas, das Euch aufmuntern kann.»

***

Celiana war kein geduldiger Mensch. Auf etwas warten zu müssen, machte sie schier wahnsinnig. Seit sie Floreta verlassen hatte, kribbelte ihr Körper wie nach einem Bad in eiskaltem Wasser. Sie konnte weder essen noch schlafen und ging allen in ihrer Nähe durch ein Höchstmaß an schlechter Laune auf die Nerven.

Floreta hatte versprochen, bei der Königin ein gutes Wort für sie einzulegen. Sie musste ihr diesen Gefallen einfach tun. So viel hing für sie davon ab.

Um sich abzulenken, griff Celiana zu Papier und Feder und begann aufzulisten, was sie für das Mischen neuer Salben und Duftessenzen benötigte. Viel Geld war nicht mehr übrig, und Sahin wollte sie nicht bitten, ihr welches zu leihen. Aber sie brauchte dringend Wein, Gänsefett und Bienenwachs.

Mitten in der Nacht war ihr die Idee gekommen, sich an einer Seife zu versuchen, die besser duftete als der Sud aus Holzkohlenasche, der auf dem Markt zu haben war. Der hielt ihren Ansprüchen schon lange nicht mehr stand. Auch über ein Mittel zur Reinigung der Zähne galt es nachzudenken. Etwas aus Kräutern, das den Atem erfrischte.

Doch zunächst machte sie sich an die Salbe aus Löwenzahn und Ingwer, die schon vor Stunden hätte fertig sein sollen. Die Anleitung dafür stammte von Sahin, der seine Rezepte hütete wie einen Schatz. Bis heute hatte er sich strikt geweigert, ihr einen tieferen Einblick in seine Sammlung kosmetischer Präparate zu geben. Warum war er nur so stur? Er musste doch inzwischen eingesehen haben, dass sie sich nicht von einer vorübergehenden Laune leiten ließ. Die Herstellung reinigender und pflegender Substanzen hatte ihrem Leben einen neuen Sinn gegeben. Ja, zu ihrer Überraschung hatte sie festgestellt, dass der Eifer, mit dem sie sich in das Destillieren und Mischen stürzte, sogar dazu beitrug, dass die schmerzhafte Vergangenheit in ihrer Erinnerung blasser wurde. Es tat nicht mehr so weh, wenn sie an die Männer dachte, die sie verloren hatte: ihren Großvater und Muhammad in Granada, Ruben in Aragón.

Floreta hatte es geschafft, sie hatte ihr Ziel erreicht, weil sie daran festgehalten hatte. Nicht einmal in den demütigenden Stunden als Sklavin hatte sie es aus den Augen verloren. Das konnte sie, Celiana, ebenfalls. Wenn sie sich etwas in den Kopf gesetzt hatte, wich auch sie nicht davon ab.

Celiana schob Feuerholz nach und erhitzte in einem Kessel Schmalz, bis es Blasen warf. Dann warf sie einige Handvoll Blüten hinein, die sie vorher mit ihrem Messer ordentlich vom Stiel getrennt hatte, und dünstete sie eine Weile. Das Zischen übertönte das Schnarchen von Sahin, der bereits vor einer Stunde eingenickt war.

Seit es wieder kühler geworden war, zog sich der Blinde häufiger zurück und wollte für sich sein. Ob er Jorge nachtrauerte? Kaum. Der Junge hatte ihn schwer enttäuscht, und das war Celiana eine Lehre. Floreta gegenüber hatte sie behauptet, es sei Sahins Wunsch, sie so bald wie möglich loszuwerden, dabei hatte der Maure so etwas nie gesagt. Nein, Celiana selbst hatte das Gefühl, sie könne Sahins Gastfreundschaft nicht mehr lange in Anspruch nehmen. Sie würde ihn ebenfalls enttäuschen, das wusste sie, und möglicherweise hegte auch er schon einen Verdacht.

Aber sie konnte nicht anders. Sie musste die Rezepte haben, die er vor ihr versteckte. Ohne dieses Wissen würde sie es kaum schaffen, als zweite Heilerin von Königin Eleonora akzeptiert zu werden. Das bedeutete aber, dass sie sie stehlen musste.

Mit klopfendem Herzen strich sie die warme Blütenmasse durch ein Sieb. So, damit hatte sie Sahin einen Gefallen getan, denn er schwor auf diese Salbe und benutzte sie für seine Gelenke, die insbesondere dann schmerzten, wenn der Himmel verhangen war und es regnete.

Celiana nahm einen Haken und hob damit den Kessel vom Feuer. Funken schlugen ihr entgegen, der Rauch reizte ihre Kehle. Sie musste ein Husten unterdrücken.

Und wenn sie sich einfach ein wenig umsah, während der Maure schlief? Wie sollte ein Blinder feststellen, ob sie einige der Aufzeichnungen an sich gebracht hatte? Sahin selbst würde sie nie wieder lesen können, so viel stand fest. Systematisch begann sie, Truhen und Kisten zu durchsuchen. Als sie Stunden später in einem Kasten auf einige arabisch beschriebene Seiten stieß, stolperte ihr Herz vor Aufregung.

«Was machst du da?» Wie aus dem Nichts stand plötzlich Floreta hinter ihr.

«Mein Gott, hast du mich erschreckt», sagte Celiana vorwurfsvoll. Unauffällig schob sie die arabischen Rezepte unter eines von Sahins Kissen und hoffte, dass ihre Verwandte es nicht bemerkt hatte. Sie würde warten müssen, bis Floreta wieder gegangen war.

Kurz darauf stieß auch Sahin zu ihnen. Mit einem Lächeln und ausgebreiteten Armen ging er auf Floreta zu. «Wie freundlich, dass du uns die Ehre erweist, Hakima!»

Floreta erwiderte den Gruß. Dann wandte sie sich an Celiana. «Entschuldige, dass du warten musstest.»

«Und?» Celiana hätte wer weiß was darum gegeben, sich eine Spur gleichmütiger zu zeigen, doch sie war so gespannt, dass sie beinahe platzte. «Was hat sie gesagt?»

Floreta beherrschte die Kunst des Hinhaltens. Es vergingen

endlose, für Celiana qualvolle Momente, ehe ihre Cousine endlich lächelnd ein Nicken andeutete. «Was willst du von mir hören? Hast du jemals daran gezweifelt, dass deine Salben gut ankommen würden? Wenn, so war die Sorge unbegründet.»

«Du ... du meinst ...» Sie sprach nicht weiter. Floreta schien sich aufrichtig für sie zu freuen. Hatte Celiana ihr vielleicht Unrecht getan?

«Eleonora von Aragón hat die Blütensalbe aufgetragen, und ich konnte förmlich miterleben, wie die sorgenvolle Furche auf ihrer Stirn sich glättete. Im Nu hatte sie vergessen, wie elend sie sich fühlte. Stattdessen fragte sie mir Löcher in den Bauch, über dich und deine Salben. Ob du auch Öle und Balsam herstellst und wann sie weitere Kostproben deiner Kunst erwarten darf. Außerdem möchte sie dir ein Angebot unterbreiten.»

Celiana riss ungläubig die Augen auf. War sie wach, oder träumte sie? Die Königin von Aragón mochte ihre Proben, sie vertrieben ihre Melancholie. Es war wie ein Wunder.

«Wie lautet dieses Angebot?»

Floreta warf einen unsicheren Blick auf Sahin, der gespannt die Ohren aufsperrte. «Königin Eleonora ist eine Frau, die zwar oft von Zweifeln geplagt wird, aber dennoch weiß, was sie will. Sie hat dein Talent erkannt und möchte dich ebenfalls in ihre Dienste nehmen. In den königlichen Rechnungsbüchern wirst du offiziell als meine Gehilfin und Schülerin geführt werden.»

«Als deine Gehilfin?»

Floreta nickte. «Keine Sorge, ich werde eine Magd einstellen, die mir bei der Versorgung der Kranken zur Hand geht. Du kannst dich also getrost um die Herstellung deiner Balsame und Duftessenzen kümmern. Allerdings stellt die Königin eine Bedingung.»

«Und wie sieht die aus?», wollte Celiana wissen. Sie hatte es geahnt: Es gab einen Haken.

Floreta zuckte mit den Schultern. «Wir dürfen in der Aljafería arbeiten, müssen uns aber ein Quartier in der Judería suchen.» Sie hob die Hand, um Celianas wütenden Protest aufzuhalten. «Es gefällt mir auch nicht, aber ich fürchte, uns bleibt keine andere Wahl. Um ehrlich zu sein, werde ich mich unter unserem Volk wohler fühlen als an einem Ort, wo ich jederzeit dem Inquisitor Eymerico oder Don Jaime begegnen könnte.»

«Mag sein, aber was ist mit Diego?»

«Don Diego?»

«Jawohl. Der Mann, der sein Leben aufs Spiel gesetzt hat, um dich zu befreien, und der, wie wir jetzt wissen, zu den reichsten Männern Spaniens gehört. Ist dir wirklich entgangen, wie er dich angesehen hat, nachdem er dich hierher zurückgebracht hat?»

«Ich habe keine Ahnung, wovon du redest», meinte Floreta missmutig.

«Nein, du hast keine Ahnung von Männern!»

Floreta verdrehte die Augen, ein deutliches Zeichen dafür, dass sie nicht gewillt war, dieses Thema weiterzuverfolgen. «Es bleibt dabei», entschied sie schließlich. «Morgen ziehen wir zurück in die Judería.»

Kapitel 31

«Was sagt Ihr?», fragte der König. «Raubt Euch der Anblick ebenso den Atem wie mir? Gesteht es Euch nur ein.»

Eymerico warf dem König einen milden Blick zu. Er hatte das Kloster gleich nach der Terz verlassen, um sich den Blutzeugen, über den in der ganzen Stadt geredet wurde, aus der Nähe anzusehen. Pedro von Aragón hatte sich persönlich dazu herabgelassen, ihm die Reliquie zu zeigen. Nun standen sie zusammen in der königlichen Burgkapelle, und der König schaute ihn so gespannt an wie ein Kind, das Lob erwartete.

Eymerico tat dem König den Gefallen und bewunderte ausgiebig das Kreuz, um das so viel Aufhebens gemacht wurde. Doch auf einmal stutzte er. Da war etwas, das ihn störte. Was genau, konnte er nicht erklären.

«Was habt Ihr? Ist etwas nicht in Ordnung?»

Eymerico schüttelte den Kopf. «Es ist eine wundervolle Arbeit, ohne Zweifel. Die Engel müssen es geschmiedet haben.» Die Engel oder der Teufel, fügte er in Gedanken hinzu und nahm sich vor, seinem Verdacht so rasch wie möglich auf den Grund zu gehen.

Als König Pedro das Kreuz behutsam in seinen Schrein zurücklegte, erschienen sogleich ein Kaplan und der Ritter, der den Blutzeugen nach Zaragoza gebracht hatte. Sie nahmen die Reliquie in Empfang und trugen sie zur Apsis hinüber.

«Ihr seid ein hervorragender Hüter des Blutzeugen», sagte

Eymerico, während er dem König zur Tür folgte. «Ich werde Papst Urban mitteilen, wie sehr Ihr Euch um das Kreuz der Märtyrer sorgt.»

Pedro von Aragón hob die Hand. «Ich weiß Euren Vorschlag zu schätzen, das Kreuz in einer Prozession zur Kathedrale zu tragen, aber noch bin ich mir nicht ganz schlüssig ...»

«Was gibt es da zu zögern?», fuhr Eymerico auf, besann sich aber sofort wieder. Nichts war gewonnen, wenn er den König verärgerte. «Verzeiht, ich wollte nicht unhöflich sein. Aber Ihr müsst einsehen, dass der Blutzeuge nicht hier im Palast bleiben kann.»

Er sah sich an dem im Dämmerlicht liegenden Ort um. Ein Altar, ein paar Betschemel. Eine brennende Kerze vor der Statue des heiligen Sebastian. Nichts Aufregendes.

«Ihr solltet ihn mir anvertrauen.»

Der König hob die Augenbrauen. «Euch, Eymerico?»

«Ganz recht. Ich möchte eine neue Kirche in Zaragoza errichten lassen. Eine Kirche nur für den Blutzeugen. Sie wird Pilger aus aller Herren Länder in die Stadt führen.»

«Eine Kirche? Aber wo? In der Stadt werdet Ihr keinen geeigneten Baugrund dafür finden.»

Eymerico begegnete dem fragenden Blick des Königs mit einem milden Lächeln. «Oh, ich habe an die Judería gedacht.»

«Was?» Der König fuhr sich erschrocken durch den Bart. «Habt Ihr den Verstand verloren? Das ist unmöglich. Die Juden zahlen hohe Abgaben, dafür werden ihre Wohn- und Bethäuser nicht angetastet.»

Eymericos Lächeln gefror, sein Mund nahm einen harten Zug an, der nicht zu seiner säuselnd sanften Stimme passen wollte. «Vergesst nicht, dass die Zukunft Aragóns auf dem Spiel steht, Majestät. Die kastilischen Truppen und ihre englischen Verbündeten drohen, auch Euer Land zu überrennen.» Eymericos Stimme wurde lauter, unheilverkündend hallte sie von dem kahlen Mauerwerk der Kapelle wider. «Gelingt es ihnen, so ist das Eure Schuld, weil Ihr Euch weiterhin weigert, Buße zu tun und die Ungläubigen zu vertreiben.»

«Sie ... vertreiben?», echote Pedro erschrocken. «Auch meine Gelehrten, Kartographen und Heilkundigen?»

«In der Judería werden schändliche Dinge getrieben, für die Ihr und Eure Gemahlin leider mitverantwortlich seid. Wie mir verschiedene Stimmen berichten, bezahlt Eleonora zwei fremde Jüdinnen, die beide Gott lästern. Die eine bedient sich der Medizin der Ungläubigen, obwohl sie wissen müsste, dass jede Krankheit eine Strafe Gottes für die Sünde ist, und die andere treibt es sogar noch schlimmer. Sie stellt widerliches Blendwerk für Weiber her, Düfte und Schminke, um das Geschöpf Gottes anders aussehen und riechen zu lassen, als der Herr es in seiner Weisheit für richtig befunden hat. Lehren nicht schon die Kirchenväter, dass alle, die sich Augen, Wangen und Lippen färben, etwas zu verbergen haben? Sie sind Gott und den Menschen gegenüber unehrlich.»

«Meine Gemahlin duftet aber wirklich viel besser, seit sie die Salben dieser Jüdin aufträgt», widersprach der König. Doch er musste wohl selbst gemerkt haben, wie lahm seine Ausrede klang, denn als er Eymerico nach Luft schnappen sah, presste er die Lippen aufeinander.

«Darum geht es nicht», sagte der Inquisitor mit säuerlicher Miene. «Kein wahrer Gläubiger hat etwas gegen ein bisschen Gestank. Ja, glaubt Ihr, die Heiligen hätten nach Blumen geduftet? Nein. Dennoch sind sie die Einzigen, die uns in der Not durch ihre Fürbitte helfen können. Der heilige Hugo sorgt dafür, dass der Kopfschmerz entweicht, und der heilige Quirin hilft uns gegen Pocken, Fisteln und Knochenfraß.» Er hob beschwörend die Arme. «Glaubt Ihr, dass es ein Zufall ist, dass Euer Ritter de Queralt den Blutzeugen ausgerechnet jetzt gefunden hat?»

Der König schüttelte den Kopf, dann bekreuzigte er sich.

«Seht Ihr!», rief der Inquisitor triumphierend. «Er verlangt von Euch ein Opfer.»

Ein Geräusch an der Tür ließ Eymerico zusammenzucken. Jaime de Queralt war zurück und wartete auf weitere Befehle. «Ihr habt recht», sagte der König. «Ich darf den Blutzeugen nicht hinter den Mauern der Aljafería verstecken. Bringt ihn ins Kloster der Kapuziner.»

«Aber ...»

«Don Jaime, Ihr begleitet den Inquisitor. Der Blutzeuge ist bei den frommen Brüdern besser aufgehoben als im Palast.»

Eymerico entging nicht, wie blass der junge Ritter wurde. Das gab seinem Verdacht neue Nahrung. Er würde sich diesen Don Jaime einmal vornehmen müssen.

***

«Stillhalten, es ist gleich ausgestanden!»

Die Frau auf Floretas Behandlungsstuhl war fast noch ein Mädchen. Ängstlich streckte sie Floreta ihre verletzte Hand hin, wandte den Blick aber ab und schloss die Augen. Sie wollte weder die Ärztin noch das Blut sehen, das von der Wunde ins Stroh auf dem Fußboden tropfte.

Celiana stand hinter ihrem Stuhl und versuchte, die Frau so gut sie konnte abzulenken.

«Und dich hat wirklich eine Sau so zugerichtet?» Celiana schüttelte sich vor Grausen.

«Keine Ahnung, welcher Dämon in das Vieh gefahren ist», jammerte das Mädchen. «Als ich über das Gatter in den Koben stieg, um ihm zu fressen zu geben, schnappte es zu.»

Sie zuckte zusammen, als Floreta die Wunde mit lauwarmem Wein auswusch, damit sie die Bissspuren untersuchen konnte.

«Mein Bruder wurde so wütend, dass er nicht wusste, wen er

zuerst durchprügeln sollte. Aber dann drosch er der Sau seinen Knüppel auf den Kopf, bis sie tot war.» Sie spuckte aus. «Wir können Euch für die Behandlung bezahlen.»

«Womit? Mit Wurst? Aber wir essen kein ...»

«Eine großartige Idee», fiel Celiana ihrer Cousine ins Wort. «Aber bring die Würste erst nach Sonnenuntergang ins Viertel, hörst du? Die Leute sind so neugierig.»

Sie verdrehte die Augen. Gern half sie hier nicht aus, schon gar nicht, wenn sie noch so viele Salben zu mischen hatte, doch Floreta bestand darauf.

Wider Erwarten war es nicht schwer gewesen, in der Judería eine passende Bleibe für sie beide zu finden, denn der rabbinische Rat hatte keinen Moment gezögert, der Leibärztin der Königin behilflich zu sein. Schließlich hatte sich Floreta für einen flachen Steinbau mit Stall und eigener Zisterne entschieden, der zwar nur über eine einzige Stube verfügte, dabei aber gleich am Tor zur Stadt lag. So würde sie nicht erst das ganze Viertel durchqueren müssen, wenn man sie rief. Ein weiterer Vorteil bestand darin, dass weder Jonathan noch Menachem und Livnah in ihrer Nähe wohnten. Celiana hatte zwar anfänglich über das verwahrloste Gebäude, den verfallenen Stall und den verwilderten Garten geschimpft, sich dann aber doch überzeugen lassen, die neue Bleibe zu beziehen. Sie hatte sogleich die brauchbare Feuerstelle in Besitz genommen, wo sie Salben kochte und Öle destillierte.

Inzwischen waren Celianas Balsame in aller Munde. Es verging kaum ein Tag, an dem sie den Maulesel, den sie gekauft hatte, nicht mit Körben und Krügen belud, um sie zum Palast zu bringen. Dort behandelte sie nicht nur Reizungen der Haut, spröde Lippen und raue Hände. Mit einer Mixtur aus Ätzkalk, Auripigment, Wasser und Öl befreite sie die Hofdamen der Königin auch von lästigen Körperhaaren. Manch eine der Frauen war sogar so mutig, einen Extrakt aus der Tollkirsche zu bestellen, mit der Celiana experimentierte. Er ließ die Augen durch Erweiterung der Pupillen größer erscheinen. Große Augen, blasse Haut, kleine Brüste: Das, so war Celiana von den Frauen der Aljafería eingeschärft worden, unterschied die Edelfrau vom gemeinen Weib. Solange die Damen nicht vergaßen zu bezahlen, sollte es ihr recht sein.

Floreta reinigte die Bisswunde und hoffte, dass sie sich nicht infizierte. Bevor sie sie verband, bereitete sie eine zerkochte Masse aus Hirtentäschel, Blutwurz, Ehrenpreis und Mädesüß zu und verteilte den Brei auf der blutunterlaufenen Stelle.

«Die Kräuter lindern die Schmerzen, aber sollte sich die Wunde doch entzünden, musst du wiederkommen», sagte sie zum Abschied, während sie Wasser aus einem Krug über ihre Hände laufen ließ.

Celiana brachte die Frau zur Tür; Floreta hörte die beiden miteinander tuscheln.

«Wie kommst du dazu, von der Frau Schweinswürste zu verlangen?», stellte sie ihre Cousine später zur Rede. «Wenn das im Viertel bekannt wird, zerrt man uns vor das Gericht des Rates, dem auch Jonathan angehört. Für den wäre es eine Genugtuung, wenn er uns vor der Synagoge in den Staub werfen und eigenhändig auspeitschen dürfte.»

«Ach was, du solltest mir keine Vorwürfe machen, sondern dich bedanken! Ich habe nämlich noch einmal mit der Frau gesprochen.» Celiana grinste. «Nach Einbruch der Dunkelheit kommt sie mit einer Überraschung für dich vorbei. Du wirst Augen machen.»

Das befürchtete Floreta allerdings auch.

Wie angekündigt, gab jemand einige Stunden später einen Korb im Haus der Ärztinnen ab.

«Na mach schon, schlag das Tuch zurück», sagte Celiana mit einem aufmunternden Nicken. «Keine Angst, was da im Korb liegt, kann nicht mehr nach dir schnappen.»

Floreta kam der Aufforderung nach und stieß überrascht die Luft aus. Damit hatte sie nicht gerechnet. «Augen?», murmelte sie. «Sie hat mir ... die Augen geschenkt?»

Celiana nickte. «Ich weiß, dass Schweine für unser Volk zu den unreinen Tieren zählen. Das heißt, wir essen sie nicht. Aber wo steht geschrieben, dass wir nicht von ihnen lernen dürfen? Es wird Zeit, dass du deine Studien der Augenheilkunde fortsetzt.» Sie deutete auf die beiden glasigen Objekte im Korb. «Die könnten dabei helfen. Soll ich dir deine Nadeln holen?»

Floreta wusste einen Augenblick lang nicht, ob Celiana sie zum Besten hielt. Sie kannte die Scherze ihrer Verwandten, die zumeist recht derb ausfielen. Doch dann entschied sie, dass Celiana ihr wirklich einen Gefallen tun wollte. Sie schob die Schweineaugen vorsichtig auf ein kleines Holzbrett und trug dieses zum Tisch, auf dem ein Öllicht brannte. Ja, wenn man es recht betrachtete, so gab es weder in der Thora noch im Talmud auch nur den geringsten Hinweis darauf, dass es verboten war, von der Natur zu lernen.

Ihr Ziel war es, tiefer in die Geheimnisse der Anatomie einzudringen, und dafür brauchte sie anschauliche Objekte, die ihr halfen, ihre Fragen zu beantworten. Verachtung war dabei fehl am Platz. Im Gegenteil, ihre Aufgabe als Heilerin war, Ehrfurcht vor dem Leben zu zeigen. Trug das Tier dazu bei, dass sie bessere Kenntnisse über die Geheimnisse des Auges erwarb, konnte ihr das vielleicht auch für künftige Behandlungen nützlich sein.

Bis spät in die Nacht hinein sezierte sie die Augen und verglich ihre Entdeckungen mit den Beschreibungen des arabischen Augenheilkundigen Ali Ibn Isa. Erst als der Morgen graute, verschloss sie alles in einem Schränkchen und begab sich erschöpft zu Bett.

***

Auch in einem Haus auf der anderen Seite der Stadt erloschen die Kerzen in dieser Nacht nicht. Don Jaime kannte Belens Verlangen und sah, wie Enttäuschung in ihren Augen aufblitzte, als er sich nach einigen erfolglosen Versuchen, sie stürmisch zu nehmen, eine Tunika über den Kopf zog und zum offenen Fenster ging.

«Was ist denn los, Jaime? Gefalle ich dir schon nicht mehr?»

Sie neckte ihn zweifellos, doch in ihrer Frage lag auch ein Anflug von plötzlichem Argwohn, der ihm nicht entging. Woher dieser rührte, konnte er sich vorstellen. Belen hätte es niemals zugegeben, aber es lag auf der Hand, dass sie noch immer an der Abfuhr kaute, die Diego de la Concha ihr erteilt hatte. Was suchte sie nur bei dem, was er ihr nicht ebenso gut geben konnte?

Jaime runzelte die Stirn, während er die kühle Nachtluft einatmete.

Im Haus war es still. Belens Diener waren längst schlafen gegangen, und ihr Sohn strafte sie beide mit Verachtung, seit er wusste, dass seine Mutter Jaime in ihren Gemächern empfing. Der Kerl würde seine Hochnäsigkeit noch bereuen, sobald Jaime Belens Mann geworden war und auf ihren Gütern das Sagen hatte. Doch noch waren sie unverheiratet und würden es auch bleiben, wenn er sich nicht ein wenig zusammenriss und der Frau im Bett bewies, dass sie ihre Ziele nur gemeinsam erreichen konnten. Dafür war er gern bereit, Belens Launen, ihre Herrschsucht und ihre versoffene Brut zu ertragen.

Er spürte, wie eine warme Hand sich von hinten auf seine Brust legte, doch noch immer regte sich nichts in ihm. Verdammt.

«Bist du besorgt, weil der König den Blutzeugen weggibt?»

Mit einem Ruck riss sie seine Tunika entzwei, und er stand nackt vor ihr. Er fröstelte und spannte die Muskeln an, was sie als Einladung betrachtete, ihn mit der Hand zu verwöhnen. Er stöhnte leise auf.

«Deine Sorge scheint größer zu werden», meinte sie, während

sie seinen Nacken mit Küssen bedeckte. «Du kannst mir gleich beweisen, wie groß!»

Wütend fuhr er herum und ergriff ihre Hand. «Kannst du an nichts anderes mehr denken?» Denkst du, ich wüsste nicht, dass du dich mit mir nur ablenkst und an meiner Stelle lieber einen anderen Mann in deinem Gemach hättest?, fügte er in Gedanken hinzu.

Kalt erwiderte sie seinen Blick, und nun lag keine Spur von Leidenschaft mehr in ihren Augen. «Ich hätte nicht gedacht, dass du dich so leicht beunruhigen lässt. Der König wird dich schon nicht vergessen.»

«Aber darum geht es überhaupt nicht», sagte Jaime kopfschüttelnd.

«Worum dann?» Belen setzte sich auf ihr Bett und hob erwartungsvoll die Brauen. «Ist mit dem Blutzeugen etwas nicht in Ordnung?»

Wie leicht sie ihn doch durchschaute. «Der König hat keine Ahnung von Reliquien, aber irgendeiner der Kapuzinermönche vielleicht schon. Dieser dämliche Inquisitor hat mir auf dem Weg zum Kloster viele unangenehme Fragen gestellt.»

Belen riss die Augen auf. Sie war klug. Offenbar hatte sie begriffen, was er meinte, und zum ersten Mal, seit Jaime sie kannte, zeigte sich in ihren Augen ein Ausdruck von Furcht. «Es gibt also gar keinen Blutzeugen!», rief sie entsetzt. «Du hast eine heilige Reliquie gefälscht.»

«Das hat es doch schon immer gegeben», verteidigte sich Jaime. Auf seine Stirn traten Schweißtropfen. «Hältst du all die Holzsplitter, die angeblich vom Kreuz Christi stammen, für echt?»

«Nein, aber Fälscher und Gotteslästerer bezahlen einen hohen Preis, wenn sie erwischt werden. Insbesondere, wenn sie es wagen, den König von Aragón zu betrügen.»

«Pedro verehrt den Blutzeugen. Er ist der Meinung, dass Trastámara den König von Kastilien mit Hilfe des Kreuzes in der Schlacht besiegen wird.»

Belen hieß ihn schweigen, sie musste nachdenken. «Und wenn schon», sagte sie schließlich. «Sollte der Blutzeuge als Fälschung entlarvt werden, kann dir keiner einen Strick daraus drehen. Du hast ihn in gutem Glauben den Soldaten des Königs von Kastilien abgejagt. Du musst Pedro davon überzeugen, dass das Kreuz wundersame Kräfte besitzt, aber vor neugierigen Blicken geschützt werden muss.»

«Ja, aber es gibt einige Personen, die ... diese Version der Geschichte anzweifeln könnten.»

Belen seufzte. «Also schön. Wer weiß von der Fälschung?»

«Der Mann, der für mich die Entwürfe gezeichnet hat, ist tot», antwortete Jaime. «Er wurde zu habgierig. Alonso hat es so aussehen lassen, als wäre er vor der Stadt von Räubern erschlagen worden. Dem Silberschmied, der das Kreuz nach seinen Skizzen angefertigt hat, wurde mit Geld das Maul gestopft. Er weiß, was ihm blüht, wenn er mich verrät.»

«Das glaubst du!» Belen schenkte sich ein Glas Wein ein und nippte daran. Die Vorstellung, dass es einen Mitwisser gab, der Jaimes Betrug ausplaudern konnte, behagte ihr ganz und gar nicht. Entschlossen drehte sie sich zu ihm um. «Es war ein großer Fehler, deine Ungeduld nicht zu zügeln. Damit setzt du den Plan aufs Spiel, unsere Feinde zu vernichten.»

Sie warf den Kopf zurück, eine Geste, aus der Jaime eine Menge herauslas. Ihr ging es nicht um seinen Aufstieg, jedenfalls nicht nur. Ihr erklärtes Ziel bestand nach wie vor darin, sich an Diego zu rächen.

Plötzlich spürte er den Stachel der Eifersucht so heftig, als schlüge ein wilder Keiler die Zähne in sein Fleisch. Wie gern hätte er Belen jetzt an die Bettpfosten gebunden und ihr Diego aus dem

Leib gepeitscht. Jawohl, diese Vorstellung bescherte ihm endlich die Erregung, auf die er lange gewartet hatte. Bedauerlich nur, dass er Belen nicht auf dieselbe Weise behandeln durfte wie seine Diener. Aber war da bei seiner Ankunft in der Halle nicht eine neue Magd gewesen, ein blutjunges Ding aus einem Bauerndorf in der Nähe, das dem versoffenen Felipe schöne Augen gemacht hatte? Nun, dann würde er eben mit ihr das anstellen, was ihm mit Belen versagt blieb.

«Du wirst dem König gehorchen», befahl ihn Belens Stimme zu sich zurück. Sie ging zu ihrem Bett und forderte ihn mit einem Nicken auf, ihr unter das dünne Laken zu folgen. «Und keine Sorge wegen deines kleinen Geheimnisses, mein Bester», flüsterte sie. «Ich werde dafür sorgen, dass daraus ein großes Geheimnis wird.»

Kapitel 32

Es war noch früh am Morgen, als jemand heftig gegen Floretas Tür hämmerte. Verstört blickte sie Celiana an, die verschlafen gähnte. Wer um alles in der Welt mochte um diese Zeit schon etwas von ihr wollen?

Floreta schlich zum Fenster und spähte durch einen Spalt des Fensterladens. Vor dem Haus sah sie die Umrisse eines dicklichen jungen Mannes, der mürrisch zu ihr hinaufsah.

«Bist du Floreta von Granada, die Ärztin?», rief der Dicke ihr in nicht gerade höflichem Ton zu. Er blinzelte nervös in die aufgehende Sonne.

Floreta beugte sich über die Brüstung. «Ja. Was gibt es?»

«Das fragst du noch? Ich will wissen, warum es meiner Schwester noch nicht bessergeht! Sie behauptet, sie könnte heute nicht arbeiten. Das ist ungeheuerlich.»

«Deiner Schwester?»

«Sie wurde von unserer Sau gebissen und heulte, bis ich sie zu euch gehen ließ. Nun jammert sie, dass ihre Hand pocht und sticht. Sie sieht aus wie eine zu lang gekochte Rübe.»

Er bedachte Celiana, die sich mit offenem Haar hinter Floreta schob, mit einem anzüglichen Blick, welchen diese wiederum mit einer verächtlichen Geste kommentierte.

«Meine Schwester behauptet, sie hätte dich bezahlt. Stimmt das?»

Floreta erinnerte sich an die Augen in ihrem Schränkchen und nickte. «Richtig, aber ich sagte auch, dass sich eine Entzündung einstellen könnte.»

«Wundfieber?» Der Dicke stöhnte. «Aber ich brauche sie noch. Wer zum Teufel soll für mich kochen und das Vieh versorgen, wenn das dumme Weibsstück krepiert, weil es sich nicht vor einer Sau vorsehen konnte?» Stocksteif vor Trotz verharrte er auf der Schwelle.

«Geh nach Hause, ich werde so bald wie möglich nach deiner Schwester sehen.»

«Ich verlange, dass du ihr die entzündete Hand abschlägst!», rief der junge Mann wütend. «Sie kann auch noch mit einer Hand zupacken.»

«Ich kann auch zupacken», giftete Celiana. «Verschwinde, sonst spürst du gleich meine Hand auf deinen Schweinebacken!»

Floreta floh vor dem Krawall in den Ziegenstall, wo sie vor einigen Tagen ein ungewöhnliches Heilmittel erprobt hatte, das auf den ersten Blick schauderhaft aussah, von dem Samu aber überzeugt gewesen war. In einem irdenen Mörser hatte sie Schafsdung mit Honig vermengt und die Mischung dann in einem Winkel eine Zeitlang sich selbst überlassen. Vorsichtig betrachtete sie das Gefäß von allen Seiten. Eine grünlich schimmernde Schimmelschicht hatte sich darin gebildet. Ob sie es wagen durfte, den Pilz zu verwenden? In einigen Schriften, die sie studiert hatte, wurde auch von anderen Ärzten berichtet, die es taten.

Celiana war ihr zum Eingang gefolgt und knetete nun nervös die Hände. Sie wirkte angespannt, dabei war es ihr nicht einmal möglich zu erkennen, was Floreta da begutachtete.

«Der Bruder dieser Sauhirtin mag sich wie ein Schwachkopf aufführen, aber wo er recht hat, hat er recht. Wir müssen die infizierte Hand amputieren, bevor sie brandig wird und die Frau tötet. Aber wenn du willst, erledige ich das für dich. Keine Bange, ich kann das. Ich werde die Knochensäge benutzen und den Blutfluss aus dem Stumpf mit siedendem Öl stillen. Wie man eine saubere Wundnaht macht, habe ich mir von dir abgeschaut.»

Floreta schüttelte den Kopf. «Samu hätte versucht, die Hand zu retten.» Sie wollte an Celiana vorbei, trat dabei jedoch versehentlich auf einen weichen Gegenstand, der halb unter dem Stroh herauslugte.

Floreta senkte ihr Licht und entdeckte ein Bündel Papier, umwickelt mit einer Schnur. Als sie den Kopf hob, wich Celiana ihrem Blick rasch aus.

«Was ist das?»

Celiana hustete. «Neue Rezepte für Salben und Balsame. Nicht nur du benutzt diesen Stall!»

Floreta runzelte die Stirn. Da stimmte doch etwas nicht. Celianas plötzliche Unruhe verriet ihr, dass sie ein schlechtes Gewissen hatte.

«Diese Schriften gehören nicht dir, sondern Sahin», sagte sie fassungslos. «Versuch gar nicht erst, es abzustreiten oder mir weiszumachen, er hätte dir diese Rezepte gegeben.»

«Geborgt habe ich sie. Nur einen kleinen Blick wollte ich auf sie werfen, aber nicht einmal das habe ich getan, weil …»

«Lass mich raten: Du hast herausgefunden, dass du Sahins Rezepte gar nicht mehr brauchst, weil du so weit bist, deine eigenen Ideen zu verwirklichen.»

Celiana atmete auf, doch sie hatte sich zu früh gefreut, denn Floreta glaubte ihr kein Wort. Für sie war Celiana eine Diebin, die nicht einmal davor zurückschreckte, die Hand zu schlagen, die sich ihrer so großzügig angenommen hatte.

«Ich will, dass du die Rezepte zu Sahin zurückbringst!», verlangte Floreta, drehte sich um und kehrte in die Stube zurück.

«Sag du mir nicht, was ich zu tun habe! Seit du die Augen der Königin behandelst, spielst du dich auf, als wärst du keine mehr von uns, sondern gehörtest schon zu denen.»

Floreta schluckte schwer. «Zu denen? Von wem sprichst du?»

«Mich kannst du nicht täuschen. Hast du gewusst, dass du im Schlaf redest? Soll ich dir sagen, wessen Namen du immer wieder nennst, wenn du dich unruhig hin und her wälzt? Es ist ein spanischer Name, wohlklingend wie die Töne einer Flöte.»

«Störe ich?», unterbrach eine tiefe Stimme den Streit der beiden Frauen. Zu Floretas großem Schreck gehörte sie Diego – der Ritter hatte ihr Haus unbemerkt betreten und beobachtete sie nun, gegen einen Balken gelehnt, mit vor der Brust verschränkten Armen.

«Was wollt Ihr denn hier?», rief sie und überlegte, wie viel von ihrem Wortwechsel er mitangehört haben konnte.

Celiana warf dem Eindringling einen bitterbösen Blick zu, dann stürmte sie grußlos hinaus.

Er schnupperte. «Riecht sehr ... anregend hier bei Euch. Celiana scheint mit ihren Salben ein glückliches Händchen zu haben.»

«Das ist Schafsdung!»

«Oh, ich verstehe. Weiß die Königin, was sie sich da ins Gesicht schmiert?»

Über Floretas Gesicht huschte die Andeutung eines Lächelns, doch dann fiel ihr wieder ein, dass sie sich davor fürchtete, mit Diego allein zu sein.

«Wie ich sehe, ist Eure Cousine immer noch so impulsiv wie früher», sagte er, während er sich den mit Kräuterbündeln, Pulverschalen, Aufzeichnungen und Celianas Destillierapparaturen vollgestopften Raum ansah, als besäße er jedes Recht, Floretas Zeit zu stehlen. «Dem Anblick dieser Kammer zufolge hat sie keinen Raum in der Aljafería zugewiesen bekommen.»

Eure Cousine? Der Herr wahrte neuerdings also Distanz. Nun gut, ihr konnte es recht sein. Nicht willkommen war indes das Zittern, das sie überfiel, als Diego näher kam. Sie stützte sich mit beiden Armen auf der Tischplatte ab und wünschte sich weit weg. Diego sollte nicht hier sein, fand sie. Er sollte sie nicht so sehen, zerzaust und nach Schafsdung riechend. Nun rümpfte er auch noch die Nase. Na bitte, sie hatte es gewusst.

«Was zum Teufel ist das für ein Zeug?», wollte er wissen und zeigte auf das Gefäß vor ihr, das sie aus dem Ziegenstall mitgenommen hatte.

Sie erklärte es ihm, stockend zwar, aber immerhin kamen die Worte. Solange sie über ihre Arbeit sprachen, war er abgelenkt. So würden ihm ihre zitternden Hände gewiss nicht auffallen.

«Euer Großvater in Granada war tatsächlich sicher, dass dieser Schimmel auf dem Honig heilende Kräfte besitzt?»

Sie zuckte mit den Achseln. «Ich durfte damals seine Krankenbücher führen. Er rieb die grünlichen Pilze mit einer Messerklinge ab und strich sie auf einen Wundverband, den er vorsichtig um die infizierten Stellen wickelte. Viele seiner Patienten sind genesen.»

«Erstaunlich!» Das klang wenig überzeugt. Aber wer wollte ihm seinen Argwohn verübeln?

Sie räusperte sich. «Warum seid Ihr nicht mehr gekommen, nachdem Ihr mich ... ich meine ...» Zu dumm, nun fing sie doch tatsächlich an zu stammeln. «Ihr habt mich aus Don Alonsos Kellerloch befreit, obwohl Ihr doch eher Grund gehabt hättet, mich dort sterben zu lassen.» Sie rieb sich die Hände, die eiskalt geworden waren. «Aber glaubt mir: Es war damals nicht meine Absicht, Euch einfach im Freien liegen zu lassen. Ich habe getan, was in meiner Macht stand, um Eure Schwertwunde zu versorgen, und gebetet, jemand möge Euch finden und ...»

«... dorthin bringen, wo der Pfeffer wächst, nehme ich an?», ergänzte er grinsend. «Weit weg von den Mädchen, die ich auf dem Sklavenmarkt gekauft hatte.»

Floreta wurde rot. «Ich habe mich oft gefragt, warum Ihr das getan habt. Ihr habt Euch als Händler ausgegeben, dabei gehört Ihr hier in Aragón dem Hochadel an.»

«Würdet Ihr mir glauben, wenn ich Euch sagte, dass es aus Gründen der Tarnung war?»

Sie schüttelte den Kopf. «Wenig überzeugend.»

«Vielleicht wollte ich nur verhindern, dass Ihr von irgendeinem widerlichen, herzlosen Kerl verschleppt würdet.»

«Ihr hättet uns gleich freigeben und nach Hause gehen lassen können.»

Diego lachte amüsiert auf. «Nach Hause? Ihr hattet Euer Zuhause verloren. Ebenso wie Emir Muhammad, der sich schon auf der Flucht befand. Als ich ihm begegnete, bat er mich, nach der Familie seines geschätzten Leibarztes Samu zu forschen. Vor allem nach der Frau, die ihm in der Nacht der Palastrevolte das Leben gerettet hatte.»

Floreta schloss die Augen. Celiana. Ja, es war ihre Idee gewesen, Muhammad ihre eigenen Kleider anzuziehen, damit er unbemerkt durch die Gärten der Alhambra entkommen konnte. Aber Floreta hätte es nie für möglich gehalten, dass der Emir später noch einen einzigen Gedanken an ihre Cousine verschwendet hatte. Anscheinend hatte er sie doch zu retten versucht. «Wieso bat er ausgerechnet Euch um Hilfe?», fragte Floreta. «Woher kanntet Ihr ihn?»

«Ich hielt mich bereits eine Weile vor der Verschwörung Fürst Abu Saids in Granada auf. Da ich Arabisch spreche, fiel es mir nicht schwer, den nordafrikanischen Händler zu spielen. Mein Auftrag sah vor, den Emir zu überreden, sein Bündnis mit Kastilien aufzukündigen. Deshalb heftete ich mich an seine Fersen, als er zum nächsten Hafen floh. Auf seinen Wunsch kehrte ich noch einmal nach Granada zurück. Ein Teil Eures Kaufpreises stammte aus seinem Beutel.»

In Floretas Kopf brummte es, so überwältigt war sie von den

Neuigkeiten. Wenn sie das alles doch nur früher gewusst hätte! Doch da Diego die Wahl getroffen hatte, über seine Beweggründe für den Kauf auf dem Sklavenmarkt zu schweigen, hatten ihm all seine Bemühungen letztendlich nichts als einen Schwerthieb eingebracht.

Er hatte Celiana und Floreta nicht zu Emir Muhammad bringen können, und Granada war nach wie vor mit Kastilien verbündet.

Während sie noch tief in Gedanken war, nahm Diego ihre Hand. «Ich habe mir einmal eingeredet, Euch zu hassen. Aber seit damals ist viel geschehen. Glaubt Ihr an Zufälle? Ich nicht. Ich nenne es Schicksal, dass ich Euch in Zaragoza gefunden habe.»

Sie nannte es Wahnsinn. Floretas Herz hämmerte ihr gegen die Rippen, und sie hoffte, dass ihre Hand, die noch immer in der seinen lag, nicht vor Aufregung zu schwitzen begann. Sie durfte sie ihm nicht lassen. Gar nichts von ihr durfte sie ihm geben. Es war unrecht, wie er sie ansah. Unrecht aber auch, dass es ihr gefiel, in den Glanz seiner Augen einzutauchen wie in einen kühlen See.

Großer Gott, schrie sie innerlich auf, was mache ich bloß? Er ist also doch nicht mein Feind, gut, aber er darf auch nicht mehr für mich werden. Fast wünschte sie, er würde ihr eine Beleidigung an den Kopf werfen, sie als dumme, ungläubige Quacksalberin beschimpfen, die Schimmelpilze züchtete und nach Schafsmist stank. An derartige Demütigungen war sie gewöhnt, damit konnte sie umgehen. Neu für sie waren jedoch diese erschreckenden Gefühle für einen Mann, der weder ihrem Stand noch dem Glauben ihres Volkes angehörte. Sie bemühte sich, den Kloß in ihrem Hals durch Räuspern loszuwerden.

«Seid Ihr nur gekommen, um mir das zu sagen?»

Nein, das war er nicht. Mit einem leichten Kopfschütteln gab er ihr zu verstehen, dass ihn an diesem Morgen noch andere Gründe in die Judería geführt hatten.

«Es geht um Jaime. Mein Gefühl sagt mir, dass er wieder etwas ausheckt. Was genau, weiß ich noch nicht, aber ich muss Euch bitten, die Judería zu verlassen und Euch unter den Schutz der Königin zu begeben. Bei ihr seid Ihr sicherer als hier.»

Floreta hob die Hände. Sie erinnerte sich an den Tag, an dem sie vor dem König gestanden und Jaime de Queralts Triumph miterlebt hatte. Es war ihr nicht gelungen, mehr als einen kurzen Blick auf Jaimes Beute zu werfen, doch dieser knappe Blick hatte genügt, um sie davon zu überzeugen, dass de Queralt eine Schurkerei im Sinne hatte.

«Also gut», entschied sie. «Ich folge Euch. Aber bevor ich in den Palast gehe, müsst Ihr mir noch einen Gefallen tun.»

Eine Stunde später schlichen sich beide in die Klosterkirche der Kapuziner, wo Bruder Pablo bereits auf sie wartete. Der Mönch konnte seine Aufregung nicht verbergen und sah sich skeptisch um. Doch sie hatten Glück: Zu dieser Zeit hielt sich sonst niemand in dem Gotteshaus auf.

«Es war nicht leicht, meinem Aufpasser, Bruder José, zu entkommen», sagte Pablo brummig. «Ich hoffe für euch, dass ihr den Blutzeugen nicht stehlen wollt.»

«Wo denkt Ihr hin, Bruder Pablo?», erwiderte Floreta. «Ich will nur einen Blick auf das gute Stück werfen, bevor der Abt es morgen einschließen lässt. Ich habe da nämlich so eine Vermutung.»

«Mit Vermutungen hält man keinen Sturm auf!» Diego verdrehte die Augen und kratzte sich am Kopf. «Ich wünschte, Ihr würdet es klar und deutlich aussprechen. Ihr meint, dass der Blutzeuge gefälscht ist, nicht wahr? Aber von wem? Von Jaime?»

Floreta holte tief Luft. Damals in Santa Coloma hatte Jaime ihr sein wahres Gesicht gezeigt, und sie war davon überzeugt, dass er in ihre Entführung eingeweiht gewesen war und billigte, was sein Bruder Alonso ihr angetan hatte. Es blieb ihr ein Rätsel, wie es ihm gelungen war, seinen Hass auf sie bis zu diesem Tag zu zügeln. Vermutlich war ihm das nur möglich, weil er nicht ihretwegen seine Pläne gefährden wollte. Voller Unbehagen rief sie sich Jaimes selbstzufriedenes Gesicht ins Gedächtnis.

Bruder Pablo führte sie zu dem Schrein, in dem der Blutzeuge lag. «Beeilt euch, um der Gnade Jesu willen. Wenn uns der Inquisitor erwischt, landen wir alle auf dem Scheiterhaufen.»

Mit zitternden Fingern nahm Floreta die Reliquie heraus und bat Diego, der ihr über die Schulter schaute, um eine Kerze.

«Und, was meint Ihr?», fragte er nach einer Weile gespannt. «Ist es eine Fälschung?»

Floreta antwortete nicht. Wie hatte sie nur annehmen können, dass ausgerechnet sie in der Lage sein sollte, eine uralte Reliquie auf ihre Echtheit zu überprüfen? Eine Arznei, ja, oder ein ärztliches Instrument. Aber eine Reliquie aus Silber? Mit diesem Metall war sie nur in Berührung gekommen, als sie bei … Sie stockte.

«Was habt Ihr entdeckt? Nun spannt mich nicht auf die Folter.» Forschend spähte Diego zum Altar hinüber, dann wandte er sich ihr wieder zu.

«Ich glaube, das Kreuz stammt aus der Werkstatt von Menachem», verkündete Floreta und hielt die Kerzenflamme unter drei winzige Einkerbungen am unteren Ende des Kreuzes, die mit bloßem Auge fast nicht zu erkennen waren.

Diego stöhnte auf. «Seid Ihr sicher?»

«Überzeugt Euch selbst. Diese Rillen sind keine Kratzer, sondern ein hebräischer Buchstabe. *Shin* für Zaragoza. Menachem graviert ihn in jedes Stück, aber das würde keinem auffallen, der sein Zeichen nicht kennt. Ich irre mich nicht. Menachem hat den Blutzeugen gemacht.»

Diego fuhr mit dem Finger über die Rillen, die Floreta ihm gezeigt hatte. «Ja, das ergibt Sinn. Don Jaime hätte es nicht gewagt, von einem christlichen Handwerksmeister eine Fälschung zu verlangen.»

Ein hässliches Knarren lenkte ihre Aufmerksamkeit auf die Tür, in der plötzlich wie aus dem Nichts Eymerico auftauchte. Die Blicke aus seinen schwarzen Augen schwirrten wie eine Fliege von Floreta zu Diego. Einen Moment stand der Inquisitor da wie versteinert, dann kreischte er wütend los. «Hab ich's doch gewusst! Ihr Diebsgesindel habt nur auf eine Gelegenheit gewartet, um den Blutzeugen zu stehlen! Schämt Ihr Euch eigentlich nicht, Don Diego? Was hat Euch die Jüdin dafür versprochen, dass Ihr eine heilige Reliquie schändet?»

«Der Blutzeuge ist gefälscht!»

Eymerico runzelte die Stirn. Ihm war anzusehen, dass Diegos Worte ihn verwirrten. «Gebt mir auf der Stelle den Blutzeugen!»

Diego lächelte matt, ließ sich aber nicht einschüchtern. «Nichts lieber als das, denn ich sehe Euch an, dass Ihr von der Fälschung wisst. Es ist doch so, nicht wahr?»

Eymerico blickte erst ihn, dann Bruder Pablo streng an, bevor er antwortete. «Ich hege einen Verdacht, das ist wahr. Aber wie kommt Ihr darauf, wenn ich fragen darf?»

Diego deutete auf Floreta. «Es ist ihr Verdienst. Sie hat das Zeichen des Silberschmieds wiedererkannt, das dem Auftraggeber der dreisten Fälschung entgangen ist.»

«Was werdet Ihr tun?», fragte Bruder Pablo mit zitternder Stimme. «Zum König gehen?»

Eymerico sah aus, als litte er unter rasenden Kopfschmerzen. «Pedro empfängt niemanden. Habt Ihr nicht gehört, dass sein Verbündeter in Kastilien, Enrique Trastámara, seine Truppen in eine entscheidende Schlacht gegen seinen Erzfeind geführt hat? Ich werde dem König schreiben und ihm alles erklären.» Dann fasste er Floreta scharf ins Auge. «Für dich bin ich ein Ungeheuer, nicht wahr? Vielleicht hast du auch Grund, das anzunehmen, weil du nicht verstehst, wie tief meine Sorge um das Seelenheil der

Menschen ist. Ich werde von bösen Träumen geplagt, in denen Teufel und Dämonen an mir zerren.»

Es gibt Menschen, die sich ihre Hölle schon zu Lebzeiten schaffen, dachte Floreta, sprach es aber nicht aus. Wen wunderte es, dass dieser Mann durch Aragón zog, um in Kirchen und Klöstern gegen die Mauren und Juden zu wettern? Er hielt sie für gefährlich und böse. Sein gemartertes Hirn befahl ihm offensichtlich, jeden als Feind zu bekämpfen, der sich nicht im Einklang mit seiner Auslegung der Lehre befand. Nach kurzem Zögern löste sie ein Fläschchen von ihrem Gürtelband. «Gegen Eure Kopfschmerzen», erklärte sie.

Eymerico runzelte die Stirn, nahm das Fläschchen aber an. «Und nun macht, dass ihr verschwindet», befahl er, während er das Silberkreuz zurück in seinen Kasten legte.

Kapitel 33

Spät am Abend begab Eymerico sich zu Bett, nahm jedoch noch Papier und Schreibwerkzeug zur Hand und begann, einen Brief an den König aufzusetzen. Dabei behielt er das Wandregal im Auge, auf das er Floretas Fläschchen gestellt hatte. Ob er es wagen durfte, aufzustehen und sich einen weiteren Schluck von der Medizin der Jüdin zu holen? Die Schmerzen waren abgeklungen, dennoch traute er dem Gebräu des Mädchens noch nicht so recht. Was den Blutzeugen anging, schienen sie und Don Diego allerdings die Wahrheit gesagt zu haben. Und diese Wahrheit musste der König erfahren, auch wenn das bedeutete, dass es in Zaragoza keine neue Kirche geben würde.

Er atmete einige Male tief durch und schrieb weiter. Als er fertig war, zitterte seine Hand. Er rief nach einem Boten.

«Unerhört», knurrte er, als ihm niemand antwortete. «Sitzt der Bursche auf seinen Ohren?» Er rief noch einmal, doch nichts rührte sich dort draußen.

Eymerico schlug die Decke zurück und beschloss, trotz seines leichten Schwindelgefühls aufzustehen und nach dem Rechten zu sehen, als plötzlich die Tür aufging. Don Jaime. Den wollte er hier am wenigsten sehen. Unsicher spähte er zu dem Schreiben, das noch ohne Siegel auf seinen Knien lag.

«Ich wollte mich nach Eurem Befinden erkundigen, Ehrwürden», sagte der junge Mann und zog die Tür hinter sich ins Schloss.

«Wie soll es mir schon gehen? Mein Kopf brummt, und mich plagt der Schwindel, aber die Ärztin hat mir eine Arznei gegeben, die meine Leiden lindert.» Eymericos Augen hefteten sich einen Moment lang auf das Wandregal. Dann drehte er den Kopf zur Seite. Großer Gott, was suchte Jaime hier? Eymerico hatte genug von ihm. Er wollte, dass er ging, aber der Ritter machte keine Anstalten, sich zu entfernen. Eymerico spürte, wie ihm der Schweiß von der Stirn lief, und auf einmal packte ihn Todesangst. Verstohlen versuchte er, die hölzerne Unterlage mitsamt Feder und Schreibpapier unter einem Zipfel seiner Lammfelldecke verschwinden zu lassen, und betete, dass Don Jaime keinen Verdacht schöpfte.

«Es überrascht mich, dass Ihr es vorgezogen habt, Euch von Eleonoras Leibärztin behandeln zu lassen», sagte Jaime. Lächelnd kam er näher. «Zumindest fühlt Ihr Euch frisch genug, um Briefe zu schreiben.»

«Briefe?» Eymericos Gesicht färbte sich feuerrot. «Ach, das meint Ihr? Ich ... äh, ein Schreiben an den Papst. Ich muss regelmäßig nach Avignon berichten.»

Aus Jaimes Gesicht verschwand das Lächeln. «Gebt mir das Schreiben», verlangte er. «Ich werde persönlich dafür sorgen, dass es zum Papstpalast gebracht wird.»

Eymerico war zu geschwächt, um ernsthaft Widerstand zu leisten. Wie betäubt musste er hinnehmen, dass Don Jaime die Decke zurückschlug und den Brief an sich nahm.

«Wie könnt Ihr es wagen?», keuchte er zähneknirschend, während der Ritter seine mühsam zu Papier gebrachten Zeilen überflog. «Was ich schreibe, geht Euch gar nichts an. Der König wird davon erfahren.»

Don Jaime erwiderte nichts. In seinem Kopf schien es zu arbeiten. Er ging zum Wandregal und fand das Fläschchen, das Floreta Eymerico gegeben hatte. Abwesend schnupperte er an der Flüssigkeit. Eymerico bekreuzigte sich, die Augen wie erstarrt auf die Flasche in Jaimes Hand gerichtet.

«Trinkt», befahl Don Jaime drohend. «Es wird Eure Zunge ein wenig lockern.»

«Nein!» Eymerico presste die Lippen zusammen und versuchte, die Flasche fortzustoßen, doch das ließ Jaime nicht zu. Er zwang ihn, sie bis auf den letzten Tropfen zu leeren. Eymerico spürte den bitteren Geschmack auf der Zunge und schluckte. Erst ein wenig, dann etwas mehr. Er hustete, schlug um sich, doch je mehr er sich sträubte, desto mehr Flüssigkeit rann ihm die Kehle hinab.

«Es war ein schwerer Fehler, auf Don Diego zu hören», sagte Don Jaime schließlich. Er warf das leere Fläschchen zu Boden. «Ihr hättet dem Blutzeugen weiter Euer Vertrauen schenken sollen. Er vernichtet diejenigen, die an ihm zweifeln.»

Eymerico wollte etwas entgegnen, bemerkte aber zu seinem Entsetzen, dass er kein Wort mehr herausbrachte. Ein Gefühl von lähmender Taubheit kroch durch seinen Körper. Von den Zehen über die Beine und Arme schien es ihn vollständig einzuhüllen, als wäre er eine Raupe, die sich im Kokon verpuppte. Leicht kam er sich vor, die hämmernden Schmerzen in seinem Kopf hatten ihn längst verlassen. Auch die Stimmen der Dämonen verklangen.

Als Jaime ihm das Kissen auf Mund und Nase drückte, spürte er nichts mehr.

***

Don Jaime blickte ohne jede Regung auf den Mann, der soeben seinen letzten Atemzug getan hatte. Dann überflog er noch einmal die Zeilen, die Eymerico zu Papier gebracht hatte. Er würde sie ein wenig abändern müssen, bevor der König sie erhielt.

***

«Noch immer keine Nachricht von Floreta?» In Sahins Stimme schwang Enttäuschung mit.

Obwohl Celiana die Sorgen des Blinden nur zu gern zerstreut hätte, verneinte sie mit einem Seufzer. Sie mochte weder ihn anlügen noch Bruder Pablo, der das Kloster inzwischen wieder verlassen durfte und sich zu ihnen gesellt hatte. Tatsache war, dass sie schon seit Stunden nichts mehr von ihrer Verwandten gehört hatte. Anfangs hatte es sie zwar beruhigt, dass Don Diego versprochen hatte, auf sie zu achten, doch inzwischen machte sie sich große Sorgen.

«Auch keine Nachricht von Eymerico. Ich frage mich, ob er dem König wirklich sagen will, was Jaime getan hat.»

«Aber du meintest doch, er habe dieses Mal aufrichtig geklungen», wandte Sahin sich an Bruder Pablo.

Celiana sank schweigend in die weichen Kissen, lehnte sich zurück und kostete von dem stark gezuckerten, heißen Kräutertee, den Sahin seinen Gästen in einer reichverzierten hohen Kupferkanne servierte. Sie freute sich aufrichtig, dass der Maure ihr den Diebstahl seiner Salbenrezepte verziehen hatte. Zu ihrer Überraschung hatte der Blinde ihr die Aufzeichnungen sogar geschenkt. Er schien große Stücke auf sie zu halten, vielleicht weil man überall in der Stadt über die wohltuenden Salben, Balsame und Öle der jungen Jüdin redete. Ja, sogar Königin Eleonora hatte sie schon zu sich gebeten. Ihre Idee, in der Aljafería ein Bad nach dem Vorbild der maurischen Bäder von Granada einzurichten, war von der Königin wohlwollend aufgenommen worden. In Kürze sollte mit dem Bau des neuen Badehauses begonnen werden. Doch Celiana kümmerte sich nicht nur um Öle und duftende Seifen. Auf Sahins Drängen hatte sie schließlich zugestimmt, sich von ihm in heilkundlichen Belangen unterweisen zu lassen. Sie hatte sich sogar dazu durchgerungen, Floretas Aufzeichnungen zu studieren, und bot deren Patienten Rat und Hilfe an. Dabei hatte sie nicht nur festgestellt, dass Floretas aus Schimmelpilzen gewonnenes Heilmittel erfolgreich war. Auch die Augenentzündung der Königin war bald nach Beginn der Behandlung abgeklungen. Celiana setzte diese gewissenhaft mit lindernden Umschlägen und Tinkturen aus Augentrost fort.

Celiana musste für einen Moment eingenickt sein, denn als sie die Augen wieder öffnete, war ihr Kräutertrunk kalt. Bruder Pablo betrachtete sie grinsend. Sie war froh, dass der Mönch wieder zu sich selbst gefunden hatte.

«Beten wir, dass zumindest Eymerico uns künftig in Ruhe lässt», sagte Celiana. «Ich hoffe nur, dass er Floreta keine Schwierigkeiten bereitet.»

Bruder Pablo stöberte zwischen Sahins Schalen und Dosen, Flaschen und Säckchen herum. Er liebte den Duft der Gewürze und Kräuter fast so sehr wie Celiana. Nun drehte er sich zu ihr um. «Ich glaube nicht, dass Floreta in Gefahr ist.»

Sahin wirkte skeptisch. «Und was ist mit Don Jaime? Niemand weiß besser als ihr beide, wozu dieser Mann fähig ist. Sicher hat er nicht aufgegeben, Floreta nachzustellen.»

«Du bist ein Schwarzseher, alter Freund.»

Der Maure zuckte mit den Achseln. «Woran mag das wohl liegen? Wer seit vielen Jahren im Dunkeln lebt, hat ein Gespür für Stolpersteine jeder Art entwickelt.» Er beugte sich vor und griff zielsicher nach seinem in Goldblech gefassten Gläschen. Doch anstatt an dem starken Sud zu nippen, wärmte er sich nur die Hände am Glas, denn trotz des Kaminfeuers, das in dem Raum mit den bunten Teppichen und bestickten Kissen brannte, sah der alte Händler aus, als würde er frieren. «Nun, wenigstens ist Celiana einstweilen in Sicherheit.»

«Und so soll es auch bleiben», bestätigte Bruder Pablo. Der Mönch erhob sich. Seiner Miene nach hatte er das nicht ganz selbstverständliche Beisammensein genossen, doch nun drängte er zum Aufbruch. Wenn er noch länger dem Kloster fernblieb, würde man sich dort fragen, was ihn so lange im Palast aufgehalten hatte. Doch obwohl er in Eile war, bot er Celiana an, sie noch ein Stück zu begleiten. Draußen dämmerte es schon, und über den Haustüren wurden Öllämpchen entzündet, die zwar genügend Licht spendeten, dass man nicht über Abfall stolpern musste, jedoch zu schwach glommen, um finstere Gestalten abzuschrecken.

Celiana nahm Bruder Pablos Angebot dankend an und verabschiedete sich von Sahin. Dann machte sie sich auf den Heimweg, wobei sie einige Schritte vor dem Mönch ging. Auf keinen Fall wollte sie ihn in eine unangenehme Situation bringen. Als sie sich dem Torbogen näherte, der zur Judería führte, drang plötzlich von fern Geschrei an ihr Ohr. Erschrocken blieb sie stehen, runzelte die Stirn. Über ihr schlug mit einem Knall ein Fensterladen zu.

Noch während sie überlegte, ob sie weitergehen sollte, spürte sie Bruder Pablos schwere Hand auf ihrer Schulter. Der Mönch zerrte sie unter das Vordach eines Schuppens, von wo aus sie den staubigen Brunnenplatz vor ihrem Wohnviertel im Auge behalten konnte. Keinen Moment zu früh, denn noch bevor sie nachforschen konnte, ob das Geschrei tatsächlich aus der Judería kam, eilten etwa zwei Dutzend Bewaffnete an ihr vorbei. Die Männer hielten geradewegs auf das Tor zu, das alsbald zu beiden Seiten von Fackelträgern bewacht wurde. Diese ließen niemanden mehr durch das Tor hinein oder hinaus. Wütende Stimmen und ein kläglisches Schluchzen drangen durch die Dämmerung.

«Sie sperren die Judería ab», flüsterte Celiana. «Aber warum nur? Was mag geschehen sein?»

Bruder Pablo sagte kein Wort dazu. Dafür vernahm Celiana nun ganz deutlich die Stimme eines Ausrufers, der die Menschen jenseits der Mauer darüber in Kenntnis setzte, dass König Pedro IV. von Aragón, der seine Hand bisher stets schützend über die Judería von Zaragoza hielt, von einem abscheulichen Frevel in ihrem Viertel erfahren habe. Der Schuldige sei mit seiner Familie sogleich festzunehmen. Sollte sich der schreckliche Verdacht bewahrheiten, so habe die Bevölkerung der Judería mit ihrer sofortigen Verbannung und der Beschlagnahmung ihres Vermögens zu rechnen.

«Das darf nicht wahr sein», stöhnte Celiana. «Meine Salben und Öle sind noch im Haus.»

Hatten den Ausrufer schon während seiner kurzen Rede einige aufgebrachte Zwischenrufe gestört, so brach nun ein offener Tumult aus. Celiana hörte Schreie der Empörung und das Weinen einiger Frauen, die um Gnade flehten. Im nächsten Moment wurde ein Mann aus dem Tor getrieben. Es war Menachem, der Silberschmied. An Händen und Füßen gefesselt, taumelte er schwerfällig vorwärts, strauchelte aber bei jedem zweiten Schritt, sodass die Wachsoldaten, die ihn abführten, ihm wieder auf die Beine helfen mussten. Dabei sprangen die Männer des Königs nicht gerade sanft mit dem verängstigten Schmied um. Im Schutz der Dämmerung beobachtete Celiana, wie er über den Boden geschleift wurde. Ein Stück hinter ihm folgten seine Frau Livnah, die mit vor Schreck verzerrtem Gesicht ein Kleinkind an der Hand führte, und seine Tochter Tirsah. Das Mädchen schien völlig die Fassung verloren zu haben. Unaufhörlich beteuerte sie, nichts mit den Vorwürfen gegen ihre Eltern zu tun zu haben, und bat, man möge sie verschonen, damit sie sich um ihre jüngeren Geschwister kümmern könne. Ihre Bitten stießen wie erwartet auf taube Ohren. Plötzlich sah sie zu Celiana herüber.

«Diese Frau kennt die Königin!», schrie sie mit sich überschlagender Stimme und gestikulierte dabei so wild in Celianas Richtung, dass einige ihrer Bewacher aufmerksam wurden. «Sie ist mit ihrer Leibärztin verwandt.» Livnah schüttelte den Kopf und packte ihre Tochter am Arm, um sie weiterzuziehen, doch diese riss sich so ungestüm los, dass Livnah zurücktaumelte.

«Sag ihnen, dass wir nichts getan haben. Dass Vater unschuldig und kein Gotteslästerer ist. Der Inquisitor beschuldigt uns in seinem Brief zu Unrecht! Er hat ...»

Bevor sie zu Ende sprechen konnte, sprang einer der Bewaffneten auf sie zu, riss sie an der Schulter herum und versetzte ihr eine schallende Ohrfeige. Sie schrie auf, Blut schoss aus ihrer Nase, und sie sank in die Knie. Gleichzeitig versuchten einige Bewohner der Judería durch das Tor zu drängen, wurden aber von königlichen Soldaten mit Lanzenstichen zurückgedrängt.

Gotteslästerer? Das also war es, was man Menachem vorwarf. Aber warum? Wessen Groll hatte er auf sich gezogen? Celiana fehlte die Zeit, um sich darüber den Kopf zu zerbrechen, denn dank Tirsah schwebte nun auch sie in Gefahr. Die Angst schnürte ihr fast die Kehle zu, als sie gewahr wurde, wie einer der Soldaten, ein dicker Kerl mit dichtem schwarzem Bart, sein Schwert zog. Einen entsetzlichen Moment lang fürchtete sie, er würde Tirsah damit den Kopf abschlagen, doch dann bemerkte sie, dass er auf sie zukam.

«Was hast du hier draußen zu suchen, Jüdin?», fragte er sie, die Stimme kalt und schneidend wie sein Schwert.

Celiana rührte sich nicht von der Stelle. Ihr Herz raste, als ob es ihrem Körper entfliehen wollte.

«Mach, dass du zu den anderen Ungläubigen hinter die Mauer kommst!», brüllte der Mann mit dem Schwert sie an.

Die Frauen wurden unter Flüchen weitergetrieben. Tirsahs spitze Schreie hallten durch die Dämmerung, bis sie mit einem Mal abrupt erstarben.

«Brauchst wohl eine Extraeinladung?» Der Dicke verlor allmählich die Geduld.

Celiana schluckte schwer, dann drehte sie sich zu Bruder Pablo um. «Ich muss gehen», sagte sie traurig. «Meine Arbeit ...»

Der Mönch schüttelte den Kopf. «Vergiss doch endlich einmal

deine Salben und Balsame.» Er nahm sie bei der Hand und zog sie mit sich. «Na los, lauf schon!»

«Was?»

«Du sollst laufen, und denk an Lots Frau!» Der Mönch funkelte sie an. «Dreh dich nicht mehr um!»

Wütende Schreie ertönten in ihrem Rücken, und Celiana zögerte keinen Augenblick zu lang. Sie raffte ihr langes Kleid und setzte Bruder Pablo nach, der seinen Bauch durch eine Lücke zwischen zwei dicht nebeneinanderstehenden Vorratsspeichern zwängte. Keuchend lief sie um ihr Leben, die Augen auf den Rücken des Mönchs gerichtet, der wie ein Hase Haken schlug, über Zäune und durch Kräutergärten sprang und bewusst in das Gewirr der Gassen eintauchte. Ihre Verfolger ließen indes nicht locker. Sie blieben Celiana auf den Fersen, und schon bald ging ihr die Luft aus. Vor ihren Augen tanzten Sterne, und sie spürte ein so heftiges Stechen in der Seite, dass sie schon befürchtete, einer ihrer Verfolger hätte sie mit einem Armbrustbolzen erwischt. Als sie zu ihrer Rechten einen Kirchturm aufragen sah, fasste sie einen Entschluss. Sie wollte leben. Und sie wollte wie Floreta eine Heilerin sein. Der Turm gehörte zur Kirche San Miguel de los Navarros. Mit letzter Kraft lief sie auf das schlichte Gebäude zu und riss die Tür auf.

«Was hast du vor?», hörte sie Bruder Pablo, bevor sie im Innern der Kirche verschwand. «Du kannst nicht ...» Den Rest seiner Worte verschluckte der Schall der zuschnappenden Eichentür.

Der Priester, der gerade vor dem Altar kniete, warf einen erstaunten Blick über die Schulter. Noch überraschter war er, als er hörte, was Celiana zu ihm führte.

«Du erbittest das heilige Sakrament der Taufe?» Der Mann kratzte sich am Kopf. «Nun ... äh ...»

Bruder Pablo hatte inzwischen ebenfalls die Kirche betreten und stand lauschend am Eingang.

Nur noch wenige Augenblicke, dann würden ihre Verfolger die Tür aufstoßen und in die Kirche stürmen. Der Schein der Fackeln, mit denen sie die Gasse absuchten, fiel durch die spitzen Glasfenster der Apsis. An den Wänden reihten sich die steinernen Grabmale längst Bestatteter.

Der Mönch schien den Atem anzuhalten. Es blieb kaum noch Zeit. Zu wenig, um zu zögern.

«Und du bist dir wirklich sicher?», fragte Bruder Pablo.

Celiana fröstelte, als sie zum Taufstein geführt wurde. Merkwürdig, dachte sie. All die Jahre hatte sie sich nichts aus ihrem Glauben gemacht und nur darauf gewartet, ihn endlich ablegen zu können. Nun aber, wo der Moment gekommen war, spürte sie – gar nichts. Nur Leere im Herzen.

Sie starrte auf die Wandmalereien. Das monotone Gemurmel des Priesters verschwamm in ihren Ohren. Dann wurde die Tür aufgestoßen, und die Bewaffneten stürmten in die Kirche.

«Zurück!», rief der Priester mit einer abwehrenden Geste. «Ihr seid in einem Gotteshaus!»

«Wir suchen diese Jüdin!» Der Anführer der königlichen Soldaten klang atemlos.

Bruder Pablo trat ihm entschlossen in den Weg.

«Soll ich dir den Hals umdrehen, Mönch?», fauchte der Dicke. «Ich habe dir gesagt, wen wir suchen, also scher dich fort.»

«Dann sucht ihr hier vergebens. Diese Frau ist Christin und steht zudem bei unserer Königin in hohem Ansehen.»

«Christin? Die? Seit wann?»

«Das spielt keine Rolle!»

Der Anführer blickte unentschlossen von Bruder Pablo zu dem Priester, der bestätigend nickte.

«Der Mönch sagt die Wahrheit, das bezeuge ich bei der Muttergottes und San Miguel, dem Namenspatron unserer Kirche. Überlege dir gut, ob du ein Sakrileg begehen willst, indem du mit

Gewalt eine Frau aus meiner Kirche schleppst, die ich selbst getauft habe.»

Der Dicke funkelte Celiana böse an, wagte aber nach der unverhohlenen Drohung des Priesters nicht mehr, Hand an sie zu legen. «Das habt ihr euch ja fein ausgedacht», beklagte er sich. «Als ob ein paar Tropfen Wasser aus einer Beutelratte ein Eichhörnchen machen würden. Ihr wollt doch nur der Strafe entgehen, um uns weiterhin zu betrügen!»

«Noch ist nicht bewiesen, dass die Juden von Zaragoza ein Verbrechen begangen haben», wandte Bruder Pablo empört ein. «Also hütet Eure Zunge und verlasst die Kirche, bevor ich mich genötigt sehe, zur Königin zu gehen.»

Ehe der Bewaffnete etwas darauf entgegen konnte, kam einer seiner Männer auf ihn zu und flüsterte ihm etwas ins Ohr, das ihn mit offensichtlicher Genugtuung erfüllte.

«Die Verdächtigen sind tot», brummte er auf Bruder Pablos fragenden Blick. «Leider ohne zuvor gestanden zu haben, wer sie zu ihrer Tat angestiftet hat. Das ist bedauerlich.»

«Was?»

Er zuckte mit den Schultern. «Wollten wohl fliehen, keine Ahnung.»

Celiana schlug die Hand vor den Mund. Es wäre heuchlerisch gewesen, vorzugeben, dass sie Menachems Familie sonderlich gemocht hätte, denn das war nicht der Fall. Dennoch erschütterte sie die Nachricht so sehr, dass sie sich am Rand des Taufsteins festklammern musste, um nicht zu schwanken. Als sie daran dachte, dass es ihr nicht einmal mehr vergönnt sein würde, den Tod des Silberschmieds, seiner Frau und seiner Tochter gemeinsam mit ihren Nachbarn zu betrauern, verkrampfte sich ihr Magen. Von nun an war sie nicht nur heimatlos, sondern zudem allein in einer Welt, nach der sie sich zwar gesehnt hatte, die ihr nun aber auch Angst einjagte.

Der dicke Soldat zeigte auf Celiana. «Und was geschieht jetzt mit ihr, wo sie doch nun Christin ist?»

Bruder Pablo dachte einen Moment lang nach, dann wandte er sich an die junge Frau, die noch immer wie betäubt neben dem Taufstein verharrte. «Ich muss jetzt ins Kloster zurück, aber ich verspreche dir, dass ich gleich morgen mit der Königin sprechen werde. Sicher kann ich sie überzeugen, dass du nichts mit dieser angeblichen Gotteslästerung zu tun hast. Aber bis es so weit ist …» Er wechselte einen kurzen Blick mit dem Priester von San Miguel. «Solltest du um Schutz in einem Kloster außerhalb von Zaragoza bitten.»

***

Belen stand am offenen Fenster und starrte über den menschenleeren Platz. Von fern waren die Wachfeuer der Aljafería zu sehen. Sie war ungeduldig, denn der Mann, mit dem sie verabredet war, verspätete sich.

«Warum hat das so lange gedauert?», fragte sie, als er kam.

«Es ist nicht meine Schuld, Herrin. Ein Weib aus der Judería war davongelaufen. Ich hielt es für meine Pflicht, ihr nachzueilen.»

Belen riss die Augen auf. «Ein Weib? Etwa die Frau des Silberschmieds? Oder seine Tochter?»

«Nein», sagte der Mann grinsend. «Von denen wird keiner noch mal den Mund aufmachen. Einer meiner Leute hat zuerst den Kerl …»

Sie hob die Hand. Einzelheiten wollte sie nicht hören. Es genügte vollauf zu wissen, dass der Silberschmied nicht mehr ausplaudern konnte, für wen er das silberne Kreuz geschmiedet hatte. Belens Blick irrte durch das Gemach, bis er bei der perlenbesetzten Kassette hängenblieb. Darin lag Jaimes Brief. Es war gefährlich, ihn aufzubewahren. Ein törichter Leichtsinn, der eigentlich nicht ihrem Wesen entsprach. Und doch sträubte sich etwas in ihr, ihn ins Feuer zu werfen. Zu aufregend fand sie, was er schrieb. Dass er sie erneut um Hilfe bat und ihr die Möglichkeit bot, Diego für seinen abscheulichen Hochmut zu bestrafen, gefiel ihr.

Jaimes Einfall, Eymericos Brief an den König zu verändern und darin die Bestrafung des Silberschmieds zu fordern, hätte glatt von ihr sein können. Sein Plan war aufgegangen, das musste Belen zugeben. Eymerico hatte oft genug gegen die Judería gepredigt, niemand würde die Anschuldigung in Frage stellen. Doch da Menachem unter der Folter womöglich Jaimes Namen hätte ausplaudern können, hatte sie dafür sorgen sollen, dass es erst gar nicht dazu kommen konnte.

Der Verdacht gegen Diego ist ausgestreut, überlegte Belen, während sie dem Überbringer der Nachricht einige Reales in die Hand drückte. Er war großzügig bezahlt worden und würde sich hüten zu reden. Als sie sich ausmalte, wie Diego unter dem Vorwurf des Hochverrats verhaftet wurde, schoss eine heiße Flamme durch ihre Brust.

«Da wäre noch etwas!» Der Mann war schon an der Tür, als Belen ihn zurückrief. «Unter den Leuten aus der Judería gibt es zwei, die vorerst nicht aus der Stadt getrieben werden sollen: mein Arzt Jonathan und diese Salbenmischerin. Wie war doch gleich ihr Name? Celiana?»

Sie zog ein silbernes Döschen aus ihrem Gürtelbeutel, öffnete es und berauschte sich einen Atemzug lang an dem weichen Blütenduft, der ihm entstieg. Da Königin Eleonoras Hofdamen über nichts anderes mehr schwatzten, hatte sie eine ihrer Dienerinnen beauftragt, ihr eine der hochgelobten Salben zu beschaffen. In der Tat musste sie zugeben, dass sie nie zuvor ein so samtenes Gefühl auf ihrer Haut verspürt und einen so lieblichen Duft gerochen hatte. Aus diesem Grund war sie fast geneigt zu vergessen, dass das Weib mit Floreta verwandt war. Fast. Gewiss gab es das eine oder andere, was ihr die Frau über Floreta erzählen konnte.

«Schaff sie mir her», befahl sie mit scharfer Stimme.

Der Kerl war begriffsstutzig wie eine Ziege. Anstatt sich eilig zu entfernen, glotzte er sie nur dumm an.

«Hast du mich nicht verstanden?»

«Das dürfte schwierig werden, Señora», sagte der Mann finster. «Die Frau, von der Ihr redet, hat sich in San Miguel de los Navarros taufen lassen und befindet sich jetzt in der Obhut eines Nonnenkonvents ein paar Meilen außerhalb der Stadt.»

Belens Hand umschloss die Silberdose, dann schleuderte sie sie mit einem ärgerlichen Laut quer durch den Raum.

Kapitel 34

Der Himmel zog sich mit einem Grollen über den Dächern und Türmen der Stadt zusammen. Kurz darauf fielen die ersten Tropfen. Ein beißender Wind trieb die erschöpften Flüchtlinge durch das weit geöffnete Stadttor hinein. Reiter, die dem Tross folgten, brüllten Befehle, die niemand zu hören schien. Die Fahne Trastámaras flatterte weit vorne bei den Packpferden. Dort befand sich auch Enrique selbst, dessen Miene so düster wirkte, dass keiner es wagte, ihn anzusprechen oder auch nur seine Nähe zu suchen. Um nicht gleich erkannt zu werden, hatte sich der Mann in die Kluft eines einfachen Bogenschützen geworfen und marschierte, die Kapuze tief im Gesicht, wie seine Fußsoldaten. Möglicherweise sah er darin die Buße dafür, dass er das Schicksal einmal zu oft herausgefordert hatte. Es hieß, er habe den Rat seiner Feldherren verworfen und sich blindlings in die Schlacht gestürzt.

Floreta fand es großzügig von König Pedro, ihn nach Zaragoza zu holen. Wenigstens fürs Erste sollte er die Gastfreundschaft seines Verbündeten in Anspruch nehmen dürfen. Sie hatte sich an diesem späten Nachmittag heimlich aus dem Palast geschlichen, weil sie es dort nicht mehr aushielt. Zwar steckte ihr der Schock über das Unheil, das die Judería heimgesucht hatte, noch in allen Knochen, und sie ärgerte sich, dass sie so töricht gewesen war, Eymerico zu vertrauen. Aber sie nahm nicht an, dass man auch gegen sie vorgehen würde. Zumindest hatte die Königin sie in dieser Hinsicht beruhigt. Ob Eleonora sie jedoch ermutigt hätte, sich hier am Tor herumzudrücken, anstatt in ihrer Kammer zu bleiben, war eine andere Frage. Aber sie musste doch wenigstens versuchen, Diego zu sehen. Ganz bestimmt war auch er in der Nähe, um die Ritter in Empfang zu nehmen. Sie musste sich mit ihm beraten.

Der Jubel der Menge, die die Straßen säumte, um einen Blick auf Trastámara zu erhaschen, hielt sich deutlich in Grenzen. Die Menschen von Aragón waren enttäuscht. Ein Sieg Trastámaras hätte der Bedrohung durch den mächtigen Nachbarn endlich Einhalt geboten, doch nun musste man sich wieder vor dem alten König fürchten. *El Cruel*, der Grausame, wie Pedro I. von Kastilien von aller Welt genannt wurde, würde grausam Rache nehmen. Er würde nicht ruhen, bis er seinen abtrünnigen Halbbruder und alle, die ihn unterstützten, in die Knie gezwungen hatte. Wen wunderte es daher, dass weder die Glocken der Kathedrale noch die von Nuestra Señora del Pilar zum Empfang der geflohenen Männer aus Kastilien läuteten?

Floreta strauchelte, als sie einen rüden Rippenstoß erhielt. Benommen blickte sie in das feiste Gesicht eines Palastwächters, der, anstatt sich für die Rempelei zu entschuldigen, vor ihr ausspuckte. Sie wandte sich ab. Kein Streit. Nicht hier und schon gar nicht in einer so angespannten Atmosphäre des Zorns. Da fiel ihr Blick endlich auf Diego. Der junge Ritter unterhielt sich mit einem prächtig gekleideten Edelmann und bemerkte sie nicht. Rasch zog sie sich die Kapuze ihres Mantels über die Ohren und wollte in der Menge untertauchen, als sie Bruder Pablo entdeckte. Er winkte ihr zu, machte Zeichen, dass sie auf der Stelle verschwinden sollte. Aber warum? War es wegen seiner Sorge um Celiana und die Judería?

Bevor Floreta den Mönch erreichte, bahnte sich eine Gruppe vornehmer Edelleute, von einem Herold angeführt und von Bewaffneten begleitet, einen Weg durch die Reihen der Schaulustigen. Floreta hatte einige von ihnen bereits in der Aljafería gesehen und wusste, dass sie dem königlichen Kronrat angehörten. Sie verneigten sich knapp, aber höflich vor Trastámara, woraufhin einer der Männer das Wort ergriff. Es war Bernardo de Castavera, einer der einflussreichsten Berater des Königs.

«Im Namen unseres allergnädigsten Königs, Pedro von Aragón, heißen wir Euch in Zaragoza willkommen. Wenn Ihr uns mit Euren Männern nun zum Palast folgen würdet? Mein Herr wird Euch so bald wie möglich empfangen, und am Abend erwartet Euch ein Gastmahl in der Halle Seiner Majestät.»

Die erschöpften kastilischen Ritter ließen sich das nicht zweimal sagen. Sogleich setzten sie sich in Bewegung.

Floreta reckte den Hals. Wo steckte Don Jaime? Ließ er sich den Aufmarsch entgehen? Das passte nicht zu ihm und seinem maßlosen Ehrgeiz. Irgendetwas stimmte hier doch nicht. Ihre Hände wurden kalt. Bruder Pablos Stirnrunzeln fiel ihr wieder ein. Nervös sah sie zu, wie Trastámaras Tross sich auflöste. Eine Handvoll abgerissener Armbrustschützen stolperte an ihr vorbei, manche grüßten sie, doch die meisten waren selbst dafür zu müde. Die Ritter scharten sich um Trastámara.

Diego wollte sich ihnen anschließen, als Bernardo de Castavera plötzlich auf ihn zeigte. «Ihr nicht, Don Diego de la Concha! Ihr werdet nicht mit den anderen gehen, sondern meinen Wachen folgen!»

Floreta konnte sehen, wie Diego herumfuhr und den Alten mit einem abschätzenden Blick maß. «Dann will der König mich also endlich empfangen?»

«Ihr irrt Euch!» Bernardo de Castavera schüttelte den Kopf. «Der König wird überhaupt nicht mit Euch sprechen. Das überlässt er den Richtern des Kronrats.»

Floreta war klar, dass sie im Begriff war, eine riesengroße

Dummheit zu begehen. Wäre sie bei klarem Verstand gewesen, hätte sie sich zu Bruder Pablo geflüchtet. Dann wäre ihr auch nicht entgangen, dass das Getuschel der Leute der Judería und deren Bewohnern galt. Sie schritt auf Bernardo de Castavera zu, dessen schlohweiße, schulterlange Mähne im Schein der Fackeln zu glühen schien.

«Ach, die Ärztin der Königin», sagte der Mann. «Ihr seid auch in Gewahrsam zu nehmen!»

«Floreta, nein», stöhnte Diego. Seine Hand fuhr hinab, doch ehe er seinen Schwertgurt auch nur erreichte, richteten sich schon ein halbes Dutzend Lanzen auf ihn.

«Aber der König muss uns anhören», keuchte Floreta angsterfüllt. Sie sah, wie Trastámara neugierig zu ihnen herüberspähte, doch natürlich kam es für ihn nicht in Frage, sich einzumischen. Als einige seiner Ritter auf ihn einredeten, kehrte er ihnen brüsk den Rücken zu und stapfte davon.

«Seine Majestät hat den Brief des ehrwürdigen Eymerico aufmerksam gelesen!» Bernardo de Castavera ging um Floreta herum, als begutachtete er eine Kuh auf dem Viehmarkt. «Es ist ihm gelungen, Euer verräterisches Treiben aufzudecken, bevor er starb.» Er blieb stehen und sah ihr direkt in die Augen. «Oder getötet wurde, nicht wahr? Ich fürchte, die Königin wird sich nun endgültig nach einer neuen Leibärztin umsehen müssen, denn sollte sich mein Verdacht bestätigen, werdet Ihr, meine Liebe, bald das Schafott besteigen.»

***

Noch nie hatte Königin Eleonora mit größerem Widerwillen in ihrem Essen herumgestochert als am Abend des Gastmahls zu Ehren Enrique Trastámaras.

Der große Saal badete im Licht hunderter Wachskerzen, deren

Schein auf blankpolierte Kelche und dampfende Schüsseln fiel. Der Wein floss in Strömen und rötete Wangen und Nasen. Trinksprüche hallten von den Wänden wider, die mit den Bannern der Häuser von Aragón und Trastámara geschmückt waren.

Eleonora ließ den fetten Braten abräumen, den sie nicht angerührt hatte, und zerteilte mit ihrem zierlichen Messer ein Stück Käse. Doch nicht einmal das bekam sie hinunter. Nur wenige Plätze von ihr entfernt, scherzte ihr Erzfeind Bernardo de Castavera mit einem Weib, dessen Mieder in geradezu ordinärer Weise locker saß. Wie gerne wäre sie aufgesprungen, um die Schamlose eigenhändig aus ihrem Haus zu prügeln, doch ihr Gemahl, der schon viel zu viel getrunken hatte, sah nicht so aus, als ob er dafür Verständnis gehabt hätte.

Castavera hatte ihre Ärztin einsperren lassen. Nicht nur sie, auch Don Diego stand unter strengem Arrest.

Eine Gruppe Spielleute bewegte sich tänzelnd durch die Halle. Die Musikanten fiedelten und flöteten, was das Zeug hielt, um das Gelächter und Geschrei der Prassenden zu übertönen. Eleonora rauchte der Schädel. Am liebsten hätte sie sich zurückgezogen, doch sie hatte noch kein einziges Wort mit dem Gast ihres Gemahls gewechselt. Um der Höflichkeit Genüge zu tun, musste sie mit erstarrtem Lächeln wenigstens so tun, als fände sie Gefallen an dem Mahl.

Als die Königin Trastámara endlich allein erwischte, war er nicht mehr nüchtern und sie so gereizt wie eine Natter.

«Ich werde diese Schmach nicht auf mir sitzen lassen», krakeelte er, dabei hatte sie ihn gar nicht auf seine Niederlage bei Nájera angesprochen.

«Ihr kennt Don Diego de la Concha, nicht wahr?», fragte Eleonora, denn über die Schlacht wollte sie nicht sprechen.

«Nicht ... übel, der Mann. Ist früher häufig mit geheimen Botschaften Eures Gemahls bei mir gewesen.»

«Hattet Ihr jemals Grund, an seiner Aufrichtigkeit und Treue zu zweifeln?»

Trastámara sperrte überrascht die Augen auf. «Warum fragt Ihr das? Ich sollte mich nicht in Dinge einmischen, die mich nichts angehen. Es ist ein schweres Verbrechen, zusammen mit einer Ungläubigen Verrat zu begehen, um in der Gunst des Königs zu steigen. Wie man hört, soll Diego diesen Blutzeugen in der Kapuzinerkirche gegen eine Fälschung ausgetauscht und dann versteckt haben.»

«Und das glaubt Ihr?», drängte die Königin.

Trastámara strich sich über den Oberlippenbart. «Ich schlage vor, Ihr überlasst die Angelegenheit dem königlichen Rat. Ihr seid viel zu hübsch, um Euren Kopf mit solch düsteren Gedanken zu füllen.»

Doch davon wollte die Königin nichts hören. Sie holte tief Luft und flüsterte Trastámara ins Ohr: «Hört gut zu, ich mache Euch einen Vorschlag!»

***

Entgegen Diegos Befürchtung hatte man ihn nicht in den Kerker gebracht, sondern ihm einen Raum nahe der nördlichen Arkaden aus maurischer Zeit zugewiesen, an die sich die für hohe Würdenträger vorgesehenen Prunkgemächer anschlossen. Das bedeutete, dass sein Stand als Angehöriger der Granden von Aragón wenigstens bis zum Prozess, den Bernardo de Castavera anstrengte, geachtet wurde. Man hielt ihn fest, behandelte ihn aber ansonsten anständig.

Grübelnd schritt er in der Kammer umher. Wie hatte er nur so töricht sein und dem Inquisitor vertrauen können? Aber was, wenn gar nicht er, sondern ein anderer diesen Brief voller Lügen geschrieben hatte? Und warum war der Leichnam des Inquisitors so rasch fortgeschafft worden? Floreta hatte ihn nicht sehen dürfen, obwohl sie als Leibärztin der Königin mehrmals darauf bestanden hatte.

Diego sog die frische Nachtluft ein, die, begleitet von gedämpften Flötentönen, durch die schmale Fensteröffnung drang. In der Halle wurde gefeiert, und er saß hier wie ein Verbrecher.

Jähzornig ergriff Diego die Tonschüssel mit Weizengrütze und schleuderte sie gegen die Wand. Gleich darauf hörte er, wie der Riegel zurückgeschlagen wurde. Diego ballte die Fäuste. Kommt nur, dachte er grimmig. Ich bin in der richtigen Stimmung, um ein paar Nasen blutig zu schlagen.

Doch kein Wachsoldat, sondern Enrique Trastámara steckte seinen Kopf durch den Türspalt. «Habt Ihr noch weitere Wurfgeschosse zur Hand?»

Diego schüttelte den Kopf. «Was sucht Ihr hier? Ich dachte, Ihr lasst Euch mit Eurem edlen Vetter drüben in der Halle volllaufen.»

Trastámara zog die Tür hinter sich zu, damit keiner der Wachen mitanhören konnte, was er mit dem Gefangenen besprach, rührte sich danach aber nicht von der Stelle. Er schien selbst nicht so genau zu wissen, was ihn zu Diego führte.

«Die Königin ist der Meinung, ich sollte Euch fragen, ob Ihr etwas mit der Sache zu tun habt, die man Euch vorwirft. Närrisch, nicht wahr?»

«Allerdings», sagte Diego mürrisch. «Insbesondere, da mein Ehrenwort als Ritter und Grande von Aragón hier nichts mehr zu gelten scheint. Jetzt regieren die Schatten den Palast.»

«Vielleicht interessiert es Euch, dass sie eine ihrer Dienerinnen mit etwas Essen zu Floreta geschickt hat. Es geht ihr den Umständen entsprechend gut, allerdings wird man sie wohl bald ...» Er hüstelte verschämt. «Abholen.»

Diego horchte auf. Und ob ihn das interessierte. Seit Stunden zerbrach er sich den Kopf darüber, warum sie nicht davongelaufen war. Nun hatte Jaime erreicht, was seinem Bruder nicht gelungen war. Warum habe ich ihn nicht zum Zweikampf aufgefordert, als ich die Gelegenheit dazu hatte, dachte Diego voller Reue, denn er ahnte, dass er hierfür keine zweite Chance erhalten würde.

«Sie wird ebenfalls hier im Palast gefangen gehalten. Und wisst Ihr, worum sie die Königin gebeten hat? Das Silberkreuz noch einmal prüfen zu lassen. Ich begreife nur nicht, was Euch das nutzen soll. Wenn sich herausstellt, dass es wirklich eine Fälschung ist …»

Diego nickte, weil er wusste, was das für Floreta und ihn bedeutete.

«Ich habe Boten nach Toledo geschickt, wo sich mein Schatzmeister Don Ruiz de Rouven gerade aufhält. Er ist ein Kenner, und seiner Sachkenntnis vertraue ich bedingungslos. Beten wir, dass er ein wenig Licht in die Angelegenheit bringen kann.»

Mit diesen Worten verließ er den Raum und ließ Diego verwirrter zurück als zuvor.

**

Don Jaime hatte dem Wein kräftig zugesprochen, doch war er längst nicht so betrunken, dass ihm entging, wie Trastámara nach einer kurzen Unterredung mit der Königin die Halle verließ. Das beunruhigte ihn, und er bedeutete Belen, ihm vor die Tür zu folgen.

«Was hast du?» Sie klang verärgert. «Ich will nicht, dass man uns zusammen sieht.»

«Aber der König ließ mir beim Gastmahl den Platz an deiner Seite zuweisen!»

«Na und? Darauf solltest du dir nichts einbilden!»

Als er ihre Wange streicheln wollte, wich sie ihm stirnrunzelnd aus.

Jaime starrte sie ernüchtert an. Nie zuvor hatte er sie so schön gesehen wie an diesem Abend. Sie trug ein mit Silbergarn besticktes Gewand aus apfelgrünem Samt, welches die Anmut ihrer Gestalt betonte. Ihr helles Haar hatte sie hochgesteckt. Da sie Witwe war, zeigte sie es nicht offen, sondern verbarg es unter einem mit Perlen und Smaragden bestückten Kopfputz. Mit den goldenen Spangen und Ringen, die an ihren Fingern blitzten, hätte man sie glatt für die Königin halten können. Verglichen mit ihr gab Eleonora, die mit kummervoller Miene neben ihrem Gemahl saß, ein jämmerliches Bild ab.

Belen sollte Königin sein, nicht Eleonora, schoss ihm ein Gedanke durch den Kopf, den er aber sogleich wieder verdrängte. Er wollte sie nicht teilen, auch nicht mit dem König.

«Ich beabsichtige, deinen Vetter schon morgen um deine Hand zu bitten», platzte er heraus und erschrak, als er bemerkte, wie sie seine Worte aufnahm.

Sie starrte durch ihn hindurch, als wäre er Luft. «Noch nicht», sagte sie nach einer gefühlten Ewigkeit. «Ihre Köpfe sind noch nicht gefallen!»

«Du meinst Diego und seine jüdische Heilerin? Aber die beiden sind am Ende. Der König hat geglaubt, was Eymerico angeblich schrieb. Inzwischen vertraut er mir und nicht mehr Diego.»

Belen verzog den Mund, als hätte Jaime etwas unglaublich Dummes von sich gegeben. «Und warum soll der Blutzeuge geprüft werden, wenn mein königlicher Vetter inzwischen von einer Fälschung ausgeht?»

Jaime zuckte mit den Achseln. «Der König wird niemals zugeben, dass er sich von Anfang an hat täuschen lassen, ansonsten hätte er doch mich und nicht Diego unter Arrest gestellt, nicht wahr?» Er drängte sie gegen eine Säule und kam ihrem Körper dabei so nahe, dass ihm ihr Duft in die Nase stieg. «Er glaubt, Diego wäre der Heilerin verfallen und von ihr angestiftet worden,

den Blutzeugen gegen ein Imitat zu ersetzen. Ich habe dafür gesorgt, dass der guten Floreta die Folterinstrumente vorgeführt werden. Sie wird nicht lange durchhalten und gestehen, was immer ich hören will.»

Vermutlich war es das, was Belen von ihm hören wollte, denn als er seine Lippen auf die ihren drückte, erwiderte sie seinen Kuss so feurig, dass er kein Verlangen mehr danach hatte, in die Halle zurückzukehren. Er dachte nur noch an Belen und daran, was er mit ihr anstellen würde, sobald sich die Tür ihres Gemachs hinter ihnen geschlossen hatte.

Kapitel 35

Der düstere Ort, an den die zwei Wachen Floreta führten, besaß eine niedrige Decke, die an eine Tropfsteinhöhle erinnerte. Feuchte Felswände, wohin man blickte. Den Boden bedeckte Stroh, das widerlich nach Exkrementen und Erbrochenem stank. Kaum besser roch der gedrungene Mann, der sie ohne jede Regung in Empfang nahm. Er war klein und blass, als ob er sein Reich tief unter der Erde nie verlassen würde. Und möglicherweise war dem auch so. Seine tiefliegenden Augen und der Buckel hätten ihn im Sonnenlicht Hohn und Spott ausgesetzt, hier unten jedoch war er derjenige, der befahl. Die Wachleute gehorchten jedenfalls widerspruchslos, als er sie mit einem Wink fortschickte. Seinen Namen verriet er Floreta nicht, er sprach überhaupt kaum ein Wort mit ihr. Es genügte ihm, ihr mit Gesten und Blicken zu zeigen, dass sie in seiner Gewalt war.

Floreta hatte sich fest vorgenommen, für sich zu behalten, wie sehr sie sich fürchtete, doch als der Blasse sie auf einen klebrigen Schemel zwang und sämtliche Lichter bis auf eine einzige Kerze löschte, musste sie an sich halten, um nicht vor Angst aufzuschreien. Der Mann nahm die Kerze und ließ Floreta im Dunkeln zurück. Seine Schritte entfernten sich schnell.

Sie wartete, wobei sie vor Anspannung bei jedem Geräusch zusammenzuckte. Das Rascheln der Ratten im Stroh zu ihren Füßen, der muffige Geruch und die Feuchtigkeit erinnerten sie in erschreckender Weise an die Zeit, die sie in Don Alonsos Gefangenschaft zugebracht hatte. Er hatte sie geschlagen und allein gelassen, und dennoch hatte sie die Kraft aufgebracht, gegen die Hoffnungslosigkeit anzukämpfen. Nun sah alles anders aus. Sie war nicht die Gefangene eines wahnsinnigen, von Hass zerfressenen Trunkenbolds, sondern des Königs von Aragón, der dem Irrtum anheimgefallen war, sie – und mit ihr die gesamte Judería – könnte sich gegen ihn verschworen haben. Diego, der ihr damals zu Hilfe gekommen war, befand sich wie sie in königlichem Gewahrsam und erwartete seinen Prozess. Und ihre Freunde? Bruder Pablo hatte sie nicht mehr gesehen, nachdem Bernardo de Castavera sie hatte abführen lassen. Wie sie ihn kannte, würde er die Königin aufsuchen, aber dass er etwas ausrichten konnte, bezweifelte sie. Die Königin würde sich hüten, wegen einer Jüdin den Zorn ihres Gemahls auf sich zu ziehen. Und Celiana? Die Magd, die ihr zu essen gebracht hatte, behauptete, ihre Verwandte sei getauft und in ein Kloster gebracht worden.

Müde vergrub Floreta ihren Kopf in beiden Händen und dachte daran, dass in diesen Tagen für die Juden Pessach begann, das Fest der ungesäuerten Brote. Es erinnerte an die Befreiung Israels aus der ägyptischen Knechtschaft. Ob es in der noch immer streng bewachten Judería gefeiert wurde? Das Viertel ging einer ungewissen Zukunft entgegen, so wie sie. Vielleicht hing sein Fortbestehen nun sogar von ihr ab. Floreta merkte, dass ihr Tränen in die Augen traten. Wenn es tatsächlich einen Messias gab, der ihrem Volk in der Not zu Hilfe eilte, wie Samu ihr als Kind beigebracht hatte, wäre es nicht langsam an der Zeit, dass er sich ihnen offenbarte?

«Weißt du, wo du bist?»

Floreta hob den Kopf. Der Blasse war zurück. Und er konnte sprechen. Seine Stimme klang gar nicht so unangenehm, wie Floreta sie sich vorgestellt hatte. Auf seine Frage zuckte sie mit den Achseln, was ihm ein mattes Lächeln entlockte.

«Früher nannte man diesen Ort *Casa de la Verdad*, das Haus der Wahrheit», sagte der Blasse. «Dabei wird kaum irgendwo so viel gelogen wie hier.» Er packte Floreta am Arm und riss sie hoch. Dann trieb er sie durch eine offenstehende Tür in den angrenzenden Raum.

Floreta stockte der Atem. Haken an den Wänden. Auf einem Tisch an der Wand Messer, Dolche und Nadeln, unterschiedlich lang und unterschiedlich scharf. Hohle Spieße, die im Feuer zum Glühen gebracht werden konnten, davor ein halbes Dutzend Kohlenpfannen und Ruten aus Reisig, welche die Haut in blutige Streifen verwandeln konnten. In der Mitte des Raumes, von dem im Halbrund Zellen abgingen, stand eine Streckbank. Sie war mit feinem Sand gescheuert wie ein Wirtshaustisch. Der Blasse schien ein ordentlicher Mensch zu sein, jedes Werkzeug hatte seinen Platz. Sogar das Stroh auf dem Boden war hier sauberer als im Vorraum.

Ein Knecht schürte mit einem Haken das Feuer, während der Blasse umherging und Floreta mit seinen Gerätschaften vertraut machte, als stellte er ihr seine Kinder vor. Der Raum füllte sich nun mit weiteren Männern, die zuhörten. Darunter auch Castavera und ein Schreiber, der sich zu einem Pult begab und einen Bogen Pergament ausbreitete.

«Hast du mir etwas zu sagen?», fragte der Blasse. Es klang einstudiert, beinahe gelangweilt. Gewiss begann er jede Befragung nach demselben Muster.

Trotz ihrer fast lähmenden Angst schaffte es Floreta, dem hässlichen Mann in die Augen zu sehen und die Lippen zu öffnen. Dann spürte sie einen schmerzhaften Stoß in der Seite.

«Rede so, dass der Meister dich auch verstehen kann», zischte der Knecht.

«Du hast Arabisch gesprochen», klärte sie der Blasse geduldig auf. «Das solltest du hier nicht tun. Also noch einmal: Gestehst du, den Ritter Diego de la Concha dazu überredet zu haben, die heilige Reliquie, die Don Jaime de Queralt nach Kastilien brachte, gegen eine Fälschung zu ersetzen?»

Floreta schüttelte verzweifelt den Kopf. Schweißtropfen perlten ihr von der Stirn. Was ihr hier vorgeworfen wurde, war absurd. Eymerico mochte sie lange Zeit verabscheut haben, aber zuletzt hatten sie doch, wenngleich auch nicht Frieden, so immerhin eine Art Waffenstillstand geschlossen. Natürlich hätte der Inquisitor die Möglichkeit gehabt, sie zu hintergehen und in seinem Brief an den König die Tatsachen zu verdrehen, um ihr und Diego zu schaden. Aber sie glaubte nicht mehr daran.

«Hattet ihr vor, den Blutzeugen an König Pedros Widersacher in Kastilien zu verkaufen oder an die Engländer?», kam da auch schon die nächste Frage.

Ein weiterer Stoß mit der Stange, der Floreta straucheln ließ. Wimmernd schlug sie mit beiden Knien auf.

«Wir wollten … wir wollten …» Sie musste mehrmals ansetzen, bis ihr der Satz gelang. «Wir vermuteten, dass der Blutzeuge gefälscht sei, und wollten den König warnen.»

Bernardo de Castavera trat mit gerunzelter Stirn vor. «Floreta, gebt Ihr zu, dass es der Silberschmied Menachem aus der Judería war, der das falsche Machwerk anfertigte?»

Nach kurzem Zögern nickte Floreta. Nun war es heraus. Doch Menachem war tot, ihr spätes Geständnis brauchte er nicht mehr zu fürchten.

«Was geschah mit dem echten Kreuz? Wo habt Ihr es versteckt?»

«Wovon redet Ihr nur? Begreift Ihr denn immer noch nicht?» Floreta spürte ihr Herz gegen die Rippen hämmern. «Einen Blutzeugen hat es nie gegeben!»

Bernardo Castavera wechselte einen wütenden Blick mit dem Blassen. Der zog nun einen rot glühenden Spieß aus der Glut.

Funken sprühten durch die Luft, als sich der Mann damit langsam Floretas Nacken näherte. Aus den Augenwinkeln sah sie das glühende Eisen näher kommen und bereitete sich auf den heißen Schmerz vor, der ihren verkrampften Körper jeden Augenblick durchfluten würde. Dieser blieb jedoch aus, denn plötzlich wurde die Tür aufgestoßen, und ein Mann stürmte in die Kammer. Sie schnappte nach Luft, ein Hustenreiz zog ihre Kehle zusammen. Gleichzeitig versuchte sie, sich nach dem Ankömmling umzudrehen, wurde aber durch einen Schlag ins Genick daran gehindert. Dennoch bekam sie mit, wie der Mann Castavera etwas zuflüsterte, woraufhin dieser überrascht die Lippen schürzte und nach kurzem Zögern den Arm hob.

«Wartet noch, Meister! Offenbar ist der Schatzmeister Enrique Trastámaras überraschend in Zaragoza eingetroffen. Er muss gleich nach der verlorenen Schlacht von Nájera aufgebrochen sein, ohne den Boten seines Herrn abzuwarten. Das erspart uns eine Menge Zeit und mir den widerlichen Gestank verbrannten Fleisches.»

Castavera befahl seinen Männern, Floreta aus dem Gewölbe zu schaffen und in den Thronsaal zu führen, wo sie dem König und dem versammelten Kronrat Rede und Antwort stehen sollte.

«Wie ich hörte, habt Ihr darauf gedrungen, das Silberkreuz von einem Kenner untersuchen zu lassen», brummte er auf dem Weg hinauf. Er schritt schnell aus. Seiner verkniffenen Miene nach hielt er den Aufwand für überflüssig. Ganz Zaragoza wusste doch inzwischen von der Fälschung.

Floreta wurde durch einen Seitengang in ein Zimmer geführt, wo bereits mehrere Mägde auf sie warteten. Die Frauen begutachteten sie kritisch und gingen sogleich daran, sie zu waschen und zu frisieren. Gesprochen wurde dabei wenig, vermutlich war den Bediensteten befohlen worden, kein überflüssiges Wort an die Gefangene zu richten. Floreta erfuhr lediglich, dass die Königin angeordnet hatte, ihr frische Sachen zu geben, bevor man sie vor den Kronrat führte.

An der Stirnseite der Halle saß das Königspaar Seite an Seite. Gleich daneben Trastámara, der ungeduldig mit den Beinen wippte. Aus den Augenwinkeln nahm sie wahr, wie Diego durch eine Seitenpforte geschoben wurde. Castavera, der ihm vorausschritt, hatte offenbar vermeiden wollen, dass sie einander begegneten, und deshalb einen anderen Eingang gewählt. Diego war blass. Ihm hatte man nicht gestattet, die Kleidung zu wechseln, vielleicht hatte er das aber auch abgelehnt. Einen kurzen Moment lang lächelte er sie an.

Dann bemerkte Floreta Don Jaime, der sie siegessicher anfunkelte, und ihr Mut sank. Der Ritter hatte einen Platz zur Linken der königlichen Familie gewählt, keinen Schritt hinter Doña Belen, und ließ so keinen im Zweifel darüber, wem er sich zugehörig fühlte. Floreta erinnerte sich an das Getuschel der Mägde, bei dem es um eine anstehende Hochzeit gegangen war. Nach einer Heirat mit der reichen Cousine des Königs würde Don Jaime unbestritten zu den mächtigsten Edelleuten Aragóns gehören. Dann konnte ihn niemand mehr aufhalten.

Großer Gott, hilf, dass das nicht geschieht, dachte Floreta wie betäubt.

König Pedro ließ nun mit einer Handbewegung das Gemurmel verstummen. Er sah wütend aus.

«Den Vorwurf, der gegen Euch als Leibärztin der Königin erhoben wird, kennt Ihr», donnerte er. «Bevor ich den Schatzmeister Kastiliens hereinbitte, möchte ich von Euch noch wissen, ob es wahr ist, dass Don Diego und Ihr ...» Er sprach nicht weiter, aber das war auch nicht nötig, da jeder im Saal begriff, was er wissen wollte. Schon einmal waren sie beschuldigt worden, ein Liebespaar zu sein.

Floreta holte tief Luft, dann schüttelte sie den Kopf. «Nein,

Majestät. Wer behauptet, wir hätten miteinander gesündigt, der lügt. Das schwöre ich bei den Gesetzen Moses und Israels.»

Nun stand die Königin auf. «Aber Ihr liebt ihn, nicht wahr?»

Eine gute Frage, fand Floreta. Leider zur falschen Zeit am falschen Ort. Sie senkte den Kopf, starrte fasziniert auf ihre Hände, wo ihre Fingernägel winzige rote Male im Fleisch hinterlassen hatten. «Ja», flüsterte sie schließlich und überlegte, wie oft in der Geschichte der Menschheit eines simplen Wortes wegen Kriege geführt, Königreiche zerfallen oder schlichtweg Menschen getötet worden waren. Sie war verloren, so viel stand fest. Und doch hatte sie es nicht über sich gebracht, die Frau anzulügen.

Königin Eleonora schien ihr Geständnis nicht zu schockieren. Sie blieb gelassen, als ginge es um eine Magd, die sich in einen Stallburschen verguckt hatte. «Na bitte», sagte sie an ihren Gemahl gewandt. «Es ist kein Vergehen gegen die Kirche und die Gesetze des Landes, aufrichtig zu sein. Ich glaube ihr.»

«Geglaubt habe ich auch schon viel. Lasst uns diese leidige Angelegenheit zu Ende bringen und den Gutachter hereinrufen!»

Der König gab Castavera ein Zeichen, woraufhin dieser die Tür öffnen ließ und einen ernst dreinblickenden Mann mittleren Alters zu sich befahl, der vor der Halle gewartet hatte. Dieser passierte die Reihen der Höflinge langsam, ohne den Kopf nach links oder rechts zu wenden. Ein schwaches Hinken bestimmte seinen Gang, doch unterstrich dieser scheinbare körperliche Makel die Ausstrahlung des Mannes. Er wirkte entschlossen und würdevoll. Die Arme weit ausgestreckt, hielt er ein Samtkissen, auf dem das mit funkelnden Steinen bestückte Kreuz lag.

Floreta biss sich auf die Lippen. Nun kam es darauf an. War dem Schatzmeister Trastámaras, der angeblich alles über Juwelen wusste, was man in den spanischen Königreichen wissen konnte, aufgefallen, was sie vermutete? Ihr Herz raste, als der Mann sich vor Pedro von Aragón und seinem eigenen Herrn, Trastámara, tief verneigte. Dann blickte er sie an – und im selben Augenblick glaubte sie, den Boden unter den Füßen zu verlieren.

Nein, das konnte nicht sein. Träumte sie? Der Mann, der im Dienste Trastámaras stand und das Silberkreuz geprüft hatte, war kein Geringerer als …

«Du lebst, Ruben?», flüsterte Floreta mit erstickter Stimme. Mit allem hatte sie gerechnet, doch gewiss nicht damit, den früheren Verlobten ihrer Cousine hier zu sehen. Hinkend und ergraut, aber durchaus munter und alles andere als tot.

Aber wie war das möglich? Celiana hatte sich längst damit abgefunden, dass Ruben in Santa Coloma umgekommen war. Sie hatte sogar einen Grabstein für ihn setzen und das *Kaddisch*, das Totengebet, sprechen lassen. Floreta blickte zu Don Jaime, der irritiert die Brauen hob. Erkannte er Ruben ebenfalls wieder? Sie war sich nicht sicher.

«Später», sagte Don Ruiz einsilbig. Dann verneigte er sich erneut vor dem König. «Ihr habt mich gebeten, dieses Kunstwerk zu begutachten, und das habe ich getan. Dass es keinesfalls so alt sein kann, wie der sogenannte Blutzeuge sein müsste, steht für mich außer Frage.»

Trastámara zuckte mit den Achseln. «Also eine Fälschung», stellte er nervös fest. «Aber das wissen wir bereits. Uns treibt die Frage um, wer die schändliche Tat beging, die schon einige Menschen das Leben gekostet hat. War es diese Frau?» Er zeigte mit dem Finger auf Floreta.

«Ausgeschlossen, Herr», erklärte Don Ruiz ruhig. «Die Edelsteine auf dem Kreuz sind echt und stammen aus Granada. Sie gehören zum Schatz Muhammads V. Ich würde sie unter allen Kostbarkeiten der Welt wiedererkennen, denn ich hatte sie in Verwahrung, bis zwei habgierige Schurken eines Abends mein Haus überfielen, es niederbrannten und mir einige der Steine raubten.»

Er deutete auf das Silberkreuz. «Es sind dieselben Steine, die hier in Silber gefasst wurden, das kann ich beschwören.»

König Pedro und seine Gemahlin erhoben sich fast gleichzeitig von ihren Stühlen, doch es war Eleonora, die mit Schärfe in der Stimme fragte: «Und wer, Don Ruiz, war der Unselige, der die von Euch geschilderten Verbrechen beging?»

«Ich glaube, das wissen wir alle», rief Diego. Ungestüm riss er sich von den Wachen los und marschierte auf den Thron zu. Niemand hielt ihn auf. «Don Jaime de Queralt ist der Verräter!»

Don Ruiz nickte. Ob er Genugtuung oder ein Gefühl des Triumphes empfand, ließ er indes unausgesprochen. «Er konnte nicht damit rechnen, dass noch jemand am Leben ist, der die Steine des Emirs wiedererkennen würde. Wie ich erfuhr, ist sein Bruder Alonso, der mich damals in Santa Coloma folterte, um mir das Versteck der Steine zu entlocken, ebenso tot wie der Mann, der die Pläne für die Fälschung zeichnete, und der Silberschmied, der sie angefertigt hat. Ich aber bin noch hier. An meiner Stelle wurde in Santa Coloma die Leiche einer Magd der de Queralts bestattet, die Alonso getötet hat, weil sie ihm weggelaufen ist. Ich konnte mich aus den Flammen retten und fordere heute Gerechtigkeit!»

«Gerechtigkeit?», kreischte Don Jaime plötzlich wutentbrannt. «Wie kann dieser Mann es wagen, mich zu beschuldigen und meinen Namen zu besudeln? Ich habe ihn nie zuvor gesehen und weiß nichts von irgendwelchen Steinen aus Granada.»

«Ich schwöre bei der Jungfrau Maria, dass ich die Wahrheit gesagt habe!»

Don Jaimes Gesicht verzerrte sich zu einer Fratze, als er anklagend die Hand hob. «Ha, habt Ihr es gehört, Señores? Dieser Jude schreckt nicht einmal vor einer Gotteslästerung zurück!»

«Warum bezeichnet Ihr meinen Schatzmeister als Juden?»,

fragte Trastámara scharf. «Eben habt Ihr noch behauptet, ihn nie zuvor gesehen zu haben.»

Don Jaime errötete. «Aber … aber das ist ein Irrtum», stammelte er. «Glaubt ihm nicht! Denkt an das Schreiben des Inquisitors Eymerico, der Euch vor diesen Leuten warnte.»

«Ein falsches Zeugnis wider Euren Nächsten», knurrte Trastámara. «Wen habt Ihr bestochen, es zu verfassen? Einen Schreiber? Nun, das werde ich noch herausfinden, verlasst Euch darauf.»

Bevor die Wachen Hand an Don Jaime legen konnten, zog er sein Schwert und stürzte sich in blinder Wut auf den unbewaffneten Diego. «Ich hätte dich schon früher töten sollen», schrie er ihn an, doch der Hieb, der Diegos Kopf vom Rumpf trennen sollte, zerschnitt nur die Luft. Diego duckte sich, wirbelte dann sogleich herum und schmetterte dem Wütenden seine Faust gegen das Kinn. Mit einem wilden Aufschrei ging der Ritter zu Boden.

«Belen», stöhnte der Mann und spie Blut. «Wo bist du?»

Doch die Wachen, die ihn auf Geheiß des Königs unter den Armen packten und aus der Halle zerrten, sorgten dafür, dass er den Namen kein zweites Mal aussprach.

***

Wie von Furien gehetzt, stürmte die Frau in das Schlafgemach und durchwühlte dort sämtliche Truhen und Schatullen. Ihren Schmuck warf sie dabei achtlos zu Boden. Eine Kette riss, und die Perlen tanzten über die steinernen Platten.

Verdammt, wo war der Brief? Hitze durchflutete ihre Wangen, und ihr Herz schlug nun noch heftiger. Sie erinnerte sich genau, ihn in das Schmuckkästchen gelegt zu haben. Aber dort war er nicht mehr. Großer Gott, wenn er in die falschen Hände geriet, jetzt, nachdem Jaime gestanden hatte … Hektisch irrten ihre Blicke im Gemach umher.

«Suchst du das?»

Belen fuhr herum. Ihr Sohn Felipe stand an der Tür. In seiner Hand schwenkte er einen gefalteten Bogen Papier. Jaimes Brief.

Erleichtert streckte sie die Hand danach aus. «Gib ihn mir, mein Sohn», bat sie und schaffte es sogar, ihr erhitztes Gesicht mit einem Lächeln zu schmücken.

Felipe schüttelte den Kopf. «Das werde ich nicht tun!»

«Was soll das heißen? Du musst mir dieses Schreiben geben. Wenn Jaime unter der Folter meinen Namen herausschreit …»

«… wird der König ihm kein Wort glauben», ergänzte der junge Mann Belens Satz. «Es sei denn, er bekäme das hier zu lesen. Es beweist, dass ihr beide euch verschworen habt, Diego ein Verbrechen in die Schuhe zu schieben. Du selbst hast dafür gesorgt, dass der Silberschmied aus der Judería zum Schweigen gebracht wurde.»

Belen erstarrte wie unter einem Peitschenhieb. Gleichzeitig wunderte sie sich über den sonderbaren Ausdruck in Felipes Gesicht. War das Trauer? Ein Hauch von Wehmut? Sie hatte ihren Sohn nie zuvor so entschlossen erlebt und gleichzeitig so voller Abscheu.

«Ich will nur eines wissen», fuhr er mit tonloser Stimme fort. «Wie weit wärest du gegangen? Nach Diegos Verurteilung, meine ich? Hättest du dir danach die Königin vorgenommen? Mir ist nicht entgangen, wie du bei dem Gastmahl aufgetreten bist. Als würdest du nur auf eine Gelegenheit warten, Eleonora zu verdrängen.»

Belen holte tief Luft. Auf einmal fror sie trotz des prasselnden Kaminfeuers. «Wirst du den Brief dem König überbringen?»

Ohne Eile durchschritt er das Gemach, ließ seine Blicke über Wandbehänge, Leuchter und das aus edlen Hölzern gedrechselte Mobiliar gleiten, als wäre er ein Kaufmann, der neue Handelsware zu prüfen hatte. Dann sagte er: «König Pedro ist tief gekränkt, weil man mit seinem Glauben Spott getrieben und ihn damit auch noch der Lächerlichkeit preisgegeben hat. Um ein Haar hätte er Unschuldige hinrichten lassen, das vergisst er nicht so schnell. Er würde dich töten lassen, keine Frage. Aber auch wenn ich deine Taten verabscheue, will ich nicht derjenige sein, der dich ans Messer liefert.»

Sie öffnete den Mund, um etwas zu sagen, doch er verbot es ihr mit einer harschen Geste.

«Ich behalte den Brief und sorge dafür, dass ihn niemand zu Gesicht bekommt. Dafür wirst du noch heute in die Provinz abreisen und um Aufnahme bei den Zisterzienserinnen des Klosters Santa Maria de Vallbona bitten.» Felipe ging zur Tür und öffnete sie, ohne sich noch einmal umzudrehen. «Ich schicke dir eine Magd, die dir beim Packen hilft. In einer Stunde verlässt dein Wagen Zaragoza.»

Belen starrte ihm wortlos nach.

Kapitel 36

«Also, ich weiß nicht recht!»
Die Nonne, die das Guckloch an der Klosterpforte geöffnet hatte, kratzte sich unentwegt am Kopf. Vielleicht litt sie unter einem Ausschlag, dem der steife Schleier ihrer Ordenstracht nicht guttat. Floreta überlegte, ob sie der Pförtnerin ihre Hilfe anbieten sollte, doch diese sah nicht so aus, als ob ihr das willkommen gewesen wäre. Eine Frau in Begleitung zweier Männer, die kurz vor der Vesper mit einer Schutzbefohlenen des Klosters reden wollte, war ihr wohl schon suspekt genug. Nach einigem Hin und Her ließ sie sich schließlich überreden, vielleicht auch weil die Glocke der Klosterkirche bereits zu läuten begann.

Eine halbe Ewigkeit verging, bis wieder jemand zur Pforte kam. Floreta hörte Schritte und Stimmen jenseits der von wildem Geißblatt bewachsenen Mauer.

Ruben – oder Don Ruiz, wie er sich seit Jahren nannte – schluckte schwer. Beinahe zaghaft sah er zu Floreta, die sich vorstellen konnte, was in ihm vorging. Viel Zeit war seit jener Nacht in Santa Coloma vergangen. Er hatte sein Glück als geachteter Hofbeamter Trastámaras gemacht, aber über den Kummer, der tief in ihm saß, war er nicht hinweggekommen. Er hatte geglaubt, dass Celiana ihn niemals wiedersehen wollte.

«Ob sie mir verziehen hat?», murmelte er in seinen grauen Bart. «Und selbst wenn: Ich bin doch längst nicht mehr der junge Bursche, den sie aus Granada kannte.»

Floreta lag auf der Zunge, dass Celiana sich in den ja auch nicht verliebt hatte, doch während sie noch nach Worten suchte, wurde mit einem Ruck ein Riegel zurückgeschlagen, und Celiana steckte ihren Kopf zur Tür hinaus. Das knöchellange schwarze Kleid machte sie blass, da halfen auch die Strahlen der langsam untergehenden Sonne nichts, die sich auf ihr schmales Gesicht legten.

«Ich hörte schon, dass du lebst», sagte sie leise und fügte mit einem sanften Seitenblick auf Floreta hinzu: «Und dass du meiner Cousine das Leben gerettet hast. Das war tapfer von dir.»

Ruben schüttelte den Kopf. «Wäre ich tapfer, würden meine Knie jetzt nicht so schlottern.» Er nahm ihre Hände in die seinen. «Hör zu, wir sind andere Menschen als damals, und daran lässt sich nichts mehr ändern. Beide wurden wir gezwungen, eine neue Welt zu betreten, die uns fremd erscheint und vielleicht sogar manchmal verängstigt. Aber wir werden einen Weg finden müssen, darin zu leben. Ich würde es gerne an deiner Seite tun, wenn du mich noch willst.»

«Aber wo beginnen?», fragte sie achselzuckend.

Über Rubens Gesicht glitt ein Lächeln. «Es gibt da immer noch ein paar wertvolle Steine, die darauf warten, ihrem rechtmäßigen Besitzer in Granada zurückgegeben zu werden. Wäre das ein Anfang?»

Als Ruben Celiana in seine Arme schloss und sie einander küssten, wurde die Pforte mit Wucht zugeschlagen. Diego bedeutete Floreta, sich diskret zurückzuziehen und die beiden allein zu lassen. Es gab noch so vieles, das Ruben und Celiana einander zu sagen hatten.

Doch das galt nicht nur für sie.

Floreta fühlte sich ein wenig unbehaglich in Diegos Gegenwart, nun, da sie vor dem ganzen Hofstaat von Aragón gebeichtet hatte, wie sie zu ihm stand. Diego hatte bislang kein Wort darüber verloren, was sie zusätzlich verwirrte. Gelang es Männern einfach nicht, über Gefühle zu reden, oder hatte sie sich nur wieder zur Närrin gemacht?

«Die Königin hat angeboten, mich wieder in ihre Dienste zu nehmen», plauderte sie drauflos, um ein beklemmendes Schweigen gar nicht erst aufkommen zu lassen. Mit einem Stöckchen schlug sie eine Schneise durch das hüfthohe Gras, das rund um das Nonnenkloster wuchs. Über ihr stoben Vögel in den Himmel auf. Es war ein heißer, sonniger Tag gewesen.

«Ganze 15 Florin will sie mir zahlen, ist das nicht phantastisch?»

Diego war stehen geblieben. Nachdenklich sah er sie an, dann sagte er voller Überzeugung: «Ich möchte, dass Ihr meine Frau werdet, Floreta.»

«Aber das ist unmöglich!» Energisch hieb sie mit ihrem Stöckchen auf ein paar Schafgarben am Wegesrand ein. Wogegen halfen die doch gleich? Richtig, gegen das monatliche Leiden der Frauen, aber sie hatte das Kraut auch schon im Kampf gegen die Augenringe der Königin eingesetzt. Hatte das geholfen? Sie erinnerte sich nicht genau.

«Floreta, lasst das bitte bleiben!»

«Was soll ich bleibenlassen?»

«Ihr flüchtet schon wieder in einen Winkel Eurer Gedanken, wo ich Euch nicht finden kann.» Nun zog er sie an sich, so dicht, dass sie sein Herz klopfen spürte. Sein Körper wärmte den ihren, und er duftete so gut, als hätte er eine von Celianas Salben benutzt.

«Wusstet Ihr, dass Trastámaras Mutter auch aus jüdischem Hause stammte? Seine Eltern verband eine jener Liebesgeschichten, wie sie einst von Troubadouren besungen wurden.»

Floretas Blick verlor sich in den Wolken, die oben am Himmel gemächlich vorüberzogen. Für einen Moment glaubte sie tatsächlich, darin das Gesicht eines alten Mannes zu entdecken, der gütig lächelte. Samu? Sein Wunsch war es gewesen, dass seine beiden Enkeltöchter ihren eigenen Weg fanden und damit glücklich wurden. Die Wolke zerstob vor Floretas Augen, nicht aber die Erinnerung an ihn und an alles, was er ihr beigebracht hatte.

Eine Liebesgeschichte, dachte sie, während sie Diego die Hand reichte.

Ja, möglicherweise war die Zeit gekommen, an ihrer eigenen zu schreiben.

Nachwort des Autors

Die Heilerinnen von Aragón sind in spanischen Quellen des 14. Jahrhunderts nachweisbar, doch natürlich ist die Geschichte, die hier erzählt wird, weitgehend fiktiv.

Als historisch verbürgt gilt, dass eine Heilkundige mit Namen Floreta CaNoga zumindest eine Zeitlang in dem kleinen, zum Königreich Aragón gehörenden Städtchen Santa Coloma de Queralt ansässig war und einer jüdischen Familie entstammte. Um auch die maurische Geschichte und Kultur Spaniens in den Roman miteinzubeziehen, habe ich mich entschlossen, Floreta ursprünglich aus dem Emirat Granada kommen zu lassen, das im 14. Jahrhundert noch einmal eine Glanzzeit erlebte, ehe es aufgrund der *Reconquista*, der Rückeroberung der jahrhundertelang von Mauren beherrschten Gebiete Spaniens, unterging.

Unter der Herrschaft Emir Muhammads V. aus der Dynastie der Nasriden wurde das Emirat zum Zentrum der islamischen Kultur des Westens. Er förderte die Wissenschaften, ließ den Stadtpalast, die Alhambra, weiter ausbauen und ausschmücken und errichtete das erste Hospital Granadas. Die Palastrevolte von 1359 hat tatsächlich stattgefunden. Sie zwang den jungen Emir vorübergehend ins Exil nach Marokko. Einer Überlieferung nach gelang ihm die Flucht mit Hilfe einer seiner Dienerinnen oder Nebenfrauen, die ihm ihre Kleider überließ, damit er unerkannt durch die Gärten der Alhambra entkommen konnte. Einige Jahre später schaffte es Muhammad, die Macht in Granada wiederzuerlangen.

Jüdische Ärzte waren im Spätmittelalter übrigens keinesfalls eine Randerscheinung. In Spanien gehörten schätzungsweise 50 % der Heilkundigen dem jüdischen Glauben an. Viele von ihnen nutzten das überlieferte Wissen arabischer und persischer Gelehrter und studierten an ihren Ausbildungsstätten, die oftmals fortschrittlichere Gedanken und Behandlungsmethoden vermittelten als manche Universität des Abendlandes. Für den jüdischen Arzt stellten Krankheiten in der Regel keine Strafe Gottes für sündhaftes Verhalten dar, er begriff sich als Gottes Werkzeug im Dienste der Menschen. Für Frauen war es natürlich ungleich schwieriger, eine profunde Ausbildung zu erlangen und als Heilerinnen tätig zu werden. Die Quellen berichten indes von einigen jüdischen Ärztinnen, denen genau das gelungen ist.

Im Königreich Aragón, das im 14. Jahrhundert von wirtschaftlichen Krisen und der Pest erschüttert wurde, gab es eine bedeutende jüdische Gemeinde, zu der namhafte Gelehrte, Philosophen, Ärzte, Kartographen und Kaufleute mit Handelsbeziehungen bis nach Indien gehörten. Der König hielt seine Hand über die *Juderías,* die jüdischen Viertel, die dem königlichen Fiskus unterstanden, und konnte sie somit auch vor den Nachstellungen der Inquisition schützen. Selbst zu Zeiten der Pest kam es in Zaragoza zu keinen Ausschreitungen gegen die Juden. Die in Aragón ansässigen Mauren bewohnten mit wenigen Ausnahmen eigene geschlossene Siedlungsräume.

Wo und von wem Floreta ihre Ausbildung als Heilkundige erhielt, geht aus den Quellen nicht eindeutig hervor. Da sie den ehrenvollen Titel *Magistra* trug, ist anzunehmen, dass sie über ein umfassendes medizinisches Fachwissen, insbesondere in der Augenheilkunde, verfügte. Ihre Berufung an den Hof als Leibärztin der Königin Eleonora von Aragón erfolgte in den sechziger Jahren des 14. Jahrhunderts, aber noch bis 1381 ist sie als Ärztin von Sybilla, der vierten und letzten Ehefrau Pedros von Aragón, nachgewiesen. Sie wurde für ihre Dienste großzügig bezahlt; das Angebot, das die Königin Floreta macht, ist aus alten Rechnungsbüchern ersichtlich.

Das Wirken der Heilerin fällt in eine dramatische Epoche der spanischen Geschichte: den Bürgerkrieg zwischen Pedro I. und seinem Halbbruder Enrique de Trastámara um den Thron von Kastilien, der sich zum Krieg gegen das mit de Trastámara verbündete Aragón erweiterte. Dieser Streit mit Aragón, der als Teil des Hundertjährigen Krieges gilt, ist als *La Guerra de los Dos Pedros,* der Krieg der beiden Pedros, in die Geschichte eingegangen und zog sich über viele Jahre dahin. Die Reiche Kastilien und Aragón kämpften beide um die Vormachtstellung und strebten Landgewinne an.

Den im Roman beschriebenen Blutzeugen hat es in Spanien nicht gegeben, allerdings war der Glaube an Reliquien und der Handel damit bis in die frühe Neuzeit weit verbreitet. Die Figur des Inquisitors Eymerico ist weitgehend fiktiv. Es ist zwar für die zweite Hälfte des 14. Jahrhunderts ein Nicolao Eymerico als erklärter Gegner des Königs in Aragón bezeugt, doch wurde dieser nicht ermordet.

Celiana, die zweite Hauptfigur des Romans, die in einigen Quellen Ceti de Valencia genannt wird, scheint ebenso wie Floreta über ein beachtliches ärztliches Wissen verfügt zu haben, doch hat ihr Wirken noch weniger Spuren in der Geschichte der Heilkunst in Spanien hinterlassen. Ceti wurde fast zeitgleich mit Floreta an den Hof gerufen, um die Königin in der *Aljafería,* dem Stadtpalast von Zaragoza, ärztlich zu betreuen. Wie Floreta wurde auch sie als *Magistra* bezeichnet und machte eine für damalige Verhältnisse beispiellose Karriere.

Guido Dieckmann, April 2016

Das für dieses Buch verwendete Papier ist FSC®-zertifiziert.